REBEKA

Történelmi kalandregény

M. Szolár Judit
2016
Publio Kiadó
www.publio.hu
Minden jog fenntartva!

ISBN 9789633976173

Nyomdai előkészítés és gyártás: Publio Kiadó Kft.

Etelköz

Kéklő hegyek ölelő karjában csendesen pihent a magyar tábor. Hajnali ködtakaró vigyázta a természet álmát. Az erdővel borított hegyoldal felől álmos hangon megszólalt egy kismadár. A folyó örvénylő vizében apró halak fogócskáztak, ki-kiugrálva a habokból, ezüstös hátukon megcsillant az ébredő nap halvány sugara. A szürke folyón túl, a harmatos fűben gyapjas juhok, szürke marhák legelésztek. A hegyek tövében hatalmas területen feküdt a tábor, közepén fából készült épületek húzódtak. Kissé távolabb csúcsos sátrak és jurták váltogatták egymást. A felkelő nap sugarai az egyik faház körül toporgó emberek arcát simogatták, akik csendesen beszélgetek. A megviselt arcokról fáradtság és aggodalom tükröződött.

Árpád belépett apja házába, Álmos fáradtan ült székében. Árpád szeretettel nézett az idősödő ember arcára. Álmos csodálatos apa és nagyszerű fejedelem. Magas, egyenes tartású, szigorú, de igazságos uralkodó, aki mindent megtesz népéért és családjáért. Markáns arca keménységet, míg barna szeme szeretetet sugárzott. Felesége néhány éve halt meg, de ő nem nősült meg újra, őrizte halott párja emlékét.

- Hívattál. - lépett apjához.

- Igen, de várjuk meg a vezéreket.

A vezérek lassan bejöttek és elfoglalták helyüket a hosszú asztal mellett.

- Nagyon rossz hírrel kell kezdenem. El kell hagynunk hazánkat. - kezdte Álmos.

A tanács tagjai meredten néztek rá, egy ideje már tudták, hogy nehéz idők következnek, de erre álmukban sem gondoltak.

- A kazár fejedelem, akinek a földjén élünk kevésnek tartja az adót, amit fizetünk ráadásul, katonákat követel. Nem is keveset, a harcosaink felét. A háború, amit a besenyőkkel vívott nagy veszteségeket okozott népének - nézett harcosaira a fejedelem, majd folytatta:- Én úgy döntöttem, nem ontjuk tovább vérünket idegen uralkodóért, és nem fizetünk több adót azért, hogy békében élhessünk. Szeme végigsiklott a még mindig döbbent arcokon.

- Természetesen nem egyedül döntök, mindenki elmondhatja véleményét.

Órákig tanácskoztak. Voltak, akik helyeselték, mások ellene szavaztak. A mindent eldöntő kérdést Árpád tette fel.

- Hová mehetünk? - nézett apjára.

- Lehel a napokban tért vissza útjáról és olyan híreket hozott, amely segíthet a végső döntés meghozatalában. Rátalált arra a helyre, amelyre vágyunk, az új hazára. - felelte Álmos.

- Hol van az a hely? - kérdezte Fajsz, ő tiltakozott a legjobban az elszakadás ellen.

- Nem is olyan messze innen. Tőlünk nyugatra fekszik, magas hegyek védelmezik, több folyó szeli át. Kitűnő földje alkalmas a megművelésre, dús legelők várják állatainkat.- felelte a fejedelem - Ezért döntöttem úgy, hogy elmegyünk és megkeressük az újhazát.

Felállt, befejezte a tanácskozást. Érezte, hogy jól döntött és véghez is viszi bármi áron. Nem magáért, a népéért.

- Készüljetek az útra, hosszú és nehéz lesz, de megéri. Végre saját földünk lesz, a magunk urai leszünk. Magyarország! - ez lesz a neve.

894. Borsod.

-Védd magad!- kiáltotta egy csengő hang az erdei tisztáson.

- Rajta Rebeka támadj! - válaszolt a kihívásra egy nyugodt férfihang.

- Tanultam egy új vágást. - nagy lendülettel támadásba lendült, kardjával egyenesen a fiatalember szívét célozta meg. Szolák mosolyogva védekezett, de mielőtt a lány kardjával elérhette volna, Rebeka földre engedte a penge hegyét, és nagy lendülettel felrántotta. Szolák életét az mentette meg, hogy ösztönösen hátra ugrott, különben hatalmas vágást kapott volna az ágyékától az álláig.

- Te megőrültél!- üvöltötte. Nem tudott magához térni a megdöbbenéstől.

- Na, milyen voltam? - kacagott tanítója sápadt arcába a lány.

- Te... Te meg akartál ölni?!

- Nem, dehogy. Pontosan kiszámítottam a távolságot, egy fán gyakoroltam hetekig. Úgy éreztem már tökéletes a vágás, ezért mutattam most be neked. Egy hete már nincs karcolás a fán amin gyakoroltam. Szegény kovács nem tudta mire vélni, hogy hetente meg kell éleznie a kardodat. Nem mondhattam meg az igazat, hogy nem a tiéd, hanem az én kardom volt. Rögtön szaladt volna apához, és akkor kiderül, mit csinálok, amikor fejfájásra panaszkodva az erdőbe megyek lovagolni.

- Tehát, amíg távol voltam te egyedül feljöttél ide és ezt a trükköt gyakoroltad?

- Igen. Gyere, nézed meg a fákat melyeken gyakoroltam. Eleinte úgy éreztem, hogy leszakad a karom, szegény fát össze-visszavagdaltam, de másnap feljöttem és bekötöztem a sebeket úgy, ahogy az erdésztől láttam.

Odaértek a sérült fákhoz. Rebeka megsimogatta a sebeket.

- Nézd, ezen csak karcolások vannak - mondta majd tovább ment és egy hajladozó csemeténél megállt

- Egyik nap feljöttem ide, erős szél fújt. Ez a kis fa ide- oda hajladozott és akkor arra gondoltam az embernek is kiszámíthatatlan a mozgása harc közben, ugyan úgy, mint ennek a csemetének, így kipróbáltam rajta a vágást. Nézd meg ezen már egy karcolás sincs - mutatott egy másik fát. - Ezért mertem most megmutatni neked.

- Mi van, ha nem ugrom hátra? Kettéhasítottál volna?- kérdezte szemrehányón Szolák.

- Kérlek, bocsáss meg, nem akartalak megvágni hidd el. Nem gondoltam, hogy így rád ijesztek. - mondta a lány bűnbánó arccal, de szeméből büszkeség sugárzott. - Ne haragudj, itt a kezem. - nyújtotta apró kezét békítően.

- Még egy ilyen trükk és elfenekellek, mint egy rossz gyereket. - fogta meg a feléje nyújtott kezet.

- Gyere, üljünk le oda a nagy fa alá.- átölelte Rebeka vállát és elindultak a terebélyes odvas fa felé. A fiatalember nézte szép, szőke hajú tanítványát, aki fiatal kora ellenére különb volt minden lánynál, akivel valaha is találkozott. Rebeka tizenhat éves volt, magas termetű. Hosszú haját befonva viselte, mely lágyan keretezte szép arcát. Zöld szeme állandóan kíváncsisággal figyelte maga körül a világot. Formás száját gyakran szorosan összezárta. Dajkája dacos, elkényeztetett gyermeknek tartja, aki keresi a bajt magának. Szolák tudta, hogy a dajkának igaza van. Rebeka valóban nem hajlandó alávetni magát parancsainak, főleg ha főzésről, varrásról vagy egyéb női tevékenységről volt szó, de nem azért mert el van kényeztetve. Rebekát mélyen megrázta imádott anyja halála. Megrendült emberekbe vetett hite, hiszen Alexandra árulás áldozata lett, és a kislány végignézte hogyan halt meg. Bosszút esküdött anyja gyilkosa ellen. Azért tanult meg titokban vívni, hogy képes legyen végrehajtani bosszúját.

- Még mindig haragszol, ugye? - kérdezte Rebeka, amint leültek a vén fa tövébe.

- Nem haragszom, bár kegyetlen tréfa volt. Lásd be!

- Már bocsánatot kértem. Különben sem sérültél meg. - mondta durcásan.

7

- Rendben van, felejtsük el. De legközelebb, ha valami újat akarsz mutatni, előtte figyelmeztess!

- Most is mondtam, hogy védd magad. - nevetett szemtelenül a fiú szemébe. - Kérlek, meséld tovább népünk történetét! Ott hagytad abba, mikor ide jöttünk erre a szép vidékre.

- Az Avar-birodalom, fénykorában hatalmas területet foglalt magába. - kezdte Szolák a történetet. - Nagy gazdagságban éltek, de nem csak az uralkodó és vezérei, a köznép is. Állandóan harcban álltak a környező népekkel, mert azok szemet vetettek földjükre és mesés kincseikre. Amíg Baján fejedelem élt, virágzott a birodalom. Halála után a fejedelemségért folyó harcból belviszály lett, és a birodalom szétesett. Így könnyű prédájává vált a külföldi hatalmaknak. Bagatúr fejedelem már csak a töredékét örökölte az egykori birodalomnak. Akár milyen kicsi is a hazánk, apád újra virágzó országot varázsolt belőle. A jól szervezett mezőgazdaság olyan sok gabonát termel, hogy a keleti és nyugati kereskedők újra nálunk vásárolnak. Azért vannak neked is szép ruháid, gyönyörű ékszereid, mert a külföldi kereskedők áruit meg tudjuk vásárolni. Igaz, nekünk is vannak bányáink, ahonnan tisztes mennyiségű arany és ezüst kerül a felszínre, de már közel sem vagyunk olyan gazdagok mint régen. Mestereink külföldön tanulnak. Nézd meg, milyen jól megmunkált kardod, késed van. Valóban remek fegyvereket készítenek. Nyerges mestereink olyan nyerget készítenek, amilyen a világon még nem volt. Az új nyereg fából készül, vaskengyellel, ez lehetővé teszi a lovas számára, hogy harcban biztosan üljön lova hátán, és hátrafelé nyilazzon. Neked nem ilyen van, de te nem is vagy harcos. - vigyorgott a lányra Szolák.

Rebeka nem reagált a szemtelen megjegyzésre. A fiatalember folytatta.

- A fejedelem ruháit, övvereteit, fegyvereit, lószerszámait gazdagon díszítették arany lemezekkel, berakásokkal. A kisebb vezérek ezüsttel ötvözött övvereteket, szíjvégeket viseltek. Az asszonyok ruhatára a fejedelmi udvarban selyemből, brokátból készült. Ékszerük gyön-

8

gyökből és aranyból volt. Az evőeszközök, tányérok, tálak, ivócsészék szintén színaranyból készültek. Ezt a gazdagságot irigyelte meg a frankuralkodó, Nagy Károly és Krum bolgár kán. Háborút indítottak ellenünk, bár hősiesen védekeztünk, a túlerő győzött, és az Avarbirodalom három részre szakadt. A Dunántúl frank kézbe került, a Tiszántúlt a bolgárok foglalták el. A maradék avar nép a Duna-Tisza közé húzódott vissza. Most itt élünk. Hála Bagatúr fejedelemnek élünk, és újra virágzik az Avar-birodalom. Akármilyen kicsik is lettünk. - sóhajtott Szolák.

- Gyere gyorsan, meglepjük apát. Nézd, ott van az erdő szélén. - mutatott a ritkuló fák felé Rebeka.

Szolák felriadt emlékeiből, felszedte a lány szanaszét fekvő fegyvereit, elrejtette őket, elkötötte a lovakat, és elindult utána.

A kis bestia óvatosan közeledett a gondolataiba mélyedt uralkodó felé. Ruháját összefogta, nehogy zajt csapjon és elárulja jövetelét.

Bagatúr fejedelem felfelé kaptatott a szőlővel telepített domboldalon. Felérve a dombtetőre gondterhelt arca felderült az elé táruló táj szépségétől. Amerre a szem ellátott erdők zöldelltek a dombokon, a déli lejtőkön szőlőskertek és gyümölcsösök váltogatták egymást. Lent a völgyben szántóföldek húzódtak, az árpa sárga kalászai vígan lengedeztek a szélben, a búza is bőséges termést ígért. Meleg tavaszi napsugár ömlött a tájra. A természet és az emberi kéz helyre állította a háború pusztítását. A fejedelem leült a selymes, zöld pázsitra, gondolatai a régi időkben jártak, amikor fiával jöttek fel ide. Mesélt neki a nagy Avar uralkodókról. A szomorúság újra kiült az arcára, fia és felesége már nem élnek, áldozatul estek a testvérháborúnak.

Hirtelen két meleg kis kéz fogta be a szemét.

- Ha megmondod, ki vagyok, ajándékot kapsz! - nevetett Rebeka a háta mögött.

- Egy csúf, vén boszorkány vagy! - mímelte a haragot, majd megfogta mind két kezét és magához húzta lányát.

- Miért mászkálsz egyedül, hol van Szolák? - kérdezte a fejedelem.

- Mondtam, hogy mindig veled kell lennie.

- Apa ne félts! A háborúnak vége. Különben a testőröm most jön. Kissé lemaradt. Tudod elég öreg már, és nem tud úgy futni, mint én. - mondta majd hangosan felkacagott.

Szolák épp az utolsó mondatra ért fel a dombtetőre.

- Még hogy öreg, hiszen még csak húsz éves vagyok! - háborodott fel a fiatalember.

Bagatúr végignézett a két gyereken. Rebeka szőke haja a derekáig ért, fel-felkapta a lágy tavaszi szellő. Bájos arca, hatalmas zöld szeme, akaratos szája anyjára emlékeztette. Zöld, rövid kaftánja remekül illett szeme színéhez. Rebeka rendkívül okos teremtés. Nehéz kordában tartani. Akaratát mindenáron érvényesíteni akarja. Azt is nehezen tudja megértetni vele, hogy Szoláknak miért kell állandóan vele lennie. Szeme átsiklott a magas, jóképű fiatalemberre. Szeretettel nézte bátyja árváját. Úgy nevelte, mint a saját gyermekét. A fiú sötétbarna haját kétoldalt befonva viselte. Kék szeme, sasorra volt. Vékony szája erőt és kitartást sugallt. Aranysárga kaftánt viselt sötétbarna nadrággal, lábára puha bőrcsizma simult. Kaftánját ezüstveretekkel díszített öv fogta össze, övében kétélű kard és kés volt. A fegyverek láttán megnyugodott az uralkodó, biztos volt benne, hogy a fiú meg tudja védeni lányát, ha valami kalamajkába keveredik. Sajnos Rebeka könnyen bajba sodorta magát. A múltkoriban összeszólalkozott a kovács fiával, mert az csúfolta szőke haját. Az avarok mind fekete vagy barna hajúak. A lány már meg akarta verni, de Szolák közbelépett és elcipelte a mérges lányt. Rebekának haja és szeme színe miatt sok gondja volt. A babonás emberek a rossz szellem lányának hitték, míg mások istennőt láttak benne.

- Hol jártatok gyerekek? - kérdezte a fiatalokat Bagatúr

- Rebeka lovagolni akart az erdőben, unta a hímzést az asszonyokkal. - válaszolta Szolák mosolyogva.

- Igen, nagyon unalmas a tűt döfködni az anyagba. Szívesebben vadásznék, vagy vívóleckét vennék. - felelte durcásan.

- Gyermekem már százszor megmondtam, egy lány tanuljon meg varrni, főzni és háztartást vezetni. Ideje lenne férjhez menned. A korodbeli lányok már mind asszonyok és a legtöbbjüknek kisbabája is van. Nekem mikor lesz unokám? - kérdezte a fejedelem.

- Már megint itt tartunk, megmondtam, hogy csak akkor megyek férjhez, ha találok olyan férfit, akit tisztelni és szeretni fogok. Apa engedd meg, hogy meg tanuljak vívni és nyilazni! - kérte apját kedvesen a lány.

- Nem! Megmondtam, a harc férfiak dolga. - fejezte be a vitát Bagatúr.

- Férfiak... - legyintett sokatmondóan, sarkon fordult, és elrohant a kastély felé.

895. Verecke

A nagyméretű vezérjurtában nyolc férfi ülte körbe az asztalt. Az asztalfőn Álmos fejedelem, jobbján fia, Árpád, balján a vezérek ültek méltóságuk sorrendjében. Mindannyian harci öltözékben voltak, dúsan hímzett kaftánt viseltek, melyet derekukon öv fogott össze, hosszú nadrág és csizma volt rajtuk. Az öveik különbözőek voltak, a fejedelemé és fiáé arannyal díszített, míg a vezéreké ezüstveretes. Öveikben kard és éles kés, mind igazi remekmű. Hosszú hajukat befonva viselték, arcukon várakozás ült.

- Testvéreim, ma reggel visszatértek felderítőink. Megtalálták a kereset területet, melyet táltosaink megjósoltak. Vége hosszú vándorlásunknak, birtokba veszitek új hazátokat. Kérlek benneteket, békével tegyétek, hiszen rokonaink élnek ott, még a nyelvünket is beszélik. - mondta Álmos, majd folytatta. - Árpád itt Vereckénél marad, a többiek tovább vonulnak és az alkalmas helyen lépnek az új haza földjére. A sorrend a következő: Előd az első, majd Ond, Kond, Tas, végül Huba, Töhötöm lesz az utolsó. Ők együtt lépik át a határt. Azért döntöttem így, mert ahol vége van a hegyláncnak az a legveszélyesebb, ott már idegenek élnek és erős ellenállásba ütközhetnek. - elhallgatott. Nagy levegőt vett, arca sápadt volt, szeme nagy fájdalomról árulkodott. Miután enyhült a kín, folytatta:- Felderítőinkkel egyeztetve meghatároztam az átkelőhelyeket, mindenki megkapja a rá vonatkozó részleteket. Készüljetek. Az égiek áldása kísérjen utatokon! - felállt és ezzel véget ért a tanácskozás. A vezérek meghajtották fejüket vezérük előtt, majd távoztak. Innen is, onnan is hallani lehetett a suttogást: szent fejedelemgyilkosság!

- Árpád, maradj! Neked még mondanom kell valamit. - marasztalta fiát - Hallod mit suttognak az emberek? Igazuk van. Nem léphetem át az új haza határát, mert szerencsétlenséget hoznék népemre. - mélyet sóhajtott, majd folytatta:- Nem kell megölnötök, érzem, hogy meghalok. Temessetek jeltelen sírba, és csak a család vegyen részt a szertartáson. Kérlek, küld be Lehelt beszédem van vele. - fejezte be a fejedelem.

Lassan felállt, kinézett a jurtából, mintha búcsúzna. Végignézett az eléje táruló tájon, hűséges népén, mely követte és hitt benne.

Árpád megölelte apját, könnyeit nyelve kilépett a sátorból. A nap, ragyogóan sütött ezen a májusi reggelen. A hegyoldalon az erdők virágba borultak, bódító illatukat a völgyben is érezni lehetett. A völgy, melyet selymes fű takart, gyengén lejtett a folyó felé. A széles víztömeg szeszélyesen kanyargott, majd eltűnt a következő hegy lábánál. A tábor hatalmas volt a sátrak elleptek minden talpalatnyi földet, de azért maradt hely a gyerekek számára, akik jókedvűen rohangáltak a sátrak között. Árpád gondterhelten indult otthona felé. Tudta, hogy a babona szerint apja nem lépheti át az új föld határát. Nem hitt a babonákban, ő képtelen lenne megölni az apját, de nem is engedné meg a gyilkosságot. Néhány vezére azonban szívesen megtenné, nem csak babonából. Nem mindenki szerette Álmost.

Másnap reggel Árpád miután megnézte a karámban az újonnan érkezett lovakat, lassan bandukolt jurtája felé.

- Gyere nyilazni! - rohant felé legkisebb fia.

Évekig azt hitték, hogy nem lesz fiúgyermekük, de felesége kitartásán köszönhetően ez a kicsi a negyedik férfi jelölt a családban. A gyermek, hasonló ruhát viselt, mint az apja, de övét még nem díszítették veretek, mivel az csak a harcosokat illette meg.

- Nem megyünk nyilazni fiam, nagypapa beteg. Megyek, meglátogatom. Menj, játsszál a többi gyerekkel. - megsimogatta kisfia arcát, majd elindult Lehel jurtája felé.

Lehel tudta, hogy Álmosnak csak napjai vannak hátra, ezért hívta össze a tanácsot. Szerette volna úgy útnak indítani a népét, ahogy ő jónak látta. Lehel már várta Árpádot.

- Apád beszélni akar veled, gyere! - mondta csendesen.

A vezér aggodalmasan nézett a sámánra, képtelen volt megszólalni, csak a szeme kérdezett. Lehel némán bólintott, ebből megértette, apja haldoklik. Nem szólt senkinek, elindult a sámán után. Amint belépett a sátorba, szíve majd megszakadt. Álmos ágyán feküdt, arca sápadt volt, megkönnyebbült, ahogy fiát meglátta.

- Fiam, elmegyek őseink után eleget éltem. Néhány tanácsot adnék neked, kérlek, fogadd meg őket! Érted és népemért teszem, mely most már a te néped. Békével próbáld elfoglalni az újhazát, úgy, ahogy én tettem hosszú vándorlásunk során. Nem gyávaságból fizettünk azoknak az uralkodóknak, akiknek földjén átvonultunk, hanem azért mert a fölösleges harc gyengítette volna népünk erejét, egységét. Fiam kerüld el a harcot mindaddig, amíg van esély a békés megegyezésre. A hat vezérrel kössél vérszerződést, azt babonából nem merik megszegni. Légy határozott, inkább egy vezért áldozzál fel, mint egy népet! Felelős vagy azokért akiket az új hazába vezetsz! - megpihent kissé, majd folytatta:- Azért döntöttem úgy, hogy különböző helyeken vonuljatok be, mert így egyszerre foglalhatjátok el azt a gyönyörű földet. Futárok útján állandóan kísérd figyelemmel a többi vezért, parancsokkal irányítsd őket, s vond felelősségre, ha valamelyik nem teljesíti azt. - ismét abbahagyta.

Látszott rajta, hogy kimerítette a beszéd. Árpád csodálta apja akaraterejét, hiszen a reggeli tanácson, úgy tűnt minden rendben van vele, határozottan adta ki parancsait, utasításait vezéreinek. Napokig a felderítők jelentéseit hallgatta, tanulmányozta a rögtönzött térképeket, amelyek alapján kidolgozta a honfoglalás menetét.

- Fiam, a térképeket elkészítettem, tanulmányozd! Ha valamit nem jól csináltam, módosíts rajta. A lényeg az, hogy időben lehetőleg egyszerre lépjétek át az új föld határát. - nagyot sóhajtott, arca veretékben fürdött. - Árpád, Hubát és Töhötömöt nem csak azért küldöm együtt, mert nagyobb ellenállásba ütközhetnek, hanem azért mert nem bízom Fajszban. Valami azt súgja, el akar szakadni tőlünk. Azért kell Hubával mennie, mert ő befolyásolni tudja, ha kell, erővel is visszatartja. Töhötöm már elég öreg, a fia meg még fiatal. Fajsz szeretne

14

Töhötöm helyébe lépni. Figyelj rájuk, sűrűbben küldjél futárt hozzájuk. Ha kell, te is keresd fel őket, ellenőrizd, mit csinálnak. Fajsz a háború híve, a békés megoldásokat gyávaságnak tartja. Erőtlenül hátra dőlt, nehezen vette a levegőt.

- Apa pihenned kell! Majd reggel megbeszéljük a többit. - kérte Árpád.

- Nem fiam, nincs időm, most kell elmondanom, nekem már nincsen reggel. Sok mondanivalóm már úgy sincs. - lehunyta szemét, arca kisimult, békés nyugodt volt. Árpád megijedt, hogy meghalt, segélykérőn nézett Lehelre, de ő megrázta a fejét. Álmos kinyitotta szemét, ránézett fiára, mosolygott. Már megbékélt a halál gondolatával.

- Honfoglaló gyermekem, az Istenek vezessenek utadon, járj szerencsével! - Álmos most már örökre lehunyta szemét, keze mellyel fia kezét fogta lassan elernyedt. A nagy Fejedelem megtért őseihez. Másnap reggel szűk családi körben eltemették Álmos fejedelmet, kívánsága szerint jeltelen sírba. Néhány nappal később egy erdei tisztáson összegyűltek a vezérek, vérszerződést kötöttek Álmos fiával, Árpáddal. Éles késsel megvágták karjukat, vérüket egybe gyűjtötték, Árpádot pajzsra emelték és ezzel fejedelemmé választották A fejedelmi sátorban tanácsot ültek, Árpád részletes ismertette ki, hol és mikor lépi át a Kárpát- medence határát. Ezzel megkezdődött a magyarok honfoglalása.

Találkozás

Hajnali madárdal verte fel az erdő csendjét, a harmatos fű elnyelte a közeledő lovak patájának a hangját. A lovasok csendesen beszélgettek, latolgatták Árpád fejedelem esélyeit a békés megegyezésre a földvásárlással kapcsolatban. Hatan voltak, egy idősebb férfi és öt fiatal harcos. Csúcsos süveget, mintás kaftánt, hosszú nadrágot és puha bőr csizmát viseltek. Gyönyörű fehér lovat vezettek kantárszáron, a lószerszám gazdagon volt díszítve arannyal. A poroszkáló lovasok követségbe mentek Bagatúr fejedelemhez az avarok vezéréhez. A fehér lovat ajándéknak szánták, cserébe Árpád fejedelem egy marék földet és füvet kért, valamint egy korsó vizet a folyó vizéből. Amennyiben kérésüket teljesítik az annyit jelent, hogy beengedik a magyarokat a földjükre, és jogot kapnak a letelepedésre. A föld, a fű, a víz jelképezi a föld megvásárlását. Az élen haladó harcos keze felemelésével jelezte, álljanak meg. Az erdő felől kardpengék csattogását hozta feléjük a szél.

- Várjatok, megnézem mit történik ott. - mondta, leszállt lováról, majd csendben elindult a hang irányába. Néhány lépés után egy tisztás tárult elé. Az erdő fái alatt két fiatalember heves kardcsatát vívott egymással. Egyikük kisebb volt, mint a másik, vékonyabb is társánál.

- Szolák eltöröd a karomat! - kiáltotta egy csengő hang.

- Bocsánat mindig elfelejtem, hogy gyengébb vagy nálam. - felelte huncut mosollyal a másik, s leengedte kardját.

- Te álnok! Nem vagyok gyengébb nálad, ezt te is tudod. Gyorsaságom kiegyenlíti az erőviszonyokat. - miközben ezt mondta, hirtelen felemelte kardját, egy gyors mozdulattal a fiatalember felé szúrt.

A közeli bokorból kiugrott a leselkedő, kardját védelmezőn a magas fiatalember elé emelte, majd egy határozott vágással kiütötte a támadó kezéből kardját.

- Ki vagy te és mit képzelsz? Hogy mered beleártani magad mások dolgába?- kiáltotta magából kikelve az álnok harcos. Felkapta kardját a fűből és villámgyorsan támadásba lendült.

- Hé, fiú lassan a testtel, te mindig így viselkedsz? Ez becstelen és harcoshoz méltatlan!- kiáltotta felháborodva a magyar harcos, és ügyesen kivédte a támadást. Ellenfele fejéről harc közben leesett a sisak és aranyszínű haja a vállára omlott.

- Bocsánat. - a megdöbbent fiatalember leeresztette a kardját.

- Nincs bocsánat! Védd magad! - felelte harciasan Rebeka, s fenyegetőn elindult az idegen felé.

- Rebeka elég legyen! Tedd le a kardot!- szólt rá erélyesen a társa, és lány elé állt.

- Mi járatban vagy uram? - fordult a jövevény felé Szolák.

- Bagatúr fejedelemhez jöttünk követségbe. A kíséretem itt van az erdőben.

Szolák most döbbent rá, milyen figyelmetlen volt. Vigyáznia kell a lányra, ilyen még nem fordult elő vele, észrevétlenül megközelítették őket! Alkalmatlan erre a feladatra, nem tud másra figyelni, ha a lánnyal vív, mert ez a boszorkány mindig új taktikával lepi meg és rá kell összpontosítania.

- Hányan vagytok? - kérdezte és védelmezőn a lány elé lépett, kardját szorosabban markolva.

- Hatan, de nem kell félned. Békés szándékkal jöttünk. - felelte a jövevény. Hangos füttyszóval hívta társait, akik a bokrok mögött lapultak.

A tisztásra lépő harcosok gyönyörű lovat vezettek kantárszáron. A sajátjaikat kikötötték az erdőben.

- Csodaszép paripa! - ámuldozott Rebeka.

- Árpád a magyarok fejedelme küldi ajándékba az avarok vezérének. - mondta követ.

- Mit akartok apámtól? Hagyjátok őt békén! Nem kell a lovatok, az ajándékotok. Forduljatok vissza, menjetek innen!- kiáltotta Rebeka magából kikelve. - Így jöttek a frankok és a bolgárok is. Ajándékot hoztak, békét ígértek, majd megszegték azt. Elpusztították népünk javát, megbecstelenítették az asszonyokat gyermekeik szeme láttára, majd megölték őket. Elvették földjeinket, szolgaságba döntötték népünket az elfoglalt területeken. Nem uram, többé nem hiszünk az ajándékoknak, szép szavaknak. Kérlek, forduljatok vissza és felejtsétek el, hogy itt jártatok!- kérte a követeket Rebeka.

Zöld szemét könnyek homályosították el, de sikerült visszaparancsolnia őket. Könyörögve nézett az idegenekre, akik döbbenten meredtek a lányra.

- Rebeka, apádhoz jöttek nem hozzád! - utasította rendre tanítója, a minden ízében remegő lányt. - Inkább azon törd azt az okos kis fejedet, hogyan magyarázod meg a fejedelemnek a vívóleckét, melyet a vendégek biztosan elmesélnek. - folytatta Szolák tettetett aggodalommal. - Ha kiderül, mit csináltunk itt, engem lefejeznek, téged a toronyba zárnak. Bagatúr megtiltotta a vívás és egyéb harci tudományok tanulását. Mehetsz hímezni az asszonyokkal. - fejezte be a tanító.

- Képesek lennétek elmondani neki? - fordult a jövevények felé szikrázó szemmel a lány. - Ezt nem tehetitek meg!

- Azt hiszem ideje bemutatkozni. Zoltán vagyok, Árpád fejedelem elsőszülött fia. Ő Lehel, - mutatott az idősebb férfira - apám fősámánja a nevelőm. Ők a barátaim és harcostársaim. - fordult kísérete felé.

- Rendben van. Én Rebeka vagyok, Bagatúr fejedelem egyetlen gyermeke. Ő Szolák a nevelőm és védelmezőm. - szeretettel nézett tanítójára miközben bemutatta. - De ő a legnagyobb rebellis a világon. - folytatta mosolyogva.

Zoltán szíve nagyot dobbant, amint a lány zöld szemébe nézett. Szerette volna megsimogatni rózsás arcát, megcsókolni kicsiny kezét, mely még mindig kardját szorongatta. Soha nem látott még ilyen szép és harcias teremtést. Rebeka tekintetét Zoltán meleg, barna szemére emelte. Mintha villám hasított volna belé, szíve szaporábban vert, de képtelen volt levenni szemét az ifjú magyar harcosról.

- Azt hiszem, indulni kell Rebeka, apád mérges lesz, ha nem érünk haza időben. - kérte a lányt Szolák.

- Mehetünk. Elkísérjük a követeket apám házához. - egyezett bele a lány. - Kérlek, ne mondjátok el amit itt láttatok! - kérte őket Rebeka. A hazafelé vezető úton beszélgettek. Lehel Szolák mellett lovagolva az avar fejedelem felől érdeklődött.

- Az uratok is olyan akaratos, mint a lánya? - kérdezte. - Vagy a lány uralkodik helyette? - mosolygott az ifjúra.

- Csak lassan a testtel! Rebeka csodálatos teremtés. Apja nem tudja, hogy a lánya megtanulta a harci tudományokat. Még az ellen is tiltakozott, hogy Rebeka megtanuljon írni, olvasni és számolni, pedig nő létére nagyon fogékony, úgy issza magába a tudományokat, mint szomjas föld az áldott esővizet. - szeme szeretettel pihent meg az előtte lovagoló tanítványán.

- Visszatérve a kérdésedre, Bagatúr nyugodt, kiegyensúlyozott ember. Csak a figyelmes szemlélő veszi észre szemében a szomorúságot, melyet fia, az örökös és felesége halála miatt érez.

- Mikor veszítette el őket? - nézett rá Lehel, jobb kezével félrehajtva egy ágat.

- A háború után. A fejedelem éppen a békéről tárgyalt a frank uralkodóval Fehérváron. Harcosai nagy része vele tartott, mivel csapdát sejtettek a meghívásban. Csakhogy a csapdát nem ott, hanem itt állították fel. Miután a bolgár fejedelem tudomást szerzett Bagatúr és csapatai távozásáról, itt termett seregeivel. Ajándékot hozott a fejedelem asszonyának, békekötést ajánlott a fiának, miközben serege az erdőben várakozott. Egy megbeszélt jelre előjöttek, és aljas módon lemészárolták a kisszámú őrséget. A fejedelem fia harc közben halt meg, a feleségét és leányát el akarták rabolni. Alexandra asszony férje mellett megtanult vívni, így felvette a harcot az érte küldött férfiakkal. Az ellenállás reménytelen volt, de inkább meghalt, mint birka módjára velük menjen. - sóhajtott az ifjú. - Rebekát anyja egy ládába rejtette, mielőtt az ellenség felért volna a szobába. A gyermek a láda résein át végignézte anyja kétségbeesett harcát, majd halálát. Épp akkor értünk oda, amikor Rebeka anyjára borulva megesküdött, hogy bosszút áll a gyilkosokon. Hát, így történt. - fejezte be Szolák, szeme a messze-távolba nézett.

- Azt mondtad, épp akkor értetek a szobába, amikor a kislány kibújt rejtekhelyéről. Ne haragudj, de addig hol voltatok?- fordult felé Lehel.

Szolák ránézet, de a kérdező arcán nem rosszallást, inkább kíváncsiságot látott.

- Felderítő úton voltunk. Soha nem bocsátom meg magamnak, hogy későn érkeztem haza.

Gondolatban újra átélte azt a rettenetes napot, lelkét mardosta az önvád. Lehel érezte, mi játszódik le a fiatal avar fejében. Azt hiszi miatta végződött, úgy ami történt, pedig ha időben ért volna haza, akkor sem biztos, hogy megakadályozhatta volna a vérontást. Lehet, vagy inkább biztos, hogy most ő is ott lenne a temetőben, aludná örök álmát az áldozatok mellett. Ritkulni kezdett az erdő, az út kiszélesedett, néhány lépés után kiértek a fák közül. Szemet gyönyörködtető látvány tárult eléjük. A dombtetőről, ahol álltak egy nagy völgyet láttak, alattuk a domboldalon katonás rendben sorakoztak a szőlőtőkék, a levelek védelmezőn simultak az érésnek indult fürtök fölé. A szőlőszemek, mint pajkos gyermekek, itt is, ott is kidugták arcocskájukat az érlelő napfény felé. A völgyet körülölelő dombok lejtőin gyümölcsös kertek hívogatták érett termésükkel a szemlélőt. A lankásabb részeken jól megművelt szántóföldek terültek el. A völgyet kettészelő folyó csendesen folydogált, a víztükör visszaverte a ragyogó napsugarakat. A völgy legszebb pontján egy hatalmas, fából készült kastély állt, nem is kastély inkább vár. Mind a négy sarkában magas torony kémlelte a környező tájat. A tornyokat nem régen építhették, mert világosabb színűek voltak, mint a kastély. Az erődítményt magas védőfal vette körül, védelmezve a kastélyt és a hozzá tartozó épületeket. A védőfalon belül voltak a vezérek házai, a szolgák lakhelyei, a kovács és fazekas mester valamint a nyeregkészítő műhelyek. Itt kaptak helyet az istállók és a gabonatárolók is. A falon kívül, földből és szalmából döngölt nádfedelű házak sorakoztak, ezekben laktak a földművesek.

A házak oldalán tyúkok kotyogták el egymásnak az új híreket, a kakasok dölyfösen sétáltak közöttük, az ólakban disznók süttették hasukat a napon. A kacsák hangos hápogással hűsítették magukat az apró tavacskákban. A folyó túlsó oldalán szürkemarha csorda kérődzött a fák hűvösében, mellettük birkák és kecskék legelésztek. Tőlük kissé távolabb a lovak vették birtokukba a zöldellő legelőt. Az augusztusi melegben egy falevél sem rezdült, ebédidő lévén nemigen lehetett embert látni, a gyerekek sem rohangáltak a faluban. Ez a békés kép tárult Árpád magyarjai elé. Szinte elállt a lélegzetük e csodás paradicsom láttán. Rebeka végignézett vendégeik arcán, büszkeség dobogtatta meg szívét örült, hogy a jövevények így megcsodálják otthonát. Néhány percig ő is rácsodálkozott a szívet melengető tájra, majd arca elkomorult. Eszébe jutott az a másik csapat, amely ugyan így jött, békés szándékkal, ajándékokkal. Mindenki hitt nekik, még az ő gyönyörű és okos édesanyja is. A tapasztalt és kemény harcosok sem fogtak gyanút. Most mind ott pihennek a domboldal árnyékos fái alatt a temetőben. A lány megremegett az emlékektől. Zoltán gyengéden megfogta a kezét.

- Rebeka mi nem öljük meg a népedet, és nem akarunk elrabolni téged. Kérlek, bízzál bennünk, mi valóban békével jöttünk, mellettetek akarunk élni, ha megengeditek.

- Honnan tudod mi történt? És hol tanultál meg avarul beszélni?- kérdezte a lány. Csak most ébredt rá, egy nyelvet beszélnek.

- A történetet a tanítód, vagy barátod mesélte el, igaz nem nekem, de minden szót hallottam. Én nem avarul, hanem magyarul beszélek. Nagyon messze innen, szülőföldemen tanultam meg a nyelvet, egészen kicsiny koromban, azt hiszem két éves lehettem, de már elég jól megy. - vigyorgott kedvesen a lány szemébe.

- De hiszen, én is ezt a nyelvet beszélem! Pedig én itt születtem és itt élek azóta. - ámuldozott Rebeka.

- Látod, ezért nem harcolunk ellenetek. Mi rokon népek vagyunk. Igaz pár száz éve elszakadtunk egymástól. Most mi is ide jöttünk, ahogy a ti őseitek tették. - mondta határozottan Zoltán.

Hosszan néztek egymás szemébe, mindketten érezték a vonzalmat, melyet a másik ébresztett bennük. A kísérők elfordították róluk tekintetüket, bár szívesen gyönyörködtek volna e szép párban. Talán ők már elindultak a békés egymás mellett élés útján.A völgy csöndjét kiáltozások verték fel. Felfedezték a kis csapatot, amely a domb tetején álldogált.

- Rebeka csatold le a kardodat, tedd a rejtekhelyre, hozd magad rendbe. A sisakot se felejtsd rajta azon a kemény kobakodon!- figyelmeztette Szolák, de a szigorú szavakat ellensúlyozta szeretetet sugárzó kedves arca.

- Te jó ég! Majdnem elfelejtettem. Mit kaptunk volna apától? - gyorsan eldugta a tiltott tárgyakat egy odvas fa rejtekébe. Szolák hangos kacagását hallva, mérgesen fordult meg.

- Az íjat magadon felejtetted. - mutatott a lány vállára.

Ez a barna szemű idegen teljesen elvette az eszemet. - dühöngött magában Rebeka.

- Most már indulhatunk. - mondta. Állát magasra emelte, kihúzta magát és egyenes tartással elindult a lova felé. Lábát beakasztotta a kengyelbe és ügyesen felült az állat hátára.

- Uraim legyenek a vendégeink, kérem, kövessenek. - nyoma sem volt rajta a harcos amazonnak. Most úgy lovagolt a csapat élén, lobogó szőke hajával, mint egy igazi hercegnő. Zoltán gyönyörködve nézte karcsú alakját. Ez a lány alaposan felkavarta, elvette a józan eszét. Nyugalomra intette magát, a lány valóban rendkívüli, de kitudja, mi lakozik benne. Mivel Rebeka diktálta az iramot, gyorsan leértek a völgybe, ahol már várták őket az avar harcosok.

Amint a lány közelükbe ért, utat engedtek neki, de utána bezárult kör. Az idegenek avar harcosok gyűrűjében találták magukat, nem szorosan, de határozottan vették körbe őket. Zoltán leszállt lováról, kísérői követték példáját és szorosan felzárkóztak mellé.

- Árpád, magyar fejedelem követei vagyunk, Bagatúr fejedelemhez jöttünk. - nézett az avar férfiakra Zoltán.

- Üdvözöllek jó uram, Levedi a nevem, az avar fejedelem fővezére vagyok. - nézett keményen az ifjú követre. - Benned kit tisztelhetek?

- Zoltán vagyok, Árpád fejedelem elsőszülött fia. - mondta büszkén. Mindkét csapat kíváncsian méregette a másikat. Döbbenetes volt a hasonlóság. Ruháik, fegyvereik, kis eltéréssel szinte azonosak voltak. Zoltán törte meg a csendet:

- Bemutatom kíséretemet. Ő Lehel - mutatott a mellette álló idősebb férfira - apám sámánja. Kíséretem többi tagja népem kiváló harcosa. Békével jöttünk, kérlek, vezess uradhoz.

- Kövessetek, de mielőtt a faluba léptek át kell adnotok a fegyvereiteket. Tudom, harcos nem válhat meg fegyverétől, de meg kell értenetek, okunk van erre az óvintézkedésre. Visszakapjátok, amint meggyőződtünk róla, valóban békés a szándékotok. - mondta Levedi kezét nyújtva a követek felé. Zoltán Lehelre nézett, tanácstalan volt. Harcos nem válhat meg fegyverétől - jól mondta a fővezér - de nekik feltétlenül beszélniük kell az avar uralkodóval. Lehel fejében ugyanezek a gondolatok forogtak, ránézett Zoltánra és alig észrevehetően bólintott. Az ifjú is döntött.

- Rendben van, átadjuk fegyvereinket, de saját harcosunknak, aki itt marad és őrzi őket. Ha így megfelel, akkor indulhatunk. - közölte Zoltán.

Lehel elismerően bólintott tanítvány bölcs döntésére. Amint fegyvereiket átadták a kijelölt fiatal harcosnak, elindultak. Zoltán Levedi mellett ment a Fejedelem háza felé, a harcosok szorosan mögöttük haladtak. Lehel figyelmesen szemügyre vette a falut. Az avarok házai előtt elhaladva úgy érezte otthon van. A jurták, sátrak, emberek annyira hasonlítottak ahhoz a faluhoz, amelyet el kellett hagyniuk évekkel ezelőtt. Zoltánt meglepte az az óvatosság, amelyet tapasztalt. Rebekát amint a védők közelébe ért, azonnal elválasztották tőlük, azóta sem látta, bár szívesen elkísérte volna otthonába. Nézte a kíváncsi embereket, amint végig haladtak a kövekkel kirakott úton. Ő is felfedezte a hasonlóságot saját népe és az itt élő emberek között. Gyalogosan mentek, lovaikat egy udvarias megjegyzéssel elvezették:- Lovászaink gondoskodnak róluk. Zoltán biztos volt benne, hogy nem csak a lovakról való gondoskodás játszott szerepet ebben a gesztusban. A harcos ló nélkül nem menekülhet el, ha ártó szándékát végrehajtotta, ez is része a védelemnek. Azon gondolkodott, miért ez a nagy óvatosság, ekkor esszébe jutott mit mondott Szolák az erdőben Lehelnek. Hiszen Rebeka édesanyját úgy csalták tőrbe, hogy békekövetek jöttek, és a gyanútlan avarokat lemészárolták. Most már értette, a fejedelem mindent megtesz egyetlen gyermeke védelmére. Hirtelen odafordult kísérőjéhez.

- Mi történt volna, ha nem adjuk át a fegyvereinket, Fővezér uram? -kérdezte pimasz mosollyal.

- Akkor harcosaim egy intésemre lefegyvereznek és börtönben találtátok volna magatokat, Követ uram. - válaszolta Levedi lebilincselő mosollyal.

- Kíváncsi voltam mit válaszolsz, de úgy látom, van humorod.

De a harcosoknak nem volt, amint elhangzott a kérdés a kísérő gyűrű szorosan zárult köréjük.

- Nyugalom, valóban békés szándékkal jöttünk, de azt tudnotok kell, hogyha bármi bántódásunk esik, apám véres bosszút áll.- figyelmeztette őket.

Beléptek a védőfalba épített kapun. Így közelről sokkal erősebbnek tűnt, mint a dombtetőről nézve. Zoltán maga mellett vezette a gyönyörű fehér lovat, amely színaranyból készült lószerszámot viselt. A várban nagy volt a nyüzsgés, épp vásár volt. Nyugatról és délről jött kereskedők hozták el portékájukat, tudták, hogy itt mindig szívesen látják őket. Közelükben egy asszony és a lánya alkudozott egy vég selyemre, biztosan valamelyik avar vezér hozzátartozói, mert ruhájuk és ékszereik jómódról tanúskodtak. Kissé távolabb kecses arab lovak várták új gazdáikat egy rögtönzött karámban. Zoltán szívesen megnézte volna őket, nagyon szerette a lovakat, de mivel nem ezért jöttek, csak szemével simogatta meg az állatokat.

- De szép paripa, bácsi megsimogathatom?- szólalt meg mellette egy kisfiú, társai kissé távolabbról figyeltek.

- Hát persze, gyertek közelebb. - intett az apróságoknak. A gyerekek egy szál ingben, mezítláb rohantak oda és tágra nyílt szemmel csodálták meg a fehér lovat, majd kissé félszegen simogatni kezdték.

- Nálunk fehér lova csak a fejedelemnek van. Te is az vagy?- kérdezte egy maszatos fiúcska.

- Nem vagyok fejedelem. - borzolt a gyermek hajába Zoltán, majd tovább indultak.

A kastély előtt kíváncsian néztek körbe, megcsodálták a hatalmas építményt, melynek nyitott tornácán fából készült asztal és székek várták a pihenni vágyókat. A tornác oszlopait és a palota díszeit kiváló mester készítette, a díszes faragások hozzáértő kezek munkáját dicsérték. A ház előtt virágoskert pompázott. A bejárathoz vezető út két oldalán örökzöld bokrokból gondosan nyírt sövény húzódott.

- Uraim a fejedelem vár benneteket. - szólt a bejárat előtt álló férfi.

Zoltán elindult a bejárat felé, kísérete szorosan mögötte lépkedett. Az erős, keményfából, díszes faragással készült ajtó nyitva volt, várta a vendégeket. A belépők egy tágas teremben találták magukat, közepén egy nagy asztal terpeszkedett, melyet többen ültek körbe. A bejárattal szemben hatalmas ablakon áradt be a napfény. Körbe a falakon különböző népek fegyverei sorakoztak, ízlésesen elrendezve. Amint beléptek az asztal körül ülők felálltak. Egy magas ősz hajú idősebb férfi jött eléjük, kezét nyújtotta a követek felé.

- Üdvözöllek benneteket, legyetek házam vendégei. Bagatúr fejedelem vagyok, ők a vezéreim. - mutatott az asztal körül állókra.

Zoltán végighordozta tekintetét a jelenlevőkön, már nem is csodálkozott a hasonlóságon, melyet újra felfedezett az avar arcok, ruhák, fegyverek láttán. Mintha egy új magyar törzset ismert volna meg. Ahogy szeme végigsiklott az arcokon, egy rókaképű harcos vonta magára az ifjú figyelmét. Zoltán megborzongott amint tekintettük találkozott. A többi vezér barátságosan nézett rájuk.

- Árpád a magyarok fejedelme küldött az ő követei vagyunk. - hajtotta meg a fejét vendéglátója előtt Zoltán. - Zoltán vagyok a fejedelem elsőszülött fia, ő Lehel, apám sámánja és az én nevelőm. Kíséretem többi tagja, népem neves harcosa. - mutatkozott be az ifjú vezér, rangját elhallgatta, mert észrevette a rókaképű gúnyos mosolyát. Nem akarta, hogy dicsekvőnek tartsák az avarok, holott ő fővezér, Lehel pedig vezér volt.

- Foglaljatok helyet, és mondjátok el, mi járatban vagytok?- mutatott az asztal felé Bagatúr. A követek leültek az uralkodó baloldalán sorakozó székekre. Ebben a pillanatban hangos zörgéssel felugrott a rókaképű vezér, haragtól vöröslő arccal.

- Nem ülök egy asztalhoz rangban hozzám nem illő férfiakkal. - füstölgött.

Zoltán döbbenten nézett rá, hiszen csak ketten ültek asztalhoz a magyarok közül. Lehel méltósággal felemelkedett, ha szemével ölni tudott volna, a rókaképű holtan rogyott volna össze.

- Úgy hallottam ti mindannyian vezérek vagytok. Fiatal barátom bizonyára szerénységből nem említette rangunkat. Ő Árpád fejedelem fővezére, fiatal kora ne tévesszen meg benneteket, tapasztalt harcos. Szerény személyemről csak annyit, a magyarok fősámánja vagyok. Így van valami ki fogásod ellenünk uram?!- kérdezte fenyegetőn. - Talán a te rangod nagyobb miénknél? Akkor bocsánatot kérek, hogy egy asztalhoz ültem veled. Bár nem hiszem, mivel a fejedelem megtisztelt bennünket azzal, hogy a saját asztalához ültetett, vagy te rangban fölötte állsz?- Lehel arca gúnyos mosolyra húzódott.

- Elek azonnal ülj le, vagy távozz! Bocsássátok meg uraim vezérem udvariatlan viselkedését. - fordult feléjük a fejedelem.

A rókaképűt Lehel szavai mintha letaglózták volna, kiguvadt szemekkel meredt rájuk, majd Bagatúr parancsára székébe roskadt.

- Az én hibámból történt - mondta Zoltán - a barátságos fogadtatás láttán úgy gondoltam, nem fontos a rangunkkal dicsekedni.

- Fiatal barátom felejtsük el, kérlek, mond el mi szél fújt a házamba? - kérte a fejedelem.

Ahogy nézte a fiatal magyart, eszébe jutott Rebeka áradozása arról, milyen szép, jó kiállású fiú és mennyire hasonlít Tárkányra, halott bátyjára. Barna haja, meleg barna szeme, büszke tartása valóban hasonlít rég elvesztett fiához, gondolta Bagatúr.

- Hosszú vándorlás után érkeztünk birodalmad határához, népünk szeretne letelepedni. Új hazát keresünk, ahol nyugalomban élhetünk. Mivel birodalmad nagy, de néped csak töredékét lakja, úgy gondolta Árpád fejedelem megengeded, hogy itt éljünk mellettetek. Nem akarunk háborút, békében szeretnénk élni veletek, hiszen egy nyelvet beszélünk, rokon népek vagyunk. Apám arra kér, adj nekünk egy korsó vizet a folyóból, egy marék földet és füvet ősi szokás szerint. Küldött egy fehér lovat ajándékba, kérlek, fogadd el, jó szívvel adjuk. - fejét meghajtotta a fejedelem felé. Titokban Lehel arcát fürkészte, vajon nem követett el valamilyen hibát, világos és érthető volt, amit mondott? Tanítója alig észrevehetően bólintott jelezve, hogy minden rendben van.

- Kérésedet meg kell beszélnem vezéreimmel. Amíg a döntés megszületik, legyetek a vendégeim. - állt fel a fejedelem, ezzel véget ért a meghallgatás.

Zoltán kezét nyújtotta Bagatúrnak. - Uram az ajándék megillet döntésedtől függetlenül. Enged meg, hogy átadjam.

A fejedelem a szemébe nézett, keményen megszorította a feléje nyújtott jobbot, lassan bólintott és elindult az ajtó felé. Vezérei kíséretében kilépett a vakító napsütésbe .A gyönyörű fehér ló láttán arca felderült. Szerette az állatokat, különösen a lovakat, de ilyen szép példányt még soha sem látott. Szeme gyönyörködve pihent a pompás állaton, csak most figyelt fel a színarany lószerszámra. A napsugarak vidáman táncoltak a gazdagon díszített paripa fényes fehér szőrén.

- Fiam, ez csodálatos ajándék. Nem fogadhatom el, amíg nem döntöttünk kérésed felől. - nézett Zoltánra. Fiam, ezt akaratlanul mondta,

27

de valóban úgy érezte, mintha a fiával beszélne.

Zoltán is hasonlóra gondolt, miközben a fejedelem arcát fürkészte. A fiam megszólítás vajon neki szólt, vagy annak a régen eltemetett fiatalembernek, aki apja büszkesége volt.

- Bocsáss meg Zoltán, nem a korodra utaltam, nagyon hasonlítasz a fiamra. Egy pillanatig azt képzeltem ő áll mellettem. - mondta csendesen.

- Apa, a vendégeink bizonyára megéheztek és elfáradtak útjuk során - fogta meg karját a lánya - a szakácsnő már elkészítette az ebédet. Gyertek, az asztal terítve van.

- Menjünk uraim, a ház úrnője ebére hív bennünket. - szeretettel nézett gyermekére és elindult a ház felé.

Rebeka időközben átöltözött, egyszerű fehér inget, fehér bőszáru nadrágot viselt. Az ing csuklóban, a nadrág bokában meg volt kötve, ruhája fölött színes brokát kaftánt viselt, melyet derekán arany veretes öv fogott össze. Szőke haját kétoldalt befonva viselte a fonatok végét arany karikák díszítették. Arcát enyhe pír öntötte el, amint Zoltánra nézett. Apja és Szolák egymásra néztek, majd mosolyogva elfordultak, hogy a lány ne vegye észre kaján mosolyukat. Rebeka minden fiatalembert elutasított eddig, buta fajankóknak nevezte őket. Már nem is mernek közeledni hozzá, s lám itt van ez az idegen, aki elérte, hogy a lány elpiruljon.

- Ne örüljetek, semmi sem változott - szólalt meg Rebeka mellettük - csak semmi diadalmas mosoly. Menjünk ebédelni, mert elhűl az étel.

A fejedelemből kitört a nevetés, belekarolt Zoltánba, aki értetlenül nézett rájuk. Szolák nehezen tartotta vissza a kirobbanni készülő nevetést, Lehel mellé lépett és elindultak az ebédlő felé. Nem mert hangosan nevetni, mert tudta a lány bosszút áll majd érte. Az ebéddel mindenki meg volt elégedve, finom bort ittak hozzá. Zoltán meg is kérdezte, hol terem a szőlő, amelyből ilyen ízes bort készítettek.

- Villányban. - felelte a fejedelem. - minden évben az ő borukkal töltöm fel a pincémet.

Az ebéd végeztével a vendégek pihenni tértek. Az avar vezérek tanácskozásra gyűltek össze. Dönteniük kellett, hogy beengedik a magyarokat és békében élnek velük, vagy felveszik a harcot ellenük. A vezérek többsége a békés megoldás mellett döntött, míg a kisebbség a háború mellett tört pálcát. A háború mellett Elek vezér kardoskodott és néhányan mellé álltak. Heves vita után mégis úgy döntöttek, hogy beengedik a magyarokat, azzal a feltétellel, hogy csak az avar települések mellé költözhetnek. Zoltán az ablakból nézte az eléje táruló tájat. A messzeségben sötétzöld dombok magasodtak, völgyben langyos szellő borzolta a bokrok leveleit és a selymes füvet. A folyó lustán hömpölygött, a part menti sekély vízben, gyermekek pancsoltak, visongva fröcskölték egymást a meleg napsütésben. Zoltánnak eszébe jutott gyermekkora, szülőföldjén ők is így játszottak, testvéreivel, barátaival. Talán az ő gyermekei itt fognak felnőni ezen a földön. Nem is nagyon bánná, vallotta be magának. Elfordult az ablaktól, csendesen végigsétált a folyosón, lement a lépcsőn. Már nyitotta volna a bejárati ajtót, amikor meghallotta a lány csengő hangját a háta mögött.

- Elkísérlek, ha nem vagyok a terhedre. - mondta Rebeka kedvesen.

- Elfogadom a kíséretet, gondoltam sétálok egy kicsit, ha édesapádnak nincs kifogása ellene. - fordult szembe a lánnyal.

Gyönyörű teremtés - gondolta - csak nagyon el van kényeztetve, és furcsán gondolkodik, de meg kell hagyni nő létére nagyon okos. Kinyitotta az ajtót, maga elé engedte a lányt, majd ő is kilépett a friss levegőre. Csendesen sétáltak a folyóparton gondolataikba merülve.

- Nagyon szeretek itt élni. Gyerekkoromban sokat játszottam a réten, gyógynövényeket gyűjtöttünk a sámánnal. Megtanított a gyógyítás tudományára, ha szüksége van rám még most is segítek neki. A legelőn eső után sok gombát lehet találni. Édesanyámmal szedtünk a konyhára. Virágokból koszorút fontunk egymásnak, sokat játszottunk, nevettünk, nagyon boldogok voltunk... - szeme elhomályosodott, majd erőt vett magán, és színtelen hangon folytatta. - De ez téged biztosan nem érdekel.

- Érdekel, hidd el. Minden érdekel, ami veled, veletek történt. - javította ki magát zavartan Zoltán. - Én is nagyon szerettem az otthonomat, ott a hegyek sokkal magasabbak, a folyók vadul zúgnak le a völgyekbe. Nagyon szomorú voltam, amikor apám közölte a családdal, hogy el kell mennünk. Tíz éves voltam, úgy éreztem, megszakad a szívem, amikor magunk mögött hagytuk az otthonunkat. Azóta úton vagyunk. Szeretnék itt maradni ezen a tájon. Nekem nagyon tetszik, jó lenne, ha nem vándorolnánk tovább. - mondta Zoltán.

- Talán apám meggyőzi a vezéreket, ő szeretné, ha benépesednének a lakatlan vidékek, és olyan nép telepedne le, amely tud és szeret dolgozni. A parlagon maradt földeket megműveli, és nem akar mindenáron háborút, hogy újabb földeket szerezzen magának. Népünk java elpusztult a kapzsi szomszédok öldöklése során, kevesen vagyunk, nem tudnánk megvédeni csonka hazánkat, egy újabb háborúban. - ismerte be őszintén Rebeka. - Igaz, hogy engem nem engednek a tanács asztalához, de Szolák mindig elmondja, miről tárgyalnak a vezérek, milyen a politikai helyzet.

- Furcsa lány vagy te Rebeka! Nálunk a lányok a férjhez menéssel foglalkoznak, nem a politikával, vívással, gyógyítással. Arra ott vannak a férfiak, meg a sámán. Miért vagy te más, mint a többiek, miért nem mentél még férjhez? Hiszen olyan szép és okos vagy, a társadalmi helyzetedről nem is szólva. - kíváncsian várta a lány válaszát.

Közben elhagyták a folyópartot, és az erdő felé sétáltak. A nap már lemenőben volt, vörös sugarait visszatükrözték a fák levelei és a folyó csillogó vize. Letelepedtek egy öreg fa tövében.

- Tudod Zoltán, az én életem egészen más volt, mint azoké a lányoké, akikkel együtt nőttem fel. Amíg édesanyám élt, szeretetben és gondtalanul éltünk, ő gondoskodott róla, hogy a család ne szenvedjen hiányt semmiben. Esténként mesélt nekünk, a bátyámmal mindig úgy aludtunk el, hogy az ő kedves hangja duruzsolt a fülünkbe. Alexandrának hívták, a bajor herceg legkisebbik lánya volt. Megtanított imádkozni, és mesélt Jézusról, az Isten fiáról, akit keresztre feszítettek a Rómaiak.

- Ezért van a nyakadban az aranykereszt? - szakította félbe a lány szavát Zoltán. - Az ő emlékére viseled? Mesélj róla! - kérte Rebekát.

Rebekát meglepte az ifjú kíváncsisága és türelme, ahogy őt hallgatja.

- Nem Zoltán, most nem mesélem el, majd egyszer, ha újra találkozunk talán több időnk lesz rá

- Bocsáss meg, hogy félbeszakítottam a történetet. Kérlek, folytasd!

- Amikor édesanyámat megölték - folytatta Rebeka - megesküdtem, hogy bosszút állok a gyilkosokon. Kértem apámat, tanítson meg vívni és minden harci tudományra. Természetesen hallani sem akart róla, azt mondta, egy lánynak nem az a dolga, hogy harcoljon, hanem az, hogy férjhez menjen, gyerekeket szüljön, vezesse a háztartást és nevelje a gyerekeket. Nevetséges ez a felfogás, egy nő is képes harcolni, hiszen édesanyám is küzdött halála előtt, nem is rosszul és csak azért győzték le, mert túlerőben voltak. De apámat nem lehetett meggyőzni, szerinte anya még mindig élne, ha akkor nem ellenkezik. Nem vitatkoztam, megkértem Szolákot, hogy titokban tanítson meg mindenre, amit ő tud. Eleinte nem akart belemenni, de némi zsarolással sikerült jobb belátásra bírni. Úgy érzem most már elég jól bánok a karddal, de a nyíl sem okoz különösebb gondot. Van néhány csel, amelyet én találtam ki. - mondta büszkén a lány.

- Az egyik az, amit a tisztáson láttunk, amikor megérkeztünk? - kérdezte Zoltán.

- Igen, és ha nem avatkoztál volna közbe, akkor láthattad volna, hogy Szolák tökéletesen ura a helyzetnek. Együtt gyakoroltunk be minden mozdulatot, semmi veszély nem fenyegette.

- Rebeka még nem válaszoltál, miért nem mentél férjhez! - szorongva várta a választ.

A lány gyönyörű szemével ránézett, látszott, hogy gondolkodik válaszoljon-e a kérdésre, vagy ne. Végül is úgy döntött, elmondja az igazat.

- Amíg nem bosszultam meg édesanyám halálát, addig nem tud érdekelni más. Értsd meg, nem lehetek boldog addig, amíg meg nem teszem. Nem ronthatom el egy másik ember életét azzal, hogy hozzámegyek és csak a bosszú jár a fejemben. Egy házasság teljes odaadást igényel szerintem, és én erre most még nem vagyok képes.

- Értem, ha találnál egy olyan férfit, aki megtenné helyetted, hozzámennél?

- Nem, ezt nekem kell véghezvinnem! - mondta ellentmondást nem tűrő hangon.

- De te gyenge vagy, nem lennél képes rá. - nézett a lányra kedvesen.

- Te is olyan felfuvalkodott vagy, mint a többi férfi, azt hiszitek csak ti tudtok mindent! - kiáltott rá mérgesen a lány, és elrohant, faképnél hagyva a fiatalembert.

Zoltán értetlenül nézett utána, majd lassan elindult a völgy felé. Rebeka ahogy a völgybe ért, már nem rohant, gondolataiba mélyedve sétált hazafelé. Miért gondoltam, hogy ez a jóképű fiatalember különb, mint a többi? - kérdezte magától. - Hiszen Ő is olyan öntelt, mint azok a fiúk, akiket ismerek. Hazaérve nem szólt senkihez, felment a szobájába, gondolatai Zoltán körül jártak, nagyon tetszett neki, ha vele volt szíve hevesebben vert, amióta meglátta csak ő járt a fejében. Talán nem kellett volna otthagynia az erdőben, meg kellett volna hallgatnia, lehet, hogy igaza van. Egyedül nem tudja megbosszulni édesanyja halálát. Segítségre van szüksége. Talán Zoltán melléállna. Akkor férjhez mehetne, hiszen már nem olyan fiatal. Lassan öreg lesz már menyasszonynak. Apjának igaza van. Ha Zoltán megkérné a kezem... - gondolta és elpirult. Nem ez butaság. Ő nem azért jött ide. Szomorúan gondolt arra, hogy másnap elmegy, és talán nem látja soha többé. Szíve szerint lerohant volna hozzá, de a büszkesége nem engedte. Levetkőzött lefeküdt az ágyra, de gondolatai nem engedték, hogy elaludjon, egész éjjel álmatlanul forgolódott.

Zoltán, ahogy lassan sétált a völgy felé azon gondolkodott, miért ilyen ez a lány? Makacs, elkényeztetett kis boszorkány. De nagyon tetszik neki ez kétségtelen, amióta meglátta csak őrá tud gondolni. Szívesen segítene, hogy megtalálja édesanyja gyilkosait és végezzen velük, akkor talán elvehetné feleségül. Mert abban biztos volt, hogy

Rebeka nem a levegőbe beszél, ezért is tetszik annyira, remek társa lehetne. Elképzelte, hogy itt marad, elveszi a lányt és sok ilyen okos, makacs elkényeztetett gyerekük lesz, mint ő. Szőke kislányok, barna fiúk. Milyen szép lenne. Elhessegette a gondolatot, nem azért jött, hogy feleséget keressen magának, komolyabb feladata van. Már teljesen besötétedett mire a házhoz ért. Belépett az ajtón, a nagy asztal körül ültek az avar vezérek. A ház ura nem volt köztük, a magyarok az ablak mellett beszélgettek. Amint meglátták a belépő ifjút, csend lett a teremben. Ebben a pillanatban lépett be Bagatúr és mindenkit az asztalhoz hívott.

- Barátaim, örömmel közlöm a tanács döntését. Szolák elmegy veletek és elviszi, amit a magyarok fejedelme kért tőlünk. Reggel útra kellhettek, vigyétek el üdvözletemet uratoknak. Most pedig, lássunk hozzá a vacsorához.

- Köszönjük, és ígérem jó gazdái leszünk földednek. - fogadta meg Zoltán.

Másnap kora reggel útnak indult a magyarok kis csapata, velük ment Szolák, kinek tarsolyában ott volt egy marék föld, egy marék fű és egy korsó víz. Zoltán szerette volna látni Rebekát, de a lány nem jött le, hogy elbúcsúzzon. Rebeka az ablakból nézte, ahogy elmennek. Talán visszajön Zoltán. - reménykedett.

A magyar tábor.

A magyar táborban nagy volt az öröm, amikor Zoltán megérkezett kíséretével. Árpád, fiához sietett, akit anyja és testvérei vettek körül. Úgy tűnt Zoltán sikeresen tért vissza útjáról, hiszen egy avar fiatalember néhány kísérőjével várakozott, hogy elmondja jövetele célját. Zoltán, miután üdvözölte apját, röviden beszámolt, hogyan döntöttek vendéglátói.

- Apa, engedd meg, hogy bemutassam az avar követeket. Szolák a vezetőjük - mutatott a rokonszenves fiatalemberre - ők pedig a kíséretéhez tartoznak.

33

- Gyertek a jurtába, ott elmondhatjátok mit végeztetek. - hívta őket Árpád.

A fejedelem jurtája a tábor közepén állt, mellette szorosan a vezérek szálláshelyei. Az ideiglenes tábor hatalmas területen feküdt, de így is csak szorongva fértek el az adott helyen. Szolák most adott igazán igazat Bagatúrnak, hogy a békét választotta. Hiszen ha ez a rengeteg ember ellenük fordulna, még hírmondó sem maradna az avarokból. Beléptek a jurtába, ahol a tábori asztal köré ültették őket.

- Zoltán azt hiszem helyesebb, ha a vendégeinket hallgatjuk meg először. - mondta a fejedelem, miután mindenki elfoglalta a helyét.

- Bagatúr fejedelem üdvözletét küldi és kéri, ha lehetséges, tiszteld meg a házát látogatásoddal. Elküldte, amit népünktől kértél. - nyújtotta át a földet, a füvet és a vizet Szolák.

- Köszönöm barátom, örülök, hogy vezéreitek így döntöttek. Nem akarunk háborúskodni, ha nem muszáj, de szükségünk van erre a földre. Itt fogunk letelepedni. - mondta határozottan Árpád. - Biztosítottunk egy jurtát, ahol kipihenhetitek magatokat. Érezzétek jól magatokat körünkben. - bocsátotta el a követeket a fejedelem.

- Zoltán, mond el mit láttál, milyen a vidék? Valóban olyan, mint gondoltuk? - kérdezte fiát, miután vendégei távoztak.

- Nagyon szép minden. Lehel nem csak álmodta, valóban olyan amilyennek mondta. - mondta nevetve Zoltán.

- És az avar lányok szépek... Igaz ezt nem mondtam akkor. - vágott vissza Lehel. - különösen egy szőke, zöldszemű boszorkány vonta magára tanítványom figyelmét. - kacsintott jelentőségteljesen Árpádra a sámán.

- Nocsak, talán már feleségnek valót is találtál fiam. - nézett gyermekére a fejedelem.

- Lehel csak ugrat, ne higgy neki. De az igaz, hogy nagyon szép lánya van a fejedelemnek. - vallotta be Zoltán.

- A végén sikerül a tervem, hogy az itteni vezér lányát veszed feleségül, így biztosítjuk uralmunkat az itt élő népek fölött. - lelkesedett

Árpád.

- Csak ne olyan hevesen uram, az a lány egy boszorkány. - intette le Lehel.

- Mit jelent az, hogy boszorkány? - érdeklődött Árpád.

- A tanítója mondta, gondolom nem dicséretnek szánta. De Zoltán biztosan jobban tudja, hiszen vele volt egész délután. - nevetett Lehel.

- Valójában én sem tudom, mit jelent. Veszedelmes egy teremtés, az biztos. Úgy bánik a karddal, mint egy férfi, sőt, olyan cselt mutatott be, hogy csak ámultam. Valld be okos tanítóm, hogy te is meglepődtél. - csipkelődött a fiú.

- Azt mondjátok, hogy lány létére tud vívni? - hitetlenkedett a fejedelem.

- Nem is akárhogy! De ami ennél is érdekesebb, bosszút akar állni édesanyja gyilkosain, ezért tanult meg harcolni.

- És az apja megengedte neki? Egy lánynak? - szörnyülködött Árpád.

- Az apja nem tud róla, titokban tanulta meg Szoláktól. Nem csak harcolni tud, írni, olvasni, gyógyítani és sok mást is, amit nálunk a sámánok tudnak. - felelte Zoltán.

- És varrni, főzni és más női tudományokat is tud ez az érdekes teremtés?

- Apa, ezt ne kérdezd meg tőle, ha találkoztok, mert szörnyen mérges lesz. - nevetett a fiú.

- Zoltán, komolyan érdekel ez a lány? Ideje asszony után nézned. Nem gondolod? - nézett a fiára Árpád.

- Nem tudom biztosan, de nagyon megfogott. Olyan más, mint a többi lány. A haja nagyon szép, a búzának van ilyen színe, amikor megérett. A szeme zöld, az alakja karcsú és nagyon kedves, amikor nem haragszik éppen. Nem hiszem, hogy hozzám jönne, haraggal váltunk el, mert azt mondtam gyenge és nem tudja véghezvinni a tervét. Amikor eljöttünk le sem jött, hogy elbúcsúzzon. Felejtsük el, úgy sem lesz ebből semmi. - mondta szomorúan.

- Majd meglátjuk fiam. Amíg odavoltatok, elküldtem követeinket a bolgár és a frankuralkodóhoz. Lassan nekik is vissza kell térniük. Kíváncsi vagyok, mit válaszolnak. Most menjünk ebédelni. Anyád szeretne látni, és alaposan kikérdez majd. Készülj fel rá! – felállt és elindult a bejárat felé.

Etel a sátor előtt várt rájuk, megsimogatta fia kezét, majd belekarolt és megkérte, hogy ebéd után mesélje el, hol járt, mit látott, kivel találkozott. Az ebéd csendesen zajlott le, mindenki a gondolataival volt elfoglalva. Zoltán elkísérte anyját, és beszámolt tapasztalatairól. Rebekát sem hagyta ki. Anyja érdeklődve hallgatta fiát, érezte, ez a lány komoly érdeklődést váltott ki a fiúból. Kíváncsi lett Rebekára. Szerette Zoltánt, talán el is kényeztette. Ismerte minden gondolatát, tiszta szívéből kívánta, hogy boldog legyen, ha úgy hozza a sors, akkor ezzel a harcos teremtéssel. Áldása rájuk.

A következő napon megérkeztek a követek. Lesújtó híreket hoztak. A frankok elutasították a békejobbot. A bolgár fejedelemhez küldött követek még nem érkeztek vissza. Árpád egész nap vezéreivel tárgyalt, megbeszélték a következő teendőket, megvitatták a frankok lerohanását. Az asszonyokat, gyerekeket, öregeket és az állatokat erős védelemmel az avaroknál helyezik biztonságba. Futárokat küldtek a hat vezérhez, akik már biztosan átlépték a Kárpát-medence határát. Pontos utasításokkal látták el őket, hol fognak találkozni, hogy megbeszéljék a következő lépést. Árpád úgy találta jónak, hogy Bagatúr fejedelemnél találkozzanak. Hívatták Szolákot, átadták az üzenetet, melyet Bagatúrnak küldenek. Zoltán félre hívta az avar követet.

- Kérlek, mondd meg Rebekának, hogy sajnálom, amiért megbántottam és mond meg, hogy visszamegyek, amint lehet. Jó utat barátom! - engedte útjára.

Lánykérés.

Az avar faluban nagy volt a sürgés-forgás. Leánykérőbe jöttek a bolgár fejedelem küldöttei. Bagatúr a nagyteremben tárgyalt, Rebeka ki sem mozdult szobájából.

- Ez nem lehet igaz, ilyen arcátlanságot! Van bőr a képükön idejönni azok után, amit drága jó édesanyámmal műveltek! - dühöngött a lány.

Ha megtehetné, lerohanna és megölné őket. Miért nincs itt Szolák? Rávenné,hogy amint a bolgárok távoznak a faluból, megtámadnák őket.

- Rebeka, apád hívat. Öltözz fel szépen, nagy nap ez a mai. Siess! - lépett hozzá a dajkája. - Gyere kincsem, segítek öltözni. Nagyon szépnek kell lenned. - kedveskedett az idős asszony.

- Nem megyek sehova! Mond meg apának, beteg vagyok, ágyban fekszem. - küldte el a dajkát a lány.

- Rebeka, ezt nem teheted! Még nem is láttad a jövendőbelidet. Nagyon szép fiatalember. Biztosan gazdag is, mert csodaszép ajándékokat hozott. - miközben beszélt, kikészítette a lány legszebb ruháját, elővette legdrágább ékszereit, hajkefével a kezében odalépett Rebekához, hogy befonja a haját.

- Dadus, értsd meg, nem megyek le, látni sem bírom édesanyám gyilkosait! Nem tudom apa, hogy tud szóba állni velük. Ahelyett, hogy jó képet vág, inkább ölje meg őket! - heveskedett.

- Ifjú hölgy, édesanyád felolvasta neked a Bibliát, emlékszel? Meg kell bocsátani az ellenünk vétkezőknek. Rebeka, nem lehet úgy élni, hogy nem tudsz megbocsátani. Felejtsd el, ami történt, a jövőre gondolj. Hozzá kell menned ehhez az ifjúhoz, így végre megszűnik a viszály népeink között.

Mint akit darázs csípett meg, úgy ugrott fel Rebeka.

- Te megőrültél! Azt akarod, hogy édesanyám gyilkosával éljek, és felejtsem el, ami vele történt? A szemem láttára ölték meg. Dada ezt nem gondolod komolyan?! Igen, édesanyám olvasta a Bibliát, igen én is keresztény vagyok, tudom a megbocsátás erény, de én soha nem fogok megbocsátani a gyilkosoknak. Megtorlom az én drága jó édesanyám halálát, nem bánom, ha a pokolba jutok. - kiáltotta mérgesen. - Most menj, és mond meg apámnak, hogy nem megyek le addig, míg ezek itt vannak! - utasította dajkáját, a lány.

Kitessékelte a döbbent asszonyt az ajtón, minden ízében reszketve leült az ágyra. Egy őrült terv kezdett kibontakozni fejében. A dajka sápadtan lépett be a nagyterem ajtaján, odament a fejedelemhez és halkan a fülébe súgta mit üzent a lánya. Bagatúr iszonyú méregbe gurult, de nem akarta, hogy vendégei megtudják az igazat, ezért türtőztette magát.

- Nagyon sajnálom uraim, de most nem találkozhattok a lányommal. Nem érzi jól magát, majd holnap bemutatom nektek. Most pihenjetek, holnap visszatérünk jöveteletek céljához. - állt fel az asztaltól.

Bagatúr felrohant a lépcsőn, kopogás nélkül berontott Rebeka szobájába.

- Idefigyelj, te elkényeztetett gyerek, miből gondolod, hogy bolondot csinálhatsz belőlem? Tudom, hogy semmi bajod, ez a betegség dolog nem tudom mire jó, de figyelmeztetlek nem tűröm el a kisded játékaidat, ha komoly dologról van szó! Ha holnap sem vagy hajlandó bemutatkozni a vendégeinknek, nélküled fogom nyélbe ütni a házasságodat. - fújtatott a fejedelem.

- Ha ezt megteszed, nem látsz többet Apám! Képtelen vagyok felfogni, hogy tudtál egy asztalhoz ülni feleséged és imádott fiad gyilkosaival. Vagy már elfelejtetted őket? Ezt nem hiszem, hiszen úgy szeretted mindkettőjüket. Apa, mi történt veled, hogy szóba állsz velük ahelyett, hogy felkoncolnád őket? - kérdezte elkeseredve Rebeka.

Bagatúr lerogyott lánya ágyára, arcát kezébe temette, percek alatt éveket öregedett. Rebeka odasétált, leült mellé és megfogta a kezét.

- Kislányom igazad van, de hidd el, nem tehetünk mást. Ha nem mész hozzá, ellenünk fordulnak megint, ezt burkoltan közölték ma velem. Nagyon kevesen vagyunk, nem vehetjük fel a harcot ellenük, mert mind elpusztulunk. Nem akarom, hogy a felesége légy, azt akarom, hogy egy becsületes fiatalember vegyen el. Nem tudom, hogy mi lenne a jó megoldás. - mondta tanácstalanul a fejedelem.

- Azt hiszem, én tudom. Üzenj a magyaroknak, kérj tőlük segítséget. Megengedted nekik, hogy letelepedjenek, akkor segítsenek megvédeni földjeiket. Hidd el, ez az egy megoldás van, ami tisztességes.

- Lehet, hogy ezt fogom tenni, megvárom Szolák milyen hírekkel tér vissza. Holnap elküldöm a bolgárokat, megkérem őket, jöjjenek vissza egy hónap múlva. Jó lesz így? - kérdezte Bagatúr.

- Ha a magyarok nem segítenek, hozzáadsz ehhez a gyilkoshoz?

- Attól tartok nincs más választásunk. - felelte határozottan, majd fölállt és csendesen elindult az ajtó felé.

- Soha! - kiáltotta Rebeka.

Felöltözött, és a hátsó lépcsőn kiosont a házból. Az augusztusi langyos levegő megcsapta az arcát, a lemenő nap sugarai vörösre festették aranyszőke haját. Gondolataiba mélyedve lesétált a folyóhoz. Nem vette észre, hogy valaki követ. Zoltán járt a fejében, bárcsak ő lenne itt leánykérőként. Mennyivel jobban érezné magát. Milyen lelkesen hallgatta, amikor mesélt neki. Titokban arra számított, hogy a magyarok segítségével legyőzik a bolgárokat, így a fogadalmát is teljesíti és talán Zoltán megkéri a kezét. Érezte, vele le tudná élni az életét, gyerekeket szülne, nevelné őket boldogan, hiszen az apjuk Zoltán lenne. Amíg sétált lassan beesteledett.

- Miért sétálsz egyedül, széplány? - riasztotta fel ábrándozásaiból, egy durva hang.

Hirtelen megfordult, egy férfi állt előtte. Arcát nem nagyon látta, így nem tudta felismerni a sötétben.

- Ki vagy te, és mit keresel itt? - kiáltott az idegenre.

- De kíváncsi vagy kisleány - szorosan Rebeka elé állt, szájából dőlt a borszag. A lány hátralépett, gyorsan körülnézett és rájött milyen ostoba volt, hogy egyedül elsétált ilyen messzire. A férfi egy gyors mozdulattal magához ölelte, belesuttogott a fülébe.

- Ne ellenkezz, jobban jársz, ha csendben maradsz! Gyorsan végzünk, aztán mehetsz.

Rebeka döbbenetében megmerevedett, undor fogta el ettől a büdös férfitól. Összeszedte minden erejét, kiszakította magát az ölelésből, és futni kezdett a falu felé. Néhány lépés után érezte, hogy valaki elkapja a kezét. A férfi maga felé fordította, erős karjával lefogta a lányt.

- Szeretem az ilyen lányokat, akik futnak egy kört, mielőtt beadják a derekukat. Nincs esélyed, lásd be végre.

Szájával a lány ajkát kereste. Rebeka térdével belerúgott a férfi ágyékába, majd egy gyors mozdulattal kirántotta kicsiny tőrét a csizmájából, melyet mindig magánál hordott. Az üvöltő idegen háta mögé lépett, tőrét annak torkára tette, majd lágyan megszólalt.

- Talán valami bajod van, hogy így ordítasz? Az előbb még nagyfiú voltál. Jobban jársz, ha csendben maradsz, gyorsan végzünk. Emlékszel? Te mondtad nekem nem is olyan régen. Ha jó leszel, talán elengedlek.

A férfi mozdult volna, de a tőr belemélyedt a nyakába. A falu felől mozgolódás zaja érkezett, Rebeka nem tudta mit tegyen. Szíve szerint megölte volna támadóját, de életében még nem ölt embert, bár megérdemelné ez a féreg. Hirtelen ötlettől vezérelve szembe fordult az idegennel, tőrét arcához emelte, gyors mozdulattal megvágta a bőrét. A vágás nem volt mély, de örökre ott marad a nyoma.

- Ezt azért kaptad, hogy reggel megtudjam ki vagy. Visszaéltél vendéglátóid bizalmával te aljas bolgár. - sziszegte a lány.

Nagyot lökött rajta és elindult a falu felé. Nem félt a férfitól, mert a hangok egyre közelebbről hallatszottak. Néhány lépés után beleütközött a fáklyát tartó Szolákba.

- De örülök, hogy látlak - ölelte meg tanítóját. - Ki ne mond a nevem. Majd mindent elmesélek. Gyorsan menjünk haza - kérte a fiút.

Szolák ismerte a lányt, tudta megint valami őrültséget csinált, de nem faggatózott. Átölelte a vállát, szótlanul hazasétáltak. Rebeka amint biztonságban érezte magát, csendesen sírni kezdett. Most jött rá, milyen veszély fenyegette. Eddig is utálta a bolgárokat, de most már gyűlölte őket. Egy ilyen vademberhez akarja férjhez adni az apja. Lesz hozzá egy két szava. Ez az aljasság nem maradhat titokban.

- Hol kóboroltál ilyen későn? - fogadta apja szemrehányóan.

- Sétáltam a friss levegőn - mondta fáradtan és elindult a szobája felé.

Hangos kopogás zajára ébredt reggel. A nyitott ablakon besütött a nap. A madarak versenyt énekeltek a közeli fák ágain.

- Ki az? - szólt ki a lány.

- Szolák vagyok, gyere ki, beszélnem kell veled.

- Várj egy kicsit. Mindjárt felöltözök. - kiugrott az ágyból, gyorsan magára kapta ruháit és lerohant a lépcsőn.

Szolák a ház előtt várta, arca feldúlt volt.

- Mit csináltál tegnap este? - fogadta mérgesen Rebekát.

- Hosszú történet. Menjünk a lovakért, a megszokott helyen mindent elmesélek - indult az istállók felé.

- Hova, hova ilyen serényen? - szólalt meg Bagatúr a hátuk mögött.

- Rebeka lovagolni akar, gondoltam elkísérem - válaszolt Szolák.

- Rebeka mindig elfut, ha a gondjait nem tudja megoldani - mondta Bagatúr.

- Ez nem igaz! - háborodott fel a lány.

- Ha nem lenne igaz, most a vendégekkel foglalkoznál, de te látni sem akarod őket.

- Apa, tegnap ezt a vitát már lezártuk.

- Nem zártuk le, csak elhalasztottuk - helyesbített az apja.

- Miből maradtam ki? - kíváncsiskodott Szolák.

- A bolgár fejedelem fia megkérte a hercegnő kezét, de ő beteget jelentett.

- Itt van a bolgár vezér? - hitetlenkedett Szolák.

- Igen uram, az a szemét ide merte dugni a képét - sziszegte Rebeka.

- Ifjú hölgy, próbálj meg hercegnőhöz méltóan viselkedni. A szókincsed megfelel egy lovászfiúénak, de egy lány nem beszélhet így! - rótta meg lányát a fejedelem.

- Bocsánat, de ez az aljasság kihozott a sodromból - nézett maga elé bűnbánó arccal.

Boszorkány - gondolta Szolák - nagy nehezen sikerült visszatartania a feltörni készülő nevetést. Bagaturt mindig meg tudta téveszteni bűnbánó képével, de ő jobban ismerte tanítványát, tudta ez csak arra jó, hogy apja békén hagyja.

- Jó reggelt, úgy látom, hogy a hercegnő meggyógyult. Tiszta szívemből örülök neki. Megragadom az alkalmat, hogy bemutatkozzam, Kuber vagyok, a nagyhatalmú Zalán fejedelem fia és népem nagy vezére - büszkélkedett az ifjú.

Miközben szónokolt fejét magasra emelte, kihúzta magát és dölyfösen nézett végig rajtuk.

Mindjárt felfordul a gyomrom, ez a féreg rosszabb, mint hittem - gondolta Rebeka undorral.

Szolák a lányra nézett, szeméből kiolvasta gondolatát, mely megegyezett az övével. A kastély ajtajában megjelent a többi vendég, Rebeka hirtelen elsápadt, meglátta a sebhelyes arcút.

- Gyertek közelebb, bemutatom jövendőbeli menyasszonyomat - hívta Kuber kíséretét.

Rebeka a menyasszony szóra mérgesen fordult a beszélő felé, már nyitotta volna a száját, de Szolák megszorította a karját.

- Kovrat a barátom, apám testvérének a fia. A legjobb harcos, természetesen csak utánam - hahotázott bántó hangon Kuber. Sorban bemutatta a többi bolgárt is szavaiból kiderült, hogy ők a legkülönb emberek a világon.

- Kovrat mi történt az arcoddal? - mutatott a hosszú vágásra. - Este soká voltál kint, talán valamelyik menyecskének a férje rajtakapott és megtorolta a szarvakat? - nevetett a barátján a bolgár.

Szolák Rebekára nézett, a lány aprót bólintott, ebből a férfi megértette, hogy a lány ejtette a sebet Kovrat arcára. Elnyomott egy mosolyt, de arca hirtelen elkomorult arra a gondolatra, mi történhetett, Rebeka miért vágta meg ezt az embert? A lány büszke mosolyt küldött felé. Szerencsére senki sem vette észre az apró közjátékot.

- Tegnap kicsit többet ittam a kelleténél, lementem a folyópartra sétálni, megcsúsztam és egy hegyes karó, megvágta az arcomat - hazudta Kovrat.

- Veszélyes este egyedül sétálni erre felé, de egy harcosnak díszévé válik a seb, melyet mindenki láthat. Igaz te nem harcban szerezted, de majd azt mondod, kemény csatában kaptad - mondta Rebeka gúnyosan.

A feszélyezett csendet Bagatúr törte meg.

- Gyertek urak vár a reggeli - azzal elindult a ház felé.

A bolgárok követték, Rebeka és Szolák az istálló felé vették útjukat.

- Hercegnő, te nem tartasz velünk? - kérdezte Kuber.

- Nem, nekem fontosabb dolgom van és, ha nem találkoznánk addig, jó utat hazafelé.

A vendégek elképedve néztek a távozó lány után.

A házba érve Kuber magyarázatot követelt Bagaturtól, aki tolmácsolta lánya kérését, egy hónap gondolkodási időt kért.

- Vigyázz fejedelem, ha a lányod kosarat mer adni nekem, csúnyán megbánjátok. Fél kézzel elsöprünk benneteket - fenyegetőzött a bolgár.

Reggeli után a vendégek távoztak. Bagatúr azonnal hívatta Szolákot. Nem késlekedhetnek, ha a magyarok segítségét akarják kérni a bolgárok ellen.

Az istállóba érve Szolák szembe fordult Rebekával:

- Azonnal mond el, mi történt tegnap este, miért vágtad meg azt a barbár Kovratot? - mondta határozottan.

- Nyugodj meg, mindent elmondok, de nem itt - felelte a lány. Felugrott a lova hátára és kivágtatott az istállóból. Szolák követte, amint utolérte, félvállról odaszólt:

- Sétalovagláson vagyunk, vagy már elfelejtetted, hogyan kell vágtára buzdítani a táltosodat? - nevetve otthagyta az elképedt lányt.

Rebekának nem volt kedve visszavágni, súlyos gondok foglalkoztatták. Úgy érezte apja elárulta, képtelen volt elhinni, hogy képes lenne kényszeríteni őt erre a házasságra. Észre sem vette milyen csodálatosan, süt a nap, a madarak hangosan csicseregnek a fák ágain, a harmatos fűben apró virágok pompáznak. Lágy szellő simogatta arcát, belekapott aranyszínű hajába, mely lágyan omlott a vállára. Gondolataiból egy ló hangos horkanása riasztotta fel. Felnézett, szokott helyükön Szolák terpeszkedett a vén fa árnyékában.

- Azt hittem soha nem érsz ide - fogadta a lányt.

- Szolák, nagy baj van. Apám hozzá akar adni a bolgár fejedelem öntelt, buta fiához. Sikerült egy hónap haladékot kicsikarni. Azt javasoltam neki, hogy kérjen segítséget a magyaroktól. Nem akarok egy tudatlan bolgár felesége lenni - sóhajtott, majd leroskadt tanítója mellé a fűbe.

A lovak békésen legelésztek a friss fűben. Rebeka hanyatt dőlt a zöld fűben, feje fölött a vén fa ágain kicsiny madár csicsergett, dala messze hangzott az erdő csendjében. A lány, ahogy a madarat nézte megfeledkezett a világról, megcsodálta a pici élőlény apró, tollas testét, piros csőrét, sárga búbját a feje tetején. A kis madár leszállt a földre, szinte elveszett a fűben, apró lépésekkel araszolt Rebeka felé. A lány szerette volna megérinteni, de tudta, ha megmozdul, eltűnik a varázs, a kis csöppség elrepül. Így csak nézte a madarat, gyönyörködött színes tollában, amint eltűnik, majd újra előkerül a számára magas fű közül. Fájdalmas üvöltés törte meg a békés erdő hangjait. Szolák talpra ugrott és fejét a borzalmas hang irányába fordította.

- Ez farkas volt. Ilyen hangot csak egy sebzett állat képes kiadni magából - fordult a még mindig döbbent lány felé.

- Ilyenkor a farkasok még messze járnak. Nem lehet farkas üvöltés - válaszolta Rebeka felállva.

Sápadt arccal nézett Szolákra, majd együtt indultak az erdő mélye felé. Lépéseik alatt megreccsent egy száraz ág, mind a ketten megálltak, mivel neszt nem hallottak, folytatták útjukat. Egy sűrű bozót mélyéről hangos morgás hallatszott. Óvatosan közeledtek a hang irányába, félre hajtották a bokrok ágait, s ekkor meglátták a több sebből vérző farkast. Az anyaállat oldalán fekve megpróbált felállni, vicsorogva fordult feléjük. Szolák elővette tőrét, ha az állat megtámadná őket tudjon védekezni, de az állat erejéből már nem telt támadásra, fájdalmas nyüszítéssel leroskadt a földre. Néhány percig még próbálkozott a felállással, majd élettelenül rogyott a fűbe. Rebeka elindult felé, Szolák megfogta a kezét.

- Ne menj a közelébe, veszélyes a sebzett állat. Vajon miért halt meg ilyen nehezen? - töprengett a férfi.

- Azért mert kicsinyei vannak - válaszolta a lány a tetem mellett térdelve. Felállt és elindult az erdő mélye felé.

- Hova mész, az orvvadászok még itt lehetnek - követte Rebekát mérgesen.

- Megkeresem a farkas kölyköket. Elpusztulnak az anyjuk nélkül - felelte és a biztonság kedvéért elővette a tőrét.

Nem kellett messzire menniük, néhány méter után rátaláltak két farkas kölyökre, akik riadtan bújtak össze egy kisebb tisztáson.

- Haza kell vinni őket. Apa egyik vadászkutyájának most voltak kölykei, majd ő felneveli ezeket. - mondta határozottan a lány.

- Rebeka, apád nem fogja megengedni, hogy farkaskölyköket vigyél haza.

- Bízd rám, majd én ráveszem. Lehet, hogy ezt a kis feketét én fogom felnevelni. Nézd milyen aranyos kis gombóc.

Óvatosan közeledett a csöpp vadállatok felé. Közeledtére morogva elindultak felé, apró fogukat villogtatva bukdácsoltak a lejtőn. Rebeka kinyújtotta a kezét, mozdulatára a kölykök megtorpantak, a lány kedves hangon beszélt hozzájuk. Az apróságok odamentek hozzá, belesimultak ölelő karjába.

- Gyere, segíts! Elvisszük őket! - kérte a lány Szolákot.

- Meglátod, Bagatúr mérges lesz. - morgott a fiatalember, de segített felszedni a kölyköket.

Már közeledtek az anyafarkas holttestéhez, amikor hangokat hallottak az erdő felől. Meglapultak egy sűrű bozót mögött.

- Már biztosan megdöglött, de azért legyetek óvatosak. - figyelmeztette társait Kuber.

Rebeka, amint megismerte a hangját, ki akart rohanni a bokrok sűrűjéből, hogy felelősségre vonja a bolgárt, aki megszegte a vadásztilalmat. Szolák visszahúzta a meggondolatlan lányt.

- Maradj veszteg, túlerőben vannak! - suttogta.

- Megölöm ezt a szemetet! - viaskodott a fiúval.

- Nem oldanál meg semmit, csak bajt hoznál magadra. - figyelmeztette Szolák.

A bolgárok megtalálták a halott farkast, hangos örvendezéssel feltették az egyik ló hátára, és elindultak hazafelé.

- Ezért is fizetni fognak! - csikorgatta fogait tehetetlenül Rebeka.

A farkaskölykök, véresre karmolták mindkettőjüket, mivel befogták a szájukat, nehogy elárulják őket. Szolák hangosan szidalmazta az apróságokat.

- Mindig rá tudsz venni, hogy őrültséget csináljak! - fordult mérgesen a lányhoz.

- Ez nem őrültség, nélkülünk meghalnának, ezt te is tudod. Különben is, így beszélni egy hercegnő jelenlétében! Nem csoda, hogy én is úgy beszélek, mint egy csikós. Volt kitől tanulnom. - nevetett az elképedt fiúra.

- Bocsánat Hercegnő, megfeledkeztem magamról. - mélyen meghajolt a lány előtt, de már ő is nevetett.

- Milyen büntetés vár rám?

- Azt hiszem, már megkaptad a büntetésedet. A farkaskölyök megtette helyettem. Szolák, most bebizonyítottad, hogy gyengébb vagy nálam. Az én kezem is vérzik, mégsem jajgatok, nem szitkozódom, csendesen tűrök. Valaki mégis megsértett azzal, hogy gyengének nevezett. - arcáról eltűnt a mosoly, szomorúan nézett maga elé.

- Az a valaki azt üzente, hogy bocsáss meg neki, és még azt is, hogy hamarosan visszatér. - mondta Szolák.

Rebeka arca felderült, szinte ragyogott az örömtől. Elpirult, amikor észrevette, hogy a fiú őt nézi.

- Beleszerettél, igaz? - kérdezte Szolák.

- Igen, azt hiszem. - vallotta be a lány. - Ő egészen más, mint a többi férfi, akit eddig ismertem.

- Rajtam kívül természetesen. - csipkelődött a fiú.

- Szolák, te vagy a legszebb, legjobb, legokosabb ember a földön, de te majdnem a testvérem vagy így mégiscsak Zoltán a legkedvesebb férfi. - vágott vissza.

- Indulni kell, ezek a vadállatok szétszednek bennünket, ha nem tesszük le őket. Nézd meg mit műveltek a kezemmel. - mutatta a karmolásoktól és harapásoktól vérző karját.

- Az enyém sem különb, nézd meg. Nem kell minden kis karcolásért sírni. - nyújtotta a fiú felé szintén vérző karját.

Beletették az apróságokat a nyeregtáskába, a patakban lemosták karjukat. Rebeka néhány füvet tett a sebekre, hiszen ismerte a gyógynövényeket. Szolák ingéről letépte az ujját, és bekötözte a sérüléseket. Éppen felakartak ülni a lovak hátára, amikor megreccsent egy ág a hátuk mögött. Mindketten villámgyorsan kirántották kardjukat a hüvelyéből, és elindultak a hang irányába. A sűrű lombok közül egy avar harcos lépett eléjük.

- Szolák, a fejedelem hívat. Alig találtam rátok, nem a szokott helyeteken voltatok. Valami baj történt? - érdeklődött.

- Nem történt semmi, csak sétáltunk az erdőben. - válaszolt Rebeka.

Felültek a lovak hátára, és elindultak. Amint kiértek az erdőből, Rebeka megfogta Szolák karját.

- Ugye az üzenetet nem te találtad ki?

- Nem, valóban ezt üzente Zoltán. - mondta határozottan.

- Köszönöm.

- Rebeka, valamit elárulok, de nem mondhatod el senkinek. Nem hivatalosan mondták, csak úgy hallottam, hogy a magyarok hamarosan idejönnek, elhozzák asszonyaikat, gyermekeiket, és innen indulnak a bolgárok ellen.

- Szolák, te hallgatóztál. - képedt el a lány.

- Nem, valaki elmondta nekem. - nevetett a fiú.

- Mikor jönnek? Zoltán apja is, anyja is jön? - pirult el.

- A vezérek hamarosan itt lesznek, de hogy az asszonyokat hozzák-e most, azt nem tudom. Sietni kell, hiszen az apád hivatott. Be kell számolnom róla, mit intéztem a magyar táborban. - nevetve rácsapott a lány lovára, mely gyors ügetésbe kezdett. A faluba érve Bagatúr szemrehányásokkal fogadta őket.

- Hol voltatok ilyen sokáig? Szolák, be sem számoltál róla, hogyan fogadtak a magyarok. Nem csak a lányom védelmezője vagy, hanem az én követem is. Gyere, beszélnem kell veled.

Nyüszítés, morgás hallatszott a beállt csendben.

- Mi volt ez? - kérdezte a fejedelem.

Szolák kérdően Rebekára nézett.

- Az erdőben találtunk két elveszett farkaskölyköt, felvettük őket, és hazahoztuk. Morgónak úgyis meghaltak a kölykei, majd ő felneveli ezeket. - felelte Rebeka.

Kiemelte a kölyköket, és apja kezébe tette az apróságokat. Bagatúr, a meglepetéstől szólni sem tudott, de úgy látszott nem nagyon haragszik, mert néhány másodperc múlva simogatni kezdte a szőrcsomókat.

- Kislányom, nem biztos, hogy Morgó elfogadja őket, de próbáld meg. - azzal letette az apró ragadozókat.

- Hogy kerültek ide ezek a farkaskölykök? Azonnal agyon kell ütni őket! - ordított fel a hátuk mögött Elek.

- Hozzá ne merjetek nyúlni! - kiabálta Rebeka magából kikelve, gyorsan felszedte a kölyköket, és magához szorította őket.

- Ne bántsátok őket! - szólt Bagatúr. - Morgó kölykei úgyis elpusztultak, majd ő felneveli őket. Szolák, Elek gyertek, fontosabb dolgunk van.

- Átkozott rebellis, egyszer még apám vesztét okozza majd. - dünnyögte a lány. És nem tudta, megérzése mennyire helytálló.

Bagatúr, vezéreivel már bement a házba, amikor Rebeka elindult a kutyaólak felé. Amint odaért Morgóhoz, a kutya hangos vonyításba kezdett.

- Tudom meghaltak a kicsinyeid, sajnálom. Hoztam helyettük két farkaskölyköt, kérlek, neveld fel őket. - kérte az állatot.

Az anyaállat körbeszaglászta a jövevényeket, kis idő múlva megnyalogatta a hátukat. Az anyátlan csöppségek, amint megérezték az anyatej szagát, vadul szopni kezdtek.

Rebeka szívdobogva nézte az ismerkedést, félt, hogy a vadászkutya nem fogadja el őket. Amint a kölykök szopni kezdtek, megnyugodott.

- Köszönöm Morgó, különb vagy, mint néhány ember. - hálálkodott.

Amikor megbizonyosodott az apróságok biztonságáról, elindult a házhoz. Gondolatban végigpergette az előző órákban történt dolgokat, mérge újra feltámadt a vadorzók ellen. Hirtelen megállt, annyira megdöbbent a gondolattól, ami mint egy villám villant fel tudatában.

- Nem, ez lehetetlen, - válaszolt önmagának. - Elek nem merte volna megtenni.

Minél jobban belegondolt, annál biztosabb volt benne, hogy megérzése igaz lehet.

- Az biztos, hogy van egy áruló köztünk. Különben a bolgárok nem tudhatták volna meg annak idején, hogy apám és az ütőképes sereg nincs a faluban. Valaki elárult minket, de miért nem gondoltak erre? - gyötörte magát a lány.

- Rebeka, a segítségedre van szükség, kérlek, gyere gyorsan! - fogta meg a karját apja egyik vezérének a felesége.

- Mi történt?

- A fogadott lányom rosszul van, talán meg is fog halni!

Sietve elindultak az asszony háza felé, mely a falu túlsó felén volt. Beléptek a tágas faházba, a feldúlt háziasszony mutatta az utat a lány szobája felé. A csöpp kis helységben, egy alig tizenhat éves lány feküdt az ágyon, arca verejtékben fürdött, haja csapzottan lógott homlokára. A szakácsné vizes ruhával törölgette a láztól remegő gyermeklányt.

- Ó uram! Mi történt vele? - fordult a beteghez részvéttel Rebeka.

- A múlt éjjel valaki megerőszakolta, alig tudott bevánszorogni a házba. A szakácsnőm ma reggel szólt, hogy valami baj van Máriával, mert nem tud felkelni. Bementem hozzá, magánkívül volt, félrebeszélt, lázasan hánykolódott, és csupa vér volt. Hangosan kiabált, hogy engedj el, ne bántsál. Szörnyű volt hallgatni, később elvesztette az eszméletét. Elmentem a sámánhoz, de ő apáddal tanácskozott. Amikor megtudtam, hogy hazajöttél azonnal érted mentem. Kérlek, segíts rajta, hiszen te ugyan úgy tudsz gyógyítani, mint István. - kérlelte az asszony.

- Mindent megpróbálok, de István biztosan jobban tudná, mit kell tenni. - válaszolt, miközben ruhája ujját feltűrte, és az eszméletlen lány fölé hajolt.

- Bagatúr megöl, ha megtudja, mit tettél velem! - kiabált a lány.

Rebeka dermedt arccal nézett a betegre, majd az asszony felé fordult, szemében értetlenség és ki nem mondott kérdés tükröződött.

- Rebeka nem tudom, miről van szó, félre beszél. - védekezett az asszony.

- Majd később visszatérünk rá, most hozzatok hideg vizet, lepedőket. Hideg vizes borogatást kell tenni az egész testére. Hol vérzett?

- Ott! - mutatott a takaró közepe felé.

- Jézusom! - fohászkodott a lány.

- Valaki barbár módon megerőszakolta, és otthagyta az éjszakában. Sok vért vesztett, kérlek, segíts rajta! - kérlelte. - Apád hálás lesz érte. De ezt nem mondta ki.

Rebeka sokszor segédkezett a sámánnál, de ilyet még nem látott. Nem tudta mit tegyen.

- Azonnal jövök! Addig csavarjátok vizes lepedőkbe. - parancsolt rá az asszonyra.

Kirohant a házból, végigfutott a hosszú úton hazáig, berontott a házba, nem törődve a tanácskozással, mely az ebédlőben folyt.

- István, azonnal velem kell jönnöd! - mondta ellentmondást nem tűrő hangon.

- Rebeka, hogy mered megzavarni a tanácskozást? - fordult a lánya felé a fejedelem.

- Most nincs időm magyarázkodni, sürgősen el kell vinnem a sámánt.

István már felállva várta a vita végét. Tudta, hogy nagy baj lehet, ha a lány megmerte zavarni a tanácskozást. Ilyet soha nem tenne, ha nem lenne rá nyomós oka.

- Bocsánat... - fordult Bagatúr felé, és elindult a lány után, aki már elhagyta a házat.

- Rebeka, mi történt, - kérdezte, amint utolérte.

- Nagy baj van! Máriát, Gyula vezér fogadott lányát, az éjjel megerőszakolták! Magánkívül van, félrebeszél, és magas láza van. - vázolta tömören a lényeget. István, amint a lány nevét meghallotta nagy szemeket meresztett, és még gyorsabban szedte a lábát.

Valami titok van itt, amihez apámnak is köze van. - gondolta Rebeka. Nem firtatta a dolgot, mindennek eljön az ideje, de ennek utána fog nézni, ahogy az árulót is meg kell találnia. -fogadkozott magában. Beléptek a házba, István hosszú lépteivel már be is rontott a szobába. Megállt a lány ágya mellett, lerántotta róla a takarót. Fenyegető morgás hagyta el a száját, gyorsan kiadta utasításait. Amint az asszonyok visszatértek a kért dolgokkal, odafordult Rebekához.

- Most már menj el, magam is boldogulok.

- István még soha nem küldtél el, ha beteget gyógyítottál! Nem megyek sehova! Itt maradok, látni akarom, mit csinálsz. - mondta határozottan.

- Rendben van kislány, de ne engem okolj, ha nem bírod a látványt.

Befűzte a juhbelet, majd szakszerűen összevarrta a sebeket. Rebeka remegve segédkezett, bár elborzasztotta a látvány nem bánta meg, hogy ott maradt. Eszébe jutott az elmúlt este, őt is megtámadták, ha titokban nem tanult volna meg harcolni, talán most ő is így feküdne ágyában. Hirtelen undor fogta el, nagy levegőt vett, így sikerült leküzdenie a rátörő rosszullétet.

- Végeztünk, menjél ki a levegőre. - fogta meg a karját István és kitessékelte a házból.

Rebeka amint egyedül maradt, elindult hazafelé. Hirtelen nagyot kordult a gyomra, figyelmeztette, hogy aznap még nem evett semmit, pedig lassan már lemegy a nap. Nem törődve az éhséggel a kutyaólak felé vette útját, meg akarta nézni a farkas kölyköket. Örömmel látta, hogy a vadászkutya elfogadta az apróságokat. Az anyaállat az oldalán feküdt, a kölykök békésen pihentek fogadott anyjuk hasán. Mennyivel emberségesebbek az állatok. - gondolta a lány.

- Ugye te hoztad ide a farkasokat? - kérdezte kedvesen egy kicsi lány.

- Igen, ugye milyen aranyosak? - nézett a gyermekre. Eddig észre sem vette a gyereksereget, akik távolról nézték a kutyaólat.

- Gyertek, nézzétek meg közelebbről, nem bántanak, hiszen kicsik még.

- Nem mernek idejönni, mert az asszonyok azt mondták, hogy ezek a fenevadak megesznek minket. Azt is mondták, hogy te az istenek lánya vagy, azért vagy ilyen bátor és szép. - nézett rá gyönyörködve a kislány.

- Nem vagyok az istenek lánya, mint tudod Bagatúr fejelem az apám és ő nem isten, hanem ember. Különben is csak egy Isten van, aki vigyázz ránk és segít nekünk. - leguggolt a gyermekhez, megsimogatta naptól kipirult arcát, belenézett értelemtől csillogó hatalmas barna szemébe. Gyönyörű gyermek, állapította meg Rebeka. - Kinek a lánya vagy?

- Kalocsa vezér az apám!- felelte büszkén.

- Hát persze, most már emlékszem. Te vagy az az eleven gyermek, aki miatt annyit fáj édesanyád feje. - nevetett Rebeka.

- Tudod, szeretnék olyan lenni, mint te.

- Miért, én milyen vagyok?

- Bátor, szókimondó, nagyon szép és úgy harcolsz, mint egy férfi.
- suttogta.

Rebeka megmerevedett.

- Honnan tudod, hogy én tudok harcolni? - kérdezte sápadtan.

- Egyszer utánatok lopóztam az erdőbe, és láttam, mit csináltatok Szolákkal. Rebeka ugye megtanítasz engem is kardozni?

- Nem!

- Jól van, de akkor elárullak az apádnak! - zsarolta a csöppség. Rebeka legszívesebben pofonvágta volna, de a gyerek olyan eltökélten nézett rá, hogy ettől elszállt minden mérge. Eszébe jutott ő is ilyen szemtelenül zsarolta Szolákot annak idején.

- Rendben van, még visszatérünk rá. Most gyerünk hazafelé, nyomás! - felállt, gyengéden rácsapott a fenekére. - Ugye Zitának hívnak?

- Igen.

- Emlékszem, amikor születtél, mindenki fel volt háborodva, hogy ezt a nevet adta neked édesanyád. Kalocsát felszólította a tanács, hogy adjon rendes avar nevet a lányának. - megfogta a kezét, lassan sétáltak a kövekkel kirakott úton.

Emberekkel találkoztak, akik hazafelé tartottak a napi tennivalók után, tisztelettel köszöntötték Rebekát.

- Édesanyád egy királynőről nevezett el, és ahogy elnézlek rád is illik a neved. Édesapád nem engedett a tanács nyomásának, tiszteletben tartotta édesanyád döntését.

- Honnan tudod, mi történt, hiszen te még kicsi lehettél akkor.

- Nem voltam olyan kicsi, úgy hat éves lehettem, az édesanyám mesélte el később. - szomorúan elhallgatott, a rátörő emlékektől könnybe lábadt a szeme. A kislány megsimogatta Rebeka kezét.

- Ugye nagyon szeretted őt?

- Igen. - felelte csendesen. - Megérkeztünk, menjél.

- Ugye nem felejtetted el, amit ígértél?

- Nem ígértem semmit, azt mondtam, visszatérünk rá.

- Enyém lehet az egyik farkaskölyök?

- Zita menjél be a házba most rögtön, és ne beszéljél senkinek a titkunkról, rendben?

- Rendben. Holnap találkozunk? - kérdezte reménykedve.

- Meglátjuk, aludj jól.

A kislány beszaladt a házba, Rebeka elgondolkodva tette meg azt a pár lépést, ami a két ház között volt. Mintha magamat látnám hat évvel korábban. - gondolta. - De én akkor már nem voltam ilyen gondtalan, akkor ölték meg anyát.

- Azt hittem sose jössz haza. - fogadta lányát Bagatúr.

- Segítettem Istvánnak. - felelte.

- Még mindig nem értem, Tárkány miért vette fel a kereszténységet sámán létére, amikor az a vándorpap, ahogy ti neveztétek, megkeresztelte. Le akart mondani a sámánságról, de a tanács nem engedte. Hogy tud eleget tenni kétféle elvárásnak? - tűnődött.

- Talán ez a jövő. Anya is keresztény volt, egyre többen térnek át erre a hitre. Te még mindig nem gondoltad meg magad?

- Nem, és nem is fogom. Az én őseim közelebb állnak hozzám, mint a te egy Istened. Gyere, vacsorázzunk, biztosan nagyon éhes vagy, hiszen ma még nem ettél semmit.

Leültek a terített asztalhoz, néhány percig csendben élvezték a finom falatok ízét. Később Rebeka törte meg a csendet.

- Apa nem gondoltál még arra, hogy annak idején elárultak bennünket?

- Mit értesz az alatt, hogy annak idején? - belekortyolt a borába, kérdőn nézett a lányra.

- Amikor Anyát megölték! - szólt mérgesen.

- Rebeka próbálj felejteni. Így nem lehet élni, a halottakat el kell temetni. Engedd Édesanyádat nyugodni!

- Nem tehetem. Amíg a gyilkosság nincs megtorolva, nem tudok megnyugodni. És bármit teszel, nem megyek hozzá ahhoz a barbárhoz! - mondta határozottan.

Bagatúr felugrott a székéről, mérgesen fordult a lányához.

- Azt teszed, amit én mondok! - kiabálta.

- Mielőtt megennél, menj el Gyulához, nézd meg mit tettek Máriával. Kíváncsi vagyok, miért említette a nevedet, amikor magánkívül volt?

- Mit beszélsz?

- Amikor megpróbáltam segíteni, Mária nem volt magánál, hangosan kiabálta „Bagatúr megöl, ha megtudja, mit tettél velem!"

Nem folytathatta, mert apja kirohant a házból. Felállt az asztaltól elindult megkeresni Szolákot, biztosan dolga van, ha nem evett velük. A nyitott ablakon beáramlott a hűvös esti levegő. Odalépett, hogy becsukja, és akkor meglátta az embereket Gyula háza előtt. Gyorsan becsukta az ablakot és lerohant a lépcsőn.

- Hova rohansz? - állította meg Szolák hangja.

- Szolák hol voltál egész délután? Beszélni akarok veled, nagyon fontos. Döbbenetes dolgokra jöttem rá. Fogadok, még te sem gondoltál rá. - mondta büszkén.

- Rebeka, nagyon fáradt vagyok, kérlek, hagyj békén az őrült ötleteiddel. Majd holnap elmondod.

- Rendben van, ezt holnapra hagyjuk, de most gyere Gyula házához. Valami baj történt.

- Honnan veszed? - kérdezte fáradtan.

- Onnan, hogy kinéztem az ablakon. Különben, amíg ti tanácskoztatok én segítettem Istvánnak. Máriát, Gyula lányát az éjjel megerőszakolták.

- Mit beszélsz? - kiáltotta Szolák, megragadva a lány karját.

- Ez fáj! Engedj el, megőrültél? Amikor meghalljátok a nevét, mindannyian kiábáltok. Mi van itt, megtudhatnám végre?- kérdezte szembefordulva a fiatalemberrel.

- Rebeka én nem mondhatom el, ha az apád úgy gondolja, majd elmondja neked. Annyit tudok, hogy Gyula örökbe fogadta, amikor a szülei meghaltak, mivel nekik nem lehetett gyerekük. A kislány szülei Gyula szolgálói voltak. Földjeik a Dunántúlon voltak, amíg a frankok el nem foglalták. Mária szülei szlávok voltak, régi keresztények, mint édesanyád, vagy az én szüleim. Behódoltak az avaroknak és szolgálták őket. A háborúban mindketten életüket vesztették, Gyula, felesége kérésére, magával hozta a kislányt. Hát ennyit tudok. - fejezte be Szolák.

- Nem ennyit, van valami, amit nem mondtál el. Mond el, különben....

- Nem mondhatok többet, és most az egyszer hiába próbálsz zsarolni. - szakította félbe a lány mondatát.

- Rendben van, gyere, nézzük meg mi történt. - adta meg magát a lány. Érezte, hogy most hiába szeretne bármit is megtudni, Szolák nem fogja elárulni az apját.

- Ne haragudj, de most nemet kellett mondanom. - szólt békítően.

Átfogta Rebeka vállát és elindultak. Amint közelebb értek, hallották, hogy valaki keservesen sír, jajveszékel. A ház előtt sokan álltak, csendesen beszélgettek. Rebeka utat tört magának az emberek között, és Szolákkal a háta mögött belépett a nyitott ajtón. A házban is sokan gyűltek össze, az asszonyok sírtak a férfiak hangosan vitatkoztak.

- Mi történt? - kérdezte Rebeka Bagaturt, aki háttal állt neki.

- Meghalt Mária. - válaszolta.

Amikor megfordult, a lány döbbenten vette észre, hogy apja sír. Soha nem látta még sírni. Megsimogatta az arcát, letörölte a könnyeit. Megfogta a kezét és csendesen elindult vele az otthonuk felé. Bagatúr magába roskadt, úgy követte a lányát, mint egy gyermek. Rebeka nem kérdezett semmit, minden rá volt írva apja szenvedő arcára. Sajnálta őt, hiszen már a második szerelmét vették el tőle. Nem hibáztatta Bagaturt, joga volt szeretni, csak a lányt tartotta túl fiatalnak hozzá.

Nyugtalanul aludt. Álmában, Elekkel, apja vezérével harcolt.

A bolgárok válasza.

Árpád fejedelem a sátra előtt üldögélt Etellel, csendesen beszélgettek. Tervezgették jövőjüket. Hamarosan útra kelnek az avarok földjére. Árpád hallani sem akart arról, hogy Etel is velük tartson.

- Nincs igazad, hidd el, semmi veszély nem fenyeget bennünket. Zoltán azt mondta szívesen, fogadták őket. Az az igazság, hogy látni szeretném azt a kardos lányt. Úgy érzem Zoltán beleszeretett az avar hercegnőbe. Kérlek, vigyél magaddal!- kérte Etel.

- Azt is hallottad mit mondott Lehel?- kérdezte Árpád

- Nem, miért mit mondott?

- Nem mindenki fogadta őket barátságosan. Az egyik vezérnek nem tetszett a mieink látogatása. Zoltán elnevezte rókaképűnek. Ő sem találta rokonszenvesnek.

- Árpád miből gondoltad, hogy mindenki tárt karokkal fog fogadni?

- Én nem gondoltam, csak téged akarlak meggyőzni, hogy nem minden avar barátságos.

- Rendben van, elismerem, lehet, hogy nem sétalovaglásra megyünk, de ott lesztek velem, büszke magyar harcosok. - hízelgett Etel.

- Mi van a büszke magyar harcosokkal? - kérdezte Zoltán, aki az utolsó szavakra ért oda.

- Apád nem akar magával vinni az avarokhoz. - felelte durcásan az édesanyja.

- Hát nem is tudom. Talán apának van igaza. - kötekedett Zoltán.

- Szóval már nem is olyan veszélytelen az út, mint ahogy mondtad? - vonta föl a szemöldökét Árpád.

- A veszély nem ránk leselkedik, hanem az avarokra, ha anya is velünk jön. - nevetett Zoltán.

- Te szemtelen kölyök! - ugrott fel Etel és játékosan püfölni kezdte fia széles mellkasát.

- Rendben van Etel, te velünk jöhetsz, de a többi asszony, egyelőre itthon marad. - adta be a derekát Árpád.

Hangos kiáltozás vetett véget a családi beszélgetésnek. Árpád felugrott és a hangok irányába nézett. A tábor bejáratánál egyre több ember gyűlt össze. Elindult megnézni mi történt. Amint közelebb ért az emberek utat engedtek neki. A bolgárokhoz küldött követei tértek vissza. Két követet és hat kísérőt bocsátott útjára, de hiába nyújtogatta nyakát, csak hat embert látott visszatérni.

- A követeket, hol hagytátok? - kérdezte mérgesen.

- Itt vannak ők is. - válaszolt csendesen az egyik kísérő, oldalra lépve.

Árpád ekkor látta meg a takarókba burkolt, vérbefagyott, halott követeket.

- Mi történt? - kérdezte döbbenten.

- Békésen indult minden, majd a követek bementek a bolgár fejedelemhez, hogy elmondják, mi járatban vannak. Később már nyugtalankodni kezdtünk, odamentünk az ajtó elé és beakartunk menni, de azt mondták, hogy a követeket már hozzák. Úgy is történt. Nyílt az ajtó, szolgák serege takarókba burkolt hosszú csomagokat hozott, mögöttük megjelent a fejedelem. Bennünket körbevettek, kardot rántottak, meg sem tudtunk mozdulni. Az az átkozott bolgár vezér, dörgő hangon ránk parancsolt, adjuk át az üzenetét: - Minden betolakodó így jár, aki az én földemre teszi a lábát!

- Hidd el uram, nem tehettünk semmit. Szégyenszemre hazajöttünk, hogy elmondjuk mi történt. Ígérem, mi megyünk legelöl, ha ellenük kell harcolni!- fogadkozott a szerencsétlen.

- Nem hibáztatlak benneteket. Egy egész sereg ellen nem harcolhattatok, nem az volt a dolgotok. Menjetek, próbáljátok kipihenni a borzalmakat. - kezét nyújtotta a harcosoknak.

Jajveszékelve rohantak az elesett harcosok asszonyai, zokogva borultak férjeik tetemeire.

- Temessétek el őket tisztességgel, Lehel készítse elő a szertartást. - mondta Árpád.

Éktelen haragra gerjedt, képtelen volt felfogni miért tették ezt a bolgárok. Vérszomjas vadállatok, még megemlegetik ezt a mészárlást! Fogadkozott, észre sem vette, hogy közben hazaért.

- Árpád, mi történt? - fogadta Etel.

- Elsöpörjük ezeket az átkozottakat a föld színéről! - kiabálta magából kikelve.

Kicsit lehiggadt, majd elmondta hogyan bántak a követekkel a bolgárok.

- Tehát háború lesz. - mondta szomorúan Etel.
- Igen. Megismerik a magyarokat, míg élnek nem felejtik el! Eltemetjük a halottakat és indulunk az avarokhoz. Ha még mindig jönni akarsz, készülj az útra.

Összehívta a vezérek tanácsát, késő éjszakáig tárgyalták az eseményeket és a tennivalókat. Abban mindannyian egyetértettek, hogy megkell bosszulni a követek halálát. A temetési szertartás utáni napon a magyar fejedelem és kísérete elindult az avarok földjére.

A kis tanítvány.

- Miből gondolod, hogy áruló van közöttünk?- kérdezte Szolák Rebekát.
- Gondolkozz! Honnan tudták a bolgárok, hogy apa és a harcosok nagy része elment?
- Ha kémeket küldtek megfigyelésre, akkor látták elvonulni a fejedelmet és kíséretét. Nincs ebben semmi árulás. Rebeka te rémeket látsz.
- Azt mondtad, ha kémeket küldtek. És ha nem? - erősködött a lány.
- Ez csak feltételezés. - kötötte az ebet a karóhoz Szolák.
- Az ég áldjon meg, te nem látsz a szemedtől? - kiabált Rebeka.

Felugrott a folyóparti selymes fűről, ahol addig üldögélt csípőre tett kézzel szembefordult a fiatalemberrel, felháborodástól kipirult arccal várta, mit mond a másik. Szolák bár hozzászokott a lány kirohanásaihoz, most mégis meglepődött, nem tudta mire vélni ezt a heves dühkitörést.

- Rebeka, mi ütött beléd?
- Figyelj rám! Ha kémek figyelték volna a falut, az őrök előbbutóbb észrevették volna. Ha csak megfigyelők lettek volna, akkor a sereg nem ért volna ide olyan gyorsan. Apa és a harcosok alig két napja mentek el, amikor a támadás megtörtént. Hetek kellenek ahhoz,

hogy egy sereg ideérjen. A kémeknek haza kell érniük, értesíteni a bolgárokat, a seregnek fel kell készülni és ideérni. Ez nem két nap. Hidd el sokat, gondolkodtam, mire erre a következtetésre jutottam. - fejezte be most már nyugodtabban a lány.

- Lehet, hogy van némi igazság abban, amit mondasz. - töprengett Szolák.

- Biztos lehetsz benne, hogy igazam van! Jó lenne tudni, ki az áruló. Van egy sejtésem, de ne kérdezd ki az, mert úgy sem mondom el addig, amíg nem vagyok biztos benne. De lehet, hogy csak akkor mondom el, ha már végeztem vele. - nevetett Rebeka.

Szolák elkapta a karját, maga felé fordította, megrázta és nagyon komoly hangon, figyelmeztette a lányt.

- Rebeka, azért mert a fejedelem lánya vagy, rád is vonatkoznak a törvények! Gyilkosságért halál jár, nagyon jól tudod! Nem azért tanítottalak, hogy végignézzem, hogyan halsz meg! Ígérd meg, ha bármit megtudsz, elmondod nekem. Törvényt ülünk fölötte és elnyeri méltó büntetését.

- Igen uram, megígérem. - hajolt meg gúnyosan Rebeka. Kiszakította magát Szolák karjából, mérgesen végigmérte, majd elindult a falu felé. Néhány lépés után visszaszólt anélkül, hogy hátrafordult volna.

- Megyek a farkaskölykökhöz, ők legalább a saját fajtájukat nem bántják.

Szolák elmosolyodott a megjegyzésen, ez a lány nem adja fel. - gondolta. Szemével megsimogatta karcsú alakját. Rendkívüli teremtés, nagyon kell vigyázni rá, mert ha megtud valamit, képes gondolkodás nélkül cselekedni. Most először kezdett kételkedni abban, hogy helyesen cselekedett, amikor megtanította a harcművészetre, politikára. Rebekát a farkaskölykök ketrece előtt érte utol. A lány félelem nélkül bement, megsimogatta őket, beszélt hozzájuk. Nevelőanyjukat megdicsérte, amiért olyan odaadással neveli az idegen kölyköket. Meglátta Szolákot, felvette a fekete kölyköt és kilépett az ólból.

- Nézd milyen nagyok lettek, már tudnak enni egyedül. Hamarosan elviszem, én fogom felnevelni, mindig velem lesz.

A kölyök, amint Szolák felé nyúlt, hangosan morgott rá.

- A végén még megharapsz! Elfelejtetted már, hogy én is segítettem neked, amikor anyád meghalt? Hálátlan kölyök! - dohogott tréfásan a férfi.

- Látod vigyázz rám. Egyre jobban szeretem. - bújt a fekete csöppséghez Rebeka.

- Azt hittem már másnak adtad a szívedet, csapodár teremtés!

- Bolond! - pirult el Rebeka.

- Úgy tudom, hamarosan eljönnek, majd megmondom Zoltánnak, hogy álmai asszonyának már foglalt a szíve. - ugratta.

Rebeka letette a farkast, nagy erővel nekiugrott Szoláknak, hangos káromkodások kíséretében püfölni kezdte. A gyerekek körbefogták őket, Rebekát biztatva.

- Azonnal hagyd abba! - kiáltotta a dajka, aki épp akkor ért oda. - Egy hercegnő nem viselkedhet így!- dorgálta.

- Tudod dadus, néha szeretem elfelejteni, hogy hercegnő vagyok. - kacagott a lány.

- Szolák legalább neked lehetne több eszed! - fordult a tanító felé.

- Eszem lehet, hogy több van, de ez a boszorkány nekem esett és felborított. - nevetett vidáman a férfi.

- Mit mondtál, hogy több eszed van? - esett neki újra a lány.

Szolák most felkészült a támadásra, könnyedén kivédte az újabb rohamot. Örült, hogy a lány már nem haragszik.

- Rebeka, apád látni akar! - mondta a dada komolyan.

- Megyek.

Rendbe szedte a ruháját, arcáról eltűnt a vidámság, amint apjára gondolt. Hogy is feledkezhetett meg róla. - korholta magát. Gyors léptekkel elindult a házuk felé.

Az apja az ebédlőben üldögélt, fejét lehajtotta, révetegen nézett maga elé.

- Apa itt vagyok. Hogy érzed magad? - lépett hozzá Rebeka.

61

- Kislányom bocsáss meg, hogy eltitkoltam Máriához fűződő kapcsolatomat. El akartam venni feleségül, megbeszéltem volna veled is, amikor itt lett volna az ideje. Most már mindegy, bele kell törődni a megváltoztathatatlanba. - mondta Bagatúr szomorúan.

- Apa nem szabad feladni! Meg kell tudni ki tette ezt Máriával! Az aljasságot meg kell büntetni! Téged nem érdekel, ki az az állat, aki így elbánt vele? - és veled is - gondolta.

- Szeretném tudni és meg is találom. - fogadkozott kevés meggyőződéssel a fejedelem.

- Segítek neked, ha akarod.

- Nem Rebeka, ez az én dolgom. Te maradj ki ebből.

- És mit fogsz csinálni ha megtalálod? - kíváncsiskodott.

- Törvényt ülünk természetesen.

- Hol fogod keresni?

- Az legyen az én dolgom. - felelte fáradtan Bagatúr.

- Itt nem fogod megtalálni!

- Hogy érted azt, hogy itt?

- Az avarok között. - mondta határozottan Rebeka.

- Elhallgatsz valamit, amit tudnom kellene? Mária elmondta ki tette?

- Mária nem volt magánál, így nem mondhatott semmit. - ütötte el a választ.

Hazudni nem akart, de az igazat sem mondhatta el. Ha az apja megtudná, hogy őt is megtámadták ugyanazon az estén, még jobban kétségbe esne. Bárcsak a lány is megsebezte volna azt az átkozottat, aki így elbánt vele, legalább tudnák ki tette.

- Apa hamarosan ideérnek a magyarok, fel kell készülni a fogadásukra. - terelte másra a szót, hátha ezzel fel tudja rázni a fejedelmet.

- Igen tudom, csak nem vagyok biztos benne, hogy helyesen döntünk, ha behódolunk nekik. - mondta gondterhelten.

- Nem hódolunk be nekik! - tiltakozott a lány.

- Rebeka, ha ideengedjük őket nem leszünk urai földjeinknek.

Túlerőben vannak, az ő törvényeik szerint kell élnünk. A segítségüket kérjük a bolgárok ellen, tehát behódolunk nekik, bizonyos értelemben kiszolgáltatjuk magunkat. Ilyen a politika, te ezt nem érted.

- Vedd tudomásul, hogy értem. Szolák néhány dolgot elmagyarázott nekem. - szólta el magát.

Bagatúr nagy szemeket meresztett lányára.

- Szoláknak nem az volt a dolga, a politikában kalauzoljon, hanem az, hogy megvédjen! - kiabálta a fejedelem.

- Apa nyugodj meg nem lettem politikus. Miért baj az, ha egy lány ért a politikához?

- Semmi szükséged rá! Éppen ideje lenne férjhez menned. Minden érdekel, kivéve a családalapítást. Rebeka lehet, hogy hamarosan meghalok, érzem nem sok időm van már. Mi lesz veled és az avarokkal? Ha férjhez mennél a férjed vezethetné népünket tovább.

- Gondolod, hogy a bolgár fejedelem fia törődne az avarokkal? - szegezte a kérdést apjának. - Különben nem fogsz még meghalni, hiszen egészséges vagy. Ilyen butaságot nekem ne is mondjál! Ha ezzel akarsz zsarolni, nagyon rossz módszert választottál.

- Soha nem zsarolnálak ezt te is, tudod. Nagyon szeretlek, te vagy a mindenem. Azt akarom, hogy boldog légy. Kislányom valóban választanod kell, nem élhetsz egyedül. - simogatta meg Rebeka szép arcát.

- Apa nyugodj meg, lehet, hogy hamarosan az unokádat fogod ringatni. - mondta sejtelmesen a lány.

- Csak nem?! Ki az a bátor ember, aki feleségül mer venni egy boszorkányt? - kötekedett az uralkodó.

- Hogy elmer venni, vagy sem az hamarosan kiderül. - nevetett Rebeka.

- Megtudhatom, hogy ki az a bátor ember?

- Ha megkéri a kezem, úgy is tudni fogod. Ha nem, akkor meg nem fontos.

- Rendben van, nem kíváncsiskodom.

Egyikük sem vette észre, hogy valaki megállt mellettük.

Összerezzentek, amikor Zita megszólalt.

- Rebeka gyere velem mondani, szeretnék valamit.
- Zita, az ég szerelmére megijesztettél. Máskor csapd be az ajtót, ha bejössz! - förmedt rá Rebeka.
- Ha így tennék, azt mondanád neveletlen vagyok.
- Zita, ne beszélj vissza!
- Rebeka, Zitának igaza van. - szólt Bagatúr.
- Gyere, te nagyszájú, mond, el mit akarsz. Fogta meg a kislány kezét Rebeka.

Amint kiértek a házból, megcsapta őket a fülledt nyári levegő.

- Keressünk egy árnyékos helyet.

Letelepedtek a folyóparti fűzfák árnyékába.

- Hallgatlak.
- Holnap temetik Máriát, gondolom ott akarsz lenni a temetésen.
- Természetesen, de ezt elmondhattad volna a házban is.
- Azért nem mert lehet, hogy az apád nem akar ott lenni. - válaszolta Zita.
- Ezt miből gondolod?
- Olyan sok mindent beszélnek az emberek.
- Mit beszélnek? - háborodott fel Rebeka.
- Nem tudom, nem is érdekel. Én még kislány vagyok ehhez. - visszakozott - Mikor megyünk kardozni?
- Nem tudom Zita, most fontosabb dolgom van.
- Mindig ezt mondod! - durcáskodott a kislány.

Rebeka megsimogatta a haját, magában eldöntötte, hogy megtanítja ezt a gyermeket mindenre, amit ő tud. Egy nőnek szüksége lehet arra, hogy megvédje magát.

- Csináltatok neked egy kardot, utána felmegyünk az erdőbe és elkezdjük a leckét. Rendben?
- Rendben! - lelkesedett a kislány. Felugrott, megölelte Rebekát és elrohant a falu felé.

Rebeka nagyot sóhajtott, eszébe jutott Mária. Ha a lányokat is megtanítanák arra, hogy megvédjék magukat, ilyen szörnyű esetek nem történnének meg. De a férfiak félnek attól, ha a lányok erősebbek és határozottabbak lennének, ők vennék át a hatalmat. Nem is lenne olyan szörnyű, sőt határozottan jó világ lenne. - mosolygott Rebeka magában. Felállt, elindult a kovácsműhely felé, hogy ígéretéhez híven kardot csináltasson Zitának.

Másnap eltemették Máriát, arccal Dél felé. Rebeka szerette volna, megkérdezni miért úgy temetik el halottaikat, de a szertartás alatt nem merte, utána meg kiment a fejéből. Amint ezen gondolkodott, egy meleg kis kéz csúszott a tenyerébe.

- Ugye megyünk az erdőbe?- nézett rá reménykedve Zita.

- Igen, csak előbb hazamegyünk a kardodért. - súgta a kislány fülébe.

- Ha hátat fordítasz a sírnak, ne nézz vissza, mert az szerencsétlenséget hoz. Nem akarom, hogy te is meghaljál, mint Mária.

- Nem nézek hátra, de hidd el ez buta babona, a halottak nem bántanak senkit, ők már pihennek.

- Bagatúr is itt volt, pedig azt suttogták, biztosan nem jön el. Szégyelli, hogy egy cselédlányhoz járt. - mondta csendesen Zita.

- Apám szerette Máriát, el akarta venni feleségül. Különben nem volt cseléd. Gyula örökbe fogadta. De te még gyerek vagy, nem igazán érted ezeket a dolgokat.

- Vedd tudomásul, hogy már nem vagyok gyerek, két év múlva akár férjhez is mehetek! - kiáltotta Zita mérgesen.

- Hát két év múlva talán még nem, de négy-öt év múlva már lehetséges. - kacagott Rebeka, megborzolva a kis vadóc barna haját.

- Rebeka te miért nem mentél még férjhez?

- Még nem jött el az ideje. - tért ki a válasz elől. Arcáról szinte azonnal lefagyott a mosoly.

- Nem akartalak megbántani, bocsáss meg kérlek szépen. - kérlelte gyermeki ártatlansággal.

- Nem bántottál meg.

Csendesen sétáltak a falu kikövezett útján, mindketten gondolataikba merültek.

- Zita tudsz lovagolni?- fordult a kislány felé Rebeka.

- Hát persze, jobban, mint a bátyáim! - mondta büszkén.

- Lovad is van?

- Természetesen, elmegyünk érte?

- Igen, de előbb elmegyünk a kovácshoz a kardodért. Megígérte, hogy mára elkészül. Mond apád mit fog szólni, ha megtudja mire készülsz?- kérdezte kíváncsian Rebeka.

- Nem fogja megtudni. Ha mégis, akkor emlékeztetem, mi történt Máriával.

- Okos gyerek vagy. Bocsánat, ifjú hölgy. - nevetett Rebeka.

A kovácsműhely előtt Rebeka megkérte Zitát, meg ne szólaljon, bármit is hall. Beléptek a műhelybe, ahol hangos kalapálás zaja fogadta őket. Rebeka odalépett az egyik mesteremberhez, hangosan köszönt, majd elmondta mi járatban vannak.

- Igen, elkészült Szolák kardja. - nyújtott át egy gyönyörűen megmunkált, remek kardot. Rebeka megköszönte, majd szigorúan nézett Zitára, aki már nyitotta volna a száját. Amint kiértek, a kislány már nem bírta tovább.

- Azt mondtad, az én kardomért jövünk! - mondta durcásan.

- Hát persze, hogy a tiéd, de ezt nem tudhatja a kovács. Ezért mondtam, hogy meg ne szólalj.

- Akkor jól van. Szeretném megnézni a kardomat. - nyúlt a fegyver felé Zita.

- Mindent a maga idejében kisasszony. Egy hölgy nem sétálhat az utcán karddal a kezében.

- Akkor te miért viheted Szolák kardját?

- Tudtam, hogy ezt fogod mondani. - nevetett Rebeka.

- Azt tanították nekem, csak olyat követelj, amit te is megteszel. - bölcselkedett komoly arccal Zita.

- Nos, már megszokták a faluban, hogy Szolák velem hozatja el a fegyverét. Én nagyon sokszor felrúgom a szabályokat, nem tudom miért. A dadus szerint elkényeztetett, önző teremtés vagyok. Lehet, hogy igaza van. Azt hittem, mivel apám a fejedelem, nekem mindent szabad. A napokban Szolák ráébresztett, hogy a törvények rám is vonatkoznak. És pont azért, mert a fejedelem lánya vagyok, nekem még jobban bekell tartanom azokat.

- Rebeka, te miért tanultál meg kardozni? Igaz a pletyka, hogy bosszút esküdtél, amikor az édesanyád meghalt?

- Nem kardozni tanultam meg, hanem vívni. Igaz a szóbeszéd, valóban meg fogom bosszulni a halálát, ezért tanultam meg mindent Szoláktól. De most már vége a kérdezősködésnek, hazaértünk. Hozd a lovadat, öltözz át, itt foglak várni. - azzal otthagyta a kislányt.

Gyorsan átöltözött, leszaladt az istállóba, nem akart senkivel találkozni. Ha összefut a temetésről hazajövő apjával, akkor végigülheti az egész délutánt Gyuláéknál, felidézve a halott lány emlékét. Semmi kedve nem volt ehhez, inkább felmegy az erdőbe Zitával. Szoláknak hagyott üzenetet, ahogy hazaér, azonnal menjen utána. Mire kiért az istállóból, a kislány már türelmetlenül várta.

- Azt hittem megint meggondoltad magad, vagy elmentél Gyula vezér házába.

- Amint látod, itt vagyok. De most gyorsan el kell tűnnünk innen. - válaszolt Rebeka.

- Én megyek elől, ha tudsz, érjél utol! - azzal elviharzott formás kancájával az erdő irányába.

Rebeka egy pillanatig csak nézte a gyorsan távoldó, szemtelen lovas hátát, majd ő is megindult. Elkellett ismernie, hogy a lány valóban jó lovas. Zita már az öreg fa alatt üldögélt, mire Rebeka odaért.

- Kérem a kardomat. - állt fel nevetve.

- Kitől tanultál meg ilyen jól lovagolni? - kérdezte Rebeka.

- Van két beképzelt bátyám, akik azt hitték, csak ők képesek megtanulni lovagolni. Mindig csúfoltak, amiért én lány vagyok. Megfogadtam, hogy én sokkal jobb lovas leszek, mint ők. És most már az is vagyok!- mondta büszkén.

- Mást is megfogadtál?

- Igen. Vívásban is le akarom győzni őket. Ugye segítesz?

- Segítek. - ígérte Rebeka, miközben azon gondolkodott, hogy a dac ugyanolyan erőt ad, mint a bosszú?

Zita gyorsan tanult, ügyesen forgatta a kardot, mint aki nem először csinálja.

- Ugye a fivéreid kardját már kipróbáltad?

- Miből gondolod?

- Abból, ahogy a kezedbe vetted. Ugye titokban próbáltad már?

- Hát persze. Amikor meglestelek, utána hazamentem, és úgy csináltam, ahogy tőled láttam.

- Ügyes kölyök vagy... - hirtelen elhallgatott.

- Mi történt? - kíváncsiskodott Zita.

- Megszólalt a kürt, ez vendégek érkezését jelenti. - remélem nem a bolgárok jöttek, fohászkodott magában.

Zita kirohant az erdőből és onnan kiabált vissza.

- Rebeka, gyere gyorsan, ilyen szépet még nem láttál! - lelkesedett a kislány.

Rebeka remegve lépett Zita mellé, majd szíve nagyot dobbant attól, amit látott. A magyarok közeledtek a völgyben a falu felé. Elöl egy magas, szálfa egyenes, markáns arcú férfi haladt, mellette egy csinosan öltözött, kedves asszony lovagolt. Mind a ketten gyönyörű fehér lovon ültek. Mögöttük kettes sorokban jöttek vagy ötvenen. Rebeka szívdobogva kutatta az alattuk elhaladók arcát, csalódottan vette tudomásul, hogy akit keres az nincs közöttük.

- Szép jó napot ifjú hölgyek. - szólalt meg mögöttük egy mély férfihang.

Rebeka megremegett, amint az ismerős hangot meghallotta. Erőt vett magán és megfordult. Belenézett a meleg barna szemekbe, úgy érezte, rögtön összeesik, olyan boldog volt, hogy újra látja.

- Zoltán. - suttogta, bár kiáltani szerette volna.

A férfi csak nézte, sokkal gyönyörűbb, mint ahogy emlékezett rá, gondolta.

- Örülök, hogy újra látlak. - mondta.

- Én is. - szerette volna mondani Rebeka, de nem tudott megszólalni.

- Ki ez? - szólalt meg mellettük Zita.

Mindketten hangosan felnevettek.

- Ő, Zoltán a magyar fejedelem fia. És ő Zita. - mutatott a kislányra Rebeka - Gyula vezér szemtelen, de rendkívül okos lánya.

- Örülök, hogy megismertelek. - hajolt meg Zoltán mókásan Zita felé.

- Hogy kerültél ide? - kérdezte Rebeka.

- Én az első csapatban voltam, nem apámmal jöttem. Amikor a falu közelébe értünk megláttam, hogy ide jöttök, mivel Szolák nem volt veletek, gondoltam én vigyázok rátok.

- Ez kedves tőled. Miért jöttetek két csapatban, hiszen mi szívesen fogadunk benneteket. Nem bíztok bennünk? - kérdezte szemrehányón Rebeka.

- Ez nem bizalom kérdése, hidd el. Történt valami az utolsó találkozásunk óta, ami óvatosságra int bennünket. - felelte Zoltán.

Bizony történt, gondolta Rebeka, majd hangosan azt kérdezte

- Mi történt?

- Nem mondhatom el, előbb a két fejedelemnek kell megbeszélnie, majd utána neked is elmondom.

- Tudod itt is történt egy s más, de én sem mondom el neked. - duzzogott a lány.

- Rebeka, nem szép dolog valakit zsarolni. - szól közbe Zita.

- És ezt pont te mondod nekem! - háborodott fel Rebeka.

- Milyen igazad van Zita. - nevetett Zoltán.

- Rendben van, nem kíváncsiskodom. - adta meg magát nevetve Rebeka.

Közben a vendégek beértek a faluba, ahol Bagatúr fogadta őket. Rebekának eszébe jutott, hogy Máriát nemrég temették el, neki apja mellett kellett volna maradni. Lelkiismeret furdalást érzett.

- Haza kell mennünk, Zita gyorsan dugjuk el a kardokat és menjünk üdvözölni a vendégeket. - sürgette a lányt.

A vendégeket üdvözlő Bagatúr mellé érve, Rebeka leszállt lováról egy lovász fiúra bízva azt, csendesen apja mellé lépett. Zoltán kíváncsian nézett anyjára, majd Árpád mellé irányította lovát. A fejedelem elismerőn bólintott, amikor szemügyre vette Rebekát, Etel kedves mosollyal jelzett fiának. Zoltán majd kiugrott bőréből, hogy szüleinek tetszik választottja. A magyarok leszálltak lovaikról, hogy üdvözöljék az avar fejedelmet és az üdvözlésükre eléjük jött vezéreket. Rebeka csodálattal nézett Zoltán jóképű apjára, majd szeme átsiklott Etel kedves, mosolygós arcára. Rögtön szívébe fogadta a kicsiny, törékeny barna hajú asszonyt. Az édesanyjára emlékeztette, arcáról eltűnt a mosoly, elnézett a vendégek feje fölött magasodó, zöldellő dombok felé.

- Mi a baj, Rebeka? - simogatta meg a lány szomorú arcát Etel.

- Az édesanyámra emlékeztetsz. Bocsáss meg udvariatlan, vagyok. Gyere, tiszteld meg otthonunkat. - kérte könnyes szemmel, majd elindult mutatva az utat.

Etel megértően bólintott, letörölte Rebeka könnyeit, melyek csendesen folydogáltak az arcán.

- A nagylányok nem sírnak. - megfogta a lány kezét és elindultak a ház felé.

Rebeka nagyon szégyellte, hogy sírni látták, de ez az asszony a kedvességével rádöbbentette, mennyire hiányzik egy anya szeretete. Gyorsan körülnézett ki látta meg könnyeit. Megkönnyebbülve vette tudomásul, hogy senki sincs a közelükben.

- Ugye itt maradtok nálunk?

- Egy ideig biztosan, de ezt a férfiak döntik el. - válaszolta Etel.

- Soha nem próbáltad meg befolyásolni a fejedelmet döntéseiben?

- Nem. Ez az ő dolga, nekem meg van a saját gondom, megoldásra váró feladatom. Nem való asszonynak beleszólni a férfiak dolgába. -

mondta határozottan Etel.

- Ne haragudj, de nekem más a véleményem. Szerintem egy asszony ugyan úgy alkalmas mindenre, amire egy férfi. - vitatkozott Rebeka.

- Hát úgy látom, Zoltánnak igaza volt. - nevetett Etel.

- Miben volt igaza Zoltánnak?

- Azt mondta, te egy rendkívüli teremtés vagy, inkább forgatod a kardot, mint a főzőkanalat.

- Hát ez igaz, de kérlek, ne mond el apámnak!

- Ne félj, nem mondom el. Nem hiszem, hogy apáddal valaha olyan kapcsolatba kerülnék, mely módot adna az ilyesféle beszélgetésre. - nyugtatta a lányt.

A férfiak már a nagy asztalnál ültek, mire beértek a házba.

- Segítek neked a férfiakat kiszolgálni. Nem akarok egyedül üldögélni. - súgta a lánynak Etel.

Rebeka hálásan nézett rá. Mivel az asszonyok nem ülhettek egy asztalhoz a férfiakkal, Etelnek valóban egyedül kellett volna ülnie a kisebbik ebédlőben. Ízletes ételeket és zamatos bort szolgáltak fel, majd amikor végeztek a háziasszonyi teendőkkel, elvonultak a különszobába, magukra hagyva a vezéreket. Rebeka nem csukta be az ajtót, hallani akarta miről beszélnek a férfiak. Etel rosszallóan nézett rá.

- Rebeka ez nem helyén való!

- Lehet, de az sem helyén való, hogy minket mindenből kizárnak.

- Nem tartozik ránk, amiről beszélnek!- intette Etel.

- Szeretem tudni, mi folyik körülöttem. Hidd el neked is tetszeni fog. - nevetett titokzatosan Rebeka.

Amint az asszonyok elhagyták a termet, Árpád rátért jövettelük céljára. Elmondta miért kellett elhagyniuk szülőföldjüket, röviden elmesélte hosszú útjukat, közölte letelepedési szándékukat. Kihangsúlyozta békés szándékát, de amennyiben ellenállásba ütközne, akkor kénytelen lesz erőszakkal elvenni a számukra szükséges területet.

- Amikor átkeltünk a Vereckei - hágón, kellemes meglepetésben volt részünk. Székelyek jöttek elénk, örömmel üdvözöltek bennünket, mint mondták, tudtak jövetelünkről és vártak bennünket. Tudjátok az anyai dédanyám székely volt. Egy őshazából származunk, csak ők még Attilával jöttek ide. Ismereteim szerint ti sem sokkal később vettétek birtokotokba a Kárpát - medencét. Egy nyelvet beszélünk mindannyian, hasonlóak a szokásaink, azonos isteneket tisztelünk és félünk. Megnyugvással vettem tudomásul, hogy hajlandók vagytok megosztani velünk földjeiteket, hazátokat. Köszönjük, szeretném családi kötelékkel szorosabbra fűzni kapcsolatunkat, de erről majd később beszélünk. - fejezte be Árpád.

Rebeka kérdőn nézett a feszülten figyelő Etelre. Az asszony ráemelte barna szemét, titokzatosan elmosolyodott, mutató újját szájára tette, csendre intve a lányt. Bagatúr válaszolt Árpádnak, ő is kifejezte örömét, hogy a magyarok eljöttek, de nem titkolta aggodalmát a miatt, ha behódolnak, megszűnik az avarok önállósága, gyakorlatilag megszűnik az avar birodalom.

- Nem akarlak áltatni benneteket. Az avar birodalom valóban megszűnik. De attól tartok ebben nem mi vagyunk a hibásak. Hiszen ha a bolgárok megtámadnak benneteket, könyörtelenül elveszik földjeiteket és lemészárolnak mindenkit. Ezzel szemben mi biztosítjuk számotokra, hogy a megművelt földeket megtartsátok. Nem szólunk bele belső ügyeitekbe, törvényeiteket tiszteletben tartjuk, mindaddig, amíg nem ütközik a magyar törvényekkel. Békeidőben nyugodtan élhetitek megszokott életeteket, háború esetén azonban már más a helyzet. Rátok ugyan úgy vonatkoznak a parancsaim, mint bármely népemre. Gondolom elég világosan, mondtam el mit kérek, és mit kaptok. - nézett végig az avar vezéreken Árpád.

- És mi van akkor, ha nem fogadjuk el? - kérdezte az egyik avar vezér.

Árpád felvonta szemöldökét, és kíváncsian nézett a kérdezőre. Ez a rókaképű, akiről Zoltán beszélt, állapította meg a fejedelem.

- Az elején említettem, hogy ha valaki ellenszegül akaratomnak, akkor kénytelen leszek erőszakkal elvenni, amire népemnek szüksége van. - válaszolta határozottan.

- Nincs jogod elvenni a másét! - kiáltotta Elek.

- Lehet, hogy nincs jogom elvenni, de azért megteszem! Népemnek szüksége van a földekre. Megnyugtatlak Elek, itt fogunk letelepedni bármi áron! - közölte Árpád – Választhattok! Velünk, vagy ellenünk! - felállt, vezérei követték példáját.

- Bagatúr magatokra hagyunk benneteket. Ha döntöttetek folytatjuk. - azzal kivonult a teremből.

- Megint Elek!- ugrott fel Rebeka.

- Mit jelent, az hogy megint Elek?- kérdezte Etel.

- Ha a magyarokról van szó mindig, ellenkezik. Most már biztos, hogy ő az! - hirtelen elhallgatott.

- Mi biztos? - értetlenkedett Etel.

- Semmi. Bocsáss meg, gyere, felkísérlek a szobátokba, pihenned kell.

Rebeka elindult az ajtó felé, arca piros volt a méregtől, minden ízében remegett a visszafojtott indulattól. Etel döbbenten követte, nem tudta mi történt a lánnyal. Amint Etelt felkísérte, Rebeka lerohant a lépcsőn, azonnal beszélnie kell Szolákkal. Megígérte neki szól először, ha megtud valamit. A nagy rohanásban nem vette észre Zoltánt, aki a bejáratnál állt, beleütközött.

- Rebeka, épp a keresésedre indultam, beszélni szeretnék veled. - ölelte át az ütközéstől megszédült lányt.

- Zoltán most nem beszélhetünk, azonnal meg kell találnom Szolákot. - mondta zavartan Rebeka, majd elpirult, amint ráébredt, hogy Zoltán szorosan öleli. Kibontakozott a karjaiból, belenézett a meleg, barna szemekbe.

- Egy óra múlva várlak a folyóparton a fűzfák alatt - suttogta.

- Ott leszek. - ígérte Zoltán.

Rebeka otthagyta a fiatal magyart és elindult nevelője keresésére. Szolákot Lehel társaságában találta, akivel a bolgárok ellen készülő háború esélyeit latolgatták. Rebeka megragadta Szolák karját, mosolyogva elnézést kért Leheltől, majd magával vonszolta az elképedt fiatalembert.

- Rebeka, nem gondolod, hogy neveletlen vagy! Mi ütött beléd? - fordult felháborodva a lány felé, amikor már elég messze voltak az emberektől.

- Szolák, tudom ki az áruló! - rázta tanítója kezét.

- Megint kezded? Rebeka vendégeink vannak, ott lenne a helyünk mellettük!

- Nem érted? Tudom ki az áruló közöttünk! Ha nem tartjuk szemmel, most is elfog árulni bennünket.

- Hallgatlak. - adta meg magát Szolák.

Leült a fűbe, karba tette kezét és várta mit fog mondani a lány.

- Szolák, melyik vezér maradt itthon, amikor apa elment a frankokhoz? - kérdezte.

- Elek.

- Ki küldött el benneteket felderítő útra, pont az ellenkező irányba?

- Elek! - ugrott fel döbbenten.

- Ki ellenzi, hogy a magyarok itt telepedjenek le?

- Igazad lehet te lány. - töprengett Szolák. Végig pergette gondolatban az eseményeket, melyet a lány említett. Olyan szembetűnő volt az árulás és senki nem jött rá, kivéve Rebekát. Okos teremtés!- gondolta.

- Megszervezem a figyelését. - indult a falu felé, majd hirtelen megállt. - Nem csak őt kell figyelni, hanem az embereit is.

- Nem kell minden emberét figyelni, csak azt a néhány bizalmasát, akik szintén ellenzik a magyarokkal kötendő egyezséget. Az avarok összeülnek Árpád javaslatát megvitatni, akkor megtudhatod, ki ellenzi azt.

- Honnan tudod? Már megint hallgatóztál te boszorkány?

- Igen, de nem egyedül. Etelt is rávettem, hogy velem maradjon. - nevetett szemtelenül a lány.

- Rebeka nem elég, hogy te nem tartod be a szabályokat, még másokat is ráveszel az őrültségeidre! - rótta meg tanítója Rebekát.

- Megtörtént. Segítsek sírni? Biztosíthatlak, hogy Etel nem bánta meg. Lehet, hogy nem mondja el senkinek, de ott volt! - mondta diadalmasan.

- Beszéltél már Zoltánnal?

- Csak futólag.

- De valamit súgtál neki, igaz? - nevetett kajánul.

- Semmi közöd a magánéletemhez, vedd tudomásul! - dühöngött a lány.

- Valóban? Eddig volt némi közöm hozzá, most mi változott?

- Minden megváltozott, ha nem vetted volna észre, felnőttem. Nem kell dajkálnod tovább, tudok vigyázni magamra.

- Házasságszagot érzek. - szagolt a levegőbe Szolák.

- Miért, megnősülsz?

- Talán, de most nem magamról beszélek. Találkoztam egy kismadárral, aki elcsicseregte nekem, hogy egy öntelt hercegnőnek ma megkérik a kezét. - mondta komolykodva a fiatalember. - De lehet, hogy nem rólad csicsergett, hiszen van még más főrangú lány is a világon. - azzal elindult, de hirtelen a földön találta magát.

Miközben csipkelődött, Rebeka óvatosan beakasztotta lábát Szolák bokájába. Amikor a férfi elindult megrántotta, így az elvesztette az egyensúlyát és hanyatt esett. Amikor Szolák földet ért, ráugrott a lány és püfölni kezdte.

- Te szemtelen alak, honnan tudod? Nem hiszem egy szavadat sem. - nevetett boldogan Rebeka.

A birkózástól lihegve tápászkodtak fel a fűből, amikor egy hang szólalt meg mellettük.

- Bocsánat, hogy megzavarlak benneteket, de Rebeka ígért nekem valamit. - mondta sértődötten Zoltán.

Rebeka és Szolák egymásra nézett, majd hangos nevetésbe törtek ki.

- Zoltán, ez nem az, amire gondolsz. Rebeka épp most verte el rajtam a port. - válaszolt még mindig nevetve Szolák.

- Fontos dolgot kellett megbeszélnem Szolákkal, azért nem értem oda időben. - mentegetőzött a lány.

- Érdekes módja a megbeszélésnek. - duzzogott még mindig Zoltán.

- Gondolj, amit akarsz! Nem fogok magyarázkodni neked. - mondta sértődötten Rebeka.

Sarkon fordult és elakart rohanni, de Zoltán megfogta a kezét, és visszahúzta. A lány döbbenten nézett rá. Még soha senki nem merte erőszakkal visszatartani.

- Mit képzelsz magadról?

- Nem képzelek semmit magamról. Tudom, ki vagyok, ezért elvárom mindenkitől, hogy betartsa, amit ígér! - mondta határozottan.

Rebeka még mindig nem tért magához, csak nézett a fiatal magyar határozott arcába.

- Na, végre valaki, aki móresre tanítja ezt az elkényeztetett fehérnépet! - kacagott fel hangosan Szolák.

Erre az ismerős hangra Rebeka arcáról eltűnt a döbbenet, haragtól pirosló arccal fordult a férfi felé.

- Te kígyó! Az ő pártját fogod, ahelyett, hogy engem védenél?!

Kiakarta szabadítani a kezét, de azt erősen tartotta Zoltán.

- Engedd el! - követelte.

- Nem.

- Ezt nem teheted. Kérlek, engedj el. - kérte csendesen.

- Rendben van, de csak akkor, ha nem mész el. - lazított a szorításon Zoltán.

Rebeka nézte a férfit, magában elismerte, hogy sokkal jobban tetszik neki így, mintha meghajolna az ő akaratának. Eddig mindig a kedvét keresték a férfiak, talán azért nem szeretett még bele senkibe. De Zoltán más, ő tud kedves lenni, de ha kell, akkor határozott és kemény. Keze most már szabad lehetett volna, de olyan jó volt érezni az erős, meleg kezet.

Szolák egy ideig gyönyörködött a szép párban, majd csendesen elsétált.

- Rebeka, szeretnék valamit mondani, ha hajlandó vagy meghallgatni. - szólalt meg kedvesen Zoltán.

- Gyere, menjünk a fűzfák alá, itt nagyon meleg van.- mondta Rebeka.

Kézen fogva indultak a folyópartján, lágy szellő simogatta arcukat, madarak csicseregtek a fák hűs, lombjai között. Leültek a fűzfák árnyékába, nézték a folyót, mely csendesen folydogált medrében. Zoltán megfogta a lány mindkét kezét, szemébe nézett és csendesen megszólalt:

- Rebeka, szeretnélek feleségül venni.

- Zoltán, tudod, hogy van egy fogadalmam. - mondta zavartan a lány.

- Nem felejtettem el. Arra gondoltam, most úgyis a bolgárok ellen megyünk és én magamra vállalom, hogy megbosszulom édesanyád halálát. - mondta lelkesen a férfi.

- Nem, Zoltán! - állt fel Rebeka, elengedve a férfi kezét.

- Ez a nem mire vonatkozik? - kérdezte csalódottan.

- A bosszúra. Hozzád megyek feleségül, de nem most. - mondta elpirulva a lány.

Zoltán odalépett hozzá, átölelte és lágyan megcsókolta.

- Várok rád, bármeddig! - fogadkozott.

- Van egy ötletem. Vigyél magaddal a háborúba. - javasolta Rebeka.

- Ez őrültség! Hogy is gondolhatsz ilyet?

- Fiú ruhában mennék, tudok lovagolni, harcolni. Senki sem tudná, hogy lány vagyok. - próbálta meggyőzni Rebeka.

- De én tudom, hogy lány vagy, nem is akármilyen. A háború borzalmas, hidd el. Nem tudnám elviselni, ha valami bajod esne.

- Nem lesz semmi bajom, hiszen te vigyázol rám. - hízelgett a lány.

- Nem! - mondta határozottan Zoltán.

- Rendben van, akkor elmegyek egyedül! - duzzogott.

- Megtiltom, hogy elhagyd a falut az engedélyem nélkül!

- Te nem tilthatsz meg nekem semmit! Nem vagy az apám! - tiltakozott Rebeka.

- Az apád nem, de a vőlegényed igen, ha nem tévedek. - nevetett kedvesen. Megpróbált stratégiát váltani és úgy tűnt bevált.

- Nem tévedsz. - simult hozzá Rebeka boldogan.

- Csakhogy megtaláltalak! - esett be a fák közé Zita. - Mindenki benneteket keres.

- Honnan tudtad, hogy itt vagyunk? - bontakozott ki az ölelésből Rebeka.

Zoltán Rebeka vállára tette a kezét, kíváncsian nézte a hívatlan látogatót.

- Láttam, amikor ide jöttetek.

- Szóval megint leskelődtél? - kérdezte szemrehányón Rebeka.

Zita bólintott, majd kedvesen rámosolygott Zoltánra.

- Jó újra látni, örülök, hogy együtt látlak benneteket.

- Zita, megint szemtelen vagy!- rótta meg Rebeka.

- Szerintem nem az, inkább egy kedves kislány.

- A végén még féltékeny leszek. - súgta Rebeka Zoltán fülébe.

- Nem baj, én is az vagyok, ha Szolákkal látlak. - súgta vissza.

- Szolákra? - kacagott Rebeka - Ő a rokonom, szinte a testvérem!

- Lehet, de olyan önfeledten birkóztatok, amikor rátok találtam.

- Butaság, hidd el.

- Gyertek már! - sürgette őket Zita.

Kiléptek a fák árnyékából egymás mellett, lépkedtek a selymes fűben. Árpád kérdőn nézett fiára. Zoltán aprót bólintott, a fejedelem ebből tudta, hogy megkérheti Bagaturtól Rebeka kezét. Az avar uralkodó nemrég közölte a magyarokkal, hogyan döntöttek. Árpád elégedett volt a válasszal, bár ha belegondolt, az avaroknak nem volt más választásuk. Intett vezéreinek, akik elindultak a ház felé, követve fejedelmüket. Etel odalépett Rebeka mellé, csendesen megkérdezte, hogy most is hallgatózni fognak-e? Rebeka hangosan felnevetett.

- Sss! - csitította az asszony.

- Etel, csodálatos asszony vagy! Nem csak kíváncsi, de bátor is. -

kacagott most már csendesebben a lány.

Kézen fogta Etelt besurrantak a házba, egy közeli szobában leültek az ajtó közelébe, ahonnan minden szót hallottak, ami az ebédlőben elhangzott.

- Örülök a döntéseteknek. Nem szívesen harcoltam volna ellenetek. Így nem gyengül a népem, hanem erősödik. Néhány napot itt töltünk nálatok, ide várom hat vezéremet, akik népükkel és seregeikkel, más - más helyen lépték át a Kárpát - medence határát. - kezdte Árpád a tanácskozást.

Amikor a hat vezérről beszélt, Elek megfeszült, döbbenten nézett a mellette ülő négy társára. Szolák figyelmét nem kerülte el a viselkedése, hiszen kezdettől fogva figyelte őket. Igaza van Rebekának, gondolta. Amint valamelyik elhagyja termet, valakinek követni kell! Meg kellett volna beszélnie a lánnyal, hogy figyelje az ajtót, ő feltűnés nélkül utána mehet. Most már mindegy, majd kimenti magát valamilyen ürüggyel. Fontos, hogy tudják, mit csinálnak az árulók. Biztosan megpróbálják értesíteni a bolgárokat. Árpád közben tovább beszélt. Szolák figyelmesen hallgatta, miközben észrevétlenül figyelte a vélt árulókat. A magyar fejedelem elmondta, hogyan képzelte el a bolgárok elleni támadást. Az itt levő sereg az avarokkal és székelyekkel megerősítve nyíltan támad, míg a távolabb levő seregek bekerítik a gyanútlan ellenséget.

- Miért támadunk? Előbb követeket kell küldeni, itt ez a szokás! Csak a barbárok támadnak hadüzenet nélkül! - füstölgött Elek.

Ügyes, gondolta Szolák, így értesíteni tudja barátait anélkül, hogy bárki gyanút fogna. Mindig így csinálta, gondolta keserűen a férfi.

- Nos, az az igazság, hogy én már küldtem követeket, akiket vérbe fagyva hoztak vissza! Ez volt a bolgárok válasza! - dörögte Árpád. - Van még mondanivalód? - kérdezte fenyegetőn a vezértől.

Elek behúzta a nyakát és csendben maradt. Rebeka döbbenten nézet Etelre.

- Te tudtad? - kérdezte sápadtan.

- Igen. Ott voltam, amikor hazahozták őket. A temetés után indultunk hozzátok. - felelte szomorúan.

A teremben a harcedzett férfiak is döbbenten néztek Árpádra. Tudtam, hogy aljas gazemberek, de nem hittem volna, hogy ennyire. - gondolta Szolák - Persze azt hiszik, hogy csak egy maroknyi magyarral kell harcba szállniuk.

- Lesöpörjük őket a földszínéről! - jelentette ki határozottan a fejedelem. - Őszre tervezem a támadást, ha addig nem történik valami, ami előbbre hozná. - folytatta - a távoli seregeknek időre van szükségük, hogy a megfelelő helyre vonuljanak. Nem messze innen van egy hatalmas terület, amit nem lakik senki. Úgy gondoltuk, hogy az asszonyokat és gyerekeket elhozzuk oda, van elég hely és a védelmüket is meg tudjuk szervezni, minden nehézség nélkül. Csodálatos vidék. - áradozott Árpád. - Lehel úgy döntött, hogy népével letelepednek ezen a helyen, ha nincs kifogásotok ellene. - kérdőn nézett a férfiakra, senki sem tiltakozott.

- Az a terület valóban lakatlan. Székelyek lakták, amíg el nem üldözték őket. Lehet, hogy ők még igényt tartanak rá. De elég nagy a terület, elfértek rajta mindannyian. - válaszolta Bagatúr.

- Helyes. Remélem mindenben ugyan így egyetértünk majd. - mondta Árpád. Szúrós szemmel méregette Eleket, aki buzgón bólogatott. - És most egy örömteli kötelességemnek teszek eleget. Bagatúr fejedelem, megkérem Rebeka lányod kezét, fiam, Zoltán számára.

- Megtiszteltetésnek veszem kérésedet, de ezt nem én döntöm el. A lányom felnőtt nő, ő dönti el, hogy kihez megy felségül. - mondta kicsit szégyenlősen gyengeségéért Bagatúr.

- Csodálatos vagy apa! - mondta félig hangosan Rebeka, szemét könnyek öntötték el. Megfeledkezett róla, hogy nincs egyedül, összerezzent, amikor Etel megszólalt mellette.

- Valóban csodálatos, mert nyíltan meri vállalni, hogy átadta a döntés jogát neked. Nem erőlteti rád az akaratát. Érdekes, kedves emberek vagytok. - ismerte el.

- Furcsának tartom, hogy nem a szülő dönti el gyermeke jövőjét, de ez a ti dolgotok. Amíg itt vagyunk, szeretnék választ kapni, bár a szertartást csak az előttünk álló háború után tartjuk meg. - mondta Árpád felállva.

Lassan szállingózni kezdtek az ajtó felé, kis csoportokban beszélgetve. Elek az egyik vezérével hevesen vitatkozott, majd gyors léptekkel elindult az ajtó felé. Szolák utána eredt, de Zoltán megállította, azt még látta, hogy kilép az ajtón. Dühöngve vette tudomásul, hogy kicsúszott a kezei közül.

- Elek várj egy kicsit, szeretnék kérdezni valamit. - Állította meg Rebeka, amint a vezér becsukta maga mögött az ajtót.

- Nem érek rá buta asszonyokkal társalogni!- rázta le durván a lány, majd elrohant. Rebekát elöntötte a méreg.

- Majd meglátjuk ki a buta, te öntelt fajankó! - dühöngött.

Mivel sokan voltak az utcán, Rebeka észrevétlenül követhette az árulót. Eleknek eszébe se jutott, hogy valaki követi, rohant haza. Minél előbb útnak akarta indítani futárát, aki figyelmezteti Zalánt a veszélyre. Amint a házba lépett Rebeka rohant az istálló felé. Tudta, Elek futárt fog küldeni, meg kell akadályozni, hogy célba érjen! Gyorsan felnyergelte lovát és elvágtatott az erdő felé. Ahogy a vén fához ért előre vette fegyvereit és a fák takarásából figyelte az utat. Nem kellett sokat várnia, egy lovas jött vágtatva, nagy porfelhőt hagyva maga után. Az erdőbe érve hirtelen megállította lovát rémülten bámult az előtte álló akadályra. Rebeka felhúzott íjjal állt az ösvényen.

- Azonnal szállj le a lovadról, különben beléd engedek egy nyílvesszőt! - fenyegetőzött elszántan.

A lovas amint magához tért a meglepetésből, nevetni kezdett.

- Már majdnem megijedtem. Menj az utamból Rebeka, most nincs időm veled szórakozni! - mondta megkönnyebbülten.

- Komolyan beszélek. Tudod, mi jár az árulásért! Halál!

- Miről beszélsz? - sziszegte rámeredve a férfi.

- Nagyon jól tudod, miről beszélek, de most nem fog sikerülni! -

még jobban megfeszítette íját.

A futár belevágta sarkát lova oldalába, az állat megugrott, egyenesen a lány felé rohant. Rebeka kilőtte nyilát és gyorsan félreugrott. Éppen idejében, mert a ló néhány lépésnyire suhant el mellette. A ló elmenekült, de a lovas üvöltve zuhant le róla, bal vállában nyílvesszővel. Éktelen haragra gerjedt. Nem elég, hogy nem tudja folytatni útját, ráadásul ezt egy buta asszony akadályozza meg! Felugrott, eltörte a vállából kiálló nyilat, kirántotta kardját és vadul a lányra rontott.

- Most megöllek, te átkozott némber! - üvöltötte.

Rebeka ledobta magáról a súlyos tegezt, amely akadályozta volna a vívásban. Kezébe vette kardját, védekező állásba helyezkedett és várt. A férfi elvakultan támadt, egy percig sem hitte, hogy komoly ellenféllel került szembe. Azonban hamarosan rá kellett döbbennie tévedésére, mert Rebeka ügyesen kivédte az első támadást, sőt most ő kezdeményezett. Olyan gyorsan mozgott, hogy a sérült férfinak össze kellett szednie minden erejét, ha nem akart újabb sebeket szerezni. Rebeka nem akarta megölni, hiszen már nem élne, ha az lett volna szándéka. Ezért lőtte a nyilat a vállába, nem a szívébe. Be kell bizonyítani, hogy Elek áruló, különben nem hisznek neki. Ez a futár elfogja mondani, ki küldte, hová és miért. A férfi újra támadásba lendült. Meg kell ölnie a lányt, különben kiderül az árulás. Rebeka úgy érezte, leszakad a karja, amint kivédte a hatalmas erejű csapást. Ha férfi ilyen erővel támad, nem sokáig bírja, gondolta kétségbeesve. Még soha sem harcolt igazából, Szolákkal csak úgy gyakoroltak, hogy egyikőjük sem sérült meg. De ez most vérre megy, sőt a futárnak létkérdés, hogy megölje őt. Harcképtelenné kell tenni a férfit, be kell vetni egy cselt, melyet Szolák mutatott neki. Támadást színlelt, ellenfele kivédte, de védtelenül hagyta felsőkarját. Rebeka gyors mozdulattal felemelte kardját és végig vágott rajta. A futár felüvöltött, kezéből kiesett a fegyver. Most már mindkét keze használhatatlanná vált. Rebeka ellenfele torkának szegezte kardja hegyét.

- Vesztettél. - mondta tárgyilagosan Rebeka. - Add fel.

- Soha! - üvöltötte, s neki rohant nagy lendülettel a lánynak. Rebeka nem számított a támadásra, nem tudott kitérni előle. A férfi ledöntötte lábáról, a lány hanyatt esett, beütötte fejét egy kidőlt fába és elkábult. A futár ráesett, bal kezével elővette kését, bár sérült válla erősen nyilallt. Szerencséjére Rebeka kábultan feküdt, minden erejét összeszedte, felemelte kését, hogy leszúrja a védtelen lányt. Erős kezek ragadták meg sérült vállát, lerepítve áldozatáról.

- Rebeka! - hajolt az alélt lány fölé Szolák.

Rebeka magához tért, ránézett tanítójára, aki megkönnyebbülten sóhajtott, majd felsegítette a még mindig kábult lányt.

- Mi történt? - kérdezte Szolák erősen tartva őt.

- Vigyázzatok! - kiáltott egy hang.

Mind a ketten megfordultak, majd szétugrottak. A sebesült feltápászkodott, amíg Szolák a lánnyal volt elfoglalva és hátba támadta őket. Nagy lendülettel ugrott rájuk, de a figyelmeztetésnek köszönhetően sikerült elugraniuk a zuhanó test elől. A futár hasra esett, Szolák fejbe vágta kardja markolatával. Megkötözte a magatehetetlen férfit, és szétnézett ki figyelmeztette. Zita előbújt rejtekhelyéről az odvas fa takarásából.

- Hogy kerülsz ide? - kérdezte felháborodva.

- Láttam Rebekát idejönni, gondoltam megkérem, tanítson tovább. Mivel én a rövidebb úton jöttem előbb értem ide. Amikor megláttam Rebeka feldúlt arcát nem mertem kilépni a fák közül. Utána olyan gyorsan történt minden. Rebeka meglőtte a lovast, aztán kardoztak. Rebeka elájult és az a dög le akarta szúrni. Kiléptem a tisztásra, hogy segítsek neki, akkor értél ide. - nézett Szolákra - Én meg visszahúzódtam. Azután ez a szemét rátok támadt hátulról. Muszáj volt kiáltanom. - hadarta egy szuszra a kislány izgatottan.

- Bátor lány vagy Zita. - dicsérte meg Rebeka.

- Gyertek, üljünk le, és most Rebeka mondja el az elejétől mi történt. - kérte Szolák.

- Erre én is kíváncsi vagyok. Ha megengeditek, ideülök közétek. -

szólalt meg Zoltán a tisztásra lépve.

Rebeka szíve nagyot dobbant amint ránézett a férfira.

- Te hogy kerülsz ide? - kérdezte tőle.

- A tanácskozás után beszéltem Szolákkal, ezért utána jöttem. Ennyi.

- Azt hiszem Zoltánt is be, kell avatni, szükségünk lehet a segítségére. - mondta Rebeka.

- És engem is! - húzta ki magát büszkén Zita.

- Na, álljunk meg szóra kisasszony. - állt fel Szolák. - Te most szépen felülsz a lovadra és hazamész!

Rebeka megfogta Szolák kezét, félrehúzta, hogy a kislány ne hallja, amit mondani akart.

- Nem küldhetjük vissza. Valamilyen magyarázatot adni kell, hiszen látott mindent - figyelmeztette a fiút. - Kitalálok valamilyen hihető történetet a számára.

- Rendben van. - helyeselt Szolák.

- Nem illik sugdolózni mások társaságában. - fogadta őket Zita, amikor visszatértek.

- Milyen jól nevelt vagy. - mondta elismerőn Zoltán.

Szolák Rebekára nézett, mindkettőjükből kitört a nevetés.

- Mi olyan nevetséges azon, amit mondtam?

- Még hogy Zita jól nevelt - kacagott Rebeka. - majd ha téged is zsarolni fog, utánad leskelődik, akkor neked is megváltozik a véleményed róla. Csak akkor jut eszébe, amire tanították, amikor másokat oktat.

- Nem is igaz! - tiltakozott a kislány.

Rebeka mielőtt újra leült volna, odament a sebesülthöz, aki kezdett magához térni. Lehajolt hozzá, megnézte sebeit.

- Keresek gyógyfüvet, hogy elálljon a vérzés. - fordult a többiek felé.

- Veled megyek. - állt föl Zoltán.

- Elveszi feleségül? - kérdezte suttogva a kislány Szolákot, amikor elmentek.

- Igen. - súgta vissza a férfi.

- Rebeka hozzá megy? - kíváncsiskodott tovább Zita.
- Igen, de ez nem tartozik rád. - suttogta Szolák.
- Olyan utálatos vagy! - mondta most már hangosan a gyerek. - Én is ilyen férfihez megyek feleségül. - sóhajtotta.
- Akkor megkérem a kezedet. - incselkedett Szolák.
- Ugyan már, te öreg vagy!
- Zoltán is olyan idős, mint én.
- Ő is öreg hozzám. Nincs egy fiatalabb testvére? - kíváncsiskodott Zita.
- De van. Nagyon szép és kedves. - áradozott Szolák.
- Te kiről beszélsz? - nézett rá tágra nyílt szemmel.
- A testvéréről.
- Fiú? - értetlenkedett a lány.
- Nem, egy csodaszép lány. - mosolygott Szolák.
- De én azt kérdeztem fiútestvére van-e. - méltatlankodott Zita.
- Nem, te azt kérdezted, van-e fiatalabb testvére. És én válaszoltam. - nevetett Szolák.
A kislány felugrott és öklözni kezdte a férfit. Rebeka Zoltán kezét fogva épp akkor lépett a tisztásra.
- Olyan, mint te. - mosolygott Zoltán Rebekára.
- Lehet. - nevetett vissza a lány.
Szoláknak sikerült leszerelnie a kislányt, játékosan a fenekére csapott. Zoltán kérdőn nézett Rebekára.
- Egem még játékból sem ütött meg. - válaszolta a ki nem mondott kérdésre mosolyogva a lány.
Zoltán elszégyellte magát, kezd nevetséges lenni, gondolta. Rebeka még mindig mosolygott, amikor a sebesült fölé hajolt. Gyakorlott mozdulattal lefejtette a ruhát mindkét karjáról, hogy hozzáférjen a sebekhez. A pórul járt férfi jobb karján a vágás nem volt mély, már alig vérzett. Rebeka széttépte a levetett ruhát, tépést csinált belőle és a gyógynövényeket szorosan rákötötte a vágásra.
- Segítségre lenne szükségem. - szólt oda a többieknek.

85

Zita fürgén ugrott, de amint meglátta a letört nyilat a férfi vállában, nagyot nyelt és tágra nyílt szemmel hátrálni kezdett. Szolák odalépett a sápadt kislány mellé, átfogta a vállát, és csendesen leültette.

- Majd én segítek. - ajánlkozott Zoltán.
- Szolákra is szükség van. Egyikőtök lefogja a sebesültet, a másik kihúzza a nyílvesszőt. - utasította a két férfit Rebeka.

Szolák magára hagyta a rémült Zitát, hátulról lefogta a futárt, aki szó nélkül tűrte a beavatkozást. Zoltán egyik kezével a kiálló nyílvesszőt fogta, a másikkal a férfi vállát, támasztotta meg. Erősen húzni kezdte, majd amikor érezte, hogy megindul, egy gyors mozdulattal kirántotta. Rebeka letörölte a seb környékét a megmaradt gyógynövényeket rátette a vérző sebre és nem túl szorosan, bekötözte a férfi vállát.

- Ha tisztán tartja néhány napon belül, összeforrnak a sebek. - állt fel a lány.
- Nagyon jól csináltad, a sámán biztosan büszke lenne rá, hogy ilyen tehetséges tanítványa van.- mondta elismerőn Zoltán.
- Én vagyok büszke arra, hogy a tanítványa lehetettem- felelte Rebeka.
- Micsoda szerénység! Még a végén megélem, hogy Rebeka csípős nyelve megszelídül. - nevetett Szolák.
- Attól ne tarts! - felelte a lány. - Azt el kell ismerned, hogy mindig nagyra tartottam István tudását és igenis megtiszteltetésnek veszem, hogy a tanítványa lehettem.
- Ezt nem vitatom, de ilyen nyíltan még soha sem mondtad ki.
- Változnak az idők. - felelte huncut mosollyal Rebeka.

A sebesültet lefektették a fűre, de a lábát megkötözték.

- Az ördög nem alszik - mormogta Szolák.
- Rebeka most már elmondod mi történt? - fordult a lány felé Zoltán.
- Majd máskor, most hazaviszem Zitát.

Mint akit a darázs csípett meg, úgy ugrott fel a kislány.

- Azt már nem! Én is hallani akarom! - tiltakozott hevesen Zita.

- Mi van kisasszony, magadhoz tértél? - csipkelődött Rebeka.

- Nem volt semmi bajom, csak még soha nem láttam ilyet. - magyarázkodott.

- Jó lesz, ha szoktatod magad a látványhoz, mert ha megváglak, magadnak kell bekötözni a sebet. - ugratta Rebeka.

- Csak nem akarod vívni tanítani? - képedt el Zoltán.

- De igen. Tudod történt a napokban valami, ami indokolttá teszi elhatározásomat.

- Meg tudhatom? - kérdezte Zoltán.

Rebeka Szolákra nézett, nem tudta eldönteni, mit tegyen. A férfi arca is tanácstalanságot tükrözött. Végül a lány úgy döntött a lényeget elmondja, de az apja és Mária közötti viszonyt nem. Zavarta az is, hogy Zita ott van, nem tudta a kislány mennyit tud és ebből mennyit ért meg.

- Röviden elmondom, és utána hazaviszem Zitát. - kezdte sóhajtva.

Kis ideig csöndben ült, felidézte gondolatban azt a szörnyű napot.

- Pár hete itt jártak a bolgárok, a fejedelem fia megkérte a kezemet. Apám ugyanazt mondta nekik, amit Árpádnak, rám bízta a döntést. Én kereken elutasítottam őket, de apám egy hónap haladékot kért, gondolkodási időt, holott világosan megmondtam mi a véleményem a dologról. Mindegy nem ez a lényeg. Aznap este az egyik bolgár állat módon megerőszakolta Gyula vezér lányát, aki nem sokkal utána belehalt sérüléseibe. - megborzongott az emlék hatására. Újra maga előtt látta a szenvedő lányt.

- Ezért döntöttem úgy, hogy Zitát megtanítom, hogyan védheti meg magát.

Zoltán éktelen haragra gerjedt.

- És Elek még ránk, magyarokra mondta, hogy barbárok vagyunk!- háborgott.

- Ez még nem minden. Rebeka, ha ennyit elárultál, el kell mondanod azt is, ami veled történt. - mondta csendesen Szolák.

- Nem! - ugrott fel a lány.

Zoltán is felállt, megragadta Rebeka vállát, maga felé fordította és megrázta.

- Téged is bántottak?

- Nem.

- Megpróbálták, de Rebeka megtudta védeni magát. Gondolom, ezért tanítja Zitát. - lépett melléjük Szolák.

Megfogta Rebeka kezét, elhúzta Zoltántól, magához ölelte a még mindig remegő lányt.

- Ha még egyszer így érsz hozzá, megöllek! - fenyegetőzött.

- Nem akartam bántani, de annyira felháborított, amit hallottam, hogy elvesztettem a fejemet. - mondta kicsit higgadtabban Zoltán.

- Legközelebb próbálj meg lehiggadni, mielőtt hozzá érsz! - figyelmeztette Szolák.

- Bocsáss meg Rebeka, ígérem, többé nem fordul elő. - simogatta meg a lány kedves arcát bűnbánóan Zoltán. - Nagyon féltelek.

- Felejtsük el. - mondta nagyot sóhajtva a lány.

- Rebeka, te vágtad meg annak az undok férfinak az arcát? - csodálkozott tágra nyílt szemmel Zita.

- Igen. Sikerült a háta mögé kerülnöm, kivettem a tőrömet, amit mindig magamnál tartok és a torkának szegeztem. A döbbenettől még védekezni is elfelejtett. Szívem szerint megöltem volna, de komoly gond lehetett volna a bolgárokkal. - mesélte Rebeka. - De azt sem akartam, hogy épp bőrrel megússza, ezért vágtam meg az arcát. Így legalább tudom kivel volt dolgom.

- Rebeka, ezután nem mehetsz egyedül sehová. Valaki mindig kísérni fog, bárhova mész!- mondta határozottan Zoltán.

- Megtudom védeni magam! Engem ne kísérgessen senki!- tiltakozott a lány.

- Zoltánnak igaza van. Én nem tudok vigyázni rád, mert a magyarokkal megyek, Bagatúr parancsára, de megszervezem a védelmedet. - ígérte Szolák.

88

- Egy feltétellel benne vagyok. Nem korlátozhatja a mozgásomat, nem avatkozhat bele a dolgaimba, és nem fecsegi el senkinek, merre járok, mit csinálok.

A férfiak egymásra néztek, Szolák nevetve csóválta meg a fejét, valami ilyet vártam - gondolta. Zoltán elgondolkodva nézett maga elé, majd a lányt fürkészte. Ez a lány képtelen feltételek nélkül meghajolni mások akaratának, még akkor is, ha az ő biztonságáról van szó.

- Rendben van. Mindaddig szabadon mozoghatsz, amíg meg nem próbálod kijátszani a testőrödet. - egyezett bele Zoltán.

- Ugye engem taníthat? - kérdezte Zita félénken.

- Természetesen. - válaszolta Rebeka, mielőtt bárki megszólalhatott volna.

A kislány nem elégedett meg Rebeka válaszával, Zoltánra majd Szolákra nézett, válaszra várva. Mind a ketten bólintottak.

- Úgy látom, van egy szövetségesetek, aki minden parancsotokat szó nélkül teljesít. - fogta meg Zita vállát Rebeka.

- Nem úgy, mint te. Rebeka, most az egyszer fogadj szót, kérlek. Nagy veszély fenyeget, főleg ha elkezdődik a háború. Biztos vagyok benne, hogy Elek megint megpróbál valamit, és te leszel a célpont. - kérte Szolák.

Rebeka kénytelen volt elismerni, hogy van igazság abban, amit Szolák mondott. Zalán fia nem fog belenyugodni, hogy kikosarazta, haragját az is tetézni fogja, ha megtudja Zoltánnal kötendő házasságát.

- Mondtam már, hogy rendben van.

Kis ideig csendben ültek az erdei tisztáson, a sebesült felült, vizet kért. Szolák lova nyergéről leoldotta a kulacsot és megitatta a futárt.

- Rebeka mond el mi történt, hogyan sebesült meg ez az ember? - kérte Zoltán.

A lány eleget tett a kérésnek, röviden elmesélte a nemrég történteket.

- Nagyon bátor vagy! - kiáltotta elragadtatva Zita.

- Inkább meggondolatlan. - helyesbített Zoltán.

- Nem tehettem mást. Nem engedhettem meg, hogy értesítse a bolgárokat. - mondta határozottan a lány.

- Valakinek szólnod kellett volna. Hidd el rosszabbul is, elsülhetett volna a dolog. - korholta Zoltán.

- Kinek szóltam volna, amikor mindenki a teremben volt!- fakadt ki mérgesen Rebeka.

- Az én hibám. Nekem kellett volna gondoskodnom róla, hogy valaki figyelje és kövesse azt, aki elhagyja a falut Elek emberei közül. - mondta Szolák.

- Most már mindegy, inkább azon gondolkodjunk, hová vigyük az árulót? Nem mehet vissza a faluba, mert akkor Elek tudni fogja, hogy nem sikerült a küldetés és újra próbálkozik majd. El kell rejteni valahová. - javasolta tanácstalanul Rebeka.

Megvitatták a felmerülő lehetőségeket, majd sorra elvetették azokat, új megoldásokat kerestek, új javaslatokkal álltak elő, de azokban is találtak hibát. Kimerülten bámultak maguk elé, amikor a beállt csendben Zita csengő hangon megszólalt: - Okos felnőttek. - legyintett a gyerek. - Olyan egyszerű a dolog. Amikor besötétedik, Zoltán elviszi saját jurtájába, ott úgy sem fogja megtalálni senki. - nézett rájuk büszkén.

- Nem rossz. - ismerte el Szolák.

- Valóban nem. - simogatta állát elgondolkodva Zoltán.

- A baj csak az, hogy Zitának nem lett volna szabad végighallgatnia, amiről most beszéltünk. - bosszankodott Rebeka. - Teljesen megfeledkeztünk a gyerekről.

Odament a kislányhoz, letérdelt elé a fűre.

- Zita, most nagyon figyelj rám. - megfogta a gyerek állát, felemelte és a szemébe nézett. - Nagy titok jutott a tudomásodra, melyről soha senkinek nem beszélhetsz. Ha nem tudod tartani a szádat, bajba sodorhatsz mindannyiunkat, beleértve apádat is. Ugye megértettél?

- Igen. Ígérem, soha nem mondom el senkinek. - fogadkozott izgatottan Zita.

Zoltán megsimogatta a gyerek arcát, nem is gondolta, hogy ez a mozdulat lesz az a lakat, amely nem engedi majd, hogy a kislány elmondja a titkot.

- Én bízom benned. - mosolygott kedvesen Zitára.

Zita roppant büszke volt magára, a felnőttek titkot bíztak rá és ez a jóképű, izmos férfi bízik benne. Az árnyékok megnyúltak, ebből tudták, hogy a nap hamarosan nyugovóra tér. Szedelőzködni kezdtek.

- Zoltán lemegy veletek a faluba, én itt maradok, vigyázok a foglyunkra. Amint leszáll az est én is megyek, és magammal viszem az árulót a jurtádba. - mondta Zoltánnak Szolák.

- Rendben van. - egyezett bele a férfi. - Gyertek lányok, indulunk.

Felültek a lovak hátára, csendesen poroszkálva lementek a faluba. A földművesek hazafelé tartottak a földekről, bár az aratásnak már vége volt, mindig akadt munka. Gyümölcsökkel teli kosarakat cipeltek a karjukon. Tisztelettel meghajoltak a három lovas előtt, majd kedvesen kínálgatták őket gyümölccsel az asszonyok. Rebeka lehajolt a nyeregből, kivett három piros, nyári almát a feléje nyújtott kosárból. Egyet Zitának, egyet Zoltánnak nyújtott a harmadikba jóízűen beleharapott. Megköszönte az asszonynak és tovább lovagoltak, vigyázva kerülgették a fáradt embereket. Gyula háza előtt Zita leszállt a nyeregből és elbúcsúzott tőlük.

- Biztosan nagyon fáradt, de lehet, hogy nem sokat fog aludni az éjjel. Túl sok minden történt vele ma. - nézett a távolodó kislány után Rebeka.

- Gyerek még. Ebben a korban még tudnak aludni, bármi történt velük. - nyugtatta Zoltán.

Erősen szürkült, amikor az istálló előtt leszálltak lovaikról. A lovászok elvezették az állatokat, Zoltán megfogta Rebeka kezét, így indultak a kastély felé. A nyitott tornácon kerti székben ülve Bagatúr, Árpád és Etel beszélgetett. Ahogy a közelükbe értek, Árpád felállt, megfogta Rebeka kezét.

- Úgy látom Zoltán, már megtette, amit nekem kellett volna. Rebeka megkérem a kezed Zoltán fiam számára. - mosolygott Árpád.

- Valóban megkérte a kezem Zoltán, de arra vártam, hogy ez hivatalosan is megtörténjen. Így legalább nem tagadhatja le később, ha meggondolja magát. - csipkelődött Rebeka.

Mégis meghatódott, talán most ébredt tudatára, hogy valóban menyasszony lett.

- Sajnálom, hogy várnotok kell az esküvővel, de meg kell értenetek, most nem alkalmas az időpont rá. - mentegetőzött Árpád.

- Semmi baj, még úgy sem vagyok felkészülve a férjhez menésre. - felelte Rebeka.

Mindannyian ránéztek. Bagatúr rosszallóan, mert tudta lánya még mindig nem adta fel bosszútervét. Árpád kíváncsian, Zoltán megértőn és segítőkészen, Etel bátorítón.

- Rebeka, szívesen segítek az előkészületekben. - ajánlkozott kedvesen.

- Nagyon köszönöm, azt hiszem igénybe is fogom venni a segítségedet.

- Úgy látom nem fogtok unatkozni, amíg itt vagyunk. - nézett a két nőre Árpád.

- Nem, csak amíg itt vagyunk, Rebeka velem jön. - határozott Etel.

- Nem jó ötlet. Ahogy a táborba visszaérünk, azonnal készülődni kell.

- Hova megyünk? - kérdezte Etel.

- Ide a közelbe. Lehel új szálláshelyére, népével ott fog letelepedni. Amíg mi a bolgárokat legyőzzük, addig ti asszonyok a gyerekekkel és az öregekkel, erős védelem mellett ott maradtok. Amikor már biztonságban tudlak benneteket, Rebeka is ott lehet.

- Te csak azt hiszed, én is veletek megyek a bolgárok ellen! - mondta magában Rebeka.

Teljesen besötétedett már, nem győzték csapkodni magukat, mert a szúnyogok csípték őket.

- Menjünk be a házba, mert megesznek bennünket ezek a vérszívók. - csapkodta magát Bagatúr.

A három szülő bement a házba, a két fiatal kint maradt. Bagatúr ahogy becsukta maga után az ajtót, ránézett vendégeire, akik mosolyogva egymásra néztek, azt hitték, tudják miért maradtak kint a fiatalok. Ahogy becsukódott az ajtó Zoltán Rebekához fordult.

- Ha a szívemre hallgatnék, most itt maradnék veled kettesben, de nem tehetem, megyek megnézem Szolákot. - ölelte magához Rebekát. Végig simított a lány arcán, megfordult és gyorsan leszaladt a lépcsőn.

A lány nézte magas alakját, míg el nem tűnt a sötétben. Zoltán egyenesen a jurtájához ment, bízva benne, hogy Szolák már ott van. Neki is felajánlottak egy szobát a kastélyban, de ő visszautasította. Szívesebben aludt a szabadban. Most hasznosnak bizonyult, hogy így döntött. Belépett a jurtába és megnyugodott. A sebesült avar a földre terített pokrócokon feküdt, Szolák mellette őrködött.

- Minden rendben? - kérdezte Zoltán.

- Igen. Nem hiszem, hogy valaki meglátott volna az avarok közül. Kerülő úton jöttünk, még az őrszemek sem fogtak gyanút. - mondta szemrehányón Szolák.

- Az őrökre szükség van. Te mondtad, az ördög nem alszik. - nevetett Zoltán.

- Olyan, vagy mint Rebeka, mindenre meg tudsz felelni. - legyintett fáradtan.

- Aludj jól barátom. - nyújtotta kezét Szolák felé.

- Valóban a barátodnak tartasz?

- Igen. Úgy érzem barátok lettünk.

- Én is. - szorította meg a feléje nyújtott kezet Szolák.

A sötétben botorkálva sétált hazafelé. Az avar falu élete visszatért a régi kerékvágásba, bár a magyarok még mindig ott voltak. Várták a magyar vezéreket. A hajnalok és az esték már hűvösek voltak, az augusztust felváltotta a szeptember. A fák levelei levetették zöld színüket, sárgában és pirosban pompáztak. A természet már búcsúzott a virágbontó tavasztól, az érlelő nyártól, készülődött a hosszú pihenőre, a télre. Szemet gyönyörködtető volt a táj, a domboldal fái, az erdő bokrai, mind, mind ezer színnel vonták magukra a figyelmet. Rebeka szobája ablakából csodálta a megváltozott táj szépségét. Kora reggel volt még, nem akarta zavarni vendégei nyugalmát azzal, hogy mászkál a házban. Beérte azzal, amit az ablakból látott. Nem csak a természet búcsúzik, ő is elmegy. Megtalálja a módját, hogy ott legyen a háborúban. Megkeresi édesanyja gyilkosát, és mielőtt végez vele, bemutatkozik. Hadd tudja meg az átkozott ki ő és, hogy nem lehet avar nőket büntetlenül gyilkolni. Szolák is, Zoltán is elmegy, ha a magyar vezérek megérkeznek, szomorkodott a lány. Majd tanítja Zitát, legalább ő is gyakorol, szüksége lesz rá, ha tervét valóra akarja váltani. Ajtó csapódott valahol a házban. Felébredt a ház, most már lemehet. Halkan kinyitotta az ajtót és lesietett a lépcsőn. A nagyteremben Árpád épp kifelé indult, amikor Rebeka leért.

- Ilyen korán felébredtél? - kérdezte Árpád.

- Minden reggel korán kelek. - felelte a lány.

- Elkísérhetlek, gondolom, kimész a házból?

- Igen, szívesen sétálok veled. Ilyen hatalmas kísérőm még úgy sem volt. - mondta huncut mosollyal Rebeka.

Árpád mosolyogva karolt a lányba. Kiléptek a friss, reggeli levegőre.

- Az asszonyokat és a lányokat megeszi az irigység, ha meglátnak minket. - kuncogott Rebeka.

- Bár csak a magyarok látnák, milyen gyönyörű lánnyal sétálok. - sóhajtott mókázva Árpád.

- Látom érted a tréfát. - kacagott a lány. - Zoltán biztosan féltékeny lenne, ha látná milyen délceg fiatalemberrel, vagyok.

- Hát még Etel! - nevetett a fejedelem.

- Korán reggel ilyen jó kedvetek van? - szólalt meg a hátuk mögött Zoltán.

- Nincs szerencsém. Azt hittem elrabolhatom a hercegnőt, és tessék, alig hogy elindulunk, máris nyakunkon az ellenség. - viccelődött Árpád.

- Nem is egy!- nevetett Zoltán - Anya is itt van.

Etel velük nevetett, belekarolt Árpádba, Zoltán átfogta Rebeka vállát.

- Hová indultatok? - kérdezte Etel.

- Nem tudom. Rebeka ki akart jönni, gondoltam elkísérem. - felelte Árpád.

- Megmutatom a farkaskölyköket. Szolákkal találtuk őket az erdőben, az anyjukat orvvadászok ölték meg. Szerencsére épp ott voltunk, így elhoztuk az apróságokat, különben elpusztultak volna. - magyarázta a lány.

Az ólakhoz érve Rebeka hívni kezdte a kölyköket, akik hangjára előbújtak álmos szemekkel. A vendégek gyönyörködve nézték a jó állású farkasokat.

- Jó házőrzőt lehet nevelni belőlük. - mondta Árpád.

- Rebeka nekem adod az egyiket? - kérdezte Zoltán.

- Szívesen odaadnám, de már elígértem Zitának.

- Nem baj, ha neked is marad, akkor nekem is lesz. - nevetett Zoltán.

- Ha megengedem, hogy a közelébe menj. - incselkedett a lány.

Mindannyian nevettek. A nap már ragyogott az égen, amikor visszafelé indultak. Nagy sürgés-forgás volt a faluban. A földművesek igyekeztek a földekre, sürgette őket az idő. Fel kell szedni a konyhakerti növényeket, le kell szedni a még fákon levő gyümölcsöket. A földeket már beszántották, de lassan el kell vetni a jövő évi gabonát. Lassan sétáltak az ébredő falu utcáján, be- bekukucskálva a kézműves műhelyekbe, ahol már serény munka folyt. Árpád benézett a nyeregkészítő műhelybe és szeme tágra nyílt attól, amit ott látott.

- Jó reggelt mester uram! - köszöntötte a nyeregkészítőt. - Bemehetek?

Mivel igenlő választ kapott, belépett az ajtón. Érdeklődve figyelte, ahogy a mester készítette az új nyerget. Nem tudta elgondolni, hogy mire használja a fát, amivel tele volt a műhely. A nyeregkészítő elmagyarázta, majd megmutatott egy kész nyerget. Árpád eleinte csak nézte, majd amikor a mester elmondta miért, és mire használja a fát, kikiáltott az ajtón.

- Zoltán, gyere, nézd meg, ilyet még nem láttál!

Fia belépett az ajtón, mögötte természetesen Rebeka jött. Mivel Etel nem akart egyedül álldogálni az utcán, ő is utánuk ment.

- Elhozzuk a nyeregkészítőinket, hogy megtanulják, hogyan kell ezeket az új nyergeket készíteni. Sokkal jobbak, mint a mieink!- áradozott a fejedelem.

- Szívesen készítek neked is meg a fiadnak is egyet, amíg itt vagytok. - ajánlotta a mester.

- Olyan gyorsan el lehet készíteni. - csodálkozott Árpád.

- Nem uram. Sok időbe telik, amíg a fát megfelelően előkészítjük. De mindig van olyan készen, amit rövid idő alatt felhasználhatunk, hiszen mindig szükség lehet egy új nyeregre.

- Akkor nekem is csinálj egyet, kérlek. - szólt Rebeka.

- Ez nem nőnek való, feltöri a fenekedet. - válaszolt a mester.

- Nem baj, nekem is kell ilyen! - makacskodott a lány.

Ha sikerül a terve, akkor szüksége lesz egy megbízható nyeregre, jobb alkalma nem adódik, hogy rávegye a mestert. - gondolta. Most azt hiszi, szeszélyből kéri. Nem baj gondoljon, amit akar, csak csinálja meg.

- Rebeka, miben mesterkedsz? - kérdezte gyanakodva Zoltán.

- Semmiben, csak szeretnék én is egy ilyen nyerget. - válaszolta ártatlan arccal.

Zoltán érezte, hogy valami nincs rendben, de a lány olyan ártatlanul nézett azokkal a gyönyörű, zöld szemeivel, hogy hitt neki. Végül is nincs abban semmi kivetni való, ha Rebekának van egy harci nyerge. - gondolta. Rebeka nagyot sóhajtott, Szolák nem hitt volna neki, szerencsére most nincs itt.

A nyerges mester megígérte a lánynak, hogy megkapja, amit kér.

- Megpróbálom kicsit kisebbre hajtani a fát, akkor talán kényelmesen ülhetsz rajta.

Megköszönték a mester szívességét, kiléptek a műhelyből és sétáltak tovább.

- Azon gondolkodtam, hogy nem sokára itt a tél, nem lenne szerencsés most indulni a bolgárok ellen. Nem tudjuk milyen az időjárás errefelé, nem ismerjük a terepet. Jobban fel kell készülnünk a harcra, ha gyorsan le akarjuk győzni őket. - töprengett a fejedelem.

- Ez igaz, de most váratlanul rajtuk üthetünk. - vitatkozott Zoltán.

- Nem beszélve arról, hogy a bolgárok azt hiszik, kevesen vagytok. Ha elhalasztjátok a támadást, lehetőséget adtok rá, hogy valaki értesítse őket. - szólt közbe Rebeka.

Árpád értetlenül nézett rá.

- Te ne szólj bele, ha a férfiak beszélgetnek! - mordult lányra

- Apa, Rebekának igaza van. - kelt a lány védelmére Zoltán.

- Nem vonom kétségbe, de egy asszonynak nem az a dolga, hogy beleüsse az orrát a férfiak dolgába.

- Árpád, most nem a vezéreiddel tanácskozol! - állt elé Etel. - Hallgasd végig Rebekát. Ő jobban ismeri az itteni viszonyokat, és nem esik csorba a fejedelmi büszkeségeden, ha meghallgatod mit javasol! - emelte fel a hangját.

- Mi van itt? Ezen túl az asszonyok fogják, megmondani mit tegyenek a férfiak? - háborgott Árpád.

- De szép is lenne! - sóhajtott Rebeka.

Mindannyiukból kitört a nevetés.

- Rendben van. Hercegnő fejtsd ki bővebben, mire gondoltál. Árulástól tartasz?- szegezte neki a kérdést.

- Pontosan. Azt is tudom ki az áruló. De ez csak az egyik oldal, nem csak az avarok között lehet áruló, hanem a magyarok között is. Ha úgy döntesz, csak tavasszal indultok, akkor nem vetheted be a rajtaütés taktikát, holott lehet, hogy ez döntő jelentőségű lenne. - mondta Rebeka kicsit zavartan.

A fejedelem csodálkozva méregette a lányt.

- Ahhoz képest, hogy lánynak születtél, elég logikusan gondolkozol. El kell, ismernem okos teremtés vagy. - dicsérte Árpád. - Van még valami a tarsolyodban?

– Van. – felelte büszkén. – De azt hiszem sem az időpont, sem a hely nem alkalmas egy ilyen beszélgetésre.

Bagatúr közeledett feléjük Elekkel két vezér kíséretében.

– Értem. – felelte Árpád, a közeledőkre pillantva. – Majd később még beszélünk. Kíváncsivá tettél. – azzal odafordult az érkezők felé.

Etel rákacsintott, Zoltán a fülébe súgta. – Sikerült apát levenned a lábáról.

– Nem volt szándékomban. Hidd el, igazam van.

– Kétségtelenül van benne valami. – kötekedett Zoltán.

– Zoltán nagyon jól tudod, hogy áruló van közöttünk! És nem vagyok biztos benne, hogy ha újra próbálkozik, meg tudjuk akadályozni.

– Megoldjuk. – nyugtatta a lányt.

Közben ők is odaértek a többiekhez. Bagatúr Árpáddal beszélgetett, Elek szorosan mellettük álldogált.

– Zoltán, vendéglátónk harci tornát akar rendezni a tiszteletünkre. Mit szólsz? – kérdezte odaérkező fiától Árpád.

– Remek mulatság lesz! – ígérte az avar fejedelem.

– Jól hangzik! – lelkesedett Zoltán.

Ebbe én is benevezek. – gondolta Rebeka.

Bevonultak a házba, hogy megbeszéljék a részleteket. Vasárnapra tervezték a nagy eseményt. Végre valami, ami oldja a várakozás feszültségét, gondolta Zoltán. Legalább felmérhetik milyen harcosok az avarok. Rebeka kimentette magát, felszaladt a szobájába szemrevételezni ruhatárát. Férfiruhában részt fog venni a harcjátékban, döntötte el. Csalódva nézte a ruháit. Egyik sem alkalmas, még átalakítva sem, hogy férfinak nézzen ki. Leült az ágyra, agya lázasan dolgozott. Valamilyen megoldást találnia kell. Hirtelen felugrott, eszébe jutottak bátyja ruhái. Apja mindenét megőrizte, ruháit, fegyvereit, gyermekkori játékait. Tárkány akkor körülbelül olyan testalkatú lehetett, mint most ő. A lány kiosont az ajtón, halott bátyja szobája szomszédos volt az övével, szerencsére mindig nyitva volt, így feltűnés nélkül bemehetett. Gondosan átvizsgálta a ládákat, szekrényeket, kiválasztott egy halom ruhát, amiről azt gondolta, hogy megfelelnek. Kilesett a folyosóra, gyorsan visszament a saját szobájába, ahol sorban felpróbálta szerzeményeit, örömmel tapasztalta, hogy a ruhák valóban megfelelő méretűek. Volt közöttük hétköznapra való, ünnepi, sőt olyan ruhát is talált, melyet nyugodtan viselhet majd a bolgárok elleni háborúban. Apja szerencsére megőrizte fia öveit is, melyeken az övveretek aranyból voltak, ez a vezéri dísz jogot add majd Rebekának külön sátorra, és akár egy nagyobb csapat vezetésére is. Így biztosan nem fedezik fel női mivoltát. Az első próba a harcjáték lesz, ha az sikerül, nyugodtan elindulhat a háborúba. Igen ám, de valakit be kell avatnia a tervébe, egyedül képtelen megvalósítani. Beszélnie kell Szolákkal. Most jutott eszébe, hogy nem látta a fiút a kém elfogása óta. Gyorsan levette Tárkány ruháit és Szolák keresésére indult.

- Hova mész? - állította meg Zoltán, amint leért.

- Megkeresem Szolákot, beszélnem kell vele.

- Nem fogod megtalálni. Néhány emberemmel elküldtem hozzánk. - mondta csendesen Zoltán.

- Hová hozzánk? - háborodott fel Rebeka.

- A magyarok táborába, elvitte az elfogott futárt. De maradj csendben, Elek figyel minket. - figyelmeztette a lányt.

- Akkor azért nem láttam napok óta.

- Mit akartál Szoláktól? Talán én is tudok segíteni.

- Nem fontos, ráér. - tért ki a válasz elől Rebeka.

- Gyere, mutasd meg légy szíves hol, szoktátok tartania harcjátékokat. Az édesapád megkért segítsek előkészíteni az ünnepséget.

- Ez Szolák dolga!

- Biztosan, de ő most nincs itt.

- Mit mondtál apának, hova küldted Szolákot? - kérdezte sértődötten Rebeka. - Még csak el sem köszönt.

- Azt mondtam, dolga van. Szívesen vállalta, biztosíthatlak róla. - nevetett Zoltán.

- Ezt miből gondolod?

- Amikor először járt nálunk szemet vetett Boglárka húgomra, aki később megsúgta nekem, hogy nagyon tetszik neki a fiú.

- Mit beszélsz? Szolák beleszeretett a testvéredbe?- ámuldozott Rebeka.

Csak nézett a fiatal magyarra, tágra nyílt szemekkel, nem tudott magához térni a meglepetéstől.

- Hát úgy tűnik. - értett egyet Zoltán, még mindig nevetve. - De csukd be a szádat, mert mindenki minket néz.

Rebeka belekarolt a férfiba és gyorsan kihúzta az ajtón kívülre. Lassan felfogta, amit hallott, de rögtön eszébe jutott az is, hogy most nem figyeli senki Eleket. Ebből nagy baj lehet, gondolta.

- Zoltán, most ki figyeli Eleket?

- Nyugodj meg, nem csak Eleket figyelik, a te védelmed is meg van szervezve.

- Nem vettem észre, hogy vigyáznak rám.

- Akkor jól végzik a dolgukat az embereink. - mondta elégedetten.

- Ha veled vagyok, akkor is vigyáznak rám? - kérdezte Rebeka.

- Természetesen. A parancs úgy szól, hogy állandóan szemmel kell tartaniuk.

- Akkor viselkedj tisztességesen, mert a testőreim ellátják a bajodat! - figyelmeztette nevetve Rebeka.

Egymás kezét fogva sétáltak a falu határában elterülő hatalmas legelő felé, ahol megrendezésre kerül a nevezetes esemény. Rebeka némi keserűséggel vette tudomásul, hogy máris a magyarok rendelkeznek felettük. Szerette Zoltánt, de szerette hazáját és népét is. Árpád önrendelkezést ígért, de kérdés betartja-e. Vagy csak azért mondta, hogy meggyőzze az avarokat, és maga mellé állítsa őket. - Ó Uram, vajon helyesen döntöttünk? - nézett a kéklő égre, magában gyötrődve.

- Rebeka, mi a baj? - fordult felé Zoltán.

A lány nem válaszolt azonnal. Mit is mondhatna neki? Hiszen ha józanul belegondol nem volt más választásuk, de mégis rossz érzés arra gondolni, hogy ezután már semmi nem lesz olyan, mint régen. A tetejébe még figyelik is, igaz, hogy vigyáznak rá, de semmit nem tehet anélkül, hogy mások ne tudnának róla. Ezzel tervének végrehajtását is megnehezítik. Ránézett Zoltán markáns arcára, tekintetével, megsimogatta szép vonalú orrát, formás telt száját, akaratos állát. Visszavonhatatlanul beleszeretett, talán nem is lesz olyan rossz ez az egyezség. - gondolta.

- Nincs semmi baj, kicsit elgondolkodtam. - válaszolt mosolyogva.

- Nem akarod elmondani mi bánt? - kérdezte a férfi.

- Most még nem szeretnék beszélni róla. Talán majd máskor. - megborzongott.

Itt az ősz, gondolta. Talán nem is az ősz, hanem az elkövetkezendő események, előérzete borzongatta meg.

Zoltán átölelte a vállát. - Induljunk vissza hűvös, van.

Mindkét tábor izgatottan várta a vasárnapi mulatságot. Gondosan átnézték fegyvereiket, felmérték a küzdőteret. Árpád egy gyönyörű harci lovat ajánlott fel a győztesnek. Bagatúr egy mesterien kidolgozott kardot ígért. Az előkészületek mellett Árpád nem felejtkezett meg az új nyeregről. Megbeszélte az avar uralkodóval, hogy néhány nyerges mestert elvisz magával, akik megtanítják a magyar mestereknek, hogyan kell készíteni a fanyerget. Bagatúr büszke volt népére, akik megmutatták, hogy bár kevesen vannak, ők is érnek valamit. Rebeka lázasan gondolkodott, hogyan vehetne részt a küzdelemben. A baj az volt, hogy Szolák elment, ketten biztosan kisütöttek volna valamit. A véletlen sietett a segítségére. Egy csapat székely érkezett a magyar fejedelemhez. Rebeka éppen az erdőben tanította Zitát, amikor meglátták a völgybe érkező vendégeket. Szinte végig sem gondolta mit akar, gyorsan véget vetett a tanításnak, eldugta a fegyvereket és levágtatott az érkezők fogadására. Zitát hazaküldte, nem akarta, hogy a kíváncsi lány megtudja, mire készül. Az őrzői nem zavarták, ők nem mentek olyan közel, hogy meghallják, miről beszélnek.

- Üdvözöllek benneteket. Mi járatban vagytok? - kérdezte kedvesen.

A székelyek megtorpantak, amikor a lány megállt előttük. Legalább húszan lehettek, mind fekete lovon ült. Az elöl haladó férfi idős volt, mély ráncok barázdálták napcserzette arcát, hosszú ősz haját kétoldalt befonva viselte. Kíváncsian méregette Rebekát.

- Nagyon kedves tőled, hogy az üdvözlésünkre ide fáradtál, de megtudhatom kit, tisztelhetek bájos személyedben? - kérdezte az idős ember.

- Bocsáss meg, Rebeka vagyok az avar fejedelem lánya. Régen jártatok nálunk azért nem ismersz meg Márton. - felelte a lány.

- Te lennél az a gyönyörű kislány, akit mindenki megcsodált annak idején? - ugrott le a lováról a vezető.

Leemelte Rebekát a nyeregből, boldogan megölelte, majd eltolta magától, végignézte tetőtől talpig. Elégedetten csettintett nyelvével.

- Milyen gyönyörű nő lett belőled, igazi hercegnő lettél. Az édesanyád büszke lenne rád! Te még emlékszel rám?

- Természetesen, hiszen anya nagyon szeretett téged. - mondta a lány kicsit szomorúan.

- Nagyon sajnálom, ami vele történt. - fogta meg a lány kezét, arrébb húzta, hogy a többiek ne hallják, amit kérdezni akart.

- Rebeka, te valóban meg akarod bosszulni a halálát?

- Igen. Most lehetőségem is lenne rá, de segítségre van szükségem. Tudod, apa hallani sem akar róla.

- Elmondod nekem, mit tervezel? - kérdezte csendesen.

- Majd megkereslek, ha lesz időd velem foglalkozni. - ígérte a lány.

- Rendben. Segítek neked, ha módomban áll. A magyarok még itt vannak?

- Itt vannak. Mit akartok tőlük?

- Nem fehérnépnek való a férfiak dolga. - mondta szigorúan a férfi.

Rebeka értetlenül nézett rá, mi ütött Mártonba, hiszen soha nem beszélt vele így. Akkor látta meg a vendégek fogadására érkező apját és kíséretét. Márton rákacsintott a lányra, Rebeka mosolyogva karolt az idős emberbe, apja felé kísérve őt. Ahogy megfordult, szeme sarkából látta, hogy három magyar fiatalember szorosan mögötte áll. Tehát ők a védelmezőim. Bagatúr kezet fogott a vendégekkel és név szerint bemutatta őket Árpádnak. Az avar fejedelem barátságos beszélgetésbe kezdett Mártonnal, érdeklődött családja, népe felől. Az idős ember elmondta, hogy nemrégiben vesztette el feleségét és egyetlen gyermekét. Mindkettőjüket egy eddig ismeretlen betegség vitte el, a sámán szerint keletről hozták be a vásárosok. Árpád csatlakozott hozzájuk, majd elindultak a kastély felé. Rebeka Zoltán mellett sétált, de gondolatai messze jártak.

- Szeretnék belelátni a gondolataidba. - szorította meg a lány kezét.

- Nem biztos, hogy megértenél, ha tudnád, mire gondolok. - mosolygott Rebeka.

- Szívesen megpróbálnám. - erősködött a férfi.

- Ám legyen, úgy gondoltam veletek megyek a bolgár fejedelem ellen.

- Már mondtam, hogy ez lehetetlen! - mondta szinte kiabálva Zoltán.

- Na, látod! Ezért nem mondok neked semmit! - fordult el sértődötten Rebeka.

Kirántotta a kezét és otthagyta Zoltánt. Megvárta a székelyeket, majd beszédbe elegyedett velük. Régi ismerősök után érdeklődött, nevetgélt egy-egy mulatságos történetükön. Félszemmel Zoltánt figyelte, akit majd szétvetett a méreg, amiért otthagyta. Nem baj hadd mérgelődjön a fafejű magyar!- duzzogott Rebeka. Zoltán valóban mérges volt a lányra, amiért nem tudta felfogni, hogy a háború nem játék. Az csak egy dolog, hogy tud bánni a karddal, de eddig komoly küzdelmet nem vívott, fogalma sincs róla milyen veszélynek tenné ki magát. Na, várj csak te eszement teremtés! Majd én megmutatom neked, milyen az igazi harc, döntötte el Zoltán. Megvárta, amíg a lány odaért mellé, halkan a fülébe súgta: - Reggel várlak az erdei tisztáson, ha legyőzöl, velem jöhetsz a háborúba.

- Ott leszek! - ragyogott a lány.

Másnap reggel alig kelt fel a nap, Rebeka kiugrott az ágyból, gyorsan felöltözött és kirohant az házból. Hűvös szél fújdogált, megborzongott, arcát néhány percig a napsugarakban fürdette.

- Csodálatos reggel van, igaz kislány? - kérdezte egy kellemes férfihang a háta mögött.

Rebeka összerezzent, megfordult és Zoltán vidám arcát látta maga előtt.

- Azt hittem megelőzlek a felkelésben. - válaszolta lány.

Zoltán átölelte a vállát és elindult vele az istállók felé. Lehet, hogy őrültség, amire készül, de el kell venni a lány kedvét egy meggondolatlan lépéstől. Az istállóban felnyergelte lovát és elindult, hogy segítsen a lánynak. Meglepetésére Rebeka már kantárszáron vezette a sajátját, tökéletesen felszerszámozva.

- Rebeka, te ezt egyedül csináltad? - ámuldozott a férfi.

- Nem nagydolog, még kislány koromban megtanultam. - felelte a lány vállat vonva.

Kiérve az istállóból, Zoltán segíteni akart neki, de a lány nevetve ugrott lova hátára.

- Zoltán hidd el elég nagylány vagyok már ahhoz, hogy egyedül is boldoguljak. - kacagott vidáman az elképedt férfira, és gyors ügetéssel elvágtatott az erdő felé.

Zoltán felült a lovára, körül nézett, tudni akarta, hogy Rebeka őrzői követik-e a lányt. Megnyugodva látta egyik emberét, aki az erdő szélén várta a vágtató lovast, a másik épp akkor indult el az istálló mögül csendesen poroszkálva. A harmadikat nem látta, de biztos volt benne, hogy valahol árgus szemekkel figyeli Rebekát. Megnyugodva indult el most már a lány után.

Az erdei tisztáson Rebeka már teljes harci díszben várta.

- Azt hittem meggondoltad magad. - incselkedett az odaérkező Zoltánnal.

- Én soha nem gondolom meg magam, amit mondok az úgy is lesz!

- Ez ígéret vagy fenyegetés?

- Rebeka, én soha nem fenyegetnélek, annál jobban szeretlek. - csúszott ki a vallomás Zoltán száján.

Rebeka elpirult, majd elindult a férfi felé.

- Én is szeretlek. - simult a férfi karjaiba.

Zoltán szorosan magához ölelte, hosszan megcsókolta, mely valóban ígéret volt, egy közös, boldog jövő ígérete.

Rebeka kelletlenül kibontakozott az ölelésből és mélyen a férfi szemébe nézett.

- Zoltán ígértél nekem valamit. - suttogta.

- Igen. Bevallom nem szívesen vinnélek magammal. Nem igaz, szívem szerint mindig magam mellet tartanálak, de nem ilyen körülmények között. Rebeka féltelek! Félek, hogy valami bajod esik, hogy megsérülsz, vagy.... - nem fejezte be a mondatot.

Vagy meghalok, gondolta tovább a lány. Hát igen ez is benne van. De neki akkor is meg kell tennie. Addig nem tud megnyugodni, nem lehet boldog, és nem tud boldogítani. Zoltán mintha kitalálta volna a gondolatát, kihúzta kardját hüvelyéből és a lány elé lépett.

- Rebeka nem leszek gyengéd, könyörtelenül támadok. Lehet, hogy megsérülsz, de ha harcolni akarsz, tudnod kell, életre-halálra megy a játék. Senki nem ad és nem kap kegyelmet. - figyelmeztette Zoltán.

- Rendben. - felelte komolyan Rebeka.

Zoltán felemelte kardját, mereven Rebeka szemébe nézett, majd egy jól irányzott döféssel megcélozta a lány mellkasát. Rebeka ügyesen kivédte és most ő kezdeményezett. A férfi könnyedén hárított, még mindig nézte Rebeka ragyogó zöld szemét, de ígéretéhez híven könyörtelenül támadott. A lány újra védte, most ő lendült támadásba, de Zoltán olyan erővel vágott vissza, hogy úgy érezte, leszakad a karja. Taktikát változtatott, megpróbált kitérni az egyre erősödő támadások elől. Kardjukon néha megcsillant a most már teljes fényében ragyogó Nap sugara, mely belopakodott az erdő fái közé. A madarak elhallgattak a hangos kardcsörgés ijesztő hangjára. Mind ketten verejtékben fürödtek, egyikük sem tudta legyőzni a másikat. Zoltán hitetlenkedve,

Rebeka fáradtan figyelte küzdőfelét.

- Kérlek, pihenjünk egy kicsit. - lihegett a lány.

- Nem lehet, a harc még nem dőlt el. Nem kérheted meg az ellenséget, hogy várjon, amíg új erőt gyűjtesz. - felelte kíméletlenül Zoltán.

- Te kegyetlen barbár! Hát akkor gyere, támadj! - kiáltotta mérgesen Rebeka.

Zoltán hangosan felnevetett és iszonyú erővel támadott. - A harag földönkívüli erőt ad, ezt ne felejtsd el.

És valóban, a lány már szinte támolygott a kimerültségtől, de ügyesen védekezett. Sőt úgy döntött, hogy beveti a vezércselt, amely eddig még mindig bevált. Leeresztette kardját, melyet mindkét kezével fogott, és minden erejével, amit csak össze tudott szedni, hirtelen felrántott. Zoltán, aki állandóan a lány szemét nézte, tekintete felcsillanásából tudta, hogy a lány támadni fog. Eszébe jutott az a nevezetes nap, amikor ugyan itt meglátta Rebekát Szolákkal. A lány akkor is így állt a fiú előtt, szeme ugyan így csillant, és ha Szolák nem figyelt volna, felhasította volna ágyékától a nyakáig. Egy pillanat alatt futott át mindez a fejében, ösztönösen hátralépett, így a lány kardja nem sokkal előtte hasította a levegőt. A szelét is érezte, de szerencsére kárt nem okozott benne. Rebekát az elvétett támadás kilendítette az egyensúlyából és megfordult a tengelye körül. Zoltán azonnal támadásba lendült, amit a lány csak félig tudott kivédeni, a férfi kardja hosszú sebet ejtet a karján. Rebeka hitetlenkedve nézte a vérző sebet, majd Zoltánra meredt. A férfi megvonta a vállát és újra támadott. Rebeka hihetetlen haragra gerjedt, ez egy tuskó vadállat, gondolta gyűlölködve. Megölöm! - fogadkozott magában. Kivédte az újabb támadást. A férfi azt hitte, most már feladja, nem akart több sebet ejteni rajta. Pillanatnyi tétovázását kihasználva Rebeka őrült erővel támadott és megsebezte Zoltán karját. A férfit elöntötte a méreg, mint mindig, ha valakinek sikerült megvágnia őt. Ránézett a lányra, aki kaján mosollyal újra támadt.

- Senki nem ad és nem kap kegyelmet. - ismételte Zoltán szavait.

- Így igaz. Vigyázz kislány, ha velem akarsz kikezdeni. - figyelmeztette. Rebeka változatlanul mosolygott, kardját áttette bal kezébe. Zoltán kíváncsian nézte, mit akar a lány? Néhány pillanat múlva meg is tudta. Rebeka most már bal kézzel indított támadást, ami furcsa volt Zoltán számára, hiszen még soha sem harcolt balkezes emberrel. Az eredmény nem maradt el. Rebeka újra kihasználta a pillanatnyi döbbenetet, és egy jól irányzott vágással kiütötte a kardot a férfi kezéből. Kardját fegyvertelen ellenfele torának szegezte.

- Senki nem ad és nem kap kegyelmet? - kérdezte kacagva a férfit.

- Hát ilyen nincs! - kiáltott fel a Zoltán.

- De van! - nevetett vidáman Rebeka.

Kardját visszacsúsztatta hüvelyébe, megveregette a férfi vállát és leült a vén fa alá.

- Legyőztelek, magaddal kell vinned a háborúba. - mondta kedvesen.

Zoltán még mindig nem tért magához. Egy lány legyőzte, ez képtelenség! Felvette kardját, leült a lány mellé, de még mindig nem talált szavakat.

- Most mit vagy úgy oda? - kérdezte Rebeka. - Biztosan nem harcoltál még balkezes emberrel. - vigasztalta a férfit.

- Nem az a baj, hogy legyőztek! Hanem az, hogy egy nő tette! - kiáltott fel Zoltán.

- Micsoda?! - háborgott Rebeka.

- Rebeka meg kell értened, egy harcost nem győzhet le egy... - nem fejezte be, félt, hogy megbántja a lányt.

- Fejezd, be nyugodtan! - ugrott fel Rebeka. - nőszemélyt, vagy fehércselédet akartál mondani? - kiáltott fel, csípőre tett kézzel.

- Rebeka, kérlek...

- Mire kérsz? Hogy ne mondjam el senkinek? - félrelökte a feléje nyújtott kezet, könnyeit nyelve elindult lova felé.

Zoltán megragadta a karját. - Ne próbálj faképnél hagyni! - parancsolt a lányra.

- Nem, hogy megpróbálom, de meg is teszem! Idefigyelj te felfuvalkodott magyar, felejtsd el, hogy valaha találkoztál velem, felesd el, hogy egy gyenge pillanatomban feleségül akartam menni hozzád! - kiabálta könnyes szemmel Rebeka. - Soha nem leszek a feleséged!. Azt hittem rólad, hogy te más vagy, mint a többi férfi, de most megmutattad az igazi énedet. Csak máz a kedvességed, figyelmességed! Most elmegyek, és soha többé nem akarlak látni! - zokogta a lány.

Zoltán nem engedte el, szorosan fogta a karját. Rebeka sípcsonton rúgta, a férfi fájdalmában lazított a szorításon, a lány kiszakította magát a férfi karjából, odarohant a lovához, ügyesen felpattant rá és gyorsan elvágtatott. Mikor a faluba ért Márton a nyitott tornácon üldögélt az apjával. Szemével intett Mártonnak, és felrohant a lépcsőn. Márton bólintott, kimentette magát a fejedelemnél és követte a lányt. Késő estig beszélgettek, vitatkoztak a lány szobájában, végül megegyeztek.

A vasárnap ragyogó napfénnyel köszöntötte a nagy eseményre összegyűlt versenyzőket és a nézőket. A mezőn egy emelvényt emeltek a fejedelem és fejedelem vendégei számára, hogy onnan nézhessék végig harcosaik helytállását. Lassan szállingóztak a nézők a küzdőtér felé, csendesen beszélgető csoportok alakultak ki, találgatták ki nevezett be, ki fogja elvinni a legjobb harcosnak járó jutalmakat. Felharsant a kürt, mely jelezte a fejedelem érkezését. Bagatúr teljes harci díszben, egyenes tartással sétált az emelvény felé. Mögötte Árpád, Etellel és Zoltánnal. Őket Márton követte, majd az avar vezérek. Etel kiváltságos helyzetben volt, ugyanis nők nem lehettek az emelvényen, nekik külön helyet biztosítottak. Egyedül Rebeka vívta ki magának a jogot, melyet távolléte miatt Etelre ruházott, Árpád heves tiltakozása ellenére. A nézők meghajtották fejüket a büszke, pompásan öltözött vezérek felé. Amint a magas vendégek elfoglalták helyüket az emelvényen, a tömeg összesúgott. Mindenki Rebekát hiányolta, Zoltán is hiába nézett jobbra-balra, a lány kedves arcát nem látta sehol. Árpád megkérdezte Bagaturtól, miért nem jött el a lánya, mire a fejdelem szomorúan közölte vendégeivel, hogy Rebeka beteg. A lány valóban az ágyban feküdt, amikor a dajkája felment, hogy segítsen neki felöltözni. A vendégek sajnálkozásukat fejezték ki, remélve a gyors gyógyulást. Zoltán tudta, hogy ez nem igaz. Őt nem akarja látni, gondolta. Ismét felhangzott a kürt, a versenyzők félkörben felsorakoztak az emelvény előtt. Nagyszerű látványt nyújtottak. Mindannyian lovon ültek, az állatokat szépen feldíszítették, a harcosok színes kaftánokban büszkén feszítettek, arcukon elszántság tükröződött. Bagatúr rövid beszédet intézett hozzájuk, kérve őket, hogy tudásuk legjavát nyújtsák. Ismét felhangzott a kürt, mely a verseny kezdetét jelezte. Zoltán lement a versenyzők közé, mivel ő vezette le a játékot. Ismertette a játékszabályokat, kisorsolták a párokat, akik megküzdenek egymással. A szabályok egyszerűek voltak. Addig harcoltak egymással, az avarok karddal, a magyarok szablyával, míg az egyik le nem győzi a másikat. A győzteseket újra sorsolják, mindaddig, míg csak egyetlen győztes harcos marad. Ezután kerül sor az íjász versenyre. Úgy sorsolták ki a párokat, hogy avar harcos magyar harcossal kerüljön szembe. Javában tartott a sorsolás, mikor Márton megfogta Zoltán vállát.

- A székelyek is szeretnének részt venni a küzdelemben. - mondta a fiatal magyarnak.

- Természetesen. Hányan vannak? - fordult felé Zoltán.

- Mivel nem tudtunk róla, csak egy harcosunk vállalta a megmérettetést.

- Rendben. Mi a neve?

- Taksony.

Megkezdődött a küzdelem, az első csoport felsorakozott a vezérek előtt, majd a kisorsolt párok egymás felé fordulva összecsaptak. Eleinte csak méregették egymást, de rövid időn belül heves csaták alakultak ki. Hangos kardcsörgés verte fel az őszi reggel békés csendjét. A nézők lelkesen biztatták a harcosokat, még az emelvényen helyet foglaló vezérek is lekiabáltak lelkesítve, vagy bírálva a küzdőket. Az első forduló után megjelentek a következő párosok, akik szintén tisztelegtek a fejedelmek előtt. Bagatúr amint meglátta őket, meglepetésében előre meredt. Mintha rég halott fiát látta volna az egyik vékony fiatalemberben. Megtörölte verejtékező homlokát és elhessegette a gondolatot. Ez lehetetlen, de a hasonlóság megdöbbentő, gondolta. Amint a küzdelem megkezdődött akaratlanul is az ismeretlen harcosnak drukkolt, aki bár vékony volt, ügyesen bánt a karddal. Végül győzött, nem erejének, inkább gyorsaságának köszönhette győzelmét.

- Ki ez a vékony fiatalember? - fordult vendégei felé az avar fejedelem.

- Én nem ismerem. - válaszolta Árpád. - Nem magyar az biztos, de remek harcos válik majd belőle, ha megerősödik.

- Az én nevelt fiam. - mondta csendesen Márton. - Csak ma reggel érkezett, ezért nem mutattam még be neked. Mivel a székelyek mind idősebbek, nem lett volna tisztességes, ha kiállnak a fiatal harcosok ellen, Taksony viszont fiatal, ezért nevezett be a versenybe, öregbítve népünk jó hírnevét. - magyarázta az elképedt Bagatúrnak.

- Ez a fiú nagyon hasonlít a fiamra. - Fordult Árpád és Etel felé.

Mindketten megértően bólintottak.

- Tudod, ő nem törvényes gyermek, az anyja összetalálkozott egy idegennel az erdőben, és... Szóval néhány hónap múlva megszülte ezt a fiút. Gyenge lány volt, belehalt a szülésbe. Magamhoz vettem a gyermeket, dajkát fogadtam mellé és felneveltem. Kiközösítették volna, de mivel olyan kevesen vagyunk, ezért úgy döntöttem, nem engedem, hogy népünk egy jövendő harcosa elvesszen. Soha nem bántam meg. Most, hogy egyetlen fiam, elment Isteneink ölelő karjába, Taksony az egyetlen örökösöm. Kérlek, fogadjátok őt olyan szeretettel, mintha vér szerinti gyermekem lenne. - magyarázta az idős ember.

- Tehát egy törvénytelen fiatalember lesz a székelyek vezére? - kérdezte Árpád. - Érdekes, engem egyáltalán nem zavar, különösen, hogy láttam, milyen jól harcolt vékony testalkata dacára.

Bagatúr nem volt elragadtatva a helyzettől, de mivel a magyar fejedelem elfogadta, neki sem volt más választása. Márton elégedetten dőlt hátra, elérte, amit akart. Közben a küzdőtéren javában folyt a versengés. A kiesett harcosok most már a nézők között biztatták társaikat. A győztesek az emelvény mellett egy kijelölt helyen várták az újabb ellenfelet. A nap már magasan járt az égen, mire a vívók döntőjére került sor. Mindenki megcsodálta a gyönyörű fehér lovat, melyet Árpád ajánlott fel. Titokban minden résztvevő szerette volna magáénak tudni a fejedelmi díjat. A döntőt egy magyar és egy avar harcos vívta meg. Kemény harc folyt a kitűzött díjért, több mint egy órán keresztül, végül a magyar versenyző győzött. Árpád saját kezűleg adta át a gyönyörű állat kantárát a nyertesnek. Az íjversenyt ebéd után kezdték el. Bagatúr ismertette a szabályokat. Lovon vágtatva kellett eltalálni egy felállított bábu szívét, majd egy magas fáról le kellet venni egy szalagot, ezzel a szalaggal gyorsan vissza kellet lovagolni a kiindulási helyre. Aki nem találja el a bábut, kiesik, aki szalag nélkül tér vissza szintén kiesik. Az győz, aki a legközelebb találja el a bábu szívét és a leghamarabb tér vissza. Ez a játék is több csoportban zajlik, végül a legeredményesebbek küzdenek meg egymással. Nagyon sokan kiestek már az első körben, mert nem találták el a bábut, melyet mindig mozgásban tartottak, hogy nehezebb legyen a célzás, ez a része az avaroknak nem volt valami sikeres, a magyarok meg a szalaggal nem igazán boldogultak. A győztesek próbatétele következett. Bagatúr dühöngött, hogy Szoláknak pont most kell távol lennie, tudta, hogy a fiatalember ebben a megmérettetésben biztosan győzne. Árpád tehetetlenül állt harcosai kudarcai láttán. A kürtszó után a versenyzők nekilódultak, Taksonyt mintha kilőtték volna, hihetetlen sebességgel száguldott a bábu felé, a bábu előtt visszafogta lovát, a menet közben megfeszítette íját, a nyílvesszőt a célpont felé irányította, magabiztosan célzott. A nyílvessző belefúródott a bábu szívébe. A fiatalember megfordította lovát, ugyanolyan sebesen száguldott visszafelé, szinte nem is lassított a fához érve, amikor a szalagot letépte a fáról. Mire a nézők felocsúdtak, már a célban volt. Hatalmas taps tört ki, amint leszállt lováról. A többiek csak most közeledtek a cél felé. Márton már várt rá, megszorította a kezét és bólintott. Taksony erre a beleegyezésre várt, boldogan ugrott lova hátára és elviharzott a falu felé. Márton vette át a fiának járó jutalmat, mert mint mondta, Taksonynak sürgősen el kellett mennie. Bagatúr átnyújtotta a mesterien kidolgozott kardot Mártonnak. A küzdőtéren hamarosan hatalmas üstöket állítottak fel, nagy mulatság volt készülőben. Hosszú asztalokat állítottak fel, fehér háziszőttes terítőkkel takarták le, piros tányérokkal terítettek rá. A vezérek külön asztalnál foglaltak helyet, élükön a fejedelmek. Az ő asztalukon díszes tányérok, arany és ezüst serlegek sorakoztak. Rebeka és Zita megjelenése némi zavart keltett, mivel mind a ketten magukkal hozták a farkaskölyköket. Gyermekek hada kísérte őket, simogatták, becézgették az állatokat. Amikor Rebeka bekötött kézzel leült az asszonyok asztalához, a közelében levők ijedten húzódtak távolabb. Zitával nem volt ilyen gond, mivel a gyerekek asztalánál örömmel, némelyek irigykedve fogadták.

- Rebeka neked, muszáj mindig valami őrültséget csinálni? - fakadt ki Bagatúr.

- Ez nem őrültség, Herceg ezen túl mindig velem lesz, ő fog vigyázni rám. Hidd el megbízhatóbb, mint a legtöbb ember. - jelentette ki ellentmondást nem tűrő hangon Rebeka.

A kezdeti incidens után a vacsora remekül sikerült, melyhez hozzájárultak az ízletes ételek és a remek borok is. A vacsora után Zoltán odalépett Rebeka mögé.

- Szeretnék veled beszélni. - súgta a lány fülébe.

Rebeka megborzongott a férfi közelségétől, megrázta a fejét és ülve maradt.

- Rebeka, próbálj meg felnőttként viselkedni. - mondta még mindig csendesen.

Zoltán lassan kezdte kihúzni alóla a széket, mivel a lány nem mozdult. Rebeka dühösen felugrott, már szóra nyitotta a száját, amikor meglátta Etel figyelő tekintetét. Zoltán megfogta a karját, magával húzta, távol a figyelő szemektől. Szorosan magához ölelte, és mielőtt a lány tiltakozhatott volna, szájon csókolta. Rebeka eleinte ki akart szabadulni, de később megadta magát. Azonban amikor levegőhöz jutott, nem hagyta szó nélkül.

- Mit képzelsz magadról? Kirángatod alólam a széket, idehurcolsz, letámadsz, és szemtelenül vigyorogsz? - kiáltotta a férfi nevető arcába mérgesen, de szíve hevesen dobogott.

- A jegyesem vagy, azt csinálok, amit akarok. - kacagott vidáman Zoltán.

Ugratásnak szánta, hiszen tudta, hogy nem lenne képes parancsolni a lánynak, annál jobban szerette. Rebeka viszont komolyan vette a férfi szavait, kezét csípőre tette, szeme szikrázott a haragtól, visszatükrözve a távoli tábortüzek fényét.

- Soha nem leszek a feleséged, soha nem fogom teljesíteni egyetlen parancsodat sem! Nekem senki nem parancsol! Vedd tudomásul! - kiáltotta.

Ki akarta szabadítani magát a férfi karjaiból, de az szorosan tartotta.

- Úgy látom, ha nincs kard a kezedben, lelehet győzni téged. - ugratta Zoltán.

- Ezen túl mindig lesz nálam, nyugodt lehetsz! - fogadkozott a lány.

- Rebeka, holnap megérkeznek a magyar vezérek, hamarosan útra kelünk. Szeretnélek biztonságban tudni. Kérlek, ne csinálj semmi őrültséget. Elek biztosan tervez valamit, és félek, hogy te leszel a célpont. Harcosaim továbbra is vigyázni fognak rád, ne nehezítsd meg a dolgukat. - mondta komoly hangon Zoltán.

Rebeka vegyes érzelmekkel nézett a férfi szemébe. Most nagyon szerette, de amikor erőszakos, akkor nagyon gyűlölte. Hamarosan elmegy, most félre kell tenni a haragot, nem válhatnak el úgy, hogy nem búcsúznak el egymástól.

- Rebeka, ígérd meg, hogy jó kislány leszel. - kérte meleg hangon.

- Ígérem, hogy jó kislány leszek. - bújt a férfihoz. - De én már nem vagyok kislány, és sajnos az ígéretem nem fogom betartani. - gondolta álnokul a lány.

A magyar vezérek valóban megérkeztek, másnap, de nem mind a

hatan, ahogy Árpád várta. Töhötöm nem ment el, ráadásul Huba sebe-
sülten érkezett. Árpád azonnal fogadta őket, de megkérte Bagaturt és
Márton, hogy várakozzanak addig, amíg vezéreivel tárgyal. Az avar
fejedelem sértve érezte magát, de Márton megmagyarázta neki, hogy
Árpád először tájékozódni akar, majd később elmondja, ami rájuk tar-
tozik. Bagatúr sem a vendégek előtt hallgatja meg a visszatért felde-
rítőket. Úgy tűnt a fejedelem elfogadta a magyarázatot, de a tüske ott
maradt benne. Birka módjára megadták magukat, most aztán ne cso-
dálkozzanak, ha félre állítják őket. - dühöngött félhangosan.

Márton csak a fejét rázta, barátja morgolódása miatt. Akkor vol-
tál birka, amikor a feleséged halálát nem bosszultad meg, a lányod
százszor bátrabb nálad, gondolta. Árpád elfoglalta helyét az asztalfőn,
jobbján Zoltán, baloldalán a vezérek ültek. Sorban meghallgatta vezé-
rei beszámolóját, akik elmondták, hogyan keltek át a Kárpátokon, és
most hol ütöttek tábort. Huba volt az utolsó, aki felállt, de amit mon-
dott attól Árpád éktelen haragra gerjedt. Huba elmesélte, amint átlép-
ték a bolgár határt, Töhötömöt orvul meggyilkolta az egyik vezére, aki
lepaktált az érkezésük hírére odaérkező bolgár fejedelemmel.

- És te nem akadályoztad meg? - dühöngött Árpád.

- Nyugodj meg fiam. - mondta az idős ember.

Huba egyidős volt a fejedelem édesapjával, Álmossal. Becsületes,
ráncos arca, hosszú ősz haja, lelógó bajusza, szúrós szeme tekintélyt
parancsolt. Árpád tisztelte az öreget.

- Amikor az a Mér Marót, vagy Mén Marót, vagy, hogy az ördögbe
hívják, elment, kérdőre vontam Fajszot. Az az őrült szó nélkül szablyát
rántott, és rám rontott, még időm sem volt kihúzni az enyémet, hogy
megvédjem magam. A harcosaim szerencsére a közelemben voltak,
de amíg bármit tehettek volna, már megvágta a fejemet és a karomat.
Gyulának köszönhetem, hogy még életben vagyok. Hát így történt. -
fejezte be szomorúan.

- Bocsáss meg jó öreg. - nyújtotta kezét a fejedelem.

- Pont olyan hirtelen haragú vagy, mint az apád volt. - mosolygott

Huba megszorítva a feléje nyújtott békejobbot.

- Most hol van az áruló? - kérdezte némileg lehiggadva a fejedelem.
- Erős őrizettel hagytam a táborban.
- Zoltán azonnal útnak indul, átveszi Töhötöm helyét. Megbeszéljük a továbbiakat és holnap reggel mindannyian útra kelünk.

Később bevonták az avar és a székely vezéreket is, megbeszélték a hadjárat menetét.

- Nem vagyok hajlandó, elöl menni a seregemmel, ti többen vagytok, menjetek ti elől! - kiabálta Elek.
- Csak a sereged megy, téged elítélünk árulásért! - állt fel Árpád fenyegetően.
- Neked elment az eszed!

Kirántotta kardját és rá akart rontani a fejedelemre. Árpád azonban számított a támadásra, a lendületben levő kardot ügyesen kiütötte a támadó kezéből. Fejével intett Zoltánnak, aki lefogta az árulót.

- Bagatúr hívd ide a lányodat! - parancsolta Árpád.
- Nő nem léphet be oda, ahol a vezérek tanácskoznak!- tiltakozott az avar fejedelem.
- Ez parancs! - szólt Árpád szigorúan.

Bagatúr leforrázva kiment ajtón. Minden szem kíváncsian meredt Árpádra.

- Mindent megmagyarázok, ha a lány itt lesz. - felelte a ki nem mondott kérdésre mosolyogva.

Rebeka belépett az ajtón, értetlenül nézett a komor férfiakra.

- Uraim, ennek a gyenge teremtésnek köszönhetjük, hogy Elek árulása kiderült. - kezdte Árpád.

Rebeka elpirult zavarában, közelebb ment az asztalhoz, büszkén kihúzta magát.

- Nem vagyok gyenge teremtés, erről a fiad többet tudna mondani. - mosolygott sejtelmesen a lány.
- Rendben van, visszavonom a gyenge szót. - nevetett Árpád.
- Gondolom, ha már itt vagyok le is, ülhetek.

A férfiakból kitört a nevetés. Zoltán átfogta a vállát, és nevetve leültette maga mellé.

- Rebeka, neked mindig itt lenne a helyed a tanácsba, legalább oldanád a feszültséget, egy-egy nagyobb vita után. - mosolygott Árpád.

- Mi akadálya, én szívesen itt lennék. - válaszolta kedvesen.

- Komolyra fordítva a szót, kérlek, mond el, hogyan jöttél rá Elek árulására?

A lány arcáról eltűnt a vidámság, szomorúan elmesélte édesanyja halálát, Zalán fiának leánykérését, és azt hogyan támadták meg azon az estén. Beszélt arról az erdei kalandról, amikor megsebezte Elek futárát, aki azóta bevallott mindent, ezzel megerősítette a lány szavait. Végül beszélt az orvvadászokról, akik megölték Herceg és Tóbi anyját.

- Ki az a Herceg és Tóbi, nem is ismerem őket! - tiltakozott Elek.

- A farkaskölykök. - válaszolta Rebeka. - De ne feledkezzünk meg Mária haláláról sem! - fordult apja felé.

- Ti hisztek ennek a buta fehérnépnek? - háborgott Elek.

- Legszívesebben megölnélek, neked is részed volt édesanyám megölésében! - ugrott fel Rebeka a székről.

- Így igaz! - állt fel Árpád. - Rebeka megölheted az árulót, így bosszúd legalább részben teljesül.

- Én... Én képtelen vagyok egy fegyvertelen embert megölni! - tiltakozott a lány.

- Én sem úgy gondoltam, természetesen karddal a kezében.

- Árpád, nem engedem, hogy a lányom kiálljon egy férfi ellen! Hiszen még azt sem tudja, hogyan kell a karddal bánni! - tiltakozott Bagatúr.

- Nem-e? Nézd meg mit csinált a te védtelen gyermeked! - mutatta sérült karját Zoltán. - Nem elég, hogy megvágott, de le is fegyverzett, sőt módjában állt volna megölni engem.

- De nem tettem! - nevetett Rebeka.

Elismerőn nézett Zoltánra, nem hitte volna, hogy a férfi bemeri vallani vereségét. Egyre jobban tisztelte.

- Mivel holnap reggel korán indulunk, ma kell megvívnotok egymással. - közölte Árpád.

Bagatúr tiltakozni akart, de Márton a fülébe súgta: - Ez a te kötelességed lett volna. Hagyd a lányodat, majd ő bosszút áll Alexandráért és Tárkányért.

A fejedelem szégyenkezve ült vissza a helyére. Kivonultak a mezőre, ahol nemrég a harcjátékok lezajlottak. Rebeka felment a szobájába átöltözni, felkötötte kardját a derekára. Kinézett az ablakon, a felhőtlen tiszta égre függesztette tekintetét. Drága jó édesanyám, ígéretemhez híven megbosszulom a halálodat, kérlek, segíts nekem, adj erőt, és elszántságot, hogy képes legyek megtenni. - fohászkodott Rebeka.

A dombok felett megvillant az ég, mintha apró villám cikázott volna át a végtelen kékségen. A lány néhány pillanatig némán állt, majd megrázta a fejét. - csak képzeltem az egészet. Leszaladt a lépcsőn, elszántan indult a küzdelem színhelyére. Nagy tömeg várakozott a mezőn, az emberek apraja-nagyja kíváncsian várta a párviadalt. Ahogy a lány közeledett feléjük, utat engedtek neki, úgy tűnt, mintha sorfalat álltak volna az avarok. Mindenki fejet hajtott a lány előtt. A tömegből Zita lépett elé.

- Rebeka nagyon vigyázz magadra! Szeretnélek élve viszontlátni, hiszen még sok mindent meg kell tanítanod nekem. - megszorította Rebeka mindkét kezét és könnyes szemmel félre állt az útjából.

Rebeka meghatódott és feltöltődött attól a tisztelettől, és bátorítástól, ami az emberek szeméből tükröződött. A sorfal kiszélesedett, egy nagy kör közepén találta magát. Négy férfi várt rá, Árpád, Zoltán, Bagatúr és Márton. A székely fejedelem odalépett hozzá, kezében az a kard volt, amit Bagatúr ajándékozott Taksonynak a nyílverseny győztesének.

- Rebeka, szeretném, ha felszentelnéd ezt a kardot. Biztos vagyok benne, hogy Taksony büszke lesz rá, hogy te szerzed meg vele az első dicsőséget. - mondta a lánynak, miközben átnyújtotta az aranyveretekkel díszített fegyvert.

Bagatúr némán megölelte gyermekét, nagyon félt, hogy őt is elveszíti.

- Apa, bízzál bennem! - kérte a lány.

Árpád intésére elővezették Eleket. A férfi végigmérte ellenfelét, szája gúnyos mosolyra húzódott. - Nem lesz nehéz dolgom - gondolta magabiztosan.

Ha Rebeka addig ingadozott volna, abban, hogy helyesen cselekszik, amikor ezt a férfit meg akarja ölni, most biztosan tudta, hogy meg kell tennie, különben újra elárulja mindannyiukat. Kitudja hány ártatlan ember halála szárad a lelkén? Kihúzta magát, felszegte állát és elszántan körbenézett. Zoltán lépett hozzá, szeméből biztatást olvasott ki, és még valamit... Szeretetet és féltést. Rebeka rákacsintott a férfira.

- Mindjárt lemegy a nap! Elkezdhetnénk végre? Nekem még dolgom van!- kiáltott Elek.

Rebeka ellépett Zoltántól, kihúzta kardját és Elek elé állt. Az emberek távolabb húzódtak. Árpád jelezte, hogy kezdhetik a küzdelmet. Elek elszántan támadásba lendült, egyenesen a lány szívét célozta meg. Rebeka könnyedén hárított, és ugyan azzal a mozdulattal, mellyel félreütötte Elek kardját, megsebezte a férfi vállát. Nem volt veszélyes a vágás, de Elek felordított és dühösen támadt a lányra. Elképzelhetetlen volt számára, hogy ez a vézna nőszemély képes volt sebet ejteni rajta. Szinte gondolkodás nélkül támadott, vesztére. Rebeka a sikeres akció után, néhány lépésre eltávolodott tőle, onnan figyelte a férfit. Majd hangosan felnevetett, amikor a férfi dühtől eltorzult arcát meglátta. Szolák azt tanította, figyelje ellenfele szemét, mert annak villanásából tudja meg a támadás kezdetét. De arra vigyázzon, hogy akivel harcol, ne vegye észre, ha ő fél, vagy mérges. Az okos harcos nem csak a kardjával és az erejével, de az eszével is harcol. Ha sikerül felmérgelnie ellenfelét, az már fél siker, mivel az már nem tud úgy összpontosítani, igaz az ereje megsokszorozódik, de egy eszes ember ettől kezdve magához ragadhatja az irányítást. Amikor az ellenfele méregtől elva-

118

kultan támad, ha egy mód van, rá ne védje ki. Ereje nem biztos, hogy elég arra, hogy sértetlenül megússza, ezért jobb, ha félreugrik. Azért ne hátra, mert a lendületben lévő harcos, még elérheti fegyverével. Szinte maga előtt látta tanítóját, amikor bemutatta az elvakult támadást. Ezért nevetett.

- Mi? Te kinevetsz engem? - üvöltötte Elek.

Rebeka félre lépet a támadás elől, a férfi majdnem egyensúlyát vesztette. Amikor újra biztosan állt a lábán, gyorsan megfordult, hogy a lányra vesse magát. Meglepetésére, Rebeka szúrásra kész pengéjével találta szemben magát. A nézők hangosan biztatták. - Öld meg! A lány megrázta fejét. Megvárta, amíg Elek magához tér és védekezni tud. Rossz döntés volt, mely majdnem az életébe került. A férfi alattomosan támadott, igaz hogy fegyverét Rebeka melle felé irányította, de abban a pillanatban le is engedte és erős vágással vízszintes támadást indított a lány védtelen combja ellen. Rebekának sikerült hátralépnie, de egyik lába erősen vérzett a szétvágott ruha alatt. Kissé megszédült.

- Vigyázz! - üvöltötte Zoltán.

Rebeka kicsit kábultan felnézett, abban a pillanatban félre is ugrott, mert Elek már lendült felé. Zoltán a lány elé lépett kivont karddal a kezében.

- Zoltán neked ehhez semmi közöd! - lökte félre a férfit.

Két kézzel fogta meg kardja markolatát, kiütötte ellenfele fegyverét a kezéből és elé lépett.

- Most a te harcmodorodat alkalmazom. - mondta komolyan a lány.

Leengedte a kardját, összeszedte minden erejét, nagyot kiáltott és megvágta a férfit bal combjától a jobb válláig. Elek megtántorodott, Rebeka remegve nézte mit tett. Már majdnem megsajnálta a vérző embert, amikor felvillant egy kép a múltból: az édesanyja összeszabdalt teste. Elek a földön fetrengett kínjában. Rebeka odalépett hozzá, jéghideg tekintettel végigmérte a haldoklót és kardját nyugodt, határozott mozdulattal a szívébe szúrta.

- Kérj bocsánatot az édesanyámtól, ha odafönt találkoztok, bár te a pokolra kerülsz. - suttogta a lány.

Valaki hátulról átölelte. - Rebeka büszke vagyok rád! - szorította magához Szolák.

- Szolák! De jó hogy itt vagy! - kiáltotta a lány. Megölelte tanítóját, a feszültség kezdett felengedni benne, sírva borult a férfi nyakába.

- Szolák engedd el Rebekát. Be kell kötni a sebét, különben elvérzik. - lépett hozzájuk István.

A férfi elengedte a lányt, letörölte kedves arcáról a könnyeket. - A nagylányok nem sírnak. Remek harcos vagy, és én büszke vagyok rá, hogy taníthattalak. - mondta ragyogó arccal Szolák.

A sámán karjaiba vette Rebekát és gyors léptekkel elindult vele a kastély felé. A lány tiltakozott, mondván, hogy tud járni, de a hatalmas férfi meg sem hallotta. A mellettük szaladó asszonyokat utasította menet közben, hogy mire lesz szüksége. Mire István Rebekával a karjában elérte a házat az asszonyok is odaértek a kért dolgokkal. Lefektette a sebesültet, gyorsan megtisztította a sebet, majd a megfelelő gyógynövényeket fehér vászonnal rákötötte a nem túl mély vágásra.

- Ma pihenned kell, hogy a seb összehúzódjon, de holnap felkelhetsz egy kicsit. - mondta mosolyogva István. Megkönnyebbült sóhaj hagyta el a száját, sokkal mélyebb vágásra számított, szerencsére nem így volt.

- Most felviszlek a szobádba - nyúlt a lány felé.

- István hidd, el tudok járni!

- Nem tudsz! - zárta le a vitát a sámán. Könnyedén felkapta a sebsültet és felvitte az emeletre.

Már lefelé jött a lépcsőn, amikor kivágódott az ajtó, Bagatúr rohant be. Nem törődött az udvariassággal, a lánya miatt aggódott, őt követték a vendégek.

- Nyugodjatok meg, a lány jól van! Holnap akár már táncolhat is. - nyugtatta őket István.

A teremben szinte tapintható volt a megkönnyebbülés, a feszült arcok kisimultak, a merev tartások ellazultak. Bagatúr hellyel kínálta a vendégeket, a szolgálók boros serlegeket hordtak körbe, még Etel is elvett egyet, megfeledkezve magáról.

- Apa, ha nem vigyázunk, anya is olyan lesz, mint Rebeka. - nevetett Zoltán.

- De kardot nem adunk a kezébe!- válaszolta Árpád.

Mindannyian hangosan felnevettek, kivéve Bagaturt, aki az orra alá dörmögött:- Én sem adtam.

Csak Márton hallotta, meg aki mellette ült.

- De Alexandrának adtál. - súgta a Bagatúr fülébe.

- Hagyjuk. - kérte a fejedelem.

A nevetést egy csengő hang szakította félbe.

- Örülök, hogy ennyire aggódtok értem! - szólt rájuk Rebeka a lépcsőről.

- Te, mint keresel itt? - ugrott hozzá István.

- Kíváncsi voltam min derültök ilyen jót.

Zoltán elindult, hogy segítsen a lánynak lejönni a lépcsőn. Rebeka, amint a férfi a közelébe ért, hirtelen dőlni kezdett. A teremben halálos csend lett. Zoltán gyorsan elkapta a zuhanni kezdő lányt. Rebeka Zoltán karjába esett, majd hangosan felnevetett.

- Rebeka a szívbajt hozod rám! - mondta sápadtan a férfi.

- Nem baj!

- Rebeka nem kellene itt lenned! - rótta meg a sámán.

- Hát ide figyelj te csodadoktor! Te tanítottál meg engem gyógyítani, így valamicskét értek hozzá. Én is láttam a lábamat és tudom, hogy csak karcolás az egész. Nem vagyok hajlandó odafönt unatkozni, amikor ti olyan jól elvagytok itt! - mondta szemrehányó hangon Rebeka, Zoltán karjára támaszkodva.

- Rendben van, itt lehetsz, de ne erőltesd a lábadat, amíg vérzik. - tanácsolta mosolyogva az orvos.

István szavait hallva, Zoltán Rebeka térdei, alá csúsztatta a kezét és felemelte.

- Zoltán tegyél le, nem illik ilyet csinálni! - kiabálta a lány.
A férfi könnyedén leszaladt vele a lépcsőn és leültette egy székre.
- Nekem mindent szabad. - súgta a lány fülébe.
- Nagyon tévedsz! - suttogta Rebeka elpirulva. - Na, mi volt az a nagy nevetés? - kérdezte hangosan, hogy zavarát leplezze.
Etel elmondta neki, ezen újra nevetni kezdtek.
- Majd én megtanítalak. - ajánlkozott Rebeka.
- Csak nehogy megtudják otthon az asszonyok, mert akkor, jaj nekünk! - mondta az egyik magyar vezér.
Árpád vetet véget a vidámságnak, javasolta, hogy készüljenek az útra.
Amint magukra maradtak Szolák leült Rebeka mellé.
- És most meséld el mi történt, amíg nem voltam itthon.
- Előbb neked kell elmondanod, hol jártál, és mit csináltál?
- Rebeka velem nem történt semmi, de te azt nem mondhatod el magadról. - mondta ingerülten Szolák.
- Ez nem igazságos, mert ha én elmondom, akkor te azt fogod mondani, hogy ami veled történt az nem tartozik rám. Ismerlek. - nézett a férfi szemébe elszántan.
- Rendben van. - adta meg magát.
- Hallgatlak. - nevetett győzedelmesen Rebeka.
Szolák elmondta, hogy a futár, akit Rebeka elfogott, még itthon elmondott mindent, bár az nem volt sokkal több, mint amit már Rebeka és Szolák sejtett. Mindezt csak az után tette, hogy ígéretet kapott rá, elviszik a magyarokhoz, mert félt Elek bosszújától.
- Most hol van?- kérdezte Rebeka.
- Ott kellett hagynom, így szólt a parancs.
- Ki adott neked parancsot?
- Árpád. Rebeka nincs igazad, ha a magyarokat hibáztatod.
- Igen, tudom, de olyan nehéz belenyugodni, hogy parancsolnak nekünk.
- Ez természetes, de ne feledd, védenek is. Te is tudod, hogy csak a

bolgárok jóindulatán múlt, hogy eddig szabadon élhettünk. Gondolj a székelyekre, szétszórták őket a világba. Velünk is megtehették volna. Nem tudom, eddig miért nem tették meg.

– Mi a biztosíték, hogy a magyarok nem ezt akarják?

– Semmi. – vallotta be a férfi. – Talán csak megérzés, hogy ők mások.

– Te tudtad, hogy testőreim vannak?

– Hát persze, együtt határoztuk el Zoltánnal.

– És nekem miért nem szóltál? – méltatlankodott a lány.

– Nem kell mindenről tudnod! – mondta komoly hangon Szolák.

– De Zoltán elmondta!

– Hogy boldogultok egymással? – csillant a férfi szeme.

– Na, na! Csak lassan, még én kérdezek!

– De nekem már nincs mit mondanom, mindent tudsz.

Rebeka csibészes mosollyal méregette Szolákot. A férfi ártatlan arccal állta, pedig tudta, hogy Zoltán elmondta a lánynak, húgához fűződő kapcsolatát. Erre kíváncsi Rebeka, de ebből nem eszik! – fogadkozott Szolák.

– Boglárka, hogy van? – érdeklődött kedvesen a lány.

Már kezdi! – csikorgatta a fogát a férfi.

– Biztosan jól.

– Szolák egy árva kukkot sem szedsz ki belőlem, ha nem válaszolsz! – fenyegetőzött.

– Tudtam! – kiáltott fel a férfi.

– Mit tudtál?

– Azt, hogy kiszeded belőlem. Pedig elhatároztam, hogy nem beszélek róla.

– Elveszed feleségül? – kérdezte izgatottan Rebeka.

– Ha a szülei beleegyeznek, akkor igen. – sóhajtott Szolák. – úgy tervezzük veletek együtt, tartjuk meg az esküvőt.

– De jó! – lelkendezett a lány. – És milyen?

– Gyönyörű és kedves. – áradozott csillogó szemmel Szolák.

– Szolák te szerelmes vagy! – csapta össze a kezét Rebeka.

- Lehet. - vigyorgott szélesen a férfi.

Rebeka boldogan ölelte magához tanítóját. Ez a kép fogadta a belépő Zoltánt.

- Még jó, hogy nem birkóztok.

- Csak azért nem, mert a lábam sérült. - incselkedett vele Rebeka.

- Zoltán te féltékeny vagy rám? - állt fel döbbenten Szolák.

- Nem csak...

- De igen. - szakította félbe Rebeka. - Gyere ide mondok valamit.

- Rebeka, kérlek! - fordult felé Szolák.

Zoltán kérdőn nézett rájuk.

- Arra kér, hogy fogjam be a számat. - nevetett Rebeka. - De én úgy sem teszem.

- Megtehetnéd. - morogta Szolák.

- Úgy is hamarosan megtudja. Gondolom, beszélsz Árpáddal.

- Igen, persze.

- Szolák te félsz? Akarod, hogy beszéljek vele?

- Nem, te őrült! - tiltakozott hevesen.

Zoltán, hol az egyikre, hol a másikra nézett, egy kukkot sem értett az egészből. Majd hirtelen világos lett előtte minden.

- Csak nem? - kérdezte örvendezve.

- De igen. - vallotta be Szolák.

- Zoltán, ők is akkor akarják megtartani, amikor mi! - kiáltotta boldogan Rebeka.

- Szóval mégis csak hozzám jössz? - simogatta meg a lány kezét.

- Majd meglátjuk. - visszakozott pirulva Rebeka.

- Nem akar a feleséged lenni? Pedig nekem mindig rólad áradozik. - mondta ártatlan arccal Szolák.

- Nem is igaz! - ugrott fel a lány. Rárontott a férfira és püfölni kezdte.

Zoltán utána lépett, átölelte, és leültette maga mellé.

- Na, Rebeka, miután te már mindent kiszedtél belőlem, most neked kell elmondanod mi történt, amíg távol voltam. - kérte Szolák.

Rebeka sorban elmesélte a történteket, kezdve azzal, hogy Árpád elhitte Elek árulását. Majd a harcjátékkal folytatta, megemlítve az addig ismeretlen székely felbukkanását, végül szerepét a vezérek tanácsában. Roppant büszke volt, hogy nő létére részt vehetett benne.

- Rebeka, a mi viadalunkat se felejtsd el! - figyelmeztette Zoltán.
- Ti megvívtatok egymással? - nevetett Szolák.
- Igen. Zoltán megígérte, ha legyőzöm, elvisz a háborúba. Nézd ezt a sebet ő, ejtette a karomon. De még mindig nem mondta, hogy mellette a helyem a harctéren! - bosszankodott a lány.
- Zoltán ezt nem gondoltad komolyan? - kérdezte Szolák rosszallóan.
- Nem hittem, hogy képes legyőzni. Arra gondoltam adok neki egy emlékezetes leckét, ami majd észre téríti. - vallotta be a fiatal magyar.
- Micsoda? Te képmutató gazember! Szóval neked eszed ágában sem volt elvinni engem? - kiabálta magából kikelve Rebeka.
- Hát nem. - vallotta be őszintén Zoltán.
- Helyes. - nyugodott meg Szolák.
- Szóval egyetértesz ezzel a felfuvalkodott magyarral? - kérdezte harciasan a lány.
- Mi tagadás. - nevetett Szolák.
- Rendben van, majd megmutatom nektek, hogy érek annyit, mint ti, bátor harcosok. - mondta némi gúnnyal a hangjában.
- Rebeka, mit tervezel? - kérdezték szinte egyszerre.
- Semmit, szép csendesen megvárom, amíg hazatértek. - mondta ártatlan arccal.
- Megtiltom, hogy elhagyd a falut! - szólt rá szigorúan Zoltán.
- Rebeka, Zoltánnak igaza van. Most az egyszer fogadj szót, kérlek. - kérlelte Szolák.
- Ígérem szófogadó jó kislány, leszek.
- Ez nekem nem tetszik. Jobban szeretem, ha kiabálsz, vagy tiltakozol, akkor tudom, hogy őszinte vagy. Rebeka nagyon szépen kérlek, ne csinálj semmi őrültséget. - kérlelte Szolák.

Letérdelt a lány elé. Kezét szorongatva. Érezte, hogy Rebeka olyan dolgot tervez, ami veszélyes lesz, ha még neki sem beszél róla. Rebeka megsajnálta könyörgő tanítóját, megsimogatta kedves arcát, de ennél többet nem tehetett. Nem árulhatta el terveit, mert Szolák már átállt a magyarokhoz. Lehet, hogy nincs igaza, de ő avar és az is marad akkor is, ha Zoltánhoz megy feleségül. Zoltán egy ideig figyelte őket, érezte a fezsültséget köztük, de mivel nem ismerte elég jól a két fiatalt, nem értette Szolák viselkedését.

- Szolák, Rebeka megígérte, hogy nem tesz semmi rosszat, miért nem hiszel neki? - kérdezte.

- Majd meglátod! - szólt mérgesen az avar.

Felállt és ott hagyta őket. Rebeka sajnálta Szolákot, tudta, hogy a férfi máris önmagát okolja, pedig még fogalma sincs, mi jár a lány a fejében, csupán csak ismeri.

- Duplázd meg a védelmét ennek a boszorkánynak! - szólt vissza Szolák.

Rebeka eltűnt.

Amint a magyarok elhagyták az avarok faluját, a lány könyörgött a fejedelemnek, engedje el Etelhez. Nincs mitől tartania, győzködte Rebeka, hiszen Zoltán gondoskodott a védelméről. Bagatúr nem vette komolyan lánya kérését, épp elég gondja volt a sereg felkészítésével, az utánpótlás megszervezésével. Szolák elkísérte Árpádot, hogy segítsen a magyaroknak, mivel neki megvolt a helyismerete. A napokban visszatért, de ő is az indulás előkészületeivel volt elfoglalva.

- Szolák, beszélnünk kell! - állt elé egy reggel Rebeka.

- Megnézem a lovakat, amiket tegnap hoztak, gyere velem, közben elmondhatod a bánatodat.

- Elkísérlek, de ezt nem lehet csak úgy menet közben megbeszélni! - fakadt ki a lány.

Lementek az istállóba, Szolák hozzáértő szemmel vizsgálta át a jövevényeket.

- Ezek az állatok a kísérleti ménesből jöttek? - kérdezte csodálattal a hangjában Rebeka.

- Igen, nagyon jól párosították a szülőket. Remek egyedeket tenyésztettek ki - elégedetten simogatta meg a közelükben álló tökéletes példányt.

- Gyere, nézzük meg a karámban levőket is. - invitálta a férfi.

Csípős reggeli szél kapott a hajukba, amint kiléptek a meleg istállóból. Rebeka borzongva fogta össze kaftánját. Nem messze a falutól, fából összetákolt ideiglenes karám védelmében legalább száz ló legelészett. Kicsit távolabb egy kisebb karámban néhány harcos a lovakat törte be. Az egyik éppen akkor tápászkodott fel, amikor Szolák és Rebeka odaértek. Hangos nevetés fogadta őket.

- Ez a ló senkit nem tűr meg a hátán. Legalább tízen próbáltuk betörni, de még senkinek sem sikerült. - nevetett az egyik fiatal fiú.

- Szolák nem próbálod meg? - kérdezte Rebeka.

- Ezek még szebbek, mint amiket az istállóban láttunk. Megpróbálom betörni, úgyis szükségem van egy harci lóra. - mondta a férfi és már át is ugrott a palánkon.

- Szolák, csak vicceltem! - visszakozott Rebeka.

A férfi meg sem hallotta, odasétált a fekete csillogó szőrű állathoz, csendesen beszélt hozzá. Megsimogatta a pofáját, majd lassan végighúzta kezét az oldalán. Ekkor vette észre a friss sebet az állat hátsó lábán.

- Ki verte meg! - üvöltötte a férfiak felé.

A harcosok egymásra néztek, de valahogy egyiknek sem volt kedve válaszolni.

- Rebeka, gyere ide! - parancsolt a lányra.

- Légy szíves. - oktatta a lány.

- Rendben, csak gyere.

Rebeka félelem nélkül közeledett a sérült állat felé. Megvizsgálta a sebet, amely nem tűnt komolynak. Vékony vágás volt a ló lábán, hatalmas véraláfutással körítve.

- Nem veszélyes, néhány nap pihenés és rendbe jön. - állapította meg a lány.

- Vigyétek az istállóba, van még egy üres boksz, oda tegyétek. - utasította a lovászokat.

- Naponta kétszer cseréljetek szalmát alatta, nehogy elfertőződjön a seb. Különben Szolák kénytelen lesz gyalog menni a háborúba. - kacagott a lány.

- Boszorkány! - borzolta meg a már úgyis borzos haját.

- Ha visszajövünk, lemosom a lábát kamillával.

- Honnan jövünk vissza? - kérdezte elképedve Szolák.

- Most szépen lóra ülünk és felmegyünk az öreg fához.

Szolák megadóan bólintott, elindult a lány után. Nem szóltak egymáshoz egész úton. A szokott helyükön kikötötték a lovakat, sétálva mentek egy darabon. Szolák amikor már nem bírta tovább, megszólalt.

- Andalogni jöttünk, vagy van valami a bögyödben? - kérdezte türelmetlenül.

- Szeretnélek megkérni, hogy beszéld rá apát, engedjen el Etelhez. Úgy tudom, leköltöztek arra a helyre, amiről Árpád beszélt. Szeretném meglátogatni, de most nem csak ezért mennék. Furdal a kíváncsiság, milyen a jövendőbelid. - kacsintott a férfi szemébe.

- Nem tartom jó ötletnek. Szerintem lebeszélnéd Boglárkát. Elmondanál minden barbár, kegyetlen vadállatnak. - nevetett Szolák.

- Lehet, hogy akkor jobban szeretne. Nem, megmondanám neki, hogy gyáva vagy, elájulsz, ha vért látsz, meg ilyeneket. - mosolygott alattomosan a lány.

- Hát ezért nem mehetsz sehova. De mondok valamit, aminek lehet, hogy örülni fogsz. Etel elkíséri idáig Árpádot, természetesen gyermekei társaságában, tehát találkozni fogsz velük anélkül, hogy elhagynád az otthonodat. Na mit szólsz? - fordult Rebeka felé.

A lány elsápadt, de gyorsan összeszedte magát, nehogy Szolák észrevegye csalódottságát.

- Tudtam!

- Mit tudtál? - próbált mosolyogni a lány.

- Rebeka, te el akarsz szökni! Velünk akarsz jönni, igaz?- kérdezte döbbenten.

Megfogta a lány vállát és mélyen a szemébe nézett.

- Igaz? - kérdezte újra.

- Nem tudom, miről beszélsz. - nézett rá ártatlan szemekkel.

- Szóval már nem bízol bennem? - kérdezte szomorúan a férfi.

- Zoltán elment? - terelte másra a szót.

A férfi nem válaszolt, hátat fordított, lassan a lovak felé sétált.

- Kérdeztelek! - szaladt utána a lány.

- Ha véghezviszed ezt az őrültséget, mert képes vagy rá, visszajövök, és én fojtalak meg, ha túléled.

Azzal felugrott a lovára és elviharzott. Nem aggódott a lány miatt, hiszen őrzői ott voltak a közelben.

Bagatúr fel- alá sétált a szobában. Rebeka már egy hónapja eltűnt.

Ennyit mondott el Szolák mielőtt elment, tehát ő már gyanakodott Rebekára, ezért kérte, hogy nagyon vigyázzon rá. - gondolta Bagatúr, tovább róva a köröket a szobában.

- Nem hittem el, hogy bármi baj érheti, hiszen vele maradtam. Szolák ment el helyettem, igaz Árpád kérte, hogy válasszuk meg Szolákot az avar seregek parancsnokának. - emlékezett Bagatúr. Azzal érvelt, hogy az otthon maradottaknak erős védelemre van szükségük, hiszen nem lehet kiszámítani egy háború kimenetelét. Ha végzetes vereséget szenvednek, ki védi meg az asszonyokat és a gyerekeket? A magyarok Bors vezért és seregét hagyták hátra északon, ő biztosítja számukra, hogy a lengyelek ne támadják hátba a magyar csapatokat, de egyben védik is a hátországot. Ezek után Bagatúr beadta a derekát és otthon maradt. Árpád nem mondta el az avar fejedelemnek, hogy ezt Zoltán kérte. Nem is volt semmi gond, Szolák az avar sereggel elindult, hogy átkelve a Tiszán, elinduljon délre a bolgárok által megszállt terület felé. Néhány nap múlva megérkezett Árpád, Etel, lányuk Boglárka és fiaik Tárkány, Jutas és Üllő. A sereg nem mesze az avar falutól ütött tábort. Árpád nem sokáig időzött családja körében, másnap reggel két nagyobb fiával, Tárkánnyal, aki tizennyolc és Jutassal, aki tizenhét éves volt, már mind a ketten felövezett harcosok, elindult csapataihoz.

Rebeka hamar összebarátkozott Boglárkával, aki nagyon hasonlított anyjára, de természetét apjától örökölte. Ugyan olyan hirtelen haragú volt, mint Árpád, de amilyen gyorsan begurult, ugyan olyan gyorsan el is múlt a mérge. Délelőttönként kilovagoltak a közeli dombokra négyesben. Etel, mint egy tyúkanyó, állandóan rajtuk tartotta a szemét. Bagatúr soha sem ment velük. Egy napon Zita az istállóban ténfergett, amikor a négyes útra készülődött, kedvesen kérte őket vigyék magukkal. Rebeka hallani sem akart róla, de Etel nem látta okát, miért ne mehetne velük. Így azon a napon Zita is elkísérte őket. Mivel a kislány ment, természetesen a farkaskölykök is magukkal kellett vinni. Boglárka nem volt elragadtatva az ötlettől, nagyon ijesztőnek találta a jól megtermett állatokat.

- Ne legyél ilyen gyáva! - rótta meg nővérét Üllő.

- Nem fogja bántani? - kérdezte kicsit aggódva Etel.

- Szereti a gyerekeket. - mosolygott Rebeka.

- Nem vagyok már gyerek! - tiltakozott a fiú.

- Bocsánat. - kacagott Rebeka. - Olyan, mint Zita. Ő is kikérte magának, amikor gyereknek neveztem.

A két legfiatalabb, Zita és Üllő, egymásra mosolygott, véd és dacszövetséget kötöttek egy pillanat alatt a felnőttekkel szemben. Ezen mindannyian hangosan nevetni kezdtek. A lovász közben felnyergelte lovaikat és segített felszállni a hátukra. Ragyogó napsütésben vágtattak a harmatos fűben, az ég felhőtlen kék kupolát vont föléjük. Bár a napsugarak melegen simogatták arcukat, a levegő csípős volt már.

- Nézzük meg a szüretelőket! - ajánlotta Zita.

Mivel határozott úti céljuk nem volt, követték a kislányt, aki a szőlővel betelepített dombok felé vette az irányt. Minél közelebb értek annál hangosabban hallották a lányok, asszonyok csengő énekét.

Felérve a dombtetőre megálltak. A lejtőkön katonás rendben sorakoztak a szőlőtőkék, közöttük serényen dolgozó emberek végezték az év utolsó betakarítását. A szüret után már csak a szántás és kertek ásása várt rájuk.

- Nincs kedvetek szüretelni? - fordult vendégei felé Rebeka.

- Gondolod, szívesen vennék, ha közéjük állnánk? - kérdezte óvatosan Etel.

- Biztos vagyok benne. Én minden évben segítek szüretelni, sőt utána a táncmulatságban is részt veszek. Nagyon vidám napunk lesz, ha csatlakozunk hozzájuk.

- Én benne vagyok! - örvendezett Üllő.

- Én is, de ha dolgozunk, akkor a mulatságban is részt veszünk! - mondta határozottan Zita.

- Ezt még megbeszéljük a szüleiddel. - állította le a kislányt Rebeka.

- Menjünk! - mondta egyszerre Etel és Boglárka.

Az útra terelték lovaikat, óvatosan leereszkedtek, nehogy a minden felé rohangáló gyerekeket eltapossák. A szüretelők vidáman, de tisztelettel üdvözölték a fejedelmi látogatókat. Rebekát és Zitát, már jól ismerték, tőlük természetes volt, hogy ott vannak, de a magyar fejedelem családjának jelenlétét furcsának találták. Kíváncsian vették körbe őket, amikor leszálltak lovaikról. A döbbenettől földbe gyökerezett a lábuk, amikor a vendégek nevetve feltűrték gyönyörű ruhájuk ujját, és egy- egy bőrvedret felkapva elindultak a szüretelők felé.

- Rebeka, a fejedelem tud róla, hogy hova hoztad a magas vendégeket? - kérdezte egyikük.

- Nem, de a vendégeink szívesen segítenek. - veregette meg az elképedt férfi karját Rebeka.

Üllő és Zita már el is tűnt a szemük elől, mit sem törődve a felnőttekkel.

- Ha nincs kifogásod ellene, szívesen maradnánk. - mosolygott Etel.

- Otthon úgy sem csinálhatunk ilyesmit, mert apa nem engedi. - dörmögte Boglárka.

Rebeka arcáról eltűnt a lelkesedés, majd megvonta a vállát, Árpád nincs itt, gondolta, és mire megtudja, addig Etelék megismerik az avar szüret hangulatát. Eleinte feszélyezetten, csendben dolgoztak az emberek, de amikor Rebeka csengő hangon belekezdett egy szüreti nótába a lányok vele énekeltek. Később az asszonyok is csatlakoztak, újabb vidám dalok csendültek fel. Lassan megszokták, hogy a fejedelemasszony is ott van közöttük. Rebeka megmutatta a vendégeknek, hogyan vágják le a fürtöket. Eleinte lassan teltek az edények, Etel és Boglárka miden fürtről leette a legédesebbnek látszó szemeket. Amikor nem vágták le teljesen a szárat, meg kellett rántani a fürtöt, hogy lejöjjön a tőkéről. Az összegyűlt harmat lefröcskölte őket, ezen hangosan nevettek. Rebeka figyelmeztette őket, ne egyenek túl sokat, mert gond lehet belőle. A lányok egy lágyan hullámzó szerelmes dalt énekeltek, Rebeka csendesen velük énekelt. Gondolatai messze jártak, nem vette észre Etel fürkésző tekintetét. Amint a dalnak vége lett Etel csodálattal nézte a lány átszellemült gyönyörű arcát.

- Ha ez a dal a fiamnak szólt, nagyon szerencsés anya vagyok. - suttogta Rebeka fülébe.

- Lehet - pirult el a lány.

- Rebeka, ezt a dalt meg akarom tanulni. - kiáltott fel Boglárka.

- Szeretném. - szólt rá Etel.

Lánya értetlenül nézet rá, majd zavartan kijavította hibáját. - Szeretném megtanulni.

- Természetesen. Estére a mulatságon sokszor fogod még hallani, akkor majd szívesen megtanítalak rá.

Észre sem vették milyen gyorsan telik az idő, mindaddig, amíg az asszonyok abba nem hagyták a munkát. Ebédidő volt, hatalmas üstökben hozták a gőzölgő birkapörköltet.

- Milyen jó illatok szállnak itt. - szagolt a levegőbe Etel. - Nagyon éhes lettem.

- Sajnálom, de se, asztal se szék nincsen, a földön ülve kell elfogyasztani az ebédet. - nevetett Rebeka.

- Az nem baj, hosszú vándorlásunk alatt szinte mindig így ettünk. - mosolygott Etel.

Az üstök körül csoportosultak az emberek, ahogy a fejedelmi vendégek a közelükbe értek utat engedtek nekik. Mély cseréptányérokba szedték az ínycsiklandozó ételt, az üstök mellett felszeletelt kenyerek sorakoztak. Mindenki kapott egy tányér pörköltet és annyi kenyeret vehetett amennyit meg tudott enni. Az ételt osztó testes asszony, valószínűleg az egyik szakácsnő, átnyújtotta a merítő kanalat Etelnek. A fejedelemasszony megköszönte és sorban szedet gyermekeinek. Rebeka is odanyújtotta tányérját.

- Kérlek nekem is, szedjél, úgyis régen volt már részem benne. - mondta szomorúan.

Etel bólintott, telemerte a feléje nyújtott tányért, majd a sajátját is megrakta. Szemével megkereste családját, akik egy közeli fa alatt üldögélve nevetgéltek. Elindult feléjük és letelepedett a vidám társaság mellé. Ebéd után folytatták a munkát, remekül érezték magukat. Jócskán benne jártak a délutánba, amikor Rebeka javaslatára megnézték, hogyan lesz a szőlőből must. Az asszonyok tele vödreik tartalmát a férfiak hátán levő puttonyba borították. A megtelt puttonyokat egy hatalmas kádba borították, ahol fiatal lányok mezítláb taposták ki a szőlő levét.

- Én is megyek taposni! - mondta Zita, és már vette volna le a csizmáját.

- Most nem! Haza kell mennünk. - fogta meg a kislány kezét Rebeka.

- Így készül a bor? - fintorgott Boglárka.

- Ez még csak a must. Ha megerjed és letisztul, az lesz a bor. - magyarázta Zita.

- Hát röviden, valóban így van, de azért még sok munka lesz vele, mire bor lesz a mustból. - borzolta meg a kislány haját Rebeka.

Hazafelé kissé fáradtan ültek a lovak hátán, de nevetgéltek, felidézve a nap mókás eseményeit.

- Kár lett volna kihagyni ezt a mókás mulatságot. - mosolygott

Boglárka.

- Nekünk valóban mulatság, de ne feledd a többieknek, mindennapos fárasztó munka. - mondta Etel.

Bagatúr a ház előtt várt rájuk, mosolyogva fogadta vendégeit. Zita elbúcsúzott tőlük, de kijelentette, hogy az esti mulatságon ő is ott lesz.

- Bagatúr biztosan mérges, mert nem szóltunk neki, hová megyünk. - súgta Etel Rebekának.

- Apa nagyon jól tudta hol vagyunk. - nevetett Rebeka.

- Honnan? - képedt el Etel.

- A kicsi fiad testőröket rendelt az őrzésemre, de megnyugtatlak nektek is vannak őreitek. Amikor beálltunk szüretelni, az egyik férfi visszafordult, hogy jelentse apának, hol vagyunk. - ölelte át Etel vállát Rebeka.

- Én nem vettem észre.

- Mert nem tudtad és nem zavartak bennünket. A parancs úgy szól, hogy vigyázzanak ránk, de ne korlátozzák a mozgásunkat.

- Honnan tudod? És mért van erre szükség?

- Mert Szolákkal a fejükbe vették, hogy veszélyben vagyok. - húzta el a száját Rebeka.

- Látom Rebekának sikerült megdolgoztatni benneteket. Gyertek, öltözzetek át, lassan készülődni kell az esti mulatságra. - fogadta a vendégeket Bagatúr.

- Egyáltalán nem vagyunk fáradtak, sőt csodálatos napunk volt. Még meg sem köszöntük a lányodnak. - fordult Rebeka felé Etel.

- Nincs mit köszönni, holnap is elmehetünk, ha gondoljátok. Különben apa, most az egyszer tévedtél, ugyanis nem az én ötletem volt, hanem a Zitáé.

- Az majdnem ugyanaz. Elrontottad azt a gyereket. - dorgálta Bagatúr.

- Hát elrontani már nem lehetett, inkább ő rontott el engem. - nevetett a lánya.

Közben beértek a házba, ahol a szolgálók meleg vízzel telt dézsákkal várták a vendégeket, hogy megfürödjenek a nehéz nap után. Az esti mulatság feledhetetlen volt a vendégek számára. Mindenki ott volt, aki élt és mozgott az avarok közül. Azon a mezőn tartották, ahol nemrég az ügyességi versenyek folytak. Hosszú asztalokat állítottak fel, melyek egyszerű terítőkkel voltak leterítve. A magasabb rendűek külön ültek, a terítők és a teríték gazdagsága elütött az egyszerű emberékétől, de úgy tűnt ez senkit sem zavar. A vacsora is különböző volt, a mesteremberek, lovászok, szolgák, parasztok birkát, a vadászok, harcosok, nemesek fácánt és egyéb vad ételeket ettek. A vacsora után táncmulatság következett, vidám párok pörögtek- forogtak a zene ritmusára. Amíg a zenészek pihentek, addig a lányok körbe állták a hatalmas tábortüzet, átfogták egymás vállát, és pajkos dalokat énekeltek. A legények nem sokáig hagyták őket, mivel a lányok dalai a fiukat pirongatták, játékosan gúnyolták őket. Amint a lányok észrevették a közeledő legényeket, hangos kacagással elszaladtak a tűz közeléből. A fiúk hasonló dalokat énekeltek, mint a lányok, természetesen a lányok rovására. Mikor a hajadonok megsokallták a csipkelődést, odasétáltak a fiukhoz.

- Gyere, menjünk mi is. - hívta Rebeka Boglárkát.

- Rebeka, te hercegnő vagy, ne keveredj a pórnép közé! - bosszankodott Bagatúr.

- Apa ne kezd el megint! Semmivel sem vagyok több ezeknél az embereknél! Az hogy ki, hova született nem érdem, hanem szerencse dolga.

Rebeka Etelre nézett. - Megengeded, hogy Boglárka velem jöjjön?

- Természetesen. - nevetett a fejedelemasszony.

A két lány leszaladt a dalolók közé. Rebeka fejében megfordult, mit szólna Árpád, ha itt lenne? Gyorsan elhessegette a gondolatot, most nincs itt! Amint a tűz közelébe értek, abbamaradt az éneklés. Rebeka csengő hangon belekezdett abba a dalba, ami Boglárkának annyira tetszett délután. Egyre többen csatlakoztak hozzá, még a magyar lány is csendesen velük énekelt. Körbe ülték a már hamvadó tüzet, egymást váltották a szerelmes dalok és a vidám csipkelődő nóták. Amíg a fiatalok mulatoztak, addig a szolgák leszedték az asztalokat, visszahordták az edényeket, tálakat, tányérokat. Az idősebbek lassan haza szállingóztak. Kialudt a tűz, a fiatalok is szedelőzködni kezdtek.

- Ha Szolák itt lett volna, egész este táncoltál volna. Eddig minden évben vele táncoltam át minden mulatságot. - ábrándozott Rebeka.

- Te szereted Szolákot? - kérdezte bánatosan Boglárka.

- Jaj, nehogy te is féltékeny legyél, mint a bátyád! - csapta össze a kezét Rebeka. - Igen szeretem Szolákot, de nem, úgy ahogy gondolod. Mi szinte testvérek vagyunk. Együtt nőttünk fel, ő vigyázott rám, amióta a bátyám meghalt.

- Akkor jó. - nyugodott meg Boglárka.

A fárasztó nap után mindenki nyugovóra tért. Rebeka sokáig nem tudott elaludni, gondolatai Zoltánon jártak. Vajon hol lehet, gondol-e rá? Később a terve jutott eszébe, úgy érezte, elárulja mindazokat, akik bíznak benne. Bármit fognak gondolni, neki akkor is meg kell tennie! Másnap reggel a vendégek visszaindultak táborukba. Rebekának hosszas rábeszélés után sikerült elérnie, hogy apja elengedje, mint mondta velük tart egy darabon, majd a védelmére rendelt harcosokkal hamarosan visszatér. Két nappal később a harcosok vissza is tértek, de Rebeka nélkül. A harcosok csak annyit tudtak, hogy Rebeka a visszaúton bement az erdőbe, azzal az indokkal, hogy a dolgát végzi, és azóta sem találják. Átfésülték az erdőt, de mivel már sötétedett, letáboroztak, és reggel folytatták a keresést. Bár mindent megtettek, a lányt mégsem találták meg.

Ennek már egy hónapja - gondolta Bagatúr, újabb köröket róva a szobában.

Taksony

A sűrű, áztató eső hajnal óta zuhogott. Taksony az ablakból nézte az égi áldást. Ha tavasz lenne még hálás is lenne érte, de késő ősszel, főleg egy hadjárat kezdetén, kiábrándító. Elfordult az ablaktól, felcsatolta kardját a derekára, tőrét beletette a bokájára erősített tokba. Kicsit nehézkesen mozgott, kaftánja alatt láncinget viselt, amit Márton erőltette rá. Ez lesz az első háború, amiben részt vesz, bár nagyon fiatal és vékony testalkatú, de ragaszkodott hozzá, hogy ő is elmehessen a székelyekkel. Az avarok által szervezett harcjátékokon megmutatta mire képes, hiszen az íjversenyt megnyerte. Az a gyönyörű kard lógott az oldalán, amit Bagaturtól kapott, és amellyel Rebeka, az avar hercegnő legyőzte az áruló vezért. Hát elérkezett az idő, mennek a bolgárok ellen. Szíve hevesen vert arra, gondolatra, hogy ő is ott lesz a csaták színterén. Örült a lehetőségnek, de félt is egy kicsit. Márton megígérte, hogy mindig mellette lesz, de szerinte nehéz lesz majd betartani, hiszen ha összecsapásra kerül a sor, akkor mindenki a saját védelmével lesz elfoglalva. Felharsant a kürt. Indulás fiatalember, mutasd meg népednek, hogy méltó vagy a bizalmukra, biztatta magát Taksony. Ruganyos léptekkel kiment a házból, szolgája már útra készen várta gazdáját. Márton végig sétált az indulásra kész harcosok előtt, szeme minden apró hibát észrevett, csendesen figyelmeztette embereit a hiányosságokra, majd megállt fogadott fia előtt. Szeretett és büszkeség öntötte el, amint a fiatal fiún végig nézett. Hosszú, barna haját két oldalt befonva viselte, gyönyörű szeme kíváncsian tekintett rá. Arca kicsit sápadt volt, formás száját keményen összezárta, egész lénye valami emberfeletti elszántságot tükrözött. Márton megkopogtatta a fiú mellkasát, helyeslően bólintott, amikor a láncing tompa csörgését meghallotta.

- Cudar idő kerekedett, de az eső nem minket, hanem az ellenséget siratja. - biztatta alig száz főből álló csapatát.

A menet élére lovagolt és indulást vezényelt. A kürtös belefúj kürtjébe és a székely sereg elindult, hogy a Tisza partján csatlakozzon a magyar seregekhez.

- Nekünk milyen szerepet osztott Árpád? - kérdezte kicsit később Taksony.

- Mi leszünk az élősereg.

- Tehát mi csapunk össze először az ellenséggel?

- Nem.

- Nem értem. Mi megyünk elől, de nem mi kezdjük a verekedést? - értetlenkedett a fiú.

- Tulajdonképpen mi fogjuk felderíteni a terepet. Lehet, hogy néhány összecsapásban részünk lesz, de nekünk nem az a feladatunk, hogy verekedjünk.

- Szóval mi nem is fogunk harcolni a bolgárokkal?- kérdezte csalódottan Taksony.

- Gyermekem, mindent idejében meg fogsz tudni. A franc essen ebbe az átkozott esőbe! - káromkodott mérgesen az idős ember.

Hiába volt rajtuk mindenféle bőrből készült ruha, amely nem engedte át a nedvességet, a nyirkos hideg belopózott minden apró résen. Nadrágjuk elázott, ráadásul a szél is feltámadt. Letértek az útról, mely annyira felázott a kitartó esőzéstől, hogy a lovak bokáig süppedtek a sárban. Amint az erdőbe értek könnyebben haladtak, az eső is alább hagyott. Egész nap megállás nélkül mentek. Szürkületkor Márton pihenőt rendelt el, mindenki lekászálódott lováról. Az eső is mintha elfáradt volna, szép csendesen elállt. Márton rövid vezényszavakkal kiadta utasításait, erre megelevenedett a tisztás, ahol tábort ütöttek. Az emberek egy része elment száraz fát gyűjteni, hogy megfőzzék a vacsorát és megszárítsák elázott ruháikat. A másik csapat elfoglalta kijelölt helyét, ők őrködtek a tábor biztonsága felett, bár még semmilyen veszély nem fenyegette őket, nem ártott az óvatosság. A lovakat kipányvázták, és néhány őr felügyeletére bízták. Mire teljesen besötétedett, a sátrak szabályos kört alkotva fel voltak állítva, a tábortüzek megvilágították a fáradt harcosokat, akik ruháikat szárítgatták. Amíg a vacsora készült a négy vezér összegyűlt Márton nagyméretű sátrában.

- Ha ilyen tempóban haladunk, akkor holnap estére elérjük a megbeszélt találkozóhelyet. - mondta elégedetten a székely vezér.

- Szerintem tavasszal kellett volna elkezdeni ezt a hadjáratot. Most október van, mire elérjük a bolgár határt már javában benne járunk majd a decemberben. Ha olyan kemény telünk lesz, mint a múlt évben akkor bent ragadunk a mocsárban! - méltatlankodott az egyik vezér.

- Nem véletlenül Varjú a neved, pont úgy károgsz, mint azok a fekete madarak. - nevetett Márton.

- Mi van akkor, ha a magyarok nem jönnek utánunk? - kérdezte egy másik vezér.

- Ne essetek pánikba már az út elején. - nyugtatta őket a fővezér.

- Ha nem jönnek, mi akkor is, megyünk és az avarok is, jönnek! - szól közbe Taksony.

- Te még gyerek vagy! Nagyobb a lelkesedésed, mint a tapasztalatod! - intette le Varjú.

- Tudod Varjú, a csatákat nem az öreg harcosok nyerik meg, hanem a vakmerő fiatalok. - mondta Márton.

- Szóval ránk már nincs is szükség! - méltatlankodott a férfi.

- De igen. Menjünk vacsorázni, reggel korán indulunk. Remélem nem fog esni, szeretnék sötétedés előtt odaérni. - zárta le a vitát Márton.

Taksony nyugtalanul aludt takaróiba burkolózva. Egész éjjel nem tudott aludni, kétségek gyötörték elhatározásának helyességéről. Most már nincs visszaút, végig kell csinálni, bátorította magát. Lehunyta szemét, arcok néztek rá, aggódók, szemrehányók, és féltők. Gyorsan kinyitotta a szemét, nem akarta látni őket. Ráér szembesülni velük, ha visszatér, ha visszatér egyáltalán. Mégis elaludhatott, mert amikor újra kinyitotta a szemét, hajnali derengés vette körül. Gyorsan felöltözött, bár nem sok mindent vet le magáról az este, mert nagyon hideg volt. Kilépett a sátorból, a felkelő nap vörös korongja éppen akkor emelkedett a keleti ég alján. A fák ágai, a sátrak csúcsai visszaverték a napsugarakat. A készülődő harcosok kardján megcsillant a fény, a fűszálakon apró harmatcseppek csillogtak. A hajnal hűvös volt, de az egyre emelkedő nap reménnyel és bizakodással töltötte el a hadba indulókat. Taksony nagyot nyújtózott a friss levegőn, majd segített szolgájának összehajtania a sátrat. Miután minden felszerelés a helyére került elindultak. Hosszú fárasztó nap volt mögöttük, Márton kemény iramot diktált a csapatnak, mindenképpen időben akart odaérni a megbeszélt helyre. A nap ragyogóan sütött aznap, bár már jócskán benne jártak az őszben, még érezni lehetett melegét. Késő délután Taksony már nem bírta tovább, egy gondolat kínozta egész nap, lesz ami lesz, gondolta, megkérdezi Mártont.

- Márton mi lesz, ha a magyarok nem lesznek ott a megbeszélt helyen?

- Már te is kezded? - fordult felé az idős férfi.

- Ne húzd fel magad! Ez csak egy kérdés volt, amire választ akarok kapni. - mondta határozottan Taksony.

- Látom megjött a hangod. Azt hittem megszeppentél, azért hallgattál eddig. De így sokkal jobban tetszel nekem! - nevetett Márton.

- Nem szoktam megszeppenni ezt te is, tudod.

- Hát ez igaz.

- Válaszolsz a kérdésemre? - sürgette a fiú.

Márton közelebb húzódott. - A magyarok ott lesznek, nekik létfontosságú, hogy legyőzzék a bolgárokat, hiszen a letelepedéshez területre van szükségük. Sőt szerintem a frankokat is meg fogják támadni, mivel azok sem fogják békésen átadni földjeiket.

- Azt hallottam, hogy a magyarok nagyon sokan vannak. Mi szükségük van a mi segítségünkre?

- Tulajdonképpen semmi. Nekünk van szükségünk az ő segítségükre. De nem ezért bízom bennük. Tudod Árpád nagyanyja székely volt és mi, nagyon összetartó nép vagyunk. - kacsintott az elképedt

140

Taksonyra.

Hirtelen megállt kezét felemelve állította meg a csapatot. Kiértek az erdőből, előttük egy kanyargós, sűrű bokrokkal és fűzfákkal övezett, lágy folyású folyó csillogott a lemenő nap fényében.

- Megérkeztünk. - mondta elégedetten Márton.

Taksony gyönyörködve nézte az ezüstösen csillogó folyót, az ezer színben pompázó bokrokat és fákat, melyek már erősen hullatták leveleiket.

- Ez a Tisza. Még sohasem jártál itt? - kérdezte hitetlenkedve Varjú.

- De igen. - válaszolt a fiatal székely.

- Látod, hogy nincsenek itt a magyarok! - csikorgatta fogait Varjú.

- Itt vannak! - mondta ellentmondást nem tűrő hangon Márton.

Lassan leereszkedtek a folyó mellett elterülő füves részre. A lovak szívesen megálltak volna legelni a hívogató zöld pázsiton. Márton azonban nem adott engedélyt a letáborozásra, folytatták útjukat. A szeszélyes folyó következő kanyarulatánál lovasok igyekeztek feléjük.

- Itt vannak. - ismételte meg előző kijelentését a vezér.

Magyar harcosok vágtattak a székely sereg fogadására. Márton megállította csapatot és három vezérével eléjük lovagolt. Kölcsönösen üdvözölték egymást, majd a magyarok átadták Árpád üzenetét. Táborozzanak le az arra megfelelő helyen az erdő védelmében. Vacsora után menjenek át a magyar táborba megbeszélni a továbbiakat.

- Ez úgy hangzott, mint egy parancs! - háborgott az egyik székely vezér.

- Nem csak úgy hangzott, hanem az is volt. - mosolygott a bajsza alatt Márton.

- De mi szabad nép vagyunk!

- Ennek a szabadságnak ára van, ezt te is nagyon jól tudod.

- Autonómiát ígértek nekünk! - sziszegte Varjú.

- Békeidőben igen, de háborúban ő parancsol! Így szól a megállapodás. Nem emlékeztek? - nézett háborgó vezéreire Márton.

Visszatértek csapatukhoz, megfelelő táborhelyet kerestek, Márton intett Taksonynak, hogy kövesse. Lovaikat kikötötték legelni, lassan hallótávolságon kívülre sétáltak.

- Gondolom, nem akarsz velem jönni a magyarokhoz?

- Nem! Ameddig lehet, elkerülöm őket. - válaszolt Taksony.

- Azt hiszem így lesz a legjobb. - helyeselt az idős vezér.

- Ha visszatérsz, bejössz hozzám?

- Nem akarlak zavarni, hosszú, fárasztó nap van mögöttünk, pihenned kell.

- Tudni akarom, mit mond nektek Árpád. - makacskodott a fiú.

- Rendben van.

Már olyan sötét volt mire visszafordultak, hogy csak egymás sziluettjét látták. Márton körbejárta a tábort, ellenőrizte az őröket, majd leült a tűz mellé. Ráncos kezeit a meleg felé nyújtotta, öreg már az ilyen hadjáratokhoz, gondolta szomorúan. De népének még szüksége van rá, és még valakinek, akit talán még népénél is jobban szeret. Ha a fia élne, akkor most ő vezetné a csapatot, de lehet, hogy akkor is itt lenne vele, hiszen vigyáznia kell Taksonyra. Ha már belegyezett, hogy vele jöjjön, az ő lelkiismeretét terhelné, ha valami baj érné.

- Megbántad? - simogatta meg a karját egy meleg kis kéz.

- Nem, csak nagyon öregnek érzem magam.

- Szerintem csak a fáradtság beszél belőled.

- Ha vége lesz ennek az egésznek, javasolni fogom a fővezérválasztást. Téged fognak megválasztani. - mosolygott hamiskásan az idős ember.

- Butaságokat beszélsz! Tudod, hogy ez lehetetlen! - suttogta Taksony.

- Csodák mindig történnek, főleg ha én foglak javasolni.

- Már az is kész csoda, hogy itt vagyok. Nehéz volt meggyőzni a vezéreidet, hogy veletek tartsak?

- Nos amikor már levegőhöz jutottak a meglepetésük után, már egészen simán ment a dolog.

- Köszönöm, talán egyszer meghálálhatom neked.

- Nem kell meghálálnod semmit. Az lenne a legnagyobb öröm a számomra, ha a fogadalmadat teljesítenéd.

- Szeretlek, és nagyon hálás vagyok neked!

- Sss! Mindenki minket néz! - nevetett Márton. - Azt szeretném, ha boldog lennél, rászolgáltál.

Elkészült a vacsora, kiosztották a porciókat. Mindenki átengedte magát az evés élvezetének, nem nagyon beszélgettek közben. Vacsora után Márton még egyszer körbejárta a tábort, nehézkesen felült lova hátára és elindult vezéreivel a magyar táborba. Taksony szeretettel nézett utána, a jó öreg miatta vállalta a csapat vezetését. Mivel úgysem tudott volna elaludni, amíg vissza nem tér, elindult sétálni az erdőbe. Az őrök tisztelettel köszöntötték, ahogy elhaladt mellettük. Árnyak vették körül, a tábortüzek még halványan oda látszottak. A hold sejtelmes fénnyel árasztotta el a tájat. Leült egy fa alá, felnézett az égre. A lombok már nem nagyon takarták el a sziporkázó csillagokat.

Vajon mi történik most a magyar táborban? Ha a józan eszére hallgat, akkor igazat ad Mártonnak, de szíve szerint szabadon élne népével, úgy, mint eddig. Kedvelte Árpádot, sőt tisztelte és meg is értette törekvését, hogy biztonságos, állandó helyet, hazát szerezzen a népének. De miért pont az ő földjüket szemelt ki maguknak? Mehettek volna tovább, mondjuk a frankok területére, bár valamikor az is az avaroké volt. Márton szerint nem csak az avarok, és a székelyek földje kell nekik, a frankok birodalmát is el akarják foglalni. Mennyien lehetnek a magyarok, hogy ilyen nagy országra van szükségük? Azt hallotta, hogy bár értenek a földműveléshez, mégis inkább legeltetik az állatokat. Akkor érthető, ha olyan nagy földterület kell nekik. Na mindegy, már elkötelezték magukat, mennünk kell oda, ahova a magyarok parancsolják. - húzta el a száját Taksony a sötétben.

Az erdő csendjét egy ág reccsenése zavarta meg. Taksony felállt és egy fa mögé húzódott. Néhány lépésre a fától egy hason csúszó férfit vett észre, aki a tábor felé araszolt. Amint elég közel ért hozzá a lopakodó, a hátára ugrott és ököllel fejbe vágta. Nem volt erős ütés, de arra

143

jó volt, hogy a lopakodó egy pillanatra elkábuljon. Taksony kaftánja övével hátra kötözte a meglepett férfi kezeit és segített neki felállni. Egyik kezében tőrét tartotta, melyet a betolakodó hátának nyomot, másik kezével taszigálta előre. Amint az első őr észrevette őket, belefújt kürtjébe, ezzel riasztva a tábort. Pillanatok alatt nagy nyüzsgés támadt. Elvezették a foglyot és Taksonyt ezer kérdéssel, ostromolták. Röviden elmondta a történteket, és ott hagyta őket. Kíváncsi volt ki az a férfi, akit sikerült ártalmatlanná tennie. Ahogy a tűz közelébe ért, meglátta a fogoly arcát. Egy pillanatig zsibbadtan állt, majd sarkon fordult és elindult a sátra felé. A fogoly bolgár volt, arcát egy hosszú vágás csúfította el. Hogy került ez ide? Honnan tudták meg a bolgárok, hogy itt egyesülnek a magyarok a székelyekkel? Vagy csak véletlenül keveredett oda ez bolgár? Kavarogtak benne a gondolatok. Fel-alá járkált a sátorban, egyszer csak meghallotta Márton nehéz lépteit. A férfi berontott a sátorba. Arca sápadt, ajka szorosan összezárva, szeme szinte felnyársalta a fiatalembert.

- Te mindig keresed a bajt! - förmedt Taksonyra. Mivel nem kapott választ folytatta: - Meg vagy őrülve! Megmondtam, hogy semmi egyéni akciót nem tűrök! - üvöltötte magából kikelve.

- Hallgass meg, és ne üvölts! - kiabált vissza Taksony.

- Én vagyok a bolond, mert magammal hoztalak! Tudhattam volna, hogy nem hallgatsz rám, makacs önfejű teremtés vagy, folyton keresed a bajt! Holnap erős kísérettel haza küldelek!

- Márton ezt nem teheted meg! - suttogta a fiú.

- Miért van, az hogy mindig hiszek neked, te meg felrúgsz minden megállapodást? Így nem tudok vigyázni rád. - mondta szinte könyörögve a férfi.

- Ugye nem küldesz vissza? - kérdezte reménykedve.

- Alszunk rá egyet. - válaszolta kitérően, miután lassan megnyugodott. - Most mond el mi történt.

Taksony elmesélte hogyan kapta el a bolgárt, de arról mélyen hallgatott, hogy tudja ki a férfi.

- Felismert téged!
- Az nem lehet! - sápadt el Taksony. - Miből gondolod?
- Ő mondta. Te is felismerted igaz?

Taksony bólintott.

- Holnap elvitetem innen.
- Ugye én maradhatok?
- Van még egy dobásod. Megyek aludni. Ha lehet ma, már ne menj ki a sátorból!

Amint a sötétség engedett, a hajnali derengést lassan az ébredő nap halvány sugarai váltották fel. A folyó fölött sűrű ködpára gomolygott. Taksony álmos szemekkel lépett ki a sátorból, óvatosan belopakodott Mártonhoz. A férfi felöltözve sétált a félhomályban.

- Te nem is aludtál?
- De egy keveset, tudod az öregek kevés alvással, beérik. Nem hagyott nyugodni az a gondolat, hogy a bolgár meg is ölhetett volna. Nem rajtad múlott.
- Tudok vigyázni magamra. Elmondod mi volt az esti találkozón?
- Igen, gyere, ülj le. Nem tudom mennyire, ismered a hazádat? Nem azt, ahol most élsz, a régi nagyot?
- Sokfelé jártam és a tanítóm lerajzolta a nagy avar birodalmat.
- Jó. Most a Sajó és a Tisza összefolyásánál vagyunk. Innen a Tisza vonalát követve lemegyünk délre, egészen a szárazföldi só útig, Szolnokig. Addig nem igazán támadnak meg bennünket, mivel avar területen leszünk. Északról velünk párhuzamosan jön egy magyar sereg, Előd vezetésével. Az avarok mellettünk haladnak a Tisza másik oldalán. A Körösök mentén van Ond vezér népe és a magyarok harmadik serege, Akikhez a napokban csatlakozik Kond vezér harcosaival. Az első összecsapás a Bődi - révnél várható.
- Az már a bolgárok területe. - szólt közbe Taksony.
- Úgy látom, elég tájékozott vagy! - mondta elismerőn.
- Árpád mögöttünk jön?
- Nem egészen. Tőlünk nyugatra vonul a magyar fősereg. Futárok

útján tartjuk a kapcsolatot.
- Úgy tudom Árpádnak hét népe van, de te csak négyről beszéltél.
- Honnan tudsz ezekről a dolgokról? - kérdezte csodálkozva a férfi.
- Innen- onnan. - tért ki a válasz elől.
- Nos, Árpád ennyit mondott el nekünk. Most pedig induljunk.
- Az avarokat ki vezeti?
- Szolák.
- Miért nem Bagatúr, vagy Levedi?
- Nem tudom. - tárta szét a karjait Márton.

Hetekig vonultak anélkül, hogy egy falut, vagy lakott területet találtak volna. Készleteik erősen megcsappantak, vadászniuk kellett, hogy pótolják. Kijelölték a vadászat résztvevőit, egy másik csapat halfogással próbálkozott, több- kevesebb sikerrel. A hússal nem volt gondjuk, hiszen az ártéri erdők bővelkedtek a szárnyasokban, vadakban és rengeteg nyúl rohangált a mezőkön. Ha nagyobb vadat akartak ejteni, beljebb mentek az erdőbe, ahol szarvast, vagy szerencsésebb estben vaddisznót lőttek nyilaikkal.

- Márton el kell hagynunk a folyót, kicsit beljebb kell menni, ahol emberek élnek, fogytán van a kenyerünk és a vizünk. A folyó vize már napok óta ihatatlan, tele van uszadékkal és iszappal. Valahol nagy esők voltak, minden szennyet a part felé sodor ez az átkozott kanyargós Tisza. Egy csapat úsztasson át a folyón és keressen egy falut. - morgolódott Varjú.

- A másik part is lakatlan. Ne ess pánikba a kenyerünk és a vizünk is ki fog tartani az első lakott helyig. - nyugtatta Márton.

- Nem kell félni, hamarosan leesik az első hó, akkor lesz bőven tiszta vizünk. - nevetett Taksony.

Varjú mérgesen ránézett, de nem szólt, csak elhagyta a sátrat.

- Mikor érünk a révhez? - kérdezte Taksony.

- Ha így haladunk és az idő is engedi, akkor két hét alatt ott lehetünk. Néhány nap múlva elhagyjuk a Tiszát, nagy lápos terület van előttünk, kikerüljük. Tőlünk nyugatra van egy nagyobb avar település, úgy terveztem, ott majd feltöltjük készleteinket. Most, hogy újra itt járok és látom milyen elhagyott lett ez a vidék, egyre jobban gyűlölöm a bolgárokat. Valamikor sok avar falu volt itt, művelték a földet, jól éltek. Azok az átkozottak kiirtották a lakosságot, aki élve maradt az bemenekült a mocsárba. - sóhajtott Márton.

- Majd a magyarok megművelik a földet, és újra benépesül ez a vidék is. - próbálta vigasztalni Taksony.

- Lehet.

- Olyan érzésem van, mintha a bolgárok tudnák, hogy jövünk.

- Én viszont biztos vagyok benne. - helyeselt az öregember.

Mind a ketten kiléptek a sátorból. A vadászatra küldött emberek visszatértek. Egy csoportosulás vonta magára figyelmüket, gyorsan oda siettek. Egy fiatal harcos hosszú, kígyószerű állattal ijesztgette társait.

- Mit műveltek itt? - mordult rájuk Márton.

- Bagoly fogott egy kígyót a vízben. - mondta egy élénk szemű harcos.

- Az nem kígyó, hanem angolna, te pupák. - nevetett Márton.

- És az nem kígyó?

- Nem. Az hal és nagyon finom a húsa. - magyarázta a szerencsés horgász.

Ügyesen levágta az állat fejét, pillanatok alatt lenyúzta a bőrét. A körülötte állók undorodva fordultak el.

- Sózd le, majd vacsorára megsütjük. - utasította Márton.

- Mi biztosan nem eszünk belőle. - mondták a többiek.

Rövid időn belül az egész sereg lovon ült és folytatták útjukat. Az időjárás kegyes volt hozzájuk, nappal kellemes melegben lovagoltak, csak éjszakára hűlt le némileg a levegő. Ahogy elhagyták a folyót hatalmas síkságra jutottak, melyet csak itt-ott tarkított egy ligetszerű facsoport. Útjuk során üszkös falvak és tanya romok mellett haladtak el, melyeket már benőtt a dús növényzet. A szántóföldeket, konyhakerteket benőtte a gaz. Valamikor ott, virágzó földművelés folyt, szorgos kezek vetettek és arattak. Sűrűn lakott települések váltották egymást annak idején. A testvérháborúk megtizedelték a lakosságot, az idegen népek lemészárolták a megmaradtakat. Az egykor virágzó tájból pusztaság lett.

Ezek a gondolatok jártak Márton fejében, amikor csapata élén végig nézett a tájon.

- Mikor érjük el a falut? - kérdezte Taksony.

Látta a vezér szomorú arcát, sejtette, mire gondol, ezért próbálta elterelni a gondolatait.

- Ha minden rendben megy, holnap délkörül.

- Meddig maradunk ott?

- Nem tudom. Gondolom nem sokáig, ki kell használni ezt a jó időt. Ahogy odaérünk futárt küldök Árpádhoz, majd ő elmondja hogyan tovább.

- Értem. - mondta Taksony cseppet sem leplezve rosszallását.

Márton csak mosolygott rajta. Fiatal csikó, nem tűri a zablát, gondolta.

- Mond a láncing miért nincs rajtad? - kérdezte.

- Nagyon kényelmetlen. Különben sem kell támadástól tartani, hiszen még avar területen vagyunk.

- Te csak azt hiszed, hogy nincs mitől tartani. Biztos vagyok benne, hogy a bolgárok megpróbálják megakadályozni seregeink egyesülését.

- Ezt miből gondolod?

- Én az ő helyükben ezt tenném. Könnyebb elbánni több kisebb létszámú ellenséggel, mint egy egységes, nagy létszámú hadsereggel.

- Lehet, hogy igazad van. - töprengett Taksony.

- Nem válaszoltál a kérdésemre.

- Válaszoltam, nagyon kényelmetlen az az ing. Úgy érzem magam benne, mintha le lennék kötözve. - méltatlankodott.

- Az egyezségünk úgy szólt, hogy csak akkor jöhetsz velem, ha mindenben aláveted magad a parancsaimnak. Megmondtam a múltkor, még egy engedetlenség és hazamész!

- Rendben van, holnap felveszem. Mond honnan vetted azt a kényelmetlen hacukát? - nevetett Mártonra.

Az idős férfi hosszasan gondolkodott mielőtt válaszolt.

- Az az igazság, hogy nem tudom. Amióta az eszemet tudom, mindig családi ereklye volt. Apáról fiúra szállt, mindenki köteles volt rendben tartani, nehogy valami baja essék. Tulajdonképpen eddig még senki sem viselte, legalábbis tudomásom szerint. Nagyon kicsi a mérete, így harcosra nem is jó. - kuncogott Márton.

- Szóval én nem vagyok harcos? - hördült fel Taksony.

- Tudtam, hogy ezt fogod mondani. - nevetett fel hangosan a férfi.

Taksony durcásan elfordította a fejét.

- Ne haragudj, csak tréfáltam. Persze, hogy harcos vagy, hiszen az íjversenyen mindenkit legyőztél. Úgy szeretem látni, amikor haragtól villan az szép szemed, anyádra emlékeztetsz.

- Nem is fogom felvenni többé. - morogta a fiú.

- Akkor nem is jössz tovább.

- Zsaroló!

- Reggel felveszed, és én meg foglak győzni róla, hogy szükséged van rá.

Ügetésre fogta lovát, és ott hagyta az elképedt harcost. Amikor letáboroztak Taksony leült Márton mellé. Csendesen elköltötték vacsorájukat, majd amikor a férfi visszatért szokásos esti ellenőrző körútjáról, megkérte meséljen neki a székelyekről. A hamvadó tűz körül még sokan üldögéltek, ők is biztatták a vezért, szerették hallgatni a történeteit.

- Mire vagy kíváncsi? - kérdezte a meleg szőrmébe burkolózott fiút.

- Mindenre! - felelte lelkesen.

Márton szeretettel nézett rá. Ez a gyerek mindenre kíváncsi, minden érdekli, úgy issza magába, amit hall, mint száraz föld az esőt.

- Azt már tudom, hogy Atillával jöttetek ide. Ezt szereti hangoztatni minden székely. Érdekes, hogy az avarok és a magyarok is tőle származtatják magukat. Én cseppet sem vagyok büszke arra, hogy testvérgyilkos uralkodó az ősöm. - mondta megborzongva Taksony.

- Honnan veszed, hogy testvérgyilkos? - ugrott fel az egyik harcos.

- Megölte a saját bátyját, hogy ő legyen a fejedelem. A fivére felépített egy virágzó birodalmat, és az a barbár saját kezűleg végzett vele, azért hogy beleüljön egy kész, szervezett hatalomba. Kíméletlenül legyilkolt mindenkit, aki nem értett egyet vele. Lerohanta a környező népeket, rettegésben tartotta fél Európát. Lábbal tiporta a kultúrát, de dagadó mellénnyel mutogatta az odaérkező vendégeknek a birodalmát és összerabolt kincseit. Fából hatalmas palotát építtetett, arany edényekben, serlegekben tálaltatta fel az ételt, italt, míg ő képmutató szerénységgel, egyszerű cserépedényből evett. Hivalkodó barbár volt! - az utolsó mondatot szinte kiabálva mondta Taksony.

- Ez mind hazugság! Kemény, erőskezű volt és én büszke vagyok rá, hogy tőle származom! - kiabált vissza Varjú.

- Gusztus dolga. - morogta Taksony.

- Ne vitatkozzatok. Mind a kettőtöknek igaza van. Taksonynak abban, hogy valóban megölte, párharcban a testvérét és mindenkit rettegésben tartott. Varjúnak abban, hogy keménykezű ember volt. Barbár volt, ez is tény, de abban az időben csak így lehetett hatalomra jutni. Gondoljatok bele, ha nem lett volna Attila, a világ sohasem hallott volna a hunokról. - zárta le a vitát Márton.

Taksony kíváncsian fürkészte az idős ember arcát. Bár sötét volt, de a gyenge parázs fényében látta büszkén csillogó szemét. Keserűen nyelt egyet, mind egyformák, gondolta. Büszkék arra a barbárra. Mit lehet várni az egyszerű emberektől, ha a vezérek istenesítik Attilát?

- Kérlek a székelyekről, mesélj nekem. - próbálta megszakítani az ájtatoskodást.

- Ügyes. - nevetett Márton. Tudta, hogy Taksony nem szereti Attilát, ezért tereli másra a szót, de végül is ő hozta szóba, most megitta a levét.

- A székelyek valóban Attilával jöttek a Kárpát-medencébe. Attila a

Dunántúlon telepítette le őket, a mai Pannónia területére. Ők voltak megbízva a határok védelmével. Ott éltek sokáig. Amikor Baján meghódította azt a területet, akkor a székelyeket Erdélybe telepítette, a keleti határ védelmére. Baján az avarok legnagyobb fejedelme volt. Ez a székely vándorlás évtizedekig tartott, de nem minden székely törzs ment Erdélybe, voltak, akik Pannóniában maradtak. Akik elmentek, zömmel a Maros folyó mellett találtak otthonra. Amikor felbomlott a nagy avar birodalom, Simeon bolgár cár helytartója Zalán, elfoglalta a birodalom keleti felét, egészen a Tisza vonaláig. Akkor a székelyek közül sokan elmenekültek Északra, a megmaradt avarok mellé. Akik Pannóniában maradtak, behódoltak a frankoknak, akik Erdélyben maradtak azok elfogadták a bolgár uralmat és még jobban szétszóródtak. A mi törzsünk baráti viszonyban volt az avarokkal, mi nem hódoltunk be egyik idegen hatalomnak sem. Bagatúr megengedte, hogy velük menjünk és a morva határ közelében, letelepedtünk. Ott talált ránk Árpád honfoglaló népe. Gondolom az Erdélyi székelyek is nehezen várják a magyarokat. - fejezte be nagyot sóhajtva Márton.

- Ha a magyarok elfoglalják a Kárpát-medencét népünk újra egyesülni fog? - kérdezte az egyik fiatal harcos.

- Nem tudom, de nem valószínű. Minden székely törzsnek meg van az otthona, miért vándorolnánk újra? - nézett a kérdezőre Márton.

- De Csanád azt akarja. - mondta Varjú.

Márton nem felelt. Régen állnak vitában Csanáddal a székelyek fővezérével. Ő egyesíteni akarja a székelyeket, de Márton ellenzi.

- Tudjátok, azért mert nem egy helyen lakunk, azért összetartunk. A hagyományainkat megtartjuk, főleg azokat melyek a világon csak nálunk vannak. Egyedül a székelyeknél örökölhet lány gyermek, ha nincs fiú utód. - mondta Márton - Mára ennyi volt a mese, menjünk aludni.

Alig hasadt meg az ég alja, amikor Márton belépett Taksony sátrába, aki már felöltözve állt, kíváncsian fürkészve a belépőt.

- Rajtad van? - kérdezte Márton.

- Igen! - válaszolt mérgesen.

- Mutasd!

Taksony széthúzta kaftánját, Márton megnyugodva bólintott. Hátat fordított, majd villámgyorsan megfordult, kezében egy apró tőr pengéje villant. Szó nélkül a fiatalember mellébe döfte a kést. Annak annyi ideje sem maradt, hogy védekezzen, döbbenten meredt a vezérre. Szerencsére a tőr lecsúszott az ing láncszemein, nem sebesítette meg, de az ütés kibillentette az egyensúlyából és lehuppant a fenekére. Abban a pillanatban kirántotta tőrét a bokályára erősített tokból, felugrott és férfi elé állt villogó szemmel.

- Te megőrültél? Meg akarsz ölni? - kiáltotta mérgesen.

- Eszemben sem volt, csak meg akartalak győzni a láncing biztonságáról. - nevetett Márton.

Taksony megnézte kaftánját, melyen egy jó nagy szakadás virított, de az ing és a mellkasa sértetlen maradt.

- Szólhattál volna! - nézett szemrehányón a férfira.

- Nem lett volna értelme, csak vitatkoztál volna.

- Lehet. - mosolygott megnyugodva.

Október végén elérték az avar falut, ahol egy időre letáboroztak. Márton futár útján kért további parancsot Árpádtól. Az időjárás még mindig kedvező volt, így várhatóan nem sokáig maradnak. A falusiak elmondták, hogy a bolgárok megtámadtak néhány határ közeli avar települést, gyilkoltak és fosztogattak. Tudnak a három nép egyesüléséről, és mindent megtesznek majd, hogy az ne jöhessen létre.

- Látod, erről beszéltem neked. - mondta Márton Taksonynak.

- Igazad volt, de miért bántják a békés lakosságot? - háborgott Taksony.

- Egyrészt így próbálják fitogtatni erejüket, másrészt meg akarják semmisíteni a tartalékokat, hogy nekünk megkeljen várni az utánpótlást otthonról, így maradna idejük a felkészülésre ellenünk, ebben segítene nekik a tél beállta is. Szerencsére Árpád felkészült erre is. Zoltán fiát előre küldte, hogy figyelmeztesse az avarokat és a székelyeket a veszélyre és megszervezzék a védelmüket. Így jelentős károkat nem okoztak a bolgárok, mindössze néhány tanyán lévő állatot, gabonát és lisztet vittek el.

- Meg néhány embert megöltek. - egészítette ki Taksony.

- Ez tény, de mindenkit figyelmeztettek és kérték, hogy menjenek a falukba, ahol védettebbek, az állatokat meg hajtsák a mocsárba. Aki így tett az biztonságban van, aki nem az magára vessen.

Zoltán

Zoltán miután meghallgatta apja utasításait, harcosai élén elindult Töhötöm népének megkeresésére. Vezetője Levedi fővezér volt az avar fejedelem első embere. Árpád azért döntött úgy, hogy Szolák vezesse az avarokat, mert Levedire Zoltánnak volt szüksége. A fővezér úgy ismerte az avar birodalmat, mint a tenyerét. Pontosan tudta hol vannak az ava,r székely és bolgár települések. Mivel kevés málhát vittek magukkal, gyorsan haladtak. Zoltán nagyon szépnek találta a vidéket, megcsodálta az Alföld nyugalmat árasztó síkságát, melyet ártéri erdők, mocsarak tarkítottak. A selymes fű szinte vonzotta a lovakat, az erdő tele volt vadakkal, a folyókban hemzsegtek a halak. Az őszi, langyos szellő kellemes illatokat hozott feléjük.

- Ilyen csodálatos helyet életemben nem láttam! Itt minden megvan, amire népemnek szüksége van! - áradozott a fiatal magyar.

Levedi nagyot nevetett, hiszen útjuk során, már legalább százszor hallotta tőle. Az avar és székely településeken hamar végeztek, figyelmeztették az embereket a bolgár veszélyre, kiadták utasításaikat, majd folytatták útjukat. Azokra a távol eső helyekre, melyeket nem érintettek útjuk során, futárokat küldtek. Amikor már ellenséges területre értek óvatosabban haladtak. Felderítők jártak állandóan előttük. Az első meglepetés akkor érte őket, amikor készleteik feltöltése miatt, kénytelenek voltak bemenni egy faluba. Zoltán csapdát sejtett, szemével az előre küldött felderítőket kereste.

- Nincs mitől tartanod, fiatal barátom. - szólította meg egy hófehér hajú idős ember.

Zoltán végigmérte az idegent és rögtön rokonszenvesnek találta. Talán azért, mert a nagyapjára hasonlított. Magas, erős testalkatú férfi volt. Egyszerű fehér inget, durva vászonból szőtt nadrágot és bőrsarut viselt. Napbarnított arcát ezer ránc szabdalta, hosszú bajsza szintén hófehér volt, mely lelógott széles szája két oldalán. Becsületes, munkában megőszült ember benyomását keltette.

- Miből gondolod, hogy tartok valamitől? - kérdezte Zoltán.

- A szemed mozgásából. Hidd el békés emberek vagyunk. Gyere, tiszteld meg a házamat Árpád fia. - mosolygott az elképedt fiúra.

- Honnan tudod, hogy ki vagyok?

- A jó hír gyorsabban terjed, mint a futótűz.

Zoltán Levedire nézett, aki bólintott. A fiatalember leszállt lováról, egy intésére harcosai követték a példáját, lovaikat kantáron vezetve elindultak a falu felé.

- Azért mert az ellenségeid földjén állunk, mi nem vagyunk az ellenségeid. Székelyek vagyunk, szeretjük szülőföldünket, ezért maradtunk itt. Tudod dolgozó kézre minden hatalomnak szüksége van, legyen az bolgár, avar vagy székely. Nekünk szerencsénk volt, nem igazán bántottak bennünket. Az igaz, hogy minden évben eljönnek a bolgárok, és szinte kifosztják készleteinket, de mindig eldugjuk nagy részét, így van elegendő élelmünk. Nem csak karddal lehet harcolni barátom, ésszel is! - veregette meg Zoltán vállát a házigazda.

- Bölcs ember vagy jó öreg. A nevedet nem árulod el nekünk?

- Csanád, a székelyek fejedelme. - mutatta be Levedi.

- Te ismered?

- A feleségem nagybátyja. - tört ki a nevetés Levediből.

Odalépett Csanádhoz és melegen megölelte az idős férfit.

- Szóval ez csak játék volt? - kérdezte mérgesen Zoltán.

- Kíváncsiak voltunk hogyan fogadod az egyszerű embereket. Jól vizsgáztál. Nem vagy dölyfös, nem kérkedsz születésed adta hatalmaddal. - felelte Levedi.

- És nem vagy gyáva sem. - tette hozzá Csanád.

- Tudod, ha buta és ijedős lennék nem engem küldött volna Apám.

A falu népe örömünnepet ült a tiszteletükre. Biztosították a magyarokat, hogy a bolgárok elől eldugott élelmiszer elegendő az ő számukra is. Szívesen megosztják mindenüket az újhazát kereső rokonokkal. Csanád elmondta, hogy szétküldte embereit Erdélybe, előkészítve

Zoltán biztonságos útját. De azért figyelmeztette őket, hogy nem minden nép fogadja őket szívesen. Vannak, akik nem csak színleg hódoltak be az idegen uralomnak, ezektől óvakodjanak. Elegendő élelmiszerrel indította útjára a kis csapatot, harcosokat adott melléjük, akik jól ismerik hazájukat és a benne élő népeket.

- Bocsáss meg jó öreg. - nyújtotta búcsúzáskor a kezét Zoltán.

- Miért? - csodálkozott Csanád.

- Amikor először megláttalak földművesnek néztelek. - vallotta be. Csanád hangosan nevetett.

- Egy ilyen kis közösségben dolgozni, és nem uralkodni kell. Ne restelld a dolgot, én büszke vagyok rá.

- Nagyon hasonlítasz Álmos nagyapámra. - nevetett vele megkönnyebbülten Zoltán.

- Talán egyszer te is olyan nagy ember leszel, mint ő volt. - mormogta a távolodó után a fejedelem.

Néhány napi lovaglás után észrevehetővé vált Csanád gondoskodása. Mivel útjuk sürgős volt, kerülték a lakott területeket, de amikor be kellett menniük egy faluba szívesen fogadták őket. Nem csak élelmet, de újabb vezetőket is kaptak. Ahogy közeledtek útjuk vége felé, úgy szaporodott a csapat létszáma. Az egyik faluban Zoltán megkérdezte, honnan tudtak jövetelükről, és miért segítik őket? A válasz egyszerű mondták, Csanád emberei ott jártak és megparancsolták, hogy mindenben segítsék a magyar fejedelem fiát.

- Nagyon furcsa ember ez a Csanád. - mondta egyszer Zoltán Levedinek. - Én mezei munkásnak néztem és kiderült, hogy ő a székelyek fejedelme.

- Hát igen, ő ilyen ember. Szereti a kétkezi munkát, de nem szereti a parádét. Valahol igaza van, olyan kevesen vannak, hogy fölösleges lenne cselédekkel körbe vennie magát. Szerinte minden ember dolgozzon és keresse meg a kenyerét. Ne várja el másoktól, hogy amíg ő henyél a szolgák dolgozzanak helyette. Érdekesen gondolkodik, de nagyszerű fejedelem. - mondta Levedi.

- Ehhez hasonló dolgokat Rebekától hallottam. - nevetett Zoltán.

- Igen. Az a lány kész elemi csapás az apjának, de én büszke lennék rá, ha az én gyerekem lenne. Benne megvan minden, ami Bagatúrból hiányzik. Nem akarom bántani, de a fejedelem nagyon megbocsátó. - húzta el a száját gúnyosan Levedi.

- Lehet, hogy neki van igaza, így talán egyszerűbb az élet.

- Hát nem tudom. Én biztosan neki mentem volna a bolgároknak, ha kiirtják a fél családomat! - dühöngött az avar.

- Semmi értelme nem lett volna.

- Te is ezt mondod! Bagatúr is ezzel takarózott! Te mit tettél volna, ha megölték volna a feleségedet, a fiadat és a néped nagy részét?

A fiatalember megborzongott a gondolatra.

- Biztosan megöltem volna!

- Na látod, erről beszélek. - helyeselt Levedi. - Így már nem mondod, hogy semmi értelme. Rebeka ennyi év után sem adta fel! Meglátod valahol találkozni fogunk vele. Talán valamelyik csatában. Remélem talált valakit, aki segíti, hogy végre megbosszulhassa édesanyja halálát. Ha engem megkért volna biztosan magammal, hoztam volna.

- Én meg remélem, hogy nem talált senkit. - mondta csendesen Zoltán.

Én viszont remélem, hogy már úton van, gondolta Levedi.

- Visszatérve Csanádra. Békeidőben együtt dolgozik az embereivel, de ha valahol valami gond van, egyből ott terem és megoldja. Egyszer hajtóvadászatot szerveztek ellene a bolgárok, el akarták fogni a székelyek fejedelmét, hogy ezzel tartsák sakkban a népet. Bementek az egyik székely faluba, ahol békésen dolgoztak az emberek a földeken, megszólították az első durva posztóba öltözött férfit a fejedelem után érdeklődve. Mivel az idős ember nem adott megfelelő választ, feldúlták az egész falut, de hiába, mert ott csak szegény emberek éltek. Igaz volt néhány gazdagabb ház is de ott nem lakott senki. Amikor dolgavégezetlenül távoztak a falu népe hangos nevetésbe tört ki, mivel a megszólított ember maga Csanád volt. - kacagott Levedi.

Zoltán mosolyogva hallgatta, néhány napja ő sem gondolta, hogy a székelyek fejedelme áll előtte.

- De ezzel még nincs vége. Amikor az ellenség látótávolságon kívül került, lóra pattantak, utánuk vágtattak és egy bokros ligetben megtámadták őket. Azt tudni kell Csanádról, hogy a barátait segíti, de az ellenségeivel kegyetlenül leszámol. Minden csata előtt kiadja a parancsot, hogy hírvivő nem kell! Talán annak köszönheti, hogy még nem kapták el, hogy addig kergeti az ellenséget, amíg az utolsó harcost is megöli.

- A segítségét már megtapasztaltam, remélem a haragját nem fogom. - nevetett Zoltán.

Minden nap későestig lovagolta, mivel sátrakat, jurtákat nem vittek magukkal, a földön aludtak néhány órát és már hajnal előtt lóra ültek ismét. Tüzet nem gyújthattak, mivel már mélyen bent jártak az ellenség területén. Amikor elérték a Marost a csapat létszáma elérte a kétszázat. Eddig minden nehézség nélkül haladtak, de ahogy a sereg létszáma egyre gyarapodott, úgy lassult haladásuk. Egy reggel Zoltán indulás előtt összehívta hadait, húszas csoportokra osztotta őket és az általa meghatározott útirány ismertetése után, szélnek eresztette őket.

- Ez mire volt jó? - kérdezte Levedi.

- Azt tudod, hogy az egyik vezérünk, Fajsz, áruló lett, azért megyünk oda, ahova, hogy átvegyük népe irányítását és visszahozzuk őket. Tudomásom szerint már mélyen bent járnak a bolgár cár birodalmában. Minél később érünk oda, annál messzebbre mennek ellenséges területen. Amikor Huba értesítette apámat az árulásról, akkor hagyták el Töhötöm seregei Disztrát. Gondolj bele, ennek már egy hónapja, hol lehetnek most? Ha magamnál tartom ezt a sok embert, akkor nagyon lassan haladunk és még messzebb kell mennünk a tévelygőkért.

- Értem, de miért nem mondod meg hova megyünk? Talán segíthetnék. - kérdezte Levedi.

- Hogy, hogy hova? - értetlenkedett Zoltán.

- Azt mondtad, oda megyünk, ahova.

- Hát nem érted, fogalmam sincs, hol vannak!

- Azt akarod bemesélni nekem, hogy nem tudod hova megyünk? Vagy csak nem kötöd az orromra.

- Ember! Én tényleg nem tudom, hol fogjuk megtalálni őket. - kiabálta most már Zoltán.

- Apád azt mondta, elfogták az áruló vezért. Ha ő megvan a népe miért nincs?- kiabálta vissza Levedi.

- Hát ez jó kérdés.

- Szóval te sem tudsz többet, mint én? - hitetlenkedett Levedi.

Zoltán tehetetlenül tárta szét a karját, mely felért egy beismeréssel.

- Hát ez nagyon jó. - mormogta az avar.

Zoltán hangosan nevetni kezdett Levedi savanyú ábrázata láttán.

- Mi olyan nevetséges?

- A képed. - nevetett tovább Zoltán.

- Egész nap itt fogsz vihorászni, vagy elindulunk végre?

Zoltán felugrott lova hátára, még mindig mosolyogva nézett a férfira. Kezét felemelve indulást vezényelt a seregnek. Néhány napig kelet felé nyargaltak a Maros mentén. Később elhagyták a folyót és betértek egy faluba. Csanád annak idején lelkére kötötte Zoltánnak, hogy a székely vezetőt, tartsa maga mellett, mivel ő ismeri legjobban Erdélyt, és azt is tudja melyik faluba, mehetnek és melyiket kerüljék el. Zoltán magához hívatta a férfit.

- Szükségünk van utánpótlásra, meg a lovaink fáradtak, váltás hátasok kellenek. Vezess bennünket. - kérte a székelyt.

- Ebbe a faluba nem tanácsos bemennünk, szlávok lakják, és nem szívesen látnak bennünket. Ezek lepaktáltak a cárral, javaslom, menjünk tovább.

- Azt hiszem, nem értettél meg! - szólt rá a magyar vezér. - fáradtak a lovak és nincs ennivalónk!

- Én értem, de úgy látszik te nem érted. - válaszolta higgadtan a székely.

- Na gyere, mutasd meg hol vagyunk most. - nyelte le mérgét Zoltán. Elővett egy összetekert térképet, kitekerte és fölé hajoltak.
- Itt csatlakoztál hozzánk Csanádnál... - hirtelen a homlokára csapott. - Hát persze! Pofon egyszerű és nem jöttem rá!
- Mire? - kérdezték egyszerre többen is.
- Csanád! Ez nem a település, hanem a fejedelem neve!
- Mindkettőjük neve. Lehet, hogy valamelyik őséről nevezték el, de hogy nem a mostani fejedelemről az biztos. Bár szerintem Csanádot nevezték el a településről és nem fordítva. - válaszolta Szabolcs.
- Mindegy, nekem mindig az az idős földműves fog az eszembe jutni róla.

Mindannyian nevettek a megjegyzésen.
- Szóval, elhagytuk Csanádot, Egresnél átkeltünk egy ki folyamon, láttuk messziről Aradot Bizernél feltöltöttük készleteinket. - húzta végig az ujját a folyó vonalán Zoltán. - Most hol vagyunk?
- Félúton Bizer és Déva között, majdnem félúton. - helyesbített Szabolcs.
- Itt van nem messze Bulcs, miért nem mehetünk oda?
- Mondtam már, szlávok lakják. De ha ezután is úgy haladunk, mint eddig, néhány nap múlva elérjük Dévát. A lovak is kibírják, mi meg vadászunk. Rászánunk egy napot, így a lovak is, mi is pihenünk.
- Nem gyújthatunk tüzet, ellenséges területen vagyunk! - mondta türelmetlenül Zoltán.
- A hajnali köd eltakarja a füstöt, amíg felszáll, annyi húst sütünk, amennyit csak tudunk.
- Rendben van. - adta be a derekát Zoltán.

Aznap elhagyták a folyót, kikerülték a falut, de elkéstek az óvatossággal. Az előre küldött felderítők lóhalálában rohantak vissza.
- Bekerítettek minket! - ugrott le a lováról az egyik.

A hajnali köd kezdett felszállni, egy keskeny erdősávban haladtak. Szerencsére a felderítők még idejében figyelmeztették őket, éppen az erdő szélén álltak meg, a fák takarásában. Óvatosan kikémleltek a bokrok közül. Egy csapat tarka ruhába öltözött harcos állt kivont karddal a füves síkságon, lehettek vagy ötvenen.

- Nem veszélyesek, ezekkel elbánunk. – mondta nyugodtan Zoltán.

- Ezekkel igen, de gyere a másik oldalra. - mutatott az ellenkező irányba a harcos.

Ugyanaz a kép fogadta őket ott is és a másik két oldalon is megzörrent a száraz avar.

- Nem vehetjük fel a harcot, legalább négyszer annyian vannak, mint mi. Választhatunk, vagy megadjuk magunkat, amit nem teszünk meg. - szögezte le rögtön. - Vagy kitörünk. - nézett harcosaira Zoltán.

- Ha nem küldted volna el a harcosok nagy részét, most neki mennénk ezeknek és jól odasózhatnánk nekik. - méltatlankodott Levedi.

- Ha az egyik öregapám nő lett volna, akkor most három öreganyám lenne. - nevetett Zoltán.

Egyáltalán nem zavarta a helyzet, amibe kerültek, sőt élvezte. Eddig csak sétalovaglás volt az útjuk, most végre lesz egy kis csetepaté. Ha a szívére hallgatna, akkor neki mennének az ellenségnek, de nekik most sürgős dolguk van, így kénytelenek lesznek elkerülni a harcot. Bár... agya lázasan dolgozott, egy tervet forgatott a fejében. Gyorsan összehívta az embereket, röviden ismertette tervét. Szükség is volt a gyorsaságra, mivel a bolgárok egyre jobban közeledtek.

- Ez őrültség! - vettette ellen Szabolcs.

- Menj a megadott helyre. - utasította Zoltán. - Nos, mi a véleményed? - nézett Levedire.

- Valóban őrült, de még jó is lehet. - nevetett az avar vezér.

Zoltán kilesett a bokrok közül, megelégedésére a síkságon levő lovasok mozdulatlanul vártak, a másik oldalon levők is ugyanazt tették. Jól van akár sikerülhet is, gondolta. A kis csapat kétfelé vált és háttal egymásnak, kifeszített íjakkal várták, hogy az ellenség belépjen a fák a közé. Csendesen várakoztak, még a lovak is türelmesen álltak, pedig a feszültség érezhetően beburkolta őket. Nem csak az íjak, az idegeik is pattanásig feszültek. Az ellenség meggondolatlanul széles sávban közeledett. Erre számított Zoltán, ezért állította fel csapatát szorosan egymás mellé. Az egyik fele kelet felé a másik nyugat felé nézett, így mind a két közeledő csapatot egyszerre lephették meg, míg ők mindkét irányból védve voltak. Az északi és déli oldalon levő ellenség nyugodtan várakozott, arra számítva, hogy a magyarok miután megtámadták őket, kitörnek az erdőből. Okos terv volt, hiszen a nyílt terepen könnyen végeztek volna velük.

- Célra lőni, nem össze-vissza! Mindenki két nyilat lőjön, utána elvágtatunk! - adta ki a parancsot Zoltán.

A két támadó csapat szinte egyszerre lépet be a fák közé. - Rajta! - kiáltotta Zoltán.

A meglepett bolgárok első sora úgy bukott le lova hátáról, mintha lekaszálták volna őket. Még fel sem ocsúdtak, máris repültek az újabb nyílvesszők, újra megritkítva az ellenséget. A pillanatnyi döbbenetet kihasználva a magyarok ügetésre fogták lovaikat és a lehető legkisebb zajjal, elvágtattak kelet felé. Mire az erdőben megtámadott ellenség hírt adott az erdőn kívül várakozóknak, addig a magyarok már messze jártak.

- Sikerült! - ujjongtak a győztesek, amikor már biztonságban voltak.

- Fiam! Apád büszke lesz rád. - dicsérte Levedi Zoltánt.

- Nem hiszem. Nagy hibát követtem el, figyelmetlen voltam. Ha elővigyázatosabb lettem volna, nem kerítettek volna be. - ismerte a férfi.

- Igen, de jóvátetted a hibádat.

Zoltán figyelmen kívül hagyta a megjegyzést, lázasan gondolkodott. Át kell szervezni a csapatot. A felderítőknek legalább egy nappal előttük kell járniuk. Dévánál új vezetőt vesz maga mellé és az odaküldött harcosokat mégis magával viszi. Eddig csak megszállt területen haladtak, de ha elérik a Kárpátokat, már a cár földjén lesznek. Huba várja majd őket az Olt folyó mellett, tőle vihet képzett harcosokat. Velük legalább nem kell vitatkoznia, ha kiad egy parancsot. Eszébe jutott apja milyen keményen megdolgoztatta a harcosokat, még békeidőben is. Olyan sokszor hallotta, hogy kénytelen volt megjegyezni, amit Árpád mondott: Egy harcos békében is harcos! Csak képzett, állandóan készültségben levő sereggel lehet hatékonyan támadni, vagy védekezni. Zoltán maga előtt látta a férfiak izzadt arcát, lovaglástól, vívástól, birkózástól kimerült embereket, akik nap, mint nap újra kezdték, zokszó nélkül keményen végig dolgozták a napokat. Amikor Árpád fiai felcseperedtek, nekik is ugyan úgy végig kellett csinálni a harcosokkal mindent. Zoltán sokszor úgy érezte, nem bírja tovább, de apja nem tűrt lazítást, főleg a fiaitól nem. Most, hogy egyedül vezeti a csapatot, belátta apja igazát. Nem csak az állóképessége, de az észjárása is kimagaslik a képzetlen harcosok között. A gyakorlatok során Árpád olyan helyzeteket teremtet, hogy néhány idős harcos és vezér őrültnek tartotta, mivel szerintük ilyenek az életben nem fordulhatnak elő. Apja ilyenkor csak nevetett és azt válaszolta: Az élet sokkal megrázóbb és kegyetlenebb dolgokat teremt, mint azt az ember gondolná. Gondolataiból paták dobogása riasztotta fel. Velük szembe székely harcosok jöttek őrült iramban.

- Valami baj van! - szólalt meg mellette Levedi.

- Meglátjuk. - felelte Zoltán várakozva.

Maga mögé küldte a kíváncsiskodókat, lehetőleg minél kisebb támadási felületet adva a jövevényeknek. Bár úgy tűnt saját emberei közelednek, de ezt csak a ruhájuk árulta el ilyen messziről. Az ördög nem alszik, gondolta, ruhát bárki szerezhet magának. Amikor közelebb értek megnyugodott, mert valóban az előre küldött székelyek közeledtek. A nyugalom szertefoszlott, amikor megtudta mi történt.

- Azonnal Dél felé kell fordulnotok, nem mehettek Dévára! A bolgár cár hatalmas sereget küldött oda, lemészárolták a lakosságot, még az ártatlan csecsemőket is megölték, majd porig égették a várost. Most a közeli erdőbe vették be magukat. - hadarta egy szuszra a hírnök.

- Átkozottak! - kiáltotta Zoltán dühtől vöröslő arccal. - Ti hogyan menekültetek meg? - kérdezte némi gyanakvással a hangjában.

- Már messziről láttuk a füstöt, így óvatosan közelítettük meg a várost. Néhány bolgár ődöngött a romok között, ezért csak estefelé néztük meg közelebbről. Találtunk egy sebesült férfit, akitől megtudtuk mi történt.

- Köszönöm. Fel tudtátok mérni mennyien lehetnek? - ugrott le lováról Zoltán.

- Az egyik harcos felment egy közeli magaslatra, onnan figyelte meg az ellenséget, szerinte akik Dévát megtámadták csak egy töredéke annak a hatalmas seregnek, amelyik a közelben ütött tábort. Hogy mennyien lehetnek azt nem tudta megmondani, de nagyon sokan, az biztos.

Zoltán elővette a térképet, hosszasan gondolkodott, majd kiadta a parancsait.

- Gyula, te azonnal visszafordulsz és értesíted Árpádot. Botond, te elindulsz észak felé, Tas vezér csapatai már nem lehetnek messze, megkeresed őket és elmondod, hogy a bolgárok nagy erőket vontak össze Dévánál. Mi pedig folytatjuk utunkat, Hubának személyesen adom át a parancsomat.

Egyetértőn bólogattak, felpattantak lovaikra és elvágtattak. A kis csapat háromfelé szakadva folytatta útját. A futárok mellé székely vezetőket és tíz-tíz harcost adott.

- A vezérek teljesíteni fogják a parancsodat? - kérdezte Levedi.

- Természetesen, miért? - kérdezte csodálkozva.

- Azért mert az avaroknál parancsot csak a fejedelem adhat.

- A magyaroknál is, ha ott van. De az Erdélyi hadműveleteket rám bízta apám, mivel én vagyok a fővezére, így a parancsokat is én adom. Ezt minden magyar vezér tudja, és ennek megfelelően teljesítik parancsaimat.

Levedi bólintott, most már értette.

- Ezért fogják megtenni, amit mondtam. - mosolygott Zoltán.

Néhány napi lovaglás után kénytelenek voltak egy napot pihenni. Már messziről látszottak a magas hegyek. Alkalmas helyet kellett keresni a táborozásra. A sűrű erdőben találtak egy tisztást, ahol viszonylag biztonságban érezhették magukat. A közelben volt egy tiszta vizű forrás, az elcsigázott lovak hangos szürcsöléssel azonnal birtokba vették, majd egy harcos felügyelete mellett legelhettek kedvükre.

- Legalább ők már nem éheznek. - mondta megnyugodva Zoltán. - Tíz ember átfésüli a környéket, négyen elmennek fát gyűjteni és tüzet raknak. A többiekkel elmegyek vadászni. Csak kis állatokra lövünk, azokat hamar meg lehet sütni. Mire teljesen besötétedik, a tüzeket el kell oltani. Indulás! - adta ki a parancsokat.

Mindenki tudta a dolgát, így hamarosan csak a tábor őrzésére otthagyott harcosok maradtak a tisztáson. Egy óra múlva vígan lobogott a tűz, ínycsiklandozó illatok szálltak a levegőben. A kiéhezett harcosok alig várták, hogy megsüljenek a nyársakon a nyulak, fácánok, sőt a két vadkacsa, amit sikerült a szerencsés vadászoknak lelőni. Mire feljött a hold jóllakottan pihent ember és állat, a tűz maradványait is eltüntették. Csak az őrök voltak ébren, vigyázva az alvók álmát. A hajnal első sugara, már ébren találta őket. Újra egy gyors vadászatot rendeztek, a köd leple alatt gyorsan megsütötték, így néhány napra elegendő élelmük volt. Hamarosan elérték az Olt folyót és Szebennél találkoztak Hubával. Végre jurtában alhattak, és rendes ételt ehettek. A fáradt lovak is kipihenhették magukat. Huba elvezette őket oda, ahol népét biztonságba helyezte. Levedi és a székelyek hitetlenkedve nézték a hatalmas tábort, ahol jurták százai sorakoztak, körülöttük asszonyok végezték mindennapi munkájukat, gyerekek rohangáltak, hangoskodtak. Mennyien lehetnek a magyarok, ha egy népük ennyi embert számlál? Miután kissé kipihenték magukat, összegyűltek Huba jurtájában. Zoltán elmondta Déva megtámadását.

- Tudok róla. - mondta Huba.

- Honnan tudod? - kérdezte Zoltán meglepődve.

- A derék székelyen nem csak téged értesítettek, hanem engem is. - mosolygott a vezér. - Néhány harcosomat elküldtem, hogy mérjék fel a bolgárok erejét Dévánál. Hamarosan visszatérnek, meg várod őket?

- Igen. Fajsz hol van most?

- Az egyik jurtában őriztetem. Miért?
- Beszélnem kell vele!
- Csak beszélni? - kérdezte Huba, bár biztos volt a válaszában.
- Nem! - felelte maga elé nézve Zoltán.
- Gondoltam. Árpád parancsa?
- Igen.

A vendégek egy kukkot sem értettek az egészből, csak néztek egymásra. Huba és Zoltán ugyan arra gondolt, nincs annál szomorúbb, mint mikor a magyar a magyart pusztítja, de meg kell tenni, mindketten tudták.

- Ki vezeti most a népet? - kérdezte Zoltán megtörve a kínos csendet.
- Töhötöm fia, most ő vette át népe vezetését. Visszafordította őket, küldtem segítséget neki. Nagyon fiatal még, elkél néhány tapasztalt harcos mellette.
- Milyen messze lehetnek most? - nézett Huba ráncos arcára Zoltán.

Csak most vette észre a sebet, amit az áruló ejtett rajta. Huba észrevette a fiú tekintetét, kérges kezét végig húzta arcán.

- Nem haragszom érte. - mondta elgondolkodva.

Zoltán elhallgatta a véleményét a dologról, ő nem ilyen megbocsátó. Egy árulást és egy mély sebet nem lehet, nem szabad elfelejteni! Igaz, hogy Rebeka őt is megsebesítette, de az más volt, az csak játék volt. Hirtelen erős vágyat érzett, hogy láthassa a lányt. Gondolataiból Huba szavai rázták fel.

- Azt kérdezted, hol lehet most Töhötöm népe?
- Ja, igen.
- Számításaim szerint, ha a fiatal Töhötöm szót fogadott nekem, akkor egy hónapon belül elérik a Vörös-torony szorost és átkelnek a Kárpátokon. Feltéve, ha addig nem kezd el havazni, mert ha leesik a hó, akkor keservesen haladnak.
- Az mikorra várható?
- Az itteni emberek szerint hamarosan. Azt mondják, hogy még az idő is nekünk kedvez, mert ilyenkor már nagy havak szoktak len-

ni errefelé.

- Akkor a lehető legrövidebb időn belül útra kelek. Át kell hozni a szerencsétleneket, itt biztonságban lesznek.

- Miből gondolod, hogy itt biztonságban vagyunk? - mosolygott Huba.

- Egyrészt, azért mert te itt vagy a harcosaiddal, másrészt ezek a hegyek megvédenek a hátbatámadástól.

Huba bólintott és elindultak az áruló jurtája felé. Zoltán kihallgatta Fajszot, aki ahelyett, hogy némi megbánást tanúsított volna, még ő vádaskodott. A fiatal vezér kivezette egy tisztásra, ahol törvényt ültek fölötte. Zoltán ismertette a vádat és megkérdezte az árulót, mit hozz fel a mentségére.

- Én nem védekezem, mivel nem tettem semmi olyat, ami miatt védekeznem kellene. Álmos nagyapád - nézett Zoltánra - annak idején kényszerített bennünket, hogy csatlakozzunk hozzá. Jenő vezér megtagadta az engedelmességet, mondván, hogy az ő népe szabad és nem hajlandó fejet hajtani senki előtt! Erre Álmos ott helyben, saját kezűleg megölte. Én színleg csatlakoztam hozzá és vérszerződést kötöttem vele.

Gyáva! - suttogták itt is ott is az emberek.

- Nem vagyok gyáva, csak megfontolt! – kiabálta Fajsz, majd folytatta. - Egy jó alkalomra vártam, hogy népemmel kiválhassak a népszövetségből, ahogy Álmos nevezte. Jó pár évvel ezelőtt a bizánci császár követeket küldött a magyarokhoz, segítséget kért a bolgár cár ellen. Én is részt vettem a harcokban, amikor visszafelé mentünk, Simeon egyik vezérével egyezséget kötöttünk. Akkor már nyílt titok volt, hogy el kell hagyni a hazánkat és valószínű volt a Kárpát-medence elfoglalása. A bolgár vezér ígéretet tett, amennyiben népem elhagyja Álmost, akkor megfelelő területet biztosít a számunkra. Megkért, ha tehetem, más vezéreket is beszéljek rá az elszakadásra, nem fogok rosszul járni. Lehel akkor készítette a térképeket, amelyek alapján most átkeltünk a magas hegyeken. Amikor visszatértünk észrevettem, hogy a fejedelem gyanút fogott.

- Mit ígért a bolgár cár? - kérdezte Zoltán visszafogva indulatait. Legszívesebben már most megölte volna, de szeretett volna még néhány dolgot megtudni.

- A déli seregek vezére lehettem volna, ha ez itt nem fogott volna el! - mutatott gyűlölködve Hubára.

- A népedet megkérdezted, hogy mit szólnak hozzá?

- Miért kérdeztem volna meg? Én vagyok a vezér, én mondom, meg mit tegyenek! - méltatlankodott Fajsz.

- Aki vérszerződést kötött, annak kutyakötelessége betartani azt! - kiáltotta Zoltán. - A néped véleményét ki kellett volna kérned, nem dönthetsz felettük!

- Badarság. - húzta el a száját az áruló.

- Elég volt ebből! Ilyen aljas embert még nem láttam! De mielőtt végrehajtom az ítéletet, elmondok valamit. Töhötöm fia, visszafordította népedet, hamarosan ideérnek! A te bolgár barátaid, megtámadták őket, kifosztották és nagyon sok asszonyt, és gyereket megöltek. A két kisebbik fiad elesett a harcokban, a feleséged látni sem akar, de nem is fog!- mondta Zoltán minden ízében remegve.

Olyan utálatot és megvetést érzett, hogy nem tudott tovább uralkodni magán. Kihúzta szablyáját és egy gyors mozdulattal szíven szúrta az árulót. Végig nézett a döbbent arcokon.

- Háború van! Ezen túl minden árulót ott helyben meg kell ölni! Ez parancs! - dörögte Zoltán.

- Azt hittem, hogy egy tejfelesszájú gyerek. - suttogta Levedi.

Miután elvitték a halottat, csendesen visszaballagtak Huba jurtájába.

- Nem hittem volna, hogy te fogod megtenni. - mondta Huba elégedetten. - Azt hittem az egyik harcosod végez vele.

- Így szólt a parancs. - felelte Zoltán.

- Ez a beszéd! - mondogatták körülötte.

Most már más szemmel néztek a fiatal vezérre. Bebizonyította, hogy igazi férfi!

Egy hét múlva visszatértek Huba emberei, akik beszámoltak dévai megfigyelésükről. A vezér jurtájában csak Huba és Zoltán tartózkodott, felváltva kérdeztek.

- Mond el pontosan, hol vannak a bolgárok. - kezdte Huba.

- Egy kissé eltávolodtak a folyótól, ott van egy erdő, ahol letáboroztak. Nagyon éberen őrködnek, nehéz volt észrevétlenül megközelíteni őket. Végül szerencsénk volt, mert találtunk egy székely erdőkerülőt, aki segített nekünk. Nagyjából megbecsülte a bolgárok létszámát.

- Ugye ezzel nem azt akarod mondani, hogy ennyivel beérted? - kérdezte Huba.

- Nem, dehogy. - nyugtatta a férfi. - Az erdőkerülő tanácsára elrejtettük a lovainkat, és gyalog folytattuk a felderítést. A tábor délkeleti oldalán helyezték el a lovakat, meg az utánpótlást. Szerintem tavaszig ott akarják meghúzni magukat.

- Ezt miből gondolod?

- Rengeteg szőrmét, meg bőröket hoztak magukkal. Élelemmel is bővel el vannak látva.

- Hogyan fekszik a tábor? - kérdezte Zoltán.

A férfi néhány percig gondolkodott, megpróbálta pontosan felidézni a látottakat.

- A Maros Dél felé eső oldalán van egy nagy, füves síkság, majd egy keskeny de sűrű bozótos, utána jön az erdő, mely nem túl sűrű. Itt kezdődik a tábor. A sátrak kör alakban vannak felállítva, de nem szorosan egymás mellett, ez is bizonyítja, hogy hosszú táborozásra rendezkedtek be.

- Miért? - kérdezte Zoltán.

Hiba elmosolyodott és ő válaszolt. - Ha vaki télre üt tábort, akkor elegendő helyet kell biztosítani az eldobált hónak, hogy az utakat a jurták között járhatóvá tegyék. Ebből a táborozásból is tudni lehet, hogy itt nagy havazások vannak.

- Hát persze. - értett egyet Zoltán.

- Folytasd. - fordult a felderítőhöz Huba.

- Azt már mondtam, hogy a tábor délkeleti részén helyezték el az állatokat. Ahhoz képest, hogy milyen kevés időt töltöttek el ott, nagyon szorgalmasak, mert sok fát kivágtak. Nem csak főzésre és fűtésre, csinos karámot is építettek. A székelyektől elrabolt állatokat is ott helyezték el.

- Ezek szerint Dévát azért támadták meg, hogy elegendő élelmük legyen a téli táborozáshoz. - gondolkodott hangosan Huba.

- De miért irtották ki a lakosságot? Elvehették volna tőlük, ahogy eddig is tették! - háborgott Zoltán. Mindig feldühítette az értelmetlen vérontás.

- Olyan, vagy mint az apád, de hidd, el nem mindenki gondolkodik így. Lehet, hogy valamiben keresztezték elképzeléseiket a székelyek. Esetleg útjukban voltak, vagy egyszerűen úgy gondolták, ez a férfias elintézése a dolgoknak. A halott ember nem okoz gondot. - mondta Huba.

- Barbárok! - füstölgött Zoltán.

Erről a szóról megint Rebeka jutott az eszébe, egyre jobban hiányzott neki. Elhessegette a gondolatot, nincs helye álmodozásnak.

- Folytasd. - nézett a férfira.

- Sokkal többet már nem is tudok mondani.

- Mennyien lehetnek? - kérdezte a fiatal vezér.

A férfi gondolkodott egy kicsit, majd bizonytalanul válaszolt. - Úgy ötszázan, de nem vagyok benne biztos. Lehet, hogy egy-két csapat felderítésen volt. Az erdész megfigyelése szerint, olyan ötvenfős csapatok járják állandóan a környéket. Most jut eszembe, láttunk egy gazdagon öltözött fiatal férfit, láthatóan ő a sereg vezére.

- Jó lenne tudni ki az? - csillant fel Zoltán szeme.

- Nem tudom, de nagyúr lehet, az biztos. - vonta meg a vállát a férfi.

Huba kérdőn nézett Zoltánra, de az megrázta a fejét. - Nem érdekes.

- Köszönöm a beszámolót, elmehetsz. - küldte ki a futárt Huba.

Biztos volt benne, hogy a fiatal vezér forgat valamit a fejében, de csak akkor fogja elmondani, ha kettesben lesznek. A felderítő tisztelettel meghajolt, majd távozott.

- Mit forgatsz a fejedben? - kérdezte Zoltánt.

- Arra gondoltam, megpróbálom kideríteni, annak a cifra ruhásnak a kilétét. - válaszolt sokat sejtető mosollyal.

- Apád mit szólna hozzá?

- Nem tudom, de van egy őrült tervem, ha sikerül, akkor nem lesz nagyon dühös. - nevetett Zoltán.

- Ugye nem mondod, el mit sütöttél ki?

- Nem! - felelte határozottan. - Jobb, ha nem tudsz róla.

Huba mély hallgatásba merült, kicsit csóválta a fejét, de nem válaszolt. Zoltán másnap reggel magához vett néhány magyar harcost és köd leple alatt elindult az ellenség tábora felé. Huba nem tudta pontosan mi a terve, de érezte, hogy valami veszélyes dologra készül. Nem tudta, hogy megállítsa, vagy áldását adja a vállalkozáshoz, így némán útjára engedte. A kis csapat egy hétre való élelmet csomagolt, tehát nem szándékoznak vadászni. Ez a gyerek méltó az apjához, gondolta a távozók letűnte után Huba. A kis csapat két nap alatt elérte Dévát. A népes városból csak üszkös romok maradtak. Zoltán magával vitte az egyik férfit, aki egyike volt a felderítőknek, így könnyen megtalálták az erdész házát. A fiatalember megkérdezte nem ismeri-e azt a díszes ruhás bolgárt? A nemleges válasz hallatán Zoltán egy rögtönzött haditanácsot tartott. A szürkület beállta után a harcosok elindultak, a parancs értelmében meghatározott irányba. Mivel a bolgárok még álmukban sem gondolták volna, hogy az ellenség a közelükben van, a maroknyi csapat minden nehézség nélkül megközelítette a tábort. A cél az volt, hogy néhány foglyot ejtsenek. Zoltán nem közölte velük miért. A parancs úgy szólt, hogy el kell fogni néhány embert, lehetőleg minél magasabb rangút. A lelkükre kötötte, hogy hangtalanul tegyék, ha nem sikerül, inkább vonuljanak vissza. A bolgárok nem sejthetik, hogy felfedezték a táborukat. Lassan teljesen besötétedett, hold még a másik féltekén ragyogott, így csak a tábortüzek fénye mutatta az utat a lopakodóknak. Kúszva próbáltak egyre közelebb jutni. Zoltán úgy osztotta el az embereket, hogy két-két harcos legyen együtt. A vezér sátor felé igyekeztek. Különböző helyeken leskelődtek, megpróbálták kideríteni melyik sátorban fog aludni a vezér. Mielőtt indultak Zoltán lecsatoltatta mindenkinek a szablyáját és vékony bőrszíjakat adott nekik.

A hűvös esti szélben kezdett elgémberedni kezük-lábuk. Amennyire lehetett, megpróbálták mozgatni, dörzsölni, hogy serkentsék a vérkeringést. A tábortüzek lassan elhamvadtak, a bolgárok szállingózni kezdtek sátraikba. Az őszi égbolton millió csillag ragyogott, fázósan megremegve olykor. Az ég alján halvány derengés jelezte a hold érkezését. Zoltán egyik párostól a másikig csúszott, halkan kiadta utasításait. Szerette volna lebonyolítani az akciót, mielőtt felkel a hold. Hason csúszva indultak az alvó tábor felé. A magasabb rangú bolgárok egyedül aludtak sátraikban, míg az egyszerű harcosok négyen- öten osztoztak a lakhelyeken. Egyedül a vezér sátra előtt állt őr, ettől függetlenül Zoltán arrafelé araszolt. Két harcos ment vele, akiknek az őr elintézése volt a feladatuk. Három sátrat szemeltek ki, ahonnan foglyokat akartak ejteni. Amint kiértek a fák takarásából futva közelítették meg a mit sem sejtő alvókat. A hold magasabbra kúszott az égen, egyre erősebben világított, gyors cselekvésre késztetve a vakmerő támadókat. A tüzet őrző harcos álmosan felállt, nyújtózott egyet és elindult a sötétbe borult farakás felé. Zoltán megadta a jelet a támadásra, ennél jobb alkalomra hiába is vártak volna. A fekete árnyak neszteleniül besurrantak a kiszemelt sátrakba. A vezér sátrát őrző harcos lemerevedett, amikor a semmiből két idegen férfi állt elé, de mielőtt magához térhetett volna, egy hatalmas ököl fejbe csapta, hogy aléltan roskadt a másik harcos karjaiba. Ez alatt Zoltán belépett a sötét sátorba. Amint szeme megszokta a sötétséget, gyorsan körbe nézett. Most rajta volt a megdöbbenés sora. A sátorban egy teremtett lelket sem látott, pedig megesküdött volna, hogy a vezér bement a sátorba és nem ment ki.

A megfigyelés helyesnek bizonyult, mivel abban pillanatban valaki hátulról úgy csapta fejbe, hogy elterült a földön. Kábultan felnézett támadójára, kinek kezében megvillant egy kés pengéje. A fiatal magyar megrázta a fejét, hogy kitisztuljon, majd inkább ösztönösen, mintsem tudatosan elhengeredett támadója elől. A bolgár már lendületben volt, nem tudta leállítani a támadást, így tőrét áldozata helyett a földbe szúrta. Zoltán még fektében fejbe rúgta a pillanatnyilag harcképtelen férfit, aki halk nyögéssel kapott törött orrához, melyből patakokban ömlött a vér. A magyarnak volt annyi ideje, hogy ellenfele háta mögé kerüljön. Hatalmas erővel vágta tarkón a férfit, aki élettelenül terült el a lábai előtt. Gyorsan kilesett a sátorból, az őr nem volt ott, tehát harcosai elvégezték feladatukat. Most rajta volt a sor, megkötözze áldozatát és észrevétlenül elvonszolja az erdőbe. Visszafordult az alélt férfihoz, éppen hozzálátott, hogy megkötözze a vékony szíjjal, amikor gyanús zajt hallott a bejárat felől. Gyorsan megfordult, tőrét kirántotta felkészülve a harcra. De nem ellenség, hanem az egyik harcosa lépett a sátorba. Hangtalanul odalépett Zoltán mellé és segített megkötözni a bolgárt. Kilesett a sátorból és intett Zoltánnak, hogy indulhatnak. A tüzet őrző férfi éppen háttal állt nekik, így gyorsan kisurrantak. Zoltán vállára emelte a magatehetetlen férfit és gyorsan beszaladtak az erdőbe. Ott lihegve letette terhét, gyorsan végig nézett harcosain, fejbólintással jelezte, hogy elégedett velük. Három tágra nyílt szemű bolgár feküdt összekötözve a földön, szájuk betömve. Az akció első része sikeres volt, most amilyen gyorsan csak lehet, el kell tűnniük. Két-két harcos felragadta a foglyokat, futva igyekeztek elérni a kiszemelt barlangot. Mire a hold teljes fényében ragyogott az égen, a vakmerő harcosok biztonságban érezhették magukat. Az erdőkerülő javasolta azt a rejtekhelyet, ott napokig meghúzhatták magukat anélkül, hogy felfedezhették volna őket. A bejáratot teljesen benőtte az örökzöld kúszónövény, amely még télen is elrejtette a bejáratot. A halvány derengésben Zoltán több emberi árnyat látott, mint amennyien a magyarok voltak. Nem tudta mire vélni a dolgot, kérdőn nézett az erdőkerülőre.

- Déva megmaradt lakossága itt húzta meg magát. - suttogta a magyarázatot a férfi.

- Mennyire biztonságos itt? - kérdezte szintén suttogva Zoltán.

- Eléggé. - felelte a férfi.

Egy fiatal lány lépett hozzájuk, kezében boros kupát szorongatva, melyet először Zoltánnak nyújtott, kedves mosoly kíséretében. A férfi alig leplezett csodálattal nézett a lány meleg barna szemébe és elvette a feléje nyújtott kupát. Gyönyörű teremtés, gondolta borozgatás közben. Némi lelkiismeret furdalást érzett, hiszen menyasszonya van, aki szintén csodálatos lány. Rebekára gondolt és szertefoszlott a valós világ. Vajon gondol-e rá, vagy mással vigasztalódik? Nem tisztességes vádolnia a lányt, hiszen ő éppen egy másikat is szépnek talált, rótta meg magát.

- Én Izabella vagyok, téged hogy hívnak? - kérdezte ártatlan arccal a lány.

A fiatalember végigmérte és csak most vette észre milyen fiatal, talán tizenhat éves lehetett.

- Zoltánnak. - mondta kicsit hűvösebben.

Izabella nem tudta mire vélni a hangulatváltást, sértődötten elfordult.

- Szerencsétlen gyermek, szülei és testvérei meghaltak a támadásban. - fogta meg Zoltán vállát az idős ember. - Gyere, feküdj le fiam.

Zoltán elindult a férfi után, aki egy bőrökből és takarókból álló meleg fekhely felé mutatott. A vezér lerúgta csizmáját és fáradtan elnyújtózott. Néhány napig nem mehettek ki a barlangból, mert a bolgárok keresték vezérüket. Ezt az időt használta ki Zoltán a rabok kikérdezésére. Váratlan nehézségbe ütközött, a bolgárok nem tudtak magyarul! Már-már a haját tépte tehetetlenségében, amikor a lány elé állt.

- Én szívesen segítek neked.

- Hogyan? - kérdezte bosszúsan Zoltán.

- Beszélem a nyelvüket. - mondta szerényen.

174

- Te is bolgár vagy? - kérdezte döbbenten a férfi.

- Bizonyos értelemben igen. Az édesanyám bolgár volt. Amikor a székelyek megölték az apámat, anyámat elrabolták. Ő újra férjhez ment, hogy gondoskodni tudjon a gyerekeiről. Egy jóravaló özvegyember vette el, aki egyedül nevelte három fiát.

- És te nem gyűlölted meg a székelyeket, akik az apádat megölték?

- Nem. Sőt szeretem őket. A nevelőapán a legjobb ember, akivel valaha találkoztam. - mondta büszkén a lány.

Zoltánnak feltűnt, úgy beszél róla, mintha még élne.

- Nem értem. - rázta meg a fejét.

- Pedig egyszerű. - kacagott a lány. - Apám, az igazi, anyámat okolta, azért mert nem szült neki fiukat. Ezért akárhányszor lányuk született mindig megverte, igaz nem csak akkor máskor is. A húgom születése után a mama nagyon beteg lett, hetekig nem tudott lábra állni. De az apámat ez sem riasztotta vissza a veréstől. Azon a napon támadtak meg a székelyek. Szegény anyám négykézláb mászva szedte össze a gyerekeit és hurcolt be minket az erdőbe. Amikor visszanéztünk, láttuk, hogy apánkat megölik. Gyorsan folytattuk utunkat, de a mama egy bokor tövében összeroskadt. Megpróbáltuk felsegíteni, de mielőtt sikerült volna a székelyek megtaláltak. Felnyaláboltak bennünket és ide hoztak Dévára. Amikor a mama felépült, hozzáment a mostani apánkhoz. Van három nővérem, egy húgom és három öcsém, akik a féltestvéreim. - hirtelen zokogni kezdet. - Csak voltak, mindenkit megöltek!

Most döbbent rá, hogy úgy beszélt róluk mintha még élnének. Zoltán megsimogatta a zokogó gyermeket.

- Így volt. - helyeselt az ősz hajú férfi, aki előző este megmutatta neki a fekhelyét.

- Sajnálom. Te ismerted őket?

- Igen. Az öcsém volt a nevelőapjuk.

- Ez a lány sokat segíthet nekünk, ha tolmácsol. - örvendezett Zoltán, bár igyekezet titkolni örömét.

- Jól beszéli a nyelvüket, bár kérdés, hogy a bolgárok hajlandó-e válaszolni?

- Meglátjuk. - felelte Zoltán.

A barlang egyik kisebb odújába vezették az első rabot. Izabella szívesen segített, szemmel láthatóan beleszeretett Zoltánba. Két napig hiába próbálkoztak, a foglyok ádázul hallgattak. Zoltán tehetetlen dühében majdnem kirohant a barlangból. Már régen úton kellene lenniük, és itt rostokolnak hiába. Lehet, hogy helytelenül cselekedett, amikor belefogott ebbe a kalandba. Azért sem adja fel! Bármi áron kiszedi belőlük, amit tudni akar! A székelyek azt javasolták, vágják le kezüket, vagy a lábukat, akkor biztos megszólalnak. Zoltán, bár nem volt különösebben érzékeny, elvette az ötletet. Helyette felajánlotta a foglyoknak, hogy szabadon engedi őket, ha beszélnek. Negyednapra megtört a jég, a szabadulás reménye megoldotta a nyelvüket. Külön-külön hallgatták ki őket és kevés eltéréssel, ugyanazt vallották. A bolgárok tudnak róla, hogy a magyarok elindultak ellenük, a meggyilkolt követek miatt gondoltak rá. A magyar haderőt néhány tízezer főre becsülik. Barbár hordának tartják őket, akik csak lovon valakik, ha leesnek róla tehetetlenek. Déva elpusztítása nem volt benne a parancsban, de az egyik vezérük úgy döntött, hogy ez jó hadgyakorlat lesz a fiatal, tapasztalatlan harcosok számára. Megtudták azt is, hogy a bolgárok több csapatot küldtek a Maros mellé. Dévától Nándorfehérvárig védővonalat építenek ki a tél beállta előtt, ezzel biztosítva a Bolgár birodalom határát. Tavasszal pedig elindulnak a magyarok ellen.

- Azt hiszem ehhez nekünk is lesz néhány szavunk. - dörmögte Zoltán.

Eddig még csak a két kisebb rangút hallgatták meg, most a vezérük következett. A fiatal férfi lekezelte vallatóit, azt hitte néhány székellyel, van dolga, akik arcátlanul foglyul ejtették. Büszkén jelentett ki, hogy ő Glád fejedelem fia és követelte, azonnal engedjék szabadon. Zoltán majdnem táncra perdült örömében, amikor meghallotta, de arca nem árult el semmit. Talán ez akarja feleségül venni Rebekát? Ennek az apja vetett szemet annak idején a lány anyjára, majd megölte?

- Na, székely ebből elég volt. Oldozd el a szíjakat, adjál lovakat, elmegyek! - parancsolta a fogoly.

Izabella buzgón fordított.

- Nem vagyok székely, magyar vagyok, és nem engedlek szabadon. - nevetett Zoltán.

- Azt ígérted, ha válaszolunk a kérdéseidre, akkor szabadok vagyunk! - üvöltötte.

- Nem ígértem semmit.

A fogoly cibálni kezdte a szíjakat, de minél jobban rángatózott, annál szorosabbak lettek. Hirtelen megállt és döbbenten nézett Zoltánra. Most jött rá mit mondott a férfi. Végig nézett fogva tartója ruháján és tudta, hogy valóban egy magyar áll előtte. Eddig nem figyelt fel rá.

- Mit akarsz tőlem?

- Még nem tudom pontosan, de azt hiszem, te leszel a leghatásosabb fegyver a kezemben.

Másnap jelentették Zoltánnak, hogy a bolgárok felhagytak a kereséssel. Elfogtak egy futárt, akit Glád fejedelemhez küldtek, Azzal az üzenettel, hogy fia néhány napra elment a táborból, valószínűleg egy kis kalandra vágyik. A futár elmondta, hogy ez előfordult máskor is, ezért nem keresik tovább.

- Folytasd az utadat, de az üzenet megváltozik. – utasította a futárt Zoltán. - Mond meg uradnak, hogy a fia a magyarok fogságában van. Addig nem engedem szabadon, amíg Töhötöm népe biztonságban nem lesz, itt a hegyek túloldalán. Ajánlom neki, hogy segítse őket a gyors haladásban, lássa el őket mindennel, amire szükségük van, különben a fiát darabokban küldöm el neki!

Amint a küldönc elhagyta a barlangot, Zoltán magához rendelt két magyar harcost.

- Levetkőztetitek a bolgárokat, felveszitek a ruhájukat és követitek a futárt. Tudni akarom, hol tartózkodik Glád, és mennyi harcosa van. - majd a barlangban levő lakosokhoz fordult. - Van valakinek fölösleges ruhája?

Az egyik asszony csomagolt néhány meleg holmit menekülés közben, azt oda adta.

- De hiszen itt vannak a mi levetett ruháink. - ajánlotta az egyik magyar harcos, aki már bolgár ruhában pompázott.

Zoltán a beszélő felé fordult és hangosan felnevetett.

- Ezt nevezem előmenetelnek! Egy perce még egyszerű harcos voltál, most meg egy vezér ruhájában parádézol. Holnap akár cár is lehet belőled, ha így haladsz.

- Érdekes, nem? - fordult el morcosan a férfi. - Inkább azt mond meg, mért nem felel meg ezeknek a mi levett ruhánk? - nézett vissza.

- Azért mert egyszerű székelyeknek kell látszaniuk. Ha valaha a nyomunkra akadnának, ne vegyék észre, hogy a foglyok velünk vannak. Na, induljatok! - válaszolta Zoltán, majd újra nevetni kezdet.

Indulás előtt Zoltán köszönetet mondott segítőinek. Egy puha kis kéz érintette meg a vállát.

- Vigyél magaddal. - kérlelte Izabella.

A vezér elképedve nézett rá. Rebekára gondolt, őt szívesen magával hozta volna, de nem tehette.

- Ez lehetetlen! - utasította vissza a lány kérését.

- Újra szükséged lehet egy tolmácsra. Nekem senkim sincs, szívesen segítek neked. - könyörgött a lány.

- Vidd magaddal, hasznodra lehet. - mondta az erdőkerülő.

Zoltán egyikről a másikra nézett, még a gondolatától is irtózott, hogy egy lányt vigyen magával! Neki gyorsan kell haladnia, egy lány meg folyton csak nyafogna. Ha verekedésre kerül a sor, mit kezdjen vele? Nem, szó sem lehet róla!

- Majd fiú ruhát veszek fel. - győzködte Izabella.

Mint a villám úgy csapott belé ez a mondat. Rebeka is ezt mondta és az a lány képes megtenni!

- Uram atyám! Rebeka! - kiáltott fel.

A körülötte állók értetlenül néztek rá.

- Kadosa! - ordította Zoltán. A barlang termei visszhangozták a hangját.

- Itt vagyok, mi a baj? - bújt be a férfi.

- Azonnal lóra ülsz. Amilyen gyorsan csak tudsz, elvágtatsz az avarokhoz, megduplázod Rebeka őreinek a számát és elviszed anyámhoz! Megkéred, vigyázzon rá! Indulj! - hadarta egy szuszra Zoltán. Talán még nem késő!

- Mi történt? - kérdezték többen is.

- Semmi, azonnal indulunk!

November elején visszatértek Huba táborába. Amíg ők távol voltak megérkezett Árpád futárja és a fiatal Töhötöm is hallatott magáról. Az idő egyre zordabb lett, reggelente csontkeményre fagyott a vizük, a jurtákban már éjszaka is égett a tűz. Itt nem kellett attól tartani, hogy ellenség van közelben, és észreveszi a füstöt. Zoltán megérkezésük napján magához hívatta a futárokat. Érezte, hogy apja mit üzent. A balsejtelemből valóság lett, amikor a futár közölte vele, hogy nem sokkal az avar sereg távozása után Rebeka eltűnt.

- Hogyan lehetséges? A legjobb embereim vigyáztak rá! - ordítozott Zoltán.

- Az a rafinált nőszemély kijátszotta az őröket. - válaszolt a futár.

- Vigyázz a szádra! - utasította rendre Zoltán.

- Bocsánat. - mondta, de inkább a Zoltán iránti tiszteletből, mint sem megbánásból.

- Folytasd! - parancsolta a vezér, fel- alá sétálva a tágas jurtában.

A férfi elmondta azt a keveset, amit még tudott a lányról.

- Mást nem üzent Apám? - próbált a férfira összpontosítani.

- Amint Töhötöm népét biztonságba helyezted, Hubával és a fiúval menjél vissza Árpádhoz.

- Nem mondta miért?

A férfi csak a fejét rázta.

- Rendben van. Reggel indulsz vissza, majd akkor elmondom az üzenetet. Küld be Töhötöm emberét.

Amíg a futárok helyet cseréltek, Zoltán megpróbálta kitalálni, hova mehetett Rebeka, de egy épkézláb ötlete sem volt. Egy suhanc képű harcos lépett a jurtába.

- Hívattál uram. - hajolt meg tisztelettel a vezér előtt.

A fiatal magyar vezér most először érezte, hogy felnőtt vezérként tisztelik, rögtön a szívébe fogadta a fiút.

- Üdvözöllek barátom. Mielőtt belekezdenél a mondanivalódba, megkérlek, ne nevez uradnak. Zoltánnak hívnak és téged? - nyújtotta kezét a fiúnak.

A harcos megilletődve szorította meg Zoltán jobbját.

- A Vajk nevet adta apám. - felelte büszkén.

Egyre jobban tetszett a vezérnek a fiú.

- Mond el mit üzent Töhötöm?

- Arra kér, küldjél élelmet meg meleg takarókat. A bolgárok elvettek tőlünk mindent. Már hetek óta éhezünk, sok gyereket kellett eltemetnünk. Éhen haltak. - suttogta szégyenkezve, mintha az ő hibája lett volna.

- Az átkozottak! - szitkozódott Zoltán. - Folytasd.

- Tudsz olvasni térképről? - kérdezte kicsit később, amikor a fiú kicsit megnyugodott.

- Igen. Talán. - felelte bizonytalanul. – Apám, Bulcsú megtanított, mindig a földre rajzolt és nekem ki kellett találnom, hogy mit.

Zoltán elismerőn bólintott, majd intett a fiúnak, hogy menjen közelebb. Az alacsony tábori asztalra kiterítette a térképet. A fiú figyelmesen nézte a megviselt, puha bőr darabot és a rajta levő vonalakat, ábrákat.

- Itt vagyunk most. - mutatott egy pontra Zoltán, hogy segítsen a fiúnak tájékozódni.

- Igen, tudom. Azt próbálom megbecsülni, mekkora utat tehettek meg, amióta otthagytam őket. - felelte értelemtől csillogó szemmel.

Okos kölyök, gondolta Zoltán.

- Valahol itt vannak, és erre jönnek, az Olt folyó mellett. - húzta végig az ujját, a folyót jelző vonalon. - Igen. Átkeltünk a Dunán, látod, itt folyik bele az Olt. Innen már gyorsabban haladtunk. Ha nem árral szemben kellett volna jönni, akkor összeütöttünk volna tutajokat.

- Szóval sík terepen vannak most? - kérdezte aggodalmasan Zoltán. Ilyen terepen nagyon védtelenek.

- Mostanra már elérhették a hegyláncot. - felelte Vajk.

- Hogyan tudnak átkelni azokon a magas hegyeken?

- Nagyon könnyen. Nézd, az Olt egyenesen, átfolyik rajtuk és a víz, nem mászik hegyet. - nevetett a fiú.

Kezdeti zavara teljesen feloldódott, Zoltán baráti viselkedése mellett.

- Hát persze. - nevette el magát a vezér is. - Mikorra érhetnek ide?

- Egy hónap, ha nem nehezíti meg valami, vagy valakik az útjukat.

- Nem értem miért kell egy hónap?

- Mondtam, hogy elvettek mindent, szekereket, lovakat. A férfiak, nők, sőt még a nagyobbacska gyerekek is a hátukon cipelik a holmijukat. Már amit meghagytak nekik. - borult el fiú arca. - Fáradtak és gyengék. Hosszú és keserves út van mögöttük, ráadásul éheznek is. Vadászni csak csapdákkal tudnak, mivel fegyverük sincs.

- Értem. Holnap összeszedünk annyi élelmet, amennyit csak tudunk. Huba népe ellát mindennel minket. Meleg takaró és pihent ló is van elég.

- De nekik szükségük van rá! - tiltakozott Vajk.

- Nyugodj, meg van nekik elég. Ők tudnak vadászni, pótolhatják a húst is meg a bőröket is. A székelyek és a környező népek is segítenek.

- Inkább teherhordó állatok kellenek. - mondta csendesen Vajk. Nem akart szerénytelennek látszani, de tudta milyen keservesen vonszolják magukat. - Ugye veled mehetek?

- Miért nem maradsz itt?

- Mert Töhötömnek szüksége lehet rám. Meg tudod, anyámnak én vagyok az egyetlen támasza. Apámat és a fivéreimet megölték, amikor megtámadtak bennünket. Két kicsi húgom van még, a harmadikat eltemettük. Éhen halt. - suttogta könnyes szemmel.

Zoltán keze ökölbe szorult, gyűlölete Fajsz iránt újra fellángolt. Mennyi ártatlan szenved azért, mert a vezetőjük nagyobb hatalmat akart magának! De a bolgárok is keservesen meg fognak fizetni ezért! - fogadkozott magában.

A fiú vállára tette a kezét és barátságosan megszorította.

- Mi a neve ennek a hágónak? - mutatott a térképre, hogy a fiú gondolatait elterelje.

- Vörös-torony. - válaszolt Vajk. Felemelte fejét, nagyot nyelt, megpróbálta összeszedni magát. - Bocsáss meg.

- Nincs miért. Tisztelem azokat, akik nem szégyellik kimutatni emberi érzéseiket. - mondta Zoltán. - Szerinted mikor találkozhatunk velük, ha holnap elindulunk?

- Ha szekerekkel megyünk és nem fog esni a hó, akkor úgy két hét múlva. - válaszolta Vajk csillogó szemmel, végre tehet valamit értük.

- Arra gondoltam néhány harcossal előre megyek, hogy segítsek. Vannak arra falvak, vagy tanyák, ahol emberek élnek?

- Vannak, de nem értettünk szót velük, nem beszéljük egymás nyelvét. Szerintem akkor sem segítenének, ha értenék, amit mondunk. - legyintett Vajk.

- Már bánom, hogy nem hoztam magammal Izabellát.

- A feleséged?

- Nem, dehogy! Ő tolmácsolt nekem, amikor elfogtunk néhány bolgárt.

- Van bolgár foglyotok? - kérdezte elismerőn Vajk.

- Igen. Glád fejedelem fia. - mondta kedvetlenül Zoltán. - De semmi hasznát nem vesszük. Habár... - izgatottan járkálni kezdett a jurtában. Kiszólt, hogy hozzák be a bolgár foglyot. Vajk kíváncsian várta mit akar.

- Hogy tudsz vele beszélni, ha nincs tolmácsod? - kérdezte.

- Becsapott! Most jutott estembe, hogy megkérte Rebeka kezét és az avarok nem tudnak bolgárul. Tehát Glád fia tud magyarul!

- Ki az a Rebeka? - kérdezte bátortalanul Vajk.

- Egy rettenetes teremtés, akit megfolytok, ha megtalálom! Különben a menyasszonyom. - felelte mérgesen Zoltán.

Az aggodalomtól összeszorult a torka, lehet, hogy nem is szökött meg lehet, hogy elrabolták! Ekkor lépett a jurtába a fogoly.

- Idefigyelj bolgár, most szépen elmondod, hogy az Olt mellett, hol vannak falvak, ahol feltölthetjük készleteinket! - állt a fogoly elé Zoltán.

A férfi értetlenül nézett rá, majd széttárta karjait, jelezve, hogy nem érti.

- Szóval nem beszélsz? Úgy is jó! Vajk vágd le az egyik ujját!- - parancsolta a fiúnak.

A fogoly még mindig szótlanul figyelte őket. Zoltán odalépett mögé, kikötötte a kezén levő szíjakat, megragadta a fogoly jobb kezét és rátette az asztalra, úgy hogy az ujjai szétterülve feküdtek rajta. Vajk nem tudta mi a szándéka Zoltánnak, de abban biztos volt, hogy nem akarja megcsonkítani. Azért elővette szablyáját, közelebb ment a vezérhez és várta a további parancsokat.

- Vágd le először a kisujját. Ha még mindig nem beszél, akkor sorra lemetszed az összes többit! Rajta! - mondta Zoltán, miközben szorosan tartotta a fogoly kezét.

Vajk felemelte a szablyát, készen arra, hogy teljesítse a parancsot. Bár idegenkedett attól, hogy fegyvertelen, sőt védtelen embert bántson, de nem volt más választása. Már éppen készült lesújtani, amikor a bolgár megszólalt.

- Magyarul! - kiáltott rá Zoltán.

A fogoly összerezzent, de csendben maradt.

- Meglátod milyen hatásos nyelvlecke lesz. Ilyen gyorsan ember még nem tanult meg magyarul! - nevetett Zoltán. - Mire vársz Vajk?

A fiú újra nekilátott, közben Zoltán arcát fürkészte. A rab nem láthatta őket, mivel fogva tartója olyan erővel szorította meg a csuklóját, hogy fájdalmában összegörnyedt. A vezér szemével intett Vajknak. A fiú elmosolyodott, bólintott, hogy megértette. Amikor Zoltán lazított a szorításon a fogoly felnézett Vajkra. A fiú komolyan nézett vissza rá, nagyot ordított és lecsapott. A bolgár becsukta a szemét, rettegve várta a csapást. Hallotta a szablya becsapódását, de ujjai épek maradtak. Kinyitotta a szemét, hogy meggyőződjön róla. Vajk félhangosan káromkodott.

- Elvétettem, de a következő sikerülni fog!

Kierőltette az asztalból fegyverét és újabb csapásra készült. De mielőtt lesújthatott volna a bolgár megszólalt magyarul.

- Hagyjátok abba! - kiáltotta.

- Ugye megmondtam, hogy ez a leggyorsabb nyelvlecke. - nevetett Zoltán

Majd hátra lépett és nagy erővel a fogoly arcába csapott öklével. A férfi véres fejjel bukott hátra.

- Ezt azért kaptad, mert bolondnak néztél bennünket! - magasodott fölé Zoltán. - És most válaszolsz a kérdéseimre!

A fogoly feltápászkodott, vérző orrát inge újába törölte.

- Már két orrba vágással tartozom neked. - mondta.

Zoltán tágra nyílt szemmel meredt rá.

- Nem vagy elveszett ember, barátom! - nevette el magát a vezér.

Kiszólt a jurtából, hogy hozzanak vizet, meg egy darab tiszta vásznat. Amikor a kért dolgok megérkeztek, intett a fogolynak, hogy hozza rendbe magát. Amíg a bolgár megmosakodott, egy hevenyészett térképet rajzolt a földre, mely Töhötöm népének útvonalát jelezte. - Tudsz tájékozódni ezen?

A férfi bólintott, figyelmesen a térkép fölé hajolt.

- Gondolom, ez a vonal jelzi a Kárpátokat. Ez az Olt, és itt vagyunk mi Szebennél. Mire vagy kíváncsi magyar?

- Honnan tudod, hol vagyunk most? - képedt el Zoltán.

- Ne nevettess! Ez itt apám birtoka, gyerekkoromban állandóan itt voltam.

- Jól van, erről még beszélünk. Mutasd meg, hol vannak falvak, a hegyeken túl. - utasította Zoltán.

- Hát nem sok van, legalább is az Olt mellett. Fönt a hegyekben vannak, de azzal nem sokra mentek.

- Miért? - kérdezte gyanakodva a vezér.

- Mert nagyon kevesen laknak egy ilyen településen. Nekik nincs akkora készletük, amennyire nektek szükségetek van. Az elkóborolt törzsetek, ha elhagyja az Alföldet, a hegyekben már tud élelmet szerezni.

- Honnan tudsz erről? - förmedt rá Zoltán.

- Mondtam már, hogy a Marostól egészen a hegyeken túl, mind apám birtoka.

- Nem ezt kérdeztem!

- Magyar, most már te is tudod, hogy beszélem és értem a nyelveteket. Harcosaid elég vigyázatlanok voltak, előttem beszélgettek szabadulni vágyó törzsetekről és szorult helyzetükről.

Zoltán gondolatiba merülve sétálni kezdett. Valahol tévedett, ha Glád birtoka a Marosnál kezdődik, akkor nem ő támadta meg az avarokat, annak idején.

- Mond csak, apád birtokától Északra ki uralkodik az avarok felett? Melyik bolgár fejedelem?

- Zalán! - felelte fogcsikorgatva.

Zoltán figyelmét nem kerülte el, hogy mindkét kezét ökölbe szorította, amikor kimondta a nevet.

- Miért haragszol rá?

- Az nem tartozik rád! - felelte mérgesen.

- Valóban nem. Tudom, furcsán hangzik, de szeretném a segítségedet kérni. A menyasszonyom avar lány, Bagatúr fejedelem gyermeke. Az édesanyját és bátyját megölték, biztosan hallottál róla. Bár te még nagyon fiatal lehettél akkor.

- Igen, hallottam. Nagy port vert fel akkor a dolog. Zalán fejét követelték akkor a tanácsban. A cár azonban a védelmébe vette, mondván:

a megszállt területeken a megszállók uralkodnak, belátásuk szerint. Valamivel a kezében tartja a cárt. Nem tudom mivel, de bármit megadnék azért, hogy megtudjam. - hirtelen elhallgatott, nem tartozik erre a barbárra az ő dolga.

Zoltán szerette volna folytatni a beszélgetést, de érezte, hogy most nem fog többet kiszedni a fogolyból.

- Mi a neved? - kérdezte.

A bolgár meglepetten kapta fel a fejét, nem gondolta, hogy a férfit érdekli a neve.

- Preszláv. - mondta csendesen.

Zoltán elmosolyodott a férfi szerénységén. Nem tudta kiismerni, egyszer támad, máskor meg szerény, csendes. Bár magának sem ismerte volna be, de egyre jobban tetszett neki a bolgár.

- Hány éves vagy Preszláv?

- Huszonnégy. - egyre jobban csodálkozott a magyar viselkedésén. Azt hitte, azért hívatta, hogy végezzen vele. Nem tudta mire vélni a már-már barátságos viselkedést, biztosan csapda.

Zoltán szemügyre vette a foglyot. A férfi magas, jókötésű, sötétszőke hajú, hosszú orrú volt. Szeme olyan, mint a felhőtlen nyári ég. Bár az orra most inkább egy érett almához hasonlított. Erre a gondolatra elnevette magát.

- Mit vigyorogsz magyar?

- Tetszik az orrod.

A férfi mérgesen nézett rá.

- Ezért még számolunk! Nem szoktam adós maradni, kamatostól fizetem vissza! Megnyugtatlak! - dühöngött a bolgár.

- Ne vedd a szívedre, ha harcmezőn találkozunk különbet is kaphatsz. - nevetett Zoltán.

Intett Vajknak, hogy vezesse el. Amikor egyedül maradt, újra azon törte a fejét, kisegített Rebekának a szökésben, ha egyáltalán megszökött. A magyarok biztosan nem, hiszen nem is ismerik, különben sem szegnék meg a parancsot. Az avarok Bagatúr miatt nem merték volna megtenni. Akkor csak a székelyek lehettek! Ha visszatér apjához, akkor megkeresi, de jaj lesz neki! Másnap elindultak Töhötöm népe elé, Vajkot és Preszlávot is magával vitte.

Rajtaütés.

Márton türelmetlenül várta Árpád futárát. Már két hete rostokoltak az avar faluban. Igaz, mindennel ellátták őket, de már viszketett a tenyerük, hogy visszavágjanak a bolgároknak. Végre november elején megjött a várva várt parancs, induljanak el, de továbbra is maradjanak Tisza mellett. Egy kis felderítő csapat állandóan járjon előttük, mert várhatóan ellenséggel találkoznak.

- Valami történt. Árpád nem üzente meg mire kell vigyázni? - kérdezte Taksony.

- Fiam! Árpád pontosan tudatta velünk, hogy ellenség ólálkodik erre. - mondta türelmetlenül Márton. - Ha többet akarsz tudni, akkor menj és kérdezd meg! - azzal otthagyta az elképedt fiút.

Hát ebbe meg mi ütött? Nem tudta mire vélni Márton viselkedését, addig soha nem volt ilyen.

Nem tudta, hogy Márton öccse is azok között volt, akik nem hallgattak a magyarokra. Őket is megtámadták kicsiny birtokukon. Gyermekeik szerencsére a faluban laktak, ők életben maradtak. De a fiatalabb lányuk egyetlen fia meghalt a nagyszülőkkel együtt. Mindenüket elvitték, a házat felgyújtották. De Taksony ezt csak néhány nap múlva tudta meg az egyik székely harcostól. November közepén Alpár közelében ütöttek tábort, mivel nem volt szükségük semmire, úgy döntöttek nem mennek be a közeli faluba. Már erősen szürkült, amikor leszálltak a lovakról. A part menti magas bokrok között táboroztak. Olyan sűrű köd szállt le, hogy az orrukig sem láttak. A közeli folyót csak érzékelték, hallották a hullámok hangját, de nem látták a vizet. Az éjszaka közepén Márton lépett be Taksony sátrába.

- Azonnal öltözz! Minden fegyveredet vedd magadhoz! Igyekezz, baj van! - suttogta feldúlt arccal a férfi.

Taksony azonnal kiugrott a takarók alól, gyorsan magára kapkodta ruháit, már a kardot csatolta az oldalára, amikor Márton beszólt hozzá.

- A láncing...- hadarta, de nem fejezhette be, mert kintről fájdalmas kiáltás hallatszott.

Taksony gyorsan levette az erős bőr vértet, magára húzta a láncinget, bár nagyon utálta. De Márton meggyőzte hasznosságáról. Az éjszaka csendje egy pillanat alatt szertefoszlott. Lovak patájának dübörgése, kardok csörgése és emberi üvöltés verte szét a csendet. Taksony szeméből azonnal elszállt az álom. Életében még nem hallott ilyen szörnyű hangokat. Kilépett a sátorból, úgy tűnt mintha szellemek hadakoztak volna egymással. Fekete árnyak száguldoztak a táborban. Szeme lassan hozzászokott a halvány derengéshez. Idegen lovasok támadtak mindenkire, aki élt és mozgott. Nem sok időt hagytak neki a bámészkodásra, az egyik lovas hirtelen előtte termett, kardjával felé sújtott. Taksony ösztönösen hátra lépett, így a támadó kard előtte suhant el a levegőben. Mérgesen rántotta ki kardját, gyorsan körülnézett. Támadója elvágtatott és másikat nem látott, így szaladni kezdett a lovak felé. Hirtelen egy száguldó lovas tűnt fel a közelében, vigyorogva közeledett, könnyű prédát látott a vékony futóban. Taksony megtorpant, lekapta válláról íját, beletett egy nyílvesszőt és szinte célzás nélkül, kilőtte támadója felé. A lovas sebesülten bukott le lováról. A fiú odarohant hozzá és a feltápászkodó harcost szíven szúrta. Olyan méreg szállta meg, hogy elvakultan keresni kezdte az ellenséget. Egy arra vágtató idegent nem ért el kardjával, ezért a lovát sebesített meg. Szerencsétlen pára fájdalmában megrázta magát, lovasa Taksony lába elé esett. A ló vérétől csöpögő kardjával elvágta a lovas nyakát. Velőtrázó kiáltást hallotta háta mögött, gyorsan megfordult és látta, hogy az egyik székely harcosnak a keze helyén véres csonk éktelenkedik. A bolgár, aki megcsonkította, most a férfi fejét készült levágni. Taksony nem érte el, elővette tőrét és a bolgár felé dobta. Mivel nem nagyon értett a tőrvetéshez, csak a karján sebesítette meg ellenfelét. A férfi felüvöltött és rávetette magát. Taksony tudta, ha közelharcra kerül sor, alul marad. Sikerült elugrania támadója elől, de tudta nem úszta meg ennyivel. Felemelte kardját, épp idejében, mert ellenfele vészesen közel került hozzá. Olyan iszonyú erővel támadott, hogy Taksony alig tudta kivédeni. Két kezébe fogta fegyverét és egy oldalvágással próbálkozott. Sikerült a hasán megvágnia ellenfelét, aki egy pillanatig bambán bámult rá, kezét vérző sebére szorítva. Taksony ránézett a sebre és attól amit látott, felfordult a gyomra. Megszédült, mély lélegzetet vett, kissé jobban érezte magát. Nem lehetek rosszul! - biztatta magát. Tántorogva elindult. Újra látta és hallotta a szörnyűséget maga körül. Élettelen testeket lépett át, vonagló lovak között bukdácsolt. Lovasok közeledtek felé. Lehettek vagy öten, amennyire a hajnal gyenge fényében ki tudta venni. Istenem, most mit tegyek? - fohászkodott. Ennyi lovas ellen nem vehette fel a harcot! Elfutni már nem lehetett. Agya lázasan dolgozott, de egyetlen épkézláb ötlete sem volt. A lovasok egyre közelebb jöttek, szemükben a gyilkolás tüze égett. Taksony csak állt és nézte őket. Vége mindennek! - gondolta. Hirtelen kiszaladt a föld a lába alól, teljes hosszában elvágódott a földön. A sebesen vágtató harcosok elrobogtak fölötte. Hallotta a paták csattanását, az egyik közvetlenül a feje mellett csapódott a földre. Ha egy kicsit közelebb jött volna, számomra vége a harcnak! - ugrott fel mérgesen. Ekkor látta meg Mártont a lábai előtt. Ő rántotta le, amikor lovasok közeledtek. A férfi élettelenül feküdt a hasán. Taksony gyomra összerándult az aggodalomtól. Gyorsan lehajolt hozzá, hátára fordította és attól, amit látott üvölteni szeretett volna. Márton nyakán hosszú vágás volt, amelyből erős sugárban ömlött a vér. Taksony szemét könnyek lepték el, ölébe vette a szeretett férfi fejét, egyik kezét szorosan rányomta a nyakára, majd csendesen ringatta, mint egy gyermeket. Mit törődött most azzal, hogy az ellenség még ott lehet, amikor ennek a drága embernek percei vannak hátra. Márton fölnézett, arca szörnyű kínoktól vonaglott. Taksony szíve majd megszakadt, könnyeit nyelve simogatta a ráncos arcot. Megint elveszít valakit, akit nagyon szeret.

- Miért?! - szerette volna kiáltani, de csak rekedt suttogás tört fel a torkából.

Könnyes arcát az ébredő nap felé fordította, mintha tőle választ kaphatna gyötrő kérdésére. Néhány székely harcos közeledett, amint meglátták a síró fiút, futni kezdtek felé. Mikor odaértek letérdeltek vezérük mellé. Vállukra akarták venni, hogy bevigyék a sátorba, de Taksony némán megrázta a fejét, ebből megértették, hogy a sebesült haldoklik.

- Szeretném... - tört fel egy hörgés Mártonból, de nem tudta folytatni.

- Sss. Ne beszélj. - kérlelte Taksony.

- Szeretném... ha... Taksony... lenne... a - próbálta elmondani, ami a szívét nyomta, de a rátörő köhögés nem engedte. Megpróbálta összeszedni maradék erejét. Körbe járatta tekintetét a harcosokon, szeme megállapodott Taksonyon. - Ő... legyen ...a vezér! - suttogta.

Tudta, hogy kérése szokatlan, de azt is, hogy egy haldokló vezér utolsó parancsát nem lehet megszegni, bármi legyen is az. Elégedetten nézett az égre.

- Köszönöm, hogy erőt adtál nekem. Ezt még meg kellet tennem érte. Most már megyek. – suttogta magába.

Ráncai kisimultak, békés mosoly terült el az arcán, szeméből szeretet sugárzott, amikor Taksonyra nézett.

- A magasságos... vigyázzon... rád... - nem fejezte be. Feje félre billent, megtért bátor őseihez.

Taksony hangos zokogással borult a halottra. A harcosok vállukra vették vezérük élettelen testét, lassan elindultak a tábor felé. A Nap ragyogó sugaraival simogatta a tiszteletre méltó vezér megbékélt arcát. Taksony a könnyein át látta mekkora pusztítást végeztek a bolgárok. A sárguló füvet ellepték a székely harcosok holttestei. Itt-ott lehetett látni néhány bolgár halottat, de az elenyésző volt a székelyekéhez képest. Megborzongott a hideg szél érintésétől. Megpróbálta megérteni mi történt? Végig pörgette magában az eseményeket. Honnan kerültek oda ilyen váratlanul a bolgárok? Igaz Árpád figyelmeztette őket, de az előre küldött harcosok nem találkoztak ellenséggel. Amikor visszajöttek, azt jelentették, minden rendben van, nyugodtan letáborozhatnak. Az őrök sem jelezték az éjszaka, hogy ellenség közeleg. Akkor honnan kerültek oda? Szemét újra ellepték a könnyek. Márton talán megérezte a veszélyt, azért ébresztette fel. Még azt az undok inget is felvetette vele. Akkor is őt védte, amikor a bolgár lovasok elől lerántotta a földre. Pedig akkor már haldoklott. Feltörni készülő zokogását elfojtotta magába. Most nincs helye sírásnak, meg kell védeni az élőket egy újabb támadástól. El kell látni a sebsülteket, és el kell temetni a halottakat. Szíve majd meg szakadt, amikor Márton sátra előtt meglátta maroknyi csapatát. Jó, ha húszan voltak. A halott vezért elhelyezték a sátorban. Taksony összehívta a harcosokat és elmondta Márton utolsó kívánságát. Az idősebbek morogtak, de a fiatalok örömmel fogadták.

- Nem tűrhetjük, hogy egy... - nem fejezhette be Varjú a mondókáját, mert a fiú befogta a száját.

- Még nem jött el az ideje, nem kell, hogy megtudják. - sziszegte fogai közt Taksony, majd hangosan szólt a harcosokhoz. - Egy vezér utolsó kívánsága szent! Én sem örülök neki, de megteszek mindent, hogy méltó legyek Márton bizalmára.

- Igaza van a kölyöknek! - zárta le a vitát a legidősebb harcos.

- Aki nem fogad el vezérének, az most távozzon közülünk! Aki marad az velem jön, összeszedjük a sebesülteket, az én sátramban fektetjük le őket. Utána eltemetjük halottainkat. - adta ki a parancsot az ifjú vezér.

Kíváncsian körbe hordozta tekintetét rajtuk. Senki sem távozott, örömmel nyugtázta a bizalmat, de érezte a felelősséget is, amely a vállára nehezedett.

- Mindannyian itt vagyunk? - kérdezte szomorúan.

Néma bólintás volt a válasz.

- Két ember elindul Dél felé, kettő Nyugat és kettő Észak felé, felderíteni merre van az ellenség. Remélem, a lovainkat nem vitték magukkal az átkozottak. Varjú menj, nézd meg! Hányan maradtunk? - gyorsan megszámolta. - Többen, mint gondoltam - Ti hatan lebontjátok a sátrakat, csak annyit viszünk magunkkal amennyire szükségünk, van. - Te jó ég! Értesíteni kell Alpár lakóit, ha még nem késő! Ti ketten azonnal induljatok!

A lovakat nem vitték el, így hamarosan lódobogástól volt hangos a vidék, a székely harcosok vágtattak a mezőn. Mire a nap delelőre hágott, bekötözték azt a néhány sebesültet, akik túlélték a mészárlást és eltemették a halottakat. Egy fűzfa árnyékában örök nyughelyre tették Márton földi maradványait. Taksony a friss domb felett, szabadjára engedte könnyeit. Eszébe jutott mit mondott neki a férfi: szeretném megélni gyermekeid születését. A jó öregnek mégsem adatott meg - gondolta könnyeit törölgetve. Mire felnézett harcosai már elmentek, hagyták elbúcsúzni öreg barátjától. Fejét lehajtva sétált a kanyargós folyó partján. Átnézett a Tisza túloldalára, döbbentében még a szája is tátva maradt. A sima folyó egy szakaszon mintha forrt volna. Közelebb ment és mindent megértett! Egy gázló volt előtte. A bolgárok ott mentek át az éj leple alatt. Amikor előző este tábort ütöttek nem vették észre az átkelőt, olyan sűrű volt a köd. Ha tudomásuk lett volna róla, őrt állítottak volna oda, akkor nem érte volna váratlanul a támadás őket. Ha! - gondolta keserűen. Megtörtént, bele kell nyugodni. Gyorsan elhagyta a partot és embereihez sietett. Egy gondolat szíven ütötte, hogy meg kellett állnia. Az avarok! Belesápadt az aggodalomba. Hiszen ők a folyó túlsó oldalán vannak! Lihegve ért harcosaihoz.

- Négyen azonnal átkeltek a Tiszán, megkeresitek az avarokat és figyelmeztetitek őket a veszélyre! Szolákot keressétek! - adta ki a parancsot.

Az értetlen arcokat látva elfutotta a méreg. Azt hitte, nem akarnak engedelmeskedni.

- Mit bámultok? - kiáltott rájuk.

- November van, ki az az őrült, aki ilyenkor átússza a folyót?

- háborogtak.

- Persze ti nem tudjátok! - kapott észbe Taksony. - Van egy gázló a folyón, ott jöttek át a bolgárok. Gyertek, megmutatom.

Megnyugodva követték. A vezér kijelölte a négy embert és útnak indította őket. A lovak már a vizet tapostak, amikor utánuk szólt: - Mondjátok meg Szoláknak, hogy szükségem van rá, ha tud, jöjjön át. Lehet, hogy őrültséget csinált, de beszélnie kell vele. Most már Szolák sem küldheti haza, hiszen a székelyek elfogadták vezérüknek. Amikor visszatért a partra, megkereste Varjút, aki sértődötten elhúzódott a többiektől.

- Varjú elmész a magyarokhoz, megkeresed Árpádot és elmondod neki mi történt, de a gázlót se felejtsd el! Kérd meg, hogy küldjön legalább ötven embert, amilyen gyorsan csak tud. Estére ott lehetsz, de ne éjszakáz ott, azonnal fordulj vissza. Szükségünk van minden kardforgató kézre. Tudod, hol találod meg? - kérdezte a morogva készülődő férfit.

- Márton tudatta velünk tegnap! - felelte mérgesen.

Nem tudott megbékélni Taksony vezérségével, titokban arra számított, hogy ő lesz Márton utódja. Elintézhetné ezt a pökhendi alakot, ha elmondaná a többieknek, hogy kicsoda. De ezzel most csak ártana a veszélyben levő székelyeknek. Felugrott lovára és elvágtatott.

- Azt hiszem, tudom mi történt. - fordult maradék harcosai felé. - Árpád seregei kiverték Zalánt a székhelyéről, és most fejvesztetten menekül. De vajon miért jöttek át a folyón? - töprengett hangosan. - Mindegy, ma este nem gyújtunk tüzet, meghúzzuk magunkat a part menti bokrokban.

- Nem megyünk tovább? - kérdezték döbbenten.

- Nem, itt maradunk és őrizzük a gázlót.

Megnézte a sebesülteket, megitatta őket. Takarókból hordágyakat készítettek két -két ló hátára erősítették, és óvatosan rájuk tették a sebesülteket. A fölösleges málhákkal együtt útnak indította őket a magyar tábor felé. Először Alpárba akarta küldeni őket, de ott épp olyan veszélyben lennének, mintha itt maradnak. Árpád biztosan felkészült a sebesültek elhelyezésére. Felült a lovára, intett harcosainak, hogy kövessék. Megfelelő szálláshelyet kellett keresni éjszakára. Az Alpárból visszatért harcosok elmondták, hogy a bolgárok nem a falu felé mentek. A lakosok semmit sem tudtak az éjszakai támadásról. Egy fiatal fiút hoztak magukkal, aki jól ismeri a környéket.

- Mi a neved? - kérdezte mosolyogva Taksony.

- Botond, de mindenki csak Botnak hív.

A vezér figyelmesen megnézte a fiút. Alig tizenkét évesnek gondolta. Vékonydongájú, vállig érő, seszínű hajú, de gyönyörű mélykék szemű gyerek volt.

- Botond tudni szeretném, hol éjszakázhatunk, úgy, hogy sehonnan se vegyenek észre.

- Gyertek! - mondta magabiztosan a gyerek.

A folyóparti bozótosba vezette őket, amely első látásra áthatolhatatlannak tűnt. A fiú leugrott lováról, széthajtotta az örökzöld, húsos levelű bokrokat és eltűnt a szemük elől. Növekvő kíváncsisággal követték. Amint kikeveredtek a keskeny bozótosból, hökkenten néztek szét. Egy hosszú, füves síkságon találtak magukat.

- Ez csodálatos! - ámuldozott Taksony.

Átment a tisztás túloldalára, széthajtotta a bokrokat és pontosan azt látta, amit látni akart. A folyót.

- A gázló másik oldalán is van ilyen remek búvóhely? - kérdezte e fiút.

- Persze! - mosolygott a gyerek.

- Akkor menjünk vissza. A csapatot két részre osztjuk az átkelő mellett. A lovakkal gond lehet, elárulhatnak bennünket. - nézett tanácstalanul harcosaira.

- Nem gond, van itt egy mocsár, ott biztonságban lesznek. - ajánlotta Botond.

- Nagyon jó! - örvendezett a vezér.

Mire leszállt az este, elhelyezkedtek a gázló két oldalán. A magas, sűrű bokrok és a fűzfák lehajló ágai eltakarták őket. Taksony egyre idegesebben sétált a sötétben, az avarokhoz küldött embereinek már vissza kellett volna érniük. Legalább a hold feljöhetne, hogy jobban lássanak a sötétben. - dühöngött tehetetlenül.

- Pihenj le Taksony, az őrök éberek, azonnal jelezni fogják, ha ellenség közeleg. - fogta meg a vállát az egyik harcos.

- Hogyan tehetném, amikor nem tudom mi történt a kiküldött emberekkel! - fakadt ki mérgesen.

Elszégyellte magát, hiszen mindenki ideges.

- Bocsáss meg. - fordult a férfi felé.

- Semmi baj, szörnyű napunk volt. Gyere, mond el mit tervezel.

Letelepedtek a nyugtalanul üldögélő harcosok mellé.

- Azon töröm a fejem, hogy a bolgárok miért erre menekülnek. Ha egyenes Dél felé mennének, hamarabb elérnék a határt, ahol biztonságban lennének. Azok, aki megtámadtak bennünket, szerintem azért keltek át a folyón, hogy felderítsék a Tisza eme oldalát. Meg kell akadályoznunk, hogy visszatérjenek Zalánhoz. - mondta csendesen.

- Ez őrültség! - kiáltott fel az egyik harcos. - Nem vehetjük fel a harcot, kitudja hány bolgárral, nagyon kevesen vagyunk!

- Igen, tudom. Ezért kértem Árpádtól segítséget. - fordult a férfi felé.

- Mi van akkor, ha nem küld?

- Akkor is itt kell maradnunk. - felelte határozottan Taksony.

- Miből gondolod, hogy a magyar fejedelem szóba áll a futároddal? - kérdezte egy cinikus hang.

Taksony elengedte füle mellett a kérdést. Ez benne is felmerült. Nem tud válaszolni a kérdésre.

- És mi van akkor, ha Zalán egész serege erre jön? Mit tehetünk ellene?

- Semmit. - felelte a vezér.

- Hát akkor miért nem megyünk el innen?

- Azért, mert csak akkor lennénk biztonságban, ha visszafelé mennénk. Gondolom ezt ti sem akarjátok.

- Azt már nem! Egy székely soha sem fordul vissza a veszély elől! Soha! - kiáltotta szenvedélyesen egy idősebb harcos.

- De ha sokan jönnek, akkor mi lesz? - kérdezte egy másik.

- Akkor meghalunk. - felelte csendesen Taksony.

Az éjszaka eseménytelenül telt el. Felváltva aludtak néhány órát. Kora hajnalban megérkezett Varjú ötven magyar harcossal.

- Árpád azt üzeni, amint lehet, menjél el hozzá.

- Azt hiszem, az még várhat. - dörmögte Taksony.

- Amíg távol leszel, átveszem a vezetést. - mondta felcsillanó szemmel Varjú.

Taksony elsiklott a kijelentés felett.

- Üdvözöllek ifjú vezér. Én vagyok a magyar csapat vezetője, Kadosának hívnak. - nyújtotta kezét a zömök, szúrós szemű férfi.

- Örülök, hogy eljöttetek. - szorította meg a feléje nyújtott kezet a székely vezér.

Lódobogást hallott, kinézett a bokrok sűrűjéből. Legalább húsz lovas közeledett, veszett iramban. Hold fényében tisztán látszott virító színes ruhájuk. Visszajöttek a gyilkosok!

Taksony izgatott hangon adta ki parancsait.

- Mindenki fogja meg az íját, a bokrok takarásából lelőjük őket! Engedjétek olyan közel őket, amennyire biztonságos, azután repüljenek a nyilak! Ne öljétek meg mindet, néhánynak csak lovát lőjétek ki, beszélni akarok velük. Én lövök először! Visszafizetünk halottainkért! - sziszegte.

Átment a másik csapathoz, ott is elmondta, mit kér tőlük. A magyarok egy csoportban álltak, semmi jelét nem mutatták annak, hogy ők is harcolni akarnának. Taksony csípőre tett kézzel állt eléjük.

- Ti nem azért vagytok itt, hogy segítsetek?

- Te nekünk nem parancsolsz. - horkant fel az egyik harcos.

- Te is így gondolod? - nézett a magyarok vezérére.

A férfi mosolyogva bólintott. Taksony ott hagyta a magyarokat, felvette tegezét a földről, ellenőrizte a benne levő nyílvesszőket és intett a székelyeknek, hogy kövessék. Kibújtak a bokrok sűrűjéből. Éppen idejében, mivel a bolgárok már nagyon közel voltak.

- Azt, aki elől lovagol, hagyjátok meg nekem! - súgta a mellette álló harcosoknak.

Nem várta meg a választ, kifeszítette íját és célzott. Az elöl száguldó lovas nagyot kiáltott és lebukott a lováról. Erre a jelre suhogva szálltak a nyílvesszők az ellenség felé. Egyetlen bolgár sem maradt lovon. Taksony mögött egy öblös férfihang kiáltott fel.

- Magyarok lóra!

A székelyek nem tudták követni őket, mivel az ő lovaik a mocsárban voltak. Az egyik fiatal magyar megfogta Taksony vállát.

- Itt a lovam.

A székely vezér hálásan nézett rá és felpattant az ajándék ló hátára. Az életben maradt ellenség már tápászkodott fel, mire odaértek. Összetereltek őket, ellátták sebeiket és néhány harcos őrizetére, bízták őket. A halottakat eltemették és minden árulkodó jelet, eltüntettek. A bolgárok és magyarok lovait elvezették a mocsárba.

- Halljuk mit mesélnek nekünk a foglyok. - mondta Taksony nagyot sóhajtva.

- Ha gondolod, átveszem a vezetést, ahogy látom, meghaladja erődet ez a nehéz feladat. - ajánlotta kedvesen Varjú.

Taksony mérgesen fordult felé. Tetőtől talpig végig mérte a férfit, de nem válaszolt.

- Szerintem, jól csinálja. - mondta Kadosa mögöttük.

Taksony hálásan nézett rá. A zömök férfi szemében cinkos fény villant. A fiatal vezért örömmel töltötte el a tiszteletre méltó harcos bizalma. Amióta Márton meghalt, olyan gyorsan peregtek az események, hogy felocsúdni sem volt ideje. Valld be őszintén, hogy a félelem tartott a markában. - mondta magának.

Most, hogy ez a magyar harcos mellé állt kicsit engedett a feszültség benne. Lassan kezdte érzékelni maga körül a valós világot. A bokrok levelei között hűvös szél kavargott, a bágyadt napsugarak besurrantak a levelek között, melegen simogatva az arcukat. Az egyik magasabb ágon, sárga hasú cinege trillázott. Taksony szemével kereste, a szívet melengető dalost. A kicsiny madár égszínkék feje búbjával bólogatott énekéhez.

- Kedves kismadár. - lépett mellé Kadosa. - A mi hazánkban ilyenek nincsenek.

Taksonyt szíven ütötte ez a néhány szó. Talán most fogta fel igazán, hogy ezeknek az embereknek el kellett hagyni szülőföldjüket, azt, ahol születtek, felnőttek és megöregedtek, mint Kadosa is. Ott hagyták őseik sírját, emlékeiket. Mindent, ami fontos volt. Vajon itt az avarok földjén megtalálják azt, amit elvesztettek? A foglyok keze lába meg volt kötözve, már amennyire sebeik engedték. Gyűlölködő szemek villogtak az érkezők felé. Taksony megállt mellettük, figyelmesen végigmérte őket.

- Ezt hozzátok először a sátramba. - intett Kadosának, hogy kövesse.

A sátorba érve Kadosa Taksony felé fordult.

- Hogyan tudsz beszélni velük?

- Nem lesz nehéz, ezek valamennyire beszélnek avarul. Elég régen szipolyozzák a vérünket. De ha nem akarnak avarul beszélni, az sem okoz gondot, beszélem a nyelvüket. - felelte mosolyogva a vezér.

- Ezt nevezem! - kiáltott fel csodálkozva a férfi.

- Nem olyan rendkívüli a dolog. Biztosan te is ismered a szomszéd népek nyelvét. Apám azt mondta, nem árt, ha ismerjük ellenségünk nyelvét. Eddig nem sok hasznát vettem, de talán most igen.

- Akkor a frankok nyelvét is ismered?

Taksony bólintott, hiszen édesanyám nyelve, de nem mondta.

- Nagyszerű! Árpád örülni fog, ha elmondom neki, szüksége van egy tolmácsra. - lelkesedett a magyar vezér.

- Nem hiszem, hogy Árpád elfogad tolmácsnak. - morogta a fiú.

A magyar már szóra nyitotta a száját, de akkor lépett a sátorba egy székely a fogollyal.

- Na, csicseregjél nekünk, tarka tollú madárka. - fogadta a belépőt Taksony. - Mond el nekünk, miért jöttetek át a Tiszán? Ez még avar terület, mit kerestek itt? - lépett a fogoly elé elszántan. A bolgár értetlenül meredt a fiúra.

- Szóval el akarod hitetni velünk, hogy nem érted mit kérdeztem. Jól van! - Taksony pergő nyelvvel elismételte a kérdést, de bolgárul. A fogoly sápadtan nézett rá.

- Mit mondtál neki? - kérdezte Kadosa.

- Ugyan azt, amit avarul. És megnyugtattam, hogy ezen a nyelven is társaloghatunk.

- Jobban szeretném, ha magyarul beszélne, azt én is értem. De ha nem tud, akkor leszúrom, úgy se vesszük semmi hasznát. - mondta közönyös hangon Kadosa.

A fogoly ijedten nézett rá, és ezzel el is árulta magát, ezt ő is tudta.

- Egy keveset beszélni avarul. Kergetni szarvas, átjönni folyó. Nem csinálni semmi rossz! - törte a nyelvet.

- Nektek valóban nem lehet rossz, ha székelyeket néztek szarvasnak. A harcosok nagy részét megöltétek! - kiáltotta mérgesen Taksony.

A fogoly elfordult, de a vezér még látta a vigyorgást az arcán. Olyan éktelen haragra gerjedt, ekkora pimaszság láttán, hogy kirántotta kardját és le akarta szúrni az átkozottat. Szerencsére Kadosa lefogta a kezét, nem szorosan, de határozottan

- Nem megyünk semmire, ha most megölöd. - mondta csendesen.

Taksony kicsit lehiggadt, de szemével ölni tudott volna. Ne hagyd, hogy az indulataid vezessenek! - csendült fel egy kedves hang a múltból.

Kadosa odalépett a fogolyhoz és megragadta a kezét. Taksony egy szörnyű reccsenést hallott, majd egy fájdalmas üvöltést. Ijedten nézett rájuk. A bolgár fájdalomtól eltorzult arccal nézte törött hüvelykujját. Kadosa fenyegetőn állt előtte.

- Ha továbbra is hazudsz, folytatom. Van még kilenc. - mondta a fogolynak.

Taksony a rosszulléttel küszködött, ez nem neki való. - gondolta iszonyodva. Most először bánta meg hogy eljött, és az a szörnyű az egészben, hogy most már nem lehet visszakozni. Kadosa lépett mögé, nem vette észre, csak amikor megfogta a vállát.

- Mi a baj? - kérdezte csendesen, hogy a fogoly ne hallja.

Taksony felé fordult, sápadt arcából szinte világított zöld szeme.

- Te lány vagy! - suttogta ijedten a férfi.

Ilyet még nem is hallott, egy lány vezet egy sereget! Ez iszonyú. De ha belegondolt, ez a lány nagyon is jól végezte a dolgát. Kérges kezével megsimogatta a sápadt, riadt arcot. Most mit tegyen? Haza kellene küldeni, de ez nem olyan egyszerű, a székelyek bíznak benne. Vajon tudják, hogy egy nő vezeti őket? Mindegy, most nem tehet semmit, folytatni kell. Legszívesebben kiküldte volna sátorból, és egyedül dolgozná meg a bolgárt. De ezt csak akkor tehetné meg, ha leleplezné a lányt. Nem volt szíve megtenni, ki tudja mi vezérelte ide ezt a gyereket. Inkább vigyázni fog rá.

- Elárulsz? - kérdezte Taksony miután egy kicsit, összeszedte magát.

- Nem, de cserébe el kell majd mondanod miért csináltad? Most folytassuk!

Elindultak a fogoly felé, aki ijedten hátrált előlük.

- Köszönöm. - suttogta Taksony.

Arca visszanyerte eredeti színét, nyoma sem volt rajta már az ijedtségnek. Elszántan lépett a bolgár elé.

- A szarvas nem jött be. Most halljuk az igazat!

Kadosa növekvő tisztelettel nézte a lányt, most olyan megint, mint egy elszánt, határozott vezér. Mivel a bolgár még sem szólalt meg, Taksony félt, hogy megismétlődik az ujjtörés, ezért mással próbálkozott.

- Hát ide figyelj, sokkal többet tudunk, mint gondolnád. Tudjuk, hogy Árpád seregei kivertek benneteket a bagolyváratokból és most menekültök. Én csak arra vagyok kíváncsi, miért erre?

Nem csak a fogoly, Kadosai is elképedve nézett rá. Honnan tudja? Taksony kivárt egy kicsit, mivel a fogoly nem válaszolt, intett Kadosának, hogy folytassa.

- A következő ujját!
- Ez igen! - nevetett a férfi.
- Beszélni! - kiáltotta ijedten a bolgár. - Zalán, a mi urunk, küldeni, megnézni ezen oldal, hol lenni magyar.
- De miért erre? Miért nem mentetek egyenesen haza? - faggatta Taksony.
- Az emberek elmenni lefelé folyó, ott is magyarok találni. Azért küldeni engem erre oldal.
- És találtatok ezen az oldalon magyarokat? - kérdezte Kadosa feszülten.
- Nem lenni magyar. Balga székely lenni, nem vigyázni. – felelte, de most nem mert nevetni.
- Szóval erre fogtok jönni. Hányan vagytok? - kérdezte Taksony.

Körmét tenyerébe vájta, félt attól, amit hallani fog.

- Ha beszélni minden, elengedni? - tapogatózott a bolgár.
- Meglátni. - nevetett Kadosa.
- Nem beszélni tovább! - kiáltotta a fogoly makacsul.
- Azt is lehet, de minden megválaszolatlan kérdés egy törött ujjat jelent.
- Ha mindent elmondasz és igaznak bizonyul, elengedünk. - mondta Taksony.

Kadosa arcáról lefagyott a mosoly, mérgesen fordult a fiú felé. De mielőtt szólhatott volna, a székely nyugalomra intette.

- Hallgatunk bolgár!
- Nem tudni pontosan. Magyarokkal nagy csata, sokan meghalni. Már talál fele sem lenni enyém sereg.

Taksony gondolkodott egy kicsit. Tehát a magyarok megtámadták Zalánt, nagy veszteségeket okozva nekik. Azóta a nyomukban vannak, de a bolgárok nem menekülhettek Dél felé, mert ott is magyarok vannak. Az egyetlen lehetséges út a számukra, ha átjönnek a Tiszán és innen mennek hazafelé. Márton szerint Zalán serege meghaladta az ötezret. Ha ez az ember igazat mond, még akkor is legalább háromezer bolgár tart feléjük. Lehet, hogy valamivel kevesebb, mert az üldözők remélhetőleg ritkítják soraikat. Még így is nagyon sokan vannak! Ez a maroknyi székely-magyar csapat nem veheti fel a harcot ellenük. De legalább Árpád seregeiről nem tudnak. Vajon az avarokkal találkoztak már? Nem valószínű, különben ez a bolgár már eldicsekedett volna vele.

- Hol van most Zalán?

- Nem tudni. - felelte a bolgár.

- Dehogy nem! - lépett hozzá Kadosa.

- Nem tudni pontosan. - helyesbített gyorsan.

- Honnan indultatok el, hogy átkeljetek a Tiszán? - csattant Taksony a fogolyra.

- Avarok nevezni Mezőtúr.

- Te jó Isten! - kiáltotta Taksony.

Kadosa megragadta a karját és a sátor másik végébe vezette.

- Mit jelent ez?

- Azt hogy a bolgárok bármikor ideérhetnek! Egynapi lovaglásra vannak tőlünk! - hüledezett Taksony. - Azonnal küldeni kell valakit Árpádhoz!

- Szóval nem te küldesz? - kötekedett vele a férfi.

- A magyarok vezére te vagy, de most ne vitatkozzunk. Nincs erre idő.

A magyar vezér, dörgő hangon kiszólt a sátorból.

- Gyula gyere be!

A fiatal magyar belépett és türelmesen várakozott. Taksony figyelte a férfit viselkedését, aki feszes tartással állt, lába lecövekelt a bejáratnál. Látszott rajta, hogy képzett harcos, aki mindig ezt csinálja - gondolta elismerőn. Kadosa csendesen kiadta a parancsot, mire a futár azonnal távozott.

- Ezzel mi legyen? - bökött a bolgár felé Kadosa.

- Még valamit tudni akarok. - a fogoly felé fordult. - Miért támadtatok bennünket?

- Nem jó ellenség hátunk mögött. - felelte tömören.

Taksony szomorúan ismételte meg a bolgár szavai: Nem jó ellenség hátunk mögött. Ezért kellett meghalnia sok kiváló embernek.

- Akkor miért nem öltetek meg mindenkit? - kérdezte Kadosa.

- Azt hinni mindenki kaput, nem ráérni, menni tovább.

Taksony szemét elfutotta a könny. Maga ellőtt látta a rengeteg halottat, nyöszörgő, jajgató sebesülteket és Márton elgyötört arcát. Ennek meg csak annyi, hogy kaput. Kirántotta kardját, rárontotta fogolyra. Kadosa ismét megállította.

- Engedj! Megölöm! Úgy mészárolták le őket, hogy sokan fegyvertelenek voltak! Mint a barmokat! - kiabálta Kadosával viaskodva.

- Most ő is fegyvertelen. - figyelmeztette higgadtan a magyar.

- Vitesdd el, kérlek. - suttogta Taksony könnyeit nyelve.

Még néhány foglyot kihallgattak, de megközelítően ugyan azt mondták

Varjú mérgesen lépett a sátorba, amikor végeztek.

- Hogy jöttök ahhoz, hogy engem kihagytok? Vegyétek tudomásul, hogy én vagyok a székelyek vezére! Egy lány nem vezethet férfiakat! Tud meg magyar, hogy ez itt nem fiú, hanem lány! - mutatott Taksonyra.

- Tudom. - felelte nyugodt hangon Kadosa. - De valamit neked is tudnod kell! A vezér sátrába csak az léphet be, akit hívattak!

Varjú megszeppent kissé, de még nem adta fel.

- Neked ehhez semmi közöd! - heveskedett tovább.

Taksony egyikről a másikra nézett. Ez tiszta őrület, a székelynek kellene védenie őt, és mégis a magyar védi.

- Varjú menj ki. Ha szükségem lesz rád, majd hívatlak. - mondta csendes Taksony.

- Neked már régen Árpádnál kellene lenned! - kiabált tovább a férfi.

- Nem kell Árpádhoz mennie. - fogta meg a férfi karját, és kitessékelte a sátorból.

- Mi volt ez? - kérdezte gyanakodva Taksony.

Kadosa némán bámult maga elé.

- Kérdeztelek. - lépett hozzá a lány.

Az idős férfi belenézett Taksony zöld szemébe és bűnbánó arccal megszólalt.

- Árpád azt üzente, figyeljük a gázlót, ha a bolgárok megpróbálnak átkelni, rajta azonnal értesítsük. Ennyi.

- Szóval nekem nem is kell elmennem hozzá? - kérdezte tágra nyílt szemmel.

- Nem. Neked itt kell állnod a sarat. Az egészet Varjú találta ki. Azt mondta egy tapasztalatlan kölyök a vezér, de nem ért hozzá. Félő, hogy miatta elrontunk mindent. Rávett, hogy mondjuk azt neked, hogy Árpád hívat, így átveheti a székelyek vezetését. Bocsáss meg. - kérte az idős férfi.

Taksony nevetni kezdett, de nem jókedvében.

- Nem elég, hogy több ezer bolgár tart felénk, még a saját házunk táján is harcolnunk kell? Miért mondtad el nekem?

- Azért mert rájöttem, Varjúnak nem volt igaza. Igaz, hogy nincs tapasztalatod, de megállod a helyed. Sohasem hittem volna, hogy egy lány képes egy férfi helyébe lépni. - felelte őszintén.

- Nem is képes rá, hidd el. - legyintett Taksony.

- Elmondod miért vagy itt?

Taksony bólintott.

- Bot gyere be! - kiáltotta.

Mivel nem hallott semmi mozgást, kilépett a sátorból. Odakint már sötét volt, a folyó felől köd szállt feléjük. Megint nem lehetett látni a túlsó partot, mérgelődött magában. A sátor bejáratát két magyar harcos őrizte. Csak akkor vette észre őket, amikor visszafordult. Vajon ki állította oda őket, biztosan Kadosa. Neki ez soha nem jutott volna eszébe. Nem őt kell védeni. Neki kell gondoskodni az emberek biztonságáról. Bot lépett mellé a sötétében.

- Kerestél? - kérdezte a gyerek.

- Igen. Eltudsz kísérni néhány harcost ilyen sötétben Alpárba?

- Hát persze, de nem kell mellém harcos, elmegyek egyedül is. - nevetett a fiú.

- Nem melléd kellenek a harcosok, tudom, hogy te megtudod védeni magad. Alpár lakossága veszélyben van, el kell bújniuk a nádasban. Azért kellenek a harcosok, hogy segítsenek ebben. - simogatta meg a fiú haját Taksony. Átfogta Botond vállát és együtt léptek a sátorba.

- Úgy látom, mindenre gondolsz. - dicsérte Kadosa, aki a bejáratnál állt és mindent hallott.

- Ez a dolgom. - engedett el egy fanyar mosolyt a lány.

- Igen. Beküldök néhány harcost, akik elkísérik a fiút. - mondta a magyar vezér és elhagyta a sátrat.

Egy székely lépett be, hideg sültet és kenyeret hozott.

- Enned kell. - mosolygott Taksonyra.

- Köszönöm.

A harcos megbiccentette a fejét vezére felé és távozott. Miután a kis csapat elment Alpárba, a tábor nyugovóra tért. Az éjszaka közepén Taksony arra ébredt, hogy valaki rázza a vállát. Kiugrott az ágyból és kardjáért kapott.

- Ne olyan hevesen barátom! - csitította egy ismerős hang.

- Szolák! - ugrotta férfi nyakába. - De jó hogy itt vagy!

- Rebeka, hogy kerülsz te ide? - kérdezte megütközve a férfi.

De ő csak szorongatta a nyakát, olyan jó volt hozzá bújni. Biztonságban érezte magát végre. Szolák kibontakozott az ölelésből, nem tudta eldönteni, hogy megverje, vagy újra megölelje lányt.

- Hát mégis megtetted? - kérdezte a csendesen sírdogáló lányt. - Te nem vagy eszednél, ugye tudod?

- Morogjál csak vén medve, fő hogy itt vagy velem. - nevetett boldogan, könnyein keresztül Rebeka.

Szolák magához szorította, hiszen annyira szerette ezt az istenátkát.

- Most mondd el, hogy kerültél ide? - parancsolta keményen a férfi.

- Elmondom, de előbb te mondd el, hogy jutottál be a sátramba?
- Ez már megint nem tisztességes, de mit várhatok tőled? - legyintett lemondóan. - A székely harcosok, akiket hozzám küldtél, átadták az üzenetedet és eljöttem, hogy beszéljek a vezérükkel. De azt álmomban sem gondoltam volna, hogy te vagy az! Most te jössz!

Rebeka megfogta Szolák kezét és leültek a vastag takarókra.
- Azt hiszem az ügyességi versennyel kell kezdenem, hogy mindent megérts. - kezdte nagyot sóhajtva.
- Mi közöd volt neked ahhoz a versenyhez?
- Ott kezdődött, de ne szólj közbe, különben reggelig sem végzek. - borzolta meg a férfi haját játékosan.

A sátor előtt sétáló őr csendes lépteire figyeltek pár pillanatig. Szorosabbra tekerték magukon a takarót, majd Rebeka elkezdett beszélni.
- Amikor a székelyek, Márton vezetésével megérkeztek Borsodba, Árpád üdvözlésére, akkor kezdett kibontakozni bennem egy, most már tudom, őrült terv. Arra gondoltam Mártont rátudom venni, hogy magával vigyen. A bátyám ruháit apa gondosan megőrizte, szerencsére volt közöttük olyan ami jó rám. Egy este Márton bejött hozzám és én elmondtam, mit akarok. Először bolondnak tartott, majd némi gondolkodás után beleegyezett, egy feltétellel.
- Mi volt az? - kérdezte mérgesen Szolák.

Haragudott a férfira, amiért ilyen veszélynek tette ki a lányt.
- Csak akkor visz magával, ha megígérem, hogy mindig mellette maradok és szót fogadok neki. Ne haragudj rá, hiszen meghalt. - mondta fakó hangon a lány.

Arcán két könnycsepp gördült le.
- Folytasd. - ölelte át a vállát Szolák.
- Szerintem Márton azért egyezett bele, mert apa annak idején nem bosszulta meg anya halálát. Tudod mennyire szerette őt. Mivel tudta, hogy addig nem nyugszom, amíg Zalán él, ezért elhozott magával. Azért hogy segítsen megtenni, azt, amit szerinte apámnak kellett

volna. Mindegy. Visszatérve a versenyre. Márton megnézett Tárkány ruhájában és azt mondta jó lesz, csak a hajammal kell valamit csinálni. Eszembe jutott, hogy amikor a bátyámat megtaláltuk, mellette volt a két befont copfja. Ma sem értem ki tette? Feltűzetem a saját hajamat, két oldalt felerősítettem Tárkány haját és a fejemre tettem a süveget. Jól a szemembe húztam, így valamelyest eltakartam az arcomat. Márton szerint csak közelről ismerhetett fel, aki jól ismert. Másnap, amikor már mindenki lent volt a küzdőtéren, Márton benevezett a versenyre, mint a fogadott fiát.

- De Mártonnak valóban van egy fogadott fia, a rossz nyelvek szerint a sajátja, csak nem meri vállalni. Azért nem vette magához, mert az anyja egyszerű parasztasszony és rossz fényt vetett volna rá ez a kapcsolat. A székelyek mit mondanak, hiszen ők ismerik a fiút?

- Nem tudom, én erről nem beszéltem velük. A pletykáról nem hallottam, de nem is érdekel.

- Nem? Pedig nagyon szereted beleütni az orrodat mások dolgába. - incselkedett a férfi.

- Ez nem igaz! - tiltakozott Rebeka.

- Hagyjuk, folytasd! - nevetett.

- Szerencsére te akkor nem voltál otthon.

- Szóval te örültél ennek? Én meg azt hittem vörösre sírod a szemed miattam.

- Nem erről van szó, ezt te is tudod. - intette le a lány. - Ha otthon lettél volna, akkor nem kockáztatom meg. Te biztosan felismertél volna, akármit veszek magamra. Senki sem gyanakodott, így végig csináltam a versenyt. A nyíllövésben én voltam a legjobb és elnyertem az apám által felajánlott kardot. Ezt itt, nézd meg. - mutatta büszkén.

Lecsatolta derekáról az övét, amit akkor vett fel, amikor Szolák felébresztette. A fiatal avar vezér közelebb ment a gyengén pislákoló tűzhöz, hogy jobban szemügyre vegye a mesteri fegyvert. A halvány fényben megcsillant a markolatba ötvözött arany és ezüst berakás. Pompás darab, gondolta Szolák, de Bagatúr biztosan nem gondolta, hogy a lánya fog vele harcolni. Ha sejtette volna, talán megöli a mesterembert, hogy soha ne készülhessen el ez a remekmű.

- Nagyon szép. - ült le a lány mellé. - Folytasd.

- Mivel Márton szerint is kiálltam a próbát, megígérte, hogy magával visz. Igen ám, de mind a ketten tudtuk, hogy Zoltán szigorúan őriztet. Valahogy ki kellett játszanunk az őrök éberségét. Úgy beszéltük meg, hogy ha Etel hazamegy, megkérem apát engedjen el vele. Néhány székely harcos ott maradt nálunk, ha sikerül elszöknöm, majd ők fognak vigyázni rám. Ez volt Márton parancsa.

- Legalább ennyit megtett az a vén bolond. - dörmögte Szolák.

- Ne bántsd őt! - ugrott fel Rebeka.

- Jó, jó csak folytasd, mert így reggelig sem végzünk.

- Miután Etelt hazakísértem, visszaindultam Borsodba. Útban hazafelé, egy trükkel sikerült leráznom az őröket. Azt mondtam, be kell mennem a bokrok közé elvégezni a dolgomat, oda nem kísérhettek el. - kuncogott Rebeka.

Szolák csak a fejét rázta, de nem szólt semmit, így a lány folytatta.

- A székelyek az erdőben vártak, egy lovat nekem is hoztak. Elvágtattunk egy közeli barlangba, ott meghúztuk magunkat, amíg Zoltán emberei átfésülték az erdőt utánam, sikertelenül. Amint a magyarok felhagytak a kereséssel, elmentünk a székelyek táborába, ahol már vártak bennünket.

- Kiket avatott be Márton, mert a székelyek biztosan ismerik a fiát és tudták, hogy az nem te vagy?

- A titkunkba három embert avatott be, köztük volt Varjú is, sajnos. Mivel Mártonnak nem volt örököse, úgy gondolta rám ruházza vagyonát. A másik két vezér nem kifogásolta a dolgot, a székelyeknél elfogadott gyakorlat az, hogy ha nincs fiú utód, akkor lány is örökölhet. Egyedül Varjú tiltakozott ellene. Márton azt mondta, idővel belenyugszik, ne izgassam magam miatta, de nem így történt. Amikor csak tehette belém kötött, főleg Márton halála után. Nem tudom miért?

- Én igen. Egyrészt nem vagy székely, másrészt meg lány vagy. Nem

208

elég hogy a vagyonát örökölted, de lány létedre te lettél a székelyek vezére. Szerintem mindkettőre pályázott. Az viszont én sem értem miért te lettél a vezér?

- Azt hiszem ezt meg én értem. Amikor azon a hajnalon megtámadtak bennünket, Márton halálos sebet kapott. A végakarata az volt, hogy én legyek a vezér. Szerintem azért döntött így, hogy megvédjen, hiszen a vezéreket a harcosok jobban védik, mint társaikat. Meg talán féltett Varjútól, hiszen tudta milyen rossz szemmel néz rám.

- Miért, kancsal? - kérdezte orra alatt mosolyogva Szolák.

- Nem kancsal. - csodálkozott Rebeka. - Miből gondolod?

- Azt mondtad, rossz szemmel néz rád. Akkor kancsal. - nevetett hangosan a férfi, mivel a lány hatalmas szemekkel nézett rá.

Amikor megértette a tréfát neki esett Szoláknak. A férfi ráborult a szőrmékre, de esés közben megfogta a lány kezét és magával rántotta. Nevetve bolondoztak egy kicsit. Odakint lassan derengeni kezdett. Mindketten a sátor bejáratához sétáltak. Kiléptek a hajnali csípős levegőre. Kinyújtóztatták tagjaikat, majd visszatérve folytatták a beszélgetést.

- A magyarok, hogy kerülte ide? - kérdezte a férfi.

- Én üzentem Árpádnak, hogy küldjön segítséget. Úgy gondoltam itt kell maradnunk, őrizni a gázlót.

- Amikor letáboroztatok nem tudtatok a gázlóról? - kérdezte mérgesen.

- Akkora köd volt, hogy az orrunkig sem láttunk! - vágott vissza a lány.

Szolák fel-alá járkált, sehogy sem értette a székelyeket. Hogy feledkezhettek meg a gázlóról, hiszen úgy ismerték az Alföldet, mint a tenyerüket!

Rebeka megvárta, hogy lehiggadjon, majd amikor megint leült a férfi, folytatta.

- Amikor eltemettük a halottakat, felszedtük a sátrakat és ide behúzódtunk. Árpádtól kértem segítséget. A harcosok állandóan járják a környéket. Alpár lakosait beküldtem a mocsárba, ha jönnek a bolgárok legalább ők legyenek biztonságban. Ennyi. - fejezte be a lány.

Szolák gondolataiba merülve ült. Rebeka szomorúan nézett maga elé. Néhány nap leforgása alatt gyökeresen megváltozott az élete. Már nem az az elkényeztetett lány volt, akinek lesik minden kívánságát. Harcosok veszik körül, akikért felelős. Most nem az apjával és a dadussal hadakozik, mert nem akar varrni a többi asszonnyal, hanem egy kegyetlen vezér kegyetlen harcosaival. Erre az összehasonlításra elhúzta a száját.

- Mitől vagy ennyire vidám? - kérdezte megrökönyödve Szolák.

- Eszembe jutottak azok a csaták, melyeket a dadussal vívtam.

- Hát bolond teremtés, most nem vele, hanem az ellenséggel csatázol. A nevelődet játszva legyőzted, de most semmi esélyed sincs a győzelemre. Jobb lenne, ha fognád a sátorfádat és haza mennél, hagynád, hogy a férfiak végezzék a dolgukat.

- Igen, valóban ezt kellene tennem. - mondta csendesen a lány.

- Szóval hazamész? - kérdezte örvendezve a férfi.

- Nem!

- De azt mondtad!

- Nem. Én azt mondtam, hogy azt kellene tennem, de nem lehet.

- Miért nem? Összepakolsz és elindulsz hazafelé, ilyen egyszerű! Legalább Zoltán nem tudja meg ezt az őrültséget, amit csináltál. Mond, gondoltál arra apád mit érez? - kérdezte szemrehányón.

- Igen. Mond Szolák, miért nem apa vezeti az avarokat?

- Árpád utasítása, de nem indokolta meg miért.

- De miért éppen te, hiszen Levedi a fővezér.

- Ezek szerint én nem vagyok alkalmas a feladatra? - állt elé tettetett felháborodással Szolák.

- Most ne bohóckodj! Válaszolj. - kérte a lány komolyan.

- Rebeka, te nagyon megváltoztál. Olyan, vagy mint egy vén harcos, aki azt hiszi, ha mosolyogni látják vége a tekintélyének. Hidd el, ha egy vezér tud nevetni, a harcosai is vidámabbak.

- Szolák, válaszolj! - szólt határozottan Rebeka. Alig tudta visszatartani a nevetést. Ez a fiú mindig bolondozik, de ezért szereti.

- Rendben van! - próbált komoly maradni. - Levedi elkísérte Zoltánt.

- Értem. Az avaroknál nincs egyetlen valamirevaló férfi sem, aki vezetné a sereget, ezért kell egy gyereknek elvégezni ezt a feladatot. - bólogatott megértőn a lány.

Szolák az ég felé emelte mindkét karját és a sátor tetejére nézett.

- Uram, te látod, mit tesz velem ez a boszorkány!

Leengedte a karját és nevetve a lány elé térdelt. - Bocsánatos bűn, ha egy fiatal vezér vezeti népe seregét. De milyen nép az, amelyet egy lány vezet?

- Nincs igazad Szolák, ha a népet bántod miattam. - tette a férfi vállára a kezét. - Ez a néhány ember csak töredéke a székelyeknek. Csanád a fejedelem. Ha itt vége lesz ennek a szörnyűségnek, elvezetem maroknyi csapatomat hozzá, majd ő kinevezi az északi székelyek vezérét. Én csak addig maradok velük, amíg Zalánt elintézem. Természetesen nem tartok igényt Márton vagyonára sem. Csanád majd megtalálja azt, aki méltó rá. De abban biztos vagyok, hogy az nem Varjú lesz!

Szolákot megnyugtatták Rebeka szavai. A lány valóban megkomolyodott, de az nem baj. Ez a kis kaland talán elveszi a kedvét az esztelenségektől a jövőben. - gondolta a férfi. Ha túléli egyáltalán, amire nagyon kevés esélyük van.

- Rebeka, áthozom az avarokat ide, segítek neked.

- Nem, azt nem teheted. Árpád így parancsolta, nem változtathatsz rajta.

- Csak ámulok és bámulok! Eddig mindig bíráltad a magyarokat. Rebeka te beteg vagy? -kérdezte döbbenten. - Ennyire megviseltek a történtek?

- Szolák nem vagyok beteg, csak egy kicsit másképp látom a dolgokat, mint eddig. - nevetett a lány.

- Hát ez nem egy elkényeztetett hercegkisasszony selyembe burkolt szobája, az biztos. - nézett körbe a sátorban.

- Hát nem. Ha kinézek, nem szőlős dombokat látom, hanem közel ötven székely harcos és egy csodálatos ember sírját. Nem azon jár az eszem reggelente, hogy elszököm az öreg fához, hanem azon, hogyan védjem az átjárót és azt a néhány harcost, aki még él és bízik bennem. Valamit csak a napokban értettem meg. Kadosával sétáltam, megláttunk egy cinegét és megcsodáltuk mindketten. A férfi azt mondta, hogy az ő hazájában ilyen madár nincsen. Akkor értettem meg, hogy ezek az emberek mindenüket elvesztették. Nem csak a szülőföldjüket, hanem a hovatartozásukat is. Azt a helyet, ahol őseik éltek, a sírjaikat, ahova a megemlékezés virágait vitték, ahol a mindennapjaikat élték. Elűzték őket onnan, most keresik az elvesztett biztonságot, ahol újra kezdhetnek mindent. A gyerekek néhány év múlva elfelejtik, hol születtek, nekik ez lesz majd a hazájuk. De apáik, nagyapáik, amíg élnek magukban siratni fogják az első, igazi otthonaikat. - mondta csendesen Rebeka.

Szolák nem válaszolt, ő erre már régen rájött. Sajnálta, de meg is szerette a magyarokat. Büszke volt rá, hogy Árpád őt nevezte ki az avarok fővezérének. Kadosa lépett a sátorba, meglepődött, amikor Szolákot meglátta.

- Nem tudtam, hogy vendéged van. - szabadkozott.

A lány a magyar vezér vállára tette apró kezét és bemutatta egymásnak a két férfit. Amíg kezet fogtak, kíváncsian nézték egymást.

- Én is bemutatok neked valakit. - ölelte át Rebeka vállát Szolák. - Ez a fiatalember, Bagatúr, avar fejedelem lánya és a magyar fejedelem, Zoltán fiának a menyasszonya. Aki megszökött apja biztonságos palotájából, hogy megbosszulja édesanyja halálát. Zalán évekkel ezelőtt megölte őt, és egyetlen fiát, sok avar harcossal együtt. Ez a bolond teremtés rábeszélte a székely vezért, hogy magával hozza. Nem törődve apja kétségbeesésével, vőlegénye haragjával. Most itt van a legnagyobb veszély kellős közepén, de még mindig nem éri fel ésszel, hogy az életével játszik. Ahelyett, hogy hanyatt-homlok menekülne, ő maradni akar! - mondta mérgesen Szolák. - Kérlek, segíts meggyőzni.

Kadosa megdöbbent a hallottaktól. Ez a lány Zoltán felesége lesz? Vajon a fejedelem tud róla, hogy itt van? Biztosan nem, de tudnia kéne! De ha tudatja vele, akkor elárulja lányt. Mit tegyen? - tépelődött. Nézte a lány zöld szemét, amely tele volt könyörgéssel. Nem árulhatja el. Ez a gyereklány vállalta a háború borzalmait, hogy bosszút álljon az apja helyett!

- Most, hogy tudod, kivagyok, elárulsz? - kérdezte Rebeka.

Félt a választól, hiszen Kadosának kötelessége elmondani Árpádnak, amit most hallott. Kadosa szigorúan nézett rá.

- Szoláknak igaza van, te egy bolond teremtés, vagy! - mondta majd mosolyogva, folytatta. - De nem azért kockáztattál annyit, hogy most keljen feladnod. Nem tudom ki vagy, Szolákot sohasem láttam, nem is beszéltem vele. Még ha Árpád a fejemet is veszi érte. - morogta maga elé az utolsó mondatot.

- Köszönöm! - kiáltotta boldogan Rebeka.

Szolák lemondóan legyintett. Ez a boszorkány mindenkit levesz a lábáról.

- Megtudhatom az igazi nevedet? - kérdezte a magyar vezér.

- Nem! - felelte határozottan a lány.

- Miért? - kérdezte csodálkozva.

- Ha tudod a nevemet, akkor akaratlanul is elárulod magad. Jobb, ha Taksony maradok.

Kadosa elismerőn nézett rá. Nagyon okos!

- Azért jöttem hozzád, mert Árpád futárja megérkezett. Én már beszéltem vele, de neked is hozott üzenetet. Beküldjem?

- Igen. Neked mit üzent? - kíváncsiskodott Rebeka.

- Az nem tartozik rád. - mosolygott a férfi.

Fiatal, magas, jó kiállású férfi lépett a sátorba. Apró szemeivel egy pillanat alatt felmérte a sátrat és a benne levőket. Rebeka elé állt, fejét megbiccentette, a lányra bízva, hogy köszönésnek, vagy a tisztelet megadásának veszi. Rebekának eszébe jutott öreg tanítója, aki arra tanította, ha belép valahova hangosan, és érthetően köszönjön. Hát ez a férfi vehetne néhány leckét a bajortól, ráférne!

- Légy üdvözölve barátom. - nyújtotta apró kezét a futár felé, de az nem fogadta el.

A lány csodálkozva nézett rá, majd megvonta a vállát. Szolák csendben figyelte őket. Amikor Rebeka megszólalt, felkapta a fejét. Most figyelt fel a lány mély hangjára, pedig kicsi kora óta csúfolták miatta. A bátyjának is jóval vékonyabb hangja volt. Most egy kicsit még rá is játszott. Ha valaki nem tudta, hogy lánnyal beszél, fel sem merül benne a kétség. Világosban jobban megnézte, arca soványabb lett, az állandó szabad levegőn való tartózkodás eltüntette róla a rózsás hamvasságot. Most valóban úgy nézett ki, mint egy fiatal fiú. Csillogó zöld szeme is megváltozott, eltűnt belőle a huncutság, a gondtalan ragyogás. Fáradt és szomorú volt, de a testtartása ugyan olyan egyenes és büszke, mint régen, sőt amit eddig nem vett észre az az elszántság volt, ami szinte sugárzott belőle. Kár, hogy nem fiúnak született, milyen jó fejedelme lehetett volna az avaroknak!

- Árpád, a magyarok fejedelme küldött. - mondta a futár, mély tisztelettel a hangjában fejedelme iránt.

- Mit üzent nekem? - kérdezte hűvösen a lány.

A futár felháborodott a kimért hangtól. Ennek a kölyöknek a szeme sem rebbent, amikor meghallotta a Nagy fejedelem nevét, sőt hideg szemmel méregeti őt! Harag villant a szemében, egy lépést hátrált és olyan lekezelő modorban válaszolt, hogy Rebeka a kardmarkolatához kapott.

- Azt parancsolta, hogy húzódj Északabbra azzal a pár jobbágyoddal! Szolák megfogta a lány kezét, mielőtt kihúzta volna a kardot.

- Hát idefigyelj te futár! Te most a székelyek vezére előtt állsz. Úgy látszik, nem tanították meg neked a tiszteletadást! Lehet, hogy nálatok nem szokás, de vedd tudomásul, hogy nálunk egy vezérnek kijár a tiszteletadás, akkor is, ha fiatal! - mondta megvetéssel Szolák.

A fiatalember zavartan nézett rájuk, majd Kadosára pillantott. Az idős vezér arca nem árult el semmit.

- Árpád megköveteli a tiszteletadást! - nézett Szolákra. - Te fiam levizsgáztál. - bökött a magyar mellkasára. - Taksony a jólneveltséget nem karddal kell az emberek fejébe verni.

Rebeka villogó szemmel nézett a futárra, de amikor Szolák elengedte a kezét, ő is elengedte a kardot, amit Kadosa fejbólintással nyugtázott.

- Szolák vagyok az avarok vezetője, nekem mit üzent Árpád? - kérdezte, hogy véget vessen a feszült csendnek.

A futár ijedten állt, ha Kadosa jelenti Árpádnak, hogyan viselkedett, akkor búcsút mondhat fényes jövőjének.

- Gyertek át a folyón és csatlakozzatok a székelyekhez. A bolgárok serege hamarosan ideér és átkel a... - megakadt, nem jutott eszébe a folyó neve.

- A Tiszán. - segített neki Rebeka. - Folytasd!

- Igen a Tiszán. Bármi történjen is, maradjatok nyugton, ne avatkozzatok bele a harcokba. Ez a parancs.

- Köszönöm, elmehetsz. - küldte el Rebeka.

Mielőtt távozott, meghajolt a három vezér előtt. Rebeka mosolyogva nézett utána, majd Kadosához fordult.

- Veletek mi lesz?

- Ha az avarok megérkeznek, visszamegyünk Árpádhoz.

- Akkor én megyek. - kezet nyújtott Kadosának, Szolák. – Rebeka...

- Taksony! - vágott a szavába a lány.

- Jó. Még ma átkelünk a Tiszán, ti viszont azonnal induljatok! Majd megtalálunk valahol. Addig is vigyázz magadra!

Szolák után Rebeka is kilépett a sátorból, ott hagyta Kadosát. A férfi hallotta, hogy utasítja harcosait a táborbontásra. Rebeka, szép és furcsa név. Szolák elszólta magát, de nem baj, úgy sem tudja megjegyezni. Haragszik rám. - gondolta. Ha visszamennek a magyarokhoz, megkéri Árpádot, engedje meg, hogy a székelyekkel lehessen. Vigyázni akart a lányra.

Alpári csata.

A hajnali derengésben Rebeka elindult Szolák sátra felé, biztos volt benne, hogy már ő is ébren van. Most, hogy egyesült a két csapat, a lány sokkal nyugodtabb volt. A tábor még csendesen pihent körülötte. Erős szél fújt, az égen világosszürke felhők úsztak, a közelgő havazás hírnökei. Szorosabbra fogta meleg, szőrmével bélelt kaftánját, mert az északi szél alattomosan bebújt mögé. Az avar őr, gyanakodva méregette, ahogy közeledett a vezér sátrához. Rebeka homlokába húzta süvegét, ismerte a fiút, nem akarta, hogy ő is felismerje.

Szolák felöltözve ült, elmosolyodott, amikor a meglátta a belépőt.

- Jó reggelt! - köszönt a lány.

- Neked is. Gyere, ülj le, mért keltél fel ilyen korán?

- Valami nem hagy nyugodni. Szerinted miért kellett nekünk elbújni? - telepedett a férfi mellé.

- Röviden elmondom, amit tudok, és amit csak sejtek. A magyarok kiverték Zalánt a várából, kénytelen menekülni. Mivel nem mehet egyenesen haza, mert a Körösök vidéke már magyar kézben van, megpróbál erre menekülni. Abban bízik, hogy erre még szabad az út. Tudja, hogy Alpárnál van egy átjáró, ahol átjöhet. A magyarok úgy irányították, hogy a Tisza és Körös alkotta természetes U. - betű legmélyebb része felé menjenek. Azt hitték, beszoríthatják a két folyó közé, és ott megsemmisíthetik őket. Igen ám, de ők nem tudtak a gázlóról. Csak utólag tudtam meg mire készülnek, így nem tudtam figyelmeztetni őket. Szerencsére ti megüzentétek nekik, hogy a bolgárok itt akarnak kibújni a kutyaszorítóból, így fel tudtak készülni a fogadásukra.

- Ez nem szerencse, hanem szerencsétlenség volt! Majdnem mindannyian ott maradtunk! - mondta mérgesen a lány.

- Ne haragudj, de ez Márton hibája volt. Nem bántom őt - mondta gyorsan, mert látta, hogy a lány szóra nyitja a száját. - ez tény, akár tetszik, akár nem! Nos, ennyi, amit tudok. Most elmondom, amire gondolok. Szerintem Árpád most arra vár, hogy a bolgárok átjöjjenek erre az oldalra, és akkor lecsap rájuk. Azért állított minket félre, mert neki megvan a saját stratégiája és abban mi nem szerepelünk. Nem áll szándékába belevonni idegeneket, inkább félre állít, hogy ne legyünk útjába. Ne feled, hogy a harcosai képzettek, még békeidőben is gyakorlatoznak, mi viszont hozzájuk képest szedett-vetett sereg vagyunk. Nekünk most az a dolgunk, hogy figyeljünk és tanuljunk. Remélem hamarosan mi is olyan harcosok, leszünk mint a magyarok.

Rebeka csendesen hallgatta, neki is ez volt a véleménye a bolgárok mozgásából ítélve.

- Szolák, ha megkezdődik a harc, ugye megnézhetem?

- Hát nem is tudom. Nem bízom benned. - mondta ki kereken a férfi.

Szúrós szemmel nézett rá a lány, már nyitotta a száját, amikor távoli lódobogást hallottak. Egyszerre ugrottak föl és rohantak ki a sátorból. Az erős szél belekapott a hajukba, ruhájukba. A bokrok takarásában egy lovas vágtatott feléjük. A közelükbe érve leugrott lováról és hadarva jelentést tett Szoláknak.

- A bolgárok hatalmas sereggel most kelnek át a Tiszán!

Rebeka megragadta Szolák karját és esdeklően nézett rá.

- Nem mehetsz oda! Állítsd készenlétbe a székelyeket, ha észrevesznek bennünket, ne érjen váratlanul a támadás.

Rebeka elszégyellte magát, amióta Szolák és az avarok csatlakoztak hozzájuk, a férfi vette át az irányítást, neki nem kellett törődnie semmivel. Futásnak eredt, hogy felébressze harcosait. A két csapat feszülten figyelte a bolgárok mozgását, akik egymást taposva igyekeztek át a gázlón. A szél feléjük hozta a hangokat, így tisztán hallották hogyan szidják, átkozzák egymást, fejvesztett menekülésük közben. Egyik, másik ló nem akart belegázolni a hideg vízbe, gazdája ütötte, verte a szerencsétlent. A szűk átjárón egyszerre csak néhány lovas kelhetett át. A megbokrosodott lovak mögött összetorlódott a menekülő sereg. Hangos csatakiáltás hangzott fel a bolgárok mögött, beérték őket az üldözők. Aki a víz közelében volt átgázolt a szerencsétlenkedő lovasokon, akik leestek a földre, a lovak terhüktől szabadulva elszaladtak. A földön fetrengőket kíméletlenül beletaposták a földbe menekülő társaik. Akik távolabb voltak a folyótól, megfordultak és felvették a harcot az üldözőkkel. Most már megszűnt a szitkozódás, helyette a földön összezúzottak és a magyarok szablyáitól sebesült bolgárok fájdalmas üvöltését lehetett hallani. A bolgár szavakhoz magyar biztatások is vegyültek. Rebeka gyorsan átszaladt a bozótos másik oldalára, hogy megnézze, mit csinálnak azok a bolgárok, akik már átkeltek a folyón. Szörnyű félelem kerítette hatalmába, amikor meglátta azt a rengeteg ellenséget az Alföld füvén száguldozni. Egy gyönyörű szürke ló hátán agyon cicomázott férfi ült, mellette egyszerű barna lovon, Zalán pöffeszkedett. A természet elég mostohán bánt vele, kerek arca gyermekkori himlő nyomait hordozta magán. Olyan volt ez az arc, mintha apró lyukak mélyednének a bőrébe. Rebeka megborzongott, amikor ránézett. Akkor látta utoljára, amikor a férfi eltorzult arccal szíven szúrta a legdrágább teremtményt a földön, az édesanyját. Elszántan, gondolkodás nélkül elindult felé. Most megöllek te féreg! - sziszegte. Épp kilépett volna a bokrok takarásából, amikor egy kemény kéz visszarántotta.

- Megőrültél! - suttogta mérgesen Szolák.

- Ott van az édesanyám gyilkosa, nem látod? - mondta Rebeka a lovasok felé mutatva.

A férfi erősen befogta a száját, nehogy a lány kiáltson. A székelyek fenyegetően a férfi elé álltak. Szolák elengedte a lányt, de szorosan mellette maradt.

- Te most a székelyek vezetője vagy, kutyakötelességed higgadtan viselkedni! Nem kockáztathatod az életüket, a bosszú még várhat! Ha a bolgárok észrevesznek, mindannyiunkat lemészárolnak! - dühöngött Szolák.

A székelyek kicsit távolabb húzódtak, és kérdőn néztek Rebekára.

- Igazad van. - mondta csendesen a lány, minden ízében remegve.

- Mi történt? - kérdezték a székelyek.

Szolák gondolkodott mit mondjon nekik, az igazat nem közölhette velük.

- Ez az őrült neki akart menni a bolgároknak. Bosszút akart állni Mártonért. - hazudta.

Rebeka hálásan nézett rá. Most hogy, lehiggadt némiképp, belátta milyen esztelenül viselkedett.

- Fiatal még. - mondta az egyik idősebb székely harcos. - De bátor, az biztos! - veregette meg a lány vállát.

A többi székely is büszkén nézett vezérére. Szolák döbbenten hordozta végig tekintetét rajtuk. Ezek nem fogják fel, milyen bajt hozott volna rájuk, ha nem fogja vissza. Vajon mit csinálnának, ha megtudnák, hogy egy lány vezeti őket? Amilyen bolondok még képesek lennének a tenyerükön hordozni! Az átjáró felől megszűnt a kiáltozás, néma csend borult a tájra. Óvatosan kilestek a bokrok közül. A magyarok visszahúzódtak, a bolgárok átjöttek a folyón. Az egyik őr, aki a bolgárok figyelésével volt megbízva, futva közeledett feléjük.

- Egy csapat bolgár átfésüli a part menti bokrokat! - lihegte kifulladva.

- Mindenki húzódjon a tisztáson túlra, amint ideérnek nyílzáporral, fogadjuk őket! Csendben kell elintézni őket, különben idecsődül az egész sereg! - adta ki a parancsot Szolák.

A hírhozóval elment visszarendelni az őröket. Rebeka intett az ott levőknek és csendesen visszahúzódtak a tisztásról a közeli bokrosba. Pár perc múlva Szolák tűnt fel az avarokkal, gyorsan csatlakoztak a székelyekhez. Egy harcost hátra küldött, hogy figyelmeztesse a többieket. Előttük hangos bolgár beszédet, ágak reccsenését hallották. Közeledett az ellenség.

- Remélem, nem lovakkal jönnek? - suttogta Szolák.

- Nem. Nem sokan vannak, talán tízen lehetnek. - válaszolta az egyik avar.

- Na, te híres bajnok, most megmutathatod, mit tudsz!- ugratta Szolák a mellette hasaló lányt.

Rebeka nem vette fel a kesztyűt, mélyen elgondolkodott, csak kis idő múlva szólalt meg.

- Szolák te láttad Zalánt?

- Megint valami őrültség jár a fejedben?

- Láttad vagy nem? - makacskodott lány.

- Láttam, miért?

- A vezér lovon nem ő ült és a ruháját is elcserélte az egyik emberével. Mit gondolsz miért?

Szolák némán bámult a lányra, ez neki fel sem tűnt. De valóban így van!

- Vajon mire készül már megint? - töprengett Rebeka.

Szolák nem figyelt rá, a bolgárok már nagyon közel voltak.

- Készüljetek! - szólt hátra csendesen.

Hallotta a mögötte hasaló harcosok suttogását, ahogy tovább adták a parancsot. Rebeka felállt, íját levette válláról és a nyílvesszők között válogatott.

- A nehéz végűekből vegyél, nagyon erős a szembe szél. - suttogta Szolák.

- Tudom. Nem baj, az ellenség lovai nem érzik meg a szagunkat. - felelte a lány.

Szolák mereven figyelte a tisztást, ahol bármikor megjelenhettek a bolgárok. A harcosok felzárkóztak melléjük.

- Egészen közel kell engedni őket, meg kell várni, hogy mindannyian a tisztáson legyenek. Nem menekülhet egy sem!

- Hírvivő nem kell!- suttogta Rebeka.

- Ezt Csanád szokta mondani. - nézett rá Szolák. - kitől hallottad?

- Mártontól.

A bolgárok kiléptek a tisztás füvére, kíváncsian néztek körbe. Vezetőjük hangosan kiáltott valamit, mire az egész csapat megállt.

- Mit mondott? - kérdezte feszülten Szolák Rebekától.

Valamennyire értette a nyelvet, de közel sem olyan jól, mint a lány.

- Azt hogy forduljanak vissza, mert nincs itt magyar.

Szolák megkönnyebbülten sóhajtott fel. Nem szívesen keveredett volna harcba velük. Nem gyávaságból, hiszen ennyi ellenséggel könnyedén elbántak voltak, de félő volt, hogy valamelyikük elkiáltja magát figyelmeztetve a fősereget. Vagy ha még sem, akkor is tartaniuk kellene egy újabb csapattól, akiket ezek keresésére küldenek, ha nem térnek vissza. Így is, úgy is felfedezik őket, idő kérdése az egész. Az egyik bolgár valamit talált a fűben, lehajolt érte és a vezetőnek nyújtotta.

- Mit találhattak? - suttogta Rebeka.

- Nem tudom. Megmondtam, hogy minden nyomot tüntessenek el, nehogy elárulja ittlétünket! - csikorgatta a fogát Szolák.

Közben a bolgárok elindultak feléjük, az őket takaró bokrokat fürkészve. Rebeka gyorsan hasra vágta magát, intett az egyik harcosnak, hogy lépjen a helyébe, majd szó nélkül eltűnt. Szolák nem tudta mit akar a lány, de sem megkérdezni, sem megakadályozni nem tudta. Tehetetlenül állt, szemét lenem véve a közeledő ellenségről. Rebeka hason csúszva igyekezett a székelyekhez, kiválasztott néhány harcost, gyorsan elmondta tervét. Lassan leereszkedtek a vízpartra, lábuk alatt már tocsogott a föld. A szemközti parton megmozdult a bokor. A magyarok szemmel tartják ezt az oldalt. - nyugtázta Rebeka. Intett nekik, nehogy levadásszák őket nyilaikkal. A magyarok visszaintettek, majd visszahúzódtak ismét a bokrokba. A kis székely csapat folytatta útját a gázló felé, a magas part takarásában. Rebeka csizmája megcsúszott és a lány derékig merült a folyó jéghideg vizébe. Egy pillanatra megdermedt. Szerencsére a víz sekély volt különben teljesen elmerült volna. Az egyik harcos megkapaszkodott az egyik kiálló gyökérbe és lenyúlt, hogy felhúzza. Rebeka érezte, hogy ruhája teljesen elázott, csizmája megtelt vízzel. Életében nem fázott még ennyire. Megfogta a feléje nyújtott kezet, lábával megpróbált valami kapaszkodót találni, de lába minduntalan lecsúszott a sáros meredélyről. Egyszer csak érezte, hogy szinte kirepül a vízből. A harcos, aki a kezét fogta nem várt tovább, hiszen a víz nagyon hideg volt, ha sokáig benne marad beteg lesz, hatalmas karját megfeszítette és úgy rántotta ki a lányt szorult helyzetéből, mint egy pelyhet. Rebeka kékülő szájjal, fogvacogva intett, hogy folytassák útjukat, de a harcosok nemet intettek fejükkel.

- Azonnal vissza kell menned, száraz ruhát veszel, különben megfázol. - mondta hatalmas termetű megmentője.

- Nem lehet! - makacskodott Rebeka, de azért annyit megtett, hogy kiöntötte csizmájából a vizet.

Amíg a lány magával volt elfoglalva a nagydarab székely csendesen beszélgetett az egyik fiatal fiúval, aki gyorsan vetkőzni kezdett. Mire Rebeka végzett, a fiú nadrágja és csizmája ott hevert előtte. A lány minden ízében remegve húzni kezdte a fiú csizmáját, de megmentője szó nélkül hozzá lépett és egy mozdulattal kikapcsolta övét és letépte róla a vizes nadrágot. Szerencsére a lány hosszú inget viselt, különben kiderült volna a titka. A behemót elé tette a száraz nadrágot és öltöztetni akarta.

- Hagyd, majd én! - tiltakozott Rebeka.

Gyorsan, ahogy remegő keze engedte, magára húzta a száraz ruhát és a meleg csizmát.

- Ez nem igazságos! A fiú meg fog fázni az én ügyetlenségem miatt!

- Nem fog. Már útban van a tábor felé, ne izgulj! - nyugtatta a férfi.

- Köszönöm, amit értem tettetek. Indulás!

- A vezéremért az életemet is odaadnám! - felelte lelkesen a székely.

Gyors iramban folytatták a settenkedést. Kis idő múlva Rebeka megállt. Csend volt körülöttük, csak a partnak csapódó hullámok csobbanását hallották. Az egyik harcos hason csúszva felmászott a partra, hogy felderítse a terepet. Mivel semmi gyanúsat nem tapasztalt intett a többieknek, hogy kövessék. Egymást segítve másztak fel a fűzfákkal és cserjékkel benőtt partra. A bolgárok a síkon tétlenül ácsorogtak. Vajon mire várnak? - nyugtalankodott a lány.

- A gázló csendes, se a magyarok, se a bolgárok nincsenek a közelben. - jelentette az a harcos, akit az átjáróhoz küldött.

- Akkor indulhatunk vissza! Szolák már biztosan elintézte azt a kis csapatot.

- Taksony, miért jöttünk ide? - kérdezte az egyik fiatal harcos.

- Azért, hogy hátukba kerüljünk azoknak a bolgároknak, akik átfésülték a parti sávot. Ha Szolákék nem öltek meg mindenkit, mi elkapjuk a menekülőket, nehogy értesítsék a fő sereget. Menjünk! Rebeka most követte el második baklövését, ami majdnem az életébe került. Nem küldött előre senkit, óvatosan elindultak az avar tábor felé. Egymás mögött haladtak, Rebeka ment elől. Az egyik fűzfa leomló ágait hajtotta félre, amikor a fa takarásából egy bolgár ugrott elő és a lányra vette magát. A váratlan támadástól hanyatt esett, beütötte fejét egy kidűlt fatörzsbe és minden elsötétedett előtte. Ellenfele kihúzta tőrét, hogy ledöfje. Ekkor ért oda a nagydarab székely, ellökte magát a földtől és ráugrott a bolgárra. Az ágak zörgésére, a támadó oldalra kapta a fejét, meglátta ellenfelét és gyorsan félre gurult az útjából. De nem volt elég fürge, mert a székely méretei dacára, hihetetlen gyorsasággal repült felé, ráesett és hatalmas termetével betakarta. A szerencsétlen elveszett ellenfele alatt. A székely férfi felugrott és magával rántotta a bolgárt. Egyik kezével szorosan magához szorította a háttal álló harcost, másik kezével megragadta az arcát és iszonyú erővel megrántotta. Egy reccsenés, egy halk sikoly és a bolgár törött nyakcsigolyával hullt a székely lábai elé. Közben a többiek felsegítették a magához tért lányt.

- Ez már megint az én hibám volt! - mondta elkeseredve Rebeka. Azon igyekezett, hogy feltörni készülő könnyeit visszaparancsolja. - Két harcos menjen előre, ketten maradjanak hátra. - adta ki kicsit elkésve a parancsot.

- Már másodszor mentettél meg. - fordult a nagydarab férfi felé hálásan. - És én még a nevedet sem tudom.

- Csabának hívnak. Úgy, mint a Nagy Atilla fiát! - mondta büszkén a férfi.

Rebeka hálásan szorongatta Csaba hatalmas kezét. Tetszett neki, hogy olyan nagydarab és az arca ennek ellenére kisfiúsan kedves. Azt hiszem megtaláltam az északi székelyek vezérét. - gondolta mosolyogva, fel, felnézett menet közben Csabára, aki szorosan mellette lépkedett. Remélte Csanádnak sem lesz ellene kifogása. Minden vagyont és hatalmat, amit Mártontól örökölt, erre a férfira fogja átruházni. Megérdemli, igazi székely!

Az egyik előre küldött harcos tért vissza, csendre intette őket. Rebekának elsuttogta, hogy legalább tizenöt bolgár bujkál előttük a bokrokban. A lány lázasan gondolkodott. Két lehetőségük volt, vagy visszafordulnak, vagy hátba támadják a gyanútlan ellenséget.

- Mi a véleményetek? - kérdezte suttogva harcosait.

- Szerintem menjünk nekik! - lelkesedett az egyik.

Rebeka szája elé tette a kezét, mert a harcos nem csak lelkesen, de elég hangosan is beszélt.

- Túlerőben vannak, nem vehetjük fel ellenük a harcot. - vitatkozott a másik.

- Te már döntöttél? - kérdezte Csaba.

- Igen.

- Akkor úgy lesz, ahogy mondod! - zárta le a vitát a férfi.

- Megtámadjuk őket. Mindenki célba vesz egy bolgárt, amikor kilőttük nyilainkat, ti ketten elrohantok a táborba és hoztok segítséget. Akik itt maradnak, újra lőnek. Ha szerencsénk lesz csendben elintézzük őket, ha nem, akkor számolnunk kell azzal, hogy a fősereg tudomást szerez rólunk és ide özönlik. Akkor mind itt halunk meg! - fejezte be csendesen Rebeka.

A székelyek tudomásul vették a parancsot és a következményeket is. Levették íjaikat, és csendben várakoztak. Rebeka büszke volt csapatára. Ahogy végig nézett a becsületes tiszta arcukon, melegség járta át a szívét.

- Menjünk! - intett a bozót felé.

De mielőtt elindultak volna a hátrahagyott harcosok rohantak feléjük.

- A magyarok át fognak kelni a folyón! - kiabálta az elől futó.

Csaba elkapta a férfit, és hatalmas tenyerével befogta a száját.

Rebeka kilesett a túloldalra. A magyarok felsorakoztak az átjáró előtt. A lány, mint egy eszelős mindkét karjával integetett feléjük. A magyarok kifeszítették íjaikat, és célba vették a lányt.

- Hasalj! - üvöltötte a mögötte álló székelyeknek.

A harcosok hasra vágták magukat és várták a nyílvesszők becsapódását. De a magyarok nem lőttek. Újra kilestek, hogy mi történt. Ahol néhány perce még harcosok álltak, most csak a csupasz fűzfák ágai simogatták a vizet. Rebeka kilépett a bokrok közül kezét felemelte, mintha szót kérne. A szemben lévő bokor megmozdult és egy hosszú bajszú magyar lépett ki fegyvertelenül. A lány megpróbálta elmutogatni, hogy a bokrok között ellenség lapul, de a szemben álló férfi széttárt karokkal jelezte, hogy nem érti. Csaba odalépett a lány mellé, visszahúzta a bokrok közé és minden magyarázat nélkül leszaladt a meredek parton a közeli gázló felé. Rebeka intett harcosainak, hogy figyeljék a bolgárokat, majd kinézett Csaba után. A férfi derékban meghajolva futott az átjáró felé. A lánynak félelmében összerándult a gyomra, amikor rájött a férfi tervére. Értesíteni akarta a magyarokat, hogy a bokrok között ellenség lapul, várjanak az átkeléssel addig ameddig ők, megtisztítják az itteni partot.

Amikor a székely elérte a folyót, gyorsan körbe nézett és rohanni kezdett a túlsó part felé. Rebeka ökölbe szorított kézzel figyelte, ahogy a nagydarab ember ruganyos léptekkel szalad a sekély vízben. Végtelenül hosszú időnek tűnt, amíg Csaba átért a szemközti partra. Szerencsésen átért, de még vissza is kell jönnie. - izgult a lány. Egy kéz fogta meg hátulról a vállát és behúzta a tisztásra.

- A bolgárok is észrevették, hogy valaki átment. Mozgolódnak. - figyelmeztette egyik harcosa.

Rebeka felszisszent. Meg kell akadályozni, hogy a bolgárok ezen a parton megtámadják az átkelő magyarokat, vagy figyelmeztessék a fősereget.

- Támadunk! - adta ki a parancsot.

Csendesen osontak az ellenség felé, vigyázva, hogy lábuk alatt ne reccsenjen meg száraz ág, amivel felhívhatnák magukra a bolgárok figyelmét. Az elöl haladó harcos felemelt kézzel, intette megállásra őket. Rebeka mellé lépett és belesett a bokrok közé. A bolgárok a folyót figyelték, csak az egyik ült nyugodtan egy kidőlt fán. A lány visszalépett, suttogva elmondta, mit kell tenni. Levette válláról íját, beletett egy könnyű nyílvesszőt. Intett a székelyeknek, hogy valaki hajtsa félre az ágakat. A bolgár felpattan ültéből, amikor meglátta a lányt, de már nem volt ideje figyelmeztetni társait, mert a nyílvessző a torkába fúródott. Mire a többiek megfordultak a székelyek kifeszített íjakkal álltak mögöttük. Rebeka megnézte a sebesültet, majd amikor látta, hogy nem él, csendesen megszólalt ellenségei nyelvén. Azok meredten nézték a fiatal fiút, meg a rájuk szegeződő nyílhegyeket, majd Rebeka parancsára hasra feküdtek. A székelyek saját öveikkel megkötözték őket. Rebeka biztosította a foglyokat, ha egy hangot is kiengednek a torkukon, akkor halomra löveti az egész társaságot. Két harcost küldött az avar táborba, hogy értesítse Szolákot a magyar átkelésről, amennyiben még nem tudná. A férfira bízva, hogy ott marad, vagy segít fedezni az átkelést. Óvatosságra intette futárjait, lehet, hogy vannak még bolgárok elbújva az avar tábor felé vezető bokrosban. Ha találnak ellenséget, azonnal forduljanak vissza! Őröket állított mindkét irányba és kilesett a magyarok felé. Minden mozdulatlan volt. Vajon Csaba a magyarokkal jön át, vagy megkockáztatja egyedül? Remélte, hogy megvárja a magyarokat. Szerencséje volt az átkelésnél, mivel bolgárok nem tudták, hogy nem közülük való-e, mire azonosítani tudták, addig Csaba már a túloldalon volt. De visszafelé már nem tudja becsapni őket.

- Mit csinálnak a bolgárok? – kérdezte a fősereget figyelő harcost.

- Úgy látom készülődnek, lehet, hogy hamarosan indulnak. - felelte a férfi anélkül, hogy megfordult volna.

- Azt hiszem most lesz egy kis nyugtunk, megehetjük a magunkkal hozott elemózsiát. Hála Kalocsának, aki mindenre gondol. - mondta az egyik harcos.

226

- Hogyan tudtál csomagolni, amikor olyan hirtelen kellett indulnunk? -kérdezte Rebeka.

- Nem akkor pakoltam. - legyintett komótosan a férfi. - Hajnalban teleraktam a tarisznyámat, mert soha sem lehet tudni, mikor kell hirtelen útra kelni.

- Végre eszünk, már majdnem kilyukadt a gyomrom az éhségtől! Lassan lemegy a nap, és egy falatot sem ettem. - morgott egy másik harcos.

- Te beszélsz? Akkora hasad van, hogy ha egy hétig nem ennél, akkor is lenne még benne, mert ha leülsz, képes vagy egy egész borjút elpusztítani. - ugratta egy vékony fiú. - Különben még dél sincs.

Jót nevettek a tréfán, kicsit engedett bennük a feszültség. Letelepedtek egy kidőlt fatörzsre, aki nem fért el rajta az a földön ülve ette meg azt a keveset, ami jutott. Leváltották a figyelőket is, hogy ők se éhezzenek. Előkerültek a borral telt kulacsok is.

- Éhesek vagyunk. - szólalt meg a földön ülő bolgárok egyike.

- Mit mond? - kérdezte Kalocsa a lánytól.

- Azt mondja éhes.

- Még mindig jobb mintha halott lennél. - nevetett a férfi.

A szél lecsendesedett, Rebeka szorongva figyelte a nyugat felől lassan kúszó sötét felhőket.

- Már csak az hiányzik, hogy eleredjen az eső. - mérgelődött.

- Idenézzetek! - kiáltotta a bolgárokat figyelő harcos, megfeledkezve az óvatosságról.

Rebeka mérgesen megfordult, hogy legorombítsa, de addigra az összes székely ott állt lecövekelve. A lány arra gondolt, hogy a bolgár sereg ellenük fordult. Gyorsan odaugrott a többiek mellé, és attól, amit látott, tátva maradt a szája. De úgy tűnt a bolgárok sem számítottak rá, mert az egész sereg döbbenten állt. Észak felől hatalmas sereg közeledett. Élükön gyönyörű fehér lovon Árpád, mellette sötét lovakon két-két vezér, mögöttük szürke paripán a sámán. Őket követte egymás mellett lovagolva hat zászlóvivő, a középsők egyike Árpád törzsi zászlóját a turulmadárral, a másik vörös-fehér sávos magyar zászlót emelt a magasba. A szélsők, az elöl haladó vezérek háromszögletű nemzetség zászlóját, lobogtatták. Őket követte rendezett sorokban több száz fegyelmezetten vonuló harcos. Az élen haladó Árpád felemelte karját, mire a sereg megállt. Mint egy látomás, olyan volt ez a váratlanul érkező sereg. És hogy az illúzió teljes legyen, a nap kidugta fejét a sötét felhők közül. Aranysárga sugarai ferdeszögben hulltak a földre, mivel a felhők csak vékony rést hagytak számukra a leskelődésre. Ez a ragyogás csak arra volt elég, hogy a magyar vezért és közvetlen kíséretét világítsa meg. A bolgárok babonás félelemmel hátráltak. Egy pillanatra mintha megállt volna az élet, pedig az Alföld füvén több száz harcos meredt egymásra.

Rebeka becsukta száját, lerázta magáról a döbbenet és a csodálat markoló kezét. Közelebb lopakodott, hogy jobban szemügyre vehesse Árpád seregét. A magyar fejedelem egyenes háttal ült fehér lován, melynek arany veretekkel díszített szerszámain megcsillant a napfény. Árpád jó fél fejjel kimagasodott vezérei sorából. Tartásából erő és hatalom sugárzott, markáns arca ellenfeleire meredt. Bár nem látta, Rebeka tudta, hogy az a barna szem, amely mélyen ül a markáns arcban, fürgén jár ide- oda. Magas homlokát félig eltakarta bőr süvege, melynek csúcsa arany lemezekkel volt kiverve. A magyar fejedelem térdig érő, aranysárga kaftánt viselt, bő ujját csuklóban két arany karika fogta össze. Nadrágja hasonló színű anyagból készült, melynek alját puha bőrcsizmájába tűrte. Felső testét bőrlemezekből készült vért védte az ellenség nyilaitól és kardjától. Derekán széles, arany veretes öv futott körbe. Enyhén ívelt szablyája pompás hüvelyében pihent. Díszes övtegezében íja harcra készen várakozott. Rebeka döbbenten lépett előre, majd hihetetlen büszkeséget érzett, amikor figyelmesebben megnézte Árpád alatt a nyerget. Az a nyereg egészen más volt, mint a többi vezéré. Ez avar nyereg! - ujjongott magában a lány. Szeme végig siklott a magyar vezérek ruháján, akik ugyanolyan szépek voltak, mint a fejedelemé, azzal a különbséggel, hogy ruhájukon és fegyvereiken a veretek, rangjukhoz illőn, leginkább ezüstből készültek. Egyiknek- másiknak volt ugyan arany veret az övén, de az elenyésző a fejedelem díszeihez képest. Éppen a szürke lovon ülő sámánt fürkészte, amikor megszűnt a varázs. A napot újra eltakarták a felhők. Az egyik vezér előre lépett, lassan elindult a bolgárok felé, a mögötte álló zászlóvivő csatlakozott hozzá. A bolgárok felocsúdtak döbbenetükből és csatarendbe álltak a magyar sereggel szemben. A feléjük haladó vezér elé, szintén zászlós kísérettel, egy bolgár vezér lépett. Apró biccentéssel üdvözölték egymást. Rebeka csak találgathatott, mit beszélnek egymással, türelmetlenül topogott, de szemét nem vette le a tárgyaló férfiakról. Egyszer csak a bolgár hevesen megrázta a fejét és hátat fordított a magyar harcosnak. Amikor a másik fél is elhagyta a tárgyalás színterét, Rebeka Árpádra nézett. A magyar fejedelem rezzenéstelen arccal vette tudomásul a nemleges választ. A lány arra gondolt, hogy a magyarok megadásra szólították fel a bolgárokat. A túlerő szemmel látható volt, ezek az öntelt, cifra ruhások mégis harcolni akarnak. - gondolta mérgesen a lány. De az is lehet, hogy Zalán valami rosszban sántikál megint!

- Taksony nézd! - kiáltotta egyik harcosa.

Rebeka visszahúzódott a tisztásra és a mutatott irányba nézett. A magyarok hármas sorokban keltek át a gázlón.

- A bokrokban levő bolgárok meg sem próbálják megállítani őket? - csodálkozott a lány.

- Ott már nincs élő ellenség. - felelte a férfi. - Amíg te a magyarokat nézted, addig a túlsó partról nyílzáport zúdítottak a bolgárokra.

- Nekünk most mi lesz a dolgunk? - kérdezte Kalocsa.

- Visszamegyünk, ha Csaba ideér. A bolgárokat magunkkal visszük. Ellenőrizzétek a kötéseket, nehogy megszökjenek. - utasította harcosait Rebeka.

Hangos csörtetést hallottak a bokrok közül. Egy rántással kihúzták kardjaikat, felkészülve a támadásra. Amint a sűrű bozót szétnyílt, leengedték fegyvereiket, és örömmel üdvözölték a tisztásra lépő

Csabát. Gyors léptekkel elindultak, de a biztonság kedvéért Rebeka előre küldött néhány harcost. A reggeli kaland egy életre megtanította vele az óvatosságot. Táborukba érve Szolák szemrehányások özönével fogadta a lányt.

- Épségben visszajöttünk, még foglyokat is hoztunk. - szerelte le mosolyogva Rebeka.

- Csak ne légy olyan büszke magadra!- füstölgött kicsit enyhébben a férfi.

Rebeka hátat fordított neki és kilesett a magyar sereg felé.

- Láttad őket? - kérdezte áhítattal a hangjában.

- Hát persze. - lépett mellé Szolák.

A Tiszán átkelt magyar sereg felsorakozott a bolgárok mellet, lőtávolon kívül. Az élükön álló vezér kezével intett Árpád felé, a fejedelem felemelt karjával nyugtázta a sereg a megérkezését.

- Mit gondolsz, már most lerohanja őket? - kérdezte Rebeka izgatottan.

- Biztos vagyok benne. Nem nézelődni jött ide. - csipkelődött Szolák.

Szeme lázasan csillogott, most fogja először látni, hogyan harcolnak a magyarok. Szeretett volna részese lenni ennek a mókának, de soha sem szegné meg Árpád parancsát. Amint szeme végig siklott a hosszú sorban várakozó seregen, mozgásra lett figyelmes. Észre sem vette mikor ment hátra az egyik vezér Árpád mellől, az egyik harcosnak mondott valamit, majd gyorsan visszament a helyére. A harcos sebes vágtával igyekezett az avar tábor felé.

- Most kapjuk meg a további parancsot. - lépett vissza Szolák a bokrok közül, hogy fogadja a futárt.

- Nem hiszem, hogy nekünk üzent volna, szerintem ennek a magyar seregnek hozz parancsot. - mutatott a Tiszán átkelt magyarok felé. Ő is otthagyta leshelyét, csatlakozott a várakozó férfihez.

Rebekának lett igaza, Árpád futárja amint elment mellettük megerősítette az előző parancsot, maradjanak nyugton, ne vonják magukra a bolgárok figyelmét. Majd rohant tovább a magyar csapat felé.

Rebeka dühöngve vette tudomásul, hogy levegőnek nézik őket.

- Azért is részt veszek a harcokban! - toppantott a lábával.

- Nem hiszem! Ezen túl rajtad tartom a szememet, még egyszer nem tűnsz el mellőlem! - biztosította a férfi.

- Nagyokos, nem te vetted észre a szerep cserét!

- Miről beszélsz? - ragadta meg a lány karját.

Rebeka szája szemtelen vigyorba húzódott és sejtelmesen méregette Szolákot. A férfi elengedte a lányt, kezét ökölbe szorította. Tudta, ha indulattal beszél hozzá semmit nem fog megtudni ettől a boszorkánytól. Bevetette az egyetlen cselt, amire a lány azonnal reagál. Ez az egyetlen hathatós fegyver volt ellene, amit az együtt töltött évek során kovácsolt, hogy megtörje Rebeka makacsságát.

- Különben nem is érdekel. Ez megint valami gyerekes ötlet, amivel ki akarsz bújni a parancs alól. - mondta tettetett közönnyel Szolák.

A csel bevált, Rebeka haragtól vöröslő arccal állt elé.

- Ezt még egyszer meg ne próbáld mondani! - csattant a lány hangja.

Szolák elfordult, hogy a lány ne lássa kaján mosolyát.

- Vedd tudomásul, hogy Zalán elcserélte ruháját az egyik harcosával. Biztosan el akar menekülni a gyáva!

Szolák arcáról lefagyott a mosoly.

- Te persze észre sem vetted! - legyintett a lány. - Pedig már szóltam róla.

- Azonnal értesíteni kell Árpádot!

Magához intette egyik harcosát, gyorsan, de érthetően elmagyarázta, mit kell mondania a magyar fejedelemnek. Ekkor felharsant a kürt. Odaszaladtak leshelyükhöz és lenyűgözve figyelték, mi történik előttük a síkságon. Az egész magyar sereg mozgásban volt, csak Árpád és vezérei álltak nyugodtan a helyükön. A vezérek jobb oldalán a sereg egyharmada, széles sávban sorakozott fel. A megmaradt harcosok harmada Árpád mögött állt, ők képezték a derékhadat, a baloldali sereg hátra vonult, így a balszárny üres maradt. Ehhez a hármas átcsoportosításhoz elég volt a kürtös három különböző jelzése.

Hihetetlen fegyelemről tettek tanúbizonyságot. Rebeka kíváncsi volt a bolgárok miként reagálnak a magyarok mozgására. Szeme átsiklott a szemben álló seregre. A bolgárok felállása alapjaiban más volt, mint a magyaroké. Elöl állt az álvezér, ruháját színek kavalkádja jellemezte, felsőtestét vékony páncél védte. Mellette kevésbé hivalkodó öltözékben, de szintén páncélban Zalán terpeszkedett gőgösen. Seregüket csak derékhad képezte, nem volt jobb és balszárny. Igaz jóval kevesebben is voltak. Biztosan arra számítottak, hogy pajzsaikat felemelve, így jobban védve vannak a magyarok nyilaival szemben. Zalán, arcán kaján mosoly terült szét. - A bolondok úgy széthúzódtak, hogy az első nyílzápor végez velük. Rebeka nem értett a harcászathoz, így nem tudta eldönteni melyik felállás az okosabb.

- Szeretném tudni, miért vigyorog Zalán?- kérdezte a mellette álló Szolákot.

- A magyarok így nagyon sebezhetők. A bolgárok tömött soraikban sokkal védettebbek, ha pajzsaikat maguk fölé emelik. - felelte elgondolkodva férfi.

- Akkor a bolgárok legyőzik őket! - mondta félelemmel a hangjában a lány.

- Nem hiszem, Árpád tudja, mit csinál! - felelte határozottan.

Benne is felmerült, hogy a magyarok számbeli fölényük dacára elveszthetik a csatát. Ha a bolgárok kilövik nyilaikat, az első sorokban állókat lekaszálják. Mire magukhoz térnek, újabb nyilak zúdulnak rájuk. Nem maradt ideje tovább töprengeni, mert a bolgárok kifeszítették íjaikat, majd a megadott jelre nyilak százai repültek a magyarok felé. Árpád serege mozdulatlanul állt, még a bőr pajzsokat sem emelték fel, hogy felfogják a gyilkos lövedékeket. De erre nem is volt szükség. A bolgárok rosszul mérték fel a távolságot. Nem sokat tévedtek, nyilaik néhány méterrel az ellenség sorai előtt hulltak a földre. A következő támadást a mellettük felsorakozott magyar sereg ellen indították. Az eredmény ugyan az volt, nyilaik el sem érték a magyarokat. Zalán mérgesen osztogatta parancsait. A bolgárok közelebb húzódtak mindkét irányban a magyarok felé. Mielőtt elérték volna a kellő távolságot, Árpád kürtöse jelt adott a támadásra. Úgy látszott ez mindkét csapatra vonatkozott, mert minden elől álló harcos egyszerre lőtte ki nyilát. A bolgárok, nyugodtan várakoztak, hiszen a magyarok még lőtávolon kívül voltak. Ekkor érte őket az első meglepetés. A magyarok nyilai úgy kaszálták le az első sorokat, mintha letörölték volna őket a lovak hátáról. A Tisza - parton felsorakozott sereg gyors vágtába kezdett, menet közben lőtték ki nyilaikat. Mielőtt a bolgárok magukhoz tértek volna, újra elveszítették jó néhány harcosukat, és a vágtató sereg elfoglalta Árpád mellett az üresen hagyott helyet. Ők lettek a magyar sereg balszárnya. Mindez olyan gyorsan történt, hogy követni is alig lehetett. A bolgárok felől a sebesültek ordítása, jajgatása hallatszott, elszabadult lovak rohangáltak a mezőn. Zalán üvöltve parancsolgatott. Halottakon, sebesülteken átgázolva nekiindultak, hogy közelebb kerüljenek a magyarokhoz.

Most Árpád jobbszárnya vágtatott sebesen feléjük, menet közben kilőtték nyilaikat, oldalt ülve a nyeregben, majd elszáguldottak előttük. Amint elérték a magyarok balszárnyát, azok indultak újabb veszett támadásra. Miután kilőtték nyilaikat az ellenségre, visszavágtattak és elfoglalták a jobbszárnyat. Ezt a körforgást még kétszer megcsinálták, szétzilálva a bolgárok tömött sorait. A jobb és balszárny állandó mozgásban volt, míg a derékhad mozdulatlan maradt. Rebeka iszonyodva fogta be a fülét, nem bírta hallgatni a sebesültek sikítozását, jajgatását, akik üvöltöttek fájdalmukban a földön fetrengve. Minden kör után egyre többen és többen ordítottak fájdalmas haláltusájukban. Legyen vége már ennek a körözésnek! - rimánkodott magában a lány. A bolgárok támadásba lendültek, nem hagyhatták, hogy birkák módjára lemészárolják őket. Nyilaikkal semmit sem értek, hiszen a magyaroknak messzebbre vivő íjaik voltak. Átgázoltak sebesült társaikon és magabiztosan közeledtek az ellenség felé. A bolgárok között már régen lábra kelt a híresztelés, miszerint a magyarok csak lovaik hátán tudnak harcolni, ha elveszítik hátasaikat, tehetetlen tömegekké válnak. A bolgárok minden igyekezetükkel azon voltak, hogy letaszítsák ellenfeleiket lovaik hátáról. Ekkor érte őket a második meglepetés. A magyarok úgy ültek a nyeregben, mintha hozzá nőttek volna. Enyhén ívelt szablyájuk hihetetlen gyorsasággal és erővel csapott le a bolgárok kardjára. A sebesültek fájdalmas kiáltásaiba bekapcsolódott a fegyverek csörgése is. Messze hangzó hangzavar uralkodott az Alföld síkján. A bolgárok kénytelenek voltak széthúzódni, ha nem akarták, hogy a magyarok bekerítsék őket. Kibogozhatatlan színes és véres kavalkád örvénylett, hangos kiáltások, jajgatás, fegyvercsörgés, ló paták dübörgése.

Rebeka táranyílt szemmel figyelte a mészárlást. Mivel nem lehetett az egészet követni, egy- egy küzdő párost figyelt. Nem messze tőle egy bolgár férfi bőszen rátámadt egy magyar harcosra, aki elvesztette lovát. Szegény pára ott vonaglott gazdája mellett a földön, oldalán hosszú, mély vágással. A magyar gyorsan körbenézett van - e ellenség a közelében? Mivel a közeledő bolgárt még nem látta, szablyáját vergődő lova szívébe döfte, ne szenvedjen szegény. Akkor ért oda a bolgár, kardjával ellenfele nyakát célozva meg.

Rebeka akaratlanul felkiáltott: - Vigyázz!

De nem volt szükség figyelmeztetésre. A lány hangját ugyan nem hallotta meg, de a közeledő paták dobogását érzékeny füle kiszűrte a körülötte tomboló hangzavarból. Szablyáját feje fölé emelte ezzel elhárította a reá mért csapást. A bolgár lova tovább rohant, de gazdáját a felfogott ütés kibillentette a nyeregből. Hirtelen ott találta magát ellenfele lábainál a földön. A magyar nem sokat teketóriázott, egy mozdulattal elvágta a bolgár nyakát, melyből vastag sugárban ömleni kezdett a vér, beszennyezve vele a körülötte harcolókat.

A lány szájához emelte a kezét, gyomra felfordult, hányingerrel küszködött. Mielőtt a bokorba tántorgott volna, még látta, hogy egy újabb ellenség támadt a magyar harcosra hátulról. A bolgár először hátba szúrta ellenfelét, majd levágta annak szablyát szorongató kezét. A kézfej és a szablya messze repült, a lehanyatló csonkból sugárban ömlött a vér.

Ez már sok volt Rebekának, ájultan zuhant a földre.

Körülötte mindenki a csatát figyelte, nem vették észre, hogy a lány rosszul van. Akkor figyeltek föl, amikor a bokrok megzörrentek a földre zuhanó test súlyától. Szolák elsőként rohant hozzá. Azt hitte, hogy egy bolgár hangtalanul megközelítette és megölte a lányt. Gyomra görcsbe rándult a félelemtől, csak akkor könnyebbült, meg amikor Rebeka kinyitotta a szemét.

- Nem bírom nézni. - suttogta bágyadtan.

A székelyek és az avarok aggódva nézték a lányt. Csaba eltolta a bámészkodókat, felnyalábolta a lányt és utasította a székelyeket, hogy készítsenek fekhelyet. Arra a bőrökből hevenyészve összerakott ágyra fektette Rebekát, aki nyomban felpattant róla.

- Nincs semmi bajom! Menjetek a dolgotokra!- mondta haragosan.

Szégyellte gyengeségét. A harcosok amint meggyőződtek róla, hogy jól van, visszamentek a csatát nézni. Csaba azonban nem tágított mellőle.

- Te is elmehetsz, köszönöm a gondoskodást, de valóban jól vagyok. - nézett a nagydarab férfi szemébe.

Tekintetük egy pillanatra egymásba kapcsolódott, majd Csaba elfordította a fejét.

- Te tudod a titkomat! - nem kérdezte, állította Rebeka.

- Igen, az első perctől kezdve.

- Ki mondta el neked? - suttogta a lány.

- Márton engem is beavatott, még mielőtt csatlakoztál volna hozzánk.

- Értem. Ezért vigyázol rám.

- Nem csak ezért. - nézett Rebeka szemébe.

A lány csak most vette észre a férfi tekintetében a különös csillogást, melyet az iránta érzett tiszteletnek tudott be. Csaba elfordította tekintetét, azt hitte, hogy a lány kitalálta az ő nagy titkát. A férfit nézve a lány rádöbbent milyen jóképű. Magas homlokán rakoncátlan tincsek göndörödtek, hosszú, homokszínű haja hátul varkocsban lógott ki süvege alól. Orra kicsit görbén ívelt formás szája fölé, melyet most szorosan összezárt. Erős állkapcsára feszesen simult napbarnított arcbőre. Hatalmas termete ellenére, kedvesség áradt belőle.

– Azt mondtad, nem csak azért vigyázol rám, mert nő vagyok. Akkor miért?

Csaba szembe fordult Rebekával, világosbarna szemét a lányra szegezte.

– Azért, mert szeretlek. Ez már nagyon régi érzés bennem. Kislány korodban gyakran ellátogattok hozzánk, gyönyörű Édesanyáddal. Azóta szeretlek, amióta megláttalak. Azt hittem gyerek szerelem, de nem az volt. Most felnőtt fejjel jobban szeretlek, mint bárkit a világon!

Rebeka döbbenten hallgatta a vallomást.

– Tudom, hogy a magyar fejedelem fiának a menyasszonya vagy. Mindig is tudtam, hogy reménytelen és egyoldalú ez az érzés. Kérlek, bocsáss meg érte. Amíg velem vagy jobban vigyázok rád, mint az életemre!

Csaba elfordult a lánytól és lassú léptekkel társaihoz sétált. Rebeka arcán csendesen folydogáltak a meghatottság könnyei. Képtelen volt bármit is válaszolni Csabának, hagyta, hogy elmenjen. Megtörölte árulkodó könnyeit és ő is odaballagott a csatát figyelők mellé. Amíg a férfit hallgatta megfeledkezett az öldöklésről. A legszentebb emberi érzés lengte körül, a szeretet. Amint kitekintett a csata színterére, egy csapásra megszűnt minden, ami emberi. Mintha vadállatok tomboltak volna a mezőn, elpusztítva mindent, amit a természet alkotott, az életet! Bár minden idegszála tiltakozott ellene, mégis figyelni kezdte újra a harcokat. Kürt harsant, mire a magyarok derékhada megfordult és hátrálni kezdett. A sereg két szárnya szétnyílt, hogy utat adjon a menekülőknek. A hátul maradt csapat is menekült. A bolgárok felbuzdulva győzelmükön, hangos kurjongatással rávetették magukat a menekülőkre.

– Ezt nem tehetitek! Nem futamodhattok meg! – kiáltotta csalódottan Rebeka.

Mellette a székelyek és az avarok is értetlenül bámultak. Amikor a meggondolatlan bolgárok benne voltak a magyar harcosok, alkotta folyosóban, üldözve a menekülőket, újra felharsant a kürt. A menekülő derékhad megfordult, a szétszóródott szárnyak visszafordultak, teljessé téve a csapdát.

A tömegből Árpád magasodott ki, cifra ruhás bolgárral hadakozott.

- Szolák te nem értesítetted, hogy nem az a vezér?! - dühöngött a lány. - Amíg ezzel hadakozik, addig Zalán elmenekül!

Az avar vezér odaszaladt lovához, felpattant rá, majd szélsebesen elvágtatott. Rebeka szemmel tartotta egy ideig. Egy kis csapat bolgár vonta magára a figyelmét, akik valahogy kiszabadultak a csapdából és veszett iramban elszáguldottak. A lány az élen haladó lovasban felismerte Zalánt. A bolgárok mögött néhány magyar harcos tűnt fel, üldözőbe vették a menekülőket.

- Nem hagyom, hogy elmeneküljön! Csaba hozzátok ide a lovainkat! - pattogott a lány hangja. - Utánuk megyünk! A magyarok nem tudják, kit üldöznek, én tudom! Ők feladhatják az üldözést egy idő után, én soha!

A székelyek Rebeka vezetésével elvágtattak a csata színhelyéről. Mire Szolák elérte Árpádot már vége volt a küzdelemnek. Nem ölte meg ellenfelét, csak harcképtelenné tette. Jól jöhet egy magas rangú fogoly, gondolta Árpád. Ekkor ért oda az avar vezér, aki elmondta a szerepcserét. Árpád éktelen haragra gerjedt, hogy így rászedték. Csak akkor nyugodott meg kissé, amikor meglátta, harcosai a nyomában vannak. Még ilyen távolságból is felismerte Kadosát az üldözők élén. Ő biztosan elfogja. Visszafordult a harcolók felé, így nem láthatta, hogy még egy csapat vetette magát a menekülők nyomába. Jelt adott a kürtösnek, aki hosszan belefújt kürtjébe. A csatának ezzel vége volt. A még élő bolgárokat egy csoportba terelték, elvették fegyvereiket és néhány harcos őrizetére, bízták őket. Árpád kihúzta magát lova nyergében és büszkén nézett végig seregein. Az újhaza földjén ez volt az első jelentősebb csatájuk, ahol döntő győzelmet arattak a bolgárok fölött!

Zalán üldözése.

A székelyek alkonyatra utolérték a menekülőket üldöző magyarokat. Kadosa örömmel üdvözölte Rebekát, de titkolta rosszallását, mivel a lány megszegte Árpád parancsát. Az esti szürkülettel a köd is leszállt, értelmetlenné vált az üldözés, hiszen az orrukig sem láttak. Letáboroztak egy ritkás facsoport tövében.

- Tovább kell mennünk! - erősködött Rebeka. - Reggelre, olyan messzire jutnak, hogy bottal üthetjük a nyomukat.

- Meglehet. - értett egyet Kadosa. - De akkor sem megyünk tovább. Ilyen sötétében és ködben nem látjuk a nyomaikat. Majd reggel megyünk tovább.

- Jól van, ti maradtok, mi megyünk! A bolgárok nem fognak megállni, akkora előnyre tesznek szert, hogy nem hozzuk be soha.

A székelyek helyeslőn bólogattak és követték vezérüket, aki felpattant lova hátára. Kadosa szerette volna megakadályozni, hogy elmenjenek, de nem volt joga hozzá.

- Szerencse kísérjen utadon! - szorította meg a feléje nyújtott kicsi kezet.

- Téged is. - felelte Rebeka, megnógatta lovát és eltűnt serege élén a sötétben.

Napok óta nyeregben voltak. Eleinte megpróbálták követni a bolgárok nyomait, de felhagytak vele, csak az idejüket pazarolták. Kalocsa ment elől, ő ismerte legjobban az utat. Megpróbáltak a folyó közelében maradni, amennyire a nádas, lápos engedte. A part menti bokrok segítették a tájékozódást. A köd hajnalig kitartott, csak a felkelő nap bágyadt sugarai oszlatták el. Időnként kénytelenek voltak rövid pihenőt tartani. Amíg a lovakat itatták és hagyták legelni is őket, addig a harcosok megmozgatták elgémberedett tagjaikat.

- Jó lenne enni valamit. - mondta a csapat falánkja.

- Megint kezdi! - siránkozott az egyik fiatal harcos. - Menjél legelni! A körülöttük állók elnevették magukat, de nekik is korgott a gyomruk. Amíg a lovak legeltek és pihentek egy kicsit, addig felkutatták a menekülők nyomait. Nem volt nehéz, mivel azok is a folyót követték. Elindultak a nyomokon. Délkörül egy kis tanyát fedeztek fel a fák sűrűjében. Az ott lakó gazda szívesen megvendégelte őket. Tömött bendővel, némi pihenés után, vidáman indultak tovább. Értetlenül álltak az esti szürkületben, idáig követték a bolgárok nyomait és most egyszerűen eltűntek.

- Nem tűnhettek el nyomtalanul! - kiáltotta tehetetlenül Rebeka.

- Innen nem vezet nyom, amin tovább mehetnénk. - bizonygatta Csaba.

Még egyszer figyelmesen végig mentek a látható nyomokon, melyek egy éles fordulattal a Tiszához vezettek, egy darabon követték a folyó irányát. A parti csalitost elhagyva, homokos szakasz következett és itt megszűntek a nyomok.

- Azt hiszem megtaláltam a megoldást! - kiáltott fel a csapat falánkja. - Gyertek csak ide, mutatok valamit.

A lovakat egy harcosra bízták, Rebeka és Csaba kétkedve indult felé. Csizmájuk mély nyomokat hagyott a homokban, mely erősen lejtett a folyó felé. Amikor Boroshoz értek, így hívták a Falánkot, a férfi maga mögé parancsolta őket, és egy sűrű ággal eltüntette csizmájuk nyomát. Diadalmas arccal felemelkedett.

- Ezer éves trükkel csaptak be minket, mi meg lépre mentünk. Nézzétek! - mutatott a folyó felé - Ott ugyan olyan gázló van, mint Alpárnál. Eltüntették a nyomokat és szépen átsétáltak a túlsó partra. - mondta büszkén a férfi.

- Nem csak falánk vagy, de okos is. - dicsérte Rebeka.

Már erősen sötétedett, nem kockáztatták meg az átkelést, könnyű célpontot nyújtottak volna az ellenségnek. Úgy határoztak, hogy az éj leple alatt egy ember átmegy és felderíti a túlsó partot.

- Nem értem miért csinálták? - töprengett Rebeka.

- Pedig egyszerű. Ha sikerül a cselük, megszabadultak volna tőlünk. - felelte Csaba.

- Ezt értem, de nekik ezen az oldalon kellett volna maradni, hiszen a másik oldalon székelyek élnek. A legközelebbi bolgár erőd Nándorfehérvár. Csak ott lehetnek biztonságban. Nem beszélve arról. Hogy itt gyorsabban tudnak haladni.

- Lehet, hogy nem oda mennek.

- De oda mennek! - jelentett ki határozottan Rebeka. - Simeon cárnak ott van a kedvenc székhelye, télen oda jár vadászni. Azért is érthetetlen, hogy átkeltek, mivel az székely föld, és Zalán tudja, hogy Csanád vadászik rá.

Leszerszámozták a lovakat, rövid pányvára kötötték őket, így legelhettek, de nem kóborolhattak el messzire. Előszedték azt a kevés maradékot, ami még megmaradt a tanyasi gazda adományából. Kedvetlenül falatoztak, napok óta követték a bolgárokat és még nem sikerült elkapni őket. Rebeka fáradtan nézett végig kis csapatán, szeretet volna valami biztatót mondani nekik, hogy felrázza őket. De helyzetük cseppet sem volt biztató, ezért inkább hallgatott. Késő éjjel visszatért a felderítő és jelentette, hogy a bolgárok nincsenek a túlsó parton, tovább mentek. Egy darabon követte a nyomaikat. A Hold halvány fénye megvilágította a környéket, így biztonságban átkelhettek a folyón. Csaba ment elől, hatalmas termetével fedezte a lányt. Minden gond nélkül átértek. Amint rátaláltak az ellenség nyomaira, gyors ügetéssel követték. Ez az oldal tele volt nádassal, ami még nem lett volna gond, de ingoványos volt a föld alattuk. Az egyik lovas, aki elől ment, beleszaladt egy ilyen helyre. Szerencsére nem volt túl mély így segítség nélkül kivergődött belőle. Figyelmeztette a mögötte haladókat a veszélyre. Kénytelenek voltak elkerülni a nádast. Hiába mentek gyorsabban, a kerülő miatt nem nagy utat tettek meg reggelig.

- Látod, erről beszéltem neked! - fordult Csaba felé Rebeka. - Itt nem lehet gyorsan haladni. Ezért érthetetlen a bolgárok viselkedése.

- Azért jöttek erre, hogy lerázzanak minket. Ez biztos. Szerintem, van egy átjáró a közelben, ahol vissza fognak menni. - mondta a férfi.
- Lehet, de ezzel a kerülővel időt vesztettek. Zalán akármilyen aljas, azt el kell ismerni, hogy logikusan gondolkodik. Valami nem tetszik nekem ebben az egészben. - mondta a lány a környéket fürkészve.
- Szeretnék birkapörköltet enni, meleg kenyérrel. - sóhajtott mellettük Falánk.
- Ha még egyszer ételről beszélsz, apró darabokra szedlek és megsütlek! - kiáltotta rá az egyik harcos.

Éhesek, fáradtak, ingerlékenyek voltak. Fenyegetőn vették körbe Borost. Csaba felfigyelt a feszült szóváltásra és gyorsan közbelépett.
- Attól még éhesek maradtok, ha megveritek Falánkot!

Rebeka messziről figyelte őket, arra gondolt, hogy ő nem jó vezető. Az embereknek nem tud élelmet biztosítani, ráadásul hajszolja őket napok óta. Nyugtalanította egy érzés, sejtés. Nem tudta mi az, csak érezte, hogy valami nincs rendben. Kicsit távolabb egy föld domb emelkedett, nem nagy, olyan embermagasságú. A lány felment arra a földhalomra és körülnézett. Nyugat felé sűrű erdő húzódott, követve a Maros folyó vonalát, amely nem messze tőlük folyt a Tiszába. Délfelé, amerre a szem ellátott, füves síkság terült el, melyet a kanyargós Tisza szelt ketté. Ha most elindulnának a Maros mellett, két nap alatt elérhetnék Csanád székhelyét, kipihenhetnék magukat és ennének végre meleg ételt. Nagy kísértést érzett, hogy ezt tegyék, de gyorsan el is vetette az ötletet. Nem azért jöttek idáig, hogy most feladják. Belül egy hang veszélyt jelzett. Körülötte minden csendes volt. Fáradt vagyok, azért félek. - rázta le magáról a figyelmeztetést. Szorosan tartotta lova gyeplőjét. Egy csepp hullott a kezére, majd még egy. Felnézett az égre, ahol szürke felhők kergették egymást. Most már látni is lehetett a cseppeket, melyek apró hópelyhek voltak. Már csak ez hiányzott! - fakadt ki a lány elkeseredetten. Megfordította lovát, hogy visszatérjen harcosaihoz. A közeli nádasból fehér posztó ruhába öltözött férfiak ugrottak ki. Az egyik Rebekára vetette magát, a többiek a székelyek felé vágtattak. A székely harcosok kíváncsian néztek a váratlanul előttük termett parasztokra. Hamarosan kiderült, hogy nem azok. Kardokkal, késekkel felszerelt harcosokkal volt dolguk. Mire magukhoz tértek a meglepetéstől, a lányt már elvágták tőlük. Egy jól megtermett férfi toppant a lány elé, kezében harcra készen tartva kardját. Rebeka gyorsan kirántotta a sajátját. Épp idejében ahhoz, hogy kivédje a rámért csapást. Ellenfele gyorsan megfordult lovával és ismét támadásba lendült. A lány felkészülten várta az újabb támadást, és ügyesen kivédte. De a következőt már nem tudta hárítani, mivel lova lassabban fordult. A fehér ruhás férfi egy jól irányzott döféssel szíven szúrta Rebekát, aki leesett lováról. Amint földet ért hangos reccsenéssel tört el az egyik karja. A férfi egy pillantást vetett legyőzött ellenfelére, majd amikor látta, hogy nem mozdul, elrobogott a többiek felé.

A lány ott feküdt egyedül a földön, karja, vékony teste alá szorult. Olyan volt, mint egy törött szárnyú madár. Az egyre sűrűbben hulló hópelyhek lassan betakarták élettelen testét.

Csaba, ahogy meglátta a támadókat, Rebeka felé indult, de nem mozdulhatott, mert ketten támadtak rá egyszerre. Néhány csapással elintézte ellenfeleit, szemével Rebekát kereste. Olyan félelem markolt a szívébe, hogy beleremegett. Ahol nemrég még a lány volt, most csak egy alaktalan valami hevert a hóban. Megrántotta lova kantárát, gyors ügetéssel igyekezett elérni Rebekát. Magában imádkozott, hogy életben találja. Egy támadó oldalról közeledett felé. Csaba anélkül, hogy lassított volna, iszonyú erővel sújtott támadója fejére, aki kettéhasított koponyával bukott le lováról. Csaba gyomra görcsbe rándult, amikor meglátta a mozdulatlanul fekvő lányt. Mielőtt leugrott volna lováról, gyorsan körbenézett. A támadókat leverték a székelyek, már egy sem ült lovon. Letérdelt Rebeka mellé, aki arccal feküdt a földön. Óvatosan a hátára fordította. Ordítani szeretett volna, amikor a lány sápadt arcát meglátta. Szétnyitotta rövid szőrme mellényét, alatta a pikkely mintás bőrvért át volt szúrva és ezen a résen lassan folydogált a lány piros vére. Csak ekkor vette észre a természetellenesen kitekeredett kart. Késével lefejtette a ruha ujját, Rebeka keze csukló fölött el volt törve. A férfi végig siklatta tekintetét a vékony testen, újabb sérüléseket keresett, de nem talált többet. A győztes székelyek némán körbe vették vezérüket.

- Készítsetek valami fekvőhelyet. - suttogta Csaba.

Szeméből lassan csordogáló könnyei arcát mosták. Felállt, fejét a szürke felhőkre emelte, mérhetetlen fájdalom markolt a szívébe.

- Készen vagyunk. - szólt az egyik harcos.

Csaba lehajolt, hogy felemelje a lányt és a rögtönzött fekvőhelyre fektesse. Rebeka arcán fényes cseppekben csillogott az elolvadt hó. A férfi letörölte a természet könnyeit a szeretett arcról és ekkor Rebeka kinyitotta a szemét. Bágyadtan fölnézett rájuk, tekintette megállt Csaba könnyes arcán. Jobb kezét felemelte, hogy letörölje, de erős fájdalom hasított törött karjába. Felszisszent, majd a bal karját használta.

- A nagy fiúk nem sírnak. - suttogta.

Az öröm sóhaja szakadt ki harcosaiból. Csaba óvatosan karjába vette. Nem tudta elhinni, hogy él, hiszen tisztán látta a vágás nyomát Rebeka ruháján, pontosan a szíve táján. Csoda történt. - gondolta.

- Mi történt? - kérdezte a lány.

Csaba lefektette a szőrmékre, melyeket a harcosok vettek le magukról, hogy meleg fekvőhelyet készítsenek neki. Fel akart ülni, de most a mellkasában érzett fájdalmat.

- Parasztok támadtak ránk, de legyőztük őket. - felelte a férfi.

Rebeka megpróbált visszaemlékezni. Lassan derengeni kezdett előtte egy fehér ruhás férfi, egy ütést érzett, többre nem emlékezett. Felküzdötte magát ülőhelyzetbe, bal kezével szétnyitotta mellényét, ujjával kitapintotta a vágást a vérten. A szakadás alatt hideg láncszemeket érzett.

- Hála Mártonnak. - mondta elcsukló hangon.

A székelyek azt hitték, félrebeszél, aggódva telepedtek mellé.

- Nem ment el az eszem. Nézzétek meg. - mosolygott rájuk sápadtan.

Felhúzta a vértet, alatta megcsillant a láncing, amely megvédte. A halálos döfés csak megkarcolta bőrét. Az ütés erejétől esett le lováról és törte el a karját. Harcosai érdeklődve nézték a furcsa ruhadarabot.

- Mártontól kaptam, és a lelkemre kötötte, hogy mindig viseljem. - magyarázta a lány.

Bal karját Csaba felé nyújtotta, hogy segítsen neki felállni. Kicsit zúgott a feje, jobb karja azonban nagyon fájt. Megnézte mi történt vele, óvatosan kitapintotta a törés helyét. Szerencsére nem nyílt törés, állapította meg.

- El kell temetni a halottakat és folytatjuk az üldözést! - adta ki bágyadtan a parancsot.

- Nem követjük őket, mivel ezek voltak a bolgárok, akiket üldöztünk. Valahonnan szereztek ruhát maguknak, amivel megtévesztettek bennünket. Egy sem maradt életben. - mondta Kalocsa, aki akkor ért vissza.

- Akkor Zalánnak is vége! - örvendezett Rebeka.

Kalocsa lehajtotta a fejét, és nem válaszolt.

- Ő nincs a halottak között?

A székelyek némán megrázták a fejüket.

- Akkor tovább megyünk, nem menekülhet el! - mondta kétségbeesve lány.

- Falánk most kutatja át a nádast. Ha visszajön, többet tudunk. Addig eltemetjük a halottakat. De azt már előre megmondom, hogy te nem mész tovább! Ezt verd ki a fejedből! - szegezte mutatóujját a lányra Csaba. - Te még ma elindulsz Csanádhoz!

- Gyertek gyorsan! - kiáltotta az egyik harcos, aki a halottakat hordta a készülő sírhoz.

Csaba felnyalábolta Rebekát és gyors léptekkel elindult vele.

- Ez még él! - mutatott az egyik paraszt ruhás férfira a székely.

A sebesült összegörnyedve feküdt a földön és fájdalmasan nyöszörgött. Csaba letette a lányt és mindketten leguggoltak a férfi mellé. Hátára fordították és akkor látták, hogy hasba szúrták a szerencsétlent. Rebeka közelebb húzódott, hogy jobban hallja, amit a férfi motyogott, majd kikérdezte. A válasz egyre csendesebben jött a férfi szájából, míg végül teljesen elhalt. A sebesült kilehelte lelkét.

- Rebeka szikrázó szemmel emelkedett fel.

- Jó volt a megérzésem! - dühöngött remegve.

- Mit mondott? - kérdezte Csaba csodálkozva. El sem tudta képzelni mitől olyan ideges a lány.

- Azt, hogy amikor átjöttünk a Tiszán, Zalán ott volt elbújva a nádasban! Miután mi elvágtattunk társai után, ő szépen visszament a másik oldalra. Egyenesen Nándorfehérvárnak vette az irányt, persze ő is paraszt ruhában. Arra, hogy honnan vették a ruhákat már nem tudott válaszolni.

- Értem. Először elcsaltak minket jó messzire, majd ránk támadtak, hogy feltartsanak. Közben Zalán zavartalanul folytatta útját. - mondta lehangoltan férfi.

A köréjük sereglet székelyek fejüket lógatva visszamentek folytatni munkájukat. Amíg a halottakat eltemették, Rebeka szorosan bekötözte törött karját. Csaba egy vékony szíjat akasztott a nyakába, a lány ebbe dugta sérült karját. Így pihentetni tudta, nem lógott tehetetlenül az oldalánál, már úgy is erősen bedagadt. Most már nem volt mitől tartaniuk, ezért a munka végeztével tüzet gyújtottak. Sikerült néhány halat fogniuk a folyóból és az egyik ügyes harcos lőtt egy pár, színes tollú vadkacsát. Kenyerük nem volt, de azért jóízűen falatoztak. Éjszakára őröket állítottak és végre nyugodtan pihenhettek reggelig.

Csanád örömmel fogadta a maroknyi székely csapatot, kezet rázott mindenkivel, azután a lovakat gondos kezekre bízta. Rebekát, Csabát, Kalocsát saját otthonában szállásolta el, a harcosokat a falu lakossága fogadta házaiba. Hajnalka pillanatok alatt terített asztalt varázsolt eléjük. Az alacsony, pirospozsgás asszony úgy serénykedett körülöttük, mintha cseléd lett volna, pedig ő volt a fejedelem felesége. Csaba lesegítette Rebeka mellényét, lefejtette róla a bőrvértet, vigyázva, hogy a lehető legkisebb fájdalmat okozza törött karjának. Amikor a láncing következett Csanád döbbenten meredt a lányra.

- Ezt kitől kaptad gyerek? - kérdezte dörgő hangon.

- Mártontól. - felelte Rebeka, sebesült kezét visszadugva a nyakában lógó szíjba.

Fejéről levette süvegét, hosszú haja lágyan omlott vállára. Bal kezével sután próbálta kibogozni a barna copfot. Hajnalka először csak nézte, hogyan változik a sápadt fiú, szép fiatal lánnyá. Amikor felfogta a dolgot, odalépett és segített kiszedni a barna fonatott a lány hajából.

- Köszönöm. - suttogta Rebeka bágyadtan.

Az asszony gyengéden átfogta a vállát, és egy székre ültette a főasztalnál. Zavartan Csanádra nézett, hiszen egy nőt ültettet a férfiak közé. Férje eddig némán figyelte mi történik, Hajnalka zavarát látva elmosolyodott.

- Azt hiszem, van mit mondanotok. - mondta, miközben helyet foglalt az asztalnál.

Intett Csabának és Kalocsának, hogy üljenek le.

- Az elején kezdem. - nézett Rebeka Csanádra.

- Az, hogy ennél az asztalnál ülsz, nem jelenti azt, hogy beszélhetsz is! - dörrent rá a fejedelem.

Rebeka dermedten meredt a férfira, már elszokott attól, hogy nem vehet részt a férfiak megbeszélésein.

- Joga van itt ülni, és joga van beszélni is! - kelt a lány védelmére Csaba.

- Lehet, de nem az én asztalomnál! - jelentett ki Csanád.

Rebeka szó nélkül felállt és elindult az ajtó felé. A fáradtságtól alig állt a lábán, ez a megalázó szócsata elvette maradék erejét is. Megtántorodott, Csaba odaugrott hozzá, felkapta az összecsukló lányt.

- Ennek a gyereknek ágyban a helye! - nézett szemrehányón férjére Hajnalka. - Tekintélyed fitogtatását ne egy védtelen gyerekre pazarold! Gyere fiam, megmutatom hova fektesd. - azzal otthagyta Csanádot. A férfi hozzá szokott már felesége csípős nyelvéhez, csak mosolygott a bajsza alatt.

Rebeka frissen sült kenyér illatára ébredt. Kinyitotta szemét és csodálkozva nézett körbe az idegen szobában. Már az, hogy ágyban fekszik, jóleső érzéssel töltötte el. A kenyér illatától összefutott szájában a nyál.

- Hála az égnek! - sóhajtott valaki az ágya mellett.

A lány a hang irányába fordította fejét, Hajnalkát pillantotta meg, aki egy széken ült ágya mellett.

- Egy kicsit elaludtam. - mosolygott az asszonyra. Felült, feje zúgni kezdett, de nem feküdt vissza.

- Hát ez a kicsi, három napig tartott. - világosította fel kedvesen Hajnalka.

Rebeka kábán nézett rá. Feje lassan tisztulni kezdett, arra még emlékezett, hogy Csanáddal vitatkozott.

- Mért nem keltettél fel?

- Lázas voltál és félrebeszéltél. Már attól tartottam, hogy nem kelsz fel többé.

- Értem. - rosszat sejtve felemelte törött karját.

- Meg van, nem kellett levágni. - nyugtatta Hajnalka.

- Hála az égnek. - rebegte megkönnyebbülten Rebeka.

Jobb keze fehér gyolccsal volt bekötve, kézfeje kék és lila árnyalatban pompázott. Megmozgatta ujjai, melyek a fájdalmat leszámítva tökéletesen működtek.

- Köszönöm, amit értem tettél.

- Nincs mit köszönnöd te sokkal többet, tettél ennél. Csaba elmondta milyen derekasan helytálltál, csodálom a bátorságodat és azt az elszántságot, amivel a gyilkosok után vetetted magad. Lány létedre! - mondta csillogó szemmel Hajnalka. - Csanád beszélni akar veled, amint lehet.

Rebeka arca elborult, nem volt kedve egy újabb értelmetlen vitához.

- Éhes vagyok, kaphatok abból a finom kenyérből, aminek az illatát érzem? - terelte másra a szót.

- Hát persze! Örülök, hogy éhes vagy, ez már jó jel. - örvendezett Hajnalka.

Felpattant a székről, kiszólt, hogy hozzák be Rebekának a reggelit. A lány gyorsan visszanyerte erejét, keze szépen gyógyult. Hosszú sétákat tett a székely fejedelem birtokán, megismerte az ott élő embereket, szokásaikat. Megszerette az egyszerű paraszti életet, jól érezte magát közöttük. Hajnalka mindenhova elkísérte, cserébe Rebeka segített neki a napi teendőkben. Egyetlen nézeteltérésük volt egymással, amikor Rebeka kijelentette, hogy nem hajlandó tovább ágyban feküdni. Hajnalka, amikor látta, hogy nem tudja okosabb belátásra bírni, felhozatott neki gyönyörű selyemruhákat, brokát melleseket, ékszereket, arany karikákat. Rebeka ágyát ellepték a gyönyörű drága holmik.

- Igazán nagyon szépek, nem is tudok választani közülük. - simogatta végig a finom anyagból készült ingeket, melyek nyakrészét arany veretek díszítették. A kaftánok közepén kétsoros veret vonult végig, ezeknek a nyakrésze rövidebb volt, hogy az ing veretei jobban érvényesüljenek. A kaftánokhoz illő bő, selyem nadrágokat is felhalmoztak a lány részére. Az ágy mellet puha bőrcsizmák sorakoztak, rövid szárukat szintén arany veretekkel. Egy gazdagon díszített bőr övet is hoztak a számára.

- Kié ez a sok szép holmi? - kérdezte Rebeka tágra nyílt szemmel.

- A tiéd gyermekem. A lányomnak készültek, de szívesen neked adom őket. Tudod a lányom egy flancos szlávhoz ment feleségül, aki megköveteli a pompás öltözéket a feleségétől. Ragaszkodik hozzá, hogy a székely nép ruháit hordja, mivel a szlávok elég dísztelen ruhákban járnak. Szerinte a székelyek fejedelme megengedheti magának, hogy mesterembereivel csináltasson pompás öltözéket a lányának. - felelte rosszkedvűen Hajnalka.

- Szóval ezek a lányodnak készültek?

- Igen, de nyugodtan hordhatod őket. Tavasszal jönnek mindig az új ruhákért, addig van idő pótolni ezeket. Megtisztelnél vele, ha elfogadnád tőlünk.

- Köszönöm, de azt hiszem, nem fogom felvenni őket. Nekem nagyon megfelel az olyan egyszerű ruha, ami rajtad van.

Hajnalkának rosszul esett a visszautasítás. Rebeka odalépett hozzá, megsimogatta az arcát.

- Nem akartalak megbántani. Tudod én otthon is egyszerű ruhákban járok. Csak akkor öltözöm ilyen pompás ruhákba, ha vendégek jönnek, vagy valamilyen ünnep van.

- Azt hittem nem tetszenek neked. - nézett a lányra Hajnalka. - Mi egyszerű emberek vagyunk, egyszerű anyagot szövünk magunknak. De az ünneplő ruháink nagyon szépek. Azok nem fehérek. Zöldek, mint a harmatos fű, kékek, mint a ragyogó égbolt, sárgák, mint a napfény, pirosak, mint az érett alma. Az asszonyok maguk hímeznek rá mintákat, melyeket az őseink hagytak ránk. - Hajnalka szeme büszkén ragyogott.

- Egy ilyen ruhát szívesen elfogadok. - mondta Rebeka.

- Én magam fogom kihímezni. - lelkesedett az asszony.

Ezután már nagyon jól megértették egymást. Rebeka olyan ruhákban járt, mint a többi asszony, és lány. Ameddig lehetett halogatta a Csanáddal való beszélgetést, pedig neki is volt mondanivalója. A férfi nem sürgette a lányt, Csaba sok mindent elmondott róla. Csanád nagyon megkedvelte, csodálta erejét, bátorságát és mély hálát érzett iránta azért, amit a székelyekért tett. Neki sem volt fia, úgy, mint Mártonnak. Most, hogy megismerte Rebekát, megértette Márton miért hagyott rá mindent. Bár csak az ő lánya is ilyen lenne. Akkor az a piperkőc nem bánna vele úgy, mint egy játékbabával. Azért hozatott külhonból mesterembereket, hogy lányának drága ruhákat varrjanak, arany díszeket készítsenek az ötvösök. Ékszerek garmadáját, gyűrűket, karkötőket, arany hajpántokat, karikákat követelnek tőle. Mindegy, ezen már nem lehet segíteni. - legyintett. A hegyekben van elég arany, ezüst.

Egy napon Rebeka mégis rászánta magát a Csanáddal való beszélgetésre. Egy reggel lement a nagyterembe, amely egyben a közös helyiség is volt. Itt fogadta Csanád a vezéreit és tartott igazság napokat. Rebeka nem tudta milyen napok ezek, de nem is foglalkoztatta. Tartott Csanádtól, nem mert kíváncsiskodni a dolgai után. Belépett a félhomályos terembe, szíve hevesen vert. Félt ettől a beszélgetéstől, de túl akart esni rajta, hiszen hamarosan hazamegy. A férfi az ablaknál állt, háttal a lánynak. Amint meghallotta a lány lépteit megfordult.

- Már vártalak. - indult a lány felé.

- Tudom. - felelte bátortalanul Rebeka.

Haragudott magára, hogy ilyen gyáva. Azért sem fogok megijedni tőle, határozta el. Kihúzta magát és bátran a férfi szemébe nézett. Csanád szúrós szemmel végigmérte. Milyen szép ez a gyerek. Már nem olyan sápadt és elgyötört, a karja is rendbe jött. Tekintete megpihent a lány dacosan összezárt, formás száján. Majdnem elnevette magát, amikor felfedezte szemében a félelmet.

- Ha kard, vagy íj lenne a kezedben akkor nem félnél, igaz? - dörögte.

- Ha ellenséggel állok szemben, akkor egyenrangú fél vagyok, nem másodrendű nőszemély. - felelte állát dacosan felszegve - Különben nem félek tőled!

Csanád odalépett hozzá, átölelte a vállát és gyengéden megropogtatta.

- Na, gyere, ülj mellém harcos. - invitálta mély, öblös nevetéssel.

A nagy asztalhoz ültette, a jobb oldalára, ahol a fiának lett volna a helye. Rebeka értetlenül sétált a férfi mellett, nem tudta mire vélni a változást. Amikor a férfi helyet mutatott maga mellett, a lány nagy szemeket meresztett rá.

- Most nem Rebeka vagy, az északi székelyek vezérével, Taksonnyal beszélek. - komorodott el a férfi. - Tudni akarom mi történt az után, hogy csatlakoztál Mártonhoz? - az asztalon levő cserép korsóból bort töltött két cserép bögrébe. Az egyiket odatolta a lány elé, a másikból jót húzott.

- Nem kérek, köszönöm. - tolta vissza a bögrét Rebeka.

- Egy harcos szereti a bort, hozzá tartozik az életéhez!

Rebeka fejével nemet intett.

- Jól van kislány, most mesélj nekem.

A lány némán bólintott. Kinézett az ablakon, odakint csendesen hullt a hó. Gondolatban felidézte azt a napot, amikor megszökött őreitől. Most először érzett lelkiismeret furdalást. Szegény apja biztosan nagyon aggódik érte. Még annyit sem tett, hogy megnyugtassa. Meg kellett volna üzennie, hogy él és jól van. Most már mindegy, úgy is hamarosan hazamegy. Csanád nem fogja hagyni, hogy Zalán után menjen. A magyarok biztos megtámadják a cárt Nándorfehérvárnál. A büszkeségük nem engedi meg, hogy Zalánt, aki lóvá tette őket, futni hagyják. Szeretett volna ott lenni, amikor a magyarok megölik Zalánt, de Csanádtól még megszökni sem lehet, mint az apjától. A székely fejedelem nézte a lány elgondolkodó szép arcát, hagyta, hogy Rebeka összeszedje a gondolatait. Néhány perc múlva, anélkül, hogy a férfira nézett volna, beszélni kezdett. A szökéssel kezdte, elmondta Varjú piszkálódásait, a rajtaütést a Tisza-parton, majd Márton halálát. Itt a férfi közbe vágott.

- Ez nagy hiba volt Mártontól! Egy öreg harcosnak óvatosabbnak kellett volna lennie. Főleg amikor Árpád még figyelmeztette is! - dühöngött a férfi. Felugrott a székről és fel-alá sétált a teremben.
- Folytasd!
- Ne bántsd őt, hiszen meghalt! - méltatlankodott a lány.
- Azzal, hogy meghalt, nem tette jóvá a hibáját! Azok a harcosok nem támadnak fel, akik az ő hibájából haltak meg! - ordította Rebeka fülébe. - Uram atyám! Közel ötven ember, az északiak legjava! Feléred ésszel mekkora veszteség ez? - öklével hatalmasat vágott az asztal masszív lapjára.

Rebeka felugrott, szikrázó szemmel a férfi elé állt.

- Én ott voltam! Feléred ésszel, mit éreztem akkor, amikor annyi remek harcost kellett eltemetni? - kiáltotta Csanád arcába.

Hátat fordított a férfinak, a haragtól és a felidézett emléktől remegve elindult az ajtó felé.

- Majd ha hajlandó leszel csendesen beszélni velem, akkor folytatjuk. - mondta a válla felett, anélkül, hogy visszafordult volna.

- Ne próbálj itt hagyni! - kiáltotta Csanád.

Rebeka után vette magát, úgy megszorította a vállát, hogy az felszisszent. Maga felé fordította és akkor látta meg a könnyeket a szemében. A félelemnek már nyoma sem volt bennük, csak mérhetetlen fájdalmat tükröztek. Csanád most döbbent rá, mennyire megrázta a lányt, az az első kegyetlen élmény.

- Ne haragudj. - mondta csendesen, elengedve a vállát.

Döngő léptekkel az asztalhoz ment és leült. Haragudott magára, hogy úgy neki esett ennek a gyereknek, hiszen nem az ő hibája volt. Ez a lány elhozta a maradék székelyeket, annyi veszélyen át. Sok férfi nem lett volna képes rá. Hiába tudja magáról, hogy hirtelen haragú és sokszor a vétlenekre zúdítja haragját, nem tud megváltozni. Ha lehiggad, mindig rájön, hogy nem volt igaza, de akkor már sokszor késő.

- Gyere, ülj le. - kérte a lányt.

Rebeka letörölte könnyeit, lassan a férfi felé indult és leült mellé. Ez az ember olyan, mint egy medve. Ha békén hagyják, éli a maga életét nem foglalkozik másokkal. De ha begurul, akkor ordít és támad. Csendesen belekezdett a történet folytatásába. Amikor az Alpári csatát mesélte, szeme lázasan csillogott. Olyan élethűen mesélt, hogy Csanád maga ellőtt látta Árpád hatalmas seregét, szinte hallotta a csatazajt, a kardok csörgését. Ámultan hallgatta, hogyan győzték le a bolgárokat. Mosolygott rajta, hogy olyan bárgyún belesétáltak a magyarok csapdájába. Tisztelettel nézett Rebekára, amikor a bolgárok üldözését mesélte el. Szeme összeszűkült, mikor a paraszt ruhába öltözött bolgárok támadásáról beszélt. Keze ökölbe szorult, érezte, újra elönti az indulat, de most megpróbált uralkodni magán. Rebeka méregtől pirosló arccal fejezte be beszámolóját. A legyőzése, és Zalán sikeres szökése miatt kicsit szégyellte is magát. Csanád valamit megsejthetett gondolataiból, mert lágyan megsimogatta Rebeka haját.

- Remek vezér vagy Taksony! Büszke vagyok rád! Köszönöm, hogy avar létedre vigyáztál a rád bízott székelyekre.

Rebeka a Taksony név hallatán elmosolyodott.

- Nagyon ravasz vagy te Csanád. Nem a lánynak, hanem a fiúnak vagy hálás. Így nem esik folt férfiúi büszkeségeden. Igaz?

- Te meg túl okos vagy ahhoz, hogy nő legyél! - mosolygott vissza Csanád.

- Attól még az vagyok, sőt még büszke is vagyok rá! Lehetsz is. - morogta magában a férfi.

- Azt hiszem, tavaszig kénytelen leszel velünk maradni. Nem engedlek haza. Napok óta esik a hó, nem biztonságosak az utak. Meg, ahogy ismerlek, szeretnéd tudni, mit fog üzen Árpád.

- Ez azt jelenti, hogy elmehetek, ha a magyarok megtámadják a bolgárokat? - ragyogott fel a lány arca.

- Azt nem mondtam! Apádat értesítettem róla, hogy itt vagy. Gondolom, te még egyszer sem üzentél neki? - mondta szemrehányón.

- Valóban nem. - vallotta be fejét lehajtva.

- Gondoltam.

- Csanád nagyon mérges leszel, ha kérdezek valamit?

- Attól függ.

- Mit jelent az, hogy igazság napok?

Csanádot meglepte a kérdés, majd legyintett, hiszen ezt a lányt minden érdekli, ami nem tartozik rá.

- Ha Taksony leszel újra, akkor velem jöhetsz és megtudod. Meg kell értened, hogy nő nem vehet részt a férfiak munkájában. - mentegetőzött a férfi.

Rebeka mosolyogva bólintott.

Hideg Decemberi napra ébredtek a székelyek. Erre a napra tűzték ki az igazság napok kezdetét. Rebeka kora reggel ébredt, mint minden más napon, szíve hevesen dobogott az izgalomtól. Gyorsan belebújt fiú ruhájába, a haját süvege alá dugta és a két hajfonatot, felerősítette két oldalt. Nevetve vette fel meleg szőrme mellényét, hiszen mindenki tudta, hogy lány. De úgy látszik, ügyelni kell a látszatra. Nem zavarta a dolog, fő, hogy ott lehet. Egy percre kinézett az ablakon. A ragyogó napsütésben a hótakaró millió apró gyöngyszemként csillogott. A falut körülölelő fák roskadoztak a fehér takaró alatt. A nádfedeles házak beleolvadtak ebbe a fehérségbe. A letaposott ösvényen ló vontatta szán közeledett. A ló nyakára kötött csengettyű vidáman csilingelt. Visítozó gyerekek rohantak a szán után. A meleg prémekbe öltözött hajtó, haragot imitálva horkantott azokra az ügyes gyerekekre, akiknek sikerült felugrani a robogó járműre. Mégis egyre több lurkó kuporgott vidáman rajta. A férfi visszafogta a lovakat, hogy a kisebbek is felugráljanak. Rebeka mosolyogva figyelte a téli játékot és eszébe jutott milyen örömmel rohantak Tárkánnyal a szánok után gyerekkorukban, a többi falusi gyerekkel. Hiába volt saját szánjuk, amivel bármikor elmehettek. Ők jobban szerettek a többiekkel futni, főleg azokat szerették, amelyek nem akarták felvenni őket. Az volt az igazi! Pedig egyik, másik hajtó nem fukarkodott az ostorcsapással. Szívesen lement volna most is, hogy segítsen elfoglalni az „ellenség várát", ahogy Tárkány nevezte a játékot. Hangosan felkacagott, ahogy elképzelte magát most a robogó szán után loholni. Vége a gyerekkornak, de nem nagyon bánta, hiszen a felnőttek is játszanak. Néha ügyességi játékokat, néha halálosat. Erről eszébe jutott az Alpári csata és elszállt a jókedve. Elfordult az ablaktól, csendesen leballagott a nagyterembe, ahol már néhányan összegyűltek. Csanád úgy mutatta be vendégeinek, mint Márton fiát. A lány mialatt kezet fogott velük, alaposan szemügyre vette őket. Egytől, egyig hosszú bajszot viseltek. Lehettek tízen, tizenketten, zömmel idősebbek, de volt közöttük néhány fiatalember is.

- Mielőtt meghallgatnám a panaszosokat, mondjátok el, milyen gondjaitok vannak. Nem arra vagyok kíváncsi, hogy az asszonyok hány korsót törtek szét a fejeteken, mert nem úgy viselkedtetek, ahogy ők parancsolták. - nevetett Csanád.

Leült, kezével intett a vezéreknek is, hogy foglaljanak helyet. Rebeka rájött, hogy ezek a férfiak a székely faluk vezetői. Egyben családfők, mivel minden falut egy család vezetett. Hamar vége lett a tanácskozásnak, mivel nem sok probléma merült fel. A jó időjárásnak köszönhetően gazdag termést takaríthattak be. Az állatok szaporulata is kielégítő volt, ha nem is emelkedett a számuk, mivel tavasszal a járvány sokat elvitt, de nem is lett kevesebb. Úgy tűnt minden falu kellően felkészült a télre. Csanád miután meghallgatta a beszámolókat, helyeslőn bólogatott.

- A végekről még nem jöttek meg a vezérek, de nem várunk rájuk. Az igazság napok után majd elmondják mondandójukat. Örülök, hogy minden rendben megy, azt hiszem a jövő év kicsit mozgalmasabb lesz. De erről még beszélünk, ha együtt leszünk mindannyian. Vazul küld be az első panaszost! - utasította a fiatal harcost.

Rebeka növekvő izgalommal figyelte a körülötte zajló eseményeket. Lassan világossá vált számára mit jelent az igazság napok. Kinyílt az ajtó, és egy hajlott hátú, idős ember csoszogott be rajta, mögötte fiatal fiú lépkedett. Csanád intett nekik, hogy lépjenek közelebb. A gyerek levette az idős ember vállára terített subát és a sajátjával együtt, átnyújtotta a szolgának. Mélyen meghajoltak a magas rangú uraságok előtt. Felháborodott morgás hallatszott az asztalnál ülők felől. Az öregember jobb karja könyöktől lefelé hiányzott, a csonk fehér rongyba volt tekerve.

- Vazul vigyél széket ennek a jóembernek. - utasította a visszatérő szolgát Csanád.

A férfi kézzel, lábbal tiltakozott ellene. A fejedelem jelenlétében csak nemesek ülhettek. Nem akarta, hogy tehetetlen vénembernek tekintsék.

- Ülj le! - dörögte Csanád.

Miután a szegény ember teljesítette a parancsot, a fejedelem barátságosabban hangon kérte mondja, el mi járatban vannak.

A férfi akadozva kezdte, majd egyre jobban belemelegedett mondandójába. Kiderült, hogy az öreg kecskepásztor, aki a falu kecskéit legelteti tavasztól őszig. Kora reggel kihajtotta őket a legelőre és este beterelte az állatokat a faluba. Néhány héttel azelőtt, már éppen indult volna hazafelé, amikor egy kis csapat farkas megtámadta őket. Nem talált magyarázatot arra, hogy november végén, miért jöttek le a fenevadak a hegyekből. Évekig nem látni arra farkast, csak ha nagyon hideg és hosszú a tél. A pásztornak van egy középkorú társa és négy terelő kutyája. Amikor a ragadozók megtámadták az állatokat a kutyák veszett ugatással próbálták elriasztani őket, sikertelenül. Az öregember összeterelte a rémült állatokat, a kutyák őrizetére bízva őket. Megpróbált tüzeket gyújtani a száraz ágakból. Társa bénultan nézte a támadókat. A kecskepásztor megrázta és utasította, hogy segítsen neki, de az csak remegett. Az idős ember és a kutyák minden erőfeszítése hiábavaló volt. A farkasoknak sikerült elkapni egy kis gidát. A fájdalmas mekegés hallatán a pásztor nekiment a véres pofájú ragadozóknak, akik már darabokra tépték szerencsétlent. Kampós botjával ütlegelni kezdte őket. Rákiáltott társára, hogy segítsen elkergetni a farkasokat. Mivel nem kapott választ hátrafordult megnézni mit csinál a férfi, miért nem válaszol? Akkor látta, hogy társa hanyatthomlok menekül a falu felé.

Abban bízott, hogy segítséget hoz, de mint utóbb kiderült esze ágában sem volt. Gyáván megfutamodott, magára hagyva az öregembert. Amíg a pásztor nem figyelt rájuk, a farkasok rátámadtak. Hiába hadakozott ellenük, bevadultak a vérszagára, mivel az öreg már több sebből vérzett. Szerencsére a kutyák ott hagyták a kecskéket, és gazdájuk segítségére siettek. A szabadon hagyott kecskék szétszéledtek félelmükben a legelőn, védtelen prédául a fenevadak számára. Így az öregember megmenekült. Tehetetlenül nézte, hogyan tépik szét a gyenge gidákat, amelyek még nem voltak olyan erősek, hogy elmeneküljenek. Már sötét este volt, amikor a jóllakott farkasok, eltakarodtak. A kutyák összeterelték a megmaradt állományt, lassan terelni kezdték a falu felé. Az egyik hűséges kutya gazdája sebeit nyalogatta, segített a fájdalmában és kétségbeesésében összeroskadt pásztornak a hazatérésben. A falusiak összesereglettek, amikor bevánszorgott hűséges kutyájával. Az emberek nem tudtak semmiről, a másik pásztor szó nélkül hazament. Azt hitték összekülönbözött az öreggel, ami már máskor is előfordult. A késői hazatérés sem volt szokatlan, előfordult, hogy távolabb kerültek a falutól, ezért a visszaút is tovább tartott. A pásztor felesége könnyeit nyelve hazavitte párját. Egy javasasszony hazaszaladt és szárított gyógynövényekkel ment utánuk. A pásztor sebei gyorsan gyógyultak kivéve a jobb karján levőt. A farkas, amelyik megmarta veszett volt. Le kellett vágni a kezét, hogy az élete megmaradjon. A pásztor elmondta, hogy ő nem akart eljönni panaszt tenni, de az unokája ragaszkodott hozzá.

– Mond el fiam, miért hoztad el az öreget? – fordult a fiú felé Csanád.

A gyerek egész idő alatt nagyapja vállát szorongatta, szeme villámokat szórt. Rebeka a fiút nézve megérezte, hogy valami más is történt ezen a szörnyűségen kívül. A villámló szemek, a szorosan összezárt ajkak, visszatartott indulatról árulkodtak. Végig nézett a vezérek során, vajon ők hogyan fogadták az elhangzottak? Hideg szemek meredtek a pásztorra.

– Nagyapa nem csak a karját vesztette el, hanem a munkáját is! A falusiak azt mondták nem alkalmas erre a munkára. Most az a gyáva féreg vette át a kecskék őrzését! – fakadt ki mérgesen a fiú.

– Te itt nem kiabálhatsz! A nagyapád magának köszönheti a baját! Igazuk van a gazdáknak, ha nem bízzák rá az állatok őrzését! – harsogta az egyik vezér.

– Itt te sem kiabálhatsz! – utasította rendre Csanád.

Rebeka meg tudta volna ölni ezt az érzéketlen barmot.

– Folytasd fiam. – mondta csendesen Csanád.

– A nagyapámnak nincsen földje, nincsenek állatai, mindig pásztor volt. Ebből élt a nagyanyámmal. Amikor a szüleim meghaltak, magukhoz vettek, ők neveltek. Abból a kevésből, amijük volt, segítettek engem, hogy a kovácsmesterséget kitanuljam. Kértem a gazdákat, hogy én léphessek a helyébe, így lenne miből élnünk, de hallani sem akartak róla. Ha a szüleim házát és a gazdaságot nem vették volna el, most biztosítva lenne a kenyerünk. - mondta keserűen a gyerek.

- Hallgass! - suttogta az öreg.

Csanád felkapta a fejét az utolsó mondatnál.

- Mit beszélsz? Elvették apád hagyatékát?

Az öreg tagadóan rázta fejét, hallgatásra intette unokáját is. A fiú tanácstalanul nézett rá, majd az asztalnál ülőkre. Tekintete megállapodott azon a férfin, aki úgy lehordta az előbb. Arcáról eltűnt a tétovázás.

- Nagyapa azért jöttünk, hogy megtaláljuk az igazságunkat! - szorította meg a férfi vállát. - Szüleimet holtan találták meg az erdőben néhány éve. Hazafelé tartottak a szomszéd faluból, ahol vásár volt. Engem nem vittek magukkal. Valami rosszat csináltam és ez volt a büntetés. Akik megtalálták őket azt mondták, biztosan a bolgárok végeztek velük. A falu vezére elvett mindenünket azzal, hogy ha, megnövök, visszaadja. Apám volt a leggazdagabb a faluban, ezért nagyon sok irigye volt, - szemét összehúzva nézett arra a férfira, aki közbeszólt. - Most a házunkban ennek a vezérnek a lánya a lakik. Egyszer elmentem az elöljáróhoz, kértem, hogy segítsen a nagyszüleimen, mert éheznek. Az volt a válasza, hogy takarodj te paraszt! És kikergetett a házból. Nem magam miatt félek, én megélek a két kezem munkájából, de ez az idős ember már nem tud dolgozni! - emelte fel a hangját felháborodottan, nem törődve az előző figyelmeztetéssel.

- Ők a te embereid? - kérdezte az egyik vezért.

- Ezek csak parasztok! - válaszolt undorral a hangjában. - A falu végén egy koszos kunyhóban laknak. Örüljenek, hogy megtűrjük őket!

- Az is a te néped, aki kunyhóban lakik és a te szégyened, ha valaki közülük szegény! Igaz, amit a fiú az apjáról mondott? - dörögte felállva a fejedelem. - Vazul kísérd ki a vendégeket és gondoskodj az elhelyezésükről.

Amikor az ajtó bezárult mögöttük, Csanád fenyegetőn a kérdezett elé állt.

- Beszélj! - sziszegte a fogai között.

- Az nem úgy volt! - dadogta a férfi. - A fiú hazudik! A lányom csak addig lakik a házban, amíg a gyerek elég nagy lesz ahhoz, hogy átvegye az apja helyét.

Rebeka zsibbadtan ült a helyén.

- Vazul szólj Csabának, hogy kéretem! - utasította a visszatért szolgát Csanád.

A teremben csendesen ültek a vezérek, nem lehetett tudni mire gondolnak. Csaba hatalmas alakja jelent meg az ajtóban. Kíváncsian nézett a vezérekre. Amikor a lány szemébe nézett, halvány mosoly jelent meg az arcán. Rebeka visszamosolygott rá.

- Csaba fiam, holnap indulsz Sólymosra, elkíséred a pásztort és az unokáját. A többit majd elmondom, amikor itt végeztem. Menj, készülj az útra. - mondta Csanád a fiatal székelynek.

- Szeretnék vele menni. - kérte Rebeka a fejedelmet.

Csanád kis ideig a lányra meredt, majd bólintott.

- Akkor nem holnap indultok. - intett Csabának, hogy elmehet. - Vazul küld be a következő panaszost. - ült le ismét a helyére.

Fiatal világosbarna hajú, kék szemű lány lépett be, mögötte valamivel idősebb férfi és egy idős ember. Szemmel látható volt, hogy a két férfi, apa és fia. Közelebb mentek a fejedelemhez és mélyen meghajoltak előtte.

- Legyetek üdvözölve házamban, mi járatban vagytok? - kérdezte Csanád.

Az idős ember maga mögé tolta a két fiatalt, kezével komótosan lesimította kétoldalt lelógó, tekintélyes bajuszát.

- Jó uram, olyan dolog történt velem, amilyenről még nem is halottam. Ha nem félteném ősz fejemet, magam öltem volna meg ezt a gyalázatos kölyköt. - bökött a háta mögé. Képzeld el, szász lányt szöktetett meg! Ez égbekiáltó bűn! - harsogta vöröslő fejjel a panaszos.

- Jól van, most a fiad mondja el az esetet.

A fiatal férfi büszkén húzta ki magát és határozott hangon belekezdett. A lányt gyermekkora óta ismeri. Árva lány nincs senkije. Az egyik

259

gazdag szláv család cselédje. El akarta venni feleségül, de apja hallani sem akart róla. Nagyon szeretik egymást, elhatározták, hogy titokban kötnek házasságot. A lány gazdája nem ellenezte a házasságot, ha a fiú két marhát és két kecskét hoz érte. A fiúnak nincs saját vagyona, az apja meg nem adott neki, így nem tudott eleget tenni a gazdának. Egy este elment a lányért és titokban egybekeltek. Hazavitte a feleségét, abban bízott, hogy az apja, ha megtudja a házasság megkötését, beadja a derekát. Az öreg kitagadta egyetlen gyermekét az örökségből, és elzavarta őket.

Csanád gondolkodott egy ideig. Az öregnek igaza van, mert a székelyek egymás között házasodnak, de nem árt néha felfrissíteni a vérvonalat. Ő is azért adta a lányát egy szlávhoz, na meg azért, hogy kiterjessze hatalmát a büszke szomszédokra. Nem a lányán keresztül, hanem az unokái révén, akik megöröklik szláv apjuk vagyonát. Üdvösebb családi kapcsolatokat kiépíteni, mint harcolni. Így szaporodik népe, úgy meg csökken, vagy kihal, gondolta ravaszul.

- Döntöttem! Öreg add vissza fiadnak az örökséghez való jogát. Engedd házadba, segítsd őket, hogy méltó utódaid legyenek! Ti, pedig éljetek boldogul és szaporodjatok! - nevetett a fejedelem. - Áldásom rátok.

Az öreg mérgesen bólintott, a fiatalok csillogó szemmel hajoltak meg, és egymás kezét fogva kimentek.

- Ezek kinek az emberei?- kérdezte Rebeka.

- Az enyémek. - felelte még mindig nevetve Csanád. - Nézzük a következőt!

Megkötözött, tépett ruhás férfit vezettek be, aki bőszen szidta fogvatartóit.

- Fogd be a szád! - rivallt rá a fejedelem. - Mi történt? - nézett a másik két férfira.

- Ez az aljas gazember leölte a gulyásokat és elhajtotta falu marháit! - tért a lényegre az egyik.

- Hova vitted őket? - ugrott föl a fejdelem, kezével hatalmasat csapott az asztalra.

- Dévára. - vigyorgott szemtelenül a vádlott.

- De hiszen, Déva szlávjai behódoltak a bolgároknak!

- Éppen azért! Te egy éve megfosztottál mindenemtől, itt ebben az átkozott teremben! Emlékszel Csanád? Szolgasorba taszítottál. Én akkor megesküdtem, hogy bosszút állok! Megölni nem tudtalak, hát megloptalak!

Csanád kezével az asztalra támaszkodott, összehúzott szemmel méregette a toprongyos embert. Halk hörgést hallatott, amikor felismerte.

- Bulcsú, te gazember! Öngyilkosságba kergetted a feleségedet, de nem volt bizonyíték rá, csak az ötéves lányod vallott ellened! A többiek nem merték elmondani az igazat, csak amikor eltűntél! Meg kellett volna öljelek, már egy évvel ezelőtt! Vigyétek és végezzetek vele! - adta ki a parancsot és nagyokat fújtatva visszaült a helyére.

A marhatolvaj hangos, bántó nevetéssel hagyta el a termet. Vazul meghajolt gazdája előtt és jelentette, hogy kész az ebéd. Rebeka csodálkozva nézett rá, nem gondolta, hogy így elszaladt az idő. Teljesen belefeledkezett az emberek meghallgatásába. Az avaroknál nem évente bíráskodnak a bűnösök felett, hanem azonnal. Más nép, más szokások. Kíváncsian várta Csanád hogyan dönt afelett a vezér felett, aki elvette a fiú vagyonát. Arra a napra elfogytak a panaszosok. Ebéd után, Csanád megbeszélte Csabával és Rebekával, hogy mit vár tőlük Solymosi tartózkodásuk alatt.

- Mint férj és feleség utaztok, szállást kértek Torda vezér lányától. Senki sem tudhat róla, kik vagytok. Szeretném, ha minden útba eső faluba bemennétek. Tartsátok jól nyitva a szemeteket, tudni akarom mi történik arra felé. Nagy kíséretet nem adhatok mellétek, magatoknak kell vigyáznotok egymásra. Nem tudom, hogy a megriasztott bolgárok merre veszik útjukat. Jó lenne, ha elkerülnétek őket és nem keverednétek valami kalamajkába. - kezét Rebeka vállára tette és mélyen a szemébe nézett. - Ez főleg neked szól! Ha elkerülhetetlen a harc, ti ketten elmenekültök, magára hagyjátok a harcosokat! Ez parancs! - emelte fel a hangját, mert a lány szólni akart.

Rebeka bosszúsan bólintott, ajkait szorosan összezárta, de végül mégis meggondolta magát.

- Itt maradhatok addig, amíg a többi vezér megérkezik? - kérdezte bátortalanul.

- Nem! Holnap felkészültök az útra és másnap indultok!

- Szeretném tudni, mit teszel a pásztorral és a vezéreddel.

- Ostoba! Hogyan dönthetnék, amíg vissza nem jöttök? Azért mentek, hogy utána járjatok, igazat mondott-e az öreg? Nem ítélhetem el egyik legjobb vezéremet, egy pásztor vádjai alapján. Biztosat kell tudnom! - rázta meg a lányt.

- Ha lerázod a fejemet a nyakamról, még nem fogok belelátni a gondolataidba. - nevetett a lány.

Szavai úgy törtek fel a szájából, mint ha döcögős szekéren utazott volna.

- De bolond vagyok! - nevetett vele Csanád. Szorosan magához ölelte Rebekát. - Elmehettek!

Csaba a kijárat felé indult, de a lány ott maradt. Amikor a férfi mögött becsukódott az ajtó, Rebeka Csanád felé fordult.

- Beszélnem kell veled!

Csanád kíváncsian nézett, kezével a székekre mutatott.

- Azt tudod, hogy Márton rám hagyta vagyonát a vezérséggel együtt. Ezt én nem fogadhatom el. Egyrészt azért, mert lány vagyok, másrészt avar. Tudom, hogy nem mondhatok le a vagyonról, mert ez nálatok nem szokás, de ez így nem helyénvaló! Arra gondoltam, nevezd ki Csabát helyettem. Neked jogod van elbírálni olyan vagyon sorsát, amelynek nincs örököse. Márton csak azért döntött így, hogy megvédjen. Hidd el Csaba nagyszerű vezér lesz. Bátor harcos és igazi székely!

Csanád szó nélkül végig hallgatta a lányt.

- Ez nagylelkű ajánlat volt. Jó ember vagy te kislány! Majd gondolkodom rajta, amíg távol lesztek. - lehajolt és egy atyai csókot nyomott a lány homlokára.

Rebeka kisétált a teremből. Csanád hosszan nézet utána. Mások ölnek, hogy megsokszorozzák vagyonukat, ő meg lemond róla. Bár csak az én lányom is ilyen lenne.

Küldetésben.

Két napja voltak úton, a lány még nem nyerte vissza teljesen az erejét, könnyen kifáradt. Csanád azt ajánlotta, menjenek lovas szánnal, de elvetették. Nem biztos, hogy amerre mennek mindenhol lesz annyi hó, hogy használni tudják. Akkor meg csak gondjuk lesz vele. Az első állomás Arad. Ha tartani tudják az iramot, estére fedél lesz a fejük felett. A szürke felhők, melyek egész nap fenyegetőn feszültek az égen, most felszakadoztak. Bágyadt napsugár világította meg a téli tájat. Csendesen bandukoltak a lovak, lábuk mélyen belesüppedt a fehér hótakaróba.

- Ez a folyó pont olyan szeszélyes, mint a Tisza! - mérgelődött Rebeka.

- Közel sem. Minél keletebbre megyünk, annál kevesebb kanyar lesz benne. Majd meglátod. - vigasztalta az elcsigázott lányt Csaba.

- Úgy érzem időtlen, idők óta kutyagolunk, mintha nem akarna vége szakadni az útnak. - morogta az egyik szolga ruhába öltözött harcos.

Aki látta a kis csapatot, azt gondolhatta, hogy egy jómódú székely házaspárt lát, a gazdagságot nem csak a ruhájuk, hanem a hat kísérő szolga is mutatta. Elöl ment Csaba, mögötte Rebeka, kissé hátrább a szolgák kísérték őket.

- Ha hangosabban beszélsz, talán meg is hallom! - szólt hátra Csaba.

Nem kapott választ. Megfordult a nyeregben, de semmi figyelemre méltót nem látott. Megvonta a vállát, kezdenek kiborulni, gondolta. Vajon az öreg pásztor hogyan viseli? A múlt éjjel egy tanyán szálltak meg, reggel korán elindultak, hogy ne lássák őket együtt. A mese szerint hódosi állattenyésztő Csaba, lovak nemesítésével foglalkozik. Azért mennek Dévára, mert azt hallották, hogy gyönyörű ménesük van.

- Nézd, már látni a nagy hegyeket! - ugratott mellé Rebeka, kezével előre mutatott.

- Látom. Hamarosan megérkezünk, jó lenne, ha visszamennél mögém, nem szeretném, ha valaki meglátná, hogy nem megfelelő helyen vagy! Egy feleségnek a férje mögött a helye. - kuncogott Csaba.

- Elfelejtettem, hogy csak egy feleség vagyok! - dühöngött Rebeka. Lovát visszafogta, hogy meglegyen a kellő távolság közöttük.

- Kár, hogy csak a mesénkben. - dörmögte a férfi.

Az esti szürkületben feltűnt a falu, ahova igyekeztek. Amikor Arad határába értek, gyerekek szaladtak eléjük. Egymást túl kiabálva érdeklődtek, hogy honnan jöttek, és hogy hívják őket? Körbe ugrálták a lovasokat, megcsodálták a pazar bundákat, amiket viseltek, csillogó szemmel nézték a gazdagon felszerszámozott állatokat. Amikor kielégítették kíváncsiságukat, visszaszaladtak a házak közé, hangos kiáltásokkal tudatták a lakossággal, a vendégek érkezését. A főtéren a falu vezetőjének fia fogadta őket, a családfőt helyettesítette, aki most éppen Csanádnál volt. Minden falu egy családi közösség, melynek feje a legidősebb, leggazdagabb férfi. A vagyont és a hatalmat, fiú örökli. A székely vagyont csak családtag örökölheti, ha nincs fiú, akkor a lány. A családi, vagy faluközösség egy még nagyobb közösségbe tartozik, melynek vezetője a legelőkelőbb család, legidősebb tagja. Ő a székelyek fejedelme. Most Csanád tölti be ezt a tisztet. Hamarosan össze kell ülni a vezéreknek, hogy eldöntsék, ki lesz Csanád után a fejedelem, mivel neki nincs fia.

Vajon kit fognak megválasztani? - töprengett Rebeka, miközben a lovak poroszkáltak a letaposott úton. Az aradiak kedvesen fogadták őket, a vezér saját házát ajánlotta fel a vendégeknek. Vacsora után összejöttek néhányan a falu előkelő rétegéből, és késő estig beszélgettek. Természetesen Rebeka nem vehetett részt a férfiak társalgásában, de most az egyszer nem bánta. Az asszonyok egész más dolgokról tájékoztatták. Így többet tudhatott meg.

Csaba miután válaszolt vendéglátó kérdéseire, meghallgatta, mi minden történt az utóbbi időben Aradon és környékén. Tulajdonképpen semmi különös nem hangzott el, csak a mindennapi örömöket és gondokat beszélték meg. Az aradiak nagyon örültek a magyaroknak, mert a bolgárok egyre gyakrabban fosztogattak a vidéken. Nagyon örültek a vendégeknek is, hiszen csak akkor tudhatnak meg valamit a világ dolgairól, ha valaki odatévedt. Csaba a beszélgetés végén átadta Csanád üzenetét.

- Csanád, amikor nála jártam megkért, ha már erre járok, mondjam el, mit üzen a számotokra, addig, amíg a családfő megérkezik. Készüljetek fel a bolgárok visszavonulására. Nem lehet tudni, mit tesznek a menekülők. Gondosan szervezzétek meg az asszonyok, gyermekek védelmét. Ha közeleg az ellenség, az állatokat is helyezzétek biztonságba. Állandó őrjáratok járják a környéket, ne érjen váratlanul egy esetleges támadás.

Rebeka egészen más oldaláról ismerte meg a falu gondjait, örömeit. Megtudta mi történt a szüreten, ami lázba hozta az asszonyokat és a lányokat. Glád fejedelem birtokolja az egész székely földet, van egy jóképű fia, akit Preszlávnak hívnak. A faluban él egy nagyon szép lány, akit a fiú már régen kiszemelt magának. Virág, a székely lány először elutasította a férfi közeledését, dacára annak, hogy szegény ember lánya. Azt mondta nem lesz senki szeretője, de a férjét is megválogatja. Rebekának tetszett a lány büszkesége. Később a bolgár férfi visszajött, éppen szüret volt, és megkérte a lány kezét. Virág igent mondott, de a falu vezére nem egyezett bele a házasságba. Az egyik asszony megsúgta Rebekának, hogy a vezér magának akarja a lányt, de eddig még nem sikerült elszédítenie. Nem csak a vezér tiltakozott, a lány apja is ellene van, hogy egy bolgár vegye el a lányát. Pedig gazdag ajándékkal kedveskedett neki a férfi. Később megkérték Rebekát, meséljen Csanád lányáról. Hallottak róla, hogy egy szlávhoz adta feleségül. Az itteni székelyek fel voltak háborodva miatta. Már készülnek a fejedelemválasztásra, titokban Csanád ellen hangolják a többi vezért. A lány elmondta, hogy nem találkozott Csanád lányával, de látta a ruháit és az ékszereit. Lelkesen leírta milyen drága anyagból, milyen pazar díszítéssel készültek a ruhák. Kicsit rá is játszott a lelkesedésre, hiszen egy gazdálkodó feleségének csodálatos, elérhetetlen dolgok ezek. Nem tudhatták meg, hogy számára az ilyen drága holmik természetesek, hiszen gyermekkora óta ilyen ruhákban jár. Az élménybeszámoló után, újra a falusiak meséltek.

Rebeka dermedten hallgatta őket. Az ősz végén járt náluk egy jóképű magyar férfi. Magas, széles vállú! - mondták szinte egyszerre a lányok. Szemük csak úgy ragyogott. Még a neve is nagyon szép: Zoltán! Rebeka lenyelte féltékenységét és kérdezgetni kezdte őket. Hova ment a férfi, mikor jön vissza? De erre nem tudtak válaszolni. Rebeka szívdobogva arra gondolt, milyen jó lenne összefutni vele. Majd rémülten azért imádkozott, hogy ez meg ne történjen! Még nem volt felkészülve a vele való találkozásra. Arra gondolt megkéri Csabát, küldjön előre valakit, hogy megtudja, Zoltán nincs-e Sólymoson?

Másnap reggel vidáman indultak útnak. Rebekának sikerült rávenni Csabát, hogy küldjön előre valakit, igaz nem a valódi okot hozta fel. Azt mondta, szeretné tudni, hogyan érkezett meg a pásztor és az unokája. A csípős szél pirosra festette az arcukat. Egymás mellett lovagoltak, most nem törődtek a látszattal. Elmondták egymásnak, mit tudtak meg előző este? Csaba megdöbbent, amikor a lány beszámolt a Csanád elleni összeesküvésről. De arról mélyen hallgatott, amit Zoltánról mondtak. Megegyeztek abban, hogy nem mennek rögtön vissza Sólymosról. Utána néznek a közeli székely településen, hogyan vélekednek Csanádról. Tulajdonképpen, nem olyan öreg még, hogy ne vezethetné legalább tíz-tizenöt évig a székelyeket.

Sólymoson közel sem fogadták őket olyan örömmel, mint, Aradon. Csak akkor oldódott az ellenséges hangulat, amikor elmondták, mi járatban vannak. A büszkeség kiült a férfiak arcára, hogy ilyen híres a ménesük. Csaba megtoldotta a mesét. Torda vezér, akivel Csanádon találkozott, annyit mesélt a szép lovaikról, hogy Csaba nem várta meg a tavaszt, azonnal útnak indult. A vezér a lelkére kötötte, hogy feltétlen a lányánál szálljanak meg a feleségével. Torda lánya dagadt a büszkeségtől. Most láthatják az irigyei, hogy ő a legalkalmasabb egy gazdag vendég fogadására! Gőgösen belekarolt Rebekába, mézes-mázos hangon szóval tartotta egészen hazáig. A lányt kirázta a hideg az asszony kövér ujjainak érintésétől. A feje zúgott az értelmetlen, semmitmondó, öndicsérő locsogástól. Az asszony viselkedése után, biztos volt benne, hogy az öreg pásztor igazat mondott. Ez a nő képes bármire, gátlástalanul eltapos bárkit, aki az útjában van. Nem csak tokás, vörös feje volt visszataszító, hanem az az ízléstelen ruhatömeg is, amit ráaggatott hájas testére. Minden ujján vastag gyűrűk díszelegtek. Ez a nő soha sem végzett kétkezi munkát, állapította meg a lány. Eszébe jutott Hajnalka, aki dacára annak, hogy a fejedelem felesége, úgy dolgozik, mint egy cseléd. Ez a nő belehalna, ha dolgoznia kéne. Pedig ráférne, na meg egy kis jó ízlés is!

Mielőtt összegyűlt volna a falu apraja-nagyja az esti beszélgetésre, Csaba intett Rebekának, hogy beszélni akar vele. A lány mély lélegzetet vett a friss levegőn, amint kiléptek a házból.

- Csaba, én ezt nem bírom. - suttogta.

- Mi a baj? - nézett rá aggódva a férfi.

- Ez a nő folyton beszél, ráadásul olyan ostoba, hogy a hideg ráz tőle!

- Ki kell bírnod néhány napot. Azért hívtalak, hogy elmondjam, hogyan viselkedj.

- Mi a bajod a viselkedésemmel? - horkant fel lány. - Olyan bájosan mosolygok, mintha valami nagy kegyben lenne részem!

- Nem erre gondoltam, ezen a téren csodálatos vagy. Mi lenne, ha mi úgy tennénk, mintha Csanád ellen lennénk, akkor talán kibújna a szög a zsákból. Szerintem Aradon azért nem avattak be a férfiak a titkaikba, mert érezték, hogy én kedvelem a fejedelmet. Most változtatni fogunk ezen. Te is tegyél úgy, mintha orrolnál Csanádra, vagy Hajnalkára.

Csaba megsimogatta a lány elgyötört arcát.

- Megpróbálom holnap elintézni a ló vásárlást, aztán elmegyünk.

- Köszönöm. - csillant fel a lány szeme.

Csaba, Rebeka vállára tette a kezét és ház felé irányította.

- Azt hiszem mindenki eljött, aki számít. - húzta el a száját Csaba. - Be kell mennünk. Kitartás kislány, csak egy napot bírjál még ki.

Rebeka savanyú képpel bólintott, majd eszébe jutott a pásztor.

- Holnap kitalálok valamit, hogy elmehessek az öreg pásztorhoz.

- Hát nem is tudom. - töprengett a férfi. - A lelkére kötöttem, ha megérkezünk, tegyen úgy, mintha soha sem látott volna. Maradjunk abban, hogy ma meghallgatjuk a falu urait. Holnap megvitatjuk a hallottakat, és majd akkor döntünk.

- Rendben. - egyezett bele a lány.

A magas férfi szemébe nézett, fejével a ház felé intett, és határozottan elindult. Csaba mosolyogva követte.

Az este folyamán kiderült, hogy cselük fényesen bevált. Eleinte nehézkesen indult a beszélgetés a férfiak asztalánál. Amikor Csaba panaszkodni kezdett Csanádra, egy-két kivétellel, minden férfi szapulni kezdte a fejedelmet. Vélt, vagy valós igazságtalanságokkal vádolták. Az öreg pásztor esete nem került szóba. Csaba magában megdicsérte a panasztevőket, hogy nem tudatták senkivel hova készültek, így a faluban senki nem tudott róla, hol jártak. Rebeka talán ügyesebb lesz és megtud valamit az asszonyoktól. A borozgatástól egyre jobban neki bátorodtak. Azt is elmondták, hogy a gyilkosságtól sem riadnak vissza, ha Csanád nem hajlandó lemondani. Csaba borzongva hallgatta, ahogy a különböző gyilkolási módokat fontolgatták. Ha valami olyan témáról beszéltek, amiben jártas volt, néha ő is beleszólt a beszélgetésbe. Egész este azon járt az esze, hogy Csanád megsejthetett valamit arról, ami ellene készül, azért küldte őket ide. Az öreg csak ürügy volt. Rebekát és őt itt nem ismeri senki, tehát nyugodtan szétnézhettek anélkül, hogy bárki gyanút fogott volna. Ráadásul a legfelsőbb körökben mozognak, ahonnan az egész kipattant. Nagyon ravasz ez a

Csanád! - gondolta.

Rebeka nagyon rosszul érezte magát azon az estén. Ennyi buta, dicsekvő asszonyt egy helyen, még életében nem látott. Egy kivételével, mind eldicsekedett vagyonával. Azzal, hogy milyen szép gyereke, vagy gyerekei vannak, hogy külön varróasszonyokat tartanak, mert ők nem szurkálják össze az ujjukat. Naponta kétszer-háromszor átöltöznek, hogy megmutassák, nekik milyen pompás ruháik és csodálatos érszereik vannak. Ilyen és ehhez hasonló dicsekvő mondatok zsongták körül. A lány azon gondolkodott, hogy ezek a buta némberek tudják-e milyen képtelenségeket beszélnek? Itt ömleng hat kövér asszony ízléstelen, de méregdrága ruhákban és mind azt állítja, hogy neki van legszebb, a legjobb, a legtöbb a legnagyobb. Akár hogy is nézzük, a hat közül csak egy lehet, akire igaz a leg... hiszen ha mind a hatnak egyformán van, akkor már nem lehet legekről beszélni. Belefáradt a bölcselkedésbe is. Megpróbált nem odafigyelni a locsogásra, szemével felfedezőútra indult a tágas helyiségben, már amennyire a pislogó mécses fénye engedte. A sarkok sötétben voltak, a falak mellett elhelyezett faragott láda és más bútor csak árnyéknak látszott. A fehér asztalterítővel letakart asztalon, ezüst tálakon sütemények, piros, sárga alma, a kupákban bor, vagy gyümölcsszörp volt. Ahogy körbejáratta tekintetét az asztalnál ülőkön, szeme megakadt egy középkorú asszonyon, akit eddig nem vett észre. Egész este nem beszélt, ezért nem figyelt fel rá . Az asszony ölében élénkpiros anyag feküdt, erre hímezett. Rebekát egyre jobban vonzotta a hallgatag nő. Haja teljesen ősz volt, melyet két szoros copfba font. Fején halvány színű főkötőt viselt. A mécses halvány fényében is jól látszott az arca milyen megviselt. Ruhája neki is drága selyemből készült, de egyszerű és ízléses volt. A lány remélte, hogy se nem süket, se nem néma. Az asszony észrevette, hogy nézi, felnézett munkájából. Rebeka mély fájdalmat látott a sötét szemekben. Kedvesen rámosolygott az asszonyra, kinek szeme figyelmeztetően villant, majd munkája fölé hajolt.

- Kedvesem te nem is figyelsz rám! - nyafogta az egyik hústömeg.

- De. Hallottam minden szavadat. - mosolygott rá képmutatón Rebeka.

Ezeknek az asszonyoknak mindig van mondanivalójuk, amiből soha sem fogynak ki, csak értelme nincs a fecsegésnek. Aztán egyszer csak figyelni kezdett. Az egyik nő elmesélte milyen megbotránkoztató dolog történt vele a minap. A koszos pásztor megfenyegette őt és a kicsi fiát.

- Tudjátok, az, aki a falu végén lakik. Azt mondta, ha nem takarodunk ki a házából, megöl mindannyiunkat. Ráadásul gyilkosnak nevezett minket!

- Szóltál Tordának? - hápogott egy másik.

- Hogyan szólhattam volna, te ostoba, amikor Csanádnál van!

Az ostoba szót olyan hangsúllyal mondta ki, mintha békát mondott volna. A gyerek nagyon meggondolatlan, ha ilyet tett. - gondolta Rebeka. Biztosan azon a napon történt, amikor hazaérkeztek és tudta, hogy a vezér nincs otthon. De az is lehet, hogy nem a gyerek a hibás. Lehet, hogy a nő provokálta és ő visszavágott. Nagyon bátor és határozott gyerek, ezt észrevette az „igazság napokon" is. Holnap beszélni fog vele. - döntötte el. Most ő érezte, hogy figyelik. Felnézett és tekintete találkozott a varró asszonyéval. Ugyanolyan figyelmeztetés villant felé, mint az előbb. Rebeka aprót bólintott felé, jelezve, hogy megértette a figyelmeztetést. Ez az asszony biztosan rokoni kapcsolatban van a fiúval, vagy a szüleivel. A fiú biztosan beszélt róla, meg Csabáról. Tehát ez az asszony tudja, miért vannak itt. Gondolt egy merészet, felállt és a nőhöz lépett. Rebeka látta, hogy az asszony megdermedt, amikor a közelébe ért.

- Megnézhetem, mit csinálsz? - kérdezte a lány kedvesen.

- Természetesen. - válaszolta az asszony kelletlenül.

Rebeka felé nyújtotta az anyagot.

- Gyönyörű. Mi lesz belőle?

- A legkisebb lányom kelengyéjét készítem, hamarosan férjhez megy.

- Megnézhetem holnap a többit is?

Úgy tűnt az asszony megértette a lány szándékát. Beszélni akart az asszonnyal, de úgy, hogy ne fogjanak gyanút, az ott levők.

- Szívesen látlak az otthonomban. - felelte most már készségesen. Hátra fordult a lány felé, ajkán halvány mosoly bujkált. Amikor az asztal felé nézett, arca újra rideg volt.

Kicsit kellemetlen volt egy szobában aludni, de megoldották. Rebeka az ágyban aludt, Csaba szőrméken a szoba legtávolabbi sarkában. Reggel szinte egyszerre ébredtek. Csendesen, hogy senki se hallja, megvitatták az előző este hallottakat.

- Ügyes vagy. - dicsérte meg Csaba, amikor a lány elmesélte a halk szavú asszony meghívását.

- Nem tudom ki ez asz asszony, de biztos vagyok benne, hogy közeli hozzátartozója a pásztornak. Talán többet tudok meg, ha elmegyek hozzá.

- Vigyázz nehogy csapda legyen. Várd meg mit fog mondani. Csak akkor hozakodj elő a kérdésekkel, ha meggyőződtél róla, hogy őszinte hozzád! De talán az lenne a legjobb, ha te csak meghallgatnád, amit ő mond. - mondta elgondolkodva Csaba. - Rebeka itt nagyon nagy baj van! Merényletet terveznek Csanád ellen!

- Ez nem lehet igaz! - suttogta döbbenten a lány.

Csaba elmesélte miről beszéltek a férfiak. Gondolataikba merülve ültek egy kicsit, aztán egyszerre szólaltak meg. Elnevették magukat.

- Ha valaki hallgatózik, azt gondolja, milyen jól el van ez a házaspár. - kuncogott Rebeka.

- De jó is lenne, ha így lenne! - sóhajtott Csaba.

- Ne butáskodj! - pirult el a lány.

Fejét elfordította, hogy a férfi ne lássa.

- Azt akartam mondani, hogy jó lenne szétnézni a többi székely faluban, mielőtt visszamegyünk. - helyesbített zavartan a férfi.

- Én is erre gondoltam. - felelte mosolyogva a lány. - De Csanád leveszi a fejünket, ha nem azt tesszük, amit mondott. Nem gondolod?

- Most sokkal többről van szó! Történetesen az ő fejéről. Szerintem valamit sejthetett az a vén kópé, azért küldött minket ide. - kérdőn nézett a lányra.

Milyen kiszámíthatatlan az élet, töprengett Csaba. Eddig a lány vezette a csapatot, most meg ő. A lány most csak feleség, akinek nincs helye a férfiak között. Pedig azok a férfiak, akikkel az este beszélt együtt nem érnek annyit, mint ez a törékeny, gyönyörű lány. Tanulhatnának tőle, felelősség tudatott, de főleg emberséget.

- Pontosan mire gondolsz? - zökkentette ki gondolataiból a lány.

- Arra, hogy végig megyünk a Maros mentén. Ha szerencsénk lesz, valaki elvisz minket egy só szállító bárkával.

- Nem is rossz! Legalább kíméljük a lovainkat.

- Lovakról ne is álmodj, a bárka sót szállít nem állatokat. - nevetett Csaba

- Meddig akarsz menni?

- Ameddig lehet. A folyó hamarosan befagy. Különben Torda az utolsó székely település. Ott van a sóbánya. Egy szépséghibája lesz utunknak. A bolgárok ellenőrzése alatt áll a sóbánya is a folyó is.

Rebeka némán ült az ágyon. Csaba már azt hitte, ülve alszik. Megrázta a vállát, mire Rebeka ránézett és csettintett az ujjával.

- Igen! Ez lesz a legjobb!

A férfi közel hajolt hozzá, majdnem összeért az orruk.

- Megosztanád velem is, vagy csak magaddal vitatod meg?

- Hát persze. Ne haragudj. - rezzent fel a lány.

- Hallgatlak. - ült le mellé az ágyra. Gerincén végig futott a hideg, ahogy a lány ránézett. Érezte, hogy most kellene leállítani, amíg ki nem nyitja a száját, mert valami őrültséget tervez. A szeme lázasan csillog, ez nem jó jel!

- Szerzünk valahol egy bolgár női ruhát. Továbbra is férj és feleség leszünk, de én bolgár lány voltam, mielőtt hozzád mentem. Így nem kell tartanunk a bolgároktól. Na, mit szólsz? - lelkesedett a lány.

- Honnan vetted ezt az őrültséget? - a férfi haja égnek állt az ötlettől.

- Aradon hallottam, hogy az egyik lányt megkérte Glád fejedelem fia. Ha ez lehetséges, akkor működik fordítva is. Magyar férfi vett el bolgár lányt. Na? - kérdezte elégedetten mosollyal.

Csaba letaglózva ült mellette, gondolatok cikáztak a fejében.

- Csaba! - csapta össze a kezét Rebeka. Felugrott és sétálni kezdett a szobában.

- Ne! Nem akarom hallani! - tiltakozott a férfi.

Olyan, mint Szolák, gondolta nevetve Rebeka.

- Azt sem tudod, mit akarok mondani?!

- Rebeka, kérlek! Sokkal jobb volt, amíg Taksony voltál, nem voltak ennyire lehetetlen ötleteid.

Letérdelt a férfi elé, megfogta a kezét és mélyen a szemébe nézett.

- Hallgass meg. - kérlelte.

- Ne kímélj. - suttogta megtörten Csaba.

Tudta, hogy nem fog neki nemet mondani, bármit is tervez. Főleg ha így néz rá!

- Visszamegyünk Aradra, és magunkkal hozzuk azt a lányt, ő lesz a biztosítékunk arra, hogy bántatlanul megjárjuk az utat.

- Várj! Nem használhatod ki a lány szerelmét saját céljaidra!

- Látod, mennyire nem ismersz! - korholta a lány.

- Lehet, de ez akkor sem tisztességes!

- A lány legalább annyit nyer, mint mi! - mondta most már kiabálva.

- Sss! - csitította a férfi.

- Minden esélyünk meg van rá, hogy találkozunk Glád fiával, mivel ő ennek a tartománynak az ura. - mondta csendesebben, de hangjában sértődöttség érződött.

- Értem, bocsáss meg.

- Most az egyszer. - nevetett a lány.

A házban megindult az élet, sült szalonna, frissen sült kenyér ínycsiklandozó illata szállt feléjük. Odakint fejőasszonyok énekeltek. Mire kopogtattak az ajtón, addig részletesen megbeszéltek mit, hogyan tesznek. Reggeli után Csaba elment megnézni a ménest. Kiválasztott két gyönyörű csődört. Nem tudott ellenállni az egyik kancának, melynek homlokán fehér csillag ékeskedett. Igaz Csanád csak csődörre adott engedélyt, de úgy gondolta szívesen fogadja majd ezt a szép kancát is. Sajnos Csaba szegény volt, nem tehette meg, hogy saját magának vásároljon. Se bizánci pénze, se csereáruja nem volt.

Rebeka felkereste az asszonyt, ígéretéhez híven, a házában. Meglepetésére az öreg pásztor és a felesége is ott volt. Csendesen méregették egymást néhány percig, majd a háziasszony törte meg a csendet.

- Örs mondta, miért jöttetek. A felesége húga vagyok, nyugodtan beszélhetsz.

- Szeretném megnézni a lányod kelengyéjét. - mondta kedvesen a lány.

- Értem, tehát nem bízol bennem. - megfordult és eltűnt a folyosó végében.

- A bátyád biztosan nem beszélt neked rólam és az unokámról. - mondta csalódottan a pásztor.

- Ő a férjem. - javította ki pirulva Rebeka.

- Nem arról beszélek, akivel jöttél, hanem aki Csanád asztalánál ült. Rebeka értetlenül nézett rá.

- Az a barna fiú Csanád mellett az igazságnapokon. - próbált segíteni a férfi. - Nagyon hasonlít rád, azért gondoltam, hogy a testvéred.

- Hát persze! - kapott észbe Rebeka. - Ő valóban a bátyám.

- És nem mondta el mi történt velünk? Nem azért küldött, hogy utána járjatok?

- Tudok mindenről, de valójában azért jöttünk, mert az uram lovakat akar venni. - válaszolt óvatosan a lány.

- Csanád nem hitt nekünk. Hiába a gazdag emberé az igazság! Gyere anyjuk, kár volt idejönnünk. Menjünk, mert Rózsának csak bajt hozunk a fejére, ha itt látnak minket. - mondta csendes szomorúsággal a pásztor. Felsegítette apró termetű, töpörödött feleségét és a hátsókijárat felé araszoltak, egymást támogatva.

- Ne menjetek el. - kérlelte őket a lány. - Remélem, ti nem vagytok árulók.

- Hát mégis Csanád emberei vagytok! - sóhajtott megkönnyebbülve Rózsa, aki éppen akkor tért vissza, karján egy rakás ruhával.

A két idős ember megfordult az áruló szóra.

Rózsa a ruhákat egy székre tette, a pásztort és feleségét visszakísérte az asztalhoz.

- Miből gondolod? - kérdezte meglepődve Rebeka.

- Az asszonyok nem beszéltek árulásról az este. Ha nem Csanád küldött, honnan tudsz róla?

Rebeka felszisszent, elárulta magát. Most már nem visszakozhat.

- Valóban Csanád küldött, megkért nézzünk utána Örs igazat mondott-e. Ő nem tud az árulásról.

- De tud róla! - jelentette ki határozottan Rózsa.

Rebeka felkapta a fejét.

-A párom üzent neki. Figyelmeztette, hogy az életére törnek. Vigyázzon!

- Értem. Ha tud is róla, nekünk nem mondta el. - mondta elkeseredve Rebeka.

Szóval Csanád nem bízik bennük, de felhasználta őket céljaira. Mindegy, ha már itt vannak, végig csinálják.

- Én Aradon fogtam gyanút, Csaba itt bizonyosodott meg róla. Azt is tudod, kik vannak benne?

- Nem tudom. - rázta a fejét az asszony. - Csak annyit tudok, hogy Déváról indult. Az ottani székelyek összefogtak a szlávokkal. Ki akarnak válni a szövetségből. Pedig köti őket a vérszerződés! Rá akarják venni a többi székelyt is, hogy csatlakozzanak hozzájuk. Állítólag Glád megígérte nekik, ha kiválnak a szövetségből, nekik adja a sóbányák jövedelmének a felét. Én ezt nem hiszem el, Glád nem olyan! Itt másról van szó! Csanád kemény kézzel uralkodik, nem engedi, hogy a módosabbak agyon dolgoztassák szolgáikat, csak azért, hogy ők nagyobb vagyonra tegyenek szert. Sőt ami még jobban bőszíti az uraságokat, hogy a parasztoknak ad igazat, ha hozzá fordulnak panaszaikkal. Most a nyáron betelt a pohár, amikor Csanád korlátozta az arany és ezüst bányászatát. Az ő emberei felügyelik a kitermelést és ellenőrzik annak felhasználását.

- Glád átadta a bányákat? - hitetlenkedett Rebeka.

- Ő nem itt bányászik, neki sokkal dúsabb aranybányái vannak a nagy hegyek túloldalán. Az ittenit meghagyta a székelyeknek, felesben. - kis szünetet tartott, majd mosolyogva folytatta. - De valamit nem tudnak ezek! Az egyik ismerősöm elmesélte mi történt Déván. A bolgár vezér fia megtámadta a falut, lemészárolta a lakosságot és felgyújtotta Dévát. De pórul járt, mert a magyar fejedelem fia elrabolta. Remélem, már nem él! A bolgárok seregeket küldenek a Maroshoz, hogy megakadályozzák a magyarok előretörését. Azt hallottam, hogy a magyarok a hegyek felől is jönnek, és már Kolozsváron harcolnak. Tordát és Gyulafehérvárt már el is foglalták.

Rebeka zsibbadtan hallgatta az asszonyt. Zoltán itt van a közelében és elfogta Preszlávot. Örült a férfi sikerének, de félt a találkozástól. Mi lesz, ha összefutnak? Amit a bolgár fiáról hallott az megdöbbentette. Az egy vadállat! Annak viszont örült, hogy a magyarok már itt is támadnak, és végre kiűzik a bolgárokat székelyföldről.

- Én is hallottam valamit. - mondta Rebeka. - A magyarok kiverték Zalánt bihari várából. Alpárnál a magyarok megsemmisítették seregeit, de a gyáva álruhában elmenekült. Most Nándorfehérvárnál nyalogatja sebeit, Simeon kebelén.

- Jó lesz az nekünk, ha most a magyarok jönnek ide? - kérdezte bátortalanul a pásztor.

- Nem tudom. - válaszolta csendesen Rebeka.

- Hát persze, jó lesz! - tette csípőre a kezét Rózsa. - Akkor ezek behúzzák fülüket, farkukat!

- Kire gondolsz?

- Jaj, lányom! Hát ezek az árulók! Az asszonyok csak dicsekszenek összelopott vagyonukkal, a férfiak meg unalmuknak a parasztokat bántják.

- De hiszen te is közéjük tartozol? - csodálkozott Rebeka.

Az asszony úgy pördült felé, mint akit a darázs csípett meg.

- Én ugyan nem! Ez a falu mindig a családunké volt. Apám volt a falu vezére, előtte az apja és még nagyon sok ősünk. Nálunk nem volt szokás parádézni, úgy, mint ahogy a mostaniak teszik. Gyerekkorunk óta keményen dolgoztunk. A baj akkor kezdődött, amikor a testvérem - nézett a pásztor feleségére - egy szegény pásztorhoz ment feleségül. Az apám indulatos ember volt, azonnal kitagadta a lányát. Két lánya van, fia nincs, így én lettem az örökös. Nagyon fiatal voltam, amikor meghaltak, ezért Tordát választották meg a falu vezérének. Amikor férjhez mentem, a vagyonom egy részét visszakaptam. A férjem a falu egyik leggazdagabb embere, így benne van a tanácsban. Ezért voltunk ott tegnap. De mi nem tartozunk közéjük! - utasította vissza a vádat.

- Elnézést. Azt szeretném tudni mi történt a húgod férjével?

- Ők szerencsésebbek voltak nálam, nekik volt egy fiuk. Amikor a fiú felnőtt a férjem közbenjárására ő is kapott egy keveset a családi vagyonból, pedig az egész őt illette meg! Hiába unszolta a férjem, hogy harcoljon a jussáért, nem tette. Jenő az anyja természetét örökölte, csendes, dolgos férfi volt. Kemény munkával megsokszorozta a vagyonát. Magához akarta venni a szüleit, akik elég szegényesen éltek. Nem fogadták el a fiúk segítségét, nem akarták, hogy miattuk baja legyen a gyereküknek. Ott maradtak, ahol voltak. Amikor megölték Jenőt és a feleségét, elvették mindenüket. Ebben Torda keze is benne van. A fiukat magamhoz akartam venni, de a húgom nem engedte. Azt mondta, amíg ők élnek, addig ők gondoskodnak az unokájukról. A farkasokról hallottál, most már mindent tudsz. - fejezte be Rózsa.

Rebeka fel-alá sétált a szobában. Szórakozottan megállt a szék előtt, amin a menyasszony ruhái feküdtek. Sorban kiteregette és megcsodálta a gazdagon hímzett ingeket. Ha Zoltán hajlandó még szóba állni vele, akkor ő is hozzá láthat a saját menyasszonyi ruhájának a megvarrásához. Szeme megtelt könnyel, az ő édesanyja nem segíthet neki.

Vigyázva letette a selymet, szeméből kipislogta a könnyeket. Etel megígérte, hogy segít, és Hajnalka is varr neki egy szép székely ruhát.

Odakintről hangos kiáltozást hallottak, gyorsan az ablakhoz szaladtak.

Egy lovas száguldott végig a falun, arca örömmámorban úszott.

- Jönnek a magyarok! - rikoltotta.

Rebeka egy percre ledermedt. Zoltán! Magára kapta bundáját és remegve kilépett az ajtón. A falu határától nem messze tömött sorokban jöttek a magyarok. A lovak fejét beburkolta a szájukból kilehelt fehér pára. Rebekát, mindig lenyűgözte, ahogy a magyarok megülték a lovat. Mintha oda születtek volna lovaik hátára. Büszke, egyenes tartásuk erőt és magabiztosságot sugárzott. Kár, hogy nem fiú ruhában van, akkor odamehetne eléjük. Zömök férfi vezette a sereget. Amint a várakozók elé ért könnyedén leugrott lováról és mély hangon üdvözölte őket. A lány hiába nyújtogatta nyakát, Zoltánt nem látta. Egy kéz csúszott lágyan a vállára. Gyorsan megfordult, abban a hiszemben, hogy őt fogja látni. Szíve hevesen vert, de csalódnia kellett. Csaba állt mellette.

- Már kerestelek! - mondta a férfi.

A lány csalódott arcát látva keserűség áradt szét benne, Zoltánt várta.

- Ugye elmondod, miért jöttek? Én nem lehetek ott, sajnos. - súgta a lány.

Felnézett Csabára, a szomorú szemek tudatták vele, hogy észrevette csalódottságát.

- Ne haragudj. - simogatta meg a férfi kezét.

A magyar sereg közben letáborozott a falu határában. Nagyon sokan voltak, még a közeli erdőben is lehetett látni mozgó embereket.

- Azt hiszem terveink semmivé foszlottak. - morogta a férfi.

Rebeka kíváncsian nézett rá. Csaba arcáról eltűnt a szomorúság, helyette elszántság és lelkesedés tükröződött.

- Mire gondolsz?

- A csikósok arról beszéltek, hogy a magyarok heves csatákat vívtak keleten. Úgy látszik onnan is, kiverték a bolgárokat. Nem úgy néznek ki, mint egy vert sereg, tehát idáig elfoglalták Erdélyt. Semmi értelme tovább mennünk.

- Azok után, amiket ma hallottam én is lebeszéltelek volna az útról. Amilyen gyorsan csak lehet, vissza kell mennünk Csanádhoz, veszélyben van!

- Mit tudtál meg?

- Eleget ahhoz, hogy szedjük a sátorfánkat és induljunk, még mielőtt a magyarok is elindulnának.

Lassan elsétáltak az ünneplő tömegtől, amely egyre sűrűbb lett körülöttük. Amikor már nem halhatták a beszélgetésüket, Rebeka folytatta.

- Csanád áthúzta néhány kapzsi család számítását. Már szó sincs vezérválasztásról. Félre akarják állítani, még mielőtt kinevez valakit maga helyett.

- Figyelmeztetni kell!

- Igen, de nem biztos, hogy hinni fog nekünk. Van itt is és Aradon is megbízható, befolyásos ember, őket magunkkal kell vinnünk. Attól tartok, hogy most ezt a zűrzavart, amit a magyarok megjelenése keltett, fel fogják használni Csanád eltávolítására.

- Á. Az ifjú szerelmesek! - szólalt meg mögöttük egy utálatos hang.

Egyszerre fordultak meg, Csaba a kardjához, Rebeka a baloldalához kapott ijedtében. Ez az ösztönös mozdulat mosolyra késztette őket. Rebeka, hogy leplezze a félre nem érthető mozdulatot, gyorsan összefonta karját maga előtt.

- Meg ijesztettél! - horkant a váratlan vendégre. - Talán illendőbb lett volna elölről jönnöd, nem a hátunk mögött settenkedni!

- Úgy látom, nem nagyon örültök a jövevényeknek. - mondta tettetett rosszallással, holott látszott rajta, hogy neki nem tetszik a magyarok megjelenése.

- Gyertek, mutatkozzunk be jövendő gazdáinknak. Most nézem

milyen szép vagy te asszony! - belecsípett Rebeka arcába.

- Vedd le a koszos kezedet róla! - mordult rá Csaba.

Megragadta a férfi ruháját, magához húzta és megszorította.

- Ha még egyszer hozzáérsz, megfojtalak! - magasodott a férfi fölé szikrázó szemmel.

Akkorát taszított rajta, hogy a férfi hanyatt esett a hóban. Csaba lépett egyet, csizmája szorosan a férfi arca előtt ért földet.

- Eltaposlak te féreg!

- Ezért még megfizetsz! - sziszegte Csaba felé.

Szó nélkül otthagyták.

- Egy ellenséggel több. - mondta szárazon Csaba.

- Soha ne fordíts hátat az ilyennek. Ez ahhoz gyáva, hogy szemből támadjon!- mondta a lány.

- Igen, értettem vezérem. - nevettet a férfi.

Rebeka még mindig remegett, még soha nem alázták meg így. Csaba kisfiús mosolya láttán ő is elnevette magát. Bemutatkoztak a magyar vezérnek. Rebeka megkereste Rózsát, Csaba a többi férfival részt vett a megbeszélésen.

Kora hajnalban a két fiatal, kíséretével útra kelt Arad felé. A kis csapat néhány Solymosi férfival bővült, akik elkísérték őket. Aradon csak egy éjszakát töltöttek. Ott is csatlakozott hozzájuk két férfi. Mire megérkeztek a székely fejedelem falujába, csapatuk jelentős sereggé bővült. Csanád nem tudta mire vélni a dolgot. Rebeka csendesen mondott valamit, mire a fejedelem betessékelte a vendégeket a házába. A lány miután ledobálta meleg ruháit, lehuppant Csanád jobb oldalára. A vendégek döbbenten álltak.

- Csak üljetek, le nyugodtan. - legyintett Csanád. - Ez az ő helye. Majd később mindent elmagyarázok.

- Csanád, merényletet terveznek ellened! Ezek a férfiak azért kísértek el, hogy el hidd, amit mondani fogok. - hadarta egy szuszra Rebeka.

- Tudok róla. - dörmögte a fejedelem.

- Nem csak azért jöttünk! - emelte fel a hangját Rózsa férje. - A védelmedre vagyunk itt. Néhány nap múlva megérkeznek a csapataink is. - láthatóan zavarta a lány jelenléte, szeme sarkából méregette.

- Jenő, ez a lány Márton fia! - nevetett öblös hangján Csanád. - Fiú ruhában végig verekedte az Alföldet, ott volt Alpárnál is! Biztosan hallottatok a csatáról.

A férfiak bólogattak, most már némi tisztelet is csillogott a szemükben.

- Idáig üldözte Zalánt, úgy, hogy egyetlen harcost sem veszített. Joga van itt ülni mellettem! Márton halála előtt nevezte ki örökösének és rábízta az északi csapatok vezetését. - mondta Csanád.

Nyílt az ajtó és beléptek a székely családok vezetői. A fejedelem ott tartotta őket, amíg Rebeka és Csaba vissza nem tértek. Ők furcsán méregették Rebekát, majd lassan felismerték benne Taksonyt. Csendesen leültek a helyükre.

- Most, hogy mind együtt vagyunk, javaslom, hallgassuk meg Rebeka Taksonyt.

Halk nevetés morajlott végig a termen.

A lány határozott hangon elmondta mindazt, amit az asszonyoktól megtudott. Az áruló vezérek szerettek volna a föld alá süllyedni. Az egyik felugrott és a lányra kiáltott.

- Hazudsz!

- Ülj le! - utasította Csanád.

Amikor Rebeka befejezte, a fejedelem Csabának adta meg a szót.

A férfi megerősítette a lány állításait, kiegészítve néhány részlettel. Azok a férfiak, akiket magukkal hoztak, tényekkel támasztották alá a két fiatal beszámolóját.

- A magyarok Sólymoson vannak! - mondta Rebeka a beállt csendben.

Tekintetével az összeesküvők arcát fürkészte. Jól számított, a férfiak megdermedtek a hír hallatán.

- A magyarokról majd később! Fegyverezzétek le őket! - mutatott az összeesküvőkre Csanád. - Vazul küldjél be tíz harcost! Holnap hajnalban végzünk ezekkel!

Némi dulakodás után, kivezették a foglyokat a teremből.

- Itt járt a vőlegényed! - fordult a lány felé Csanád.

- Hol van? - ugrott fel a Rebeka.

Csanád megfogta a kezét és visszatolta a székre.

- Azt mondtam itt volt! Nem figyelsz? Elment, de én nem árultam el, hogy itt voltál. Van még egy kis dolgunk egymással, mielőtt elmész. Rendben? - nézett Rebeka csalódott arcába.

A lány bólintott és kinézett az ablakon. Edd meg, amit főztél, mondta magának. Ha otthon maradtál volna, néhány nap múlva találkozhattatok volna.

Csanád hangja riasztotta fel gondolaiból.

- Tudatom veletek, mit üzent Árpád. - mondta az asztalnál ülőknek.

- Azt tudjátok, hogy Alpárnál megverték a bolgárokat. A fia a napokban itt járt és elmondta, hogy Erdély is felszabadult az ellenség sanyargatása alól. A Maros mentén Bulcsú és Botond vezér csapatai tisztogatnak, hamarosan ideérnek. Temesvárnál, Gyula vezér szétverte a nagy erőkkel felvonuló Glád fejedelem seregét. Huba vezér ellenőrzése alatt tartja a déli határt és hágókat. Gyakorlatilag a Dunáig a magyarok az urai a Kárpát- medencének. Amint Bulcsú és Botond ideér, tavaszig vége a harcoknak. Tőlünk csak annyit kér a magyar fejedelem, hogy élelemmel és egyéb szükséges holmival segítsük az ideérkezőket. Ha van tartalékban meleg ruhánk, takarónk, nemezünk a jurta készítéshez, akkor amilyen gyorsan csak lehet, indítsuk útnak szekereken, vagy szánokon Szebenbe, mert nagy szükség van rá. Hát ennyit a magyarokról. - fejezte be Csanád.

Kis ideig csendben maradt, hagyta, hogy megemésszék a hallottakat.

- Most visszatérünk saját berkeinkbe. Rebeka szeretne valamit bejelenteni.

- Azt tudjátok, hogy Márton rám hagyta mindenét. De azt biztosan nem, hogy én nem vagyok székely. Az avar fejedelem, Bagatúr lánya vagyok.

Halk morajlás hullámzott végig az asztalnál.

- Azért találtuk ki Mártonnal a mesét, hogy megbosszulhassam édesanyám halálát. Zalán megölte őt és a bátyámat, sok avar harcossal együtt. Mint Márton fia vettem részt ebben a háborúban. Halála előtt rám ruházott mindent. De én ezt nem fogadhatom el! Csak addig vezetettem Márton seregét, amíg ideértünk. Lemondok Márton vagyonáról és a vezérségről, egy okos, bátor és nagyszerű fiatalember javára, aki végig mellettem volt és vigyázott rám. Neki köszönhetjük, hogy épségben megérkeztünk. Csaba kérlek, fogadd el tőlem. - fordult a mellette ülő elképedt férfi felé.

A fiatal, nagydarab székely meghatottan nézett a lányra. Olyan lehetetlen dolgot hallott, hogy azt hitte, álmodik.

- Én támogatom! Gondolom, másnak sincs kifogása ellene? - nyomott el egy mosolyt Csanád, Csaba hitetlenkedő ábrázatát látva.

A vezérek fejüket rázták, nem volt ellenvetés.

- Csaba, amint az idő engedi, elindulsz Rebekával hazafelé, elkíséred a lányt, azután összeszeded népedet és eljöttök ide. Szeretném, ha a székelyek együtt lennének. Nem tudom, hogy a Dunántúliak hajlandók lesznek-e csatlakozni hozzánk? Ha együtt leszünk, megtartjuk a fejedelemválasztást.

- Mi lesz a pásztorral és az unokájával? - kérdezte Rebeka.

- Biztos voltam benne, hogy tartogatsz valamit a tarsolyodban. Különben neked már nincs helyed a férfiak között te lány! - mordult rá a fejedelem.

- Nem válaszoltál Csanád! - csattant a lány hangja.

- A fiú visszakapja örökségét, amíg felnő, gyámot nevezünk ki mellé. Megfelel?

- Ott ül a gyámja. - mutatott Rózsa férjére a lány.

- Rám itt már nincs is szükség, ez a fehérnép mindent jobban tud! - Csanád úgy nevetett, hogy hatalmas pocakja remegett.

A tanácskozás ezzel véget ért.

Csaba megfogta Rebeka kezét, visszatartotta, amíg a terem kiürült.

- Nem tudom, hogyan köszönjem meg, amit értem tettél? - hálálkodott.

- Én sokkal, többel tartozom neked. Te megmentettél, ehhez képest én nem tettem semmit. Amit kaptál, Mártontól kaptad! Csaba, szeretnék kérni valamit.

- Neked bármit megteszek! - fogadkozott lelkesen.

- Szeretném, ha megnősülnél. Nem akarom, hogy fiú örökös nélkül maradjon a néped és Márton öröksége. Ezzel tartozol neki!

- Igazad van. De hol találok olyan lányt, mint te vagy?

- Hidd el, találsz, sőt sokkal jobbat is.

Egymás kezét fogva álltak, tekintetük összekapcsolódott néhány pillanatig.

- Megmondaná valaki, hol találom Hajnalkát? - rontott be a terembe egy éjfekete hajú lány.

Rebeka és Csaba mérgesen fordult a betolakodó felé.

- Nem is rossz! - suttogta Csaba Rebeka fülébe.

Szeme kíváncsian tapadt a karcsú alakra.

- Hát ennyit a hűségről! - mondta Rebeka nevetve.

Csaba csibészesen rákacsintott és elindult a jövevény felé.

Egy furcsa barátság.

- Hé, magyar! Vihar közeleg, húzódjunk be, valami védet helyre. - kiáltotta Preszláv Zoltán mögött.

- Ne félj bolgár, nem fog elmosni az eső! - nyugtatta Zoltán hátrafordulva a nyeregből.

De azért nyugtalanul kémlelte az eget. Nyugat felől sötét felhők gyülekeztek. Útjukat eddig szerencse kísérte, eltekintve a kezdeti szakasztól. Szebentől az Olt folyóig keservesen haladtak a magas hegyek között. A megpakolt szekereket már régen maguk mögött hagyták. Amint elérték a folyót, amely nyílegyenesen vágott utat magának a megmászhatatlannak tűnő hegyóriások között, minden nehézség nélkül folytathatták útjukat. Már egy hete vágtattak veszett iramban, az Olt füves partján. Zoltán rövid pihenőket engedélyezett csupán, minél hamarabb találkozni akart Töhötöm seregével. Talán igaza van a bolgárnak, meg kellene várni a vihar végét, tűnődött ismét az eget kémlelve.

- Mi a véleményed Levedi? - fordult a mellette lovagoló idős harcos felé.

- Lehet, hogy igaza van. Jobban ismeri az itteni viharokat, mint mi. Azzal nem sokra megyünk, ha bőrig ázunk.

Zoltán visszafogta lovát, bevárta Preszlávot.

- Mond bolgár, van itt valami, ahova behúzódhatnánk?

- Igen, kicsit odébb a folyó kiszélesedik, jobbra lesz egy tisztás. Annak a végében van egy kis bánya, ott meghúzhatjuk magunkat. - felelte Preszláv.

- Ahol bánya van, ott bányászok is vannak! - hördült fel Zoltán.

- Mi van magyar, csak nem félsz néhány csákányos paraszttól?

- Ugyan bolgár, ezt te sem gondolod komolyan. - legyintett Zoltán.

- Különben a bányában nem dolgozik senki. Valaha régen valaki a fejébe vette, hogy arany van ott. Néhány métert keservesen kivágtak a hegyből, de nem találtak semmit. Azóta ott áll, jó menedék.

A bolgárnak igaza lett, meredek hegyek vették körül a füves tisztást, mely elég nagy volt ahhoz, hogy a lovak akár napokig legeljenek rajta. A völgy közepén gyors hegyi patak csobogott köves medrében. A bánya alacsony bejáratát kúszó növények nőtték be. Miután megtisztították, elég tágasnak ígérkezett ahhoz, hogy mindannyian beférjenek. Alig málházták le a fáradt lovakat, eleredt az eső. Először csak néhány csepp, majd annyira megnyíltak az ég csatornái, hogy nem láttak a tisztás végébe.

- Igazad volt bolgár. - morogta Zoltán a bejáratnál állva.

Amíg a lezúduló víztömeget nézte, régi otthona jutott eszébe. Ott is ilyen hegyóriások vették körbe a magyarok szállás helyét. Gyerekkorában gyakran ragadtak kint barátaival a nyári zivatarokban. Hiába ismerték a környéket, sokszor bőrig áztak, mire fedél alá kerültek. Ott is ilyen hirtelen jöttek a záporok és pont ilyen hevesek voltak. De amilyen gyorsan jön olyan gyorsan el is megy, mondta a nagyapja mindig. Anyja megszidta őket, amikor csurom vizesen haza-értek. Soha nem várták meg, amíg teljesen elállt az eső. Levették a sarut a lábukról és még a csepergő esőben elindultak, minden pocso-lyába beleléptek. Szerette meztelen talpa alatt érezni a nedves fű simogatását.

- Ha már itt kell rostokolnunk, akár ehetünk is. - hessegette el a fájó emléket Zoltán.

Mire végeztek az evéssel, az eső is alább hagyott.

- Továbbmegyünk, remélem, nem állít meg egy újabb vihar ben-nünket. - szólt harcosaihoz Zoltán.

- Figyelmeztetlek magyar, hogy hamarosan elhagyjuk a nagy hegyeket.

- Hála az égnek!

- A síkság már Mén- Marót birodalma, magyar!

- Mond, te képtelen vagy a nevemen szólítani? - fordult mérgesen Preszláv felé.

- Csak a barátaimat szólítom a nevükön! Te nem vagy a barátom és nem is leszel! Különben is visszataszító neved van, magyar!

Zoltán felkapta a fejét.

- Egyáltalán nem visszataszító a nevem! - állt harciasan a férfi elé.

- De az! - szögezte le Preszláv. - Nálunk a szoltán nagyhatalmú ural-kodót jelent, nagyobbat, mint a cár, aki most a bolgár birodalom feje.

- Az én nevem nem szoltán, hanem Zoltán, te nagyokos!

Azért gondolatban büszke volt rá, hogy a bolgároknál ilyen jó csen-gése van a nevének.

- Gondolom, üzentél apámnak, hogy a rabod vagyok?

- Igen, de miből gondolod?

- Ha nem így lenne, akkor ez a maroknyi sereg már a föld alatt pihen-ne. Újra figyelmeztetlek, hogy már nem apám földjén fogunk haladni!

Mén- Marót szedte rá a vezéreteket és ő mészárolta le a népét. Nem fogja megengedni, hogy sértetlenül kószálj egy sereggel a területén. Eddig csak apám jóindulatának köszönheted gyors haladásodat.

- Mészárlásról Te ne beszélj nekem! - fakadt ki Zoltán. - Mit műveltél Déva lakosságával?

- Az nem az én bűnöm volt! Nem adok parancsot asszonyok és gyerekek megölésére! - horkant föl a férfi.

- Te voltál a vezetőjük! - vádolt tovább Zoltán.

- Mire én odaértem, már minden lángokban állt!- ordította fenyegetőn Preszláv.

Szinte összeért az orruk, úgy álltak egymással szemben, mint két harcias kakas. Levedi visszafogta a fiatal Vajkot, aki Preszlávnak akart ugrani. - Hagyd őket fiam.

- Szóval azt állítod, nem te ölted meg a székelyeket? - kérdezte Zoltán.

- Nem állítom, ez az igazság! Bár megérdemelnék, de nem a Dévaiak. - az utolsó mondatot csak az orra alá dörmögte.

Zoltán hitetlenkedve meredt a férfira. Arra számított, hogy verekedésre kerül sor, ehelyett Preszláv ellépett előle.

- Hogy lehet az, hogy te voltál a vezér, és nem voltál ott, amikor az a szörnyűség történt?

- Bár nem tartozom neked magyarázattal, de azért elmondom. Apám parancsa úgy szólt, hogy Dévánál verjünk tábort. Készüljünk fel kellőképpen a télre, mert kora tavasszal onnan indulunk a magyarok ellen. Előre küldtem a sereget, nekem Aradon volt egy kis dolgom. Mire Dévára értem már nem tehettem semmit.

- Mi dolgod volt Aradon? - kérdezte kíváncsian Zoltán.

- Nem tartozik rád!

- Virágot akarja feleségül venni. - lépett hozzájuk egy férfi.

Preszláv végigmérte a beszélőt.

- Te is itt vagy?

Zoltán hol az egyikre, hol a másikra nézett. Várta mi fog kisülni ebből.

- Igen. Én tudom, hogy nem te égetted fel Dévát.

- Amikor elfogtalak, nekem mást mondtál! Szinte kérkedtél a gaztettel! - förmedt rá Zoltán. - Azért már kaptál egy orrba vágást, mert hazudtál, akarsz még egyet?

- Soha sem mondtam, hogy nem fogok hazudni neked. - nevetett a férfi.

- Lehet, hogy most is azt teszed!

- Lehet. - hagyta rá Preszláv elfordulva.

Zoltánnak egyre jobban tetszett, ha nem lenne bolgár, még barátok is lehetnének.

- Igazat mond! - kelt a védelmére az előző közbeszóló. - A húgomat akarta feleségül venni, de az apánk nem engedte.

- Miért nem raboltad el?

- Bolond vagy te magyar. - fordult vissza Preszláv.

Eddig a barlang bejáratán át a még csepergő esőt nézte, de nem azt látta. Virág mosolygós arca lebegett a szeme előtt.

- Csak azt a lányt lehet elrabolni, aki akarja is. - legyintett lemondóan.

- Te vagy bolond, Preszláv. A húgom szeret téged.

- Mit mondasz! - rázta meg férfi vállát.

- Elment volna veled.

- Most már mindegy. Induljunk magyar!

Zoltán bólintott és parancsot adott az indulásra. Néhány napi kemény lovaglás után megpillantották a menekülőket. Több száz férfi, nő, gyermek és elenyésző számú idős ember, rongyokba burkolva a végkimerülés határán, vonszolta magát. Döbbenten nézték a csupa csont csapatot. Az a néhány ló és málhavivő állat is, ami még megmaradt, csak árnyéka volt önmagának. Zoltán nem tudta, hogy sírjon, vagy átkozódjon, amikor a közelükbe értek. A fiatal Töhötöm vezette a csapatot, Zoltán alig ismert rá. A fiatal magyar vezér arccsontjai szinte átszúrták a vékony bőrt, szeme beesett volt. Testén lötyögött a ruha. De ami még ennél is szívszorítóbb volt, az a férfi szeméből áradó tehetetlenség és elkeseredés. Amerre nézett mindenhol lesoványodott arcokat látott. Rettenetes volt nézni ezt a néma, lerongyolódott embertömeget. Az asszonyok nem csacsogtak, a gyerekek nem szaladgáltak. Amikor megálltak, úgy roskadtak le a földre fáradtan kimerülten, mint egy rakás rongy. Zoltán ökölbe szorította a kezét, hogy fájdalmában nehogy felüvöltsön.

- Sajnálom. - mondta mögötte csendesen Preszláv.

Zoltán villogó szemmel megpördült, de amikor a férfi tiszta kék szemébe nézett, együttérzést olvasott ki belőle. Nagyot sóhajtott, azzal nem old meg semmit, ha vétlenre szórja mérgét.

- Nem a te hibád. - válaszolt mogorván.

- Zoltán, tudok egy biztonságos helyet, ahol meghúzhatják magukat. - szólt férfi nem zavartatva magát a villogó szemektől.

- Vezess!

Nagy nehezen sikerült lelket önteni az elcsigázott emberekbe. Preszláv elvezette őket egy magas hegyekkel körülvett völgybe, amely sokkal nagyobb volt annál, ahol legutóbb az eső elől behúzódtak. Valóban biztonságosnak tűnt, három oldalról magas hegyek, a síkság felől egy erdősáv védte. Zoltán miután letáboroztak, őröket állított minden irányba. Bár a hegyek áthághatatlanoknak tűntek, az ellenség jobban ismeri a vidéket, lehetnek olyan ösvények, melyeken lezúdulhatnak rájuk. Aki még tudott mozogni, fát gyűjtött, hogy tüzet rakhassanak. Zoltán harcosai bevetették magukat az erdőbe vadászni. Az asszonyok némi pihenés után a megmaradt jurták maradványaiból összetákoltak egy menedéket, ahova a gyerekek és a betegek behúzódhattak. A vadászoknak sikerült annyi vadat ejteni, ami gondos beosztással elegendő volt a kiéhezett emberek számára.

- Nem megyünk tovább! - döntötte el Zoltán.

A tábor csendesen pihent, a férfiak a tűz körül ültek.

- De itt nem vagyunk biztonságban. - vette ellen Töhötöm. - Ha az üldözőink megtalálnak bennünket, nem tudjuk megvédeni magunkat.

- Meg kell kockáztatnunk néhány napot itt. Olyan elgyötört az emberek, hogy félek, sokan nem érik meg az út végét.

Csendben mérlegelték Zoltán javaslatát.

- Az a legnagyobb baj, hogy a gyerekek nem kapnak tejet. Igaz már nem sokan vannak, az apróbbakat eltemettük. Egy hosszú temető jelzi utunkat. - mondta elcsukló hangon Töhötöm.

- Ha megbíztok bennem, hozok tejet, lehet, hogy takarókat is tudok szerezni. - ajánlotta Preszláv.

- Miért tennéd? - kérdezte Zoltán. - Csak szökni próbálsz.

- Adjál néhány embert mellém, magyar!

- Nemrég még tudtad a nevem, bolgár.

- Akkor emberként viselkedtél! - mondta gúnyosan a bolgár.

- Ki ez? - kérdezte Töhötöm.

- Egy fogoly bolgár.

A rongyos férfiak bőszen felugráltak, hogy nekimenjenek a férfinak.

Zoltán és Levedi védelmezőn Preszláv elé lépett.

- Az ő fajtájának köszönhetjük nyomorúságunkat! - kiáltotta Töhötöm.

- Nem neki. Az áruló vezérnek, aki orvul megölte apádat - felelte higgadtan Zoltán.

Zoltán szó nélkül otthagyta őket, megfogta a bolgár karját, és magával húzta. Körbejárta a tábort, ellenőrizte az őröket, majd a foglyal leheveredtek egy fa tövébe. Későre járt már. A hold halvány fényében az alvó emberek sötét foltjai lepték el a tisztást. Mellette Preszláv csendesen szuszogott. Megpróbált ő is aludni egy kicsit.

Hangos kiabálásra ébredt, magyar és valamilyen idegen nyelvű szavak röpködtek körülötte. Gyorsan felugrott és hangok irányába futott. Az őrök Preszlávval vitatkoztak. A férfi mögött asszonyok álltak. Amint közelebb ért, négy felpakolt szekeret és néhány tehenet látott.

- Mi van itt? - kérdezte a hevesen tiltakozó őröket.

- Ez a paraszt ide vezette a bolgárokat!

Zoltán szája mosolyra húzódott a paraszt jelző hallatán. Preszláv valóban úgy nézett ki, mint egy paraszt, durva vászonból szőtt ruhájában.

- Szóval mégis elszöktél? - rivallt a férfira.

- Nem volt nehéz, magyar. - vigyorgott a bolgár.

- Ügyes vagy, mit hoztál?

Preszláv félre állt az útból, hogy Zoltán láthassa a szekereket és a rajta levő bőröket, takarókat. A magyar vezér végig ment a szekerek során, megnézte tartalmukat és végtelen hálát érzett az adakozók iránt. Nem csak takarók, de gyerek ruhák, női és férfi csizmák is voltak a szekereken. Egyenként megsimogatta a félénken várakozó asszonyok arcát. Odalépett Preszlávhoz és kezet nyújtott neki.

- Köszönöm barátom! Mától nem vagy fogoly, elmehetsz, ha kedved tartja.

- Ne nekem köszönd! Ezek az emberek önként felajánlották, amikor elmondtam mi történt a népeddel. - szorította meg a feléje nyújtott kezet. - Veled maradok, szeretnék visszamenni, van egy kis dolgom arrafelé.

Zoltán hangosan felnevetett és barátságosan hátba vágta a férfit.

- Úgy látom megjött az eszed!

Megkérte Preszlávot, hogy tolmácsolja köszönetét az asszonyoknak, majd útjukra bocsátotta őket. A tisztás közepére vezették a szekereket és szétosztották az adományokat. A teheneket az asszonyok megfejték. A gyerekek azon melegében megitták a tejet, ahogy a fejő asszonyok kiosztották számukra. Meglepetésükre a szekerek alján egy tucat íjat, és kardot is találtak. Preszláv mindenre gondolt! Látta, hogy a menekült harcosok fegyvertelenek. A támadások során biztosan elvették tőlük. Most már több harcos mehetett vadászni és a védelmük is erősebb lett. Néhány nap után Zoltán úgy döntött, hogy folyatják útjukat. Elhatározását erősen befolyásolta az időjárás. Napról napra sötétebb szürke felhők gyülekeztek felettük. Az emberek kipihenték magukat, kicsit jobban néztek ki, mint amikor találkoztak. Szerette volna biztonságban tudni őket. Sokkal lassabban haladtak, mint szerette volna, de így is minden nappal közelebb kerültek az új hazához.

November közepén végre összetalálkoztak azokkal a szekerekkel, melyeket Huba küldött nekik. Levehették szakadt ruháikat, elkopott csizmáikat. Minden gyerek, beteg és öreg szekereken utazhatott tovább. Jó néhány lovat is kaptak, így már csak kevesen gyalogoltak, lényegesen nagyobb utat tehettek meg naponta. Preszláv biztosította őket, hogy Glád nem fogja megtámadni a csapatot.

- Zoltán gyanúsan méregette a férfit.

- Üzentél apádnak, igaz?

- Igen. Nem akartam, hogy aggódjon miattam és olyan lépésre szánja el magát, amit különben nem tenne meg.

- Értem. Azon gondolkodtam, hogy ti annak ellenére, hogy az ellenező oldalon álltok, egész rendes emberek vagytok. Szerinted lehetséges lenne az öldöklés nélküli békekötés köztünk? - nézett várakozón a férfi kék szemébe Zoltán.

- Ez már megfordult az én fejemben is. - mondta némi hallgatás után Preszláv. - Tudod Zoltán egy nép nem csak jó, vagy rossz emberekből áll. Nem süthetjük rá egyikre sem a gonosz jelzőt, csak azért mert egy-két vezetője vérengző vadállat. Nálatok is vannak ilyen vezérek, ezt te tudod a legjobban. - mutatott a lerongyolódott tábor felé.

Zoltán elfordult, hogy a férfi ne lássa feltörő gyűlöletét. Ahányszor ezekre a szerencsétlenekre nézett, mindig elöntötte az izzó harag, amit Fajsz iránt érzett.

- Nem kell külső ellenség ahhoz, hogy egy nép elpusztuljon. - mondta fogát csikorgatva.

- Ne rágódj ezen, sajnos megtörtént. Te komolyan gondoltad a békekötést?

Zoltán lassan megfordult és bólintott.

Két lovas közeledett feléjük, amint odaértek leugrottak és meghajoltak Zoltán előtt.

- Megtudtuk, amit kellet. - mondta az egyik sandán Preszlávra nézve.

- Mondhatjátok nyugodtan. - biztatta őket Zoltán.

Ezeket a harcosokat küldte, a Gládhoz igyekvő futár után, hogy megtudja, hol tartózkodik a fejedelem.

- Orsovánál van, közel ezer harcosával. - felelte még mindig gyanakodva a férfi, a bolgár miatt.

- Te apám után kémkedsz?! - hördült fel Preszláv.

- Mi tagadás. Tudni akarom, hol vannak nagyobb ellenséges erők. A helyemben te is tennéd.

- Azt hittem valóban békét akarsz. - fordult el gúnyos, lesújtó arccal a férfi.

- Idefigyelj te öntelt hólyag! - üvöltötte magából kikelve Zoltán. - Az hogy mi itt az isten háta mögött próbálunk közeledni egymáshoz, nem jelenti azt, hogy a szemben álló seregeink nem keverednek harcba egymással! Feltudod ezt fogni? Nem engedhetem meg, hogy az apád, vagy bár ki más, megtámadja az enyémeket!

Preszláv néhány pillanatig állta a magyar vezér tekintetét, majd lényegesen nyugodtabb hangon válaszolt Zoltán kitörésére.

- Lehet benne valami.

Zoltán megrázta a fejét. Bolond bolgár, nem lehet kiigazodni rajta.

Útjuk utolsó szakaszát térdig érő hóban tették meg. A szekereket leürítették, amennyire lehetett, csak a gyalogolni nem bírók maradtak rajta. Még így is gyakran elakadtak a magasabb hóban. Bár kimerültek voltak, de az öröm, hogy hamarosan hazaérnek, mindig erőt adott nekik. Szebennél Huba várta őket. Egy nap pihenőt engedélyezett, majd elvezette Töhötöm népét szálláshelyére. Az elgyötört menekülőket felállított jurták várták.

- Honnan szereztetek ennyi mindent? - kérdezte Zoltán csodálkozva.

- Üzenet küldtem a magyar vezéreknek, hogy küldjenek mindenfélét, amit nélkülözni tudnak. - felelte elégedetten Huba. - A székelyek is segítettek.

- De hogy sikerült ilyen hamar?

- Amikor tudomást szereztem Fajsz árulásáról és Töhötöm népe megtámadásáról, akkor kértem a segítséget. Biztos voltam benne, hogy nem maradt semmijük.

Zoltán nem válaszolt. Mit is mondhatott volna ilyen bölcs előrelátásra. Örömmel figyelte az új otthonukat birtokba vevő, sokat szenvedett embereket. A férfiak a lovakat, igavonókat, szekereket rendezték el. Az asszonyok a jurtákban sürgölődtek. Vidám éneküket hallva Zoltán lassan megnyugodott. Teljesítette feladatát. Mosolyogva nézte a körülötte hócsatát vívó gyerekeket. Egy eltévedt hógolyó eltalálta a hátát, mire rögtön döbbent csend lett. Megfordult, hogy szembe nézzen támadójával. A gyerekek dermedten várták a következményt. Egy négy év körüli fiúcska lehajtott fejjel közeledett felé.

- Bocsánatot kéjek, nem téged akajtalak eltalálni. - mondta csendesen.

- Bátor fiú vagy és jól nevelt. - dicsérte Zoltán. - De ezzel még nincs elintézve.

Lehajolt, gyúrt egy laza hólabdát és a selypítő kisgyerek felé dobta. Nem akarta eltalálni, így mellé célzott.

- De ügyetlen vagyok. - csóválta a fejét.

A körülötte álló gyerekek csengő kacagással válaszoltak. Zoltán feléjük is dobott néhány hógolyót. Eleinte bátortalanul, majd egyre sűrűbben repültek felé a hólövedékek. A gyerekek nagy örömére futásnak eredt. Egymást bátorítva rohantak utána. Huba nevetve nézte a nagydarab férfit és az utána csetlő-botló apróságokat. A gyerekei biztosan imádni fogják. Olyan, mint az apja, Árpád sem tartotta méltóságán alulinak, hogy játsszon a gyerekekkel. Zoltán odaért mellé, ruhájáról rázogatva a hógolyók maradványát.

- Úgy látom, megnyugodtál, fiam. - mosolygott Huba.

- Igen. Jó látni a gyerekek örömét. Tudod az volt a legszörnyűbb, amikor megláttam őket a hegyekben, hogy a gyerekek nem játszottak. Csendben vonszolták apró testüket, és csak a szomorú szemüket láttam. Most végre hallom önfeledt kacagásukat, és ez így van rendjén.

Zoltán csodálkozva fordult az idős vezér felé.

- Nem látom a harcosaidat.

- Gyere, sok mindent el kell mondanom neked. - vezette be tágas jurtájába Huba.

A nemezzel burkolt szállás közepén vígan ropogott a tűz.

- Amíg te távol voltál, itt sem állt meg az élet. Volt néhány csetepaté a bolgárokkal, de az semmi, ahhoz képest, amit apád vívott Alpárnál. Zoltán csillogó szemmel hallgatta a vezér beszámolóját. Megtudta, hogy a Dunáig elfoglalták a Kárpát- medencét seregeik. Nagyobb ellenállást csak Zalán tanúsított, akinek sikerült elmenekülni a mindent eldöntő csatából. Már csak Gyula áll harcban Temesvárnál Glád bolgár fejedelem seregével, de lehet, hogy ott is vége van már.

- Apád azt üzente, hogy a fiatal Töhötömmel azonnal indulj útnak, amint megérkezel.

- Hol van most?

- Szeged mellett ütött tábort, tavaszig ott is marad. Legalább is a sereg. Glád fiával milyen terveid vannak? - érdeklődött Huba. - Láttam, hogy szabadon mozog, ezért a te szállásodra vitettem.

- Jól tetted. Nincs különösebb tervem vele, egyelőre még velem marad. - felelte elgondolkodva.

Nem kell tudnia senkinek róla, mi a szándéka Preszlávval.

- Mikor akarsz elengedni? - kérdezte Preszláv, amikor elmondta neki Zoltán, amit Hubától hallott. Mélyen lesújtotta, amit a bolgárok vereségéről hallott. Csak reménykedett benne, hogy apja még életben van.

- Bármikor elmehetsz, de azt javaslom, maradj velem addig, amíg a tieid közelébe érünk. Szeretném, ha épp bőrrel megúsznád ezt a kalandot és beszélnél apáddal.

- Köszönöm. - mondta lehangoltan a férfi.

Nem volt gyáva, de ő is szívesebben oldotta meg a problémákat harc nélkül.

- Ha mind a ketten meggyőztük apáinkat, akkor mától számítva a negyedik telihold utáni napon, Aradon találkozunk.

A falu nevének hallatán Preszláv összerezzent.

- A lány szöktetés gondját magamra vállalom. Elviszem biztonságos helyre. Ha a megbeszélt időben és helyen leszel, megkapod a lányt. Ha nem, soha többé nem látod!

- Ez zsarolás!

- Nem az, csak előrelátás. Amíg a lány ott van, fennáll a veszélye annak, hogy megtámadjátok a falut.

- Rendben van, de vigyázz rá!

- Megígérem! - nyújtotta kezét Zoltán.

- Bízom benned magyar! - szorította, meg a békejobbot Preszláv.

Mivel a harcoknak egyelőre vége volt, Zoltán úgy döntött, hogy nem siet Apjához. Tett egy rövid kerülőt Erdélyben, minden útjába kerülő faluban megállt néhány napra. Kíváncsi volt az ott élő emberekre, szokásaikra. Bár Preszláv nyugtalan volt, szeretet volna minél előbb otthon lenni, ennek ellenére készségesen tolmácsolt a magyar vezérnek, ha szláv településre értek. A legtöbb faluban szívesen látták őket, de előfordult az is, hogy jobban örültek távozásuknak, mint érkezésüknek. December közepén Zoltán úgy döntött, hogy ideje találkoznia Árpáddal. Dévánál megtalálta az erdőkerülőt, aki segített neki, amikor Preszlávot elfogták. A férfi örömmel fogadta őket, felajánlotta házát vendégeinek, melyet sikerült rendbe hoznia a támadás után. A megmaradt lakosság visszatért a faluba, miután a magyarok leverték az ott táborozó bolgárokat. Mivel a házak többsége földből épült, csak a nádtetők égtek le. Néhány ház elég jó állapotban volt ahhoz, hogy tavaszig meghúzzák benne magukat, a hajléktalanok. Az erdőkerülő házában kellemes meleg fogadta őket. Egy fiatal lány szorgoskodott a tűzhely körül.

- Úgy látom nem vagy elveszett ember, barátom. - nevetett Zoltán a lányra mutatva.

- A látszat néha csal, fiatal barátom.

Zoltán a lány ragyogó szemébe nézett.

- De hiszen ez Izabella! - kiáltott fel, meglepetten.

A lány boldog mosollyal közeledett, kezében nagy tálat egyensúlyozott, amely meg volt rakva hideg sülttel és kenyérrel. Zoltán megbabonázva nézte az apró termetű, fekete hajú szépséget. Preszláv oldalba bökte.

- Azt mondtad menyasszonyod, van! Vagy nálatok többnejűség van? - hangjában rosszallás érződött.

Zoltán elszégyellte magát, de arca rezzenéstelen maradt.

- A mi törzsünk egynejű, de a szépet azért megnézzük. - felelte közömbösséget színlelve, de a férfit nem tudta becsapni. Preszláv elnyomott egy mosolyt.

- Befogadtam a lányt, mivel senkije sem maradt. - mondta csendesen az erdőkerülő. Preszlávra nézett, felismerte a férfit, szeméből sütött a gyűlölet.

A lány arcáról is lefagyott a mosoly, amikor megismerte Preszlávot. Gyorsan eléjük rakta az ételt, hozott bort és magukra hagyta őket. Csendesen falatoztak. Preszlávot sértette a háziak gyűlölete, hiszen ő nem tett ellenük semmit. De büszkesége nem engedte, hogy magyarázkodjon nekik. A kínos ebéd végeztével, megkérte Zoltán, hogy ne maradjanak ott, folytassák útjukat.

- Beszélni akarok veled. - fogta meg a könyökét Zoltánnak az erdőkerülő, amíg a bolgár felnyergelte a lovakat.

- Hallgatlak.

- Szeretném, ha elvinnéd magaddal Izabellát. Nálam nincs jó helyen, sokszor napokig úton vagyok. Találj neki egy családot, akik feledtetni tudják vele a veszteségeit, vagy egy jóravaló férjet, akinek a gondját viselheti.

Zoltán gondolkodott egy kicsit, majd beleegyezőn bólintott. A férfi bement a házba közölni a lánnyal döntésüket. Izabella örömtől sugárzó arccal rohant ki a házból, apró batyuját szorongatva. A hátasát Zoltán már felnyergelte, segített az odaérő lánynak nyeregbe szállni. Preszláv ide-oda ingatta a fejét, de nem szólt semmit. Némán tették meg azt a kis utat, ami az erdészház és a falu között húzódott. Emberei csodálkozva nézték őket. Arról volt szó, hogy néhány napot ott maradnak, de a közeledők fel voltak málházva. Nem értették a dolgot, különösen a lány jelenléte zavarta őket. Zoltán néhány szóval elmondta, miért van velük a lány, majd utasította harcosait, hogy készüljenek az indulásra.

Lippánál Preszláv elbúcsúzott Zoltántól, azzal az ígérettel, hogy megállapodásuk értelmében ott lesz a megbeszélt találkozón.

- Ha valami miatt nem tudok odaérni, futárt küldök hozzád. Ugyan ezt elvárom tőled is! - kezet nyújtott, majd nevetve hozzátette - Zoltán.

- Ott leszek Preszláv. Járj szerencsével. - szorította meg a férfi kezét.

Átkeltek a Maroson, Arad felé tartottak. A faluban zűrzavar uralkodott. A magyarok a település mellett táboroztak, mint mindig, ha rokon népekkel kerültek kapcsolatba hódításuk során. Arad határában a magyar vezérek és a székely vezetők ingerült szóváltásba keveredtek. Zoltán odalovagolt, megtudni a vita okát.

- Ezek az emberek azt mondják nem hajlandók behódolni nekünk. Szedjük a sátorfánkat és tűnjünk el innen! - harsogta magából kikelve Botond vezér.

Zoltán a leghangosabban ágálóbb székely felé fordult.

- Csanád egyezséget kötött Árpáddal a földjeitekkel kapcsolatban. Mivel a két fejedelem a békés megoldást választotta, ti sem ugrálhattok. Rátok is kötelező érvényű a megállapodás. - mondta nyugodt hangon Zoltán.

- Nekem egy gyerek nem fogja megmondani, mit tehetek és mit nem! - mondta gúnyosan a székely és elfordult.

Botond megragadta a vállát, maga felé fordította és fölé magasodva, az arcába kiáltotta: - Ez a fiatalember Árpád fia!

A kioktatott férfi szinte összezsugorodott álltában, szemét kimeresztve bámulta Zoltánt.

- Mi békét kötöttünk Glád fejedelemmel, szakítottunk Csanáddal. Így nem érdekel, miben állapodtak meg Árpáddal. - mondta sokkal csendesebben.

Zoltán úgy meglepődött a hallottakon, hogy nem tudta sírjon, vagy nevessen. A többi aradi hevesen bólogatott, egyetértve a beszélővel.

- Tudjátok az egyik vezérünk ugyanezt tette, igaz nem Gláddal. A népét megtizedelték, földönfutókká tették őket. Mire biztonságos helyre kerültek, az apró gyerekeket és az öregeket mind eltemették! - szikrázó szemmel nézte őket Zoltán, majd folytatta: - És tudjátok kik, tették ezt velük?

- Ti magyarok! Nem tudjátok elviselni, ha valamely nép nem vár tárt karokkal benneteket! - válaszolta szemtelenül az egyik.

Zoltán nagy levegőt vett, hogy leküzdje egyre erősebben feltörő mérgét.

- Az a bolgár, akivel az árulók megegyeztek. Választhattok! Vagy leteszitek a fegyvert és megadjátok magatokat, vagy ellenségnek tekintünk benneteket a fegyverekre bízva a döntést! - mondta határozottan Zoltán.

A nagyhangú székely megpödörte bajuszát, végig nézett a magyar vezéreken.

- Így könnyű feltételeket szabni, ha százszor annyian vagytok, mint mi!

Ekkor ért oda hozzájuk, egy egyszerű ruhába öltözött férfi.

- Bocsáss meg fiam, hogy vettem a bátorságot beleszólni a vezérek tanácskozásába, de valamit el kell mondanom. - mondta nyugodt hangon. - Ezek nem a falu vezetői. A vezérünk elment Csanádhoz. Az ellenlábasai kihasználják az alkalmat arra, hogy elárulják népünket. Néhány ilyen család van csupán, a nép szívesen lát benneteket és örül, hogy végre ideértetek.

A megvádolt férfiak csak hápogni tudtak ekkora tiszteletlenség láttán. Nem elég, hogy ez a pór ide meri tolni a képét, de még meg is szólal!

- Köszönöm jó öreg! - fogta meg kérges kezét Zoltán. - Úgy látom nincs egyetértés a nép és köztetek. Adjátok át a fegyvereiteket, a foglyaim vagytok! - fordult a dühöngő vezetők felé.

- Soha! - kiáltotta az egyik, kardját előrántva.

Zoltán szinte ugyanabban a pillanatban nyúlt fegyveréhez, a férfi szándékát elárulta szeme villanása. A váratlan támadás reményében egyenesen Zoltán szívét vette célba. A magyar vezér elhárította a döfést, most ő lendült támadásba. A magyarok kivont szablyával álltak vezérük mellett. Zoltán megvágta támadója karját, aki egy pillanatra leengedte kardját. A fiatalember kihasználta a kínálkozó lehetőséget és egy jól irányzott döféssel szíven szúrta támadóját. A székely lassan a földre roskadt. Zoltán a vezérei elé állt, hogy megakadályozza a további vérontást.

- Vége a harcnak! - intette le köré sereglet harcosait, szablyáját a helyére csúsztatva. - Temessétek el! - mordult a székelyekre.

A falu utcáján összesereglett tömeg várta őket. Volt, aki éljenzett, amikor vezérei élén belovagolt a magyar vezér. Zoltán szívét büszkeség járta át, amint az éljenző emberek meghajoltak előtte. A legnagyobb ház előtt egy fehér hajú, mosolygós arcú, idősebb asszony állt. Az odaérő magyarok előtt tisztelettel meghajolt.

- Szívesen látlak benneteket a házamban. A férjem sajnos nincs itthon, ő a falu vezére, kérlek, tiszteljétek meg otthonát.

- Köszönjük, és élünk vendégszereteteddel. - felelte Zoltán.

Hátrafordult a nyeregben, néhány parancsot adott harcosainak. Az odaszaladó lovászfiúknak átadták lovaikat és bementek a fehérre meszelt, fafaragásokkal díszített nagy házba. A szolgák serege sürgölődött körülöttük, ételt, italt hordtak egy hosszú asztalra. A háziasszony leültette őket és türelmüket kérte, amíg testvérbátyja megérkezik.

- Mi a véleményetek erről az incidensről? - kérdezte Zoltán vezéreit.

- Úgy tűnik a székely fejedelem nem valami népszerű errefelé. - jegyezte meg Bulcsú.

- Azt hiszem ennél sokkal rosszabb a helyzet. Néhány ember tyúkszemére léphetett, akik most bosszút forraltak ellene. - morogta Botond.

Nyílt az ajtó és egy alacsony, zömök férfi lépett be a terembe.

- Most talán választ kapunk. - intett szemével Zoltán az érkező felé.

300

A férfi meghajolt előttük, mielőtt helyet foglalt az asztalnál. Egy mosollyal nyugtázta, hogy a magyar vezér nem foglalta el a főhelyet, amely megillette volna. Zoltán viszonozta a mosolyt, tudta mi járhat a férfi fejében. Nem állt szándékában a hódító szerepében tetszelegni. Ő, mint vendég foglalt helyet az annak megfelelő széken.

- Üdvözöllek benneteket. Örülök, hogy megérkeztetek. Géza vagyok a falu második embere. Hallottam, hogy a nagyokosok nem akartak beengedni benneteket. - nevetett rájuk. - Már régen tudunk a Csanád elleni összeesküvésről, sőt arról is, hogy tárgyaltak a bolgárokkal. A székely fejedelem parancsára nem avatkoztunk bele, de figyelemmel kísértük minden lépésüket. Dévaról indult ki az egész az után, hogy Csanád megszorító intézkedéseket vezetett be és kiküldött harcosaival be is tartatta. De biztosan untatlak a fecsegésemmel.

- Nem untatsz, hidd el. Tudni akarom, mire számíthatunk, árulásra, vagy együttműködésre? - nyugtatta meg Zoltán.

- Van itt hely sok jóember számára. A gonoszok meg lassan kikopnak közülünk. - legyintett a vendéglátó.

Zoltánnak tetszett a férfi nyugalma, igazi székely hozzáállás. A rövid tanácskozás során a magyar vezérek előtt kibontakozott a székely nép élete. A jelenlegi vezetőréteg felépítése, hibája és erénye. Csanád törekvése a szétszóródott székelység egyesítésére.

- Nagyon ravasz Csanád. - nevetett hangosan a férfi. - A minap járt itt egy fiatal házaspár. A férfit Csabának az asszonyt Rebekának hívták. Gyönyörű teremtés. - áradozott a férfi. - Hosszú arany haja és élénkzöld szeme van. De nem ez a lényeg. Csanád küldte őket, de ők nem ezt mondták. Én felismertem mindkettőjüket. Csabával északon találkoztam, az ottani székelyeknél, a lányt az avar fejedelem udvarában láttam. Bagatúr elkényeztetett lánya.

Zoltán felugrott székéből.

- Mit beszélsz?

- Bagatúr lánya. - felelte.

Értetlenül nézett a magyar nyugtalan szemébe.

- Hol van most?
- Azt mondták Sólymosra, mennek lovat venni. Miért vagy ideges?
- Biztos, hogy a felesége volt? - rivallt rá Zoltán.
- Biztos, hiszen együtt aludtak. - nevetett nyugodtan Géza.
Zoltán visszaroskadt a székébe. Teljesen összetörte a hír. Rebeka nem várt rá, feleségül ment egy másik férfihoz. Olyan haragot érzett a csábító iránt, hogy ha most a keze közé kerülne, megfojtaná. A magyarok együtt érzőn hallgattak.
- Ez nem lehet igaz! Rebeka soha nem tenne ilyet! - védte a lány Levedi.
- Én csak azt mondtam el, amit láttam. - vonta meg a vállát a székely. - Ismeritek?
- A menyasszonyom volt. - felelte csendesen Zoltán.
- Hát elég kínos a dolog. Ne búsulj, találsz helyette másikat. Vagy már találtál is. Szép az a fekete lány, akit magaddal hoztál. Így van ez rendjén. - vigasztalta bölcsen Géza.
- Az egy árva lány! Semmi közöm hozzá! - utasította vissza Zoltán.
- Majd lesz. Fő, hogy jó feleség legyen.
A fiatalember legyintett, nem volt kedve megvitatni szerelmi életét ezzel a férfival, akit semmi sem hoz ki a béketűrésből.
- Van itt egy fiatal lány, akit Preszláv feleségül akar venni. Magammal viszem.
- Látod ez a beszéd! Egy elmegy, kettővel vigasztalódsz. Nem vagy elveszett ember fiatal barátom.
Zoltán kínjában elnevette magát. Géza odaszólt az egyik szolgának, keresse meg Virágot és kísérje oda.
Amikor a lány belépett az ajtón, minden szem rátapadt. Magas, karcsú teremtés volt. Meleg barna szemével végig nézett a vendégeken. Szép arcán nyoma sem volt zavarának, nem pirult el a rászegeződő tekintetek tüzében. Nemes vonásai meg sem rezdültek. Zoltán némán csodálta a lányt, Preszlávnak van ízlése, gondolta elismeréssel.
Majd eszébe jutott Rebeka árulása és a fájdalom újra fellángolt

benne.

- Hívattál? - kérdezte Gézától csengő hangon.

- Nem én, ez csinos magyar elvisz magával. - felelte a férfi.

A lány szeme megrebbent, állát felszegve nézett Zoltán szomorú szemébe.

- Nem leszek senki ágyasa! - mondta határozottan. Megfordult és az ajtó felé indult.

- Itt maradsz! - dördült rá a székely.

Zoltán és a magyarok talán jobban meglepődtek, a nyugodt székely erélyességén, mint a lány, aki szorosan összezárta száját, felkészülve a harcra. Volt már része néhány megalázó ajánlatban. Azért mert szegénynek született nem lesz kéjsóvár férfiak kapcája, inkább meghal!

- Nincs szükségem szeretőre! - jelentette ki Zoltán mérgesen. - Te veszélyt jelentesz népedre, ezért kell velem jönnöd!

- Nem megyek sehova!

Olyan, mint Rebeka, gondolta keserűen. Nem akart a lányra gondolni, de minden rá emlékeztette.

- Nem kérdeztem, közöltem! Ha nem jössz magadtól, megkötözlek, de akkor is elviszlek! - rivallt rá könyörtelenül Zoltán.

Virág hosszan a férfi szemébe nézett, majd bólintott. Így is jó, gondolta. Elindult, hogy a folyóba vesse magát.

- Ne engedd! - kiáltott Géza felugorva, az ajtóban álló szolgának. - Megöli magát! Már máskor is megpróbálta, amikor az a szemét kinézte magának. - utalt az egyik falubélire.

- Te bolond! - rázta meg a lányt. - Nagyon vigyázzatok rá! - kérte a magyarokat.

Zoltán félre vonta Virágot és a fülébe súgott valamit. A lány arca felragyogott.

- Nem fog megszökni. - mondta közömbösen Gézának.

Elküldte a lányt, hogy felkészüljön az útra. Amíg rávártak, megnézte a falun kívül táborozó magyar sereget. Botond beszámolt a magyarok sikereiről Erdélyben. A vezérek is, a harcosok is bizakodók voltak, dacára a hideg időnek, ami néhány napja hófúvásba ment át. Végig járta a hatalmas tábort, megnyugodva indult vissza a lányért. Bulcsú gondoskodott arról, hogy minden nehézség nélkül átvészeljék itt a telet.

A két lány szánon utazott, ahol elfért a lovasok málhája is, ezzel könnyítve a hátasokon. Végtelennek tűnő hómezőn vágták át magukat a következő településig. Arcukat millió tűhegyes hókristály ostorozta, az erős Északi szél tépte ruhájukat, könnyet csalva szemükbe. A lovak kimerülten birkóztak a magas hótakaróval. Úgy vonultak be Csanádra, mint egy vert sereg. Hajnalka forralt borral fogadta őket. Kicsit meglepődött a két lány láttán, de nem kérdezősködött. Két nap pihenőt engedélyezett Zoltán kis csapatának, ez alatt meghallgatta az összegyűlt székely vezéreket. Mivel senki sem beszélt az összeesküvésről, ő sem hozta szóba. Ez az ő dolguk, oldják meg maguk. Várta, hogy Rebeka esküvőjét megemlítik, de erről mélyen hallgattak a székelyek. Zoltán haragot érzett irántuk, lehetett volna annyi becsület bennük, hogy elmondják, dühöngött magában. Büszkesége azonban nem engedte, hogy ő hozza szóba. Mielőtt tovább mentek volna, Hajnalka gondjaira bízta Izabellát. Virágot magával vitte, nem akarta, hogy bajt hozzon az ottaniakra. Ha Preszláv nem megy el a megbeszélt helyre, legfeljebb Virágot veszi feleségül. Igaz, hogy nem érez iránta semmit, de legalább bosszút áll Rebekán. Ez a lány is van olyan szép, próbálta meggyőzni magát, de tudta ez hazugság. Rebeka nem egyszerűen szép, az a lány egy jelenség! Egy áruló!

Újra szökésben.

Csanád ráparancsolt Rebekára és Csabára, hogy készüljenek a hazatérésre. A márciusi napfény melegen sütött a nagy ebédlő ablakain keresztül. Odakint havat már csak foltokban lehetett látni. A kora tavaszi virágok kidugták fejecskéjüket a földből az éltető napfény felé. Az őszi vetés zöldre festette a szántóföldeket. A feketerigók zengő énekükkel köszöntötték a tavaszt. Gyerekek rohangáltak a friss reggeli szellőben, vidám kacagásuk betöltötte az utcákat.

A teremben a feszültség szinte tapintható volt. Rebeka nem akart haza menni, ott akart lenni a Nándorfehérvári csatánál. Látni akarta Zalán bukását. Csanád ragaszkodott hozzá, hogy azonnal hazamenjen. Szikrázó szemmel álltak egymással szemben és azt várták, hogy a másik beadja a derekát.

- Nem engedem, hogy itt maradj! - üvöltötte Csanád Rebekára, aki csípőre tett kézzel állt előtte.

- Nekem te nem parancsolsz! - kiabált vissza a lány kipirult arccal.

Hajnalka és Izabella a konyhában hallgatózott, titokban Rebekának szurkoltak. Csaba tehetetlenül figyelte a szópárbajt.

- Jól van! - törte meg a feszült csendet Rebeka.

- Na, végre. - sóhajtott Csanád megkönnyebbülve.

- Ne örülj! Nem azt mondtam, hogy elmegyek! Van egy javaslatom.

- Nem!

- Adsz mellém néhány embert, akik vigyázni fognak rám, és én megígérem, hogy csak nézni fogom a csatát.

Csanád csak a fejét ingatta, de nem válaszolt. A lány taktikát váltott, könyörgő szemmel nézett a fejedelemre, karját simogatva.

- Csanád, látnom kell, hogy vége legyen a vesszőfutásomnak! Addig nem lehetek nyugodt, amíg Zalán él, ezt te is tudod. - duruzsolta a férfi fülébe.

Csanád rezzenéstelen arccal állt. Tudta nem sokáig tudd ellenállni a lány könyörgésének. Igazat adott neki, de nem akarta újabb veszélynek kitenni. Valahogy meg kellene törni a lány makacsságát, de mivel eddig nem sikerült, biztos, hogy ezután sem fog. Ellenállása egyre gyengült, ez látszott az arckifejezésén is. Rebeka, amint a változást felfedezte, boldogan a férfi nyakába ugrott.

- Tudtam, hogy megengeded! - ujjongott.

Csanád lehámozta magáról az ölelő karokat, leültette a lányt egy székre.

- Árpád futárja a minap itt járt és elmondta mit vár tőlünk. - mondta Csanád komoly arccal, fel-alá járkálva a teremben.

- Én miért nem tudok róla? - kérdezte szemrehányón a lány.

- Azért mert nem voltál itt. Különben sem kell mindenbe beleütni az orrodat! Hallgass végig! - állította le a szólni akaró lányt. - Az avarok és a székelyek most a magyarok előtt fognak menni. Nem engedhetem meg, hogy ott legyél az első sorokban!

Rebeka bár nem volt gyáva, megborzongott arra a gondolatra, hogy az avarok és a székelyek menetelnek elől, kitéve magukat a bolgárok gyilkos nyilainak. Szinte maga előtt látta a menetelést. Ott lovagol velük, és egyszer csak eléjük vágtatnak a bolgárok kifeszített íjaikkal. Lelki szemeivel látta a felé suhanó nyílvesszőt, még a suhogását is hallani vélte.

- Azt hiszem most az egyszer, felfogtad milyen veszély, leselkedik rád. - Csanád szavai visszahozták a valóságba.

- Nem csak én rám, mindannyiunkra. - felelte sápadt arccal. - Mond Árpád miért döntött így?

- Ez így természetes. Minden csatlakozó, vagy meghódított nép a fősereg előtt megy a csatában.

- Akkor eddig miért nem volt így? Hiszen Alpárnál velük egy vonalban haladtunk, sőt megtiltotta, hogy részt vegyünk a csatában.

- Nem tudom, biztosan így látta jónak. - felelte elgondolkodva a férfi.

Rebeka nem válaszolt, fájdalmas emlékek törtek rá a felidézett közelmúltból. Bár nem vettek részt a csatában, mégis milyen nagy veszteségük volt. Mennyi sírt hagytak a Tisza parton, Márton és az a nagyon sok székely harcos, mintha kísértenék. Szeme megtelt könnyel, soha nem fogja elfelejteni azt a borzalmas éjszakát. Kinézett az ablakon, de nem a ragyogó tavaszt látta, hanem azokat a halmokat a fűzfák alatt. Hirtelen megfordult.

- Csanád, valamit kérni akarok tőled!

- Nem mehetsz el Nándorfehérvárra! - vágta a rá a férfi.

- Erről majd később. Szeretném, ha készítettnél kopjafákat az elesetteknek. Ha megyek hazafelé, útközben felállítom a sírokon. Ez a legkevesebb, amit tehetünk, hogy az emléküket megőrizzük. Nem akarom, hogy jeltelen sírokban pihenjenek.

Csanád egy ideig nem tudta miről beszél, de amikor meglátta könnyáztatta arcát, rögtön tudta, hogy Mártonra és harcosaira gondol.

- Már faragják. - felelte csendesen.

Néhány percig némán álltak, mintha az elhunytak emlékének adóznának. Csanád szerette volna felrázni a lányt.

- Még mindig nem akarsz magyart látni? - kérdezte, de pont az ellenkezőjét érte el.

Rebeka szeme mérgesen villant és otthagyta a férfit. Kiszaladt az istállóba, felnyergelte lovát és elvágtatott. Amint elég messze távolodott a falutól, ráborult lova sörényére és hangosan zokogott.

Amikor a télen visszatértek Csabával, megismerkedett Hajnalka védencével, akit Zoltán vitt oda valahonnan. Eleinte szánalmat érzett a fiatal lány iránt, mindaddig, amíg a lány mesélni nem kezdett. Rebeka megtudta, hogy ő tolmácsolt Zoltánnak, mikor a bolgár foglyokat ejtették. Amikor a magyar vezér visszatért a falujába, magával hozta. Izabella áradozva mesélt a férfiról. Rebeka féltékenysége egyre nőtt, vetekedve haragjával, amit Zoltán iránt érzett. Azért nem akarta magával vinni Őt, amikor könyörgött neki, mert akkor nem szedhetett volna fel lányokat útja során. Úgy tűnik, a magyarok nem ismerik a hűséget. Lehet, hogy már van felesége is, és kitudja, hány szeretője van szerte a világban. Gyanúját megerősítve látta, amikor Izabella elmondta, hogy még egy lányt hozott magával a férfi, Virág Aradon csatlakozott hozzájuk. Őt magával vitte. Ettől a naptól kezdve Rebeka nem akart magyart látni.

Csanád most feltépte a sebet, melyről azt hitte a lány, hogy már gyógyul. Nem tudta, hogy fájdalma, vagy haragja a nagyobb. Csak azt tudta, hogy soha többé nem akarja látni a férfit. Lassan elapadtak könnyei, csendesen poroszkált a zöldellő mezőn, kezdte érzékelni a hangokat, a környező világot. Langyos napsugarak simogatták könnyes arcát, lágy szellő borzolta vállára omló szőke haját. A kék ég, mint a remény jelképe borult fölé, a madarak csicsergése gyógyírként rebegte körül. Fájdalma kissé alábbhagyott. A természet hangjai, és szépsége mindig ilyen hatással voltak rá. Otthon mindig az öreg tölgyfának sírta el bánatát. Ha valami történt vele, mindig odament, nem csak bánatát, örömét is vele osztotta meg. Most először gondolt arra, vajon mi lesz vele, ha beteljesedik bosszúja? Régen abban bízott, hogy ha túl lesz rajta, akkor férjhez megy, családja lesz és él boldogan. Hiába találta meg az egyetlen férfit, akivel leélné az életét, magára maradt. Most már Csaba sem őt akarja feleségül venni, hanem Izabellát. Nagyon jól kijönnek egymással, de így van ez jól. Ő úgysem menne hozzá, bár kedveli, de mint férfi, nem jelent többet számára, mint Szolák, akit gyerekkora óta nagyon szeret. Vajon hol van most?

Észre sem vette milyen messzire került a falutól, egy ló horkanása riasztotta fel gondolataiból. Felkapta a fejét és gyorsan körbenézett. Egy egész serege magyar állt előtte. Elöl a sereg vezetője, mellette kétoldalt egy-egy kisebb rangú vezér, mögöttük egy fiatal harcos, háromszögletű zászlóval a kezében. Rebekában felvillant egy emlék, Alpárnál jöttek ilyen alakzatban a magyarok. Tehát ezek már Nándorfehérvár felé masíroznak, gondolta. Nagyon sokan voltak, a sereg vége beleveszett a végtelen mező zöldjébe.

- Légy üdvözölve széplány. - köszöntötte az idős vezér. Napszítta arcát mély ráncok barázdálták.

- Mi járatban vagytok? - kérdezte mogorván a lány.

- Virágot szedünk a mezőn. - felelte a magyar.

Rebeka akaratlanul elnevette magát.

- Te mit keresel, egy száll magadban ilyen messze a falutól?

- Én is virágot szedek. - felelte még mindig mosolyogva.

- Látom, nem tétlenkedtél, szép bokrétád van. - mutatott a lány két üres kezére.

- De a tied sokkal szebb. - csipkelődött Rebeka.

- Jól felvágták a nyelvedet, az biztos. - nevetett a magyar vezér. -

Köszöntöttelek, de nem fogadtad. Kérdeztem valamit, és te elfelejtettél válaszolni. - emlékeztette a férfi.

Rebeka kicsit elpirult neveletlenségén. Valóban köszönt a férfi és ő ahelyett, hogy illendően fogadta volna, ráförmedt.

- Bocsáss meg, üdvözöllek a székelyek földjén. Mi járatban vagytok?

- A fejedelemmel szeretnénk találkozni, ha elvezetnél hozzá.

A lány bólintott, megfordított lovát és elindult a falu felé. A vezér indulást vezényelt, majd csatlakozott Rebekához. Amint egymás mellett lovagoltak, Rebeka eljátszott a gondolattal, ha ő ennek a nagy csapatnak a vezére lenne. Egy intésére elindulnak, vagy megállnak. Egy ilyen sereggel nekimenne a legnagyobb ellenséges hadnak is.

- Megtudhatom a neved? Kérdezte a vezér.

- Rebeka vagyok, az avar fejedelem lánya.

A férfi, csodálkozó szemmel fordult felé a nyeregben.

- Zoltán menyasszonya?

Rebeka megremegett a név hallatán, a menyasszony szó csak később jutott el a tudatáig.

- Csak voltam. - felelte mérgesen. - Én is megtudhatom a nevedet? - terelte másra a szót.

- Huba. - felelte szűkszavúan.

A falu határában a magyar vezér megállította seregét, néhány harcosával bevonult Csanádra. A székely fejedelem, értesülve a sereg érkezéséről, a falu főterén fogadta a magyarokat. A kölcsönös üdvözlések után házába vezette vendégeit. Rebeka megragadta Csaba karját, aki a magyarok után akart menni.

- Ugye elmondod mit beszéltek a magyarokkal? - kérdezte a férfit.

- Nemrég még hallani sem akartál róluk. Mi változott?

- Semmi! - mondta a lány gyorsan. - Csak tudni szeretném.

- Elmondom, te kis kíváncsi. - ígérte Csaba, majd gyors léptekkel bement a vendégek után.

Rebeka is bement a házba, segíteni Hajnalkának.

- Izabella hol van? - kérdezte némi éllel az asszonyt.

- Segít az asszonyoknak hímezni. Hamarosan jönnek a lányomék az új ruhákért. Még mindig haragszol Izabellre? – kérdezte Rebekát, miközben a tálra rendezte a hideg fácánsültet. Az egyik szolgáló serényen szeletelte a fehér kenyeret. A szakácsasszony már az ebédet készítette a tűzhelyre, közben pergő nyelvvel szidta a két fiatal lányt, akik zöldséget tisztítottak.

Rebeka szeretett a konyhában lenni, szeretett segédkezni a szakácsnőnek, bár az mindig ki akarta utasítani onnan. Egy hercegnő ne lábatlankodjon a konyhában – szokta mondani. Mivel a lány nem törődött a morgolódásával, ezért kezébe nyomott mindig valami tisztítani való zöldséget, vagy gyümölcsöt. Ha ebéd után ment a konyhába, nem kapott munkát. Akkor már mindenütt tisztaság uralkodott, az edények szép sorjában felaggatva a falra, a tányérok és evőeszközök a helyükre téve. Ilyenkor a szakácsnő hajlandó volt vele beszélgetni, amíg hozzá nem látott a vacsora előkészítéséhez. Néhány napja a lány hosszas könyörgésének engedve, főzni tanította Rebekát, de csak akkor lehetett mellette, ha kifejezetten székely ételeket készít. Az avar konyhát ismerje meg otthon, mondta morogva.

- Hercegnő kifelé! – mutatott az ajtó felé, amint meglátta a lányt. Rebeka elnevette magát, átölelte a termetes asszonyt és egy puszit nyomott pirosló, kerek arcára.

- A hercegnőnek és fejedelemasszonynak nincs itt semmi keresni valója! Menjetek a vendégekhez, ott lebzseljetek, ne itt! Annyian vagyunk a konyhában, hogy már én se férek ide. Te lány semmi sem marad abból a zöldségből, ha annyit lefaragsz belőle – ripakodott az egyik szolgálóra, de azért lassan kifelé tolta hatalmas tenyerével Rebekát és Hajnalkát.

A két nő nevetve hagyta el a konyha szentélyét. Hajnalka végig nézett a hosszú asztalon, melyet a vendégek körbe ültek. Elégedetten bólintott, majd Rebekába karolva elindult a lányok szobája felé.

- Nem válaszoltál az előbb.

- Nem haragszom. – válaszolt elgondolkodva – Csak zavar a

jelenléte.

- Mert féltékeny vagy.

- Nem vagyok! – vágta rá gyorsan a lány.

- Még mindig szereted, igaz?

Rebeka először elpirult, majd szemében két könnycsepp jelent meg.

- Igen. Hiába tudom, hogy csapodár. Kitudja hány felesége, szeretője van. – mondta csendesen. - El kellene felejtenem, de ez nem olyan egyszerű. Még senkivel sem éreztem azt, amit vele. Ha mellettem van, minden színesebb, vidámabb, ha hozzám ér remegek, mint a nyárfalevél – hirtelen elhallgatott. Elszégyellte magát, senkinek nem beszélt érzelmeiről. Lopva Hajnalkára nézett, vajon nagyon elítéli az asszony?

- Ez egy csodálatos érzés, nincs mit szégyellned rajta – nyugtatta meg a piruló lányt. – Tudod, amikor Csanád felesége lettem én is így éreztem.

- Már nem?

- Hát, hogy őszinte legyek az a remegő nyárfalevél már lehullott – kacagott jóízűen Hajnalka. - Már nem a szerelemtől remegek olykor, hanem a méregtől. Azért még mindig szeretem. Rebeka beszélned kellene Izabellel – javasolta, témát váltva az asszony.

- Nincs mit mondanom a volt vőlegényem szeretőjének!

- Te azt hiszed Zoltán szeretője? – ámuldozott Hajnalka. – Ő meg rólad hiszi, hogy Csaba kedvese vagy.

Fejét csóválta, nem tudott hova lenni a meglepetéstől. Kezét összecsapta és hangosan nevetni kezdett.

- De hát ez felháborító – nyögte a lány. – Hogy mer rólam ilyet feltételezni!

- Te ugyan azt teszed – emlékeztette Rebekát.

- Az nem ugyan az. Ő Zoltánnal utazott!

- Te meg Csabával.

- De én... - nem fejezte be. Nagy szemeket meresztett. Lehet, hogy Zoltán nem azért vitte magával a lányokat, amire ő gondolt? Hiszen ő is Csabával volt anélkül, hogy bármi történt volna köztük.

- Gondolod, hogy Zoltán és a két lány között semmi sem volt? – kérdezte reménykedve.

- Én nem gondolok semmit. Ezt neked kell tisztázni – felelte bölcsen Hajnalka.

- De lehet valami abban, amit mondasz, mivel Csaba megkérte Izabella kezét tegnap. Tehát ők már túl vannak azon a beszélgetésen, amit neked is meg kell ejtened. Nem hiszem, hogy Csaba elvenné, ha az történt volna, amire te gondolsz.

- Még ma beszélek vele – határozta el boldogan Rebeka.

Csabával csak késő délután tudott beszélni. A férfi elmondta, hogy a magyarok letáboroznak, amíg a székely seregek megérkeznek Erdélyből. A hónap közepén együtt indulnak Nándorfehérvár alá. Zoltán fogja vezetni a közös sereget, ha visszatér Aradról. Amikor a magyar Fővezérről beszélt, a lány arcát fürkészte. Meglepődött, amikor a megszokott dühkitörés helyett Rebeka szeme csillogni kezdett.

- Már nem haragszol a magyarokra? – kérdezte értetlenül. – Mi történt?

- Neked mit mondott Izabel? – kíváncsiskodott a lány.

- Miről?

- Hát a Zoltánnal való utazásról?

- Mit kellett volna mondania? – kapta fel a fejét Csaba.

- Tulajdonképpen semmit. – visszakozott, de már beleültette a bogarat a férfi fülébe.

- Valamit tudnom kellene, amit nem tudok? – fogta meg a lány karját.

- Jaj, Istenem! Én olyan bolond vagyok! Nem elég, hogy olyan dolgokon rágódok, amik meg sem történtek, de még téged is felizgatlak.

- Most már beszélj! Tudni akarok mindent!

Rebeka rettenetesen szégyellte magát. A buta képzelgésével lehet, hogy elront egy tiszta kapcsolatot. De mivel mindig becsületesen viselkedett másokkal, most is el kell mondania, amit gondolt Izabelről.

- Azt hittem Zoltán azért hozta magával Izabelt, mert... - kereste a megfelelő szavakat. – szóval, hogy Izabel Zoltán... hogy is mondjam...

- Azt hitted a szeretője! – fejezte be helyette a férfi szikrázó szemmel. – Miből gondoltad?!

- Abból, hogy együtt voltak – mondta csendesen.

- De hát mi is megtettünk egy utat, mint férj és feleség, egy szobában is aludtunk, még sem voltál a szeretőm.

- Igen, de hallottam, hogy a magyar férfiaknak több feleségük van. Azért gondoltam, hogy Zoltán is feleségeket akar tartani, vagy szeretőket – felelte elhaló hangon.

- Te azért haragudtál a fél világra, mert féltékeny vagy! – kacagott a férfi.

- Ma már te vagy a második, aki kinevet ezért!

- Ki volt az első? Izabel?

- Nem! Hajnalka! – felelte mérgesen.

Csendben sétáltak tovább a Maros fűzfákkal övezett partján. A mélyen lelógó ágakon barkák díszelegtek. A kék ég visszatükröződött a csendesen folydogáló vízben. Velük szemben egy szarvas tehén nyújtogatta nyakát a víz felé, amint megérezte orra hegyén a nedvességet prüszkölni kezdett. Rebeka szája elé tette mutató ujját, hogy Csabát csendre intse, majd leguggolt a part menti bokrosba, onnan figyelte az állatot. Csaba is a lány mellé telepedett. A szarvas mögött megmozdultak a bokrok és újabb szarvasok csatlakoztak hozzá. Tőlük kicsit távolabb egy idős tehén fürkészte a környéket.

- Nézd, ő a vezérük – suttogta Rebeka az őrt álló tehénre mutatva.

A szarvasok fel-felkapva fejüket nyugtalanul oltották szomjukat. Majd hirtelen megmeredtek és bevetették magukat a közeli erdőbe. A leskelődők nyújtogatták nyakukat, hogy lássák, mi ijesztette el őket. A part menti bokrok takarásából egy hiúz settenkedett elő. Világos bundáját sötét pöttyök tarkították.

- A buta szarvasok, hogy megijedtek, pedig csak inni jött a hiúz. Csak alkonyatkor és éjszaka vadászik – suttogta Rebeka mosolyogva.

- Gyere, menjünk vissza, hátha Csanádnak szüksége van rám – állt fel Csaba.

Kezét nyújtotta a lánynak, hogy segítsen neki felállni. Mélyen a szemébe nézett.

- Ugye nem adtad fel?

- Mit? – kérdezte Rebeka a férfi meleg barna szemét fürkészve.

- El akarsz menni a csatába, igaz? – felelte Csaba.

- Igen! Segítesz?

Csaba nem válaszolt rögtön. Elfordult a lánytól. Még mindig megborzongott, ha a szemébe nézett. Amíg él mindig szeretni fogja Rebekát, de érdekes módon Izabelt is szereti. Talán, ha Rebeka Zoltán felesége lesz, és messze kerül tőle, lassan az iránta érzett szerelem halványulni fog. Mit is kérdezett? Ja, hogy segít-e neki. Hát persze, hiszen bármit megtenne érte, de a lánynak nem kell ezt tudnia.

- Rebeka nem lenne helyes, ha Csanád beleegyezése nélkül odamennél – felelte.

- Szóval nem segítesz! – fakadt ki mérgesen Rebeka. Meggyorsította lépteit és szinte futott a falu felé.

- Várj te őrült!

- Úgy látszik mióta vezér, lettél elszállt a bátorságod! – szólt vissza a válla fölött gúnyosan a lány.

Csaba csak hápogott ekkora igazságtalanság hallatán. Elkapta Rebeka kalimpáló karját, és maga felé fordította.

- Hát ide figyelj te bolond nőszemély! Nincs jogod ilyeneket a fejemhez vágni, csak azért, mert neked köszönhetem a rangomat! – ordította elkeseredve.

- Amíg nem voltál vezér, szó nélkül megtettél mindent, amit kértem! – kiabált vissza a lány, de szeme megtelt könnyel.

- Akkor te voltál a vezér és nekem végre kellett hajtani a parancsaidat! Ennek semmi köze a bátorsághoz!

- Szóval csak azért, mert parancsot kaptál? – háborgott a lány.

- Rebeka fejezzük be ezt az értelmetlen vitát – kérte csendesen Csaba. – Tudod, hogy segítek, de ha lehet, akkor elkerülném a

314

Csanáddal való összecsapást.

Rebeka lassan bólintott, kitörölte a szemébe gyűlt könnyeket és folytatta útját a falu felé. Csaba néhány lépés távolságról követte a duzzogó lányt. Mire a főtéren álló házhoz értek mindketten lehiggadtak.

- Szent a béke? – kérdezte Csaba, kezét a lány vállára téve.
- Igen. – mosolygott Rebeka. – Attól féltem, hogy nem segítesz, azért voltam mérges. Ne haragudj.
- Majd kitalálunk valamit. – nyugtatta meg a férfi.
- Hallom nősülni akarsz. – nevetett csibészesen a lány.
- Hajnalka egy pletykás nőszemély! – zsörtölődött Csaba, de szeme csillogott.
- Mikor lesz a nagy nap?
- Csanád szerint nem kellene halogatni, azt szeretné, ha most a napokban összekerülnénk.
- Izabel mit szól hozzá?
- Még nem tudja, hogy megkértem a kezét. – suttogta félszegen a férfi.
- Nem tudja? – csapta össze hitetlenkedve a kezét.
- Reggel akartam megmondani neki, de közben megérkeztek a magyarok. Azután lecsaptál rám, így majd most fogom megmondani.
- Hát akkor mire vársz! - lódította be a férfit az ajtón.

Csanád háza napok óta olyan volt, mint egy felbolydult méhkas. Mindenki a közelgő lakodalomra készült. Rebeka segített a menyasszony kelengyéjét varrni. Amióta tisztázta Izabellel a Zoltánhoz fűződő kapcsolatát, jó barátnők lettek. Izabel bevallotta, hogy tetszett neki Zoltán, de soha sem közeledtek egymáshoz. Szerinte Virággal is ugyan az a helyzet, sőt a lánynak van vőlegénye. Ezt akkor mesélte el Izabelnek, amikor a szánon együtt fagyoskodtak. A lány, varrás közben elmondta, hogy ő félig bolgár, majd elmesélte hogyan került a székelyek fogságába. A Déva elleni támadást már könnyezve, elcsukló hangon mondta el. Fogalma sem volt róla, hogy Zoltán miért hozta magával, de gyanította, hogy az erdész kérte rá.

- És Virágot miért vitte magával? – kérdezte Rebeka, új cérnát fűzve a tűbe. Izabel ölébe ejtette az anyagot, amit addig szorgosan varrt.

- Nem tudom pontosan. – felelte töprengve. – Virág csak annyit mondott, hogy veszélyt jelent a falujára. Te érted?

- Nem. – rázta a fejét.

- Azt beszélik, hogy te is részt vettél a harcokban, amik az Alföldön folytak. Igaz? – nézett fel a munkájából Izabel.

- Igen. – felelte szórakozottan Rebeka.

Elkészült az egyik ing hímzésével, melyet avar díszítéssel készített. A halványkék anyagra égszínkék és fehér fonalat használt, szemben a székely hímzéssel, mely tarka-barka színekben pompázott. Kiterítette a kész munkát, és elégedetten nézegette.

- Gyere, nézd meg. – kérte a menyasszonyt. – Megfelel?

Izabel összehajtotta munkáját és Rebeka mellé lépett. A szép tiszta színek, az egyszerű minták a tökéletes öltések összessége olyan eleganciát sugárzott, hogy a lány nem tudott szóhoz jutni. Csak nézte az inget, melynek szabása is eltért az általa megszokott ruhadaraboké-tól. Ez bővebb volt, nem olyan testre szabott, mint az övéi, egy övvel összefogva, olyan elegáns lesz, gondolta, amilyen neki még soha nem adatott meg.

- Rebeka, ez gyönyörű! – áradozott. – Ez egy hercegnőhöz illő, nem egy szegény lányhoz.

- Ne beszélj butaságot. Ez ugyan olyan anyagból készült, mint a többi itt körülöttünk. – mutatott a már elkészült ruhákra.

De azért jól esett neki a dicséret. Ha a dadus hallaná, dagadna a büszkeségtől, gondolta. Igaz, hogy mindig kerülte a varró szobát, de azért az édesanyja megtanította a szabás varrás és hímzés tudományára.

Izabel féltő gonddal letette a csodaszép inget és félszegen Rebeka felé fordult.

- Te miért nem ilyen ruhákban jársz, hiszen téged megillet? Amikor az egyszerű öltözékedre nézek, azon csodálkozom, hogy miért nem drága holmikat viselsz?

- Szerinted egy hercegnőnek kutyakötelessége mindig díszben pompázni? – kacagott vidáman Rebeka.

- Igen! – válaszolt határozottan a lány.

- Nem hiszem, hogy olyan nagy bűneim lennének, amiért ilyen kegyetlen büntetést érdemelnék.

- De hiszen szép ruhákban járni boldogság, nem büntetés.

- Ahogy te azt elképzeled. Tudod, amikor kislány voltam, minden reggel a dadus öltöztetett, szépen megfésült és egész nap a sarkamban járkált. Mást sem hallottam tőle, mint azt, hogy Hercegkisasszony ezt nem szabad, azt nem szabad, mert bepiszkolod a ruhádat, vagy összegyűröd a ruhádat, vagy oda ne menj, mert elszakad a drága ruhácskád. Nem, hogy boldognak, de egyenesen szerencsétlennek éreztem magam. A többi gyerek vidáman rohangált az utcán, fára mászott és rugdosta a port mezítláb. Ez mind olyan csodálatos dolognak tűnt a számomra, amit nekem nem volt szabad kipróbálni. Amikor kicsit idősebb lettem, egy reggel elhatároztam, hogy addig nem kelek fel az ágyból, amíg nem kapok olyan egyszerű öltözéket, mint amilyen a többi lányon van.- Látnod kellett volna a dadus arcát! – kacagott Rebeka.

- Először elsápadt, majd vörös lett a képe. Már azt hittem gutaütést kap. Kirohant a szobából, megkereste a Mamát és jelenetet rendezett. Szerinte az éjjel belém szállt az ördög. Édesanyám megijedt, hogy valami bajom van és a sámánnal jött be hozzám. Amikor elmondtam, hogyan döntöttem magához ölelt és utasította a dadust, hozzon nekem olyan ruhát, amilyet kérek. Azóta csak ünnepnapokon veszek fel „hercegnőhöz méltó ruhát, ahogy a dadus mondaná. Az igazsághoz hozzá tartozik, hogy a dadus a Bajor hercegi udvarból jött hozzám. A Mama megfelelő neveltetést akart biztosítani számomra. Az volt az álma, hogy egy Európai uralkodó felesége leszek, és ennek megfelelően taníttatott. Meg kellett tanulnom a környező népek nyelvét, sőt még a latint is. Nem hiszem, hogy valamelyik uralkodó lesz a férjem, de a tudásnak örülök. A rokonok és ismerősök nem helyeselték, hogy lány létemre ilyesmivel foglalkozom, meg is rótták a Mamát ezért a hóbortjáért, még az Apám is. Szerintük egy lány a férjhez menésre, a gyerekszülésre és a férje kiszolgálására készüljön, a tudomány csak megzavarja a fejét.

Izabel ámulva hallgatta Rebekát. Teljes mértékben egyetértett azokkal, akik elítélték az Anyját. Egy nő menjen férjhez, legyen gondja a családra, ne üsse bele az orrát a férfiak dolgába. Rebeka mosolyogva figyelte a lány arcára kiült elutasítást. Élete során sokszor találkozott ilyen értetlen tekintettekkel. Már nem is bosszankodott miatta.

- Most már elhiszem, hogy még kardozni is tudsz. – mondta némi rosszallással Izabel.

- Sőt az íjjal is egész jól bánok! – felelte büszkén. – Ettől függetlenül tudok főzni, hímezni és minden más asszonyi dolgot.

- Mond te mindig karddal az oldaladon, akarsz élni?

- Nem. Én is arra vágyom, hogy családom legyen. Szeretnék egy szép házat, ahol a gyerekeim rohangálnak, egy férjet, akit szeretek, és aki szeret. Lovakat szeretnék nemesíteni, békében élni a szomszéd népekkel, hogy a gyermekeim ne ismerjék meg soha a háború borzalmait, ne ismerjék a félelmet. – sóhajtotta Rebeka.

- Akkor minek mész öldökölni, ha békét akarsz? – értetlenkedett Izabel.

Rebeka gondolkodott egy ideig. Nagyon egyszerű lenne maradni, hogyan magyarázza meg ennek a lánynak, hogy a békét és a biztonságot nem adja senki ajándékba, azt ki kell harcolni. Majd úgy döntött nem magyarázkodik.

- Én már csak ilyen vagyok. – legyintett. – Gyere, sétáljunk egy kicsit, olyan szépen süt a nap. – mutatott az ablak felé.

- Még nem vagyok készen. – nyúlt a letett anyagért a lány.

Rebeka megfogta a kezét és felhúzta a székről. Izabel csodálkozott, milyen erős fogása van a lánynak. Olyan, mint egy férfi, gondolta.

Hajnalka lépett a szobába.

- Gyertek lányok, mutatok valamit. – mosolygott rájuk, majd beléjük karolt és magával húzta őket.

Odakint lágy tavaszi szellő fújdogált, a nap melegen sütött a fejük fölött. A kék ég, olyan volt, mint egy mély vizű tó, melyen hattyúk helyett fehér bárány felhők úszkáltak. Rebekának eszébe jutott az előző tavasz, amikor Szolákkal ültek a vízparton, és a tarajos felhőket nézték. Képzeletükben életre keltek az ég díszei, különböző állatokat, madarakat, virágokat láttak bennük. Az egyik, olyan volt, mint egy emberi arc profilból, hosszú kampós orral, Rebeka Szolákhoz hasonlította, mire a férfi tiltakozva felhördült.

Szája vidám mosolyra húzódott, amint felidézte az emléket.

- Mi olyan mulatságos? – kérdezte Hajnalka.

- Csak a bárányfelhőket nézem és arra gondoltam, mire hasonlítanak. – felelte még mindig mosolyogva a lány.

Mindannyian az eget kémlelték menet közben, nagyokat nevetve egy-egy ötletes hasonlóságon. Vidáman értek a falu végébe, ahol egy cigány közösség táborozott. Apró gyerekek, fiúk, lányok vegyesen rohantak eléjük egy szál pendelyben. Kicsiny tenyerüket nyújtogatták feléjük, érthetetlen nyelven karattyolva.

- Hát ezek meg mit akarnak? – kérdezte Izabel.

- Bármit, ami ehető. – felelte Hajnalka.

Kaftánja alól egy csomagot emelt ki. Szétnyitotta a vászon szalvéta sarkait és a benne lévő aprósüteményeket, elosztogatta a sötét arcú gyerekek között.

- Te érted ezt a zagyva beszédet? – álmélkodott Izabel.

- Sajnos nem, de a kinyújtott tenyér magáért beszél. – nevetett az asszony.

Rebeka leguggolt az egyik kislány elé és beszélni kezdett neki. Az nagy szemeket meresztett rá, majd a fejét rázta. Rebeka kacagva emelte a magasba a maszatos csöppséget, aki sikoltozva kalimpált, örömében. A lány magához szorította, puszit nyomott a homlokára, és letette.

- Bepiszkítja a ruhádat! Lehet, hogy tetves is! – mondta undorodva Izabel.

- Nem méltó viselkedés egy hercegnőhöz! – húzta el gúnyosan a száját Rebeka. - Jaj, Izabel! Ne légy már ilyen kényes. Nézd meg milyen kis aranyos, és egy tetű sincs a hajában. – simogatta meg a kislány éjfekete haját Rebeka.

- Rebekának igaza van, ezek tiszta népek. Minden évben visszajönnek, itt töltenek néhány hetet, majd tovább vándorolnak. Nézd az asszonyok most is a ruhákat, mossák a folyóban. A gyerekek mindenhol maszatosak nem csak a cigányoknál. Persze közöttük is vannak, akik, nem szeretik a vizet, de a vezérük, akit Vajdának hívnak rendet tart közöttük. Ha valaki nem tisztálkodik rendesen, azt beledobják a hideg folyóba. – mondta Hajnalka Izabelnek.

Hangosan felnevettek, amikor látták, amint Rebeka térdig érő kaftánját az egész gyerekhad cibálja, hogy őket is emelje magasba. Aki éppen a magasban volt visongatott örömében. A lány lihegve tette le a gyereket és kezével tiltakozott az újabb jelentkezők felé. Mivel a gyerekek nem tágítottak Rebeka futásnak eredt. Hajnalka megszaporázta lépteit, hogy a lány nyomába maradjon, így Izabel is kénytelen volt gyorsabban lépkedni, bár semmi kedve sem volt bemenni a táborba. Neki rossz emlékei voltak a cigányokkal kapcsolatban. Még akkor a bolgár cár birodalmában éltek. Testvéreivel bementek egy cigány táborba, hogy megismerkedjenek az ottani gyerekekkel. Egész nap velük voltak és jól érezték magukat, csak este mentek haza. Reggel az Édesanyjuk vette észre a tetveket a hajukban. Szégyenszemre kopaszra vágták a hajukat. Még most is megborzongott, amit eszébe jutott, hogyan csúfolták őket a falubeli gyerekek. Ráadásul a cigányok mindent elloptak, ami kezük ügyébe került.

Rebeka megállt, hogy bevárja őket, mindkét kezét gyerekek szorongatták, féltek, hogy újra elszalad előlük. A sátrak között néhány asszony lézengett kíváncsian nézték a gyönyörű fehér nőt, akit körbe vettek a rajkók.

- A Vajdát keressük. – szólt hozzájuk Hajnalka.

Hangos csipogással körbe vették, és a legnagyobb sátor felé vezették őket. Rebeka megcsodálta a cigány asszonyok fekete, göndör haját, amely zabolátlanul röpködött a gyenge szélben. Látott már cigányokat, de nem tudott betelni hajuk látványával. Ezért szerette a kislányokat is, fekete göndör hajukért és hatalmas barna szemükért. A Vajda a nagy hangzavar hallatán kilépett sátra elé. Szeme megakadt a karcsú, sárga hajú lányon, majd elszégyellte magát, amiért ilyen szemérmetlenül bámulja. Amint meglátta Hajnalkát szája mosolyra húzódott, mélyen meghajolt előtte és kedvesen üdvözölte.

- Örülök, hogy újra itt vagytok. – mondta Hajnalka mosolyogva.

- Semmi sem vinne rá, hogy a falutokat elkerüljük. – hajolt meg ismét a férfi.

Tisztán beszélte vendégei nyelvét. A két lány lopva szemügyre vette a Vajdát. El kellett ismerniük, hogy a férfi rendkívül vonzó jelenség. Sötétbarna arca ránctalan volt, magas homlokát fekete göndör fürtök takarták. Nagy barna szeme tisztelettel nézett Hajnalkára. Orra egyenes vonalú volt, kicsit vastag szája mosolygott, de erős csontos álla szigorúságról árulkodott.

- Nem szeretnék vele találkozni, amikor haragszik. – súgta Rebeka Izabel fülébe.

- Én sem. – kuncogott a másik lány.

Hajnalka közben elmondta jövetelük célját. Fateknőket rendelt tőlük. Heves vita alakult ki közöttük, amikor a csereáru került szóba. A Vajda arcáról lehervadt a mosoly, hevesen tiltakozott, kevésnek tartva a mennyiséget, amit Hajnalka felajánlott. Az asszony nem tágított, haragos arccal fordult el a tajtékzó férfitól és elindult visszafelé. A Vajda utána szaladt és békülékeny hangon marasztalta. Hajnalka tett még néhány lépést, majd a férfi felé fordult.

- Legyen egy birkával több, de ezzel vége az alkudozásnak.

A férfi úgy tett, mint aki még gondolkodik a dolgon, majd szélesen elvigyorodott. - Rendben van.

A két lány már azt hitte verekedésre, kerül a sor, majd értetlenül szemlélték a hirtelen változást. Mint ha mi sem történt volna, úgy mosolyogtak egymásra a vitatkozók.

- Gyertek, megkeressük a jósnőt. – karolt beléjük Hajnalka.

A Vajda hosszan nézett utánuk. A sárga hajú lány karcsú alakját körbe vették a nevetgélő rajkók. Jó anya lesz belőle, állapította meg. A három nő megállt egy csupa ránc öregasszony előtt, aki a sátra mellett üldögélt. A cigány asszony aprókat bólogatott feléjük.

- Már vártalak benneteket. – fogadta őket. Az ölében lévő babszemekkel játszadozott.

- Honnan tudtad, hogy eljövünk? – kérdezte Rebeka csodálkozva. Nem csak az lepte meg, hogy az öregasszony tudott a jövetelükről, hanem az is, milyen tisztán beszéli a nyelvüket, épp úgy, mint a Vajda.

- Én sok mindent tudok. – mondta sejtelmesen. – Azt is tudom, hogy te pont olyan jól bánsz a fegyverekkel, mint a férfiak. Bár a szíved tele van szeretettel, azért a bátorság is elfér benne.

Rebeka ámuldozva nézett a jósnőre.

- Valaki biztosan elmondta.

- Nem. Amit én tudok azt a szellemek, mondják el nekem. Ülj le, hadd nézzem meg a tenyeredet. Kiolvasom a jövődet.

- Miért is ne? – egyezett bele a lány. Leült az öregasszony elé, mindkét kézét felé nyújtva.

Hajnalka a közelükbe telepedett, Izabel kissé távolabb állt meg.

- Nem volt könnyű életed idáig. – hajolt a lány keze fölé a jósnő. – ahogy elnézem még egy kis ideig nem is lesz. De utána szép életed lesz. Három gyereket látok, hatalmas birtokot és hosszú boldog éveket.

Rebeka szívdobogva hallgatta, de amit várt az nem hangzott el. A jósnő szélesen elmosolyodott.

- Arra vársz, hogy megmondjam ki lesz a párod, igaz?

- Igen. – felelte pirulva a lány.

- Pontosan az, akit szeretnél.

Rebeka elégedetten mondott köszönetet. Mikor Izabel tenyerét kérte az idős jósnő, az kézzel, lábbal tiltakozott ellene.

- Félsz, hogy mást hallasz, mint amit szeretnél? – nevetett Rebeka.

Izabel sértődötten otthagyta őket. Hajnalka megrándította a vállát, ajándékkal kedveskedett a cigányasszonynak, majd követték Izabelt. A közeli erdőből balta csapások hangja hallatszott. Hajnalka a hang irányába vezette őket. Néhány kidöntött fa mellett cigány férfiak dolgoztak. Ügyes kezek fejszével kivájták a fatörzsek belsejét, hogy mosóteknőt készítsenek belőle. Volt, aki már az utolsó simításokat végezte, de volt, aki most hántotta le a fa kérgét. Amikor a közelükbe ért a három nő, letették szerszámaikat, felálltak és tisztelettel üdvözölték őket.

- Jó napot! – köszönt a férfiaknak Hajnalka. – A vajdával megegyeztünk, hogy készíttek nekem húsz teknőt. Öt kicsit, tíz közepeset és öt nagyot. – Ujjával mutatta a számokat.

A férfiak hevesen bólogattak, örömükben fülükig szaladt szájuk.

- De ne legyen görcs egyikben sem, mert akkor vihetitek vissza! – mondta szigorúan.

- Nem lesz. – fogadkoztak.

- Meglátjuk. Amíg nekem dolgoztok, minden este vendégeim vagytok egy kupa borra. Csillogó szemmel fogadták az ajánlatot, hálálkodva csókoltak kezet az asszonynak.

- Jó elég már! Menjetek dolgozni! – nevetett Hajnalka.

A rajkók, akik eddig kísérték őket, a kivágott faágakon ugrándoztak. Az egyik férfi, pergő nyelvvel kiabált nekik, mire az apróságok visítozva, nevetve elszaladtak a táboruk felé. A három asszony az erdei ösvényen indult el.

- Nem félsz, hogy egyszer megvernek, vagy kirabolnak ezek a cigányok? – kérdezte Izabel, Hajnalka jobboldalán sétálva.

- Nem. Miből gondolod, hogy bántani akarnának? – kérdezte csodálkozva az asszony.

- Amikor a Vajdával veszekedtetek azt hittem, előveszi az oldalán lévő hosszú tőrét és leszúr vele. – borzongott a lány a gondolatra.

- Ugyan már! Az csak egyszerű alku volt. – nevetett Hajnalka. – Minden évben megbirkózunk egymással, de sikerül mindkettőnk számára előnyös alkut kötni.

- Mond Hajnalka, miért te alkudozol velük miért nem Csanád? – kérdezte Rebeka.

- Azért mert az uram nem szereti őket. Szerinte naplopó népség. Így kénytelen vagyok magam intézni.

A Maros partján sétáltak hazafelé a közelgő lakodalom még hátralevő teendőit beszélték, amikor egy lovast láttak meg a túlsó parton. A fiatalember figyelmesen szemlélte a vizet.

- Van itt gázló valahol? – kiáltott át a sétáló nőknek.

Hajnalka kezével kelet felé mutatott. A férfi megemelte feléjük csúcsos süvegét és a mutatott irányba elvágtatott.

- Vajon kilehet? – kérdezte Hajnalka, a lovas után tekintve.

- Egy magyar futár. – felelte Rebeka tűnődve.

- Miből gondolod? – nézett rá Izabel.

- Csak a magyarokon láttam csúcsos süveget. Mivel egyedül van valószínű, hogy üzenetet hoz, vagy visz.

A fejedelem házában nagy volt a sürgés-forgás, amikor az asszonyok hazaértek. A falu szélén táborozó magyarok vezérei és a folyamatosan érkező székely seregek vezérei lázas beszélgetést folytattak. Csak egy pillanatra hallgattak el, amikor a nők beléptek, majd tovább folytatták a lelkes beszélgetést. Hajnalka szemével végig pásztázta az asztalt, elégedetten bólintott a szolgák felé, azok megnyugodtak, a háziasszony mindent rendjén valónak talált.

- Menjünk a konyhába. – karolt a lányokba. – Jó lenne tudni, hányan vacsoráznak nálunk.

A nagyméretű konyhában a testes szakácsnő pergőnyelvvel utasításokat osztogatott a konyhalányoknak, miközben keze serényen gyúrta a tésztát.

- Na, végre, hogy előkerültél. Amikor nem kellene, akkor itt lábatlankodsz egész nap, de ha szükségem van rád, akkor bezzeg úgy eltűnsz, mint szamár a ködben. - morogta belépő asszonya láttán.

- Mit morogsz vénasszony? – lépett hozzá mosolyogva Hajnalka.

- Miért engedi, hogy így beszéljen vele? – suttogta Izabel Rebekának.

- Ők így beszélnek egymással. – felelte Rebeka.

- Semmi tisztelet nincs ebben a szolgálóban. – háborgott Izabel.

- Egy szemernyi sem - értett egyet a másik lány – de szeretet annál több.

Izabel nem válaszolt. Őt mindig arra tanították, hogy egy szolgáló nem szólhat az úrnőnek. Akkor nyithatja szóra a száját, ha kérdezik. Az, hogy visszabeszéljen, elképzelhetetlen volt számára. Ez az asszony meg bírálni merészeli kenyéradó gazdáját, felháborító! Hajnalka megbeszélte a vacsorát a szakácsnővel, akinek Csanád már kiadta az utasítást a vendégekkel kapcsolatban. A bejárat felől hangos kiabálás hallatszott. Hajnalka otthagyta szakácsnőjét, kiment megnézni az új vendégeket. A legidősebb lánya érkezett férjével és annak családjával. A férfi nem törődött az asztalnál ülő vezérekkel, követelődző utasításokat adott a szolgálóknak. Csanád mérgesen hátra tolta a székét és az érkezők előtt termett.

- Idefigyelj Milos! Most azonnal fogd a pereputtyodat és hagyd el a házamat. Menj a sajátodba, és ott ugráltasd a cselédeket! – rivallt rá a fejedelem.

A veje hápogott a felháborodástól. Mivel nem mozdult elég gyorsan, Csanád kifelé tolta. A megrémült lányának átölelte a vállát, gyors puszit cuppantott arcára, majd őt is kitessékelte a házból.

- Elnézést a közjátékért, folytassuk. – ült le ismét a székére.

Hajnalka követte gyermekét, cinkos mosolyt villantva Rebekára, aki alig tudta visszatartani feltörő nevetését. Jól megkapta ez a hólyag, kuncogott magában. Izabel megrettent Csanád haragjától, riadtan karolt Rebekába. Mire kiértek a ház elé a vendégeknek se híre, se hamva nem volt.

Rebekából kitört a visszafojtott nevetés, Hajnalka is osztozott jókedvében.

- Minek örültök? – kérdezte a még mindig riadt Izabel.

- Csanád végre helyére tette ezt a nagyképű szlávot. – pukkadozott

Hajnalka, elengedve füle mellett a lány kérdését.

- Hát ez a férfi valóban olyan, amilyennek leírtad. – kacagott Rebeka. – De a lányodat sajnálom, – komorodott el. – a szeme egy törött szárnyú madár szemére hasonlított.

- Én is sajnálom, de ő választotta a férjét. Hiába beszéltem neki, hogy nem hozzávaló, mégis hozzáment. – hervadt le a vidámság Hajnalka arcáról is.

Szótlanul tették meg azt a rövid utat, ami Csanád háza és a lányának épített otthon között húzódott.

- Ez a ház is a vejem ötlete volt. Hiába van nagy házunk, ahol ők is elférnének, ha évente egyszer néhány napra eljönnek az új ruhákért. Ragaszkodott hozzá, hogy itt is saját otthona legyen, persze fényűző berendezéssel. - mondta Hajnalka.

Izabel lassan kezdte megérteni a dolgokat. Igazat adott a két nőnek, hogy örültek a férfi megszégyenítésének, hiszen olyan felháborítóan viselkedett. A ház kívülről épp olyan volt, mint a körülötte lévő többi, de amint az ajtón beléptek a két lány lecövekelt a küszöbön. A terem nagyságú ebédlő falait élénk színű selyemmel vonták be. Az asztalterítő ugyan olyan volt, mint a támlás székek borítása. Még szépnek is mondhatnánk, ha a falikárpit és a székeket borító huzat színe összhangban lenne, gondolta Rebeka. Izabel csodáló szemekkel nézett körbe, hiszen ilyen házat még életében nem látott.

Hajnalka lánya zokogva borult anyja vállára.

- Jaj, Mama! Apa hogy tehette ezt velünk!

- Azért mert egy faragatlan paraszt! – dühöngött a megszégyenített férj.

Hajnalka szikrázó szemmel állt a férfi elé, eltolva magától szipogó lányát.

- Ennek a parasztnak köszönheted, hogy páváskodhatsz! Ez a faragatlan tette lehetővé mindkettőtöknek, hogy munka helyett naplopással üssétek agyon a drága időt!

Az egyszerű ruhába öltözött szülők élénken bólogattak. Nekik sem tetszett fiuk nagyzási hóbortja. Ők is, mint Csanádék, idős koruk ellenére még mindig művelték földjeiket, beállva a szolgák közé, ha a munka úgy kívánta. Hajnalka megölelte mindkettőjüket üdvözlés képen. Nem mentegetőzött férje modortalan viselkedése miatt, tudta a fiú szülei megértik haragját.

- Mama észre sem vetted, hogy babát várunk. – nyafogta a lánya, kezét gömbölyödő pocakjára téve.

- A zsák megtalálta foltját. – suttogta Rebeka a lány hanghordozását utánozva.

- Te is olyan öntelt vagy, mint ez a férfi. – suttogott vissza Izabel. – Mindenkit lenézel!

Rebeka valami vaskos visszavágáson gondolkodott, de végül még sem válaszolt. Lehet, hogy van benne valami, de ő ki nem állhatja a mihaszna embereket, akik másokon élősködnek, mint bolha a kutyán.

- Nézd meg Hajnalka kezét, meg a lányáét. Ártatlan szemeiddel vessél néhány pillantást a ruhájukra. Ha ezzel végeztél, tedd ugyan ezt a férfivel és a szüleivel. – suttogta gúnyosan és otthagyta a lányt.

- Mikorra várjátok a baba születését? – lépett a fiatalasszonyhoz Rebeka.

- Ki ez a lány? – kérdezte Hajnalka lánya, végigmérve az egyszerű ruhába öltözött kérdezőt. – Új szolgálód van? – válaszra sem méltatta Rebekát.

- Ő Rebeka hercegnő, az avar fejedelem lánya! - csattant a rendreutasító válasz, Hajnalka szájából.

- Jaj, ne haragudj. – bájolgott a lánya. – Hogy tudsz ilyen förtelmes rongyot magadra venni?

- Szerintem nagyon jól áll nekem. – nézett végig magán Rebeka elégedetten.

- És a kezed kérges! – szörnyülködött a lány. – Neked nem illik a pórnép munkáját végezni! Van egy csoda kenőcsöm, majd küldök neked. – mondta leereszkedő nyájas mosollyal.

- Ezek a bőrkeményedések a kardmarkolatától vannak. – nézegette tenyerét egykedvűen Rebeka.

- Te kezedbe veszel olyan szörnyűséget? – hápogott a lány.

- Gyertek, üljetek le. – invitálta a vendégeket Hajnalka, hogy véget vessen ennek az értelmetlen beszélgetésnek.

Hogy tudott így megváltozni, ez a gyerek. Tette fel vagy századszor a kérdést magában Hajnalka. Amikor kislány volt mellette lábatlankodott, akár a konyhában főzött, akár a veteményesben gyomlált. Most meg úgy viselkedik, mint egy kényes kiscica. Lopva Rebekára pillantott, vajon a lány mit gondol? Rebeka a fiú szüleivel beszélgetett. Arcán nyoma sem volt haragnak. Tekintete az ifjú férjre esett, aki leplezetlenül bámulta Rebekát. A lánya is észrevette, és oldalba bökte könyökével hites urát.

- Kormos az arcom? – kérdezte kedves mosollyal Rebeka, amint észrevette, hogy a férfi őrá bámul.

Beképzelt liba, gondolta mérgesen a férfi és a fejét elfordította lányról. A szláv szülők Izabelt kérdezték, honnan származik, kik a szülei és hasonló udvarias kérdéseket tettek fel a zavarban lévő menyasszonynak. Kicsapódott az ajtó, Csanád hatalmas léptekkel ment a vendégek üdvözlésére. Az idős emberek felálltak tiszteletére, a lánya duzzogó arccal, a veje lenéző mosollyal a szája sarkában, ülve maradt. Rebeka szája szélét rágva, Izabel lesütött szemmel, Hajnalka bosszankodva lánya és annak férje sértő viselkedésén, szintén felálltak. Csanád kezet rázott az idős emberrel, homlokon csókolta annak asszonyát, majd a két fiatal mögé lépett. Megragadta karjukat és egy mozdulattal talpra rántotta mindkettőt.

- Ez volt az utolsó tiszteletlenség a részetekről! – dörögte mély hangján. – Mától fiatalember a két kezed munkájával fogod eltartani a feleséged. Nincs több ruha, ékszer! Nincs felpakolt szekér havonta, ami a megélhetéseteket biztosítja! Ha nem tudod eltartani a családodat, akkor éhezni fogtok!

- De Apa kisbabát várunk! Most több mindenre lesz szükségünk, mint eddig! – méltatlankodott a lánya.

- Nagyon örülök, hogy végre lesz unokám, de nektek kell gondoskodni róla!

Leült a neki fenntartott helyre és elégedetten nézett a döbbent arcokra. Már az elején ezt kellett volna tenni, gondolta.

- Van egy jó hírem a számodra fiam.

- Visszavonod, amit az előbb mondtál? – kérdezte gúnyosan a veje. Biztos volt benne, hogy a fejedelem csak mérgében fenyegetődzik, nem gondolja komolyan.

- Nem! Az már eldöntött dolog. Végre neked való feladatod lesz. A falud béli férfiakból kiállítasz egy csapatot és csatlakozol a székely seregekhez. – Na, mit szólsz? – kérdezte hitetlenkedve álló férfit.

- Ez ugye egy rossz tréfa? – hördült fel a szláv férfi.

- És velem mi lesz? – kérdezte legörbülő szájjal a lánya.

- Ami a többi harcos feleségével. Te fogod kézbe venni a birtokotok irányítását. Ideje már tehermentesíteni idős szüleiteket.

- De hát én gyereket várok!

- Na, látod, amíg vársz, addig van időd dolgozni, úgy, mint amikor még itthon voltál. Befejeztem! – állította le vejét, aki szólni akart. – Örülök, hogy eljöttetek, érezzétek jól magatokat. – szólt az idős szülők felé, felállt, már indult volna kifelé, amikor valami az eszébe jutott.

- Milos, te sajnos nem leszel itt a mulatságon, még ma útnak indulsz!

- Nem megyek sehova!

- Neem?! Ti nem léptek szövetségre a magyarokkal?

- Nem! Semmi közünk azokhoz a jött-ment néphez!

- Ti is így gondoljátok? – fordult a veje szüleihez.

- A szlávok többsége csatlakozik a székelyekhez. – felelte az idős ember remegő hangon.

- Akkor jó. – nyugodott meg Csanád. – Milos nincs más választásod, mint hogy azt tedd, amit mondok! Apád hozzánk csatlakozik, én vagyok a vezéretek. Ezen túl nem kérek, hanem parancsolok! – hátat fordított vendégeinek és kiviharzott a házból.

- Mama beszélj vele! – könyörgött Hajnalkának zokogva a lánya.

- Nem tehetem kislányom. – simogatta gyermeke haját. – Most már nekem is mennem kell. Az ajtóból még visszanézett, a szíve majd megszakadt, zokogó gyermeke láttán, de a férjének igaza van. Ideje, hogy végre a saját lábukra álljanak.

Az úton hazafelé Izabel oda súgta Rebekának:

- Ne haragudj, azért amit mondtam neked. Nem volt igazam.

- Semmi baj. – legyintett Rebeka. – Mondtak már nekem különbet is.

A hét közepén a magyar seregek és a székely csapatok elindultak Dél felé. Rebeka csalódottan vette tudomásul, hogy Zoltán nem Csanádon csatlakozik a magyarokhoz. A futár erről értesítette az itt várakozó vezéreket. Parancsot hozott a csapatok indulására, Huba vezetésével. A falu szinte lakatlannak tűnt a harcosok távozása után. Csak néhány férfi maradt a nők és a gyerekek védelmére. A székelyeket és a hozzájuk csatlakozó szlávokat, Csanád utasítására Tormás vezette, a Gyulafehérvári székelyek vezére.

Rebeka könnyein keresztül nézte a távozó sereget. Féltette az elöl haladó székelyeket, de nem ez volt a legfőbb ok, ami miatt sírva fakadt. A könnyei azért peregtek, mert nélküle mentek el. A mellette álló Csaba megszorította a vállát.

- Itt legalább biztonságban vagy. – vigasztalta.

Csaba az esküvő után csatlakozik a vonuló sereghez.

- Szeretnék kérni tőled valamit. Ígérem ez lesz az utolsó! – fogadkozott Rebeka.

- Tudom, mit akarsz mondani. Megérdemled, hogy teljesítsem.

Izabel Csaba másik oldalán nézte a távozó harcosokat. Rebeka kérését hallva kíváncsian fordult felé.

- Mire készülsz már megint?

- Hidd el Izabel jobb, ha nem tudsz róla. – simogatta meg a lány karját Csaba.

Izabel duzzogva elindult. Csaba kedves szavakat sugdosva a fülébe vele ment.

Csaba és Izabella esküvője csendesen zajlott le, tekintve, hogy a férfiak zöme nem vett részt benne, mivel a magyar seregek előtt vonultak az utolsó bolgár erődítés felé.

Hajnalka nyugtalanul forgolódott ágyában, ezen az éjszakán nem tudott aludni. Az esküvői szertartás jól sikerült, tulajdonképpen elégedettnek kellene lennie, de valami érthetetlen nyugtalanság elkergette az álmot a szeméről. Mellette Csanád csendesen szuszogott az ágyban. A hajnali derengés lassan kúszott be a szobába. A sötétséget felváltotta a szürkület, a bútorok körvonalai egyre élesebbek lettek. A lányok szobája felől gyenge neszezés hallatszott. Hajnalka megrázta Csanád vállát.

- Ébredj! Valaki van a házban! – suttogta riadtan.

Csanád álomittasan felült az ágyban és a folyosó felé fülelt. Könnyű halk léptekkel valaki a kijárat felé közeledett.

- Csak képzelődtél kedvesem. – mondta mosolyogva. Magához ölelte feleségét.

Hajnalka észrevette férje mosolyát, ebből tudta, hogy a férfi tisztában van vele, hogy valaki szökik a házból. Befészkelte magát férje vállgödrébe és ő is mosolygott. Mind a ketten szerencsét kívántak gondolatban a settenkedőnek.

A kimondott szó ereje.

Egyre nagyobb hótakaróval kellett megbirkóznia a kis csapatnak. Zoltán napok óta szótlanul lovagolt. Szinte letaglózta a hír, hogy Rebeka nem várt rá. Virág megpróbálta jobb kedvre deríteni, amikor megálltak pihenni. Mivel próbálkozása nem járt eredménnyel, lassan lemondott róla. Néhány napi keserves küszködés után, végre megérkeztek Szegedre, ahol Árpád magyarjai táboroztak. Virág szájtátva bámulta a hatalmas tömeget, a sátrak és jurták számából több ezerre tette a harcosok számát. Amint a jurták között haladtak a tábor központja felé, a magyar férfiak lelkesen üdvözölték Zoltánt. A lány érdeklődve figyelte a magyar vezért. Mint a vastag jég a folyó vizén tavasszal, úgy olvadt le lassan a mély szomorúság Zoltán arcáról, övéi körében. A lány akaratlanul hasonlította össze Zoltánt Preszlávval. El kellett ismernie, hogy Zoltán is volt olyan jóképű és jó kiállású, mint szőke hajú szerelme, de a mérleg serpenyője mégis a kék szemű bolgár férfi felé billent. Zoltán leszállt lova hátáról, amint egyre többen jöttek elé, hogy üdvözöljék. Huba és Töhötöm már régen lemaradt mögöttük, rokonok és ismerősök társaságában. Virág, Levedi karjába kapaszkodva sétált, fürkésző szemei előtt lassan kibontakozott a tábor rendje. Középen helyezkedett el a fejedelmi jurta, mely nagyobb volt a többinél, tetején két zászló lengett az erős szélben. A háromszögletű törzsi, és a piros- fehér sávos magyar lobogó. A fejedelem jurtáját a turul nemzettség harcosainak jurtái vették körbe. Kissé távolabb a többi törzsek helyezkedtek el vezéreik hálóhelye körül. Ez a tagolt sokaság mégis egy hatalmas, rendezett kört alkotott. Árpád jurtája előtt fogadta fiát. Amint a közelébe ért magához ölelte gyermekét. Szeme megakadt a lányon.

- Vendéget hoztál?

- Inkább a béke ígéretének nevezném. - felelte mosolyogva Zoltán. - Ő Virág.

- Szép neved van. - üdvözölte a lányt Árpád.

A mellette álló magyar harcosnak csendesen mondott valamit, aki oda lépett Virág elé.

- Gyere, keresünk egy megfelelő szállást neked.

Amint a lány elment, Árpád belekarolt Zoltánba és a jurtába vezette. Egy intéssel elküldte vezéreit, akik megértették, hogy egyedül akar maradni a fiával. A nagyméretű jurtában kellemes meleg fogadta őket. Zoltán levette meleg ruháit és leült apja mellé a tűz közelébe.

- Büszke vagyok rád fiam! - kezdte meleg hangon a fejedelem. - Amíg Te a hegyekben csatangoltál, Huba futárja tájékoztatott sikeres utadról.

- Túl gyorsan öltem meg Fajszot. Megérdemelte volna a lassú halált azért, amit népével tett! - fakadt ki mérgesen Zoltán.

Elmesélte milyen állapotban volt az áruló népe, amikor rátalált. Beszámolt hosszú, keserves útjukról. Dicsérte Huba előrelátását és gondosságát, hogy megfelelő körülményeket biztosított az elgyötört emberek számára.

- Ő a legjobb vezérem, azért gondoltam arra, hogy ő fogja felváltani Elődöt Északon. - mondta elgondolkodva Árpád.

- Miért akarod leváltani Elődöt? - kérdezte meglepődve Zoltán.

- A Morva fejedelem egyre több borsot tör az orrunk alá. Egy keménykezű vezér észre térítheti.

- De Huba és népe már berendezkedett Erdélyben. Miért kell nekik újra útra kelni?

- Csak Huba és a serege megy, a nép marad. Egy kicsit megszorongatja Szvatoplukot, aztán visszatér népéhez.

- Töhötömmel mi a szándékod?

- Elküldöm Hubával, tanuljon egy kicsit.

- Apa hallottad mi történt Rebekával? - tette fel a kérdést. Bár félt a választól, mégis tudni akarta az igazat.

- Annyit tudok, hogy megszökött. Alpárnál végig nézte a csatát, utána nyomtalanul eltűnt. Azóta nem hallottam felőle. Miért, mi történt?

- Férjhez ment egy székely harcoshoz! - felelte szikrázó szemmel Zoltán.

- Ezt nem hiszem el! Az a lány nagyon különösen gondolkodik, és főleg felháborítóan viselkedik, de biztos, hogy soha nem tenne ilyet! - utasította el a vádat Árpád. - Rebeka büszke, tiszta teremtés.

- Pedig ez az igazság!

- Beszéltél vele?

- Nem, csak hallottam. - felelte letörten Zoltán.

Árpád hangosan felnevetett fia savanyú képét látva.

- Valami félreértés lehet. Volt időd, miért nem jártál utána?

- Mert úgy éreztem, hogy elárult! Inkább folytattam utamat.

Árpád jobbnak találta másra terelni a szót.

- Ki az a lány, akit magaddal hoztál?

Zoltán elmondta, hogyan fogta el Preszlávot. Majd szép sorjában beszámolt a bolgár férfihoz fűződő kapcsolatáról, annak Virág iránt érzett szerelméről és arról, amit Töhötöm népért tett. Nem titkolta barátjának tekinti a férfit. Beszélt a megbeszélt találkozóról is és két nép közötti lehetséges békekötésről. Árpád szó nélkül végig hallgatta Zoltán beszámolóját, majd mérlegelte az elhangzottakat.

- Nem tudom, hogy a veszteségek után, amit okoztunk nekik, szóba állnak-e velünk? Lehet, hogy Glád már a visszavágáson töri a fejét. De őszintén örülnék neki, ha sikerülne a békekötést. - felelte elégedetten, szeméből büszkeség sugárzott fiára.

- Tavaszig itt maradunk, igaz? - kérdezte Zoltán.

- A sereg egy része igen, de mi visszamegyünk szálláshelyünkre. Virággal mik a terveid?

- Magunkkal visszük. Itt túl sok éhes férfi van. - nevetett Zoltán.

- Jó. Mire a találkozóra kell menned, addig visszajövünk. Huba és Töhötöm is velünk jön. Lehet, hogy Szvatoplukkal is összehozunk egy találkozót.

Mielőtt útnak indultak volna Észak felé, Zoltán felkereste Szolákot az avar táborban.

- Szerintem Csanád egyik ravasz cselével állunk szemben. - mondta elgondolkodva Szolák, miután Zoltán elmondta mit hallott Rebekáról.

- Mire gondolsz? - kérdezte reménykedve.

- Az a ravasz róka biztosan kitalált valamit, hogy megtudja milyen a hangulat a távoli székelyék körében.

- Mint férj és feleség szerepeltette őket? - vette át a gondolatmenetet vidáman Zoltán.

- Valahogy így történhetett. Rebeka soha nem szegi meg adott szavát! - komorodott a férfi. - Ezért nincs most az apja mellett. Szavát adta egy halott asszonynak és inkább meghal, mint hogy, megszegje azt!

- Üzensz valamit a húgomnak? - kérdezte boldog mosolyát leplezve Zoltán.

- Csak azt, amit te üzennél Rebekának. - nevetett Szolák.

- Azt ne kívánd!

Árpád miután felmérte a bolgár erőket, úgy döntött, hogy seregeinek csak egy részét hagyja Délen, melyet elegendőnek gondolt egy esetleges bolgár támadás visszaverésére, bár erre kicsi volt az esély. Észak felé haladva a Duna vonalánál, három különböző pontot jelölt meg az átkelésre, melyre akkor kerülhet sor, ha a folyót összefüggő jégréteg borítja. Minden tervezett átkelőhelynél nagyszámú csapatatot hagyott. A több tízezres sereg a felére csökkent mire elérték szálláshelyüket. Huba és Töhötöm tovább vonult Észak felé, hogy visszaverje a morva fejedelmet az általa orvul elfoglalt területekről. A hosszú téli hónapok nem teltek el tétlenül. A fegyverkovácsok, íjkészítők és a nyeregkészítő mesterek pótolták a hosszú vándorlás és harcok során elhasználódott felszereléseket. A harcosok vadásztak, hogy legyen elegendő élelem. Az asszonyok a kicserzett bőrökből ruhákat készítettek.

Tavasszal Árpád összehívta vezéreit. A hét magyar törzs, a vándorlások során csatlakozott kabarok, az avar és a székely nép vezetői a nagyméretű jurtában gyűltek össze. Árpád meghallgatta ki mit végzett a tél során. Huba Bártfánál találkozott Szvatopluk követével, aki tolmácsolta a fejedelem békekötési szándékát. Egy idő után a magyar vezér időhúzásnak minősítette a követek ide-oda küldözgetését. Amint az idő engedett, megtámadta a morva sereget. A gyenge ellenállásnak köszönhetően gyorsan haladt Nyugat felé.

- Nem csalódtam benned. - mondta Árpád Hubának. - Töhötöm hogyan viselkedett?

- Jobb, mint az apja volt. Most ő vezeti a sereget, amíg én távol vagyok.

- Előd, maradj Hubával, gondoskodj az elfoglalt területek védelméről. Nem szeretném, ha egy darab földért kétszer kellene harcolni. Mekkora a veszteségek?

- Jelentéktelen. - legyintett Huba.

Árpád elégedetten bólintott. Ond Kalocsánál, Kond Földvárnál és Tas Budánál kelt át a Dunán. Ond és Kond zavartalanul haladt előre seregeivel, eddig még nem ütköztek meg a frankokkal. Tasnak közel sem volt ilyen szerencséje. Már az átkelés során harcba keveredtek Pribina herceg seregeivel.

- Hogyan sikerült mégis átkelnetek? -kérdezte Árpád.

- Amikor megtámadtak bennünket, visszafordultunk. Azt hitték a balgák, hogy megfutamodtunk, ezért utánunk jöttek. Látnotok kellett volna hogyan csúszkáltak a lovak a vastag jégen! Annyi eszük nem volt, hogy a lovak patáját rongyokba göngyöljék. - mesélte hangos nevetéssel Tas. - Úgy hullottak, mint a legyek! - hahotázott.

A többi vezér is nevetésre fakadt, amint elképzelték a csúszkáló lovakat és a nyeregből lebukfencező harcosokat. Tas megtörölte szemét, a jóízű nevetéstől potyogtak a könnyei, majd komolyabban folytatta.

- Amíg önmagukkal voltak elfoglalva, addig bekerítettük őket. Mire felfogták mi történt, már a foglyaink voltak. Bevonultunk Budára, de ilyen szépet én még életemben nem láttam! Kőházakban élnek az emberek, kővel kirakott utak vannak. - áradozott a férfi.

- Meddig jutottatok? -kérdezte Árpád.

- A város határáig.

- Jól van, veletek megyek. Bulcsú, Botond, Gyula és Zoltán elbánnak a bolgárokkal. A székelyek is jelentős sereggel segítik őket, hogy az avarokról már ne is beszéljünk. Ha Gláddal sikerül békét kötni, akkor jelentősen csökken a bolgárok ereje. Bódog a kabarokkal megy előttünk. Van kérdés? - fejezte be a fejedelem.

A jelenlevők a fejüket rázták.

- Holnap hajnalban indulunk! - állt fel a fejedelem.

Virág könnyes szemmel búcsúzott Eteltől, a tél folyamán összebarátkozott a fejedelemasszonnyal. Eleinte feszélyezte a tudat, hogy egy nagyfejedelem családjában él, de Etel közvetlensége hamar feloldotta ezt a kényelmetlen érzést. Zoltán segített a lánynak felszállni a nyeregbe, majd magához ölelte édesanyját. A húga a nyakába ugrott és hogy senki ne hallja a fülébe súgta.

- Mond meg Szoláknak, hogy várok rá.
- Megmondom. Vigyázz Anyára!

Felpattant lova hátára és kisszámú seregével elindult Délre, hogy véget vessen a bolgárok uralmának a Kárpát-medencében. Elhatározta magában, hogy a harcok után megkeresi Rebekát és végre feleségül veszi, ha tisztázták a félreértést. Gyors iramot diktált seregének, nem akarta lekésni a Preszlávval való találkozót. Egyetlen kitérőt engedett meg magának, meglátogatta Bagaturt. A legutóbbi találkozójuk óta a férfi szinte árnyéka volt önmagának. A lánya szökése erősen megviselte az idős embert.

- Nyugodj, meg Rebeka jól van. Nem sokára hazahozom, ígérem! - fogadkozott Zoltán.

A fejedelem csak bólogatott, ő már elsiratta lányát. Nem hitt Zoltánnak, de jól esett neki a fiatal magyar törődése. A dadus körbevezette Virágot a házban. A lány el volt ragadtatva ekkora pompa láttán. Rebeka szobája lenyűgözte az egyszerű családból származó lányt. Hihetetlen volt neki Rebeka viselkedése. Aki ilyen körülmények között él, minden kívánságát szolgálók hada lesi, gyönyörű ruhákban járhat, ékszerek tömkelegéből válogathat, miért öltözik olyan egyszerű ruhákba, amilyenbe utoljára látta Aradon? Miért ment el ebből a gyönyörű palotából? Értetlenkedett Virág.

- Tudod lelkem az anyja rontotta el azt a lányt. - mondta a dadus, mintha kitalálta volna Virág gondolatait. - Nem hercegnőhöz méltó nevelést kapott. Rebeka kislány kora óta makacs volt és az anyja mindent megengedett neki, ahelyett, hogy ráncba szedte volna. Amióta meghalt szegény, csak rosszabb lett a helyzet. Bagatúr még többet megengedett neki. Valójában a lány volt az úr ebben a házban. Elmesélte Alexandra halálát és Rebeka fogadalmát, amíg egyik szobából a másikba sétáltak.

- Nem átallott férfiruhába öltözni, hogy megbosszulja anyja halálát. - dohogott az idős asszony, de szeme megtelt könnyel. - Vajon hol lehet most az én drágaságom?

Virág előtt lassan világossá vált Rebeka érthetetlen viselkedése. Egyre jobban tisztelte bátorságáért. Rájött, amire Rebeka már régen, hogy palotában lakni, szép ruhákban járni még nem jelenti a felhőtlen boldogságot. Szerette volna megismerni a lányt. Néhány órai ott tartózkodás után, folytatták útjukat. Az egyik pihenő alatt Virág beszélni kezdett Zoltánnak Rebekáról. Amikor meglátta, hogy a férfi mosolyog, durcásan elfordult tőle.

- Virág, nagyon kedves, hogy így vélekedsz róla, de nem kell vigasztalnod. - mondta a férfi.

- Miért kellene, hogy vigasztaljalak. - kérdezte a lány. - Én egy avar hercegnőről beszélek neked.

- Te nem tudod, hogy Rebeka a menyasszonyom?

- Nem! - lepődött meg a lány.

Addig sem sokat beszéltek egymással, de azok után, amit Virág megtudott, óvakodott a szóváltástól. Azt hitte, ez a jóképű magyar, nem tud semmit az itteni dolgokról, emberekről és a végén kiderült, hogy tájékozottabb, mint ő, aki mindig is itt élt.

- Megszállunk Csanádnál? - kérdezte Levedi a székely falu közelében.

- Nem. Egyenesen Aradra megyünk. Időben ott akarok lenni a találkozón. -felelte Zoltán.

Egymás mellett lovagoltak a tavaszi napsütésben. Az Alföld végtelennek tűnő, friss fűvel borított síksága úgy terült el lábuk alatt, mintha egy vastag szőnyeget terítettek volna eléjük. A ritkásabb part menti bokrok közül néha megcsillant a folyó vize, a Tisza zabolátlanul kanyargott mellettük. A fák ágai még kopáran meredeztek az ég felé, de a bokrok már bontogatták rügyeiket.

- Itt van a gázló. - mutatott a folyó felé Levedi.

- Elég magasan van a víz. - állította meg lovát Zoltán.

Belegázoltak a folyóba, amely egyenletesen lejtett a meder közepe felé, de még ott sem volt túl mély. A másik oldalon leszálltak lovaikról és felvették levetett csizmáikat.

- Elmondhatjuk, hogy száraz csizmával jöttünk át. - nevetett Zoltán.
- Azt hittem lefagy a lábam. - lépett hozzájuk Virág.
- Nagyon fázol? - nézett a lány szép arcára Zoltán.

Virág a fejét rázta, de meg-megránduló válla az ellenkezőjéről tanúskodott.

- Gyorsan gyújtsatok tüzet! - szólt a mellette ácsorgó harcosoknak Zoltán. - Vedd le ezeket a vizes ruhákat. Itt egy takaró tekerd magad köré. Mitől vagy ilyen vizes?
- A folyó közepén a ló ledobott a nyeregből és belecsúsztam a vízbe. - felelte vacogó fogakkal a lány.
- Csizmád is vizes?
- Nem, azt egy harcos hozta át.

Segített lecibálni a lány ruháit, melyekből kicsavarta a vizet és a pattogó tűz közelébe terítette. Virág takaróba burkolózva vacogott ruhái mellett.

- Jó nagyot húzzál belőle! - tolt a lány elé egy borral teli tömlőt Levedi.
- Mi ez? - húzta el a száját a lány, amint megérezte az ital illatát.
- Gyógyszer! Csak igyad bátran!

A lány bátortalanul kortyolt belőle, de Levedi beleerőltetett még egy nagy adagot. Virág megborzongott az első kortytól, de utána érezte, hogy belülről melegíti az ital. Lassan megszűnt a remegés, feje kellemesen bódult volt. Mire Aradra értek teljesen besötétedett. Nem a faluba mentek, hanem a mezőn táborozó magyarok táborába. Bulcsú örömmel üdvözölte őket.

- Végre elindulunk! Már nagyon terhemre van a tétlenség! - szorongatta Zoltán kezét. - Reggel tábort bontunk ugye?
- Még van itt egy kis dolgom. - mosolygott Zoltán a férfi türelmetlenségén.
- Kár. Elfogtunk egy bolgár futárt, de nem tudtunk szót érteni vele. Majd reggel idehozatom.
- Hol van? Most akarok beszélni vele!

Bulcsú nagy szemeket meresztett rá, majd megvonta vállát és szólt az egyik harcosának, hogy hozzák be a foglyot.

- Te érted a nyelvüket? - csodálkozott.

- Én nem, de ez a lány igen. - mutatott a mellettük álló Virágra.

- Ez is bolgár? - méregette a lányt. - Azért szemrevaló teremtés.

Zoltán és Levedi hangos nevetésben törtek ki, még Virág is mosolygott azon, ahogy az idős ember mustrálgatta a fiatal lányt.

- Vén kecske! - kacagott Zoltán és jól hátba vágta a férfit.

A jurta bejárata kinyílt, két férfi lépett be rajta.

Virág halkan felsikoltott. Az egyik férfi magas, szőke hajú, kék szemű volt.

- Preszláv! - suttogta a lány.

A bolgár lerázta karjáról a magyar harcos kezét és a lányhoz sietett. Karjába zárta Virágot, magához szorította, mintha soha nem akarná elengedni.

- Hó-hó! Barátocskám! - kiáltott rá Bulcsú.

- Hagyd őket, Jó öreg! - fogta vissza a nekilendülő férfit Zoltán.

Belekarolt és kivezette a szabadba, szemével intett a jurtában levők felé, hogy menjenek ők is.

- De hát... - hápogott Bulcsú visszanézve a válla fölött.

- Gyere csak. - nevetett Zoltán.

Kis idő múlva kilépett Preszláv, kezét nyújtva Zoltán felé.

- Köszönöm Zoltán!

- Megígértem. - szorította meg a felé nyújtott kezet.

- Te beszélsz magyarul?! - rivallt rá Bulcsú mérgesen. - Miért nem mondtad?

- Nem kérdezted. - felelte a bolgár mosolyogva.

Zoltán átölelte mindkettőjük vállát és bekísérte őket a jurtába.

- Bulcsú kísértesd el a lányt a szálláshelyére. - utasította a Zoltán.

Virág mielőtt távozott kedvesére nézett, szemük bizakodón egymásba kapcsolódott. Miután a lány kiment körbeülték a tüzet.

- Örülök, hogy eljöttél. - kezdte a beszélgetést Zoltán.

- Én is. Bár nem volt könnyű. Mindenhol magyarok táboroznak.

- Ebben a ruhában, hogy tudtál eljutni idáig?

- Nem ebben jöttem, csak itt Aradon öltöztem át. Végig paraszt öltözék volt rajtam. Abban jobban is érzem magam, de nem akartam, hogy Virág úgy lásson. - ismerte be zavartan a férfi.

- És még azt mondják, hogy a lányok hiúk! - kacagott Zoltán. - Szerintem Virág nem is látta milyen ruha volt rajtad.

- Lehet. Mit intéztél apáddal? - terelte másra a szót, hogy levezesse boldogságát.

- Rám bízta a döntést. Én vezetem Nándorfehérvár ellen a magyarokat. Szeretném, ha te, meg Glád nem lennétek ott!- komorodott el Zoltán.

- Nem leszünk ott, ha Délen a Duna lesz birodalmaink határa.

- Várjunk egy kicsit! - szólt közbe Levedi, aki közben visszatért - Nándorfehérvár a Duna másik oldalán van!

Zoltán meredten nézett Preszláv kék szemébe. A férfi rezzenéstelenül állta a rászegeződő tekintetet.

- Így igaz. De az már nem tartozik apám birodalmához.

- Akkor tisztázzuk, mettől meddig húzódik Glád birtoka.

- Keleten a Kárpátok vonalán egészen a Dunáig, majd onnan a folyó a déli határ, Temesig.

- Temesvárig? - horkant föl Levedi.

- Nem! Ahol a Temes vize belefolyik a Dunába. Temesvárnál hol van Duna? - fordult Levedi felé Preszláv. - Azt mondtam a Duna vonala a déli határ! Nem figyelsz?

Zoltán kérdőn nézett az avar vezérre, hiszen csak ő ismerte a környéket.

- Így már jó. - bólintott elégedetten az avar vezér. - Régen is ott volt a határ.

- Ha legyőztük Zalánt és Simeont, akkor együtt végig járjuk a határ vonalát. - mondta Zoltán. - Hol van most a táborotok?

- Orsovánál.

- Mi a biztosíték, hogy nem avatkoztok bele a harcokba?
- A szavam, magyar! - mordult rá mérgesen a bolgár.
- Jól van, ne húzd fel magad. - nevetett Zoltán.
- És mi a biztosíték, hogy Nándorfehérvárnál megálltok? - kérdezett vissza.
- A szavam, bolgár!

Egyszerre nevették el magukat.

- Mikor indultok Virággal?
- Holnap hajnalban.
- Egy darabon elkísérlek benneteket, nehogy bajotok essen. - jelentette ki Zoltán.

Azt nem mondta el, hogy Gyula vezérrel akar találkozni. Másnap hajnalban Bulcsú örömére Zoltán elindította a magyar seregeket Dél felé. Levedivel és néhány harcossal csatlakoztak Preszlávhoz, aki Virággal Orsovára igyekezett.

- Bekellet, volna menned Csanádra. - szólalt meg mellette Levedi.

Csendesen poroszkáltak egymás mellett. Fejük felett esőt ígérő felhők úsztak az égen. A kis csapat közeledett útjuk végéhez. Elöl haladt Zoltán és Levedi, mögöttük haladt Preszláv Virággal. Ki nem fogytak a szóból, csendes duruzsolásuk egész nap Zoltán fülében zsongott. Némi irigységet érzett, ők már révbe jutottak. Az avar vezér leolvasta Zoltán ábrázatáról a borús hangulatot, ezért tette fel a kérdést.

- Nem vagyok biztos benne. Lehet, hogy összevesztünk volna. - merengett Zoltán. Tekintetét az előttük elterülő tájon pihentette.
- Az meglehet. - helyeselt bólogatva Levedi. - De legalább láttad volna, és nem lenne ilyen borús a hangulatod.
- Vagy szétvetne a méreg.
- Magaddal kellett volna hoznod!
- Hogy gondolod? - hördült fel a magyar vezér.
- Úgy is egyfelé igyekeztek.
- Azt hiszed ő is ott lesz a csatában?
- Biztos vagyok benne! Ezért kellett volna magaddal hozni, legalább

vigyáztál volna rá. Meg én is. - dörmögte maga elé az utolsó mondatot. Zoltán gondolkodott néhány percig, majd oldalra fordult a nyeregben és avar vezérre mosolygott.

- El sem jött volna velem.

- A más menyasszonyát el tudtad szöktetni, a sajátodat nem?

- A lányszöktetés drága mulatság nálunk! - nevetett Zoltán.

- Felénk is. Mit kellett fizetned Virágért?

- Nekem semmit. Preszláv tartozik Virág szüleinek. Tényleg még nem is mondtam neki. - kapott észbe.

Visszafogta lovát, hogy bevárja a bolgárt.

- Preszláv! Virág szülei mikor kapják meg a jegyajándékot?

- Miről beszélsz? - léptetett mellé a férfi.

- Húsz marhával tartozol nekik! - nevetett Zoltán.

- Nem én szöktettem meg a lányukat! - vigyorgott szemtelenül. - A bűnösnek kell fizetnie!

- Megfizetek neked te szemtelen gazember!- kiáltott rá Zoltán szablyájához kapva.

Virág a két férfi közé vágtatott, a harcosok döbbenten vették körbe őket. Levedi csak a bajsza alatt mosolygott a kakaskodáson. Tudta, hogy csak játék az egész. Zoltán hirtelen mozdulattal elkapta Virág derekát, leemelte lováról és maga elé ültette a nyeregbe.

- Ha én fizetek, enyém a lány! - kacagott a bolgár szemébe és elvágtatott a lánnyal.

Preszláv visszadugta félig kihúzott kardját és őrült iramban a menekülők után rohant. A magyar harcosok vezérük után indultak, de Levedi egy mozdulattal megállította őket. Virág először döbbenten ült elrablója karjai között, majd amikor felocsúdott, két apró öklével püfölni kezdte Zoltán mellkasát.

- Engedj el! - követelte könnyes szemmel.

- Maradj nyugton, ez csak játék!

Mögöttük egyre hangosabban lehetett hallani a vágtató lovak patájának dobbanásait, jelezve a száguldó lovas közeledtét. Zoltán hirtelen megállította lovát és szembe fordult a közeledővel.

Preszláv közvetlenül előttük állt meg, majdnem elsodorta őket.

- Azonnal engedd el a lányt!- förmedt méregtől vöröslő arccal Zoltánra.

- Meg fizeted az árát?

- Meg hát! Ezt te is tudod!

- Rendben van, de annak is ára van, hogy én elengedem. - nevetett Zoltán.

Preszláv összehúzott szemmel méregette a férfit. Most jött rá, hogy az csak játszott vele.

- Bármilyen árat megfizetek érte!- nézett csillogó szemmel Virágra.

- Én nem vagyok ebben olyan biztos!

- Te gazember, min töröd megint a fejed?

Zoltán a férfi egyszerű székely ruháját méregette. Preszláv és Virág is ilyen öltözékben volt, Zoltán tanácsára, így minden gond nélkül haladhattak a magyarok által megszállt területeken.

- Először is a bolgár ruhádat kérem, ami ott lapul nálad.

Preszláv megkönnyebbülten felsóhajtott. Rosszabbra számított.

- Minek az neked?

- Még jól jöhet. - mondta sejtelmesen Zoltán. Lassan lecsúsztatta Virágot lova hátáról.

- Ezért még megfizetsz! - fenyegetőzött nevetve a bolgár, miközben maga elé ültette a lányt.

Messziről már látszott Temesvár. Mire a nap nyugovóra tért, a kis csapat estebédjét költötte a faluban. Gyula vezér készen állt seregével az útra.

Másnap reggel Zoltán búcsúzott Perszlávtól és Virágtól.

- A nagy csata után szívesen látunk otthonunkban. Orsován leszünk, ott tartjuk meg az esküvőt. Szeretném, ha eljönnél, és magaddal hoznád harcos kedvesedet is. - mondta Preszláv mosolyogva. Már nem neheztelt az előző napi játék miatt.

- Honnan ismered Rebekát? - kérdezte Zoltán gyanakodva.

- Egy kismadár elcsicseregte a titkodat.

Zoltán felvont szemöldökkel nézett Virágra. A lány olyan ártatlan arccal ült a nyeregben, hogy a férfi elnevette magát.

- Az a kismadár egy pletykás virágszál, igaz?

Erre már Virág is elnevette magát.

- Mond Zoltán, ha nem ti győztök Fehérvárnál, akkor visszavonultok?- tette fel a kérdést a bolgár férfi.

- Jó kérdés, de hidd el győzni fogunk! Lesz ott egy-két megfigyelőd, igaz?

Preszláv mélyen a magyar vezér szemébe nézett, mielőtt válaszolt.

- Ugye egy ütőképes sereget küldesz Orsova közelébe, hogy ha mégis elindulnánk Fehérvár felé, megállítsanak bennünket?- kérdezett vissza.

- Azt kérdezted, hogy elmegyünk-e ha a bolgárok legyőznek minket? - siklott át a kérdésen Zoltán .- Nem! Addig harcolunk, amíg a mienk nem lesz!

- Szeretném, ha győznél!

- Miért? Ha Zalán győzz, visszakapod a birtokaidat, amiket elvettünk!

- Sokkal nagyobb birtokaink vannak otthon.

- Miért gyűlölöd ennyire Zalánt?

- Nem szeretnék az ellenséged lenni, hiszen minden gondolatomat ismered, ezért veszélyes vagy számomra. - mondta kelletlenül, elengedve füle mellett a kérdést. Nem tartozik Zoltánra a két család közötti ősi viszály.

- Pont erre gondoltam én is, amikor a kérdéseidet feltetted. Te gondolatolvasó vagy. Azt hiszem mindkettőnknek jobb, ha barátok maradunk. - nyújtotta kezét búcsúzás képen Zoltán.

- Akkor várunk benneteket! - szorította meg a feléje nyújtott kezet Preszláv.

Sokáig nézett az egyre távolodó pár után. Vajon milyen körülmények között találkoznak újra?- futott át a gondolat Zoltán fejében.

Abban biztos volt, hogy Glád, vagy valamelyik vezére Nándorfehérvár közelében lesz. Ahogy Preszláv is tudja, a magyarok is árgus szemekkel figyelik seregeik mozgását.

- Még hasznunkra lehet ez a barátság. - léptetett mellé lovával Gyula vezér.

- Igen. Glád Orsovánál több ezer harcossal várakozik. Preszlávval megegyeztünk, hogy nem avatkoznak be a harcokba. Cserébe mi megállunk Nándorfehérvárnál. - nézett vezérére Zoltán.

Gyula hosszan nézett a fiatalember szemébe, majd csendesen megjegyezte.

- De te nem bízol bennük!

- Inkább azt mondanám, óvatos vagyok .- helyesbített Zoltán.

A nagy létszámú sereg felkészülten várakozott mögöttük. Zoltán magához intett Levedit, majd amikor az avar vezér mellé ért, jelt adott az indulásra. A kürtszó felhangzása után a sereg rendezett sorokban elindult vezérei után.

- Azt tudod, hogy Glád Orsovánál táborozik. - fordult Levedi felé Zoltán, menet közben. - Tudni akarom, hogy hol helyezhetünk el egy sereget, úgy hogy ne vegyék észre.

- Mire gondolsz? - kérdezett vissza a férfi.

- Beakarom biztosítani magunkat arra az esetre, ha felrúgnák a megállapodást.

- Tehát nem csak megfigyelőket akarsz küldeni? - mondta némi gondolkodás után Levedi.

- Meg is akarom állítani őket. Nem lenne szerencsés, ha váratlanul hátba támadnának, vagy visszafoglalnák földjeinket, amíg mi távol vagyunk.

- A megfigyelők a hegyekben megbújhatnak, ismerek néhány ottani székelyt, aki biztosan segít nekünk. Hamarnál, Kövesden és Karámsebesen táborozhatnának a seregek. Így bármerre indulnának a bolgárok, a három falu egyikén át kell haladniuk. A megfelelő helyen elhelyezett íjászok csodákra képesek a hegyi utakon, még kis létszámban is.

- Jól van! - helyeselt Zoltán. - Mennyi harcosra van szükséged?

Levedi értetlenül meredt a magyar vezérre.

- Rád bízom Glád figyelését. Gyula, rendelkezésedre bocsát annyi embert, amennyire szükséged van.

- Árpád megparancsolta, hogy ne mozduljak mellőled!

- Most nagyobb szükség van rád a határnál!

- De közületek senki sem ismeri az utat, hogy akarsz eljutni Fehérvárra?

- Te mondtad, hogy egyenesen Nyugatnak kell menni.

- Igen, ha találkozni akarunk az avarokkal és a székelyekkel. De gyorsabban haladtok, ha követitek a Temes folyását. - javasolta Levedi.

- Miért? - kérdezte Gyula gyanakodva.

- Mert a Dunába ömlik és ott ér véget Glád birodalma. - felelte Zoltán.

- Majdnem. Glád birodalma nem a Temesig húzódik, az csak hazánkra vonatkozik. A Duna másik oldalán a Morava folyó a határ. - helyesbített Levedi.

- Akkor Preszláv becsapott!

- Nem a bolgár erről az oldalról beszélt és igazat mondott. De a megállapodás szempontjából nekünk mindegy, hogy a cár birodalmát hogyan osztják fel egymás között.

- Na-na! Jó tudni, hogy a szövetségesünknek meddig terjed a birtoka. - szólalt meg mellettük Gyula.

- Mire gondolsz? - fordult felé Zoltán kíváncsian.

- Ha győzünk, akkor esetleg szétnézhetnénk arrafelé. - mutatott Dél felé Gyula. - Azzal nem szegjük meg az egyezséget Gláddal szemben, ha a cár birodalmát egy kicsit közelebbről szemrevételezzük. Legalább visszafizethetünk Mén- Marótnak Töhötöm népének lemészárlásáért!

- Van benne valami. - helyeselt Zoltán elborult tekintettel.

A távolba nézett, de nem a tavaszi zöldülő tájat látta, hanem a lesoványodott arcokat, az elgyötört emberek rongyos ruháit, a hidegtől vacogó gyerekeket, asszonyokat, ahogy vonszolják magukat az ellenség földjén.

- Ha legyőztük Zalánt és a cárt, akkor szabad kezet adok neked. Tégy belátásod szerint. - kezét felemelte és megállította a menetet.

- Levedi, vigyél annyi harcost, amennyire szükséged van. Csak akkor küldj futárt, ha Glád elindult.

- Nem vagyunk messze a folyótól, ha elértétek, kövessétek és néhány nap múlva a Dunánál lesztek. Onnan forduljatok Nyugatnak, kövessétek a folyó vonalát, és egynapi lovaglás után meglátjátok a Nándorfehérvárt. - igazította útba a magyarokat Levedi.

- Köszönöm barátom, de úgy döntöttem letáborozunk a Temes partján, és futárt küldök Szolákért. - felelte Zoltán.

Levedi helyeslőn bólintott. Gyula a legjobb harcosait rendelte Levedi mellé. Zoltán egyik futárát Szolákért a másikat Csanádhoz küldte.

Nándorfehérvári csata.

- Várjál fiam! Mindjárt végzek! - szólt Csanád Zoltán futárjának, aki átakart bújni a karám gerendái között, hogy átadja vezére üzenetét.

Csanád hatalmas keze eltűnt egy kanca testében, amely nem tudta világra hozni csikóját. A férfi azon igyekezett, hogy megfordítsa a kiscsikót. Arca vöröslött az erőlködéstől, homlokán verejtékcseppek gyöngyöztek. Két legénye kötéllel a kezében várakozott, hogyha szükség van rá, kihúzzák a jövevényt. Az anyaállat a sok szenvedéstől már alig lélegzett, ernyedten feküdt az oldalán. Hajnalka a fejénél térdelt, becéző, biztató szavakat duruzsolt a fülébe. A görcsök, melyek az ellést segítették, egyre ritkábban jelentkeztek, félő volt, hogy ha Csanád nem jár sikerrel, akkor a kanca is és a csikó is elpusztul. Ez volt a második ellése, az első is ilyen nehezen jött a világra, de a csikóból az egyik legszebb csődör lett.

- Siess! Már alig van benne élet! - sürgette Hajnalka a párját.

- Ha meghal, utána küldelek benneteket! - fenyegetőzött a két suhanc felé Csanád. - Megmondtam, hogy azonnal szóljatok, ha elkezdődik nála! De ti csak hajnalban dugtátok be a fejetek a házba, biztosan elaludtatok! Adjátok gyorsan a kötelet! Erre foglak felkötni benneteket!- vicsorgott, de amint a két riadt fiúra nézett, elhúzta a száját. - Még nem ti következtek.

Keze olyan gyorsan mozgott, hogy nem lehetett látni mit csinál, majd rámordult segítőire: - Most húzhatjátok, de lassan, óvatosan!

A kanca görcsbe rándult, fénytelen szőrén izzadság cseppek gyöngyöztek. Hajnalka ölébe vette az állat fejét, nyakát simogatva csendesen biztatta.

- Megvan! - kiáltott Csanád.

Az anyja lábánál ügyetlenül próbálkozó kiscsikót nézve, Csanád megenyhült. Hátba vágta a fiúkat és mosolyogva nézte, amint a vizes szőrű csöppség remegve két mellső lábára áll, majd újabb erőlködés után ide-oda imbolyogva elindult anyjához. A kanca meghallotta a kis jövevény mozgását, fejét felé fordítva horkantott, mire a kiscsikó bizonytalan járással odament fejéhez és vizes orrocskáját anyja fejéhez nyomta. Mintha ez erőt adott volna az elgyötört jószágnak, félig felemelkedett és nyalogatni kezdte újszülöttje szőrét.

- Milyen gyönyörű! - suttogta Hajnalka.

Ahol az anyja lenyalogatta ott a csikó szőre feketén csillogott. Magukra hagyták őket. Megtisztálkodtak, de szemüket rajtatartották az egyre ügyesebben ugrándozó kis állaton.

- Jó vétel volt az a fekete csődör! Kíváncsi vagyok, vajon minden kancától ilyen jó állású csikói lesznek? - nézett Hajnalkára Csanád, miközben a kezét törölte.

- Meglátjuk. De ennek a kancának nem lehet több csikója, mert elpusztul. - felelte határozottan az asszony. Szeme a karámra támaszkodó férfira siklott.

- Te jó ég! Teljesen megfeledkeztünk rólad, bocsáss meg fiam. - lépett a várakozó felé.

- De nem unatkoztál öcsém, igaz? - nyújtotta kezét Csanád. - Gyere be a házba, ott elmondhatod mi járatban vagy.

- Nagyon szép csikó. Gondolom az ott az apja. - mutatott a távolabbi karámban legelésző, szép nemes fejű, hosszú, karcsú lábú, fekete fényes szőrű csődörre.

- Igen! - felelte büszkén Csanád.

A házban nagy volt a sürgésforgás ebben a hajnali órában. Frissen sült kenyér csábító illata keveredett a sülő szalonna, sonka és tojásillatával. A gazdákat és vendégüket terített asztal várta.

- Na, most már beszélhetsz fiam. - törölte meg zsíros száját a fejedelem.

- Köszönöm a reggelit. - fordult a mellette álló Hajnalka felé a vendég. - Zoltán, Árpád fia küldött, hogy néhány kínos kérdést tegyek fel neked. - mivel Csanád bólintott, folytatta. - Igaz, hogy az avar hercegnőt feleségül vette az egyik vezéred?

Csanád hangosan felnevetett.

- Úgy látom, a pletyka nálatok is gyorsan terjed. - majd komolyra fordította a szót. - Nem igaz! Szükségem volt némi információra, ezért szerepeltek, mint férj és feleség. Nyugtasd meg Zoltánt, hogy Rebeka csak őrá vár!

- Szeretném magammal vinni. Ez a második dolog, amiért jöttem.

- Hát ebben nem tudok segíteni neked. - vakarta meg tarkóját Csanád.

- Az hogy lehet?

- Hát úgy öcsém, hogy a lány megszökött!

- Megszökött? - ismételte kimeredt szemmel a férfi. Hogy álljon Zoltán elé a lány nélkül? - Talán megszöktették?

- Nem, nem! Te nem ismered őt, de a vezéred tudni fogja, hogy miért, és hogy hova igyekszik.

- Egy lány nem szökik meg csak úgy! - értetlenkedett a fiú.

- Valóban nem. Mond meg Zoltánnak, hogy Rebeka elment. Hidd el, tudni fogja, hogy hova.

Zoltán a jurta felhajtott bejáratában állt, nézte a vigasztalanul zuhogó esőt. Mögötte a jurta védelmében Szolák és Gyula csendesen beszélgetett. Az avarok vezére előző este érkezett, már indulhattak volna, ha a Csanádhoz küldött futár megérkezett volna. Csak nincs valami baj Rebekával? - tűnődött. Már miért ne lenne, felelte önmagának. Felkapta a fejét. Mintha távoli lódobogást hallott volna. Kilépett a zuhogó esőbe, és a hang irányába kémlelt. Haja, ruhája pillatok alatt csurom vizes lett. Gyorsan visszalépett, de a bejárat közelében maradt. Kis idő múlva egy elázott lovas ugrott le lováról és beszaladt a jurtába. Süvegéről arcára folyt a víz, ruhája pillanatok alatt eláztatta a szőnyeget. Zoltán egy meleg takarót terített a hátára és a tűz elé ültette a férfit.

- Csanád azt üzente, hogy a lány megszökött! - hadarta egy szuszra ijedt arccal a futár. Úgy gondolta gyorsan túlesik a nehezén, majd utána elmondja a másikat.

- Tudhattam volna! - mérgelődött Zoltán.

- Ami a házasságot illeti az csak szóbeszéd. - próbálkozott a férfi, hátha ez egy kicsit javít Zoltán kedvén. De a vezért ez most nem vigasztalta.

- Van elképzelésed, hol lehet most?- kérdezte Szolákot.

- Útban Fehérvár felé. - felelte olyan hangsúllyal, mintha ez lenne a legtermészetesebb dolog a világon.

- Te nem is vagy ideges? Nem zavar, hogy egy védtelen lány valahol azon igyekszik, hogy megölesse magát az ellenséggel!

- Azzal, hogy rám ordibálsz, Rebeka még nem jön vissza.

A futár jobbnak látta, ha kimegy, de mielőtt kiléphetett volna, Zoltán nyakon csípte.

- Még nem mondtam, hogy elmehetsz! Mást nem üzent?

- Nem. Azt mondta, te tudni fogod hova ment.

- Jól van. Azonnal tábort bontunk, indulunk! - fordult Gyula felé. -

Add ki a parancsot!

Szolák is indulni akart, de Zoltán a vállára tette a kezét.

- Te maradj még. Ne haragudj, hogy az előbb kiabáltam, de félek, hogy valami meggondolatlanságot fog elkövetni.

- Hidd el, legalább úgy féltem, mint te, de tehetetlen vagyok. Mindig is az voltam vele szemben. - ismerte el csendesen.

- Szerinted, megnyugszik valaha?

- Ha véghezvitte, amit akar, akkor igen. Ha túléli, akkor boldogok lesztek.

- Ha túléli. - ismételte halkan Zoltán. - Nem tudnánk elkapni, mielőtt odaér?

Szolák elgondolkodva járt fel-alá. Kintről behallatszott a készülődés zaja. Egy harcos tisztelettel megállt a bejárat előtt.

- Azonnal kimegyünk és bonthatjátok. - intett a neki Zoltán.

Szolák megállt a magyar vezér előtt, arcára volt írva a válasz. Zoltán bólintott.

- Nem tudjuk mikor indult, merre ment. Semmit sem tudunk. - mentegetőzött Szolák.

- Ne emészd magad, ha odaérünk, kerestetni fogjuk. Kezdhetitek. - szólt ki a jurta előtt várakozó férfinak. Átölelte az avar vezér vállát és kiléptek a már csak szemerkélő esőbe.

A harcosok gyors, értő kezei alatt pillanatok alatt eltűnt a felállított jurta.

Március utolsó napjaiban megérkeztek Nándorfehérvár alá. Zoltánt melegen üdvözölték a már ott táborozó seregei. A fiatal vezér büszkén lovagolt végig a több ezer harcosból álló táboron. Előttük magasodott a vár, mögötte hömpölygött a Duna széles vizével. Mire megnézte a tábort és körbe lovagolta a környéket, addig felállították szálláshelyét. Abban bízott, hogy a székelyek táborában megpillantja Rebekát, de csalódnia kellett. Leszállt lováról, intett a vezéreknek, hogy menjenek be a jurtába.

- Üdvözöllek benneteket. Szeretném tudni, hogy a felderítők mit végeztek? Utána megbeszéljük hogyan tovább. - ült le a jurta közepére Zoltán.

Amint a fővezér elfoglalta helyét vezérei leültek a megfelelő helyükre. A bejáratnál álló idős ember, aki Zoltán mellett teljesített szolgálatot, beengedte az első felderítőt. A zömök fiatalember meghajolt a vezérek felé.

- Sikerült a bolgárok közé vegyülnöm, ez annak a ruhának köszönhető, amit küldtél. - nézett Zoltánra. - Meg egy kicsit a nyelvtudásomnak. Becsléseim szerint az ellenség száma úgy négy-ötezer körül van. A magas falak elegendő védelmet nyújtanak nekik külső ellenség ellen. Szerintük. Jól fel vannak fegyverkezve, de van egy gyenge pontjuk.

Minden szem a beszélőre meredt.

- Nem tudtak elegendő élelmet felhalmozni. - mondta diadalmasan a férfi.

- Csak férfiak vannak abban a földkupacban? - kérdezte Bulcsú.

- Nem. Vannak asszonyok is, akik kiszolgálják őket.

- Simeon cár ott van? - kérdezte Zoltán.

- Igen. Mire észbe kapott, már körbe volt véve a vár.

- Nagyon jó. Van még valami?

- Igen. Nagyon nyugtalanok, mert Glád még nem ért ide.

Remélem nem is fog. - gondolta Zoltán.

- Köszönöm, elmehetsz. Jó munkát végeztél. - dicsérte a férfit.

A következő megfigyelők beszámoltak a környékről, a közeli erdők, síkok fekvéséről, nagyságáról. A folyó különböző szakaszainak mélységéről és arról a gázlóról, ami nem messze van a tábortól.

- A Száván viszont nincs gázló a közelben. - jelentette ki az egyik.

- A Száva is egy folyó? - kérdezte Zoltán, mivel ez a név még ismeretlen volt számára.

- Igen, és ahol a Dunába ömlik, elég széles és mély.

- Rajzold ide a földre a két folyót és a várat. - kérte izgatottan Zoltán.

A férfi félre húzta a vastag szőnyeget, letérdelt a földre és késével vonalakat szántott a simára taposott talajra.

- Ez itt a Duna. - mutatott egy vízszintes vonalra, amely Nyugat-Kelet irányba mutatott. - Ez pedig a Száva. - húzta végig kése élét a merőleges vonalon. A két vonal majdnem derékszögben találkozott. - És itt a két vonal találkozásától nem messze fekszik a vár.

- Ez azt jelenti, hogy a két folyó adja a természetes védőfalat? Csak erre a síkság felé tudnának menekülni? - nézett a még mindig térdelő férfi felé Zoltán.

- Így van. - állt fel leporolva bőszáru nadrágját.

- Köszönöm elmehettek! - mondta izgatottan a vezér. Fel-alá járkált, majd megállt vezérei előtt.

- Mi a véleményetek?

- Szerintem, ki kell éheztetni őket. Nem kell mást tennünk, mint itt táborozni és kivárni, míg megadják magukat. Emberáldozat nélkül kezünkbe hullik az érett gyümölcs. - állt fel Tormás a székelyek egyik vezére. Zoltán érdeklődve hallgatta a felszólalót. Halvány mosoly jelent meg az arcán, ahogy figyelmesebben megnézte a középkorú, favágó-kinézetű, nyugodtan, megfontoltan beszélő férfit. Sűrű, szinte fekete szemöldöke alól barna szeme mintha azt az üzenetet sugározta volna: - Csak nyugodtan fiam, nem kell elhamarkodni semmit. A nagyapja, Álmos volt ilyen, igazi székely nyugalom.

- Ez az egyik lehetőség. - helyeselt, majd hátra tett kézzel újra róni kezdte a köröket.

- Nem kell vacakolni velük! - ugrott fel Gyula vezér. - Nehéz nyílvesszőkkel addig kell lőni őket, amíg meg nem adják magukat!

- Ez is egy megoldás. - felelte Zoltán minden lelkesedés nélkül.

- Valahogy ki kell csalogatni őket. - mondta bátortalanul Szolák.

- Ez, az! Én is erre gondoltam, de hogyan?

A vezérek elgondolkodva néztek maguk elé. Zoltán is leült és ő is a megoldáson törte a fejét.

- Jól van, úgy látom, ezen még gondolkodni kell. Holnap talán már többet tudunk. Valamilyen megoldásnak lennie kell! - állt fel Zoltán.

A vezérek elhagyták a tanácsot.

- Szolák te maradj!

- Megkeressük Rebekát?

- Még nem. Átöltözünk és bejárjuk a környéket. Hunor hozassál nekünk valami kevésbé hivalkodó ruhát, csomagoljál egynapi élelmet és nyergeltesd fel a lovainkat!

- Mit vársz ettől? - kérdezte Szolák.

- Nem tudom, de egy gondolat befészkelte magát a fejembe. - töprengett. - Ez a két folyó nem csak védelem lehet, adott esetben egérfogó is.

- Van benne valami. - vette fel a gondolat fonalát az avar .- Ha meg tudnánk szorongatni őket, akkor semerre sem tudnak menekülni.

- Főleg ha a túlsó partokra íjászokat állítunk fel. Itt a síkon nem tudnak kitörni, mert nem engedjük. A folyón sem tudnak átúsztatni, mert nyílzáporral fogadják őket a másik partról.

Hunor lépett be a jurtába, karján a kért ruhadarabokkal. Gyorsan átöltöztek.

- Úgy néztek, ki mint két pásztor. - mosolygott Hunor.

- Az a jó. Küld be nekem azt a férfit, aki bent volt a várban. - csatolta fel, rézveretekkel díszített övét, derekára Zoltán.

- Hívattál? - állt meg a bejáratnál kis idő múlva a felderítő.

- Igen. Elmegyünk egy kicsit körülnézni. Szükségem van rád. Menet közben részletesen elmondod, hogyan néz ki a vár belülről, milyen fegyvereik vannak és mindent, amire kíváncsi leszek.

Másnap alkonyatkor értek vissza a magyar táborba, olyan kimerülten, hogy alig láttak. Két napot és egy éjszakát töltöttek nyeregben. A székelyek sátrai között botorkáltak, amikor hangos kiabálás ütötte meg a fülüket. Tormás vezér magából kikelve ordibált egy fiatal harcossal. A fiú mérgesen legyintett és otthagyta a férfit. Nem nézett sehova, csak futni kezdett. Nem vette észre a fáradt lovasokat és beléjük ütközött.

- Nem tudtok vigyázni?! - kiáltott rájuk vöröslő arccal. Csak a csizmás lábakat látta és a durva, fehér vászonnadrágokat. Megkerülte a lovasokat és folyatta útját.

Zoltán egy pillanatra megdermedt, amikor meghallotta a fiú hangját. Szolák, akinek nekiütközött a figyelmetlent, haragosan leugrott lováról. Már nyílt a szája, hogy rendre utasítsa a neveletlent, amikor megismerte. De mielőtt elkaphatta volna az már rohant tovább, mit sem törődve velük. Zoltán is leugrott a nyeregből és a fiú után rohant. Elkapta a karját, és maga felé fordította. A tágra nyílt zöld szemekbe nézett, szíve nagyot dobbant.

- Rebeka! - suttogta rekedten, magához szorítva a vékony testet.

A lány éppen tiltakozni akart, amikor meghallotta, hogy nevén szólítják. A kedves, mélyen zengő hangtól megállt a szívverése, majd olyan hevesen zakatolt, mintha kiakarna ugrani a helyéből.

- Zoltán! - suttogta az ölelő karokban.

Néhány pillanatra megszűnt számukra a környező világ, csak ölelték egymást szótlanul.

- Nagyon hiányoztál. - suttogta a lány.

- Te is. Te kis szökevény!

- Ugye nem akarsz most veszekedni? - kérdezte kedvesen.

- Sss... - és mielőtt a lány tiltakozhatott volna, lágyan szájon csókolta.

Szolák, aki távolról figyelte őket, megfogta a másik férfi karját, aki velük volt, és magával húzta.

- Meglát valaki. - suttogta Rebeka, amikor már kifogytak a levegőből.

- Te kis buta, hiszen már sötét van.- nyugtatta Zoltán.

- Mit szóltak volna a vezéreid, ha meglátják, hogy fiúval csókolózol? - kuncogott Rebeka.

- Hát ez jó kérdés. Gyere, menjünk a tűz közelébe, ott megismételjük, és meglátjuk, mit szólnak majd. - nevetett Zoltán.

Felkapta a lányt és elindult vele.

- Ne! - tiltakozott pirulva Rebeka.

- Te mondtad!

- Ez nem igaz! Tegyél le, tudok járni!- fészkelődött a férfi karjaiban.

Túl közel voltak már az emberekhez. Nem akarta, hogy idő előtt kiderüljön, hogy ő lány.

Zoltán letette a földre, de nem engedte el, szorosan magához ölelte.

- Soha többé nem engedlek el. - suttogta a fülébe.

- Majd meglátjuk. - felelte sejtelmesen a lány.

Zoltán egy újabb csókkal zárta le a lány száját, mielőtt az folytathatta volna mondanivalóját. Rebeka belesimult a férfi karjaiba, de kis idő múlva gyengéden eltolta magától és rendbe szedte magát.

- Szeretném tudni, mikor kezdjük a harcot?

- Kezdjük? - hördült fel Zoltán.

A lány szó nélkül ott hagyta. Amikor belépett a tűz fénykörébe, az ott ülő harcosok csak egy pillantást vetettek rá. Amint Zoltánt felismerték, aki lány után sietett, szinte egyszerre ugrottak föl.

- Maradjatok csak. - intette le őket.

Zoltánban a büszkeség harcolt a féltéssel. A büszkesége berzenkedett ellene, hogy a lány után lohojon, de félt, hogy újra eltűnik a közeléből. Tudtam, ha megtalál, nem fogja megengedni, hogy lássam Zalán halálát. - dühöngött magában a lány. Apró lábaival sebesen próbált minél messzebb kerülni a férfitól. El kell tűnnöm minél előbb! De tudta erre nagyon kevés esélye van most már. És igaza lett, mert hátulról elkapták a derekát.

- Ha még egyszer így viselkedsz, elfenekellek, mint egy neveletlen kölyköt!- füstölgött Zoltán.

Megfogta a lány karját, és maga után húzta. Rebeka minden erejét összeszedte, hogy kiszabaduljon, de minél jobban rángatta magát, annál erősebben szorította Zoltán.

- Ez fáj! - kiáltott rá a lány.

- Akkor maradj nyugton!- figyelmeztette zord hangon, de nem lazított a fogásán. Gyors léptekkel ment a jurtája felé. Rebeka már szinte futott mellette.

- Menj már lassabban te barbár! - két kézzel megfogta Zoltán karját és nagyot rántott rajta.

A férfi lassított egy kicsit. A tüzek körül ülő harcosok kíváncsian tekintettek rájuk.

- Ha itt akarsz maradni, akkor viselkedj harcoshoz méltón! - figyelmeztette a lányt. - Különben felpakollak a lovad hátára, és hazavitetlek!

- Akkor engedj el!

- Rendben van, de nem ajánlom, hogy szökéssel próbálkozz! - elengedte a kezét, de szorosan mellette lépkedett.

Mérge lassan elmúlt, lopva gyönyörködött Rebeka szép arcában. Vajon megváltozik valaha? De igazából nem is akarta, hogy olyan legyen, mint a többi nő, aki szó nélkül teljesíti a férje minden kívánságát. Ilyennek szereti amilyen. Dacosnak, önfejűnek és ritka pillanatokban végtelenül gyengének, védtelennek. Szerette volna magához szorítani, érezni szíve dobbanását, vékony derekát, ahogy belesimul a karjába.

- Ne ábrándozz! Megérkeztünk! - szólt rá Rebeka. - Virág, vagy Izabella járt az eszedben?- mondta gúnyosan, de szemében fájdalom csillant.

Zoltán hökkenten állt meg előtte, majd hangosan elnevette magát, amikor a féltékenységet felfedezte a zöld szemekben.

A jurta bejárata fel volt hajtva, bentről beszéd foszlányok szűrődtek feléjük. Rebeka szúrós szemmel nézett a nevető férfira, majd mosolyt erőltetett az arcára, mélyen meghajolt. Zoltán nem tudta mire vélni a változást.

- Végre megjöttél! - szólalt meg a bejáratnál Bulcsú.

Most jött rá, a változás okára. Rebeka feszesen állt mellettük, ahogy egy harcosnak kell, ha vezérek társaságában van. Kezével intett Bulcsúnak, hogy menjen be. Amint a férfi hátat ordított nekik, odasúgta a lánynak. - Szeretem, amikor ilyen tisztelettudó vagy.

Rebeka bokán rúgta és kedvesen rámosolygott. Zoltán felszisszent, majd belépett a rá várakozó vezérek közé.

- Hunor, mától felmentelek a nehéz szolgálat alól, Taksony lesz velem. - mondta mosolyogva az idős szolgának és elkapta az éppen elillanni készülő lány karját. - Néhány napig még velünk maradsz, megtanítod az utódodat mindenre, amit tudnia kell!

- Nem vagy megelégedve velem? - kérdezte csalódottan a szolga. - Pedig én mindent megtettem.

- De igen, csak most pihensz egy kicsit.

Leült a helyére, csak most érezte a két nap fáradalmait. Hat vezér ülte körbe a kellemes meleget árasztó tüzet. Zoltán körbejáratta tekintetét rajtuk. Remélte, hogy nem sokáig fog tartani a tanácskozás.

- Azt hiszem, ma nem sok megbeszélni valónk van. Szolákkal bejártuk a környéket. A kiküldött felderítők pontos munkát végeztek, a beszámolójuk helytálló, ahhoz nem tudok semmit hozzáfűzni. Van egy tervem, de arról még korai lenne beszélni. Van valakinek valamilyen ötlete, hogyan csalogassuk ki a bolgárokat a várból?

A vezérek tehetetlenül tárták szét a karjukat. Csak Szolák ült nyugtalanul.

- Valamit mondanom kell Taksonyról! - állt fel Tormás, a székelyek vezére.

- Majd a tanácskozás után. - intette le gyorsan Zoltán.

Biztos bolt benne, hogy Rebeka titkát akarja felfedni. Még nem jött el az ideje, annak, hogy levegye fiú ruháit. Az egyetlen sebezhető pontja a magyar seregnek, illetve annak vezérének, a hercegnő jelenléte! Ahogy az ő kémei bejutottak a bolgárok közé, úgy valószínű, hogy az elleneg is becsempészte embereit közéjük. Ha Zalán tudomást szerez Rebekáról, mindent megfog tenni az elrablásáért, ezzel kényszerítve a magyarokat olyan feltételek elfogadására, ami a bolgároknak megfelel, de a magyarok számára egyenlő a vereséggel. Ezért nem engedheti meg a székely vezérnek, hogy szóhoz jusson. Majd négyszemközt hallgatásra bírja. Zoltán a fészkelődő Szolákra nézett. A férfi szemével a bejárat felé intett. Egy bolgár ruhába öltözött férfi mosolygott a jurta bejáratában, izgatottan egyik lábáról a másikra állt.

- Miért nem szóltál, hogy megérkezett a futár? - förmedt szolgájára Zoltán. - Gyere be! - szólt a toporgó férfira.

Szeme megakadt a feszülten figyelő lányon. Innen biztosan nem fog megszökni, a kíváncsiság itt fogja tartani. Rebeka észrevette, hogy a férfi őt nézi, halványan elpirult, felszegte dacosan az állát és elfordult.

- Olyan jó hírem van, hogy ha meghallod, táncra perdülsz! - lépett Zoltán elé a futár.

- Mondd! - biztatta Zoltán. Arcán diadalmas mosoly suhant át, szemét levette a duzzogó lányról, végre sikerült olyan helyzetet teremtenie, ahol Rebekának hallgatnia kell.

- A cár felesége és két gyermeke is a csapdában van!- harsogta a férfi. - De nem csak ők, a bolgár nemesség jó néhány tagja családostól!

Zoltán izgatottan felugrott és örömében megölelte a hírhozót, nem sok hiányzott ahhoz, hogy valóban táncra perdüljön.

- Most már tudom, hogyan csalogassam ki az ellenséget a várából!

Szolák és Bulcsú némán bólogatott, a többi vezér kíváncsian várta a magyarázatot.

- Követeket küldök a cárhoz, tisztességes összecsapást ajánlok neki. Ha hajlandó megütközni velünk itt a síkon, akkor a harc végén bántatlanul elvonulhatnak.

- Ezt nem teheted! - kiáltott fel Rebeka.

- Szóltál? - kérdezte szúrós szemmel Zoltán.

A vezérek megütközve néztek a magáról megfeledkező szolgára. Szolák felszisszent, szemével csendre intette a lányt, aki szégyenében szeretett volna a föld alá süllyedni.

- Bocsáss meg, megfeledkeztem magamról. - suttogta lehajtott fejjel.

Zoltán megsajnálta a lányt, szerette volna elmondani, hogy Zalánt nem engedi elmenni. Nem csak Rebekának van elszámolni valója vele, hanem neki is, amiért Alpárnál becsapta Árpádot és gyáván elmenekült. De ezt most nem mondhatja el neki.

- Jobb lenne harc nélkül elengedni őket, ha megadják magukat. - állt fel Torda vezér.

- Azt már nem! - kiáltották egyszerre a magyar vezérek. - Csak álljon ki elénk és mutassa meg, hogy a bolgárok harcosok nem gyáva nyulak!- füstölgött Gyula. - Dévánál, amikor ártatlanokat mészároltak le, nem adtak nekik lehetőséget arra, hogy békében elvonuljanak!

- Ez igaz. - visszakozott Torda, állát simogatva zavartan.

- Ha nem akarnak kijönni a síkra, akkor mit teszünk? - kérdezte Szolák.

- Akkor azt tesszük, amit Gyula javasolt a minap. Azzal a különbséggel, hogy nem nehéz nyílvesszőkkel, hanem tüzes nyilakkal fogjuk lőni őket.

- Ezt tudatja velük a követ?

- Természetesen. Szerintem ez jobb belátásra bírja őket. Ha nem hajlandók kiállni ellenünk, akkor senki sem hagyja el élve a várat. Kérdés?

A vezérek helyeslőn bólogattak, de senki sem állt fel szólásra.

- Tormás te a székelyekkel még ma átmész a Duna másik oldalára. A gázlót nagy erőkkel véditek, harcosaid felét oda állítod. Éjjel-nappal készen álltok, senkit sem engedhettek át! A többi harcos a part menti bokrokban helyezkedik el, hosszú láncban, egészen a két folyó összefolyásáig. Szolák ugyan ezt teszi a Száva túlsó partján. Botond te leszel a követ. Kora hajnalban indulunk, de nem megyünk be a várba. Már tapasztaltuk, hogyan fogadják a bolgárok a követeket. Kérdés?

Mivel senki sem emelkedett szólásra véget vetett a tanácskozásnak.

- Tormás most elmondhatod, amit az elején akartál. - állította meg a bejáratnál a férfit.

- Tudnod kell, hogy az a fiú lány. - mutatott Rebeka felé a vezér.

- Igen tudom. Miért kiabáltál vele?

- Amikor megtudtam, hogy nő, haza akartam küldeni, de ő nem akart menni.

- Ki tud még erről?

- Csaba meg a szolgája. A fiú szólta el magát.

- Szóval Csaba is itt van. - dörmögte Zoltán, szemével a lányt kereste.

Rebeka elmélyülten beszélgetett Hunorral a jurta másik végében.

- Ideküldjem őket? -kérdezte kárörvendő mosollyal Tormás.

Ennek valami baja van a fiatal székellyel, gondolta a visszataszítóan örvendező férfira nézve. De téved, ha azt hiszi, felhasználhat bármire Csaba ellen.

- Nem kell. Azt akarom, hogy Csaba vigyázzon a gázlóra. Alpárnál bebizonyította rátermettségét.

- Ismered? - meredt rá a férfi.

- Nem! Mondanom sem kell, hogy tartsátok a szátokat a lánnyal kapcsolatban! - dörögte fenyegetőn Zoltán. - Elmehetsz!

A férfi gyorsan elhagyta a jurtát. Zoltán összehúzott szemmel nézett utána. Hát nem lehet könnyű dolga Csanádnak, ha ilyen sunyi vezérei vannak!

- Elkészítettem a fekhelyedet, jó éjszakát uram. - köszönt el mélyen meghajolva Hunor.

Mellette Rebeka állt, szája szélét rágva, tétován. Szeretett volna minél előbb kint lenni. Félt a férfi haragjától, ami akár hogy is nézzük jogos volt, ismerte el magában.

- Jó éjt Hunor. Te itt maradsz! - fogta meg a lány kezét, aki kiakart osonni mellette.

Leengedte a bejáratot takaró nemezt, leültette Rebekát a tűz mellé és hátra tett kézzel fel-alá járkált némán a félhomályban. A lány a szőnyeg rojtjait gyűrögette zavarában. Szólalj már meg! - biztatta magában Zoltánt. De a férfi, mintha megfeledkezett volna róla lehajtott fejjel járkált.

Rebeka nem bírta tovább, felugrott és férfi elé állt.

- Hordjál le a sárgaföldig, igazad van! Utána engedj el és te is, pihenjél, rád fér!

Zoltán úgy meredt rá, mintha most látná először. Valóban megfeledkezett róla egy pillanatra. Végig gondolta döntését a csapatokkal és a bolgárokkal kapcsolatban.

- Bocsáss meg, egy kicsit elkalandoztam. - átölelte a lány derekát és magához húzta. - Olyan jó, hogy itt vagy velem. - súgta a fülébe.

Rebeka szorosan hozzá simult. Nem erre számított. Két karjával boldogan ölelte magához szerelmesét. Kintről halk vezényszavak szűrődtek be, tompa lódobogás kíséretében. Zoltán egy pillanatig figyelt a zajokra. Megnyugodott, hogy minden a terv szerint halad, a csapatok elindultak.

- Parancs teljesítve. - suttogta maga elé.
- Igen, de miért suttogsz?
- Tudod mindig, ezt mondtuk apának, ha valamit végrehajtottunk, amit megparancsolt.
- Akkor neked miért nem mondják a vezéreid, ha végrehajtanak egy parancsot?
- Talán azért, mert ez az első alkalom, hogy én vezetek egy ilyen nagy sereget. Eddig nem egyedül kellett döntenem, mindig ott volt Apám, vagy valamelyik vezére. Ők kiadták a parancsot én végrehajtottam, vagy hajtattam. Most bizonytalan vagyok, hogy helyesen döntöttem, vagy valami helyrehozhatatlan hibát követtem el.
- Ismerem ezt az érzést. Amikor Márton meghalt, nekem kellett döntenem, hogy elbújunk a bolgárok elől, vagy őrizzük a gázlót.
- Elmeséled nekem, merre jártál?
- Igen, de nem most. A múlt éjjel biztosan nem sokat aludtál, pihenned kell. Én most szépen visszamegyek a helyemre.
- Nem mész sehová!
- Csak nem képzeled, hogy itt fogok aludni veled?- kiáltotta mérgesen a lány.
- Miért Csabával aludhattál egy sátorban, velem, a vőlegényeddel nem?
- Ezt honnan tudod? - hápogta a lány.
- Szóval igaz! - lehajolt a hamvadó tűz mellé és néhány száraz ágat tett rá. Nézte a fehéren gomolygó füstöt, mely a jurta tetején tátongó nyíláson kiszállt a szabadba. Néhányszor megfújta a parazsat, hogy a fa begyulladjon. Apró lángnyelvek nyaldosták körbe az ágakat, mintha ízlelgették volna, mielőtt elhamvasztják őket. Zoltán felállt a már

ropogó tűz mellől, Rebeka némán állt a tüzet nézve.

- Igaz, de nem úgy, ahogy te gondolod. - felelte csendesen. Szép arcát pirosra festették a lángok. Zöld szemét lassan Zoltánra emelte.

- Gyere ide és mond el. - kérte Zoltán, kezét a lány felé nyújtva.

- Egy feltétellel! - emelte fel dacosan az állát.

- Nekem te ne szabjál feltételeket!

- Úgy? És miért ne? Te két lánnyal járod a világot, de engem kérdőre vonsz! Hát tudd meg, hogy valóban együtt voltam Csabával, de nem sátorban, hanem szobában!- mondta hercegnői felsőbbséggel.

Zoltán nem tudta, hogy nevessen, vagy mérgelődjön a lány válaszán és viselkedésén. Végül a féltékenység győzött.

- Rosszabb vagy, mint egy cselédlány, hercegnő!- legyintett gúnyosan.

Rebekát mélyen sértették a férfi szavai és mielőtt Zoltán tudta volna, mire készül, hatalmas pofon csattant az arcán.

- Hogy merészelsz ilyet feltételezni rólam!- simított végig sajgó tenyerén a lány.

Zoltán egyik kezével elkapta a lány mindkét kezét, és szorosan tartotta, a másikkal felemelte az állát. Rebeka már hallotta a csattanást az arcán. Szorosan összezárta száját, becsukta a szemét, és várta az ütést. Zoltán elmosolyodott a lány hősiességén, ahelyett, hogy védekezett volna, odanyújtotta szép arcát.

- Nem ütök meg nőt! Főleg az arcát nem, mondjuk azt a formás fenekedet, szívesen kiporolnám, de nincs értelme. A dolog már megtörtént. - kedvetlenül elengedte a lányt és elfordult tőle. Kegyetlenül fájt, amit a lány mondott, nagyon szereti, de nem fog elvenni olyan lányt, aki már másnak adta magát.

- Menj a sátradba! - parancsolta, de nem nézett rá.

- Én már válaszoltam, most te jössz! - figyelmeztette a férfit, amint magához tért a meglepetéstől, hogy a férfi nem adta vissza a pofont.

Nézte a férfi széles hátát, már megbánta, amit mondott, de a büszkesége nem engedte, hogy addig magyarázkodjon, amíg Zoltán el nem mondja, miért vitte magával a két lányt?

- Válaszolj, és ne fordíts nekem hátat! - próbálta méregbe lovalni magát, de arcán már peregtek a félelem könnyei.

Most értette meg mit mondott Zoltán. Elengedte, ha most elmegy mindennek vége közöttük. Zoltán lassan megfordult, tekintetük egymásba kapcsolódott.

- Kérlek, válaszolj. - suttogta a lány, sírásra görbülő szájjal.

- Izabella egy árva lány, az erdész vette magához, de nem tudott gondoskodni róla, ezért megkért, hogy keressek neki egy családot, aki befogadja, vagy egy férjet.

- Csaba elvette feleségül. - mondta csendesen Rebeka.

- Micsoda? A te...- nem fejezte be.

- Soha nem nyúlt hozzám! - mondta határozottan a lány.

- Azt mondtad, együtt aludtatok!

- Nem! Azt mondtam, együtt voltunk, de nem úgy, ahogy te gondolod!

- Szóval nem történt semmi? - ragyogott a férfi arca.

- Virág! - mondta zordan Rebeka.

- Egymásba szerettek Preszlávval, de a lány szülei nem adták hozzá, és az a gyáva nem merte elrabolni, mert azt hitte, Virág nem akarja. - hadarta egy szuszra. - Szóval?

- Hogy szerethetett bele egy tömeggyilkosba? - háborgott Rebeka.

- Preszláv nem tömeggyilkos. A barátom.

- Lemészárolta Déva lakosságát. Ezt mesélte Izabella.

- Nem ő tette, de miért vitatkozunk ezen, amikor sokkal fontosabb dologra vagyok kíváncsi.

- Én már válaszoltam, csak te nem figyeltél. Miért vitted magaddal Virágot?

- Mit mondtál? - kérlelte Zolán.

- Azt, hogy egy ujjal sem nyúlt hozzám. Miért vitted magaddal Virágot? - követelte a választ, rezzenéstelen arccal.

- Mert féltem, hogy Preszláv megtámadja Aradot, hogy elvigye a lányt. Semmi közöm nem volt hozzájuk, hidd el. - mondta csendesen Zoltán. Közelebb lépet Rebekához és megfogta a kezét.

- Szent a béke?

- Igen! - felelte a lány, kezét végig simítva a férfi arcán vörösödő folton.

- Mond, miért kell nekünk veszekedni, ha nagy ritkán találkozunk? Miért nem tudjuk csendesen megbeszélni a gondjainkat, mint más normális emberek? - kérdezte Zoltán, magához ölelve a lányt.

- Mert mi nem vagyunk normális emberek! - kacagott Rebeka.

A hajnal első sugarai lassan belopóztak a jurta homályába. Egy korán kelő madár álmos hangon belerikkantott a hajnali csendbe.

- Végig veszekedtük az éjszakát és te semmit nem pihentél. - mondta Rebeka.

- Nem baj. Az a fontos, hogy tisztáztuk dolgainkat. Nagyon szeretlek.

- Én is szeretlek, de ez nem pótolja az alvást. - bújt álmos szemmel a férfi karjaiba. - Látod mi is együtt voltunk egész éjjel és nem történt semmi erkölcstelenség!

- Nem rajtam múlott! - felelte mosolyogva Zoltán.

- Olyan sok mindent szeretnék megtudni rólad. - siklott át a kényes kijelentésen diplomatikusan a lány. Piruló arcát, mely elárulhatta volna, Zoltán vállgödrébe fúrta.

- Menj a sátradba, aludj egy kicsit.

- Azt mondtad, veled maradok! - kapta fel a fejét.

- Aludnod kell Kicsim. - simogatta meg a lány fáradt arcát.

- Nem! Te sem aludtál már két napja. Veled maradok! Különben is szolgád vagyok, rendelkezz velem uram! - mondta mókázva Rebeka.

- Te mondtad! - megfogta a lány állát és megcsókolta.

- Nem erre gondoltam, de nem rossz! - felelte kifulladva a lány. - Minden szolgáddal ezt csinálod? - kérdezte csibészes mosollyal.

- Eddig nem, de amíg mellettem leszel, számíthatsz rá!

- Ez ígéret, vagy fenyegetés?

- Mindkettő!

366

Mielőtt folytathatták volna, Hunor szólította Zoltánt a jurta bejárata előtt.

- Felébredtél uram?

Zoltán könnyű csókot nyomott a lány ajkára és a bejárathoz lépett.

- Gyere be.

Az idős ember csodálkozott, hogy fiatal utódja már ott van. Zoltán rákacsintott Rebekára, majd szenvtelen arccal kiadta utasításait mindkettőjüknek.

- Taksony a sátradat hozasd ide az enyém mellé, még ma. Hunor, ezentúl csak akkor lesz dolgod, ha itt leszek. Taksony fog elkísérni, bárhova megyek. Kivéve a csatába! - nézett a lány ragyogó szemébe, mely az utolsó mondatnál elkerekedett. - Nem akarom, hogy egy tapasztalan fiú elvonja a figyelmemet. Nem állíthatok melléd egy csapatot, hogy vigyázzon rád, a harcok kellős közepén! Ezt beláthatod. - mondta egy kicsit enyhébben Zoltán. - Gondoskodom róla, hogy teljes biztonságban nézhesd végig a harcokat.

Rebeka beleegyezően bólintott. Hunor értetlenül meredt vezérére. Meglepte ez a különleges bánásmód, amivel Zoltán ezt a vézna gyereket kezelte.

- Taksony nyergeltesd fel lovainkat és küld be Botondot! - mondta pattogó hangon a vezér.

Rebeka egy pillanatig csodálattal nézett rá. Ezt az oldalát eddig még nem ismerte. Most olyan volt, mint Árpád, kemény és határozott.

- Na, mire vársz? - fordult a tétovázó lány felé.

Rebeka gyorsan kiszaladt a jurtából, hogy teljesítse a parancsot. Zoltán vonásai meglágyultak, ahogy a lány után nézett. Örült, hogy megtalálta. Rebeka mielőtt a karámba levő lovakhoz ment volna, megkereste Botond jurtáját és beszólt neki, hogy Zoltán várja. Amíg a lovakat őrző harcos felnyergelte a vezér gyönyörű fekete lovát, addig Rebeka a sajátját készítette fel az útra. Eszébe jutott, hogy előző este nem beszélt Szolákkal, pedig szeretett volna hallani az apjáról. Csabának sem üzente meg, hogy ezentúl Zoltánnal marad. Tormás biztosan megmondja neki, gondolta megnyugodva.

- Te vagy az új szolgája a vezér fiának? - kérdezte a férfi, aki közben elkészült Zoltán lovával. - Hogyan sikerült oda kerülnöd? Én is szerettem volna mellette lenni, de ő ragaszkodott Hunorhoz. Azt mondja az öreg, hogy ilyen jó gazdája még soha sem volt. Csak már egy kicsit fárasztó számára, hogy olyan mozgékony Zoltán. Mesélte, hogy a legváratlanabb pillanatban adja ki a parancsot az azonnali indulásra. Lehet hajnal, vagy éjszaka Zoltán gondol egyet és ellovagol. Soha nem lehet tudni, hogy hova mennek, és meddig lesznek. Mindennek szeret utána járni, ezért szerettem volna a szolgája lenni.

- Nem tudom miért engem választott? - állította le a szóáradatot Rebeka.

- Ki vagy te és honnan jöttél?

- Taksony a nevem és székely vagyok. De most már mennem kell.

Elvette tőle Zoltán lovának kantárát és mind két lovat, kivezette a karámból. Azt még hallotta, hogy a férfi felháborodottan motyogott.

- Egy idegent vesz maga mellé, amikor itt vagyunk mi magyarok!

Rebeka elmosolyodott a zsörtölődésen. Szemét végig járatta a hajnali párában fürdő tájon. A vezér jurtája előtt volt egy nagy tisztás, amely mellett ellátott a távolban meredező várfalakra. Vajon mikor kezdődik? Igazság szerint az öldöklést kihagyta volna, elege volt belőle Alpárnál, de látni akarta, minden kétséget kizáróan, hogy Zalánt elérte megérdemelt végzete. Csak akkor lehet biztos benne, ha látja, hiszen a magyarok közül senki sem ismeri. Ott volt a példa Alpárnál. Árpád azt hitte, a vezért győzte le, Zalán mégis él. Már nem ragaszkodik hozzá, hogy saját kezével végezzen vele, bár szerette volna látni annak a gyilkosnak a képét, amikor beledöfi a kardját. Mielőtt meghal, tudnia kell, hogy Alexandráért kell meghalnia.

- Sokkal gyorsabban kell teljesítened a parancsaimat! - förmedt rá Zoltán.

Rebeka azonnal visszatért a valóságba, e zord hang hallatán. Mérgesen felnézett vezérére, aki időközben átöltözött. Már nem az az egyszerű ruha volt rajta, amit előző nap viselt. Fején aranynyal díszített csúcsos süveg volt, kaftánja sötétzöld selyme feszült izmos vállain. Karcsú derekán széles, aranyveretekkel ékesített öv volt, melyen arany berakásos szabja és ugyan olyan díszes tőr markolata verte vissza a nap halványsárga sugarait. Büszke fény csillant a lány zöld szemében, amikor befejezte a vizsgálódást és a férfi barna szemébe nézett.

- Csinos vagy uram! - csúszott ki a száján.

Gyorsan maga elé tolta Zoltán lovát, hogy az ott ácsorgó vezérek ne lássák tűzpiros arcát. Zoltánnak jólestek a lány dicsérő szavai. Felugrott lova hátára, intett Rebekának és Botondnak, hogy kövessék. Nándorfehérvár felé vették útjukat. A vezér és a követ haladtak elől, mögöttük Rebeka, két zászlóvivő között.

- Mondjátok, miért van a magyaroknak két zászlója? - tudakolta a társaitól.

Már az Alpári csata után szerette volna megkérdezni, de nem volt rá lehetősége.

- A vezér szolgája vagy és még ennyit sem tudsz? - mordult rá az egyik.

- Azért még válaszolhatsz, mert irigy vagy rám!

A férfi felhördült, már éppen egy vaskos visszavágáson törte a fejét, amikor a másik lovas csendesen válaszolt a lány kérdésére.

- A háromszögletű a turul nemzettség zászlaja, nézd, rá van hímezve a turulmadár. - kicsit lejjebb engedte a zászlót, hogy a lány láthassa a madarat.

- A piros-fehér sávos lobogó a magyarok összességét jelképezi. Ez a magyar zászló.

- Köszönöm. - mondta kedvesen a harcosnak Rebeka. – Na, látod, te nagyokos, ennyi lett volna az egész! Vagy lehet, hogy te sem tudtad? - nézett a másikra gúnyosan.

A vár közelében megállította a menetet Zoltán. A nap koronája éppen akkor emelkedett a fák levéltelen csúcsa fölé, beragyogta a rét harmatos füvét, az előttük meredező komor falakat. A mellvédek fölött megcsillantak a bolgár harcosok süvegét díszítő veretek. A lovak patái türelmetlenül kaparták a földet. Fejük felett hangosan csattogott a zászló a feltámadt szélben. Rebeka úgy helyezkedett, hogy a két vezér között láthassa az előttük elterülő füves síkot és az erődítmény bejáratát. Szíve hevesen dobogott. Hiszen ilyen élményben még soha nem volt része. És nem is lesz többet, ebben biztos volt. A két vezér magabiztosan, egyenes háttal ült a nyeregben, csak a lovak hosszú sörényét lobogtatta a szél. Kis idő múlva kitárult a vár kapuja és hat díszes ruhába öltözött lovas léptetett ki rajta. Elöl egy vékony testalkatú, ráncos képű férfi haladt. Ruháját pazar arany hímzések díszítették. Fegyverei veretein, még a nap fénye is elcsodálkozott, egy pillanatig ragyogó fénnyel burkolta be viselőjét a visszatükröződő fény. Rebeka mellett a két férfi babonás félelemmel suttogott valamit. Így születnek a legendák, gondolta Rebeka. Szerette volna látni Zoltán arcát, őrá vajon hogyan hat a jelenség? De arcélének csak egy részét láthatta. Zoltán rezzenéstelen arccal nézett előre, tartása ugyan olyan méltóságot sugárzott, mint a fényjáték előtt. A bolgár küldöttség közelebb ment hozzájuk Rebeka újra rájuk fordította figyelmét. Az idős ember a cár, gondolta. A róla terjengő hírek alapján pont ilyennek képzelte el. A cár emberséges uralkodó hírében állt, szerette népét és családját. Nem szeretnék a cár helyében lenni, előtte ez a sok ezer ellenség, mögötte meg a családja. Szinte megsajnálta az uralkodót. Szeme a mellette pöffeszkedő férfira siklott és majdnem felkiáltott örömében. Zalán volt! Zoltán felemelte karját, üdvözlés képen. Simeon ugyan olyan mozdulattal válaszolt. Botond előre léptetett és a közöttük levő távolság felénél megállt. Zalán a cár bólintása után a magyar vezér felé indult. Zoltán hozhatott volna több harcost is, gondolta Rebeka, amint meglátta a falakon mozgolódó bolgárokat. Ha megtámadják őket ott halnak meg mindannyian a mezőn. Íját és tegezét keze ügyébe helyezte, ha a bolgárok kinyitják a kapukat és elindulnak ellenük, nyilát Zalán szívébe lövi, az biztos! Utána nyugodtan fog meghalni, teljesítette fogadalmát.

Zoltán meghallotta háta mögött a neszezést és anélkül, hogy fejét elfordította volna suttogva hátra szólt. - Maradjatok nyugton!

A két tárgyaló férfi nyugodtan ült a nyeregben, hangjukat elvitte a szél, nem lehetett hallani egyetlen szót sem a beszélgetésből. Rebeka csodálta ezeket a férfiakat, magyarokat és bolgárokat egyaránt. Életről és halálról döntenek, több ezer ember élete a tét és olyan nyugodtan ülnek a lovak hátán, mintha csak a várható termésről beszélgetnének. Benne a feszültség már- már elviselhetetlen volt. Ott van előtte néhány lépésre halálos ellensége, és neki itt kell ülni rezzenéstelenül, tehetetlenül! Hogy levezesse feszültségét, lova sörényét tekergette ujjai köré. Zalán gúnyosan elhúzta a száját, Rebeka szinte megdermedt ettől. Akkor látta ezt a visszataszító mosolyt, amikor Alexandra nemet mondott neki, sok, sok évvel ezelőtt. Akkor is így nézett édesanyjára, amikor kardját a szívébe döfte. Soha nem felejti ezt az arcot, álmaiban mindig kísértette. Olyan erős vágyat érzett, hogy oda rohanjon és megölje, hogy csendesen felzokogott, amiért nem teheti. Zoltán meghallotta a lány sírását, de nem szólt rá. Megértette, mit érez most Rebeka, de a bosszúra még várnia kell! Zalán arcáról úgy eltűnt a mosoly mintha letörölték volna. Most tudta meg, hogy rájuk gyújtjuk a várat, ha nem állnak ki ellenünk, gondolta Zoltán elégedetten. A két férfi fejet hajtott egymás előtt, megfordultak és vezéreikhez mentek. Botond amint hátat fordított Zalánnak, elégedetten mosolygott. Szó nélkül elfoglalta előző helyét. Zoltán ugyan úgy köszönt el a cártól, mint amikor jöttek. Az uralkodó visszaintett és a két csapat elhagyta a mezőt.

- Láttad azt az öntelt hólyagot? - kérdezte a tábor közelében Botond. Eddig szótlanul ügettek a biztonság felé.

- Láttam. - felelte Zoltán, lopva a lányra nézett.

Rebeka a száját rágta, szemében ott csillogtak a tehetetlenség utolsó könnyei.

- De aztán már nem volt olyan felfuvalkodott, amikor megmondtam neki, hogy tudunk a magas rangú vendégekről és családjukról, akik a várba szorultak. Amikor megfenyegettem, hogy rájuk gyújtjuk ezt a tákolmányt, akkor szemében felfedeztem a félelmet. Ecseteltem előtte lehetetlen helyzetüket, megemlítettem a túlparton várakozó íjászokat. Úgy szorította a kantárt, hogy satnya ujjai belefehéredtek! - tört ki belőle a harsogó nevetés.

- Jól van, tovább!

- Holnap hajnalig adtam gondolkodási időt, ahogy mondtad. Ha nem lesznek ott, harcra készen mire a nap fel kell, akkor rájuk gyújtjuk a várat.

- A szabad elvonulást felajánlottad nekik?

- Igen, fel is csillant a szeme!

- Ő nem fog elmenni innen élve! - sziszegte Rebeka.

- Elmehettek! - szólt kíséretének Zoltán.

Megragadta a lány lovának kantárát és a jurtája felé vette az irányt. Ott leugrott a nyeregből, már indult, hogy lesegítse a lányt, de még időben észbe kapott. Hunor a jurta előtt várta őket.

- Mond meg a vezéreknek, hogy várom őket!

Amint kettesben maradtak, Zoltán megállt a még mindig remegő lány előtt. Felemelte az állát, letörölte a zöld szemekben összegyűlt könnyeket és magához szorította.

- Sajnálom, hogy elvittelek magammal. - simogatta a lány a haját.

- Olyan szörnyű volt! Újra felidézte bennem azt a szörnyűséget. - suttogta elcsukló hangon.

- Nyugodj meg kicsim! Holnap vége lesz a lidércnek. Megígérem neked, mielőtt szívébe szúrom szablyámat, tudatom vele kiért állok bosszút!

- Nem lehet, hogy én tegyem meg? - kérdezte reménykedve a lány.

- Nem! Téged biztonságban akarlak tudni.

- Szeretném. - suttogta zöld szemét könyörgőn a barna szemekbe kapcsolva.

- Rebeka. Most hallgass meg anélkül, hogy közbe szólnál. Te itt nem lehetsz más, csak Taksony! Gondolj bele, ha Zalán tudomást szerezne arról, hogy te itt vagy és tudná, hogy milyen kapcsolat fűz hozzám, a magyar seregek vezetőjéhez, szerinted mit tenne?

- Elrabolna, és olyan feltételeket szabna, ami a vereségünket jelentené. Bocsáss meg, erre nem gondoltam. Ahogy mi felhasználjuk fegyvernek a bolgár vezérek családját, úgy ő is ezt tenné veled. Azzal a különbséggel, hogy engem az első pillanatban megölne.

- Kicsi lány még ma elmész Szolákhoz, ő biztosan nagyon fog rád vigyázni.

- Miért nem a székelyekhez küldesz? Az avarok fel fognak ismerni.

-A székelyekhez nem!- vágta rá gyorsan a férfi. Ott van Csaba, gondolta és az ördög nem alszik, de ezt nem mondta ki.

- De buta vagy Nagyvezér!- nevette el magát Rebeka.

- Ezt még senki sem merte szemtől szembe mondani kivont kard nélkül!

Rebeka hátra lépett, kezét kardmarkolatára tette.

- Ezen ne múljon! - felelte csibészes mosollyal.

- Ne játssz velem te lány, mert megbánod! - állt elé Zoltán, kezét Rebeka csuklójára tette, lefogta, mielőtt kiránthatta volna a kardot.

- Te is játszottál velem, amikor, az öreg tölgyfa alatt megvívtunk egymással.

- Mikor jöttél rá? - nevetett Zoltán.

- Még ott, amikor megkarcoltalak és visszavágtál. Alig tudtam kivédeni, úgy éreztem leszakadt a karom. Akkor döbbentem rá, hogy erőd egy töredéke elég lenne ahhoz, hogy egy pillanat alatt végezzél velem.

- Hízelgő, amit mondasz, de volt néhány megmozdulásod, ami megizzasztott. - ismerte be a férfi. - Olyan cseleket vetettél be, hogy csak néztem. Ha férfinak születtél volna, komoly veszélyt jelentenél ellenségeid számára.

- Hidd el, komoly ellenfél vagyok így is!- fenyegetőzött állát felszegve Rebeka.

Mielőtt a nevető férfi válaszolhatott volna, a bejáratnál megjelentek a magyar vezérek. A félreérthetetlen testtartásuk láttán egy pillanatra megtorpantak és tágra nyílt szemmel meredtek a két fiatalra.

- Gyertek csak! - elengedte Rebeka kezét, leült a helyére, de nem fűzött magyarázatot kettőjükre vonatkozóan.

- Holnap hajnalban elkezdődik a tánc. Ha az ellenség nem vonul fel ellenünk, akkor a tüzes nyilak kezdik a csatát. Amikor már minden lángokban áll, megkíséreljük a bejutást a várba. Senkinek sem kegyelmezünk, ha erre kerül a sor. Ha viszont a harcosok felveszik ellenünk a harcot és kivonulnak a síkra, akkor ugyan azt a harcmodort vetjük be, mint eddig bármikor. Akkor nincs mészárlás, akkor elvonulhatnak békében. A felállás a következő: Botond serege adja a derékhadat, Gyula lesz a jobbszárnyon, Bulcsú a balszárnyon. Megvárjuk, hogy ők foglalják el először a helyüket, utána felvonulunk, úgy hogy lőtávolon kívül legyünk. A többit tudjátok. Van kérdés? - mivel senki sem szólalt meg, folytatta. - A cárt és vezéreit élve akarom! - emelte fel a hangját. - De nem a ti életetek árán! Menjetek és készüljetek!

- Én mikor indulok? - kérdezte Rebeka, amikor magukra maradtak.

- Most! Elmegyünk a sátradba, összeszedjük, amire szükséged van, és utána elkísérlek Szolákhoz.

- El tudok menni egyedül is.

- Azt már nem! Hogy megint elszökjél!- horkant fel Zoltán. - Engem nem tudsz becsapni, mint a harcosaimat. Elviszlek Szolákhoz, legalább én is nyugodt leszek. Na, indulás! - csapott a lány fenekére.

- Hé, úgy látom már elmúlt a pofon helye és akarsz még egyet! - nevetett Rebeka, de apró lábait szaporán szedte Zoltán előtt.

A két folyó felől sűrű pára gomolygott a síkság felé, ahol a magyarok figyelték a bolgár tábort.

- Mindenképpen megvárjuk, hogy felszálljon a köd. - mondta Zoltán mogorván a mellette álló vezérnek. - Ebben a tejszerű fehérségben az orráig sem lát el az ember.

- Nyugodj meg fiam, amint fel kell a nap, szétoszlik. - felelte Gyula.

A vezérek az élen, mögöttük harcra készen várakozott a magyar sereg. Zoltán nyugtalanul ült a nyeregben. Nem csak az nyugtalanította, hogy az első komoly csatáját készül megívni, valami rossz előérzet bujkált benne. Csak nem Rebeka szökött el megint? Nem, az most jó helyen van, hessegette el a gondolatot. De akkor mi nyugtalanítja?

- Egy csapat azonnal fésülje át a mezőt, egészen a várig! - parancsolta.

- Mi történt? Hallottál valamit? - kérdezte Gyula.

- Valami azt súgja, hogy ez a ravasz Zalán forral valamit. Lehet, hogy a ködöt használja fel a támadásra. - olyan erősen nézett előre, hogy könnybe lábadt a szeme.

- Miből gondolod?

- Rebeka elmesélte hogyan támadták meg őket a Tisza-parton. Akkor is ilyen idő volt.

- Nem hiszem, hogy olyan bolond lenne, hogy a karjainkba szalad. - legyintett Gyula.

A keleti ég felől halvány derengés jelezte a nap ébredését. Ez a halvány fény csak arra volt jó, hogy megvilágítsa előttük a köd fehér falát. Néhány kiküldött harcos rohant a vezérek felé, egymás szavába vágva mondták el mit láttak.

- Egyszerre csak egy beszéljen. - förmedt rájuk Zoltán.

- A bolgárok itt vannak előttünk! - lihegte futástól kimerülten az egyik harcos.

- Mennyien vannak?

- Sokan!

- Hogy jönnek?

- Gyorsan!

- Nem úgy gondoltam. - mosolyodott el Zoltán. - Egymás mögött, vagy szélesen egymás mellett?

- Egymás mellett. - felelte egy most érkező harcos. - Amikor megláttam őket végig szaladtam a soraik előtt és még azon is túl, ahol ellenséget láttam.

- Jóval szélesebb sávban jönnek, mint ahogy mi most felálltunk? - kérdezte Zoltán nyugodt hangon. Most, hogy tudta honnan fenyegeti veszély a sereget, visszanyerte hidegvérét. - Gyula, Bulcsú húzzátok szét a seregeiteket. Botond az embereid felét küld hátra a tábor védelmére! Szablyákat a kézbe, az íjjakkal most nem megyünk semmire! Gyorsan és csendben mozogjatok!

Amint vezérei eltűntek a fehérségben, Zoltán csendesen kihúzta ívelt szablyáját és az előttük álló csatára gondolt. Vajon Zalán a teljes sereget bevetette, vagy csak egy részét? Igaz, hogy kivonultak a várból, de orvul támadnak, és ezzel felrúgták a megállapodást. Nem fogja leállítani harcosait, ha a végén mészárlásba megy át a csata. Gyenge szellő simított végig az arcán, mintha egy puha lány kéz tette volna. Zoltán elmosolyodott, milyen jó, hogy Rebekát biztonságban tudja. A szél az ellenség felől fújt. A magyarok szempontjából ez előnyt jelentett, mivel a lovak jelezni fogják, ha a bolgárok elég közel lesznek. Mint egy végszóra, Zoltán lova felkapta a fejét és nyugtalanul mozgolódott. A nap melege és egy erősebb széllökés megemelte a ködfüggönyt, amely láthatóvá tette a közeledő lovak lábát. Zoltán intett a mögötte álló kürtösnek, hogy adja meg a jelet a támadásra. A kísérteties csendben messze hangzón felharsant a kürt. Mintha egy fal omlott volna le, az addig néma mező csendjét fülsüketítő csatazaj töltötte be. Összecsattanó kardok fémes csörgése, magyar és bolgár kiáltások keveredtek a sebesültek jajgatásával. Mintha a nap is kíváncsi lett volna erre az embertelen öldöklésre, meleg sugaraival eloszlatta a mezőt takaró fehér leplet. Ragyogó fénye elárasztotta a csatateret. A bolgárok egy részének sikerült orvul megközelíteni a magyarok táborhelyét, mielőtt azok észrevették volna az ellenséget. De tervük dugába dőlt, mert nem az alvó tábort találták maguk előtt. Amint a kürt felharsant a bolgár sereg megdermedt. Ezt használták ki a magyarok és visszaverték őket a mező közepéig, mire azok felocsúdtak a meglepetésből.

A folyóparton Rebeka Szolák mellett állt, szemüket az áthatolhatatlan párafüggönybe fúrták. Minden csendes volt körülöttük. A madarak meleg fészkükben pihentek, a halak a folyó iszapjában várták, hogy a tavaszi napsugár felmelegítse a vizet. Rebeka megborzongott.

- Fázol? - kérdezte Szolák. - Menj a sátorba és vegyél fel valamit.

- Nem fázom! - tiltakozott a lány. - Egy szomorú reggel jutott az eszembe, amikor a bolgárok megtámadtak bennünket a Tisza-parton. Akkor is ilyen ködös idő volt. Valami azt súgja, hogy Zalán újra kihasználja, és a javára fordítja. Nem mondtam Zoltánnak, hogy ellenfele nem szereti a tisztességes harcot. Átmegyek és figyelmeztettem!

- Hát azt kétlem! - fogta meg a lány kezét Szolák. - Felnőtt, képzett harcos, tudd magára vigyázni!

- Hát nem érted? Ő csak a becsületes küzdelmet ismeri! - toppantott a lábával. De hiába rángatta a kezét, a férfi szorosan tartotta.

Mielőtt Szolák válaszolhatott volna, a reggeli csendben felharsant a csata kezdetét jelző kürt. Abbahagyták a hadakozást, és a túloldalt fürkészték. A lassan felszálló ködben egyre kivehetőbb volt a mezőn zajló veszett küzdelem. Ilyen messziről nem nyújtott olyan borzalmas látványt a lány számára, mint az Alpári csata. Eleinte csak az alakokat lehetett látni, később, amikor a nap rácsodálkozott a mezőre, már a ruhák színét is. A homályos alakok lovakká és emberekké váltak. Az összecsapó kardok és szablyák lapján megcsillant a fény, olyan látványt nyújtott, mintha apró csillagok szálltak volna a földre. Rebeka gyomra görcsbe rándult, amikor meglátta, milyen közel vannak a magyar táborhoz.

- Tudtam! - suttogta kétségbeesve. - Zalán ahelyett, hogy tisztességgel kiállt volna ellenük, orvul rájuk támadt!

- Most már beszélhetsz hangosan, egy szavadat sem értem! - mondta Szolák, de szemét nem fordította el a csatáról.

Rebeka száját rágva szorította a férfi kezét, nem is hallotta, mit mondott.

- Biztosan azzal vette rá a cárt erre az aljasságra, hogy elmesélte hogyan verték meg őket a magyarok. Ahogy én ismerem, még meg is toldotta néhány kitalált szörnyűséggel! Az öreg uralkodó amúgy sem állt valami bátor ember hírében. Elhitte Zalán minden szavát és engedélyt adott erre a tisztességtelen megmozdulásra.

- Egyre jobban visszaszorítják őket! - kiáltott fel a férfi megkönnyebbülten.

Újra kürt harsant. A magyar harcosok hátat fordítottak a csatatérnek és visszafelé lovagoltak. A bolgárok értetlenül álltak, majd üdvrivalgás kíséretében utánuk vetették magukat. Egy fehér lovon ülő vezér vadul integetett feléjük, a kürtös hiába fújt megállást, ők csak rohantak a magyarok után.

A vízparton Rebeka és Szolák felismerték a kézzel-lábbal tiltakozó férfit. Zalán volt. De hiába osztogatta parancsait a megállásra, az ellenség menekülésén felbuzdult bolgár harcosokat nem tudta megállítani. A két fiatal egymásra mosolygott. Nem csak Zalán tehetetlensége derítette jobb kedvre őket. Alpárnál Árpád ugyan ilyen csellel csalta csapdába az ellenséget. Mellettük az avar harcosok döbbenten meredtek a túloldalra.

- Most adják fel, amikor a győzelem majdnem a kezükben volt?

- Gyertek vissza magyarok!

Ilyen és hasonló kiáltások hangzottak fel körülöttük. Rebeka feszülten figyelte Zalánt, aki hátra felé tekingetett, a menekülés útját keresve.

- Megint megszökik! - kiáltott fel a lány, a tétovázó bolgár felé mutatva.

- Figyelj! - ragadta meg a lány kinyújtott kezét Szolák.

Rebeka levette szemét a bolgárról, és az üldözést kezdte figyelni. A magyar derékhad folytatta a menekülést, de a jobb és balszárny lassított és szétszóródott a mezőn. Az üldözők nem foglalkoztak velük, tovább rohantak a magyarok vezére után. Amikor a bolgárok elrohantak a szárnyak mellett a szétszóródott harcosok újra csatarendbe álltak. Félkör alakzatot vettek föl, úgy hogy a bolgár seregek elől elzárták a várba menekülés útját és lassan az ellenség után indultak. Ekkor a kürtös hosszan belefújt kürtjébe, mire a menekülő magyar sereg megtorpant és a feléje vágtató lovasok ellen fordult. Újra felhangzottak a vad csatakiáltások. Az addig menekülők rátámadtak üldözőikre. A vágtató lovak patájának dübörgését felváltotta a már jól ismert csatazaj. Sebesült lovak fájdalmas hörgése keveredett a két nyelven káromkodó, üvöltő harcosok kiáltásával, segítségért könyörgő férfiak jajgatásával a kardok és szablyák éles csattogásával, amint újra összecsaptak. A félkörben közeledő szárnyak elérték a bolgárokat, akik kétségbe esve látták, hogy bekerítették őket. A kör bezárult körülöttük.

- Ettől félt Zalán! - lelkesedett Rebeka.

- Hol van most? - kérdezte Szolák, akit lenyűgözött a magyarok harcmodora és az hogy egyetlen kürtjelből tudták, mit kell tenniük! A verekedés lázában is képesek figyelni a jelekre és azonnal, hibátlanul végre hajtják a parancsot.

- A tömeg magával sodorta. Ott van a harcok kellős közepén. - felelte Rebeka kis idő múlva, amikor szemével megtalálta Zalánt. - Remélem, most már nem hagyják elmenekülni!

- Odanézz! - kiáltott fel Szolák a vár felé mutatva.

Az erőd falán fehér zászlót lengetett a szél.

- A cár megadta magát! - ujjongtak az avar harcosok.

A küzdőtér felől elnyújtott kürtszó hangzott. A magyarok lefegyverezték azt a néhány bolgár harcost, aki még hadakozott ellenük. Zoltán intésére elvezették a foglyokat, egy újabb kürtjelre csatarendbe fejlődtek és elindultak a vár felé. Egy csapat hozzálátott a sebesültek ellátásához. Mire a magyar sereg az erődítmény elé ért, Simeon a kapuban várta őket, majd felsorakoztatta harcosait a várfalak alatt. A zászlóvivő kezében a törzsi zászló helyett, fehér zászló volt.

- Szerinted mi fog most történni? - kérdezte Rebeka.

- Remélem, lemészárolnak mindenkit. - mondta közömbös hangon a férfi.

- De hiszen megadták magukat!

- Hát persze, miután már legyőzték őket. Nem jelent semmit a megadás. Orvul támadtak, ezért meg kell halniuk!

- Védtelen embereket becstelenség halomra gyilkolni! - kiáltott rá felháborodva a lány. - Már az is szörnyű, hogy te ilyen nyugodtan beszélsz róla!

- Jaj, Rebeka ne legyél már ilyen! Nem az a becstelenség, amit Zoltán fog tenni velük, hanem az, hogy a cár engedélyt adott az orvtámadásra! Ő tette a kést az ártatlanok torkára!- kiabált vissza a férfi.

Rebeka nem válaszolt. Körbenézett a harcosokon, akik a kiabálásra köréjük gyűltek. Arra számított, hogy legalább néhányan neki adnak igazat, de minden férfi helyeslőn bólintott, Szolák szavaira. Elfordult tőlük és mérgesen elindult a tábor felé. Az avar vezér utána nyúlt, elkapta a karját, magafelé fordította, és úgy megrázta, hogy összekoccantak a lány fogai.

- Te érzékeny bolond! Vedd már észre, hogy ez háború, nem játék!

- Milyen háború az, ahol asszonyokat és gyerekeket ölnek meg?

- Rebeka, egy vezér felelősséggel tartozik a védtelenek biztonságáért! - kezdte jóval szelídebben.

Leültette a lányt egy kidőlt fa törzsére, mellé telepedett és átölelte a vállát.

- Ne a győzőket hibáztasd, hanem a cárt, amiért olyan meggondolatlanul döntött.

- Lehet, hogy igazad van. De ha már a bolgár vezérek aljas gazemberek, miért kell a magyaroknak is azzá válni? Csak azért, mert győztek?

- Ez nem ilyen egyszerű. Gondolj bele, hogyan fogják ellenségei megítélni az olyan népet, aki nem torolja meg a rajta esett sérelmet? Azt fogják híresztelni róluk, hogy ellenük bármit meglehet tenni, olyan nyúlszívűek. Ezt te sem akarod?

Rebeka a fejét rázta, arcát tenyerébe hajtotta. Szolák csendben ült mellette, megvárta, hogy megeméssze a hallottakat.

- Ha hideg fejjel gondolkodom, akkor tudom, hogy igazad van. - mondta kis idő múlva a lány. Fejét felemelte és a messzeségbe nézett.

- A háborúban csak így lehet gondolkodni!

- Én nem akarok több háborút látni! Nem akarok több öldöklésben részt venni! - zokogta csendesen.

Szolák nézte a lány rázkódó vállát, és arra gondolt, hogy ő sem szereti a harcot, de sokszor rákényszerítik a népekre az öldöklést. Rebeka lassan megnyugodott. Két hüppögés között lebontotta a barna hajfonatot, levette süvegét és saját aranyszőke haját, szétterítette a vállán. Könnyektől ragyogó szemét a férfira emelte.

- Hazamegyek! - mondta határozottan.

- Végre! - sóhajtott Szolák.

Kezét a lány felé nyújtotta, segített neki felállni. Rebeka elfogadta a segítő kezet, felállt és csata színtere felé fordult.

- A kardodat nem veszed le? - kérdezte mosolyogva a férfi.

Szeme gyönyörködve siklott végig a lány karcsú alakján, szőke haján, melyet felkapott a szél. Gyönyörű teremtés, gondolta. Zoltán szerencsés, hogy ilyen kincset tudhat a magáénak! Nem úgy nézte, mint egy férfi a nőt, neki Rebeka olyan volt, mintha a kishúga és a legjobb barátja lett volna egyszemélyben.

- Nem! Arra még szükségem lehet!

Hangos kiáltások vonták magukra a figyelmüket. A folyóparton álló harcosok kiáltoztak. Elindultak megtudni a hangoskodás okát. Egy csónak szelte át a folyó vizét, benne két evezős és egy harcos foglalt helyet. Amint partot értek Gyula ugrott ki belőle.

- Hát te alaposan megváltoztál! - harsogta Rebeka felé. Tetőtől talpig megnézte a lányt, elismerése jeléül csettintett egyet. - Zoltán küldött érted!

Hangos nevetés kísérte a vezér szavait, még Rebeka is elmosolyodott.

- Mehetünk. - lépett a nagy szemeket meresztő férfi elé.

- Te belemersz ülni ebbe? - kérdezte a csónak felé mutatva.

- Persze, miért?

- Ha lány létedre nem félsz a háborútól, akkor miért is félnél egy ilyen gyomorkavaró tákolmánytól!- morogta Gyula.

- De úgy látom, hogy te félsz tőle! - kacagott csengő hangon a lány.

Jól van, lassan túlteszi magát a dolgon, gondolta megnyugodva Szolák. Két avar harcos tartotta a csónakot, hogy el ne sodorja az áramlás, amíg a lány és kísérője beleültek.

- Gyertek vissza a másik partra, vége a harcoknak. - adta át Zoltán parancsát Gyula, mielőtt a csónakba szállt.

Zoltán türelmetlenül várakozott a csónakra. Nyugtalanságának két oka volt. Félt, hogy Rebekának mégis sikerült elszöknie és belevette magát a harcokba, a másik ok az volt, hogy Zalán halálos sebet kapott. Szerette volna, ha a lány odaér, mielőtt a férfi megtér őseihez. Amint a csónak a part közelébe ért, lerohant, hogy megsürgesse a lányt. Rebeka a csónak orrában ült, szőke haját vadul cibálta a szél. A férfi egy pillanatra rajta felejtette a szemét, elfelejtette miért jött, elhalványult minden körülötte, csak a lány gyönyörű arcát, zöld szemét és lobogó aranyhaját látta. A csónak orra neki ütődött a partnak, az egyik harcos kiugrott és egy közeli fatuskóhoz kötötte a kötelet. Zoltán segített felhúzni a csónakot, hogy a benne ülők kiszállhassanak belőle. Belegázolt a sekély vízbe és felkapta Rebekát.

- Zoltán tegyél le! Mit fognak szólni a harcosok?

- Úgy látom újra lány vagy. Senki sem fog megbotránkozni azon, hogy a menyasszonyomat kisegítem egy ilyen bizonytalan tákolmányból, mielőtt a vízbe pottyan. - nevetett Zoltán.

- Hát ti nem ismeritek a csónakot? Mivel keltek át a folyókon?- kérdezte elképedve a lány.

Amikor Gyula berzenkedését látta, azt hitte az idős férfi fél a víztől. Most döbbent rá, hogy a magyaroknak ismeretlen a vízi jármű.

- A lovaink megbízhatóbbak ennél. - intett fejével a part felé.

Rebeka vidám kacagása messze hangzott a fodrozó folyó felett. Felértek a csata színhelyére. Zoltán még mindig karjaiban vitte a lányt.

- Tegyél le! - követelte Rebeka.

Amikor lába földet ért, végig nézett a mezőn. Halottak százai hevertek előtte. Bolgár és magyar harcosok feküdtek egymáson. A halálban megbékéltek egymással. A mező zöld füvét vörösre festette a harcosok elfolyt vére. Gazdátlan karok és lábak, üveges szemekkel néző fejek keveredtek, mély sebektől elvérzett lovak hullájával. Rebeka jókedve egy pillanat alatt elpárolgott. Megborzongott azon az iszonyatos vérengzésen, aminek a végeredménye a lábai előtt hevert. Zoltán átölelte a lány remegő vállát, gyengéden magával húzta a tábor felé. Rebeka nem tudta levenni tekintetét a földön heverő, természetellenes tartásban fekvő halottakról. Fiatal férfiak, akik alig kerültek abba korba, hogy harcosok lehessenek. Erejük teljében levő harcosok és tiszteletet ébresztő ősz hajú, tapasztalt, korosodó férfiak feküdtek élettelenül az élet megújhodását hirdető tavaszi mezőn. A letiport fűben százszorszép virágok, apró szirmai kandikáltak ki a halott testek alól. Rebeka iszonyodva fordult el a látványtól. Szeméből patakzottak a könnyek. A felhőtlen égre nézett és azokra az anyákra gondolt, akik soha többé nem láthatják fiaikat, férjeiket. Lányokra, akik kedvesüket várják vissza és helyette a halálhírük érkezik meg.

- Ez rettenetes. - suttogta összekoccanó fogakkal, remegve.

Zoltán meggyorsította lépteit, hogy minél előbb maguk mögött hagyják a csatateret. Amikor már a tiszta, harmatos füvön jártak, akkor is érezték a halál szagát. A folyó felől fúvó szél utánuk vitte a vér és a pusztulás szagát. A tábor közelében helyezték el a sebesülteket. Jajgatás, kiáltozás, levágott karjukat, lábukat sirató harcosok szívszorongató hangja keveredett a menthetetlenek halálhörgésével. Sámánok, táltosok sürgölődtek közöttük. Valamivel távolabb a sérült lovakat ápolták. Rebeka lerázta Zoltán kezét a válláról és a sebesültek felé indult.

- Hova mész! - szólt rá a férfi.

- Segítek ellátni a sebesülteket!

- Rebeka sürgősen látnod kell valakit!- húzta vissza a lányt Zoltán. - Gyere!

Szétnézett, amint meglátta, akit keresett, elindult a jajgató testek között, magával húzva Rebekát. A lány némileg megnyugodott, mert a sebesültek nagy része már fehér gyolcsba kötözve feküdt. A legtöbbjüknek hiányzott valamelyik testrésze. Bekötözött kar, láb csonkokkal feküdtek, a fehér kötéseken élénkpiros foltok éktelenkedtek. Zoltán megállt, a többiektől egy kicsit távolabb fekvő sebesült mellett.

Rebeka felsikoltott, amikor meglátta a férfi arcát.

- Zalán! - kiáltotta.

A bolgár vezér lehuny szemmel feküdt a takarón. Mellkasán hosszú kötés húzódott szélesen, hörögve lélegzett, szája sarkán vékony csíkban folydogált a vér.

- A tüdejét szúrta át a szablyám. Nem sok ideje van hátra, azért siettem érted. - mondta csendesen Zoltán.

- Köszönöm! - felelte hálásan Rebeka.

Elégtételt kellett volna éreznie, de csak sajnálatot érzett az iránt a haldokló iránt, aki előtte feküdt. Zalán kinyitotta szemét a rátörő fájdalomtól eltorzult az arca. Amikor meglátta a lányt, elmosolyodott.

- Hát mégis eljöttél, Alexandra. - suttogta alig halhatóan.

Rebeka letérdelt elé, hogy meghallja a férfi szavait. Mintha vasmarok szorította volna össze a szívét, amikor édesanyja nevét meghallotta. Ez a férfi a halál árnyékában azt hiszi, hogy ő Alexandra.

- Én a lánya Rebeka vagyok. Miért ölted meg? - kérdezte a lány.

Mintha a szél fújta volna el a sajnálatot a szívéből, helyét újra a gyűlölet váltotta fel.

- Én nem akartam megölni... - bugyborékoló köhögés tört fel a férfiból, száján egyre szélesebb csíkban folyt le a vér. - Szerettem őt! Bagatúr még... azt sem tudta, hogy létezik... én már megkértem a kezét. - újabb köhögési roham rázta, arca elszürkült a fájdalomtól. Mellkasán a kötés átvérzett, minden köhögés alkalmával növekedett a vörös folt a fehér kötésen. Rebekában a gyűlölet váltakozott a sajnálattal. Valahányszor megszánta a szenvedőt, édesanyja arcát látta maga előtt. A segíteni akarás hadakozott benne a gyilkolási vággyal. Zalán lassan megnyugodott, zavaros tekintetét Rebeka arcán pihentette.

- Nem haltál meg. - sóhajtott megkönnyebbülten. Réveteg tekintete a múltban járt.

- Miért támadtátok meg a falut, amikor Bagatúr elment?- kérdezte Rebeka. Hangjából türelmetlenség csendült, félt, hogy a férfi meghal, mielőtt elmondja, amit hallani akart.

- Engem kinevettél, amikor feleségül kértelek! - fakadt ki mérgesen. Szeme újra tisztán csillant. A rátörő köhögés ellen küszködött, majd folytatta. - el akartalak vinni magammal... de te kardot rántottál...- egy újabb fájdalom hullám belefojtotta a szót.

- Miért ölted meg?!- rázta meg Rebeka.

- Meg... kellett... tennem... különben... a har... cosok... gyávának... tartottak... vol... na...

- Te megölted azt, akit szerettél, csak azért, hogy ne nézzenek gyávának?!- kiabálta a lány.

Felugrott a férfi mellől, kirántotta kardját és már döfött volna, amikor egy kéz megfogta a karját.

- Ne tegyél olyat, amit később megbánsz. - szólt rá Zoltán nyugodt hangon.

Rebekát olyan bosszúvágy kerítette hatalmába, hogy egész testében remegett.

A földön fekvő férfi ráncai kisimultak a lányra mosolygott.

- Nem öltem meg, benned él tovább! - mondta csendesen.

Feje félre billent és elégedett mosollyal az ajkán meghalt.

A lány csak nézte a halottat, aki megkeserítette gyermekéveit és annyi fájdalmat okozott csonka családjának. Sem örömet, sem megkönnyebbülést nem érzett. Valami végtelen üresség kerítette hatalmába. Visszadugta kardját, elfordult Zalántól, nem nézett senkire, csak elindult valamerre, amerre a lábai vitték. Zoltán utána lépett, maga felé fordította és megrázta a vállát.

- Rebeka, vége van! - próbálta felrázni a lányt.

A zöld szemek fénytelenül néztek rá. Zoltán még jobban megrázta. Rebeka megborzongott és leseperte a férfi kezét a válláról. Szeme mérgesen villant.

- Megbolondultál? Miért rázol? Majdnem elharaptam a nyelvemet!- kiáltotta.

- Jól van! - nevetett a férfi. - Ha a hangod visszatért, nagy baj már nem lehet. Gyere, bemegyünk a várba, van ott egy kis dolgom.

Zoltán két napot adott a megvert ellenségnek, hogy elhagyják a várat. Gyula és harcosai őrzik majd Nándorfehérvárt. A székelyek és az avarok hazamehettek, számukra egyelőre véget értek a harcok.

- Miért engeded szabadon a foglyokat? - kérdezte Rebeka este a tábortűz mellett. - Szolák, azt mondta, hogy meg kell halniuk, amiért orvul támadtak rátok!

- Azért Zalán volt a felelős és ő meg is bűnhődött. A cár megadta magát, így szabadon elvonulhatnak. - válaszolta Zoltán.

- Mi is hazamegyünk?

- Nem, egy barátom meghívott magához. Megígértem neki, hogy mind a ketten elmegyünk, ha itt vége lesz a harcoknak. Levedi is vár minket.

- Hova megyünk? - kíváncsiskodott a lány, csillogó szemmel. Már nyoma sem volt rajta a reggeli döbbenetnek.

- Ez még titok. - nevetett Zoltán.

A visszavágó.

Az avarok, székelyek és egy nagyszámú magyar sereg útra készen ült lován, Zoltán parancsát várták az indulásra. A magyar vezér, Rebekával az oldalán szintén nyeregben volt. Mielőtt elindultak volna, Gyula, Bulcsú és Botond lépett hozzá.

- Zoltán ígértél nekem valamit. - emlékeztette a vezért.

- Már vártam, mikor hozakodsz elő vele. - mosolygott Zoltán. - Hány emberre van szükséged?

- Úgy ezer körül, a vár védőin kívül.

- Rendben van, de Glád területére nem teszitek be a lábatokat!- figyelmeztette őket.

A három vezér bólintott, majd mosolyogva kezet fogtak Zoltánnal.

- A halottakból elég volt! Nyár végén mindenki legyen a szálláshelyén! Járjatok szerencsével!

Jelt adott az indulásra és a sereg hosszú oszlopban elindult hazafelé. Rebeka szomorúan ült a nyeregben, távozó népét nézve. Hajnalban búcsúztak el, apjának küldött üzenetet. Szeretett volna velük menni, de Zoltánnak más tervei voltak.

- Hamarosan mi is utánuk megyünk. - vigasztalta a férfi. - Meglátod, nem fogod megbánni ezt a kis kirándulást.

Rebeka kedvesen rámosolygott.

- Akkor irány Kelet! - kacsintott a lányra. - Érj utol, ha tudsz! - ráhajolt lova nyakára és elvágtatott.

Rebeka örült a kihívásnak. Szürke kancáján a férfi után iramodott.

A Zoltán vezette sereg gyorsan haladt Kelet felé a Duna- völgyében. Hatalmas füves síkságot hagytak maguk mögött, amíg elérték a Szörényi hegységet. A magyarok a zöldellő mezők láttán, örömmel kurjongattak.

- Micsoda kövér legelők!
- Mekkora füves terület?
- Mennyi jószág jóllakhat itt anélkül, hogy hamar lelegelné!

A magas hegyek között már lassabban jutottak előre. A lovak is hamarabb kifáradtak, de cseppet sem bánták. Az ébredő természet mindenkit bizakodással töltött el. A hegyoldalakon fenyvesek, tölgyesek és akácerdők váltogatták egymást. A karcsú fenyőfák tűlevelei sötétzöldre festették az erdőt, a tölgyfák most bontogatták halványzöld lombkoronájukat, vastag, sötétbarna törzsükön. Az akácok még téli álmukat aludták. A nyírfák fehér törzseikkel vonták magukra a gyönyörködő szemeket. Mély völgyek harmatos füvén, meredek emelkedők szikláin és hegygerinceken át, jutottak el céljukhoz.

Levedi Karánsebesen várt rájuk. Hálát adott a sorsnak, amikor meglátta Rebekát Zoltán mellett. Örömmel szorította magához a karjaiba futó lányt.

- De jó, hogy látlak! - örvendezett Rebeka.
- Elvégezted a dolgodat? - tolta el magától, hogy jobban szemügyre vehesse.
- Igen. - komorodott el. - Bár nem úgy, ahogy szerettem volna, de

ott voltam, amikor meghalt.

- Büszke vagyok rád, kislány!

- Nekem is hagysz belőle valamit? - dörmögte Zoltán mellettük.

Jót nevettek rajta, majd Levedi bekísérte őket a sátorba, hogy beszámoljon Zoltánnak arról, mi történt, amíg ő távol volt.

- Egy kis csapat felkerekedett, nem sokkal azután, hogy ti elmentetek. Néhány harcost utánuk küldtem. Tudni akartam hova igyekeznek. Igazad volt! - nézett Zoltánra Levedi. - Nándorfehérvárra mentek.

A magyar vezér elmosolyodott, de nem szólt, várta a folytatást.

- Még nem jöttek vissza, sem ők, sem a harcosaim. Két futárt küldött vissza a csapat vezetője, amikor elérték a várat, azzal, hogy minden rendben, az itteni bolgárok nem vették fel a kapcsolatot a cárral. Az Orsovaiak nyugodtan várakoznak, ezért nem küldtem senkit hozzád.

- Méltó vagy fővezéri címedre! - dicsérte Zoltán az avar férfit. - Ha úgy gondolod, hazamehettek. Egyelőre vége a harcoknak.

- És ti nem jöttök? - csodálkozott Levedi.

- Megígértem Preszlávnak, hogy meglátogatom.

- A lányt is magaddal viszed?

- Igen. Baráti látogatásra megyünk. Utána hazaviszem Rebekát.

- Veletek megyek! - döntötte el Levedi.

Mielőtt elindultak volna Orsova felé, megérkezett az a kis csapat, melyet a bolgárok megfigyelésre küldött az avar vezér. Miután meghallgatták jelentésüket, hogy Glád harcosai tisztes távolból végig nézték a csatát, majd visszatértek a fejedelemhez, megnyugodva útra keltek. Kéklő hegyek között vezetett útjuk. A balzsamos levegő pirosra festette arcukat, vidám hangulatban lovagoltak. Egy havasi fiatal székely vezette őket, aki minden völgyet, hegyormot, még tán a bokrokat is ismerte. Zoltán egyre jobban csodálta azt a remek szervezést, ahogy Levedi és a székelyek kiépítették a megfigyelő láncot. Most, hogy már nem kellett tartaniuk a bolgárok támadásától, összeszedték a megfigyelést végző harcosokat. A lehető legjobb helyeket foglalták el, ahonnan szemmel tarthatták az utat, anélkül, hogy őket meglátták volna. Levedi füttyszavára előjött rejtekhelyéről a figyelő. Zoltán az út vége felé megpróbálta megtalálni a következő megfigyelő pontot, de a füttyszó elhangzása után csalódnia kellett, mert egyszer sem ott bukkant fel a rejtőzködő, ahonnan várta.

- Mi történt volna, ha a bolgárok elindulnak, hogy megtámadjanak benneteket, vagy a mi hátunkba jöttek volna? - kérdezte Zoltán egy esti táborozásnál Leveditől.

- Egyszerű, az a megfigyelő, aki a legközelebb volt Glád seregeihez, elvágtatott volna a következő megfigyelőig. Ahogy közeledtek volna a seregek úgy bomlott, volna le a lánc. A legvégén engem értesítettek volna.

- A lánc úgy bomlott volna le, ahogy az ellenség közeledik. Értem, de mi lett volna akkor, ha a bolgárok megállnak, vagy irányt változtatnak?

- Irányt nem változtathatnak, mivel a hegyek között csak ez az egy út van. Ha megállnak, megáll a lánc is. De a figyelő lánc nem bomlik le teljesen, ahogy most sem szedünk össze mindenkit.

- Azt akarod mondani, hogy vannak még harcosok a hegyekben, akik nem csatlakoztak hozzánk? De miért?

- Akiket most lehívtunk a helyükről, azért voltak, hogy értesítsenek azonnal, ha mozgást észlelnek. Ezek egyedül voltak. Magasabban és nagyobb távolságra egymástól, vannak csoportok, akik akkor is ott maradnak, ha az ellenség már elhaladt alattuk. Közülük egy, akkor kell útra, ha újabb seregek jönnének, vagy valami fontosat kell közölni velem, de a többi akkor is ott marad. Mielőtt elindultunk, egy futár végigjárta a megfigyelőket és kiadta parancsaimat. A figyelő csoportok biztosítják a hátunkat. Mivel kisszámú csapattal keltünk útra, úgy gondoltam nem árt, ha megmarad a gyors és biztonságos hírközlés. Lehet, hogy segítséget kell kérnünk. Ha egy futárt küldünk, azt biztosan elfogják. De azt nem akadályozhatják meg, hogy füttyjelet adjon a közelben figyelő harcosnak. Így az ellenség tudta nélkül már úton is van a segítséget hozó futár.

- Nagyon ügyes. - Ismerte el Zoltán. - De miből gondolod, hogy veszély fenyeget?

- Nem gondolom, de nem árt az óvatosság!

Rebeka ott ült mellettük, de eddig még nem szólt. Az első táborozásnál heves vitát folytatott Levedivel és Zoltánnal. A lány ragaszkodott hozzá, hogy neki is legyen helye a tűz mellett, ugyan úgy, mint a vezéreknek. Levedi hevesen tiltakozott ellen, Zoltán csendesen rázta a fejét. Rebeka eleinte kiabált rájuk, majd egyszerűen leült közéjük. Azóta minden este szó nélkül elfoglalja helyét a tűz mellett.

- Levedinek igaza van, nem lehet megbízni a bolgárokban! - szólalt meg a lány.

- Azt még eltűrjük, hogy itt lábatlankodsz, de maradj csendben! - figyelmeztette az avar.

Zoltán már előre mosolygott. A szokásos esti vita következik, gondolta. De a lány most új cselt vetett be. Kedvesen rámosolygott Levedire. Az avar vezér, aki hangos tiltakozásra számított, egy ideig csak nézte a mosolygó lányt, majd kedvetlenül legyintett. Megadta magát. Így aztán csendesen beszélgettek a hamvadó tűz mellett. A sötét égboltról millió fénylő csillag nézett le rájuk. Rebeka hanyatt dőlt a leterített takarón és a szikrázó csillagokban gyönyörködött. Eszébe jutott Csanád milyen büszkén mutatta egyszer a csillagképeket. - Az ott a hadak útja. - mutatott az apró csillagokból álló hosszú, ködszerű foltra. - Az a fényes, nagy csillag a Csaba csillag! Atilla fia, az apja halála után felszállt az égbe és onnan vigyázz népére, a székelyekre! A tanítója másképpen magyarázta el az ég szikrázó képeit. Dajkája is a saját szájíze szerint nevezte el a fénylő csillagok alakzatát. Ő egyszerűen a természet csodájaként fogta fel a ragyogó égboltot. Néhány nap múlva elérték az Orsova határában táborozó bolgár fejedelem előőrseit. Zoltán követeket küldött Preszlávhoz. A két harcos hamarosan visszatért, azzal az üzenettel, hogy Glád szívesen látja őket. Zoltán egy kis tisztáson felállíttatta a jurtákat. Rebekával, Levedivel és tíz harcossal elindult vendéglátójához. Amint elérték a bolgár tábort, egy kis csapat bolgár is lóra pattant és kíséretül csatlakozott hozzájuk. Glád tábora magas hegyekkel körül vett, nagy kiterjedésű füves síkságon feküdt. Zoltán leplezett kíváncsisággal nézett körbe. Aki ezt a helyet választotta hosszútávra, az nem nagyon ért a harcászathoz, gondolta. Egy keskeny hágón lehetett bejutni a völgybe, melyet harcosok védtek. A meredek hegyoldalt ritkás erdő borította, aljnövényzet nem volt, így jól át lehetett tekinteni akár a völgyből fölfelé, akár hegytetőről lefelé. A legmagasabb pontokon megfigyelők táboroztak. Ez mind jó volt, csak hogy a völgy túlsó végén ugyanolyan keskeny átjáró volt, mint ahol ők bejöttek. Két okból sem választanám ezt a helyet táborozásra, gondolta. A két bejáratot egymással szemben egy gyors folyású patak kötötte össze, sziklás medrével átszelte a völgyet. Ha egy kiadós eső esik, akkor ez a patak akkorára duzzad, hogy elönti a völgy nagy részét. Igaz a sátrak magasabban voltak, mint a patak és a bolgárok biztosan tudják, mekkora esők vannak erre. A másik ok maga a völgy. Ha az ellenségnek sikerülne elfoglalni a hegygerincet, akkor ez a sok ember csapdába kerülne. Minden nehézség és nagyobb veszteség nélkül meglehetne semmisíteni őket. Mindegy, nem az én dolgom, vonta meg a vállát. Közben beértek a sátrak sűrűjébe, melyek köralakban voltak felállítva. Középen magasan kiemelkedett a legnagyobb, a fejedelem sátra. Minden szabad területen harcosok nyüzsögtek. Zoltán kezdte kellemetlenül érezni magát. Ha Glád ártani akar neki, akkor most megteheti anélkül, hogy ők bármit is tehetnének ellene. Nagyon kevesen vannak, a bolgárokhoz képest.

- Ha ez csapda, nekünk végünk. - morogta Levedi.

Mielőtt a nagy tisztásra léptek volna, ahol a fejedelem díszes sátra állt, harcosok vették körbe őket, megfogták lovaik kantárát és határozott hangon mondott valamit az egyik.

- Mit mondott? - kérdezte Zoltán Rebekát.

- Adjuk oda a lovainkat!

- És ha nem?

Rebeka nyugodtan odafordult a beszélőhöz és csengő hangon tolmácsolta Zoltán kérdését. A férfi először meglepődött, hogy saját nyelvén szólnak hozzá, majd a kérdés lepte meg. Hirtelen nem tudta mit válaszoljon. Azt a parancsot kapta Preszlávtól, hogy vezesse elé a vendégeket és vigye el a lovaikat. Arra nem kapott parancsot, mit tegyen, ha ellenállásba ütközik. Zoltán élvezte a férfi zavarát, egyben meg is nyugodott. Nem foglyok, mert ha azok lennének, már leszedték volna őket a lovakról. Szemtelenül belenevetett a férfi képébe, mire az kardjához kapott.

- Adjuk oda a lovainkat, nincs értelme felmérgelni őket. - mondta bölcsen Levedi.

Leugrott hátasáról a kantárt átadta a közelében várakozó harcosnak. Rebeka is követte példáját. Ennyi harcos között mindegy, hogy lovon vannak, vagy anélkül.

- Nyugodj meg barátom. - veregette meg a harcos vállát Zoltán, aki még mindig kardját szorongatta. Leszállt lováról és a kantárt odadobta a férfi kezébe.

Amíg ők vitatkoztak, addig a bolgár harcosok felsorakoztak kétoldalt. Élő sorfalat alkottak, egészen a fejedelem sátráig.

- Igazán fejedelmi fogadtatás! - ámuldozott Zoltán, amint elindultak a díszes sátor felé.

- Várd ki a végét! - suttogta Rebeka.

- Miért vagy olyan bizalmatlan velük?

- Érzem, hogy valami nincs rendjén!

- Nem értelek. Eddig még sehol nem fogadtak így!

A sátor előtt a sorfal kiszélesedett. Glád lépett eléjük, amint a bejárat közelébe értek. A fejedelem ősz hajú, szikár férfi volt. Szikrázóan kék szeme hidegen végig mérte vendégeit. Preszláv jelent meg mögötte.

- Megjöttél magyar? - kérdezte gúnyosan.

Rebeka gerincén a hideg futkosott, ahogy a fiatal bolgár megszólalt. Pont olyan a hangja, mint Zalán fiának, gondolta iszonyodva.

- Fegyverezzétek le őket! A lányt vigyétek a sátorba, a harcosokat és az öreg avart vigyétek el! Ezt a magyart meg kössétek oda a fához! - kiáltott a körben álló embereinek Preszláv.

Mielőtt a vendégek, most már foglyok, magukhoz térhettek volna, megragadták őket és elvették fegyvereiket.

- Te aljas gazember! Tudhattam volna, hogy nem bízhatok benned! - vicsorgott Zoltán - Legalább a lányt engedjétek el! - követelte tehetetlenül.

Ketten fogták, amíg a harmadiknak sikerült összekötni hátra csavart kezeit. Egy közeli fa felé vonszolták. Egy pillanatra látta Rebekát, akit egy harcos kísért a sátor felé. Őt nem kötözték meg, nyugodott meg a férfi. A lány mondott valamit kísérőjének, mire az megállt. Rebeka gyorsan körbe nézett, lehajolt csizmájához és kirántotta tőrét.

- Rebeka ne! - kiáltott rá Zoltán.

El sem merte gondolni, mit tennének a lánnyal, ha rájuk támad! Rebeka a kiáltásra felkapta a fejét és ez a pillanat elég volt az őrnek, hogy lefegyverezze. Durván hátra csavarta a kezét és belökte a sátorba. Zoltán hangosan szitkozódott, megpróbálta kiszabadítani a kezét, de a vékony szíjak egyre szorosabban mélyedtek csuklójába. Ketten megragadták, és a fához kötözték. Szeme harcosait kereste, de egyiket sem látta.

- Na hogy érzed magad magyar? - lépett elé nevetve Preszláv.

Zoltán végigmérte és elfordította a fejét. Azon gondolkodott, hogy Levedi megfigyelői látták-e a történteket. Ha igen akkor már úton vannak, hogy segítséget hozzanak. Vajon mikor érnek ide? Lehet, hogy addig mi már nem is élünk!

- Hozzád beszélek! - rivallt rá a bolgár.

- Az avaroknak igazuk van, minden bolgár gyáva, és képmutató! - felelte higgadtan.

- Emlékszel arra, amikor elfogtál, és orrba vágtál, mit ígértem neked?

- Nem. - vonta meg a vállát.

- Azt, hogy visszakapod! Most te vagy az én foglyom!

- A lány nem ártott neked, őt enged el!

- Csakhogy te Virágot is elraboltad! Én most ugyan azt tettem

Rebekával.

- De én elengedtelek mindkettőtöket. Virággal csak megtréfáltalak, játék volt! - háborgott Zoltán.

- Ez is csak játék! - nevetett Preszláv. Elővette tőrét és elvágta Zoltán szíjait. - Szabad vagy magyar.

Zoltán tágra nyílt szemmel meredt rá. Nem akarta elhinni, amit hallott. Megdörzsölte csuklóit, már azon gondolkodott, hogy neki megy a bolgárnak, amikor meglátta, hogy Rebeka és Virág közeledik.

- Most, hogy leróttam az adósságomat, gyere, bemutatlak Apámnak. - vágta hátba Preszláv Zoltánt.

A lányok hangosan felnevettek, mert Zoltán olyan képet vágott, mintha vackorba harapott volna.

- Ügyesen kifundáltad! - nevette el magát Zoltán. - A harcosaimmal mi történt?

- Megvendégeltük őket. Az avarral volt egy kis gond! Sehogy sem akarta megérteni miről van szó. De most már ő is jóízűen falatozik. - felelte az odaérkező Virág.

Glád sátrában gyűltek össze a vezérek. A fejedelem megerősítette fia ígéretét, miszerint a határok kijelölése után békés szomszédokká válnak. Preszláv meghívta őket az esküvőjükre, melyet hamarosan megtartanak. Zoltán megígérte, ha módjában áll, szívesen eljön, de erre nagyon kevés reményük van. Két napig élvezték a bolgárok vendégszeretetét, majd útra keltek. A magyarok vissza Északra, a bolgárok Délre vonultak.

Rebeka kérése néhány napot Csanádon töltöttek. Meg akarta köszönni a székely fejedelemnek és Hajnalkának azt a szeretet és gondoskodást, amit tőlük kapott a tél folyamán. De nem csak azért akart elmenni hozzájuk. Csanád megígérte, hogy elkészítteti Mártonnak és az elesett székelyeknek a kopjafákat.

- Gyere, elárulok neked egy titkot! - súgta Izabella, nem sokkal a megérkezésük után.

Kisurrantak a házból. A lágy esti szél borzolta hajukat, ahogy a folyóparton sétáltak.

- Kisbabánk lesz! - ujjongott Izabella.

Rebeka vele örült, de egy kicsit irigyelte is.

- Csaba mit szólt?

- Úgy ugrándozott, mint egy kisgyerek. - kacagott az asszony.

- És Hajnalka meg Csanád?

- Ők még nem tudják. Csak te tudsz róla. Nem mertem elmondani nekik. - mondta zavartan.

- Még mindig félsz Csanádtól? - nevetett Rebeka.

- Egy kicsit. Én nem vagyok olyan bátor, mint te.

- Akkor most ti is hazajöttök velünk! - örvendezett Rebeka. - Ott leszel a közelemben.

- Erről Csaba nem beszélt. Hát nem itt fogunk lakni? - kérdezte ijedten.

- Persze, hogy nem. De ne ijedj meg te kis buta. Csaba az északi székelyek vezére. Neki a népénél van a helye. - bátorította Rebeka.

Csanád ígéretéhez híven megcsináltatta a kopjafákat. Csaba és Izabella is csatlakozott hozzájuk a hazavezető úton. Zoltán nem ment velük, a magyar sereggel egy nappal korábban indult Árpádhoz. Rebeka igazat adott a férfinak, a szekerek melyeken a kopjafákat vitték, nagyon lassan haladtak, a felállításuk is időbe telt. A magyarok számára még nem ért végett a harc, Zoltánnak az apja mellet volt a helye. A székelyek, akik részt vettek a harcokban, nem mentek haza az avarokkal. Csanádon bevárták Rebekát és Levedit. Csaba döntött így. Úgy érezte, tartozik annyival a lánynak, hogy biztonságban hazakísérje. A másik ok, az volt, hogy ott akart lenni a kopjafaállításnál, hiszen együtt harcoltak Mártonnal és az elesett harcosokkal. Hazafelé a csapatot Csaba vezette, Rebeka Levedi mellett lovagolt, Izabella a szekéren utazott, a sort a harcosok zárták. Hajnalban indultak és az esti szürkületben letáboroztak. Nagyon lassan haladtak, de Izabellát így is megviselte az utazás és a baba. Alig evett valamit, rendszerint az is kijött belőle. Csaba nagyon aggódott értük, napközben gyakran hátrament megnézni. Minden útjukba kerülő faluban, vagy emberlakta helyen megálltak tejért, mert csak az maradt meg benne. A nappalok már melegek voltak, de a hajnalok még hűvösek. Hiába gyújtottak tüzeket, hajnalra átfáztak a takarók alatt. Egy reggel Csaba arra ébredt, hogy alig bírja mozgatni a tagjait. Csak egy vékony takarót terített magára a többit Izabellának adta, mert félt, hogy megfázik. Kikecmergett a sátorból, megmozgatta elgémberedett tagjait és csendesen morgott maga elé.

- Mit morogsz vén medve? - nevetett mellette Rebeka.

- Te mindig ilyen korán kelsz?

- Igen. Mért vagy mérges, hiszen eddig minden rendben ment. Nézd milyen szép a reggel. - mutatott a felkelő Nap felé, amely nemrégen kúszott fel az égre.

Aranysárga korongja álmosan meredt az ébredőkre. Fénye csak arra volt elég, hogy elűzze a sötétséget, de meleg sugarait még nem bocsátotta a földre. Mögöttük a Tisza párafelhőbe burkolózott. A bokrok apró levelein, a fűszálak hegyén millió, gyöngyszemként csillogott a harmat. A közeli erdő felől feketerigó csengő hangja szállt feléjük.

- Olyan bolond voltam, hogy nem kértem a magyaroktól egy jurtát. Az sokkal melegebb, mint a mi sátraink.

- Mi az a jurta?- kérdezte mögöttük Izabella. De nem várta meg a választ, berohant a fák közé.

Csaba aggódva nézett utána.

- Ez most már mindig így lesz?

- Nem hiszem. Azt mondják az asszonyok, hogy csak az első három hónap ilyen.

Izabella közeledett, arca elgyötört és sápadt volt.

- Na, mi az a jurta? - kérdezte újra.

- Amiben a magyarok laknak. - ölelte magához Csaba.

- És miben különböznek a mi sátrainktól.

- Sokkal nagyobb, teteje kupola formájú, nem csúcsos, mint a mienk. Belül sokkal tágasabb és vastag szőnyegek borítják a földet. -

mesélte lelkesen Rebeka.

- Miből készül, hogy meleg van benne?

- Ezt már én is meg akartam kérdezni tőlük. - mondta Csaba.

- Nemezből, de sokkal sűrűbb, mint amit a mi asszonyaink vernek. A tartóváza is más, a mienk hosszú faszerkezet, az övék két részből áll. Az oldalfala faléces rácsszerkezet, amely hajlítható, széthúzható. A tetőváz íves lécbordázat, amely felül egy kerékabroncsba fut össze. Bőrszíjakkal és lószőrből font kötelekkel erősítik egymáshoz az oldalakat és a tetőt. - magyarázta a lány.

- Jó megfigyelő vagy! - dicsérte Csaba.

- Á, dehogy! Zoltán magyarázta el egy alkalommal, amikor megcsodáltam a jurtáját.

- Te voltál a magyar vezér sátrában? - álmélkodott Izabella.

- Hát persze, hiszen a szolgája voltam Nándorfehérvárnál. - nevetett Rebeka.

Izabella csak hápogott. Hogy lehet egy hercegnő szolga? Csaba csak most értette meg hova tűnt akkor Rebeka.

Alpárig semmi sem akadályozta útjukat. Az Alpáriak örültek nekik, befogadták kicsiny házukba őket. Végre meleg szobában fognak aludni, örvendezett Csaba, amikor bevezették őket a „tisztaszobába," melyet a vendégeknek tartogattak, minden házban. A háziasszony, amikor tudomást szerzett Izabella állapotáról, gyorsan levágott néhány galambot és erős húslevest főzött neki. Az alatt a néhány nap alatt, amíg ott voltak, állandóan körülötte serénykedett. Az alpári férfiak nem tudtak hova lenni a csodálkozástól, amikor megtudták, hogy Rebeka vezette a székelyeket és neki köszönhetik megmenekülésüket.

- Ha akkor nem küldesz bennünket a rejtekhelyre, lehet, hogy már egyikünk sem élne! - hálálkodott a falu vezetője. - Mivel tudjuk meghálálni?

- Ne hálálkodjatok, Márton is megtette volna, ha nem ölik meg. Holnap reggel felállítjuk a kopjafákat a siroknál. Az a kérésem, viseljétek gondját. Szeretném, ha sokáig ott maradnának, és aki arra jár, az tudja, hogy hősök nyugszanak alatta.

- Ez a legkevesebb, amit értük tehetünk. Az asszonyok az óta is telerakják a halmokat virággal. Megőrizzük emléküket, hiszen értünk is meghaltak. - ígérte a férfi.

Rebekát megrohanták az emlékek, amikor megállt sírok előtt. Csak állt, kezében virágot szorongatott. Könnyektől párás szeme előtt leperget annak a szörnyű napnak minden borzalma. Fülébe csengett a bolgárok veszett üvöltése, a sebesültek, jajgatása, hörgése. Mártom fájdalomtól megránduló arca, aki utolsó erejével is vigyázott rá. Lassan térdre ereszkedett és beszélni kezdett az elhunyt vezérhez.

- Márton nem hoztam szégyent ősz fejedre, nem kell szégyenkezned miattam. Elvezettem harcosaidat, és vissza is hoztuk őket élve. Két csata közelében voltunk, de egyikben sem vettünk részt. A magyarok nem engedték. Itt a síkon, Árpád fényes győzelmet aratott Zalán felett, de az álnok elmenekült. Árpád fia, Zoltán Nándorfehérvárnál legyőzte a cár seregeit, akik Zalán vezetésével orvul támadtak rá. Márton szörnyű a háború, többé nem akarok részt venni benne. Emberek százai halnak meg értelmetlenül, vagy vesztik el kezüket, lábukat, örökre megnyomorodnak. Anyák hiába várják haza fiaikat, férjeiket. Gyerekek apjukat, testvéreiket siratják. Mi lesz az árvákkal? Ki fog gondoskodni ezután róluk? - zokogta elfulladva.

Csaba ott állt a lány mögött csendesen. Magában ő is elsiratta volt vezérét, harcostársait.

- Rebeka, végeztünk. Szeretném, ha megnéznéd. - lehajolt a lányhoz és felemelte.

Rebeka a férfi vállába fúrta fejét, ott zokogott tovább, majd lassan megnyugodott. Könnyáztatta arcát Csabára emelte. A székely vezér megszorította a vállát és elmosolyodott.

- Ők már megbékéltek. Nézd! - mutatott a felhőtlen kék égre. - Onnan néz ránk Márton és nagyon büszke rád!

Rebeka halványan elmosolyodott, szemével követte Csaba kinyújtott karját. A végtelen kékség nyugalmat és reményt sugárzott felé.

Mintha egy fal omlott volna le, újra érzékelte a körülötte tomboló tavaszt. A folyó vizének halk csobbanását, ahogy partnak ütköztek a lágy hullámok. A madarak csicsergését, a messzi útról visszatért fecskék cikázását az égen. A réten pompázó vadvirágok szín kavalkádját. Igen, az élet megy tovább, gondolta.

- Márton köszönöm, hogy vigyáztál rám és megtiszteltél bizalmaddal. - lehajolt a hant fölé, elhelyezte rajta a kezében szorongatott csokrot. - Találtam valakit, aki helyettem átveszi a székelyek vezetését. Biztos vagyok benne, hogy te is egyetértesz a választásommal. Bosszúm beteljesedet, én leteszem a fegyvert, nem harcolok többé! Nyugodj békében.

Elfordult a sírtól és higgadtan megtekintette a székelyek munkáját, akik felállították harcostársaik halmainál a kopjafákat. Mártoné volt a legnagyobb. A két méter magas oszlop szélei le voltak kerekítve, mind a négy oldalát mesteri faragások díszítették. Előlapján székely írással rá rótták Márton nevét, nemzetségét, majd egy rövid hősi ének következett, arról, hogyan halt hősi halált Alpárnál. A harcosok emlékfája szerényebb volt és kisebb is. Azon is rajta volt, mindannyiuk neve és nemzettsége. A nevek alatt nem volt ének, mindössze annyi: Hőstettük emlékét örökre megőrizzük. Rebeka elégedetten szemlélte az emlékműveket. Háttérben a Tisza halk csobogása, a parti fűzfák sejtelmes suttogása vigyázza a hősök örök álmát. A harcosok kicsit hátrébb álltak levetett süveggel. Rebeka odalépett hozzájuk.

- Köszönöm! - mondta csendesen. - Nem csak a mai munkát. Köszönöm, hogy velem maradtatok Márton halála után és vigyáztatok rám. Olyat tettetek, amit harcosok, talál soha. Engedelmeskedtetek egy lány parancsainak. Ez volt az igazi hőstett! Legyőztétek magatokban az előítéletet. Egy utolsó parancsom van a számotokra. Székelyek lóra! Irány haza!

A harcosok Csabával az élen, mélyen meghajoltak a lány előtt.

- Mi tartozunk köszönettel neked. Lány létedre hazavezetsz bennünket, úgy, hogy egyetlen harcost sem veszítettünk. Büszkék vagyunk rád Rebeka! - mondta egy idősebb székely.

Rebeka csillogó szemmel nézet rájuk. A férfiak egyesével kezet fogtak vele, és újra meghajtották fejüket, tiszteletük jeléül. A lány szemét elfutotta a könny, de visszaszorította, most nem sírhat! Harcedzett férfiak kezet nyújtanak neki, egy nőnek! Erősen megszorította a munkától kérges, hatalmas tenyereket. Ennél nagyobb megtiszteltetés nőt még nem ért!

Újra otthon.

Visszatértek a faluba, ahol kis ünnepséget rendeztek tiszteletükre. Izabellának jót tett a pihenés, arca kipirult és teltebb lett. Másnap vidáman készülődött az útra, a többiekkel együtt. Május végén elváltak útjaik. A székelyek tovább mentek Észak felé, az avarok Nyugat felé, Borsodnak kanyarodtak. Rebeka egyre nyugtalanabb lett, amint meglátta az ismerős hegyeket, erdőket. Szeretett volna minél hamarabb hazaérni. Mivel mindannyian lovon ültek, nem hátráltatta őket sem a szekér, sem a várandós Izabella, éjszakára sem álltak meg. Hajnalban kiértek az erdőből és szemük elé tárult otthonuk. Rebeka megsimogatta az öreg tölgyfát, mielőtt a dombtetőről lenézett volna. Alattuk a völgyben az avarok már mozgolódtak. A domboldal gyümölcsfái virágba borultak. Fölöttük az erdő fái, most bontogatták halványzöld leveleiket. Rebeka csak állt és nézte az ismerős tájat, szeretett volna minden fát, bokrot, levelet, virágot megsimogatni és lekiáltani a völgyben serénykedő embereknek: - Hazajöttem! - De nem jött ki hang a torkán.

- Gyere, menjünk. - szólalt meg mellette Levedi.

Lassan leereszkedtek a szépen sorakozó tőkék mellett a völgybe. Még le sem értek teljesen, amikor hangos kiáltások üdvözölték őket. Az egész falu kivonult a fogadásukra. Az út két oldalán sorakoztak, az asszonyok kendőikkel integetettek feléjük, a férfiak hajadonfővel álltak és meghajoltak, amikor a kis csapat eléjük ért. A gyerekek előttük, mellettük, mögöttük rohangáltak, visítoztak. Rebeka Levedi mellett lovagolt, nagyon boldog volt, hogy végre hazatért. Soha nem gondolta volna, hogy így fogják fogadni, ha egyszer elmegy. Nap, mint, nap ezek között az emberek között élt és nem tudta, hogy ennyire ragaszkodnak hozzá. Azt hitte azért hajoltak meg előtte, mert úgy illik. Most az az öröm, ami kiült és ott ragyogott ezeknek az egyszerű embereknek az arcán, meggyőzte róla, hogy valóban tisztelik és talán szeretik is. Leugrott lováról a kantárt az egyik fiatal fiúnak adta, aki boldogan vezette el a hercegnő paripáját. Rebeka magához ölelte a körülötte ugrabugráló gyerekek fejét és puszit, nyomot a buksijukra. Az integető asszonyokra rámosolygott és visszaintegetett nekik. A meghajló férfiak felé ő is meghajtotta a fejét. Amint belépett a várfal kapuján, valaki a nevét kiáltotta. Felkapta a fejét és a hang irányába nézett. Zita rohant felé, mellette két hatalmas, fekete farkas szaladt. Az üdvözlésére összegyűlt emberek a két fenevad láttán lehúzódtak az útról. Zita hangos kacagással repült felé, Rebeka gyönyörködve nézte a három kölyköt. A kislány leengedett haja lobogott körülötte, kipirult arcából villogott ragyogó szeme. A két farkas játszadozva ugrált körülötte, fekete fényes szőrük alatt finoman nyúltak az izmok. Rebeka nem tudta eldönteni melyik az övé, olyan egyformák volta. De nem volt rá ideje hogy eldöntse, mert Zita a nyakába ugrott.

- Rebeka, de jó, hogy itt vagy! - nevetett boldogan.

Két kicsi karját a lány nyaka köré fonta és össze-vissza puszilgatta az arcát. A két farkaskölyök körülöttük forgolódott, morogtak, vicsorogtak, hogy magukra vonják a figyelmüket. Rebeka letette Zitát, lehajolt a farkasokhoz, meg akarta simogatni őket, de a két kis fenevad vicsorogva kapott kinyújtott keze után.

- Hát nem ismertek meg? - méltatlankodott a lány. - Herceg, gyere ide!

Az egyik kölyök felkapta a fejét, és kíváncsian méregette.

- Gyere ide, te kis bolond! - biztatta kedvesen a megtorpant állatot.

Herceg megismerte a rég hallott hangot, heves farkcsóválással elindult Rebeka felé.

- Jól van Herceg! - dicsérte a lány. Fekete borzas fejét magához szorította.

- Ugye tanítani fogsz újra? - rántgatta Rebeka ruháját Zita.

- Még haza sem értem! - kacagott Rebeka, elengedve a farkast. Megfogta a kislány kezét és elindultak a palota felé. A köréjük sereglet emberek utat nyitottak a két lánynak és kíséretüknek. Rebeka mosolyogva integetett a mesterembereknek, akik műhelyeik előtt álltak, az utca népének, akik házaik kapujából integettek felé. A palota előtt Bagatúr, Szolák és az avar vezérek várták őket. Rebeka döbbenten nézte apját, aki az alatt a néhány hónap alatt teljesen megöregedett. Haja hófehér lett, arca ráncokkal barázdált, szeme alatt mély karikák sötétlettek. Háta meggörnyedt, termete szikárabb volt, mint valaha. De szeme ragyogott! Rebeka átölelte a nyakát. Bagatúr magához szorította, elveszettnek hitt gyermekét, szeméből két kövér könnycsepp gördült végig az arcán.

- Bocsáss meg Apa! - suttogta Rebeka könnyeivel küszködve.

- Azt tetted, amit a szíved diktált, gyermekem. Örülök, hogy végre hazajöttél!

Kicsit eltolta magától a lányt és tetőtől, talpig megnézte.

- Igazi férfi lett belőled, megemberesedtél! - mókázott.

- Ugye, ezért kell a fiukat harcba küldeni!- nevetett vele a lánya.

A vezérek sorban meghajoltak előtte. Kalocsa összevont szemöldökkel méregette.

- A lányomat is megbolondítottad! - mordult rá. - Azt hiszed, nem tudom, hogy az erdőben vívni tanítottad?

Rebeka meredten nézett rá, szóhoz sem jutott.

- De azért szeretném, ha olyan jó harcost nevelnél belőle, mint amilyen te vagy!- vágta hátba gyengéden és hangosan felnevetett.

- Hű, de rám ijesztettél!

Szolák belekarolt és bevezette a házba.

- Van számodra egy meglepetésem, de előbb a dadusnak látnia kell, különben leharapja a fejemet!

A verandán, szemét törölgetve, állt a testes asszony. Amint a lány a közelébe ért karjaiba kapta, becézgette, babusgatta. Rebeka vékony teste elveszett az ölelő karokban.

- Drágaságom, hogyan tehetted ezt velem? Azt hittem belehalok a bánatba! Egy hercegnőhöz nem méltó férfiakkal együtt lakni! Hát hiába beszéltem neked az erkölcsről? Ugye nem csináltál semmi jóvátehetetlen dolgot? - duruzsolta könnyeit törölgetve.

- Dadus engedj el, megfojtasz! - nevetett Rebeka, de neki is potyogtak a könnyei.

Nagyon jól esett neki az a szeretett, amivel otthon fogadták. A házban nagy volt a sürgés-forgás. A szolgálók örömmel fogadták, amikor belépett a konyhába, bár a dadus hevesen tiltakozott ellene.

- Ne vedd fel újra a régi, rossz szokásaidat! Mikor nő már be a fejed lágya, hercegnő? Kifelé a konyhából! A fürdőkamrában már gőzölög a meleg víz. Fürödjél meg és vegyél magadra tisztességes ruhát!

- Jól van Dadus! - csókot nyomott az asszony kerek, piros képére.

Odalépett a tűzhely elé és sorra belenézett az edényekbe, amikből ínycsiklandozó illatok szálltak felé.

- A kedvenceidet főzzük! - lépett mellé a szakácsasszony. - Tyúkhúslevest, őzpörköltet, és fácán sültet. A kedvenc süteményed már készen van.

Rebeka belekarolt az asszonyba, aki egy kisebb helyiségbe vezette. A lány felkiáltott örömében, amikor a sok finomságot meglátta. Odaszaladt az asztalhoz és belekóstolt mindenbe, amit a szakácsasszony elé tett.

Közben a férfiak összegyűltek a tanácsteremben és meghallgatták Levedi beszámolóját. Rebeka nem akarta megzavarni őket, bár égett a vágytól, hogy megtudja, mit tartogat számára Szolák? Felment a szobájába. Összeszedte tiszta ruháit és jó forró vízben megfürdött. Kiment a házból, szedet két nagy csokor virágot és elindult a temető felé.

- Veled megyek! - szólalt meg mellette Zita.

- Most ne gyere velem, kérlek. Várj meg itt, mindjárt visszajövök!
A kislány durcásan nézett rá, de azért szót fogadott. Rebeka megállt bátyja sírjánál, elrendezte az egyik csokrot a halmon.
- Megbosszultam a halálodat! Nyugodj békében. - suttogta.
Az édesanyja sírjánál letérdelt és csendesen elmesélte hol járt. A meleg májusi szél simogatta az arcát. Olyan érzése volt, mintha ha egy gyengéd anyai kéz simogatná.
- Megtettem Mama! - mondta a fejfát simogatva.
Elégedettséget és némi büszkeséget érzett. Most ébredt tudatára annak, hogy valóban végrehajtotta, amit sok, sok évvel ezelőtt megfogadott.
- Szeretlek Mama! Mindig velem leszel, amíg csak élek!
Letette a tavasz színes virágaiból készített csokrot, felállt és elindult. Néhány lépés után visszanézett, de most nem szomorúságot, hanem végtelen nyugalmat érzett. Felnézett a felhőtlen tiszta égre.
- Köszönöm Uram, hogy erőt és kitartást adtál !- suttogta a szélbe.
Zita már türelmetlenül toporgott, mire odaért Rebeka.
- Már Szolák is keresett!- mondta szemrehányó képpel.
- Hol van most?
- Amikor megmondtam hol vagy, elment. Gyere az istállóba, mutatok valamit!
- Nem, először megkeressük Szolákot! - felelte határozottan.
Zita tiltakozni akart, de meggondolta magát, és csendesen követte a lányt. Nem kellett messzire menniük, a férfi már jött eléjük az úton. Szó nélkül belekarolt a lányba és sejtelmes arccal bevezette az istállóba. Befogta a szemét és lassan tolta maga előtt. Az egyik ketrecnél megállt.
- Zoltán üdvözletét küldi! - leengedte a kezét, hogy a lány megnézhesse az ajándékot.
Rebeka felkiáltott a meglepetéstől, amikor meglátta a gyönyörű fehér lovat. Megcsodálta az állat hosszú nyakát, melyet büszkén kinyújtott, amikor szemlélgetni kezdték. Karcsú testén a csillogó szőr

alatt, dagadtak az izmok. Meleg barna szemével a magasból tekintett le rájuk. Rebekát lenyűgözte az állat szépsége. Jóval magasabb volt, mint az avar lovak. Még annál is kecsesebb, mint amit Bagatúr kapott a magyaroktól a földekért, amit átadott nekik. Kinyújtotta kezét a ló felé, aki először elfordította a fejét, majd lassan odanyomta a simogató kéz felé.

- Csodálatos állat! Bemegyek hozzá!

A lónak nem volt kifogása a lány közeledése ellen. Szelíden tűrte a simogatást és a becéző szavakat.

- Mi a neve? - kérdezte Rebeka.

- Hóvihar! - vágta rá egyszerre Zita és Szolák.

- Hóvihar? De hiszen olyan szelíd! - álmélkodott Rebeka.

- Ki tudja? Gyere, van más is, amit mutatni akarok. - mondta Szolák.

A lószerszámok tárolására szolgáló helyiségbe vezette, egy nyerget tett elé, minden tartozékával együtt. A nyitott ajtón beszűrődő fényben ragyogni látszott a nyereg és a kantár színarannyal díszített verete. Rebeka megcsodálta a szerszámokat, de közel sem érzett akkora örömet, mint amikor a lovat meglátta és megsimogatta.

- Nem is örülsz neki? - háborgott Zita.

- De igen, csak a ló jobban tetszik. - felelte, majd Szolákhoz fordult.

- Zoltán nem üzent semmit?

- De igen. Nyáron eljön és megtartjátok az esküvőt.

- Itt?

- Nem. - nevetett a férfi. - Budán!

- És veletek mi lesz?

- Mi is akkor esküszünk. Zoltán megkért, hogy mondjam meg, igyekezzél a menyasszonyi ruhával! - mosolygott szemtelenül a férfi.

- Megnyugtatlak, hogy saját kezűleg fogom megvarrni! - mondta dacosan a lány.

- Majd én segítek! - ajánlkozott Zita.

- Köszönöm! - nevetett Rebeka. Megborzolta a kislány haját.

- Ja, még üzent valamit. Értesítsél mindenkit, akit meg akarsz hívni.

- De pontosan mikorra?

- Augusztus utolsó vasárnapjára. Nem mondtam volna? - álmélkodott a férfi.

- Te pimasz fráter, persze, hogy nem mondtad! - ugrott neki Rebeka.

A nyár gyorsan elrepült. Rebeka hajnalban Zitát tanította vívni, a lány apjának belegyezésével. A délelőtti órákban, a konyhában szorgoskodott, ebéd után Szolákkal és Zitával órákig lovagoltak a környéken. A nap hátralevő részében a menyasszonyi ruháját varrta. Ha Zitával volt, a farkaskölyköket is magukkal vitték. Hóvihar megmutatta, hogy méltó a nevére, olyan gyorsan száguldozott, könnyű terhével, hogy Zita és Szolák avar lovai nem tudták utolérni. A nyár közepén Zita olyan vágást mutatott be, hogy Rebekának minden tudására szüksége volt, hogy kivédje.

- Zita ez csodálatos! - ámuldozott a lány. - Mutasd meg még egyszer!

A kislány megpördült maga körül és előre szúrt. Ha erő is lett volna benne, akár halálos döfés is lehetett volna. Rebeka megpróbálta utána csinálni, de elvesztette az egyensúlyát és földre huppant. Zita hangos kacagással jutalmazta a mutatványt.

- Eleinte nekem sem ment, sokat kell még gyakorolnod!

- Nem is akarom megtanulni! - visszakozott Rebeka, fenekét simogatva, melyet alaposan megütött.

- Egyszer meg is sérültem. Olyan szerencsétlenül estem, hogy alám került a kardom. Ez a hosszú vágás annak az emléke. - mutatta vékony karját.

- Apád mit szólt?

- Nem mondtam meg neki. Felültem a lóra és elmentem Istvánhoz, aki összevarrta és bekötözte.

Rebeka csak a fejét csóválta. Most valami olyat kellene mondania, hogy nem vehet többet kardot a kezébe, de szíve szerint megdicsérte volna a bátorságát és lélekjelenlétét.

- A vívást befejeztük, hiszen nekem kellene tanulnom tőled! Holnap kapsz tőlem egy íjat és azt fogod gyakorolni.

- Ne fáradj, van már. - legyintett Zita. Odalépett az öreg tölgyfa odvához és pimasz vigyor kíséretében kiemelte Rebeka íját.

- De hiszen az az enyém!

- Hát persze, de te nem voltál itthon. Gondoltam, hogy be ne porosodjon, kipróbálom. Baj? - kérdezte ártatlan mosollyal.

- Nem, te boszorkány! - nevetett a lány.

- Ez felér egy dicsérettel, hiszen téged is így hívnak. - csillogott a kislány szeme.

- Tudsz vele bánni?

- Egy kicsit.

Ez a kijelentés szerénynek tűnt, miután sorban eltalálta a kitűzött célt.

- Nagyon büszke vagyok rád! Azt hiszem, megtanultál mindent, holnaptól nem jövünk ide.

- Tudtam, hogy ezt fogod mondani!- kiáltotta mérgesen Zita.

- Néha eljövök hozzád, és akkor versenyezni fogunk ki az ügyesebb. - vigasztalta a kislányt.

- Örökre elmész és a nagyfejedelem udvarában fogsz élni. - suttogta sírásra görbülő szájjal.

- Nem megyek el örökre, minden évben hazajövök. - ígérte a lány, de ő is sírással küszködött.

Szerette Zoltánt, szeretet volna már vele élni, de mindig úgy képzelte, hogy itt maradnak. Összeszedték fegyvereiket, és szomorúan lebaktattak a völgybe, lovaikat kantárszáron vezetve, hogy ezzel is megnyújtsák a hazavezető utat.

Augusztus közepétől folyamatosan érkeztek a távoli helyeken élő vendégek. A székelyek, Csanád vezetésével, a Dunántúlon élő rokonok, barátok. De jött egy olyan vendég is, akire senki sem számított. Rebeka egyetlen Bajorországi rokona, Erzsébet hercegnő. Az idősödő asszony nagyon hasonlított Alexandrára, Rebeka édesanyjára. Arany szőke haját átszőtték az ősz szálak, arca nemes vonásait még az apró ráncok sem tudták elcsúfítani. A családjukra jellemző zöld szeme vidáman csillogott, vékony ajka mosolyra húzódott, amikor meglátta Rebekát. Mintha a húgát látta volna, hiába a nemesi vért még egy barbár vére sem képes megfertőzni, gondolta elégedetten. Szemében az avarok barbárok voltak, ahol a nők nadrágot viselnek. Annak idején hiába próbálta meggyőzni Alexandrát, hogy Bagatúr nem méltó hozzá, ő csak nevetett. Most abban bízott, hogy a lányának több esze van és választottja nem egy barbár! Korát meghazudtolva felszaladt a lépcsőn, hosszú ruháját oldalt megemelte, hogy a lába nehogy beleakadjon. Rebeka úgy nézett nagynénjére, mintha egy másik világból pottyant, volna közéjük. Minden szokatlan volt rajta, az egybeszabott hosszú, sötétzöld ruha, melynek nyakát és ujját gyönyörű arany hímzés díszített, derekán aranyöv csillogott a nap fényében. Nyakán, vékony aranyláncon egy kereszt lógott, de legfurcsább a haja volt. Szorosan hátra fésülte, mint ha nem is lett volna. Amikor oldalra fordult, akkor lehetett látni, hogy hátul a fején össze van tekerve és feltűzve. Olyan csinos és elegáns volt, hogy Rebeka nem győzte csodálni.

- Pont olyan, vagy mint az anyád volt! - ölelte magához a lányt, mellőzve a köszönést. - Még csinos is lehetnél, ha nem ezek a barbár holmik lennének rajtad!

Karonfogta a lányt, Bagatúr felé csak bólintott, amit vehetett köszönésnek is, ha nagyon akarta és beviharzott a kastélyba. Dadus örömmel fogadta, végre egy igazi hercegnő lesz a házban! Rebeka mosolyogva követte a temperamentumos hölgyet, csak akkor állt meg döbbenten, amikor Erzsébet szó nélkül benyitott anyja szobájába.

- Ez nem vendégszoba! - cövekelt le a küszöbön.

- Tudom, de én itt leszek! - felelte határozottan. - Most már senki nem lakik benne.

Erzsébet nem zavartatta magát, odalépett az ablakhoz, kitárta és eligazította a fehér függönyt. Kezét végighúzta az egyik faragott szék karfáján, elfintorodott, amikor meglátta ujján a vékony porcsíkot.

- Néha nem ártana takarítani! Küld be a szobalányt, azonnal fogjon hozzá!

Rebeka szép lassan felforrt. Mit képzel ez a nő, ki ő, hogy itt parancsolgat?

- Nálunk nincsenek szobalányok! Ez a szoba Édesanyámé és itt senki nem fog lakni!- mondta csendesen, bár kiáltani szeretett volna, kirángatni ezt az idegen, öntelt nőt, ebből a szenthelyről.

- Jaj, gyermekem ne legyél már ilyen. Az édesanyád már régen meghalt és ez a szoba pont megfelel nekem!

- Van másik szobánk is, ami biztosan megfelel, majd neked. Gyere, megmutatom! - mondta egy kicsit emeltebb hangon.

- Itt maradok!

- Nem akarok tiszteletlen lenni, de ebben a házban én döntöm el, kit hol szállásolunk el! - odalépett az ablakhoz, becsukta. Megfogta nagynénje könyökét és az álmélkodó asszonyt, kivezette a szobából. Végigkísérte a folyosón, benyitott az egyik ajtón.

- Ez lesz a te szobád! - mutatott a tágas helyiségbe.

Rebeka némi lelkiismeret furdalást érzett, mégis Alexandra nővére ez a nő, akit ő kitessékelt Édesanyja szobájából. De Erzsébet ahelyett, hogy megsértődött volna, hangosan felkacagott.

- Remek lány vagy! - belépett a nyitott ajtón, körbenézett a világos szobában és elégedetten bólogatott.

Rebeka egyik ámultból a másikba esett. Azt várta, hogy tiltakozni, hisztériázni fog.

- Gyere, felhozatjuk a csomagjaimat. Ha szobalányotok nincs, szolgálótok csak van? Vagy nekem kell felcipelni őket? - mosolygott.

- Nem haragszol?

- Miért haragudnék? Szeretem, ha valaki határozott.

A dadus már intézkedett, hogy a hercegnő csomagjait vigyék fel. Rebeka segített kicsomagolni. Az utolsó ládát az asszony rátette az ágyra és sejtelmes mosoly kíséretében, kirakta tartalmát.

- Ez az én nászajándékom. - mutatott a halomban heverő szebbnél, szebb selyem, brokát, bársony anyagokra. - Legalább az esküvődön viseljél hercegnőhöz méltó ruhát. Holnap elkezdjük a ruhák megvarrását. Elhoztam magammal a szabóasszonyomat, varrólányok itt is vannak. Vagy tévedek? - kérdezte savanyú arccal, már előre félt a nemleges választól. Ezen a barbár helyen semmi sincs.

- Egynek itt vagyok én! - nevetett Rebeka.

- Persze hímezni! De szabni, varrni te sem tudsz és én sem.

- De igen. Köszönöm az ajándékot, igazán fejedelmi. - húzta végig ujjait a drága holmikon. - Gyere, lemegyünk, sétálunk, beszélgetünk, holnap majd elkezdjük.

A kezdeti nézeteltérés után nagyon jól kijöttek egymással. Közös sétáik és a varrószobában eltöltött órák alatt, Erzsébet hercegnő mesélt gyermekkoráról, a bajor hercegi udvar szokásairól, pletykálkodott a nemesi családok viselt dolgairól. Jókat nevettek egy-egy szaftos történetén, melyet szokott csípős nyelvének kiszólásaival tarkított. Rebekát elbűvölte az asszony újszerűsége. Egyetlen dolgot nem tudott elfogadni nála, azt hogy lenézte az avarokat és a székelyeket. Ez nagyon kínosan érintette, mivel egyre több vezér felesége csatlakozott hozzájuk. A hercegnő igazságtalanul bántó megjegyzései után a lány bocsánatkérőn nézett a varrogató asszonyokra.

A borsodi falu a nyár végére úgy nézett ki, mint egy felbolydult méhkas. Az utcák a vendégek sokaságától nyüzsgött, minden ház zsúfolásig megtelt, már a mező zöld füvét is ellepték a sátrak, amiket az újonnan érkezett vendégek elszállásolására állítottak fel. A vásárosok is tudomást szereztek az összejövetelről és mindenhonnan idesereglettek. Olyan sokan jöttek, hogy nem fértek el a vásártéren és portékáikkal teli szekereikkel levonultak a mezőre. Rebeka alig várta, hogy vége legyen ennek a felhajtásnak. Az ő szeretett, csendes otthona idegesítő vásártérré változott. Nem volt egy nyugodt perce, nem tudott úgy kilépni a házból, hogy ne vegye körül a rokonok, vendégek tömege. Egyetlen egyszer próbált kilovagolni, de alig nyergelte fel hóvihart, már legalább tízen tették ugyanazt, felajánlva társaságukat. Egyre idegesebb lett, Zoltán távolléte is aggasztotta. Már régen itt kéne lennie, talán meggondolta magát és nem jön? - gondolta elkeseredetten. Szolákkal sem találkozott napok óta, senkivel sem oszthatta meg aggodalmát. A körülötte nyüzsgő lányokkal és asszonyokkal nem volt olyan bizalmas viszonyban, hogy őszintén kitárja gondjait. A nagynénjének meg esze ágában sem volt bármit is mondani, rajta ne csámcsogjanak az Udvarban. Így is lesz majd miről beszélni, hiszen az avarok közel sem olyan" barbárok", mint a magyarok, és ha a hercegnő megismeri őket lesz mit hallgatnia róluk. Hajnalkát várta, de csak a jókívánságai érkeztek meg Csanád által. A kisbabát váró lányuk beteg lett, ezért otthon maradt vele. Egyik este már nem bírta Erzsébet szurkálódásait, elnézést kért és kirohant a szobából. A langyos esti szélben elsétált Szolák épülő háza felé, abban bízott, hogy ott találja a férfit. Szerencséje volt Szolák éppen indulni készült. Örömmel üdvözölte, bevezette a házba, megmutatta új otthonát, amely már majdnem készen állt. Rebeka kérése fellovagoltak az öreg tölgyfához, ahol végre kiönthette lelkét.

Szolák megnyugtatta, Zoltán nem késik, a napokban kell megérkeznie. Másnap délelőtt a konyhában foglalatoskodott, amikor kintről hangos üdvözlő kiáltások hangzottak. Gyorsan az ablakhoz szaladt, szíve nagyot dobbant, amikor meglátta Zoltánt, aki akkor ugrott le a nyeregből. Éjfekete lován arany veretekkel díszített szerszámzat csillogott. A fiatalember végig nézett a köré sereglet tömegen. Mosolyogva üdvözölte Bagaturt, majd a bemutatások végtelen sora következett. Szeme nyugtalanul járt ide-oda Rebekát kereste. A lány elérkezettnek látta az időt, hogy kimenjen hozzá.

- Nem mehetsz ki, meg kell várni, hogy bejöjjön!- fogta meg a karját a dadus. Rebeka mérgesen lerázta a kezét és elindult az ajtó felé, de Erzsébet elállta az útját.

- A Dadának igaza van! Csak akkor mehetsz elé, ha hívat!

Rebeka gúnyosan elhúzta a száját, félretolta nagynénjét és kilépett az ajtón. Megállt a lépcsősor tetején, szívdobogva várta, hogy Zoltán felé nézzen. Szabad, nem szabad, illik, nem illik, mást sem hall hetek óta. Cseppet sem érdekelte, hogy ezek a páváskodó fehérnépek mit mondanak. Egy dolog volt fontos, hogy Zoltán megérkezett! Nem tudta levenni szemét a férfi karcsú, izmos termetéről, kedvesen mosolygó arcáról. Zoltán megérezte, hogy nézik, a lány felé fordult. Tekintetük összekapcsolódott, csak álltak és nézték egymást. A vendégek kíváncsian néztek körbe, hogy mi vonta magára a fiatal vezér figyelmét. Rebeka mielőtt lement a konyhába, elfelejtette levenni az egyik próbára felvett kész, új ruháját. Most ott állt a lépcső tetején hosszú zöld ruhában, mely kiemelte karcsú alakját. Arca kipirult az örömtől, zöld szeme boldogan csillogott. Zoltán csak állt és nézte gyönyörű menyasszonyát. Minden szem a lányra tapadt, de ő csak azt a csillogó, meleg barna szempárt látta.

- Legalább hajtsd le a fejedet! - dörmögte mögötte Erzsébet.

Rebekát mintha megcsípték volna, ez az idegesítő hang szertefoszlatta a varázst. Dacosan felszegte fejét és lement a lépcsőn, egyenesen Zoltán felé. A tömeg szétnyílt közeledtére. Szívük szerint egymás karjaiba ugrottak volna, de neveltetésük mérsékelte őket. Zoltán mélyen meghajolt előtte, Rebeka illedelmesen fejet hajtott. Amint tekintetük találkozott Zoltán csibészesen rákacsintott, amit a lány viszonzott és jólneveltség ide vagy oda hangosan felkacagott. Zoltán átölelte a vállát és nevetve elindultak a kastély felé. Dadus és nagynénje rosszalló pillantása kereszttüzében nevetve bementek a házba.

- Azt hittem meggondoltad magad. - suttogta Rebeka.

- Én meg azt hittem elküldesz. - súgta vissza Zoltán.

Újabb bemutatások következtek, a vezérek Zoltán elé vezették asszonyaikat, lányaikat. Rebeka kénytelen volt kicsit félre húzódni. Egyik este sikerült megszökniük a vendégsereg elől. Leültek a folyóparton, és nézték a szétborzolta víztükröt. Fejük felett millió csillag ragyogott, a hold sápadt arca visszatükröződött a hullámos víztükrön, játékosan ugra-bugrált a hullámok hátán. A tücskök ciripelését alá festette a parthoz csapódó hullámok csobbanása. Néha egy-egy éjszakai madár rikkantása elcsendesítette őket, majd újult erővel folytatták. Rebeka és Zoltán kéz a kézben üldögéltek, élvezték egymás közelségét.

- Egyszer megígérted, hogy elmeséled annak az embernek történetét, akinek az emlékére viseled nyakadban a keresztet. - törte meg a csendet Zoltán.

- Az nem csak egy történet. - mosolygott a lány. - Bár egy ember életét is nevezhetjük történetnek.

- Ne forgasd ki a szavaimat, mesélj! - ölelte át a vállát Zoltán.

- Ha jó leszel mindennap, elmesélek neked egy történetet Jézusról. Ma elmondom hogyan született. Az Isten, aki megteremtette a földet, növényeket, állatokat és az embert, néha nagyon kegyetlen büntetést rótt a vétkezőkre. Egy napon úgy döntött, hogy véget vett ennek. Leküldte a földre a Szentlelket, aki megszállta Szűz Máriát és benne fogant az Isten fia, Jézus Krisztus. A zsidó ácsmester, József feleségül vette Máriát. Egy éjjel Jeruzsálemben megszületett a Megváltó, aki azért jött a földre, hogy az emberek bűneit magára vegye. - mesélte Rebeka. Szemét a ragyogó csillagokon pihentette, mintha onnan olvasná a történetet. - Ezen a napon kezdődött a keresztény időszámítás és ezt a napot karácsonynak nevezzük. Ekkor ünnepeljük Jézus születését.

- Nagyon szép történet, de miért kell megünnepelni a születését?

- A szeretet és hit erejét hirdette, gyógyított és vigasztalt. Nagyon sok történet jár szájról, szájra, de van egy írás is, azt mondják, melyben a tanítványai leírták mindazt, amit Jézus tanított és tett.

- Sok ilyen történetet tudsz?

- Igen, de mára ennyi elég lesz. - megsimogatta a férfi napbarnított arcát. - Most szeretném, ha elmondanád miért lett Árpád jelképe a vadászsólyom?

- Az nem vadászsólyom, hanem turulmadár. - javította ki a férfi.

- Jó legyen. - egyezett bele Rebeka.

- Dédnagymamám, Emese egy éjjel furcsa álmot látott, egy turulmadár szállt rá és megtermékenyítette. Másnap elmesélte a sámánnak, aki megfejtette az álmot. Emese méhében megfogat egy gyermek, aki megalapít egy nagyhatalmú dinasztiát. Bölcs és erős uralkodók követik majd egymást, hosszú időn át. Álmos volt az első, akit Emese hozott a világra, őt követte apám, Árpád. Azt hiszem, nem kell elmondanom róla, hogy őrá is igaz a jövendölés. Meghódított egy gyönyörű földet, ahol népe békében élhet.

- Egy paradicsomot.
- Azt hittem, Kárpát-medencének hívják!

Rebeka hangosan felkacagott Zoltán zavarodott ábrázata láttán.

- Valóban így hívják. - törölte le a nevetéstől kibuggyant könnyeit. - Az ilyen tájat, földet, Paradicsomnak hívják!
- Miért?
- Amikor az Isten megteremtette a földet, vizet, állatokat, növényeket, utoljára megteremtette az első emberpárt, Ádámot és Évát. Nekik nem kellett semmit tenniük, meg volt mindenük és dogozniuk sem kellett érte. Ezt hívták Paradicsomnak.
- Mesél tovább, olyan érdekes, amit mondasz.
- Majd máskor Turulherceg! Ideje lefeküdni, holnap hosszú út vár ránk.

Békés idők.

Rebeka és Zoltán esküvője felejthetetlen volt, mindazok számára, akik részt vettek az ünnepségen. Arany és ezüst tálak, tányérok, ivókupák csalogatták asztalhoz a vendégeket. Árpád megmutatta, hogy a messzi Keletről érkezett nép gazdagsága vetekszik az Európai uralkodókéval. A környező országok uralkodói, Simeon bolgár cár, Glád fejedelem és fia Preszláv, Szvatopluk morva fejedelem, két Frank herceg és még néhány uralkodóház képviseltette magát. Árpád nem csak gazdagságukról tett tanúbizonyságot. A több napos ünnepségen a vendégek megismerhették a keleti kultúrát is. A regösök énekelték meg a magyarok hőstetteit, egy alkalommal maga Árpád énekelte el a honfoglalás jelesebb eseményeit. A legnagyobb sikert a táncosok aratták. Pörögtek, forogtak és énekeltek. A vacsora végeztével a vendégeket is belevonták. A lassú táncokhoz szokott nyugatiak rendkívül élvezték a vérpezsdítő dalokat, gyors tánclépéseket, ugrálást, pörgést. Hajnalban, holtfáradtan estek kényelmes ágyaikba. Rebeka és Zoltán boldogsága határtalan volt, végre együtt lehettek. A napok fergeteges gyorsasággal múltak. Reggel sokáig aludtak, délután fogadták az új vendégeket, ajándékokat, jókívánságokat, este pedig belevették magukat a táncba. Rebeka gyorsan megtanulta a lépéseket, hiszen nagyon hasonlított az avar táncokhoz. Hajnalig ropták fáradhatatlanul. Az utolsó estén Boglárka néhány magyar lány kíséretében oda sétált a főasztal elé és csengő hangon elénekelték azt a dalt, amit Rebeka tanított neki a borsodi szüreten. Rebeka szeme könnybe lábadt, amint meghallotta kedvenc dalát. A második versszakot már ő is énekelte, messze hangzó mély, dallamos hangján. Lassan felállt és csatlakozott a lánykórushoz. Amikor az ének véget ért, belekezdett egy hasonló szerelmes dalba. A néma csendben ülő vendégeket lenyűgözte a lány bársonyos, tiszta hangja, az ének szívbe markoló szövege a dallam lágysága. Az asztaloknál ülő székely, avar lányok és asszonyok körbevették Rebekát és elénekeltek még néhány dalt. Miközben a lányok énekeltek a fiatal férfiak felsorakoztak mögöttük. Az utolsó dal elhangzása után rázendítettek a fiatalok csipkelődő nótáira, amivel a lányokat visszavágásra ingerelték. Kedves, vidám hangulatot varázsoltak a nyári éjszakába.

- Nagyon csodálatos volt minden, de a pompa és gazdagság ellenére mégis csak barbárok ezek a magyarok. - dörmögte Erzsébet búcsúzóul Rebekának.

- Mire gondolsz?

- Az egybekelésetek előtti napon, arra a förtelmes szertartásra. Már a sámán öltözéke és maszkja is égbekiáltó volt! Hát még az a nagy tűz, amit körbeugrált. Amikor megölte azt a gyönyörű fehér lovat, azt hittem a szívem szakad meg érte. Hátborzongató volt! - méltatlankodott az asszony.

- Az volt! - helyeselt Rebeka megborzongva. Ő nem is nézte azt a barbárságot.

- Te is rosszul választottál, mint az anyád! Na, mindegy. - legyintett.

- Azért légy boldog kislányom. Az Isten áldjon meg!

A vendégek távozása után, Árpád összehívta vezéreit. Zoltán megígérte Rebekának, hogy beszámol mindenről, amiről tárgyalni fognak. Amíg a férfiak a politikával foglalkoztak, addig Rebeka és Etel az új otthonaikat tervezték. Árpád Budát nevezte ki állandó szálláshelyéül. A fejedelemasszony elmondta férje teveit, melyek megvalósításához a külföldi uralkodók segítséget ígértek.

A két asszony a Duna parton sétált, a széles víztükör kéken csillogott, a lágy hullámokon játékosan ugráltak a napsugarak. Mögöttük a budai hegyek magasodtak. A déli lejtőkön szőlőtőkék sorakoztak. Rebeka megszerette új otthonát, bár még jurtában laktak. Etel és lányai gondoskodtak róla, hogy soha ne legyen egyedül. Késő délután a vezérek befejezték a tanácskozást. Árpád és Zoltán kivételével a törzsi vezetők ellovagoltak seregeikhez. Zoltán felnyergelte fekete csődörét, Rebeka fehér lovát és kilovagoltak. Amint elhagyták a tábort, a lány veszett ügetéssel elszáguldott férje mellett. Zoltán azonnal utána nyargalt.

- Érj utol, ha tudsz! - kiáltott vissza a lány kacagva.

Számtalanszor játszották már ezt a játékot, mindketten élvezték a versenyt, a száguldást az újabb völgyek és hegygerincek felfedezését. Rendszerint egy tisztáson ért véget a verseny. Most is így történt. Rebeka egy csörgedező patakot készült átugratni, amikor Zoltán utolérte. Átfogta a lány derekát, és maga elé ültette a nyeregbe.

- Ez nem igazság! Hóvihar nem akarta átugrani a patakot, ezért tudtál elfogni! - nevetett kipirult arccal a lány.

De mind a ketten tudták, hogy ez nem igaz, hiszen hóviharnak meg sem kottyan egy ilyen kis patak.

- Szeretem ezt a lovat, mindig segít nekem, hogy elkapjalak! - nevetett Zoltán.

Leugrott lováról, kezével intett a lánynak, hogy le lehet szállni, de az csak terpeszkedett a nyeregben. A férfi átfogta a lány derekát és leemelte a lóról. Rebeka hozzá simult. A nap vörös korongja már lebukott a hegyek mögött. Az esti szürkületben, a csörgedező patak partján Rebeka unszolására, Zoltán elmondta, merre járnak Árpád seregei. Huba, Előd és Töhötöm seregei egyesültek Egyed és Géza seregeivel, akik megsemmisítő győzelmet arattak Zoard szláv vezér felett, Nyitránál.

- A szláv vezér itt volt az esküvőnkön? - kérdezte Rebeka, nem emlékezett rá, hogy találkoztak volna.

- Nem. Nagyon a szívére vette az előző vereséget és nem jött el. Vele még nem kötöttünk békét. Hidd el nem rajtunk múlott.

- Értem. Ha jól gondolom, akkor elfoglaltátok a Kárpát-medence Északi és Keleti részét a Dunáig. Akkor még hátra van a Dunántúl, igaz?

- Nagyon okos kislány vagy! - dicsérte Zoltán.

- Nem vagyok kislány! - tiltakozott elpirulva.

- Valóban nem! - nevetett csillogó szemmel Zoltán.

- A Dunántúlnál tartottunk. - terelte másra a szót, hogy zavarát leplezze.

- Ond, Kond és Tas szépen halad előre. A frank hercegekkel megkötötték a békeszerződést, már csak ki kell vonulniuk.

- Akkor vége van a harcoknak? - örvendezett Rebeka.

- Még nem. Délen a szlávok ellenünk fordultak. Ott még lehet harcokra számítani.

- De te ugye itt maradsz?

- Bár mennyire szeretném, nem tehetem. Holnap Apával elmegyünk.

Rebekát lesújtották a férfi szavai. Vége a szép napoknak. Lehet, hogy soha többé nem látja férjét. Hangosan felzokogott. Zoltán magához ölelte, becéző szavakkal próbálta vigasztalni. Rájuk esteledett, a csillagok egyre fényesebben ragyogtak fölöttük, bekandikálva a fák lombjai között.

- Veled megyek! - jelentette ki Rebeka, visszanyelve könnyeit.

- Nem kicsim, te itt maradsz. Hamarosan visszajövök, és melletted maradok. Te fogod felügyelni az építkezést. Tudsz írni, olvasni, jártas vagy a tudományokban. A körmükre tudsz nézni, a mestereknek és a munkásoknak. Beszéled a környező népek nyelvét. Kész áldás vagy nekem. Rendben? - felemelte a lány állát és mélyen a könnyes zöld szemekbe nézett.

Rebeka nem válaszolt, csak némán bólintott. Zoltán füttyentett a közelben legelésző lovaknak. Segített felállni a lánynak.

- Fel a fejjel asszonyom.

- A kislány jobban tetszett. - morogta Rebeka.

- Hát akkor lóra kisleány! - nevetett Zoltán. Gyengéden rácsapott a lány fenekére.

- Szemtelen alak. - nevetett vissza Rebeka.

Lábát a kengyelbe tette, de mielőtt felült volna a lóra, Zoltán felkapta, és könnyedén a nyeregbe lendítette.

- Úgy illik, ha levettelek, vissza is kell, tegyelek.

A vezérek távozása után Rebeka napokig lélektelenül járkált, az idő is elromlott. Etel megpróbált lelket önteni belé, de minden hiába valónak bizonyult. A fiatalasszonynak nem csak a hangulata volt csapni való, de a közérzete is. Reggelente hányingerrel ébredt, nem volt étvágya és nagyon gyengének érezte magát. Egy hónap után már annyira lesoványodott, hogy Etel nem tudta szó nélkül hagyni.

- Kislányom, nem szabad ennyire elengedni magad. Olyan sovány vagy, hogy csak hálni jár beléd a lélek! Zoltán mit fog szólni, ha haza jön?

- Azt hiszem boldog lesz! - mosolygott sápadtan.

- Hát én nem vagyok ebben olyan biztos. Hóvihar teljesen ellustul a karámban. Jót tenne mindkettőtöknek, ha kilovagolnál. Gyönyörűen süt a Nap, ki kell menned!

- Etel, nagymama leszel. - suttogta Rebeka az ágyon fekve. Hirtelen elszürkült az arca, kezét szájára szorította és kirohant a jurtából.

Etel nem várta meg, hogy visszatérjen, elszaladt Lehelért és magával vonszolta Rebeka szállására. Olyan boldog volt, hogy ugrándozni szeretett volna. Útközben elmondta, amit az asszonytól megtudott, arra kérve a Sámánt, próbáljon valamit tenni, hogy visszatérjen az étvágya.

- Emlékszel rá, hogy én milyen nehezen viseltem a terhességet Zoltánnal? De neked van egy csoda teád, amivel meggyógyítottál.
- Etel, tudod, hogy mindent megteszek érte. - nyugtatta mély hangján a sámán.

Rebeka nem feküdt vissza, csizmájával bajlódott, amikor odaértek.

- Igazad van Etel, kilovagolok. - nézett az érkezőkre. - Jó reggelt Lehel, örülök, hogy látlak. Te itthon vagy?

Végre a lábán volt a csizma, kíváncsian várta, hogy vendégei mi járatban vannak?

- Rebeka. Etel elmondta az állapotodat, szeretnék segíteni. - állt a lány elé.

Fölé magasodott hatalmas termetével, széles hátával eltakarta a fiatalasszonyt, bár ő sem volt alacsony. Lapát nagyságú kezét a vállára tette és mélyen a szemébe nézett. Rebeka állta a vizsgálódó tekintetett, majd kedvesen a férfira mosolygott.

- Semmi bajom sincs. Babát várok és ennél nagyobb öröm nincs a világon!
- Nincs étvágyad, lefogytál, napok óta ki sem mozdulsz! - sorolta a sámán.
- Ne fáraszd magad Lehel. Eddig azt hittem Zoltán távozása miatt éreztem magam olyan szörnyen. Nagyon elkeserített a gyengeségem, hiszen eddig bármi történt, mindig talpon maradtam. A napokban döbbentem rá, mi okozta a gyengeségemet. Nincs szükségem segítségre, de azért köszönöm, hogy eljöttél.
- Rebeka, könnyebb lesz, ha hallgatsz rá. - kérlelte Etel.
- Elfelejtetted, hogy István mellet meg tanultam gyógyítani. Megígérem, ha szükségem lesz segítségre, szólok. Velem jössz?
- Erős lány, nem lesz semmi baj. - nevetett Lehel. - Bár nem tudom jót tesz-e neked most a lovaglás?
- Lehel, ez nem betegség! Nézd meg az egyszerű asszonyokat, az

utolsó percig nehéz munkát végeznek.

- Ez igaz. Etel két gyermeket hordott ki lovon. - helyeselt a férfi.

Rebeka tágra nyílt szemmel nézett az asszonyra, aki mosolyogva bólintott.

- A két kicsit nyeregben hordtam ki, hiszen úton voltunk, nem állhattunk meg hónapokra, amíg megszületnek.

- És nem lett semmi bajotok? - kérdezte Rebeka, szemében tisztelet csillogott.

- Néha beugrottam a bokrosba, hogy könnyítsek háborgó gyomromon. - nevetett az asszony.

Rebeka hangosan felkacagott, hetek óta először. Még Lehel is vele nevetett. Két csodálatos, erős asszony, apa és fia jól választott. Rebeka miután rájött gyengesége okára, megnyugodott. Nem akart ágyban fekvő, nyavalygó asszonnyá válni. Erős akarattal kényszeríttette magát, hogy a kellemetlenségek ellenére, ugyan úgy élje az életét, ahogy egy asszonynak kell. A frankuralkodó, ígéretéhez híven elküldte legjobb ácsmesterét. Rebekát lefoglalta új otthonának tervezése. Egy-két elképzelését a mester nem találta célszerűnek, ezeket késő estig vitatták. Közben a favágók serényen dolgoztak az épületfák kivágásán. Az épület helyét még Zoltánnal választották ki, ott már minden készen állt az építkezésre. A ház, Rebeka elképzelése szerint a Duna - parton, a Budai hegyek lábánál, egy csörgedező patak mellett fog felépülni, nagy ablakaival a folyó felé. Az asszony hajnalba kelt, egész napját az építkezésen töltötte, sokszor teljesen megfeledkezett állapotáról, igaz elfogadta Lehel gyógyteáját és be kellett ismernie, hogy jobban érezte magát tőle. Gyakran elhívták tolmácsolni, mert Árpád házát is építették. Esténként szinte beesett az ágyba a fáradtságtól. Nagyon hiányzott neki Zoltán, különösen akkor, amikor az emberek félvállról vették utasításait. Olyankor otthagyta őket és a jurtában kisírta magát. Egy napon eldöntötte, hogy nem fog sírni, szép szóval próbálta őket figyelmeztetni a megállapodásukra. Egy esős napon a munkások nem voltak hajlandók elkezdeni a munkát. A férfiak vállvonogatva morogtak, még az is elhangzott, hogy nekik egy asszony ne parancsolgasson. A lány éktelen haragra gerjedt, de most nem szaladt el.

- Ha most azonnal nem kezdtek hozzá, hazazavarok mindenkit. - kiabálta éles hangon.

De úgy látszott nem sokra ment velük.

- Valami gond van, kisleány? - szólat meg mögötte egy mély hang.

Rebeka először ledermedt, majd megpördült és a hang gazdájának a nyakába ugrott. Zoltán magához szorította egy pillanatra, majd a felugráló munkások felé fordult.

- Az egyezség úgy szólt, hogy a háznak tél előtt készen kell állnia! - dörögte.

- Ezt csak az asszony mondta! - felelte lenézőn a vezetőjük.

Zoltánnak ez már sok volt, megragadta a férfit és jól megszorította.

- Ez az asszony végig verekedett egy háborút, amíg te meg a társaid asszonyaitok szoknyája mögé bújtatok!

A munkások először megijedtek, majd szájtátva Rebekára néztek.

- Szedjétek össze a holmitokat és takarodjatok haza! - elengedte a szorongatott férfit, hátat fordított nekik és elindult az asszony vállát átölelve.

- Nagyuram! Enged meg, hogy maradjunk, ígérem úgy fogunk dolgozni, hogy nem lesz panaszod ránk! - könyörögtek a munkások.

Zoltán kérdőn nézett asszonyára, Rebeka bólintott, nem volt szíve elzavarni őket, hiszen úgy nevelték ezeket az embereket, hogy egy asszony nem parancsolhat férfiaknak, csak engedelmeskedhet. Azon kívül boldog volt, hogy Zoltán élve hazatért!

- Kérdezzétek meg a vezérasszonyt, ha ő megengedi, maradhattok!

Rebeka hálásan nézett férjére, ezzel a döntéssel igazságot szolgáltatott neki.

- Az első vitáig maradhatnak! - mosolygott boldogan.

Kéz a kézben mentek végig a táboron, Rebeka üdvözölni akarta Árpádot.

- Most már itthon maradtok? - kérdezte csillogó szemmel. - Mert ha igen, akkor elárulok egy titkot.

- És ha nem, akkor nem mondod el? - nevetett Zoltán.

- Akkor nem! - felelte konok arccal.

- Majd meglátjuk. - villantotta rá csibészes mosolyát.

Árpád olyan örömmel fogadta, hogy az asszony megijedt. Etel elmondta neki, rémüldözött, csak nehogy elszólja magát, imádkozott magában. Gyorsan Zoltán elé lépett és a mutató ujját a szája elé tette. Árpád nevetett, esze ágában sem volt elárulni a titkot.

- Jó munkát végeztetek lányok. - dicsérte őket.

- Árpád, itthon maradtok?

- Néhány napig.

- Hát soha nem lesz vége az öldöklésnek? - fakadt ki Rebeka.

- Elfelejted hol vagy, és kivel beszélsz! - nézett rá szúrós szemmel a fejedelem.

- Pontosan tudom, hol vagyok, és kivel beszélek! Azért mondtam! - állát felszegve megfordult és kilépett a jurtából. Torka összeszorult, zokogással küszködött. Hát nem fog sírni, határozta el. Még egy ilyen nap, és akkor hazamegy, döntötte el.

- Hogy tehetted? - hallotta Etel szemrehányó hangját a jurta nyitott bejáratán át. A válasz olyan halk volt, hogy az már nem érte utol.

Zoltán egy ideig csak állt, nem tudta eldönteni kinek volt igaza? Rebeka valóban illetlen hangot ütött meg, de igaza volt, minden gond az ő és Etel vállán volt. Árpád már megbánta, hogy úgy ráförmedt. De elszokott már a lány férfias viselkedésétől. Pont most bántja, amikor az unokáját hordja a szíve alatt! Egyszerre indultak Zoltánnal az asszony után.

- Maradj fiam, ezt jóvá kell tennem.

Néhány lépés után utolérte Rebekát. Azt várta, hogy a lány sírva fakadt.

- Rebeka bocsáss meg, nagyon durva voltam.

A lány Zoltánt várta, csalódott arccal fordult Árpád felé.

- Igazad volt fejedelem! - mondta a megbánás legkisebb jele nélkül, száraz, villogó szemmel.

Árpád elmosolyodott, valahogy jobban tetszett neki Rebeka, ha ilyen harcias volt. Etel ilyen, ha kettesben vannak.

- Nagyon örülök, hogy unokám lesz! Remélem, hogy kislány lesz és olyan akaratos, mint az anyja.

- Ez kedves. - mosolygott az asszony. - De Zoltánnak én akarom elmondani.

- Természetesen. Agyon is csapnám azt, aki előtted szólna!

Amikor kettesben üldögéltek a jó meleg tűz mellett, Rebeka újra megkérdezte Zoltántól.

- Itthon maradsz?

- Néhány napig. De a harcoknak már vége van. - simogatta meg felesége szép arcát.

- Hova mentek? - bújt hozzá Rebeka.

- Ópusztaszeren vérszerződést kötünk a hozzánk csatlakozott népek vezéreivel.

- Ez pontosan mit jelent?

- Nálunk az a szokás, ha egy nép a védelmünk alá helyezi magát, vérszerződéssel pecsételjük meg az egyezséget. Most itt többről van szó. A hat magyar törzsfő már hűséget esküdött apámnak, ezt erősítik meg az új hazában és a három újonnan csatalakozott nép, hűségesküt tesz a Turul nemzettség fejének, ezzel elismeri uralkodásának jogosságát. Aláveti magát törvényeinek, betartja azokat, és nem fordul ellenne. Elfogadja azt, hogy az uralkodói cím a fejedelem halála után az elsőszülött fiára száll. De ha nincs fiú utód, akkor a fejedelem fiú testvére jogosult a vezetésre. Ezt jelenti a vérszerződés.

- Értem. Ki az a három vezér, aki népével ilyen feltételek mellett csatlakozik hozzátok?

- Rebeka a beígért autonómiát nem kell féltened! - mosolygott Zoltán. - Bódog vezér a kabaroktól, Szolák vezér az avaroktól és Csanád fejedelem a székelyektől. Ezt kérdezted?

Rebeka alig tudott megszólalni, az avarok vezére Szolák lett. Mi van az apjával?

- Miért Szolák? - nyögte ki végül.

- Bagatúr lemondott vezéri tisztéről, útban van hozzánk. Levedi rád hivatkozva nem fogadta el. Ezért az avarok úgy döntöttek, hogy Szolákot választják meg.

- Jog szerint is Szolákot illeti meg a cím, mivel az apja, Apám testvére volt. Remélem Apa nálunk, marad, örökre.

- Én is remélem. - felelte Zoltán őszintén. - Most pedig hallani akarom a titkot!

- Ha elmondom, magaddal viszel? - kérdezte behízelgő hangon.

- Rebeka ez nem tisztességes! - háborgott a férfi.

- Rendben van, elmondom. De ha nem viszel magaddal, utánad megyek, látni szeretném mit műveltek!- fenyegetőzött.

- Azt kétlem, de győzzön az erő! - nevetett szemtelenül.

Felállt és a lassan az asszony felé araszolt, aki kitalálta gondolatát és kacagva elszaladt előle.

A férfi kétlépessel utolérte, hosszú karjával elkapta és az ágyra tette.

- Én győztem, én szabom a feltételeket!

Rebeka komoly arccal felült és Zoltán meleg barna szemébe nézett.

- Kisbabánk lesz! - mondta csendesen, zöld szeméből sugárzott az öröm.

- Te drága Kicsi lány! – karjaiba kapta és össze-vissza csókolgatta.

- Ugye magaddal viszel?

- Most már biztos, hogy nem! Neked vigyáznod kell magadra és erre az apróságra! - kezét az asszony alig domborodó hasára tette.

- Tudtam, hogy ezt fogod mondani. De azt te is tudod, hogy Édesanyád két gyermeket hordott ki lóháton.

- Igen tudom, de én, féltelek!

- Meglátod, hogy nem lesz semmi baj. - ígérte Rebeka.

- Mikorra várható a baba?

- Úgy június végére, július elejére. Ha kisfiú lesz, Zoltánnak fogják hívni és biztos, hogy az lesz! - jelentette ki.

- Hó, hó! Álljunk csak meg! - hördült fel a férfi. Felült az ágyra az asszony mellé. - A fiú neveket nyugodtan elfelejtheted! Ez kislány lesz! Heves vita alakult ki közöttük a gyermek nemét és nevét illetően. Nem tudtak zöld ágra vergődni, végül az éjszaka közepén abban állapodtak meg, hogy akkor viszik döntésre a dolgot, ha a pici megszületik. Hajnalig tervezgettek, építgették jövőjüket.

Ópusztaszer, vérszerződés.

Zoltán mégis magával vitte feleségét Ópusztaszerre. Igaz az asszonynak nem kis erőfeszítésébe került. Hetekig könyörgött férjének, amikor Rebeka erősítést kapott Etel személyében, Zoltán beadta a derekát.

Rebeka örömmel üdvözölte az ismerős vezéreket. Szolák mellett, több avar vezér várakozott. Az idősebbeket ismerte, de a fiatalok már idegenek voltak a számára. Amint népe vezetői felé lépdelt, felrémlett előtte egy emlék. Kislány korában látta ezeket az idős férfiakat. Hangos kiabálás, veszekedés verte fel az egyébként csendes házat. Náluk soha nem kiabált senki, ezért a kislány rémülten bújt Édesanyja karjaiba. Akkor Alexandra nem mondta el, mi történik körülöttük, csak jóval később beszélt róla Szolák. A frank megszállás alatt levő Dunántúli avarok nem ismerték el Bagaturt fejedelmüknek, akkor jelentették be elszakadásukat. Az ilyen és ehhez hasonló testvérharcok és belviszályok miatt hullott szét annak idején a Nagy Avar birodalom. Ez, az alatt a pár perc alatt suhant át a fejében, amíg a várakozók közelébe ért. Szolák átfogta a vállát, és sorban bemutatta őket. Rebeka ridegen fogadta az üdvözléseket, amelyek a fővezér feleségének szóltak.

- Köszönöm a jókívánságokat, csak annyit szeretnék mondani, amit Szolák elfelejtett közölni veletek, hogy az avar fejedelem, Bagatúr lánya vagyok! - hidegen csillogó szemmel végigmérte őket és ellépett tőlük, magával húzva Szolákot.

Az idősebb vezérek döbbenten nézték a gyönyörű asszonyt, és most jöttek rá, mennyire hasonlít az anyjára. De akármilyen szép, ő csak Bagatúr lánya. A fiatalok, akik nem tudtak a régi dolgokról, vagy nem értettek egyet vele, büszkék voltak rá, hogy ez a csodaszép asszony avar!

- Mi történt, hogy ezek itt vannak? Fakadt ki Rebeka, amikor már elég messze kerültek az avaroktól.

- Árpád, amikor tudomást szerzett a szétszórtan élő rokonainkról, közölte, hogy csak akkor fogad be népei sorába, ha hajlandók vagyunk egyetlen vezért választani, aki képviseli az avarokat a tanácsban. Összehívta az avar vezetőket, meghallgatta panaszaikat, azután döntött az egyesülésről.

- Gondolom, az öregek tiltakoztak az ellen, hogy apám vezesse őket? - mondta gúnyosan az asszony.

- Sajnálom Rebeka.

- Ne sajnáld, apám nálunk fog lakni és én nagyon örülök neki.

- Tudom, Etel megüzente neki, hogy kisbabátok lesz, erre felkerekedett. Én nagyon örülök neki, hogy révbe jutottál. Látom öveden a tőr helyett tűtartó, fityeg! - nevetett fel hangosan Szolák.

A körülöttük állók feléjük fordultak. Rebeka tenyere viszketett, hogy lekeverjen egyet ennek a szemtelen alaknak.

- Úgy látom, hogy a házasság sem tett komoly férfivá. Ugyan olyan pimasz vagy, mint régen! - nevetett.

- De te sem változtál, már éreztem a pofont az arcomon.

- Remélem, most elmarad a birkózás! - lépett hozzájuk Zoltán. Kezet fogott az avar vezérrel, majd birtoklón rátette kezét felesége vállára.

Még mindig féltékeny, kuncogott magában Rebeka.

- Majd a fiaddal fogok birkózni. - mosolygott Szolák.

- Nem fiú. Lány lesz! - tiltakozott Zoltán.

- Nem baj, akkor vele.

- A közelébe sem engedlek! - nevetett Zoltán.

- Visszatérsz szüleid birtokára? - fordította komolyra a szót Rebeka.

- Igen. Levedi marad Borsodban. Ugye majd meglátogattok minket?

- arra gondolt, ha Rebeka visszautasítja a meghívást, akkor neheztel rá, amiért az apja helyébe lépett.

- Hát persze, hogy elmegyünk, ha téged nem is akarlak látni, de a testvéremet igen! - csipkelődött Zoltán.

- Egy feltétellel megyek el!

Szolák feszülten várta a választ. Szerette Rebekát, nem akarta elveszíteni a legjobb barátját.

- Ha megtudom, hogy nektek is babátok lesz, akkor elmegyünk.

- Már azt hittem haragszol és soha többé nem akarsz látni! - sóhajtotta megkönnyebbülten.

- Buta vagy! Elismerem a gyerekvilág sokkal egyszerűbb volt, de bármilyen nehéz felnőttnek lenni, senki sem képes elszakítani azt a szálat, ami ennyi éven át összekötött minket! Amikor Tárkány meghalt, te léptél a helyébe szívemben. Amíg élek az a hely mindig is a tiéd lesz! - biztosította Rebeka.

- Hahó! Kit látnak szemeim? - kiáltotta egy mély, öblös hang.

Csanád igyekezett feléjük.

- De jó hogy látlak, vén medve! - fogadta kitárt karokkal Rebeka. Csanád hatalmas kezei között elveszett az asszony, ahogy magához ölelte.

- Nem is ért volna semmit ez az összejövetel, ha Taksony vezér nincs közöttünk! - nevetett döcögő hangon a fejedelem.

- Már megint bolondozol! - dorgálta Rebeka.

- Emlékszel arra a fekete csikóra?

- Akinek a homlokán fehér csillag volt?

- Az, az! Elhoztam neked, ez az én külön ajándékom! Mire a fiad felnő a csikó is alkalmas lesz a lovaglásra!

- Csanád, köszönjük az ajándékot, de nekünk lányunk lesz! Őt pedig nem engedem lovak közelébe, fegyvereket még látásból sem fog ismerni, nehogy olyan harcias legyen, mint az anyja! - jelentette ki Zoltán.

- Jó lesz nekem az a csikó, ha fenő! - nevetett szemtelenül Rebekára.

- Azt te csak szeretnéd! Van neve annak az aranyos jószágnak? -

kérdezte az asszony.

- Csillag! - válaszolta a férfi nevetve, tetszett neki, hogy a házaspár olyan jól megérti egymást. - Szóval fiam, te azért nemzel lányokat, hogy ne keljen osztoznod velük lovakon, fegyvereken, győzelmi diadalokon? Okos ötlet! Lehet, hogy nekem is azért van lányom?

A kis társaság hangos nevetésben tört ki. Közben a sámán előkészítette a szertartást. Árpád maga mellé rendelte a vezéreket egy kis tisztásra. Röviden ismertette a magyarok vándorlását Etelköztől a Kárpát-medencéig. Elmondta miért kellett eljönniük és miért döntöttek úgy, hogy itt maradnak. Nem először járnak e földön magyarok, hangsúlyozta a fejedelem, hiszen Atilla a" Nagy Ős", itt élt és uralkodott, példát mutatva az utána jövő nemzedékeknek. A székely nép, aki vele jött, ma is itt él és őrzi emlékét. Később az avar nép telepedett le ezen a csodálatos vidéken, ők is magyarok, csak nekik előbb kellett elhagyniuk az Őshazát. Árpád örömét fejezte ki, hogy a két nép csatlakozik hozzájuk. Méltatta a kabar nép hősiességét, akik a vándorlások során csatlakozott hozzájuk és szívvel lélekkel harcoltak mellettük. Igaz ők nem magyarok, de szeretnének azokká válni. Megemlítette az Etelközben maradt és a messze Délre vándorolt magyarokat.

- Jó lenne, ha minden magyar testvérünk együtt élhetne, de ez nem adatott meg. - fejezte némi szomorúsággal a hangjában.

Lehel fősámán előre lépett, kezében egy fejedelmi aranyveretekkel díszített ivókürtöt tartott. A hét magyar vezér, a székely, az avar és a kabar vezérek feltűrték ingük ujját.

Rebeka távolabbról szemlélte a vérszerződés előkészületeit. Magával ragadta a történelmi pillanat, lenyűgözve figyelte az elszánt, komoly vezéreket. Zömmel harcedzett férfiak voltak, de volt közöttük néhány fiatalember is. Észre sem vették a hideg északi szelet, mely pirosra csípte az arcukat, megborzolta a lovak sörényét. Csak álltak ott felszegett állal, egyenes háttal, csillogó szemmel. Árpád a sámán mellett állt, bal karja szabadon, jobb kezében éles tőrt tartott. Nemes vonalú arcát a szél felé fordította, majd végig nézett a vezéreken. Mély zengő hangon tudatta mit vár el népétől?

- Hűséget, engedelmességet és törvényeink betartását! Véretekkel pecsételitek meg fogadalmatokat, melyet nekem, választott fejedelmeteknek tesztek. Én, Árpád a turul nemzettség vezére, a magyar nép fejedelme esküszöm, hogy életemmel és véremmel védelek benneteket a külső és belső ellenséggel szemben! Minden erőmmel és tudásommal azon leszek, hogy népem békében és biztonságban éljen ezen a meghódított földön!

Jobb kezében megvillant az éles tőr, egy határozott mozdulattal megvágta bal karját, öklét összeszorította. A vágás mentén először csak gyöngyözött, majd lassan csorogni kezdett mélyvörös vére, a sámán kezében levő kürtbe. A vörös csík lecsorgott a kürt széles száján, bele az egyre keskenyedő, enyhe ívű edénybe. Árpád visszalépett a körben álló vezérek mellé, átadva helyét a következőnek. A kilenc vezér sorban megvágta karját, vérük összekeveredett a kürtben.

Ópusztaszeren a tíz különböző törzsből és népből egy nemzett lett, a Kárpát- medence magyarok által elfoglalt területén pedig egy ország, melynek neve: Magyarország!

A vérszerződés megkötése után az elfoglalt területeket felosztották a honfoglalók. Az avar és székely lakta területek mellett benépesült az addig lakatlan föld. A harcokkal megszerzett területeket megszállták, az ott élő népeket földművelődésre és egyéb alantas munkára fogták. Az ország középső része Árpád turul törzséé lett, a Zoard vezette szláv néptől elfoglalt Észak-nyugati rész Huba és Lél törzséé, velük telepedett le Töhötöm maroknyi népe. Dél-nyugaton a horkák törzse, Délen Botond törzse, Erdélyben Gyula törzse, a Körösök vidékén Ond törzse, Észak-keleten Kende törzse és Északon a kabarok foglalták el új hazájukat.

Rebeka és Zoltán esti sétájukat végezték a Duna parton. Rebeka hatalmas pocakját nehézkesen tolta maga előtt, de nem mondott volna le az esti sétáról, melyet minden nap megtettek. Ilyenkor szabadon bolondozhattak. Amíg a fiatalasszony nem volt ilyen terebélyes, még futkároztak is a kéken csillogó vízparton. Ezen a nyári estén Rebeka beérte a lassú sétával. Reggel óta fájt a dereka, de nem szólt róla senkinek. Ahogy a nap kezdett lenyugodni, egyre rosszabbul érezte magát. Mielőtt elindultak volna, felkereste Istvánt, aki az asszony kérésére eljött Borsodból, hogy segítsen a szülésnél, ha kell. A sámán megállapította, hogy a gyermek hamarosan világra jön. Megígértette Rebekával, hogy nem mennek messzire. Langyos esti szél fújdogált, megborzolva a lemenő nap fényében ragyogó hullámokat. Rebeka csendesen bandukolt férje mellett, egyre erősebb fájások kínozták. Már éppen szólni akart, hogy forduljanak vissza, amikor olyan erős fájás tört rá, hogy felszisszent. Zoltán odalépett hozzá és akkor látta az asszony arcára kiütköző fájdalmat.

- Mi a baj? - kérdezte rémülten.

Rebeka mély lélegzetet vett, lassan engedett a fájás, csak ezután válaszolt.

- Azt hiszem, elkezdődött.

Zoltán felkapta és rohant vele a közelben lévő házuk felé.

- Zoltán tegyél le, tudok járni! - tiltakozott Rebeka a férfi karjaiban.

- Nem tudsz! - felelte ellentmondást nem tűrő hangon.

A hatalmas palota szépen faragott bejáratát, lábával lökte be és az ott serénykedő szolgálókat hangos parancsszavakkal utasította. Nehéz terhét felcipelte a szobájukba, letette az ágyra. Rebeka éppen tiltakozni akart, amikor István lépett a szobába.

- Zoltán azt hiszem jobb, ha most kimész! - mondta határozottan.

Az ágyon fekvő asszony eltorzult arcából arra következtetett, hogy a gyermek rövididőn belül megérkezik. Etel rohant be a szobába, mögötte Árpád lépkedett. Etel kizavarta a férfiakat és a szolgáló lányokat leküldte a szükséges dolgokért. Árpád belekarolt fiába és magával vitte a tágas földszintre, ahol hajnalig rótták a köröket a fényes padlón.

Amikor a nap első sugarai benéztek az ablakon, hangos gyermek sírás verte fel a ház csendjét. Zoltán kettesével vette a lépcsőket, úgy rohant fel. Árpád mosolyogva követte. Etel éppen végzett a baba tisztogatásával, István Rebekát hozta rendbe, amikor kivágódott a szoba ajtaja és Zoltán rohant be rajta. Szemével azonnal az ágyon fekvő Rebekát kereste, aki sápadtan, de boldogan mosolygott felé. Csak ekkor látta meg Etel kezében az apró kisgyermeket. Mozdulatlanul állt, szemét hol ide, hol oda mozgatva.

- Jól vagy kicsim? - térdelt le az ágy elé.

- Ennél jobban még soha sem voltam! - felelte bágyadtan, de szeme büszkén csillogott.

- Itt a fiad, fiam! - lépett hozzá Etel, kezében a nyöszörgő gyermekkel.

- Zoltán most már nevet kell adni neki! - figyelmeztette Rebeka.

- Igen. - vette át a kicsit.

Gyönyörködve nézte az apró jövevényt, megfeledkezve mindenről és mindenkiről.

- Zoltán mi lesz a kicsi neve? - kérdezte Árpád Etel mellett.

- Az anyja után legyen...

- Zoltán, hiszen fiú! - szólt rá Rebeka.

De a férfit nem zavarta a közbeszólás. Fia arcát, kezét simogatta.

- Az anyja után nevezzük el Taksonynak. - nézett feleségére.

Szeméből büszkeség és szeretett sugárzott. Hangos nevetés tört ki a szobában. Rebeka hálásan nézett férjére, szemében két könnycsepp csillogott.

„Népük neve az idők folyamán feledésbe merült, ám közben őseivé váltak sok-sok magyar családnak."

(Garam Éva régész egyik könyvében, így emlékezett meg az avarokról.)

Tartalom